闲情偶寄

(上册)

〔清〕李渔——著

古亮 注译

岳麓書社·长沙

前　言

李渔（1611—1680），字谪凡，一字笠鸿，号笠翁。浙江兰溪（今属浙江省金华市）人，生于江苏雉皋（今江苏省如皋市）一个富裕的药商家庭。李渔早年曾多次参加乡试，但均告落第。明清易代，父亲病故，家道中落，李渔便不再应举，开始了卖文糊口的生活，清军入关后曾一度躲入山中避乱。顺治八年（1651），李渔举家迁往杭州。此后十年间，李渔创作了大量颇受欢迎的戏曲和小说，并组织了自己的戏班，其演出活动在社会上影响很大。李渔也因此结识了许多社会名流，得到了他们丰厚的资助。顺治十七年（1660），李渔迁居金陵（今江苏省南京市），在那里修建了别业芥子园，并经营书铺，刊印了大量戏曲、小说以及《芥子园画谱》。李渔晚年又举家迁回杭州，此时，他的经济状况已大不如昔，常常需要靠求助友人来维持生计，这种状况一直持续到他去世。李渔的生平事迹在《清史稿》中没有记载，目前可以参考的资料主要有钱谦益《牧斋外集》卷二五《李笠翁传奇序》，李桓《国朝耆献类征》卷四二六，王庭诏《李渔传》和敦睦堂《龙门李氏宗谱·佳九公才子传》。李渔一生著述颇丰，主要有剧作《奈何天》《比目鱼》《蜃中楼》《怜香伴》《风筝误》《慎鸾交》《凰求凤》《巧团圆》《玉搔头》《意中缘》（合称《笠翁十种曲》）；小说《无声戏》《十二楼》；诗文集《笠翁一家言》。而李渔自己最为得意的著作，就是这部《闲情偶寄》。

《闲情偶寄》的撰写大约始于康熙六年（1667），历时数载，方告完成。《续修四库全书》将其归入子部杂家类，按照《汉书·艺文志》的说法，“杂家者流，盖出于议官。兼儒、墨，合名、法，知国体之有此，见王治之无不贯，此其所长也。及荡者为之，则漫羡而无所归心”。然而，《闲情偶寄》一书的性质和特点显然不能简单据此界定。因为只要稍作翻检，就会发现全书除凡例中所标榜的“点缀太平”“归正风俗”等条目与所谓的“国体”和“王治”稍有关联之外，其主要内容都是李渔个人事业和生活中的种种心得和经验。既然如此，那么就《闲情偶寄》而言，这个杂家的“杂”究竟应当怎样理解呢？我们认为，这里的“杂”主要有以下五层含义。

一是涵盖内容杂。《闲情偶寄》分为词曲、演习、声容、居室、器玩、饮馔、种植、颐养八部，内容涉及戏曲创作、舞台表演、化妆服饰、饮食起居、日常娱乐、园林营建、花卉栽培、养生保健等等。大到对中国古典戏曲创作和表演的理论探索，小到扫地糊墙这样的生活点滴，甚至还谈及如厕便溺这样不登大雅之堂的事情。从这个意义上讲，一方面，《闲情偶寄》可以看作是李渔个人事业和生活的经验总结，它融汇了李渔对创作剧本，组织演出，以及日常生活方面诸多事务的独到见解；另一方面，《闲情偶寄》虽不以记叙为主，但也从侧面描绘了明末清初部分远离科场，依靠自己的文化素养和经营才能自力更生，亦士亦商的“市井文人”的生活场景。

二是思想感情杂。如前所述，李渔的一生并不平静。一方面，他所创作和刊印的戏曲和小说以及他组织经营的演出活动曾得到达官显贵的青睐，他也因此获得了可观的收入；另一方面，他也曾经历过科场失意、改朝换代、家境衰落等许多重大的人生变故。《闲情偶寄》的文字，多多少少渗透着他对这些生活经历的种种感悟和思考。大体而言，李渔对生活的态度是乐观的，无论是编写剧本，组织演出，还是种花栽树，穿衣吃饭，他都能够以一种积极向上的心态去探索其中的奥秘，并且为一些在他人看来或许微不足道的发现和发明而感到欣喜和满足。即使在穷困潦倒，身陷窘境之时，李渔也不忘苦中作乐：在囊中羞涩之时，他“质簪珥”来购买自己钟爱的水仙（《种植部·草本·水仙》）；在疫疠缠身之时，他抛开医嘱，以自己所嗜的杨梅来治病（《颐养部·疗病·本性酷好之药》）；一旦在艰辛的生活中觅得片刻的美妙，他便会发出“我辈何人，遽有此乐，得无折尽平生之福乎？”（《器玩部·制度·床帐》）的感叹。这些言行一方面表明李渔是一个“乐天派”，另一方面也流露出些许自我解嘲，自我安慰的意味。由此可见，李渔在《闲情偶寄》中寄托的思想感情是较为复杂的，我们可以由此窥见这位一生几起几落，遍尝冷暖的江湖士子独特的心路历程。

三是审美旨趣杂。由于早年参加过科举考试，李渔的审美旨趣必然会受到经史类典籍的影响；由于长期从事戏曲和小说的创作和刊刻工作，李渔的审美旨趣自然会具有通俗化、草根化的倾向；再加上李渔的交游极为广泛，上至官宦贵胄，下至商贾工匠，可谓三教九流，无所不包，种种因素的综合作用，使得李渔的审美旨趣呈现出驳杂的特点。在戏曲创作上，他既强调“贵浅显”“贵自然”，又强调“戒荒唐”“忌恶俗”；在服饰设计上，他既崇尚古朴，又不反对创新；在居室布置上，他既追求典雅美观，又强调简单实用。总体而言，李渔在《闲情偶寄》中表现出的审美旨趣是健康向上的，然而受传统女性观的限制，李渔在一些涉及女性姿态和容貌的篇目中，也难免流露出低级俗套的欣赏趣味，其刻画之词往往贻人口实。

四是语言运用杂。正是由于李渔的审美旨趣较为驳杂，《闲情偶寄》的语言运用也带有杂的特点。《闲情偶寄》的语言以文言为主体，但又与先秦时期典型的叙事类和说理类散文有着很大的不同。李渔驾驭语言的功力很强，他能够将娴熟的文言写作技法与自己巧妙的构思、丰富的情感结合起来，敷衍成一篇篇活泼生动、富有灵气的文字。写自己喜欢吃蟹，他便发出“蟹乎！蟹乎！汝于吾之一生，殆相终始者乎！……蟹乎！蟹乎！吾终有愧于汝矣”（《饮馔部·肉食·蟹》）的感叹，将生动的比喻和真挚的情感巧妙地融入文言句法之中，读来全无严肃板滞之感。另一方面，李渔也会在行文中不时地引用《诗经》《礼记》《论语》《孟子》等儒家经典中的语句，以此为自己立论提供支持。在很多情况下，李渔讨论的都是吃饭穿衣一类的琐事，以这些严肃正经的语句来佐证，初读难免给人以装腔作势之感，然而细细品味，就会发现这是李渔刻意使用的一种寓谐于庄的表现手法。李渔匠心独运，将不同风格的语言予以有机的结合运用，大大增强了《闲情偶寄》的可读性。

五是表达方式杂。《闲情偶寄》的表达方式以议论说理为主。除此之外，李渔还将自己改编的剧本作为实例附入书中（《演习部》），为文字增配图示（《居室部》），将大量自己亲身经历的事件作为例证，这些做法既可以将自己的意图清楚准确地传达给读者，也能够激发读者的阅读兴趣。

总而言之，从以上五个方面来讲，我们很难在《闲情偶寄》中找到一条一贯到底的主要线索。唯独可以确定的一点是，书中所谈的方方面面，都是李渔个人在创作活动、经营活动和日常生活中得出的真知灼见，可谓别具一格，自出机杼。《四库全书总目》认为："子之为名，本以称人，因以称其所著。必为一家之言，乃当此目。"既然当得起"一家之言"这样的评价，那么，《闲情偶寄》在中国古代文化史上的地位自然是不容忽视的。

《闲情偶寄》在清代有两个刻本：一是康熙十年（1671）的翼圣堂刻本，题曰"笠翁秘书第一种"，十六卷；一是雍正八年（1730）的芥子园刻《笠翁一家言全集》本，题曰"笠翁偶集"，这个本子将原来的十六卷合并为六卷。两个版本目前皆在国家图书馆藏有善本。本次译注以翼圣堂刻本为主要依据，个别词句适当参考芥子园刻本。注释力求以简洁明了的语言对原文中的人名、地名、术语、用典和生僻词予以解释说明，译文力求在不改变原文基本意思的前提下贴近当前读者的阅读习惯。近年来，海内外学界对《闲情偶寄》的关注日益密切，研究成果层出不穷。本书所呈现给广大读者的，只是一些极为初步的工作成果，种种缺陷错误，还望方家诲正。

目　录

上　册

译文/原文

下　册

译文/原文

卷一　词曲部上

结构第一

填词一事，向来被文人们看作末技。然而若能放下身段去做这件事，还是胜过跑马比剑，酗酒赌博。孔子曾经说过："不是有掷彩博弈的游戏吗？玩玩这个也比闲着好。"博弈虽然是游戏，但也好过整天吃饱了饭，什么事都不用心；填词虽然是小道，可还是比博弈好吧？我觉得技艺不论大小，贵在能够精湛；才能不论高低，利在善于运用；尺有所短，寸有所长，既能精湛又善运用，就可以扬长避短，成名成家。不然的话，即使才高八斗，学富五车，而作文只会堆砌典故，著书空发无用之论，写得再多又有什么用呢？填词这件事，不仅文人干好了足以成名，即使是前朝帝王，也有因为擅长本朝词曲而使国事彪炳千古的。请让我一一道来：高则诚和王实甫都是元代名士，除了填词，没有其他成就；假如这两人没有创作《琵琶记》和《西厢记》，那么今天谁会知道他们的名字呢？所以，高则诚和王实甫是因为《琵琶记》和《西厢记》才得以名垂青史。汤显祖是明代的才子，所作诗歌、文章和书札都值得一读，而他脍炙人口的作品并不是诗歌、文章和书札，而是戏剧《牡丹亭》。假如没有创作《牡丹亭》，那么汤显祖在当时就已经是有其人而无其名，更不用说以后的影响了。所以，汤显祖是因为《牡丹亭》才得以名垂青史。这是文人因填词而成名的实例。

历朝历代的文学创作，都有其代表性的成就，“汉史”“唐诗”“宋文”“元曲”，人人都能脱口而出。《汉书》《史记》千古流传，不可磨灭，很久远了。唐代诗人辈出，宋代文士众多，在文坛，汉唐宋三代称得上鼎足而立，是夏商周这“三代”之后的又一个“三代”。元代统治的天下，不仅是政刑礼乐没什么值得效法的，就连语言文学，图书文章这些微末小事，也未见有什么成就；倘若不是元人崇尚词曲，有《琵琶记》《西厢记》以及《元人百种》这些书流传后世，那么当时的元代，也就会像五代、金、辽一样湮没在历史中，哪里还沾得上汉唐宋三代的光，被学士文人挂在嘴上呢？这是帝王国事因填词而成名的实例。由此看来，填词并不是末技，而是与史传诗文同源的另一支脉。近来倾慕填词，努力想要追步元人，比肩汤显祖的人很多，然而实际上作者还是寥寥无几，没听说什么绝世佳作出现。这是为什么呢？因为词曲创作只能通过阅读前世书籍来学习，并没有现成的方法可以遵循。在没有灯光的暗室里，明眼人和盲人一样什么都看不见，找不到路径，所以没有人指点迷津不足为怪。而且半途而废的人居多，差之毫厘，谬以千里的人也为数不少。

我曾经奇怪：天地之间每一种文字都可以在书本上找到与之相应的法脉准绳，这和耳提面命没什么区别；只有词曲创作一事，不仅仅是简略至极，甚至搁置一边，只字不提。揣摩其中的原因，大概有三点：

第一，填词的道理艰涩深奥，不可言传，只可意会。词曲作者，每当思绪奔涌，冲入云霄之际，就会魂魄飞越，如入梦境，不到篇章创作的终结，他的精神不会恢复常态。讲述真实的东西很容易，描绘梦幻般的东西则很难，所以不是不想传授，而是无法传授。果真如此，那可确实是真奇怪真困难，真的无法用语言表达了。我认为这种最精深的道理，讲的都是最上乘的学问，填词的学问并不都是这样，难道因为精深的道理难以形诸语言，而粗浅的道理也搁置不论吗？

第二，填词的道理变幻无常，说它应该是这样的，又有不应该是这样的。比如为生旦填词，贵在端庄文雅；为净丑作曲，定要幽默诙谐，这是常理。可是如果遇到风流倜傥、放浪形骸的生旦，端庄文雅反而不合适；对于性情迂腐、不知变通的净丑，幽默诙谐则是忌讳。像这样的事情，不能死板地局限于陈规。因为怕以陈规旧习误导拘泥于古训的作者，所以宁肯付之阙如，也不画蛇添足，言无益之事。若果真如此，那么这种变幻之理，不但适用于填词制曲，连科举帖括，赋诗作文也都适用，难道还有以一成不变的章法写文章，却会得到人们的赏识，世代流传吗？

第三，历来名士十有八九都以诗赋得人垂青，以词曲传名后世的不到十分之一，大概千百人中也只有一个吧。而凡是能以词曲传名的人，都将其中的法门像宝贝似的珍藏着，秘不示人，因为他们认为这法门不是其他任何人传授给我的，为什么单单要我传授给其他人。假如家家户户都填词制曲，那么无论世间有多少《阳春》《白雪》一样的高雅作品，深谙鉴赏之道的人未必不会从晚出的作品中挑选出佳作，使才能平庸的前辈相形见绌；而且如果像周瑜那样精通音律鉴赏的人越来越多，频频指出词曲中的瑕疵，使前人的缺点和不足暴露无遗，这就好比一个善射的后羿调教出无数个善射的逢蒙，最终使自己吃亏受害一样，不如还是仿效前人，三缄其口，默不作声为好。

虽然词曲创作之道不传于世，上述三个原因是并列的，但据我个人揣摩，最后这个原因应该是最主要的。在我看来，文章乃是天下公器，不是我个人所能私有的；其中的是非，古来自有定评，难道是我个人可以颠倒的吗？不如倾尽我个人之所有，将它们公之于众，把天下后世所有名士贤人全部视为同道，胜过我的我把他当作老师，但同时也不妨碍他成为给予我启示的得意门生；与我相近的我把他当作朋友，这也是一条相互学习、共同进步的良好途径。怀有这样的心态，就会自然而然地将自己平生所知所学和盘托出，对于前人流传至今的书籍，也会自然而然地取其优长，弃其缺陷，辨其精华，识其糟粕，让世人知道什么是应该学习的，什么是应该避免的，以免在读书时被误导。理解我，怪罪我，怜悯我，甚至杀害我，全由世人，我不会顾及以后的事情。唯一担心的是，上面我所说的，自认为正确而不一定正确；世人所赞同的，我认为错误而不一定错误。我所说的完全是出于公心，如若不公，甘愿接受千秋万代的惩罚。哎，元代的先贤们如果复生，一定会原谅我的。

通常填词最重要的是音律，而只有我以结构为先，这是因为音律有书籍可以参考，其中的道理显而易见。自周德清《中原音韵》一书问世以来，阴阳平仄之间的界限已经清晰可见，就像水里划船，岸上推车一样，稍微懂得一点遵循章法的人，想要犯错误也不太可能了。程明善《啸余谱》和沈璟《南九宫十三调曲谱》问世之后，填词者更是可以依葫芦画瓢，创作有了明确的样本。前人把制曲叫作“填词”，填是“分布”的意思，就像在棋盘上按规定画着格子，见一格子，布一棋子，只有黑白之分，从来不会把棋子下到格外。需要用韵，我就押韵，不需要用韵，我就随意发挥。至于音律的和谐，音质的优美，虽然神妙而难以言喻，也可以由勉强为之发展到挥洒自如，由墨守成规而渐趋化境。至于结构，则应当在捻笔挥毫，创制音律之前就加以谋划。这就好像自然界为人体塑形，应当在精血刚刚凝结，胚胎尚未发育完善之际，就制定出完备的形态，让微小的精血具备五官和骨骼的雏形。如果事先没有完备的形态，而是从头顶到脚跟，一段一段地生长，那么人的躯体恐怕会有无数断断续续的痕迹，血气也会因此而阻滞其中。

工匠建造房屋也是这样。在地基刚刚平整，房屋间架尚未确立之际，应当先筹划好哪里建厅堂，哪里开窗户，造房梁需要什么木材，一定要等布局成熟，才能开工建造。如果建成一部分再去筹划一部分，顾前不顾后，必然会导致改建一部分以适应另一部分，房子还没建好就已经毁了。就像古人说“筑舍道傍，三年不成”，本来能够用来建造几座房子的资金，还不够建造一厅一堂了。所以创作戏曲的人，不能急于动笔，只有成熟的前期筹划，才换得来之后的奋笔疾书。有奇妙的素材，才写得出奇妙的文章，失败的命题是不可能使作者文思泉涌文采飞扬的。我曾经阅读过一些时下流行的戏曲作品，为作者惨淡经营、用心良苦而作品却无法配乐演出感到惋惜。之所以这样，并不是因为审音配乐非常困难，而是因为整部作品的结构缺乏妥善的安排。

词曲的文采似乎不必急于讨论，而我讨论文采也在音律之前，因为才华和技能是有区别的。稍有文采的人就可以称作才人，深通音律的人终究只是艺士。师旷只会鉴赏音乐而不会作曲，李龟年只会评判词的好坏而不会填词；假如让他们与词曲作家同处一堂，我肯定他们会坐在末席。有些事情虽然细微，却必须严格对待，这就是一个例子。

戒讽刺

武士的刀，文人的笔，都是杀人的工具。刀能杀人，人人都知道；笔能杀人，则不是所有人都知道的。然而笔能杀人，或许还有人知道；至于笔杀人比刀杀人快百倍凶百倍则没有人知道，自然也不可能明确地说出来警诫世人。请让我来详细说说其中的原因吧。我是怎样了解个中原委的呢？是通过执行死刑的情况来了解的。斩首与凌迟，同样是处死一个人，却有轻与重的区别。斩首，是一刀置人于死地，时间短暂，只要人头落地，行刑也就结束了；凌迟，则需要动数十百刀，持续很长时间，受刑者求死无门，痛了又痛，恨不能一刀砍掉脑袋了事却不可得。其中的关键，就在于持续时间的长短。然而用笔杀人，这种痛苦持续的时间，又怎么会像凌迟那样短呢？

我私下里奇怪，传奇这门艺术，从前是人们用来宣扬教化的，是因为普通人当中知书识字的太少，教导他们行善去恶没有别的办法，所以才创作了这种文辞，借助演员的表演，让大家共同来欣赏。通过表演，告诉大家好有好报，恶有恶报，让大家知道应该做什么，不应该做什么。传奇也因此成为治病延年的药方，救苦消灾的工具。到了后世，尖酸刻薄的人打着这种旗号胡作非为，用传奇的形式报仇泄愤。自己喜欢的，赋予生旦的角色；自己怨恨的，化作净丑的形象，并且把千百年来闻所未闻的丑恶行径编排在一个人身上，通过戏班的表演传播出去，几乎为定论，即使本人有孝子贤孙，也无法翻案。唉，难道流传千古的文章，仅仅是为了杀人而作的吗？难道我们毕生诵读的文章，仅仅是为了迎合行凶造孽的需要吗？相传仓颉创造文字的时候鬼在夜里哭泣，看来上苍未必没有预料到这一点。但凡传奇作者，首先要断了以笔杀人的念头，只能有忠厚的用心，不能写邪恶的文字。可以用传奇报恩，不可以用传奇抱怨；可以用传奇劝善惩恶，不可以用传奇欺善作恶。

人们都说《琵琶记》是为了讥讽王四而写的，因为王四对父母不孝，所以作品中加入了他入赘豪门，导致父母饿死的情节。为什么这么说呢？因为“琵琶”两个字上面有四个“王”字，由此可以看出其中的寓意。唉，这实在不是君子说的话，而是无知者的荒谬之论。凡是那些传世文章的作者，必定在创作之前就有传世之心，然后得到鬼神的启示，笔端生花，文思泉涌，写出气势磅礴的文章才会人人赞美，百世流芳。这种文章能够流传不是由于文字本身，而是由于作者的一腔正气。

《五经》《四书》《左传》《国语》《史记》《汉书》这些书，与大地山河一样亘古不朽，请问当年这些书的作者中，有一个不肖之人、轻薄之徒混杂其间吗？只要看看《琵琶记》能够流传到今天，就能够断定高则诚的为人，必然有值得肯定的优点，所以上天才让他的名字流传至今，而没有随着他的离世湮没在历史中，这样的人怎么会是残忍刻薄之徒呢？就算当时高则诚确实与王四有嫌怨，想要把不孝的罪名编排在他身上，可高则诚与蔡邕不一定有嫌怨，为什么对真正有嫌怨的人只是暗中用意，不直斥本人，而让不一定有嫌怨的人蒙受不白之冤呢？这本是显而易见的事情，却从来没有人争辩。可见臆造这种说法的人是何等的不学无术啊。

以往我刻印传奇作品，总要在开头题一段誓言，大概意思是说：给生角和旦角冠以美名，并不是为了讨好有事相求的人；给净角和丑角抹上花脸，也不过属于无心的玩笑；总之都是为了给演出增色，使舞台不至于冷清。但考虑到人情复杂，什么事情都可能发生，天地广大，什么东西都可能存在，虚构的事情，现实中可能确有其事；虚拟的名字，现实中可能确有其名。怎么能保证观众们不会以为这些编造的故事在现实中确有原型呢？因此我泣血向神明发誓，以自己的真心明示世人，这些故事如果有丝毫的影射，我甘愿三世喑哑失声，即使逃脱了世间的罪诛，也躲不过阴间的惩罚。这一段肺腑之言，已经随着作品的出版，在世间得到了长期的印证。然而总有好事之徒不原谅我，每看一部戏，必定要问我在影射什么人。唉，我发誓言至今已经二十多年了，上苍明察秋毫，每时每刻都在监督着我，如果每部戏都确实有所影射，为什么不惩罚我呢？

身后之事暂且不提，就拿现在来说：我已经年近六十，即使马上死去，活的日子也不算少了。以前还担心自己没有儿女，如今已经有了五个儿子，两个女儿，已经怀孕还没有出生的、已经出生等着怀孕的，还不止一个。虽然儿女们都没什么出息，但毕竟可以使我晚年得到安慰，不必像丧夫丧妇、无儿无女之人那样忧愁。虽然我年纪大了，但是筋骨体力还都没有衰竭，跋山涉水时，年轻人常常追不上我；虽然我形貌消瘦，可精力气血还没有耗尽，寻花问柳，男女求欢，仍然觉得情韵悠长。我所担忧的是贫困，可贫困不是什么疾病；我所缺少的是富贵，可富贵难道是每个人都能够有幸得到的吗？可见上苍对我的怜悯，应该说足够了。不是怜悯我的才华，也不是怜悯我的德行，而是怜悯我挚诚之心，全无杂念。我平生撰写的书籍，虽然无益于世道人心，但要说数量，叠起来也差不多有曹交那么高了。假如其中稍有私心，想要加害什么人，上苍惩罚我尚且来不及，怎么会容许我这个造孽的人老而不死，还能在文坛张狂放肆？

我在一开始就大声宣扬，自鸣得意似的告诫人们传奇创作要以讽刺为忌，并不是我浅薄无知，夜郎自大，而是因为担心传奇作者不深究创作的初衷，错误地相信“高则诚作《琵琶记》影射王四”的说法，以假当真，做出错事。谁没有恩恩怨怨？谁没有满腹牢骚？如果大家都借传奇创作来泄私愤，那么我这本书就不是阐述传奇创作学问的书，而是教人行凶作恶、传播罪恶的书了。上苍要是惩罚不讲礼教的人，我恐怕要首当其冲了吧？总而言之，我现身说法，就是出于这样一种考虑。

立主脑

古人每写一篇文章，必定要有一个主脑。主脑不是别的东西，就是作者想要表达的根本思想。传奇也是这样。一部戏中，虽然人物众多，终究都是陪衬，推究作者本意，这部戏只是为一个人物而写的。即使这个人物，从开场到结尾，历尽悲欢离合，其中虽然衍生出无穷无尽的故事和情节，终究也都是无关紧要的文字，推究作者本意，这部戏只是为一个事件而写的。这一个人物一个事件，就是作者创作一部传奇的主脑。然而这个人物和事件一定是真正奇妙特别的，确实有流传价值的，并确实流传了下去，这部戏方才对得起“传奇”这个名称，这个人物和事件方才可以与作者一起流传千古。

譬如一部《琵琶记》，主要人物只有一个蔡伯喈。而蔡伯喈身上发生的诸多事件，也只有“重婚牛府”一件是主要的。戏里的其他次要事件，都是从“重婚牛府”一事生发出来的：蔡伯喈双亲灾年亡故，赵五娘剪发买葬尽孝，拐儿骗取钱财、藏匿书信，张大公仗义疏财，这一系列事件，都从“重婚牛府”一事衍生而出。所以“重婚牛府”这四个字，就是《琵琶记》的主脑。一部《西厢记》，主要人物只有一个张君瑞。而张君瑞身上发生的诸多事件，也只有“白马解围”一件是主要的。戏里的其他次要事件，都是从“白马解围”一事生发出来的：崔夫人许婚，张君瑞渴望与崔莺莺结合，红娘勇敢地从中撮合，崔莺莺大胆地自荐枕席；以及郑恒极力争取崔莺莺而最终失败，这一系列事件，都从“白马解围”一事衍生而出。所以“白马解围”这四个字，就是《西厢记》的主脑。其他的戏都是这样，不必全部指出。

后人创作的传奇，只懂得设置一个主要人物，不懂得设置一个核心事件，都是把这个人物的所作所为一一铺陈开来，好像散乱的金玉碎屑，这样的传奇从局部来看还可以接受，从整体上看，它们则是断了线的珠串，没梁的房屋。作者茫然无知，理不出头绪，观众也静悄悄的，一言不发，这就难怪懂戏的人对戏班子望而却步了。这些话从来没有人道破，所以犯错误的人很多。从今往后，我觉得犯这些错误的人应该会减少了。

脱窠臼

“人是熟悉的好，物是新奇的好。”新奇，是对天下事物的赞美。而文章与其他事物相比，尤其要越新奇越好。古人认为文章中的陈旧言语，想要去除很困难，但必须去除，说的就是写文章要追求新奇。至于词曲创作，与诗赋文章相比，对新奇的要求则又加倍了。不但是前人的作品今天看来显得陈旧，即使我自己的作品，拿现在的与从前的相比较，也有差别。这是因为从前的作品早已读过，而现在的作品还没有读过，对没有读过的作品感到新奇，自然就对已经读过的作品感到陈旧了。古人把戏曲剧本叫作“传奇”，是因为它讲述了特别奇特的故事，传播了人们没有见过的事情，“传奇”的名称是由此而来的，可见不奇特的故事无法传播。“新”是“奇”的别名。如果某一类情节早已在舞台上出现过，就早已有千千万万人观看过，毫无奇特可言，哪里需要传播呢？所以戏曲作者，必须深刻理解“传奇”两个字的内涵。想要创作一部戏剧，首先要考察一下古往今来的戏剧作品中有没有这一类的情节，如果没有，就马上动笔写作，不然的话就会白白辛苦一场，好比东施效颦，适得其反。东施的容貌不一定比西施的丑陋，只是因为盲目地模仿西施，千百年来才备受讥诮。假如东施当年能预料到这个结果，即使有人劝她模仿西施捧心，她也会不屑于做的。

我认为戏曲创作的难点，莫过于摆脱陈旧的模式；而戏曲创作的鄙陋之处，也莫过于因袭守旧。我看过近来所谓的新戏，其实并不是新戏，都是老和尚用碎布补缀的僧衣，医生用各种药材合成的汤药，截取众多剧目中的情节，这里割一段，那里割一段，拼接在一起，就是一部“传奇”。其中只有没听说过的姓名，却没有没见过的情节。俗话说“价值千金的裘皮大衣，不是一只狐狸的狐腋制成的”，用这句话来评价时下的新戏，可以说再恰当不过了。只是不知道前人的作品，又是从哪里拼接来的。难道在《西厢记》问世之前，另有一个张君瑞跳墙的故事？在《琵琶记》问世之前，另有一个赵五娘剪发买葬的故事？如果真是这样，为什么原创的剧本没有流传，而抄袭的剧本得以流传呢？不摆脱陈旧的模式，谈不上戏曲创作，这是与我存在共识的人迫切需要考虑的。

密针线

编写剧本就像缝制衣服，先要把完整的布料剪成小块，然后再把剪成小块的布料缝接起来。剪成小块容易，缝接起来困难，缝接的功夫，全在于针线紧密。一个环节偶有疏漏，整部作品就会显出破绽。每编写一折戏，前面的几折和后面的几折，必须都照顾到。照顾前面几折，是为了前后呼应；照顾后面几折，有利于埋下伏笔。不论是前后呼应还是埋下伏笔，都不只是针对一个人物和一个事件，而是这部戏中所有有姓有名的人物，相互关联的事件，以及前前后后的台词对话，每个细节都要考虑到。宁可使考虑到的东西派不上用场，也不能忽略有用的东西。我认为当下的传奇，方方面面都不如元代的作品，只是在伏笔照应方面，胜元人一筹。这不是因为当下的作者太过工巧，而是因为元人所擅长的完全不在于此。

如果以戏曲各部分的衔接照应而论，元曲中疏漏最多的，莫过于《琵琶记》。重要的情节就不用说了，其余地方有悖于情理的错误也很多。例如蔡伯喈考中状元三年，家人竟全然不知；做了丞相的女婿，享尽荣华富贵，竟连一个仆人都指使不了，还要托过路人往家里捎信；赵五娘千里迢迢寻找丈夫，独自一人，无人相伴，谁能证明她是否保全了名节？像这样的情节，都是极其违背情理的。再说其中的细节，例如赵五娘剪发，这是作者自己杜撰的，当时肯定没有这样的事。因为剧中有一个仗义疏财的张大公，别人有托于他，他必定会有始有终地把事情办好，所以他不可能袖手旁观，致使赵五娘剪发买葬。但是如果没有剪发买葬这个细节，就不能充分表现出赵五娘的孝心。假如让我来创作《琵琶记》，《剪发》一折同样必不可少，只是需要照顾到张大公，给他留有余地。

我读《剪发》一折的唱词，觉得不仅没有一个字照顾到张大公，而且好像在存心讽刺他。据赵五娘说："前日婆婆去世了，幸亏张大公周济。现在公公又去世了，没钱料理后事，不好再去求张大公，只能剪发"等等，如果是这样，那么剪发就是赵五娘自愿的，并非出于形势所迫，可为什么唱词中又说："不是我苦苦追求孝名传世，只是因为上山抓老虎容易，开口求人太难。"虽然这两句话平日常见，人人都可以说，却单单不能由赵五娘说出口。她自己不肯开口求人，凭什么说求人难呢？玩味这两句话，难道不像埋怨张大公的言辞吗？然而这还属于私下里自言自语，或许可以不必照顾周全。待她哭倒在地，张大公看见，答应送钱财粮食资助她，帮她为公公准备寿衣寿材之时，她对张大公的感激之词应当不绝于口，可为什么唱词中又说："只怕我死后还是没人料理后事，谁向你报恩还债?”请问公公的后事是谁料理的？婆婆的后事是谁料理的？对料理公婆后事的人说自己的后事没人料理，这将张大公置于何地？况且张大公资助赵五娘，是崇尚道义，不是图谋利益，“谁向你报恩还债”一句话，不是抹杀张大公一片善心，将一副热心肠抛入冷水中吗？

这样的戏曲作品，出自元人之手算他幸运，要是出自当今作者之手，肯定会遭到众人的讥笑，不知该何处容身了。我不敢批判古人，既然是探讨戏曲创作，就一定要人们知道什么是应该学习的，如果拘泥于世俗成见，认为事事都要学习元人，恐怕优长之处没学到多少，先染了不少坏毛病。有人反对他，他就以学习元人作借口，不知道圣人千虑，必有一失；圣人做的事尚且有不能效法的，何况其他人呢?《琵琶记》值得学习之处很多，让我举个例子掩盖它的缺陷吧。例如《中秋赏月》一折，同是面对月亮，牛氏说的话句句情感欢悦，蔡伯喈说的话字字情感凄凉。两人坐在一处，却怀有两种不同的情感，这两种不同的情感又由一件事生发出来，这是《琵琶记》前后衔接最紧密，照顾最周全的地方。瑕不掩瑜，举几个例子有什么妨害呢？然而传奇这种东西，其中的义理有三项：词曲、念白和衔接照应的关键情节。元人所擅长的只是其中词曲这一项，念白和情节处理，他们是有缺陷的。我对于元人，只是在词曲创作上以他们为标准而已。

减头绪

头绪繁多是传奇的大问题。《荆钗记》《刘知远白兔记》《拜月亭记》和《杀狗记》能够流传后世，就是因为这四部戏都是一条线索贯穿到底，没有枝枝蔓蔓，旁逸斜出的情节。小孩子看这些戏，都能够清晰地理解，流畅地记诵，就是因为它们没有偏离主题的情节，贯穿全剧的主要人物也只有一个。后世的作者，不讲究线索的集中，只在无关紧要的情节上下功夫，以为多一个人物可以增加一个人物的故事。故事越繁多情节越复杂，让观众仿佛走进了山阴道，人人应接不暇。只是他们不知道，戏场上的演员只有那么几个，即使更换千百个人物姓名，也都是由这几个演员来扮演，不过是登场次数多少的问题，人物姓名换与不换并不重要。与其一会儿张三一会儿李四，让观众搞不清来路，不如让演员只扮演有限的几个人物，让他们登场退场频繁一些，换故事而不换演员，使观众仿佛遇到了故人，自然会心情舒畅，这样不是更好吗？传奇的作者，如果能时刻把“头绪忌繁”四个字挂在心头，创作思路就不会分散，文字与情感就会统一。写出的作品，就会像孤傲的梧桐、苍劲的竹子那样结构紧凑，不蔓不枝，即使不一定能保证它广泛流传，也具备了《荆钗记》《刘知远白兔记》《拜月亭记》和《杀狗记》那样的气度风貌。

戒荒唐

古人曾说：“画鬼怪容易，画狗马困难。”因为鬼怪没有具体的形貌，画得不像，也很难考证；狗和马人们常见，只要有一笔画走了样，人人皆可批评。可见凡事一牵扯荒唐不实的东西，就是文人们隐藏自己缺点的办法。而近来的传奇作品，只擅长做这类事情。唉，活人见到鬼，是不祥之兆，况且有喜事的人家，怎么会动不动就搞出妖魔鬼怪来祝寿呢？移风易俗，应该从这里开始。我认为剧本不是别的东西，就是夏商周三代之后可以与《韶》和《濩》等量齐观的经典乐舞。殷商有崇尚鬼神的习俗，尚且没听说过殷人为荒诞不经的事情谱上曲子，在庙堂上演奏，更何况在当今这辟除谬误，崇尚真实的繁荣昌盛之世呢？

王者之道的根本在于人情，凡是创作传奇，应当只在耳闻目睹的事情中找素材，不应当在日常见闻之外的事情中找。不只词曲是这样，古往今来的文章都是这样。凡是探讨人情事理的作品，都能流传千古；凡是涉及荒唐怪异的作品，问世之初就会腐朽。《五经》《四书》《左传》《国语》《史记》《汉书》，以及唐宋时期的诸多大文豪的作品，哪一部不探讨人情？哪一篇不关乎事理？这些作品至今仍然家家吟咏，户户传颂，有人责怪这些作品写得太平易而摒弃了它们吗？《齐谐》是一部记录怪诞事情的书，当时只有书名存世，至于书本身，后世没有人见过。这难道不是平易的作品经得住历史的考验，而怪诞的作品不可能传世的典型证据吗？有人认为家庭中的日常琐事已经被前人写尽，连芝麻大小的细节都探究到了，没有丝毫遗漏，现在的作者不是刻意追求怪诞，而是连追求平易也已经不可能了。我认为不是这样的。人世间奇怪的事情没有那么多，而平常的事情居多；探索事理可以穷尽，而探讨人情很难穷尽。只要君臣父子在世上存在一天，忠孝节义就存在一天。人性的发展变化是越来越新奇的，前人不曾做过而留待后人去做的事是极多的，后人猛然间爆发出的心境性情，往往胜过前人。

就妇女而言，她们的德行最重要的是贞洁，她们的罪过最严重的是嫉妒。自古以来贞洁烈女坚守节操的故事，不过是剪掉头发、斩断手臂、刺破脸面、毁坏身体而已，刎颈自杀就算极限了。可近来发誓坚守节操的妇女，竟然有剖开腹部割断肠子，面对富贵人家，不惜以生命为代价来表达自己坚贞不屈的；也有不带利器，谈笑着逝去，像得道高僧圆寂一样的。这难道不是表明五伦之中自然有着变化无穷的事情吗？自古以来，爱嫉妒的妇女制约丈夫的办法，不过是罚跪、不许睡觉、手捧灯火，头顶水杯而已，打屁股就已经算极限了。可近来的妒妇悍妇，竟然有闭门绝食，甚至迁怒他人，使家族成员为了逃避祸端而不敢上前，眼看着她饿死而无人施救的；也有对丈夫既不鞭打，也不禁闭，宽宏大量，好像废止了各种刑罚，而丈夫却被这种没有怒气的威严所震慑，自觉地遣散姬妾，屈从归化的。这难道不是表明家庭生活中就有日新月异的变化吗？这样的事情很多很多，不能一一列举。

这里说的是前人没有见过而后人见过的事情，可以为填词制曲提供素材。即使前人已经见过的事情，也存在表达不够充分的情感，描写不够全面的形态。如果我们能设身处地，探索其中的细微之处，那些九泉之下的人自然会为我们显灵，赐予我们丰沛的文思和满腹的文采，创作出的戏曲，使观众只赞赏它新奇艳丽的词曲，而忘记它写的其实是极其陈腐的事情。这是戏曲创作的最高境界，我一直在追求，但还没有达到。

审虚实

传奇创作使用的素材，有古代的，有当代的，有虚构的，有真实的，人们可以随意选取。古代的素材，书籍有记载，是古人现成的事；当代的素材，是人们的所闻所睹，只有在事情发生时才能见到；真实的素材，是根据实际发生的事情铺叙陈述而成的，都有所根据，不弄虚作假；虚构的素材，仿佛空中楼阁，是随意构建而成的，无影无形。有人说古代的素材多是真实的，当代的素材多是虚构的，我认为不是这样。

传奇所讲的故事本来就不真实，多数都是寓言。想要劝人行孝道，就把一个有名的孝子立为典型，只要他有一点孝行可写，就不必考虑他所有的事情，凡是孝敬父母所应该有的言行，全部加在他身上，这就好像商纣王本来没有那么坏，一旦身居下位，人们就把天下所有的恶行全部加在他身上。其他表现忠烈的，表现节义的，各种劝人行善的剧作，都与此相同。如果说古代的素材都是真实的，那么在《西厢记》和《琵琶记》这种被公认为戏曲鼻祖的作品中，崔莺莺真的嫁给了张君瑞吗？蔡伯喈饿死父母，赵五娘代夫尽孝的事情，哪本书有记载？确实有事实依据吗？孟子说过："完全相信书本，不如没有书。"这话针对的是《尚书》中的《武成》一篇。经史典籍尚且如此，何况戏曲呢？

凡是在阅读剧本时，一定要考证其中的本事从哪里来，人物住在什么地方的人，都是说梦话的傻瓜，他们的问题是不必理会的。然而作者执笔创作，又不能完全这样认识问题。如果写当前的事，没什么可考证的，那么不但事迹可以虚构，剧中人物姓名也可以凭空捏造，就是说要虚构就虚构到底。如果使用古代的素材，只要剧中出现一个古代名人，那么整部戏所有的角色必须都是古人，一个姓名都不能捏造；剧中人物所做的事情，必须是古籍上有记载的，桩桩件件都可以考证的，一件事都不能虚构。使用古人的姓名不难，难的是使整部戏的角色与他同时共事；考证古人事迹不难，难的是使它与剧中情节贯穿合一。

我既然说传奇中的故事不真实，多数是寓言，为什么又说剧中的姓名和事件必须有所根据呢？要知道古代的人写古代的事很容易，而今天的人写古代的事很难。古代的人写古代的事，就像今天的人写今天的事，不是他们不考虑考证史实的问题，是他们没什么可考证的。这些作品流传到今天，观众对其中的人物和事件已经烂熟于心，不可能被欺骗蒙蔽，所以必须要有所根据，就是说要真实就真实到底。假如用一两个古人做主角，由于没有相应的古人做配角，就虚构几个姓名来代替，那就是说虚构不像虚构，说真实不算真实。这样写，作者是要出丑的，大家一定不要犯这种错误。

词采第二

戏曲和词是同一种文字。但古往今来的各种刻本中，词写得都很好，戏曲却不能尽善尽美。这是因为词可以有所选择，戏曲却没有选择的空间。词的篇幅最短，每一首不过几十个字，作者虽然很多，能够编入选本的作品却不多。选编者弃其糟粕，取其精华，所以读者只能读到词中的佳作。戏曲剧本篇幅最长，每一折戏都必须有好几支曲子，每一部戏都必须有好几十折，不是才高八斗的作者，不可能保证剧本自始至终完美无瑕。有偶见瑕疵的，有瑕瑜并陈的，还有前面紧凑后面松散的，甚至有迫不得已狗尾续貂的。可是对演员和观众来说，既然有这样一部戏，只好着眼于它的优长，宽恕它的缺陷，完整地收录它，没有从一部戏中删去几折，保存几折，从一出戏中抹掉几支曲子，保存几支曲子的道理。有的因为几折戏写得好，可以为整部戏增辉；有的因为一支曲子写得好，可以使整折戏生色。一部戏不能尽善尽美，常常是瓦釜之响与天籁之音共存，原因就在这里。

我认为既然要在戏曲创作上下功夫，就应该像画家画肖像，姑娘做刺绣一样，一笔有偏差，人物的神情就可能失真；一针有缺漏，花鸟的形态就可能走样。假如一部戏中所有曲子都能够像《花间集》和《草堂诗余》这样的词选一样，每一首都有值得品鉴的词句，每一句都有值得赞誉的字眼，就不会对不起填词制曲的名声，这样的戏曲不用说一定会流传开来，即使流传千万年，也是注定的。古代的戏曲中，整部都不松散，鲜有瑕疵的，我只推举《西厢记》。《琵琶记》则像汉高祖带兵打仗，有胜有败，垓下之战一战成功，身登大宝，是天命使然，不完全是因为他善于用兵。《荆钗记》《刘知远白兔记》《拜月亭记》和《杀狗记》能够流传，则完全靠的是音律，至于剧本的文学价值，可以置之不论。

贵显浅

戏曲的语言与诗文的语言不但不同，而且截然相反。原因何在呢？诗文的语言贵在典雅，粗俗是不可取的，诗文应当写得婉转含蓄，浅切直露是大忌。戏曲不是这样。戏曲的语言来源于街谈巷议，讲述故事需要直接明了。凡是读起来令人费解，或者初读体会不到其中的妙处，深思熟虑之后才能理会作者用意的剧本，都不是一流的佳作，不用问就知道是当下的作品，不是元代的戏剧。元人不是不读书，但是他们的作品，绝没有丝毫的书卷气，这是因为他们有书而不用，不是需要用书而没有书，后人的作品中则充斥着书本上的语言。元人不是用心不深，而他们的作品都给人一种过于浅近的感觉，这是因为他们能用浅近的语言表达深刻的思想，并不是用语言的浅近来掩饰思想的肤浅，后人的作品则思想和语言都很艰深。

其他作品不谈，就拿汤显祖的《牡丹亭》来说，世人把它与元人的作品相提并论，这是恰当的。问到它的精华所在，人们的回答都是《惊梦》和《寻梦》两折。我觉得这两折虽然是佳作，可仍然是当代的作品，算不上元曲。《惊梦》第一句唱道："袅晴丝，吹来闲庭院，摇漾春如线。"用一缕游丝引出情丝，开头一句，用心就如此之深，可以说是惨淡经营了。然而聆听吟诵《牡丹亭》的人，一百个里有一两个理解这番深意的吗？如果说作者的初衷不在于此，不过是以所见之物引起所要表达的情感，那么看见游丝，不妨直说，有必要曲曲折折，从晴丝说到春意，由晴丝之细想到春意如线吗？如果说作者原本用心很深，恐怕很难找到能够理解的人。既然找不到理解的人，又何必在宴会上演出，让文人雅士和凡夫俗子共同欣赏呢？

其他的像"停半晌，整花钿，没揣菱花，偷人半面"和"良辰美景奈何天，赏心乐事谁家院"，以及"遍青山，啼红了杜鹃"等等，每一个字都苦心经营，不够明了。这样的语言虽然很美，却只能用来阅读，不适于演出。至于《惊梦》结尾的"似虫儿般蠢动，把风情扇"和"恨不得肉儿般团成片也，逗的个日下胭脂雨上鲜"，以及《寻梦》中的"明放着白日青天，猛教人抓不到梦魂前""是这答儿压黄金钏匾"，这样的曲子，就有元人的风范了。而我最欣赏的，不只《惊梦》和《寻梦》两折，汤显祖巧妙的构思和富丽的文采，在前后各折中都有所体现。

《诊祟》曲唱道："看你春归何处归，春睡何曾睡，气丝儿，怎度的长天日。""梦去知他实实谁，病来只送得个虚虚的你。做行云，先渴倒在巫阳会。""又不得困人天气，中酒心期，魆魆的常如醉。""承尊觑，何时何日，来看这女颜回?"《忆女》曲唱道："地老天昏，没处把老娘安顿。""你怎撇得下万里无儿白发亲。""赏春香还是你旧罗裙。"《玩真》曲唱道："如愁欲语，只少口气儿呵。""叫的你喷嚏似天花唾。动凌波，盈盈欲下，不见影儿那。"这样的曲子，完全是元人的气度风貌，与《元人百种》相比较，几乎分辨不出来，因为它们用意很深，而语言却很浅近，没有丝毫的书卷气。说到戏曲作家应该使用的书，不仅经典、史传、诸子以及诗赋古文应当一一熟读，就连释氏、道家、九流、百工的书，甚至儿童启蒙用的《千字文》和《百家姓》等等，都在所用之列。但在运笔创作的时候，则应当不露痕迹。

创作中偶尔需要使用成语典故，点出旧事时，应当以信手拈来为高妙，在无意中产生巧合，仿佛古人自然而然地来到我的笔下，而不是我有意拟古仿古。这种艺术造诣，不是语言可以讲清楚的，只能多多购置元曲，深入学习，自然能够为其濡染，受其教化。元曲中最上乘的作品，不只是《西厢记》和《琵琶记》两部，而是在《元人百种》之中。《元人百种》也不是十全十美的，十之一二的作品成就高于高则诚和王实甫，之所以不能家弦户诵，与《西厢记》和《琵琶记》一比高下，是因为它们是杂剧而不是全本剧，多数是北方的曲调而不是南方的曲调，又只能配乐演唱，不适于舞台表演。当下所推崇的都是后者而不是前者，想让这些戏不像秋天里的扇子那样被抛弃，哪里能办得到呢？

重机趣

“机趣”两个字，是戏曲作家必不可少的。机是戏曲的精神，趣是戏曲的风致。缺少这两样东西，戏曲就像是泥人土马，徒具形态，没有生气。有些作品由于是作者一句一句拼凑起来的，所以观众也只好一段一段地记忆，稍不留心，看到第二支曲，就忘了头一支曲子是什么样子，看到第二折，就不知道第三折要写什么东西。如此一来，演员口干舌燥，心力交瘁，观众眼睛干涩，耳朵腻烦，何必这样既苦了自己，又苦了千百人乃至亿万人呢？所以戏曲创作，一定不能有断断续续的痕迹，一定不能有迂腐古板的习气。

所谓没有断断续续的痕迹，不仅是说要一出接着一出上演，一个人物接着一个人物登台，必须上下承接，血脉相连，即便是情节上毫不相关的地方，也要设置伏线使它们暗中勾连，让观众看到后面才领会到其中的奥妙，就像莲藕，没切开的时候先长出里面的细丝，等细丝一根根连在一起，人们才知道作茧的精妙。这说的是机不可少。所谓没有迂腐古板的习气，不仅是说扮演风流故事，表现浪漫情怀的戏曲作品要以迂腐古板为大忌，即便是探讨忠孝节义，诉说悲苦哀怨的戏曲，也要用汪洋恣肆的方式表达超凡入圣的情操，在笑语中展现悲愁之情。戏曲创作，如果做到像王阳明讨论道学一样，就是深得其中奥义了。

王阳明登坛讲学，反复辩说“良知”这个概念。一个愚钝的人问他：“请问‘良知’这个东西是白色的，还是黑色的?”王阳明说：“既不是白色的，也不是黑色的，只要略带一点红色的东西，就是良知了。”按照这种方法填词制曲，那么无论表现悲欢离合还是嬉笑怒骂，字字句句都会富有机趣了。此外我还认为，填词制曲的慧根，是人本性中就有的，本性中没有这种东西的人，哪怕拼上性命也写不出好作品。有人问：本性中的东西，怎么辨识它有没有呢？我说：不难。看一个人说话写文章的风格，就可以知道了。说话不迂腐，十句话中必定有一两句跳脱灵动的人；写文章不古板，一篇文章中只要有一两段空灵的人，就是可以填词制曲的人。不是这样的人，可以寻找别的出路，不要把有用的精力浪费在没有收获的地方。哎，“本性中就有”这句话，做任何事都适用，不光是填词制曲。举凡吟诗作文，书法绘画，饮酒下棋，以及各种技艺，没有一样不需要慧根，没有一样不源于本性。勉强为之的人，到底是半路出家，只能做个混斋饭吃的和尚，不可能修成佛祖。

戒浮泛

戏曲的语言贵在浅显，这在前面已经谈得很详细了。然而一味地追求浅显而不懂得区分，戏曲就会逐渐流于粗俗，想要使用书面化的语言也办不到了。元曲中这样的毛病很多，都是想要解决艰深隐晦的问题却矫枉过正了。极粗俗的语言，戏词中未尝不可以使用，只是要视角色的具体情况而定。比如花脸的语言，不粗不俗是大忌，而生角旦角的语言，就应当有谨慎斟酌。不用说生角扮演公子官宦，旦角扮演小姐夫人要谈吐隽永典雅，气度雍容华贵，即便是生角扮演仆人随从，旦角扮演侍女丫鬟，他们的语言也应当有所选择，不能和净角、丑角一样。因为生角和旦角有他们特定的风格，净角和丑角有他们固有的腔调。元人对这个问题没有了解，常常混用不同角色身份的语言。

《幽闺记》中的陀满兴福，是由小生扮演的，是一个起初受尽委屈而后扬眉吐气的人。他在《避兵》一曲中唱道："遥观巡捕卒，都是棒和枪。"这是花脸的口吻，不是小生的腔调。同样是日常用语，有的应当用在这里，有的应当用在那里。还有一些极其粗俗的语言，只要改换一两个字，或者增减一两个字，就变成了绝顶新奇雅致的语言。语言运用想要达到出神入化的境界，关键在于熟练。这个观点姑且保留，等待人们评说。

戏曲创作的道理无穷无尽，刻画人物要惟妙惟肖，讨论事情要切中肯綮，各类文章中头绪最为繁复的，非戏曲莫属。我认为概括地讲，戏曲创作的纲领不过是"情景"两个字。景展现人物所见，情抒发人物心声。情是发自内心的，景是来自外界的，写景和抒情，两者的难易程度有天壤之别。因为情是某个特定人物的情，写张三就要像张三，很难与李四相同。景是众人共睹的景，写春景夏景都是春景夏景，只要与秋景冬景作区别就可以。长于戏曲创作的人，应当知难而上，不要趋于写容易的。批点戏曲剧本的人，每当读到描写游山玩水、赏月观花的曲子，见到其中只写眼前所见，不涉及心中的情感，那么即使写得有十分好，也只能算作五分。因为描写风云月露的作品，佳作很多，并不是从这部戏才开始的。善于咏物的作者，高妙之处在于即景生情。比如前面所说的《琵琶记·赏月》中的四支曲子，同样是赏月，牛氏眼中有牛氏的月亮，蔡伯喈眼中有蔡伯喈的月亮。不同人物谈论的月亮寄寓着不同的心绪。牛氏谈月亮的话，可以移给蔡伯喈一句吗？蔡伯喈谈月亮的话，可以挪给牛氏一个字吗？夫妻二人的语言，尚且不能挪移混用，何况其他人呢？

有人认为这样高妙的曲子，写得好的有几个？勉强别人做他做不来的事，这是堵塞戏曲创作的道路。我说：不是这样的。写文章这件事，贵在专一。专一才能生巧，涣散则会导致愚笨；专一能够引来精妙，涣散则很难产生效果。“百工居肆”的古语，告诉人们只有专心致志才能成功；“众楚群咻”的典故，告诉人们精力涣散注定一事无成。抛开情感空谈景物，不过是贪图省力，殊不知眼前景物繁多，应当从何谈起。吟咏花草担心遗漏鸟雀，描写月亮又想兼顾风雪。倘若把景物一样一样铺陈开来，恐怕内容太多，曲子太少；想要用几句话概括，又怕内容太简单，不足以抒发情感。这样辗转推敲，已然花费了许多心思，倒不如从自己的实际情况出发，这样自然会有想要描述的事物，想要倾诉的情感。只要精力不分散，自然会产生巧妙的文思。

就像科举考中的人，平时在家里写文章，每天只能写出一两篇，而在考场上竟能写出七篇。家里写的那一两篇文章未必都好，而在考场上写的这七篇文章，反而能充分发挥自己的优长。他之所以能够在千百名考生中脱颖而出，就是因为心无旁念，除了考试中的命题，没有别的题目可做，只能在这一条路上下功夫。我要求从事戏曲创作的人不写景物写情感，不是强人所难，恰恰是希望大家避难就易。

忌填塞

填塞的毛病有三类：过多地援引古人事迹，堆叠古人姓名，直接使用前代现成的语句。导致这些毛病的原因也有三点：借助典故展示自己的博学高雅，借助脂粉卖弄自己的种种风姿，借助现成语句逃避独立思考。总结这三类毛病和致病的缘由，只在一句话。这句话是什么呢？回答是：从未被人说破。俗话说“说破不值半文钱”，一旦被人说破，再犯这些毛病的人就很少了。

自古以来，戏曲作家不是不援引古人事迹，不是不使用古人姓名，不是不摘录现成语句，而是他们援引使用的东西与当今的情况有区别：隐晦的事情不选取，生僻的人物不搜求，现成的语句使用生活中常见的。即使有时候偶然引用诗书典籍，也都是人们耳熟能详的言语，口头惯用的词句，虽然出自诗书典籍，实际上与日常用语没有区别。总而言之，戏曲与文章不同。文章是写给读书人看的，所以写得艰深也不会有人责怪；戏曲既是写给读书人看的，也是写给不读书的人看的，同时还是写给不读书的妇女儿童看的，所以贵在浅显，不能艰深。如果文章也是写给读书人、不读书人和不读书的妇女儿童共同看的，那么古代圣贤所作的经传，也只可浅显，不能艰深，就像今天写小说一样了。

有人说，文人创作戏曲与著书立说一样，是借此展示才华的，写得浅显，怎能体现出才华？我认为，能够在浅显的地方体现出才华，才是写文章的高手。施耐庵的《水浒传》，王实甫的《西厢记》，世人都把它们当作戏曲小说看，唯独金圣叹为它们标名为“五才子书”“六才子书”，用意何在？就是愤慨天下人小看这些不入流的作品，不知道这其实是古往今来的绝世力作，所以用这样惊人的话语为它们标名题目。唉，这真是智慧之言啊！

音律第三

写文章最有乐趣的，莫过于填词；最痛苦的，也莫过于填词。这一点在后面《宾白》的第二篇再详细谈。填词的乐趣，可以说上天入地，成佛成仙，意之所及，无一不至。比起坐拥百城，南面为君，也实在是有过之无不及。至于说填词的痛苦，也有千千万万种情状，比起悲哀伤感、身陷囹圄等各种逆境，大概还要严重。让我详细来说吧。其他体裁的文章，随人怎么说，都可以按照我自己的意愿来写，他人没有资格对我提出种种限定。散体文姑且不谈，仅以分股、限字和调声叶律而论。

分股是对科举考试中八股文的要求。从开头的破题、承题到最后的大结，总共分为八股，股股相对，限定不可谓不严格。然而其中的股法和句法却可以因人而异，没有特别的限制，这样的限定说它严格，却也不算严格。限字是对骈体文的要求。骈体文对每一句的字数和每一个字的声调都有严格的限定，对偶必须工整，出句和对句决不允许意义相同，这样的限定同样不可谓不严格，然而这些限定仅仅针对字数，不针对字的位置；仅仅针对字的声调，不针对字的格律。上句四字下句六字可以，上句六字下句四字也未尝不可；仄平平仄可以，平仄仄平也未尝不可。这样的限定虽然说它严格，实际上也不算严格。

调声叶律，又兼有分股、限字规定的，是对近体诗的要求。第一句是五言，则每一句都要五言；第一句是七言，则每一句都要七言；第一句用某个韵，以下都要用这个韵；第一句第二个字用平声，下一句第二个字一定要用仄声；第三句和第四句又要颠倒过来使用，前人创立的法则可以说是既严苛又缜密了。然而第一句是五言，则每一句都要五言，第一句是七言，则每一句都要七言，这样一来便有既定的规则可以遵循。想要创作五言诗，就不会出现七言句。第一句用某个韵，以下都要用这个韵，第一句第二个字用平声，下一句第二个字一定要用仄声，这样一来，只要用一个平声韵，上声韵、去声韵和入声韵就都可以搁置不论了。掌握了平仄、仄平的对应规则，就不会再有什么变化，从一首诗到千百首诗，创作法则都是一样，保证不会朝令夕改，教人无所适从。所以说，近体诗的创作法则还算不上严苛到过分，缜密到极致。

至于填词，句子的长短，字数的多少，声调的平上去入，音韵的清浊阴阳，都有确定的、不可改变的规定。需要长的一丝都不能短，字数少的一个字都不能多，还有的忽长忽短，时少时多，教人把握不住。应当用平声韵的一定要用平声韵，一个仄声字都不能用；应当用阴调的一定要用阴调，一个阳调字都不能用。平仄调整好了，又担心阴阳变化反复无常；阴阳分清楚了，又与平仄规律相抵牾。叫人心力交瘁，烦恼欲绝。这样严苛的创作法则，完全是折磨人。面对这样的法则，作者只要能布置妥当，安排合适，就是千幸万幸的事了，还能考虑词作品质的高低，文采与情思的工拙吗？我在襁褓中就开始识字，童年时就能够作文，对于六艺经传这些文章，虽然没有精通其中的奥义，却也都有肤浅的理解。总括诸子百家各类体裁的文章来说，我觉得难度最大的，非填词莫属。我在童年时就学习填词，现在老了，其中的道理尚未了解一二。只能管窥蠡测，跟同道们谈谈我这个井底之蛙的见识，在词坛虚占一位，等待后人批评指正。

作者能在这种艰难的文学创作中突显出奇能，每下一个字都符合声律法度，每用一个词都不受拘束的痛苦，仿佛莲花在火上生长，仙翁在橘中对弈，这才是盘根错节的人才，八面玲珑的文笔，可以享誉千古，问心无愧。而古往今来鉴赏文艺作品的人，看到传奇这种体裁，当会用新的态度和眼光来审视，把它树立为一个新的典范。要知道这种文字创作起来很不容易，笔墨纸砚仿佛都不是自己的，而是从他人手里借来的。自己的见闻思想都不能自如运用，处处受制于他人，不像诗赋古文，得意之处可以奋笔疾书，不受种种牵制。有七分好处，就可以作到十分，作到十分，就能抵得过其他文字二十分。我不是袒护词曲作家，实在是想要主持公道。如果有作者不相信，请他以同一题目先作一篇文章或一首诗，再填一曲词，试试哪个困难哪个容易，哪个拙劣哪个工巧，就知道我说的没错了。然而难易作者自己心里明白，工拙则需要有人评判。

词曲中音律最不堪的，要数《南西厢》。但凡词曲作者，都要以此为戒，不要把它当作效法的对象。不仅是音律方面，文学方面也是这样。让我来详细说说吧。曲词创作，杂剧暂且不谈，就拿全本戏来说，文学造诣既深，音律安排又妙的，没有胜过《北西厢》的。自《南西厢》问世，极佳的都变成极不佳的，极妙的都变成极不妙的了。推测改编者的初衷，倒也情有可原，不过是因为《北西厢》虽然是词曲中的翘楚，人人赞美，但只适于配乐歌唱，不适于舞台演出；只适于弋阳腔、四平腔这样的世俗声腔，不适于昆山腔。这都是因为《北西厢》属于北曲而不属于南曲。

让我先谈谈其中的原因。北曲中的每一折只有一名主要演员，虽然舞台上有很多演员，但曲子只能由一名演员演唱，从来没有对唱、重唱的形式。弋阳腔和四平腔，唱词多，音乐短，一泄而尽，又有一名演员开口，众多演员接唱，名为一人演唱，实则多人齐唱，所以用来演出《北西厢》很容易。昆山腔曲调悠长，一个字抵得上许多字，每一支曲子，自始至终必须由一名演员演唱，没有人可以帮他。这样一来，把一部像长江大河那样的鸿篇巨制，完全交由一名演员来演唱，即使他有铜喉铁齿，能担负起这样的重任吗？这就是说《北西厢》虽然是佳作，但不适于用南曲来演出。改编者的本意，是要弥补这种缺陷，于是就割裂唱词，增加宾白，把北曲改为南曲，创作了这部作品，也可以说是巧妙地运用古人的作品，想让美好的东西流传下去了。然而在我看来，对《北西厢》的作者来说，这改编者可以说既是功劳第一，又是罪责第一。

所谓功劳第一，是说如果没有这位改编者，这部戏就会被低俗的演员竞相演唱，高雅的曲调就会湮没无闻，《北西厢》作者的良苦用心表面上得以传播，实际上是被埋没了。所谓罪责第一，是这些改编仿佛把价值连城的裘皮剪成了破碎的羽毛，把精心冶炼的金石点成了冥顽的铁块。为什么会有这样的结果呢？是因为改编者徒有运用古代素材之心，却不具备相应的素养。如今观看这部戏的人，只知道它情节动人，词曲悦耳，他们可曾细细品鉴其中的韵味，深入思考其中的唱词？假如让已经仙逝的学者翻阅一下《南西厢》，里面一字一句，没有不让人抛书掩卷，捂着鼻子责怪它秽气熏天的。如果说它唱词、乐曲、情丝和文字安排照应不周，是因为它依据《北西厢》增删而成，那么，割裂原作，拼凑新作，自然是难以贴合，改编者自身的才华能力也自然得不到发挥。然而剧中的念白，都是作者亲笔创作的，并没有依傍原作，为什么有才华却不施展，有能力却不运用，而是搞一些粗俗鄙陋的言语，来污染听众的耳朵呢？况且作品中没有依据原作增删的地方随处可见，或者是自己写一折来弥补原作的缺失，或者是自己作一曲用作诸多曲目的过渡，这些都是没有他人约束，可以自由发挥的。为什么有才华却不施展，有能力却不运用，而是勉勉强强、支支吾吾地作些词句，来污染观众的眼睛？假如王实甫复生，看到这部戏的演出，不是狂叫怒骂，索要改编后的剧本扔进火堆，就是痛哭流涕，为原作的不幸感到悲哀。

唉！《西厢记》的续作者与《西厢记》的作者，才华上差距并不大，观众却群起而非议之，认为《惊梦》之后的诸多曲目，都是狗尾续貂。以续作者的才华与改编者的才华相比较，岂止是拿奴婢去比主人，简直是拿帝王去比乞丐！而如今的观众，对续作横加指责，对改编本包容袒护，这已经无法理解，更何况让家家户户都来祭拜，把改编本与《琵琶记》一起供奉，不但要让王实甫鸣冤，而且要让高则诚叫屈了。我平生最厌恶用弋阳腔和四平腔演唱的剧目，一见到就快步避开，但唯独听说有《西厢记》演出，则会兴致勃勃地观看，唯恐落在后面。为什么呢？因为它腔调虽然不够美妙，但曲文没有经过改编，仍然是原汁原味的《西厢记》，不是改头换面、折手跛足的《西厢记》。而改编本则是把聋哑、失明、驼背、折腰等种种丑态集于一身。这还只是责备它的文词，尚未深究它的音律。

词曲创作的宗旨，从来都是宫调最严，其次是声音，再次是字格。九宫十三调，是南曲的门户。单出小戏可以不受限制，成套大曲，则要分门别类，各有各的位置，每套之间不仅不能互相通融，连次序都不能错乱。改编本仅仅因为把北曲改成了南曲，就把填词制曲的格局完全打乱了：有的是因为前面几支曲子字句相同，后面几支曲子体式不合，就从别的宫调中随便选一支曲子来作联络，这是宫调不尽相合的问题；有的是那一支曲子与这一支曲子曲牌名凑巧相同，其中只有一两句字数不一样，在这种情况下，如果可以增减，就增减一下来应付，否则就任其或多或少，以解决无法补凑的困难，这是字格不相符的问题；至于平仄阴阳与每句押韵，比以上二者困难十倍，想改也改不过来，这是格律声调不尽协调的问题。从事戏曲创作的人，所重视的就在这三方面，而改编本在这三方面的弊病一样都不少，这样的作品竟能够流传天下，经久不衰，这难道不是咄咄怪事吗？

更奇怪的是，近来词曲作家因为改编本经常在上演，观众耳熟能详，竟认为这部戏最符合戏曲创作的要求，可以效法，甚至用来作曲谱，填写的曲词，但凡有不符合要求受到他人责问的，就说："我是依据《南西厢》中的某一折写的对子，怎么会错？"唉，玷污《西厢记》名誉的是这个改编者，破坏填词制曲规矩的是这个改编者，误导天下后世苍生的，也是这个改编者。这样的弊端，如果我不尽快揭露出来，那么《南西厢》的流毒，不知要到何年何代才会终止啊。

以前在京城，魏贞庵相国把崔莺莺与郑恒合葬的墓志铭拿给我看，让我为《北西厢》作翻案文章，纠正前代人的错误。我婉言谢绝了。我认为已经广泛流传于世的书，不论是非对错，都应当任随其便，不应当拼命跟它计较长短。比较之后，天下人会起来责难我；即使计较对了，天下人也会起来责难我。为什么呢？以远为贵，以近为贱，仰慕古代，鄙薄当前，这是天下通行的情理。谁愿意把千古不朽的名人，贬抑到不如时下之流呢？人家的作品足以流传后世，这是已经被事实证明的；我的才力足以胜过他人，尚没有事实依据。拿没有依据的东西与有明确证据的东西相抗衡，失败是立时可见的。当时龚芝麓先生也在座，他与魏贞庵相国都认为我说的是对的。

曾经有一个人想要改编《北西厢》，还有一个人想要续写《水浒传》，都曾跟我商量。我说："《西厢记》不是不可以改编，《水浒传》不是不可以续写，但无奈的是这两部书已经流传于世，天下人交口称赞，它们高踞文坛的地位，好像泰山磐石一样稳固，想要让它们起身让位于我，是万万做不到的。不要说改编的《西厢记》和续写的《水浒传》未必能够达到原作的水平，就算水平高出原作几倍，我觉得天下人都会不约而同地把'画蛇添足''狗尾续貂'作为新作的定评。"这两个人唯唯诺诺，应声而去。这是我的肺腑之言，我一向用它来告诫他人，现在却以此约束自己，动不动就数说前人的过错，用意何在？答案是：为了保存正确的东西。放逐郑声，不是因为仇视郑声，而是为了保存高雅的音乐；排斥异端，不是因为仇视异端，而是为了保存正统；我极力排斥《南西厢》，不是因为仇视《南西厢》，而是为了保存《北西厢》的本来面目。如果说前辈古人完全不可非议，前代古书完全不能批评，那么杨朱和墨翟也是前辈古人，郑声也未必没有底本，如果有，那也是前代古书，为什么古代圣贤要不遗余力地放逐它，排斥它呢？

我还认为《北西厢》不能改编，《南西厢》则不能不翻本，为什么呢？世人喜欢看这部戏，不是因为他们的喜好古怪，而是因为除这部戏之外没有其他的好本子，想看崔莺莺和张生的故事，是因为除了这个没有其他的选择。地上没有朱砂，红土就成了好东西。《南西厢》能够无限制地流传，原因就在于此。假如有人能够深刻地反思其中的失误，别出心裁，创作一部南本《西厢记》，师承王实甫的本意而不更改、抄袭他的语言，祖述关汉卿的用心而不仅仅作后续，那么，这样的作品如果与《北西厢》斗胜争雄，可以说很难分辨出高下，如果与《南西厢》计长较短，恐怕它根本不屑一比了。我虽然缺少才华，却愿意承担这项任务，只要生计得到保障，一旦有空，就提笔创作。

《南西厢》的翻本既然不能没有，我又由此及彼，有志于创作一部《北琵琶》。蔡中郎夫妇的故事，既然因《琵琶记》而得名，那么“琵琶”二字就是整部戏的核心，而当时的作者为什么仅仅标举出这个名目，没有展现出实际内容呢？假如赵五娘描容之后，果真身背琵琶去拜别张大公，弹奏出一大套北曲哀声，使观者听者涕泗横流，这难道不是《琵琶记》中极为酣畅淋漓的一幕吗？当时作者没有想到这一点，难道是因为元代戏曲作家各有所长，善于作南曲的不善于作北曲吗？假如让王实甫作《琵琶记》，我敢说他与几百年后的李渔必定有相同的想法。我虽然缺少才华，却也不敢不承担这项任务。

我曾经作了一折交给演员，以弥补高则诚原作的不足之处，已经附在本书第四卷之后，目前还在考虑把它扩充为一个完整的本子，供戏曲作家选择参考，如果可以使用，就为它谱上曲子，制成新声。果真如此，那么《南西厢》《北琵琶》两部作品可以并行。我虽然不敢奢望能够追步前辈大家，与时下的名流并驾齐驱，仅仅能够保证这两部作品与我创作的诸多戏曲（比如已经刊行于世的前后八种，和已经完成尚未刊刻的内外八种）相比较，一定能够区分出深浅疏密。然而创作这两部戏，必须闭门数月，私下里担心饥寒逼迫，不由我掌控。怎样能够让上苍降下珠宝与粮食，为我家数十口人筹划生计呢？悲伤啊！只因为贫穷。

恪守词韵

一出戏从头至尾要用一个韵，不允许半个字有出入，这是戏曲创作的固定法则。以前的戏曲把几个韵混杂使用，变化无常，是因为当时的创作法则还不够完备，本就没有现成的套路去遵循，所以不足为怪。《中原音韵》一书问世后，各韵之间仿佛划定了界限，不允许越过一寸。常常见到文人填词制曲，一折之中，必定有一两个字出韵。这不是作者明知故犯，是因为他偶然间得到美妙的词句，却不合韵，而他又不愿忍痛割爱，所以只能勉强把它加进去，图一时的耳目之快。

杭州有位才子叫沈孚中，他所创作的《绾春园》和《息宰河》二剧，没有浮艳的词采，完全使用白描的手法，颇具元代戏曲家的风骨。我初次阅读，爱不释手，等到考查其中的声韵，却发现完全不符合规定，不单单是偶尔几个字出韵，竟然把寒山、桓欢两韵合并在一起使用，还有把支思、齐微、鱼模三韵合在一起使用的，甚至把真文、庚青、侵寻三韵合在一起使用，连开口闭口都不做区别。善于施展才华却不讲究艺术规范，导致美妙的词曲难以流传，真是令人痛惜！

诗歌创作和填词制曲，道理是一样的。在沈约的《诗韵》问世之前，大同小异的韵脚，有时也可以在一首诗中通用。这本书问世之后，即使《诗经》的作者复生，也应当遵循诗歌用韵的规范。诗仙李白，诗圣杜甫，他们的才华不会劣于沈约吧？尚且没有听说他们因为才思纵横而作诗出韵，更何况其他人呢？假如有一首诗，言言切中肯綮，字字惊世骇俗，却把东韵和冬韵通押，江韵和阳韵共用，我保证考官必定会把它摒弃，哪里会因为它有才情，词句美而破格收录它？词曲作家的创作规范，只在于《四声谱》和《中原音韵》二书，只有合谱合韵，才可以谈才华，否则八斗之才比不过升合之能，五车之学抵不过片纸之识，再博学多才，又有什么用呢？

凛遵曲谱

曲谱是填词的样本，犹如妇女刺绣的花样，描一朵花，刺一朵花，画一片叶，绣一片叶，笨拙的人不能有些许的减省，灵巧的人也不能有丝毫的增添。然而花样没有一定的模式，完全可以日新月异地变化，曲谱则是越陈旧越好，稍有趋新，就会失之毫厘，谬以千里。人情世故新奇百出，文章变化无穷，总归不能越出曲谱既定的规则。所以说，束缚文人，使他有才华而不能施展的，是曲谱；授惠于词人，使他得以施展其独有的才华的，也是曲谱。假如戏曲没有固定的曲谱，也可以日新月异地变化，那么凡是精通文艺的人，都可以填词制曲，元代作者与我辈还有什么值得重视的呢？“依样画葫芦”这句话，竟像是为填词制曲而说的。妙处在于人们可以依照葫芦的模样，区分出好与坏，只要一条线画得略有出入，葫芦的形状就画得不圆，不是近于方，就是类似扁。葫芦难道是容易画的吗？明朝三百年间，善于画葫芦的，只有汤显祖一个人，但尚且有人非议他声韵偶有乖离，字句多少不合规范。画葫芦真是太难了啊，因为既定的样本是不能擅自改动的。

曲谱没有新的，但曲牌有新的。词曲作家由于喜欢新奇巧妙的东西，又不能施展他们的伎俩，无可奈何，就把两三支曲子合为一曲，熔铸出一个新曲牌，比如〔金索挂梧桐〕、〔倾杯赏芙蓉〕、〔倚马待风云〕等等。这都是填词老手、制曲能人才能做到的；否则上调不接下调，白白受演唱者嘲弄。然而音调虽然和谐，文理也必须畅通，这样才能把独立的曲子串合为一个整体。比如〔金络索〕、〔梧桐树〕是两支曲子，串合为一曲，名叫〔金索挂梧桐〕，把金索挂在树上，是情理中的事。〔倾杯序〕、〔玉芙蓉〕是两支曲子，串合为一曲，名叫〔倾杯赏芙蓉〕，品着美酒欣赏芙蓉，虽然是捏合而成，却也是生活中的口语。〔驻马听〕、〔一江风〕、〔驻云飞〕是三支曲子，串合为一曲，名叫〔倚马待风云〕，倚着骏马等待风云聚会，这样的话语即使放在诗文中，也能够成为佳句。

凡是这些，都是有理有据的言语，虽然工巧却不令人生厌。有些作者竟然只顾串合，不考虑文义通顺与否，事情合理与否，生硬地把几个字拼凑在一起作曲牌名，实在有悖于顾名思义的要旨，反而不如前人不列名目，只在曲牌名前加一个“犯”字。比如本曲〔江儿水〕与其他两支曲子相串合，则叫作〔二犯江儿水〕；本曲〔集贤宾〕与其他三支曲子相串合，则叫作〔三犯集贤宾〕。还有的以“摊破”二字加以概括，比如本曲〔簇御林〕、本曲〔地锦花〕与其他相串合，则叫作〔摊破簇御林〕、〔摊破地锦花〕之类，多么浑然一体，多么寓拙于巧。更有甚者，把十几支曲子串合为一支曲子并冠以总名，比如〔六犯清音〕、〔七贤过关〕、〔九回肠〕、〔十二峰〕之类，愈发显得浑雅。我认为把旧曲串合为新曲，终归是填词制曲的末流手法。只要文字美妙，音律纯正，即使曲牌名陈旧得不得了，终究会使人感到新奇可喜。如果给极新极美的曲牌名填上庸俗腐朽、偏邪乖张的曲子，谁会喜欢它呢？决定曲子好与坏的是实际内容而不是名目。

鱼模当分

词曲方面的韵书，如今只靠《中原音韵》，书中探讨的都是北曲曲韵，不是南曲曲韵。十年前，杭州的陈次升先生想要弥补这一缺陷，写了一部《南词音韵》，但是在即将大功告成之际辍笔了，实在可惜。我认为南曲曲韵深奥杳渺，写一部专著来讨论它很难。词曲作家从《中原音韵》一书所收录的平声韵、上声韵和去声韵中抽出入声字，另外作为一声放在案头，也可以暂时用于南曲创作。

然而这件事还不必操之过急。比这件事更迫切的是鱼模一韵，应当断然分为两韵。鱼韵与模韵，差别很大，不知周德清当时为什么把二者放在一起，等同视之，难道是效法沈约诗韵中的例子，把元、繁、孙三韵，合为“十三元”中的一韵，一定要在纯粹中表现出繁杂，为“大音希声”保存一点遗迹吗？无论一支曲子几个音，听到停顿处感觉自由散漫，无处落脚，即便是我们放在案头，当作阅读文字，也觉得佶屈聱牙，声韵刺耳。

如果有词曲专家想让自己的文字与声音相媲美，应当把鱼归为一韵，模归为一韵，二者不相混淆，这才是最妥当的。即使不能在整出戏中把二者完全分开，偶尔也可以每支曲子各用一韵，比如前一支曲子用鱼韵，就自始至终都用鱼韵，后一支曲子用模韵，就自始至终都用模韵，就像一首诗用一韵，前后各不相同，这也是一个简便可行的办法。依我个人意见，推而广之，作诗用韵，也应当仿效这个办法。单独捻出元字韵，把元、繁、孙分成三韵。使用"十三元"的作者，如果第一句用元韵，那么从头至尾都要用元韵，凡是涉及繁韵和孙韵的都不得使用。使用繁韵和孙韵创作，也要这样。出韵是诗家大忌，没有因为用韵太严而受到指摘的。

廉监宜避

侵寻、监咸、廉纤三韵，都属于闭口音，而侵寻韵与监咸韵、廉纤韵相比，独独觉得稍有不同。每当到了收音的地方，侵寻韵虽然闭口，但声音听起来仍然清亮，到了监咸韵和廉纤韵，则略微有些差异。这两种韵，用来作节奏急促的小曲可以，如果用作旋律悠扬的套曲，则应当回避。《西厢记》中"不念《法华经》，不理《梁王忏》"一折用这两种韵填的词，是从惠明口中唱出的，声音口吻刚好合耳。之所以要回避这两种韵，不仅是因为声音上的差异，还因为一韵之中，用得上的字寥寥无几，其余的都险怪生涩，虽然有却很难用到。比如惠明唱词中的"揝"

字、“搀”字、“燂”字、“賸”字、“馅”字、“蘸”字、“彪”字，只有惠明这个角色可以用，也只有才力比天的王实甫可以用，换一个人作《西厢记》，就不敢用这样的险韵了。初学填词制曲的人不明白这个道理，每每在一折开头错误地使用这种险韵，致使拖累整整一折写不出好词佳句；还有的人因此致使作品无法收尾，只能放弃这种韵，用其他的韵重新写，计划失误，耽搁了时间。所以，韵的使用一定要慎重选择。

拗句难好

音律的难点，不在于铿锵有力、朗朗上口的文辞，而在于倔强生涩、佶屈聱牙的语句。铿锵有力、朗朗上口的文辞，如果一个字声韵不协调，随意更换一个字，不论纵横顺逆，都可以成文，短时间内创作几支曲子没什么困难。至于倔强生涩、佶屈聱牙的语句，即使不受音律的束缚，随意挥洒，尚且难以展现出才华，何况既有清浊阴阳的区分，又有句末押韵和句中押韵的不同，还有根本不适宜用韵的既定规则，牢牢地限制着作者呢？

创作起来最容易的曲牌，比如〔皂罗袍〕、〔醉扶归〕、〔解三醒〕、〔步步娇〕、〔园林好〕、〔江儿水〕等等，虽然有很多韵脚，语句也长短不一，但只要读起来顺口，作者自然能够从容运笔。即使有一两句应当作成拗体，也像诗中的古体一样，才力贫乏的作者面对这种情况，也能够勉力表现出自己的才气。至于〔小桃红〕、〔下山虎〕等曲牌，则有一些极其难写的句子。《幽闺记》〔小桃红〕的中段有这样一段唱词：“轻轻将袖儿掀，露春纤，盏儿拈，低娇面也。”每句只三字，末字叶韵，而每句之第二字，又断该用平声字，不可犯仄声字。这样的地方似乎难而不算难。〔下山虎〕中有这样一段唱词："大人家体面，委实多般，有眼何曾见！懒能向前，弄盏传杯，恁般腼腆。这里新人忒杀虔，待推怎地展？主婚人，不见怜，配合夫妻，事事非偶然。好恶姻缘总在天。"只需其中"懒能向前""待推怎地展""事非偶然"这三句，就足以使作者心力交瘁了。"懒能向前""事非偶然"两句，每句有四个字，两个平声，两个仄声，最后一个字协韵。"待推怎地展"一句有五个字，最后一个字协韵，五个字当中，有一个平声字，四个仄声字。这样的拗句，怎样下手？

南曲中这类情况很多，有的比以上这些难十倍，如果把曲牌名一一列举出来，繁琐无比，会使读者生厌；不举一两个例子分析难易，读者又难以完全明白；我这里随手拈来一句旧诗，颠倒声韵，来作比喻。比如"云淡风轻近午天"，这样的句法，读者当然容易领会其中的妙处，如果变为"风轻云淡近午天"，虽然也是好诗句，但不夺人眼球。况且"风轻云淡近午天"七个字当中，未必每个字都合律，或是阴阳抵牾，或是平仄乖离，必须再更改几个字，才能合拍。或者改为"风轻云淡午近天"，或者改为"风轻午近云淡天"，这种句法用音律来衡量或许是和谐的，如果用文理规范来衡量，能叫作曲词吗？海内的读者观众，会说这个句子受音律限制，难以写好，姑且出于体贴人情的善意考虑宽恕他吗？答案是：不可以。既然不可以，那么作者把这一句删去不写，或者自创一种格律，畅所欲言，可以吗？答案是：也不可以。

既然如此，填词制曲这一道，真是太难了。想要化难为易，途径在哪里？答案是：有一个方便的办法，有些词曲作家或许这样做过，但未必所有人都懂。做过的人属于偶然巧合，就像路上遇到故人，完全出于无意，不是事先知道他在路上而去找他。凡是写倔强生涩、佶屈聱牙的语句，不要一味求新求异，只应当使用常见的语言。常见的语言是人们口头惯用的，即使略微更改几个字，略微变化几个音，念起来也觉得顺口。新异的语句，只要有一个字拗口，不但念起来不顺，而且叫人搞不懂意思。现在也随便选一两句做个试验。比如“柴米油盐酱醋茶”，这是一句口头用语，如果改成“油盐柴米酱醋茶”，或者改成“酱醋油盐柴米茶”，人们不会搞不懂它的意义，辨不清它的读音。“东边日出西边雨，道是无情却有情”，这是一句口头用语，如果将上句改成“日出东边西边雨”，将下句改成“道是有情却无情”，人们也不会搞不懂它的意义，辨不清它的读音。

如果用新异的语言作这样的拗句，就几乎与海外方言没什么区别，必须经过重新翻译，人们才会明白。我以前面引用的《幽闺记》中的两句为例，判定它们的好坏。“懒能向前”“事非偶然”两句，都是拗句。“懒能向前”一句，是作者新创的，这一句念起来感觉生涩，不顺口；“事非偶然”一句，是家常俗语，这一句念起来感觉自然，顺畅溜亮。这难道不是用常见的语言容易作好，用新异的语句不容易作好的验证吗？我已经创作了几十种传奇，正所谓“久病成医”，以上这些，都是经验之谈。因为想要寻觅知音，所以把一腔肺腑之言尽数吐露。孔子曾经说过：“有益的朋友有三种：正直的朋友、诚实的朋友和见闻广博的朋友。”见闻广博，我不敢自居，只能自认为是一个正直诚实的人。

合韵易重

句末一个字应当协韵，这个字叫作韵脚。一支曲子中的几个韵脚，要前后各不相同，不能重复。这个道理谁不明白？谁会犯这样的错误呢？不完全明白这个道理，容易犯错误的作者，只在“合前”几句出问题。让我先来谈谈合前是怎么回事吧。用同一曲牌创作多支曲子，只在第一支曲子列出曲牌名，后面几支曲子，南曲叫作“前腔”，北曲叫作“幺篇”，就像诗的标题有其二、其三、其四那样。曲子中最后几句唱词，有的前后各不相同，有的前后相同，不再另作，叫作“合前”。这虽然是词曲作者偷懒的办法，但对于演员来说，其实有两个便利之处：刚开始学唱曲子的时候，可以少读几句新词，在记忆上省去几番气力，这是第一个便利处；登台演出的时候，前几支曲子由几个人分别演唱，合前的曲子则必须全场合唱，既节省精力，又不觉得寂寞，这是第二个便利处。

然而合前的韵脚最容易出现重复使用的问题。为什么呢？原因在于作者凡是在创作第一支曲子的时候，都懂得去查韵书，已经用过的字不会重复使用，等到创作第二支、第三支曲子的时候，由于贪图省力，只顾前面，不顾后面，完全不考虑合前的几句唱词，认为前面的曲子中已经有了，就不必费心了。他哪里知道这几句唱词的韵脚在前面的几支曲子中各不相同，凑在这支曲子中，怎么能保证不会有偶然相合的呢？所以创作前腔曲子，而且带有合前唱词的，必须把最后几句唱词的韵脚牢记在心，不能重复使用；创作结束后，必须复查，这样才能保证不出现韵脚重复使用的问题。这是就韵脚而言。

韵脚重复使用还是小问题，比这更严重的问题，是唱词的意义与角色不一致。这是怎么回事呢？合前的曲子既然是众多角色合唱的，那么这几句唱词的意义必须与所有合唱者的思想感情都一致。比如有生、旦、净、丑四个演员在场，生与旦的思想感情是这样的，净与丑的思想感情也是这样的，就可以叫作情感统一，可以让他们合唱；如果生与旦的思想感情是这样的，净与丑的思想感情不完全是这样的，这就是情感不统一，已经不具备合唱的条件；况且还有生与旦的思想感情是这样的，净与丑的思想感情完全不是这样的，两种情感完全相背离，能合唱一曲吗？这个诀窍如果没有人说破，那么词曲作家既要照顾阴阳平仄，又要调整角徵宫商，思绪万端，哪里还顾得上筹划这个？我写这篇短文，对于词曲之学的精深微妙没有讲出万分之一，但要说上面这些粗浅理论，则可以说知无不言，言无不尽。后世作者，应当赐予我一个“词奴”的雅号，因为我曾经像奴仆一样为古往今来的词曲作家奔走效力。

慎用上声

平上去入四个声调，只有上声最特别。用在唱段中，比其他音低；用在念白中，又比其他音高。词曲作家每当要使用上声，都要仔细斟酌。上声适用于填写优雅恬静的曲词，不适于填写张扬热烈的曲词；即使优雅恬静的曲词，也最好偶尔使用，间或使用，千万不要一句唱词中连用两个、三个，甚至四个。一般来说，曲子中遇到上声字，即使不有意为之，音调也会自然降低，否则这个字唱不出口。如果十几个字音调都比较高，忽然出现一个低音，听起来也会觉得抑扬顿挫，别有风致；如果连续几个字都是低音，那不仅没有声音，而且不是一支像样的曲子。至于张扬热烈的曲子，每当到了紧要关头，就应当用阴声字，换成阳声字尚且发不出音，何况用极其细微的上声字呢？我曾经认为动物有雌雄之分，字也有雌雄之分，平声字、去声字、入声字以及阴声字，是字与声音中的雄性；上声字和阳声字，是字与声音中的雌性。不明白这个道理，很难填词制曲。

初学填词制曲的人，经常犯抑扬倒置的毛病，原因何在？就是因为上声字在唱段中的音低，在念白中音高。词曲作家中会唱曲的，世上很少。当他握着笔管，捻着胡须，构思创作的时候，口中吟诵的唱词，大概和说话差不多，每当遇到上声字，声音就会变高；且上声字出口最高，入耳极清，因其高而且清，清而且亮，这样自然会心中得意，奋笔疾书。谁知曲词的演唱，与此恰恰相反，念起来声音高的字，唱出来反而低，这是文人创作的曲词只适于案头阅读，不适于舞台演出的通病。除了我李渔这样的千古痴人，他人和自己完全不分，把自己的见解毫无保留地说出来，谁愿意将自己的看家本领和盘托出，来博取慷慨好义的虚名呢？

少填入韵

用入声字作韵脚，适于北曲而不适于南曲。因为韵脚一个字的声音，要比其他字更明亮，北曲只有平声、上声和去声三个声调，没有入声，用入声字作韵脚，与用其他字作韵脚没有区别。

南曲平、上、去、入四声俱全，遇到入声字，一定要唱成入声，与其他三个声调稍有相似，就与北调完全一样了。可以用北音演唱南曲吗？我每次用入声韵创作南词，随口念来，都与北曲相似，所以我明白这个道理。如果创作北曲，美妙之处莫过于此，只要一用入声字，就是自然天成的北曲。然而用入声字作韵脚，最容易体现作者的才华，也最难掩盖作者的拙劣。善于使用入声韵的作者，就是词曲界的首脑人物。因为入声字典雅自然的少，粗俗拗口的多。只有填词老手，把这类字用熟了，才能点铁成金。创作资历浅的人，运用不熟练，打磨欠功夫，不是失于生硬，就是失于浅陋。

仅以《西厢记》和《琵琶记》两剧为例，比较其中的优劣。《西厢记》的作者善于创作北曲，用入声韵是他拿手的。例如《闹会》一曲中的“二月春雷响殿角”“早成就了幽期密约”“内性儿聪明，冠世才学。扭捏着身子，百般做作”。其中的“角”字，“约”字，“学”字，“作”字，多么典雅！多么自然！《琵琶记》的作者善于创作南曲，用入声韵是他的短板。例如《描容》一曲中的“两处堪悲，万愁怎摸”。愁是什么东西，摸得到吗？入声字作韵脚适于北曲而不适于南曲的理论，原是为初学者创设的，那些创作经验丰富，深得其中要领的人，则可以从心所欲，运用自如，没有什么不适用的。

别解务头

词曲作者必然要讲究“务头”，然而“务头”两个字，自古以来，没有人搞清楚是什么意思。《啸余谱》中有《务头》一卷，前前后后，洋洋洒洒，哪止上万个字，可到底也没有说明务头是怎么回事，不知究竟是什么东西。只是在卷首列举了诸多古代曲词作为例子，指出某支曲子中第几句是务头，其中阴声字、阳声字不能混用，去声字和上声字、上声字和去声字不能混用。如果按这种方法去做，那么除这一句之外，其余句子中的平仄一样，就都可以混淆使用，不加分辨了。

书中又说某一句是务头，其中可以使用美妙的语言。如果是这样，那么一支曲子中，就只有一处可以使用美妙的语言，其他的字句都可以胡乱应付，不必计较优劣了。我认为著书立说的人，应当与掌握政权的人一样。政令一旦发布，就涉及一个遵从与违背的问题。断然可以遵从，就让民众去遵从；与此稍有背离，就纳入违背之列。确保确凿可信，政令才能发布，还必须表述明确，行文流畅，使人一目了然。《啸余谱》单单指出某一句是务头，认为阴阳平仄应当严格把握，其中可以使用美妙的语言。这种说法未尝不正确，但是举一废百，可遵从的很少，可违背的太多，结果是本来想要严格限制，而天下的法律反而因此变得宽松了。况且书中的说法含糊其词，吞多吐少，究竟什么称为务头，完全没有解释。这样糊里糊涂的表述，怎么能使天下信服？恐怕心存疑问的人，读了之后会加深疑问，心里清楚的人，读了之后顿时变糊涂。著书立说，这样做是不够妥善的。

我认为，“务头”二字既然解释不清，就只能不解释。曲中的务头，就像围棋中的眼，有眼就是活棋，没有眼就是死棋。进不能战，退不能守的棋，是没有眼的棋，是死棋；观众看着不动情，演员唱着不成调的曲子，是没有务头的曲子，是死曲。一支曲子有一支曲子的务头，一句唱词有一句唱词的务头。字词不拗口，乐曲不走调，一支曲子中有这样一句唱词，就可以使整支曲子光鲜灵动，一句唱词中有这样一两个字，就可以使整句唱词健爽豪迈，这就是务头。由此推断，不但曲词有务头，诗词歌赋以及科举应试的文章，全部都有务头。人们也是按照曲谱规格，抒写性灵，怎么能被那些骗人的谜语所迷惑，使自己的文思受到阻塞，无法顺畅地涌现呢？

词曲部下

宾白第四

传奇作者从来都只重视唱词，把说白看作末节，常常有唱段高雅悦耳，说白粗俗浅陋的现象，我私下里感到奇怪。推究人们轻视说白的原因，还是有些说法的。元代戏曲作家善于填词，名家的作品多数是北曲，南曲很少。北曲中的说白，每一折中也不过寥寥数言，即使全部删去，只阅读唱词，也可以一气呵成，没有间断，似乎这几句说白可以略去不作。由此看来，戏曲创作在初期只作唱词，说白使用的文字，未必不是后来添加的。对元代作家来说，由于说白在当时不是人们所重视的东西，所以被轻视。后世作者又认为，既然元代作者不重视，我们为什么要在这方面下功夫？于是在不知不觉中，说白的重要性一日轻似一日，最后竟被人们完全抛弃，不加讨论。

我则不是这样。我曾经认为，戏曲中的说白，从文字方面来讲，就像经典要由传注来解释；从事理方面来讲，就像房梁要由椽木来支撑；从身体方面来讲，就像躯干和四肢要由血脉来贯通，不但不能相互轻视，而且只要与整部戏稍不相称，就会降低作品的质量，甚至把作品变成没有价值的东西。所以说白这一方面，应当与唱词等量齐观，有最出色的唱词，就应当有最出色的说白，只要作者笔墨酣畅，说白与唱词自然能够相辅相成，相得益彰。常有作者因为一句好的说白，生发出无限的文思，也有作者因为一支好的曲词，生发出无穷的话题。所以，文字与文字相互触发，我很乐于观看它们自然生成，自我完善，不需要枉费思量。这是创作中常见的情况，不能把它说得虚无缥缈，像幻境一样遥不可及。

声务铿锵

说白方面的学问，首先讲究声音铿锵有力。一句拗口的说白会使听众耳中生刺，几句清亮的说白会使疲倦的观众振作精神。人们只在曲词当中重视音韵，不知道说白的字句更应当协调声律。人们只知道骈文句法讲究平仄相间，不能胡乱连用，不知道散文创作也要这样。“平仄仄平平仄仄，仄平平仄仄平平”这两句话，是千百年来写文章的通用诀窍，没有一字一句可以忽视声律。比如上一句最后一个字是平声，那么下一句最后一个字必须是仄声，连用两个平声字，声音就会低沉嘶哑，无法引起听众的注意。如果下一句最后一个字是仄声，那么与这一句相对的上句，最后一个字必须是平声，连用两个仄声字，声音听起来像是咆哮，不够悦耳。这是针对通篇作品大体而言，不是说每一字每一句都要这样。如果能把骈文创作中的平仄法则用在说白的创作中，那么每一个字听起来都会觉得铿锵有力，人人都愿意欣赏，这样的说白当得起“金声掷地”的评价。

使声音铿锵有力的方法，不外乎讲究平仄、仄平。然而有时候连用几个平声字，或者连用几个仄声字，明知道这样使声音不够铿锵有力，而限于情理想要把平声字改成仄声字，把仄声字改成平声字，又没有合适的平声字或仄声字可以替代。自古以来的词曲作家，都没有参透其中的奥秘，我冒着探骊龙求珍珠的危险，不辞劳苦，越入万丈深渊，经过长久的寻觅，终于得到了其中的要领，现在把它告诉同道中人。虽然是无私奉献，但也不免觉得可惜。

每个字有四个声调，平、上、去、入。其中一个是平声，其余三个都是仄声，也就是说上、去、入三者都依附于仄声。殊不知上声虽然与去声和入声没有差别，实际上它是介于平仄之间的，因为它还有另外一种音调，比平声略高，比去声又略低。古人造字审音，使它居于平仄之间，显然是一种过渡，从平声到仄声，以它为转折点。比如天下各地，语音各不相同，吴地有吴地的语音，越地有越地的语音，二者有天壤之别，而在两地的接壤处的语音，就是吴越掺半，吴地人听起来觉得它像吴音，越地人听起来也不觉得它与越音有差异。晋地、楚地、燕地、秦地乃至黔地、蜀地，全部都是这样。这是语音的过渡，与上声介于平声与去声、入声之间是一样的。

创作说白，想要使声音铿锵有力，而又受限于情理，找不到合适的字来代替，就应当用这种方法来弥补不足。如果连续两句三句都是平声，或者连续两句三句都是仄声，找不到合适的字来代替，就把一个上声字放在它们之间，用它代替平声字可以，用它代替去声、入声字也可以。如果连续两句三句都是平声，中间放一个上声字，不用说，这个上声字是仄声；即使连续两句三句都是去声、入声，中间放一个上声字，此时这个上声字虽然是仄声而又像是平声，让人听起来感觉不到连用了几个仄声字。这个道理可以解释而又无法解释，这个方法可以传授而又实在不该传授，一旦传授出去，到处都是金石般悦耳动听的声音，想听难听的声音，却一点都找不到了。

语求肖似

文章中最豪宕，最风雅，写起来最健人脾胃的，莫过于填词。若是没有它，几乎要闷死才子，困死文豪。我生在忧患之中，处境落魄，从小到大，从大到老，没有一刻眉头舒展，唯独在制曲填词的时候，不但郁结消逝，愠怒缓解，而且曾经成为天地之间最快乐的人，感觉享受荣华富贵也不过如此，在现实中不能为所欲为，在幻境中却能纵横驰骋。想要做官，顷刻间便荣耀显达；想要致仕，转眼间便归隐山林；想要做才子佳人，便是李白、杜甫转世；想要娶绝代佳人，便是昭君、西施的元配；想要成仙作佛，西天蓬莱岛就在笔砚之间；想要尽孝尽忠，则能辅佐君王治理天下，亲人能够颐养天年，便可以跻身于尧、舜、彭祖之列。不像其他文字，想要写寓言，必须寄托深远，譬喻曲折，包含蕴藉，有十分牢骚，还必须保留六七分，有八斗才学，只能使用两三升，稍不平和，略有放纵，就会被批评丧失了正统文人的风范，有轻薄之嫌，很难达到家弦户诵的效果。

填词则唯恐含蓄而不言，言之不尽。虽然如此，可要知道畅所欲言也不是容易的事。语言是人的心声，想要代人立言，先要代人立心，如果不是梦往神游，怎能算作设身处地呢？不用说心思端正的人需要设身处地，代他生出端正的思想；即使遇到心思邪辟的人，也应当舍弃正经的念头，使用权宜之计，暂时代他生出邪念。务必将心中微小的波澜随口道出，说一人，像一人，绝无雷同，绝不肤浅，像《水浒传》的叙事，吴道子的写生，都堪称这方面的绝技。如果真能这样，即使想要作品不流传，能做到吗？

词别繁减

传奇中宾白文字繁复，实际上是从我开始的。海内理解我的人与责怪我的人各占一半。理解我的人说：从来人们都把宾白当作说话来看，随口一说就可以了，李笠翁把宾白当文章来作，每个字都要推敲。从来宾白只要清楚地写在纸上就可以，不需要考虑是否顺口，常有宾白在剧本上读起来极为顺畅，在舞台上表演则觉得一塌糊涂，难道一个人的耳目有聪与聋之分吗？由于作者只顾着写，没有设身处地地将自己的口舌当作演员的口舌，将自己的耳朵当作听众的耳朵，没有把自己心里想的与演员嘴里说的联系起来，考虑念白好说不好说，中听不中听，这就是阅读剧本与舞台表演效果迥异的原因。李笠翁笔握在手里，嘴却在舞台上，全身心地投入梨园，而且魂牵梦绕，研究其中的关目，试验其中的声音，好的就直接写下来，否则就搁笔不写，这就是他的作品既适于看又适于听的原因。

责怪我的人说：填词既然叫作“填词”，就应当以词为主；宾白既然叫作“宾白”，就是明确指出宾白处在次要的位置，为什么要反主为客，犯主次不分的毛病？我回答说：开这个先例的人，确确实实是我，你们责怪得不错。但是我敢于这样做，并且不得不这样做，都是有原因的。请让我先说明不得不这样做的原因。前人的作品中宾白之所以少，并不是因为有现成的规则要求它少。是因为那些作者只是把填词当作自己的任务，留下余地让演员自由发挥，他们认为填词制曲是作者的工作，舞台表演是演员的工作，作者以简略的言辞向演员传达大致的意思，演员自可以增益成文。

比如现在演出《琵琶记》《西厢记》《荆钗记》《刘知远白兔记》《拜月亭记》《杀狗记》等作品，曲词仍然遵循原本，中间的宾白、科诨等等，有多少与原本相符合，用简单几句话就搪塞过去的呢？而且创作新作品与演出旧作品是有区别的。《琵琶记》《西厢记》《荆钗记》《刘知远白兔记》《拜月亭记》《杀狗记》等作品，家弦户诵为时已久，男女老幼对其中的情节都很熟悉，即使一句宾白都不说，只演唱曲词，观众心中也能默默会意，所以宾白的繁复与减省可以不必过问。至于演出一部新作品，其中的故事情节，观众茫然不知；词曲只能传声，不能传情。观众想要搞清故事的来龙去脉，洞悉其中的细枝末节，只能依靠宾白。我不是不想省力，我也想为演员留出自由发挥的余地。但是演员之中有聪慧的，也有愚笨的，能保证他们增益成文的宾白完全符合作者的意图，其中毫无赘余吗？与其留出增加的余地，不如留出减省的余地，即使减省得不合适，还可以保留作者深意的一半，就像生病不服药，也比遇到庸医要好。这是我不得不这样做的原因。

至于我之所以敢这样做，则是因为我认为千载以来，写文章没有一定之规，有开创一种新模式的人，就有守成不变的人；有守成不变的人，就有大体上遵循其模式，在形式上略作改动，自成一家而不顾天下非议和耻笑的人。自古以来，文章由正变为奇，再由奇变为正的，不知有多少，我不详细讨论，只谈谈字数多少的变化。《左传》《国语》都是纪事的书，每一件事不过几行字，每一句话不过几个字，起初人们并不嫌少；等到班固作《汉书》，司马迁作《史记》，这也都是纪事的书，他们把几行字增加为几十行上百行字，把几个字增加为几十个上百个字，难道有人嫌字数过多，将《史记》《汉书》废弃不读吗？这说的是字数少的可以变多。诗歌方面，当时只有古风，古风这种诗体，多则几十句上百句，少则也有十几句，起初人们也不嫌多；等到近体诗问世，把几十句上百句简化为八句；绝句问世，又把八句简化为四句，难道有诗歌选家嫌诗句逐渐减少，而只选古风，将近体诗和绝句全部删汰，不予选录吗？这说的是字数多的可以变少。

总而言之，文章的长短，取决于作者的笔性。笔性遒劲有力的作者，不能勉强他把文章写得太长；笔性纵横恣肆的作者，不能要求他把文章缩短。写文章总担心写不长，又总担心本可以不写很长而一定要写很长。如果写得很长而又让人无法删节，那么即使成为宾白中的古风和《史记》《汉书》，又有什么可担心的呢？我无法承担起这样的重任，只能抛砖引玉，等待后来居上的人了。

我创作的宾白，虽然略有些长处，但在创作之初，水平不高，常常有本当减省而没有减省的地方，于是便留下余地以待裁剪，不觉有了流于散漫的毛病。现在看来，都是不成熟的作品。如果老天给我一些时间，让我在已经流传于世的《笠翁十种曲》

之外别有新作，我可以保证它们像守夜的狗，报晓的鸡一样，在该发声的时候发声，在不得不安静的时候保持安静。

字分南北

北曲中有北方语音的字，南曲中有南方语音的字，例如南方称自己为“我”，称他人为“你”，北方称他人为“您”，称自己为“俺”或“咱”。世人只知道在曲文中要做区分，殊不知宾白随着曲文的变化而变化，也不应该判为两段。这一折是南曲，那么这一折的宾白就要全部使用南方语音的字；这一折是北曲，那么这一折的宾白就要全部使用北方语音的字。时下人们创作的传奇多有混用，即使能够间或在净角和丑角中使用，也不能强加在生角和旦角上；只能在男性角色上区分，而不能在女性角色上区分。因为北方语音偏近于粗豪，适用于刚劲的口吻，南方语音娇媚居多，适用于窈窕佳人。殊不知声音是十分驳杂的，俗话叫作“两头蛮”，说话尚且如此，何况登台演戏呢？这些讨论是针对全套南曲和全套北曲的，南北相间的曲子，像〔新水令〕、〔步步娇〕之类，则不必拘泥于此。

文贵洁净

宾白不怕写得多，这在前面已经讨论得很详细了，这里再谈谈洁净。洁净，就是简省的别称。洁要求文字不能太多，净要求文章必须加以裁剪，这两种说法不是相互矛盾吗？回答是：不是这样的。文字多而感觉不到多，那么多也是洁；文字少而仍嫌有多余成分，那么少也是杂芜。我所讲的多，指的是文字虽多而不可删汰，不是把沙子写成米，把鸭子说成鹤那样的多。创作宾白，内涵要丰富，字数却要少，虽然不愿忍痛割爱，但也要有核心意义。每创作一段，就自行删改一段，实在不能删改的再保留下来，稍微可以删掉的内容就删掉。这说的是作品刚刚开始创作，尚未完全脱稿时的情况，就是所谓的创作之始要谨慎。

然而我们这些人创作，常常有他人认为不是，而自己认为是的情况；还有起初认为正确，事后发觉错误而后悔的情况。文章是自己亲手写的，没有一篇不是佳作；诗赋刚刚写成之时，没有一句不是妙语。等经过一段时日之后再拿来看，其中的好坏美丑，不仅他人可以判别，连我自己也看得出来。这里虽然是说填词制曲，实际上讲的是各种诗文的通病，古今才子的常情。凡是创作传奇，应当从刚刚动笔到最后脱稿之后，每天删一遍，每月改一次，这样才能披沙拣金，使作品没有瑕瑜互见的毛病。这一点我说得到却做不到，其中他人与我各有一半责任。

我终年为饥寒所迫，闭门创作的时日很少，每每有所创作，大多是草率而成的急就章，不是不想删，也不是不想改，而是没有可供删改的时间。每部剧作完成，刚一停笔，就被坊间书商拿去了，下半部还没有脱稿，上半部就已经刊印出版，不只是刊印出版，那些捷足先登的演员，也已经记于心中，唱在唇舌，于是作品便无法改动，酿成了难以医治的痼疾。我并非不追求文字洁净，实在是天意使然，还能说什么呢！

意取尖新

纤巧是行文的大忌，处处都如此，可唯独在传奇中不必在意。传奇讲究的是越纤越密，越巧越精。作者的大忌是老实，老实是纤巧的死对头。然而纤巧已经长期为文人所鄙视，说出来似乎不中听，换成“尖新”，则仿佛把瑕疵变成了美玉。其实尖新就是纤巧，这就好像“暮四朝三”的典故一样，其实并没有丝毫的改换。同样的话，用尖新的方式讲出来，就会令人扬眉展目，好像闻所未闻；用老实方式讲出来，则令人心灰意懒，好像听到了不必听的东西。宾白中有尖新的文辞，文辞中有尖新的语句，语句中有尖新的字眼，这样的作品摆在案头，不读则已，一读则欲罢不能；在舞台上演出，不听则已，一听则不愿离场。美妙女子能够打动人，尖新二字，就是文中的美妙女子。

少用方言

填词使用方言最多的，莫过于《西厢记》，其余的古今曲词，多少也都有一些。不仅是曲词，即使在《四书》中，《孟子》一书也有方言，天下人不知道，只有我知道，我读《孟子》五十几年都不知道，如今才知道，让我先来说说。儿时读“自反而缩，虽褐宽博，吾不惴焉”，看朱熹注释说：“褐，贱者之服；宽博，宽大之衣。”我心里很疑惑。因为我生在南方，南方穿褐的人很少，偶尔有人穿，多半来自富贵之家，名字虽然叫“褐”，实际上是绒。于是我就去请教老师，说褐是有钱人穿的，为什么朱熹说是贫贱人穿的？既然说是贫贱人穿的，就应当简约一点，短一尺，就省去购买一尺的钱，少一寸，就省去缝纫一寸的气力，为什么不设计得小一点，反而做得很宽大呢？老师沉默不回答。再问，老师就顾左右而言他。

这个疑问几十年都没有得到解答。近来游览秦地边塞，见当地居民人人都穿褐，不要说绫罗绸缎很罕见，即使见到一两个穿布衣的，也像空谷足音一样。因为在寒冷的不毛之地，只能靠放牧牛羊养活自己，把牛毛羊毛织成衣服，而且都很粗，不细密，形状像毯子，确实是贫贱之人的衣服，不是南方富贵之人的衣服。又看见它的宽是身体的一倍，长到拖地。询问当地人，回答说："除这种衣服之外，没有其他的，上衣、裤子、内衣、外衣，都用这一件衣服代替，白天披着当衣服，夜里拥着当被子，不宽围不住身体，不长盖不住双脚。《论语》上说'必有寝衣，长一身有半'，指的就是这一类东西。"我这才恍然大悟说："司马迁作《史记》之前必定要游览名山大川，大概说的就是这个吧。"自古以来圣贤多生于西北，所见到的都是这个样子，所以方言随口而出。朱熹是南方人，他怎么会明白呢？所以他仅仅解释了字义，没有深入说明，导致这个千古以来的疑问至今没有解答，如果不是我远游边塞，亲眼见到当地人，怎么能知道他的解释是正确的呢？

由此看来，《四书》的文字尚且不能完全效法，何况《西厢记》这种曲词呢？凡是创作传奇，不能频繁使用方言，让人费解。近来的词曲作家，见到花脸登场都使用姑苏一带的方言，于是就以此为准则，每当创作净角和丑角的宾白，就用方言，殊不知这样的语音只能在吴越一带通行，在别的地方，人们就听不懂了。传奇是流传于全天下的书，怎么能只为吴越而作呢？至于其他地域的方言，虽说戏曲中使用的少，但也要看填词者的出生地。例如汤显祖生在江西，就应当规避江西的方言，粲花主人吴炳生于阳羡，就应当规避阳羡的方言。因为人生在这个地方，难免被这个地方所局限。有些语言明明是方言，而我不知道，等到了其他地方，对当地人说，当地人不懂，才知道这是方言。诸如此类情况，换一个地方都存在。想要创作传奇，不可不存四方之志。

时防漏孔

一部传奇中的说白，从开场到结束，何止千言万语？话说得越多失误就越多，能保证不会出现前后不一致，首尾不呼应，自相矛盾的问题吗？譬如《玉簪记》中的陈妙常，是个道姑而不是尼姑，可她的说白中有“姑娘在禅堂打坐”这样的话，唱词中有“从今孽债染缁衣”这样的字眼，“禅堂”“缁衣”都是尼姑说的话，而这里却用在道姑的话中，有这样的道理吗？这样的例子不胜枚举。总而言之，篇幅短，字数少，容易检查出来；篇幅长，字数多，就很难照顾到了。我在从古至今的文字中，发现篇幅最长，字数最多，而又找不出丝毫漏洞的，只有一部《水浒传》。要是让其他人写这本书，那几乎就是用笊篱盛水，用珠帘挡风，出去的多进来的少，何止有三十六个漏孔呢？

科诨第五

插科打诨，是填词中的末流伎俩，然而要使作品雅俗同欢，智愚共赏，则全靠在这里下功夫。文字好，情节好，而科诨不好，不仅俗人不爱看，即便是文人雅士，看了也会打瞌睡。传奇作者，都要善于驱走睡魔，睡魔一到，那么后面即使有《钧天》这样的音乐，《霓裳羽衣》这样的舞蹈，观众也都无法听到看到，就像对泥人作揖，对土佛谈经一样。我曾经把这一点告诉演员，说一部戏的精彩之处，全在下半本。观众只要打两三个瞌睡，就会漏掉一段情节，等瞌睡醒了，上文和下文已经连接不上，即使抖起精神再看，也只能断章取义，零零碎碎地看。如果是这样，插科打诨就不是插科打诨，而是看戏的人参汤。提神醒脑，使人不困倦，完全在此，能把它当作细枝末节来看待吗？

戒淫亵

戏曲中的花脸插科打诨，动不动就涉及淫乱邪辟的事情，有些在卧房中都讲不出口的话，竟公然在舞台上讲出来。不用说高雅正派的人要低头塞耳，唯恐丑恶的声音玷污了耳朵，还要防止男女同场观看，以免一起听到猥亵的话语，做出苟且之事。淫荡的郑国音乐应当禁止，正是出于这个原因。人们不知道设置科诨，只是为了引人发笑，世间戏谑的话语很多，何必一定要谈男女之事呢？即使要谈男女之事，也有《诗经》中所说的“善戏谑兮，不为虐兮”的办法，何必要以口代笔，画出一幅春宫图，才算得上善于谈男女之事呢？有人问：善于谈男女之事，应当用什么方法？请让我用一两句话来概括。我想说的是：如果说的是口头俗语，人们都明白，就说半句，留半句，或者说一句，留一句，让听者自己去想。这样不把男女之事挂在嘴上，却与说出来效果相同，这是一种方法。如果讲最猥亵的话，让人难以入耳，就借其他事情比喻，话讲的是这里，实际意思在那里，人人都明白，这样男女之事虽然没有入耳，效果却与实际听到没有差别，这是另一种方法。有了这两种方法，那么任何情况都可以类推了。

忌俗恶

插科打诨的妙处在于浅近通俗，而所忌讳的又在于不能太俗。不俗，就像迂腐儒生的言辞；太俗，就不是文人的笔调。近代戏曲中既俗又不俗的，除《还魂记》之外，还有《粲花五种》，这都是文人最巧妙的作品。《粲花五种》的优长之处不仅在此，它的才气和辞藻可以与《还魂记》相媲美，稍逊一筹的地方在于气与力之间。《还魂记》气韵悠长，《粲花五种》稍显急促；《还魂记》力道充足，《粲花五种》略有亏欠。虽然如此，汤显祖的《临川四梦》中，气运最长，力道最足的，只有《还魂记》一种，其余三种可以与《粲花五种》相比肩。假如粲花主人吴炳如今仍然在世，用他全部的才力再创作一部新作，那么角逐词坛的优胜者，哪里会只有汤显祖一人呢？我很遗憾生得太晚，没赶上两位老前辈的时代。他日在九泉之下相见，一定要向他们表达倾倒之情，他们一定不会表现出嫉妒我，想要杀掉我的样子，在阎罗王面前饶舌，排挤后生晚辈。

重关系

插科打诨不只是为花脸而设的，全场的角色都不可缺少。生角和旦角有生角和旦角的插科打诨，外角和末角有外角和末角的插科打诨，净角和丑角的插科打诨则是他们的分内之事。然而为净角和丑角作科诨容易，为生角、旦角、外角和末角作科诨则比较难。既要高雅中有通俗，又要通俗中见高雅；既要活泼处寓板滞，又要板滞处有活泼。这些科诨虽然很难，但还是词客擅长的事情。真正困难的，是要有关系。关系是什么？回答是：就是在嬉笑诙谐之处，蕴含深刻的意义，使忠孝节义的思想因此表达得更为明显。比如老莱子舞弄彩衣，简雍谈说淫具，东方朔嘲笑彭祖脸长，这都是古人中善于插科打诨的。传奇作者如果能学习这些，那么科诨就不是简单的科诨，而是引人入道的方便法门了。

贵自然

戏曲中插科打诨虽然不可少，却也不是有意为之。如果一定要在某一折中插入一段科诨，或者预先设计好一段科诨，插入某一折中，那就是嫖客找妓女求欢，妓女拉嫖客卖笑，笑得没有真情实感，虽然是作乐，却也很痛苦。插科打诨，妙在水到渠成，天真机趣自然流露。“我本无心说笑话，谁知笑话逼人来”，这才是插科打诨的绝妙境界。前面说过简雍谈说淫具，东方朔嘲笑彭祖，就拿这两件事来讨论吧。

蜀先主刘备时，有一年天气干旱，禁止酿酒，有个官吏在一户人家中搜出了酿酒的工具，想要依法予以惩处。简雍陪先主出游，见一男一女各自在路上行走，就对先主说：“他们要做淫乱的事，请把他们抓起来。”先主说：“你怎么知道他们要做淫乱的事呢？”简雍说：“他们都有做淫乱之事的工具，与想要酿酒而尚未酿酒的人一样，因此我知道。”先主大笑，释放了藏有酿酒工具的人。汉武帝时，有个善于相面的人，说人中长一寸的人，就有百年的寿命。东方朔听了大笑，官吏报告汉武帝，说东方朔对皇帝不敬。皇帝责问东方朔，东方朔说："我不是嘲笑陛下，而是嘲笑彭祖。人中长一寸的人可以活一百年，彭祖活了八百岁，他的人中不是有八寸长吗？人中有八寸长，那么脸几乎就有一丈长了，所以我嘲笑他。"

这两件事，可以说是绝妙的诙谐，戏曲舞台上有这样的诙谐，难道不是绝妙的科诨吗？然而简雍当时一定要亲眼见到一男一女在路上同行，才能因此而说到淫具；东方朔一定要亲耳听到"人中长一寸的人，就有百年的寿命"的说法，才能谈到彭祖脸长，所以才可笑，因而才能使君主领悟。如果他们没有听到看到这样的事，突然拿来比喻，那么君主生气还来不及，怎么会笑呢？既然不会笑，又哪里来的领悟呢？这就是所谓的插科打诨贵在自然，不能勉强的明确证据。我观看《南西厢》演出，见法聪嘴里的科诨迂腐怪诞，不知从哪里想来，真令人想要逃离，想要呕吐，而观众和听众却毫无厌倦之色，难道低俗的文章人们都争相阅读，高雅的文章反而会被人们共同抛弃吗？

格局第六

传奇的格局，有的是固定不变的，有的是可改可不改、随作者便的。开场用末角，冲场用生角；开场的几句话要概括整部戏的主要内容，冲场一出戏要蕴含整部戏的主旨，这是固定不变的。开手要安静不能喧闹，终场忌冷清不忌热闹，生角和旦角适合扮演夫妻，外末与老旦不是扮演父母就是扮演公婆，这是固定的规矩。然而如果情况有变化，原来固定的法则难以遵循，不得不加以通融变化才能使用，诸如此类，都是可变可不变，随作者便的。近来的传奇作品，一味追求新奇，不用说可以改变的都改变了，就是断然不应当改变的，也加以窜改，以此来展示新奇。我认为文章的新奇之处在于内涵而不在于外表，在于精华而不在于枝叶，就像诗、赋、古文和八股文，其中人才辈出，一个作者比一个作者出众，一部作品比一部作品新奇，然而它们的区别仅仅在于辞藻，没听说它们在内涵上有什么不同。有按照古风的格局创作近体律诗的作者吗？有按照八股文的体制写作古文的作者吗？绳墨不改，而斧凿运用自如，这就可以显示出工匠的奇巧。写文章的道理也是这样。

家　门

开场的几句话叫作“家门”。虽说字数不多，但如果整部戏结构还没有确定，不是胸有成竹，就不能动笔。即使整部戏规模已定，还要考虑在创作过程中，必然会有阻碍，无法顺笔而下，难免会有小的改动，所以这一折最难下笔。如果作者才思敏捷，一往而前，能够做到信手拈来，头头是道，就从这一折做起；否则的话，这一折就暂付阙如，等到全剧完成了再补上。就像塑佛像不马上开光，画龙要等一等再点睛，不是故意推迟，而是要等整幅画像都完成之后，它的身体向左眼睛就向左看，身体向右眼睛就向右看，俯仰低徊，都随身体的转向而定，不是可以事先考虑好的。这是词曲作家讨便宜的方法，一开始就告诉他人，使后来的作者还没动笔，就省却一番无用功。现在大家知道我李渔是这方面的功臣，所说的话都真切可行，不是那些用大话欺骗世人的人可以相比的。

在家门之前，先有一段上场的小曲，比如〔西江月〕、〔蝶恋花〕之类，都没有一定之规，任人随意拈取。这支曲子向来不必切合整部戏的主题，只是劝人对酒忘忧、逢场作戏，说些套话。我认为词曲中开场一折，就是古文的开头，八股文的破题，一定要开门见山，不能像头戴帽子那样，遮遮掩掩的，就是说要将整部戏的主题和立意概括成文，与后面家门的内容相为表里。前面是暗说，后面是明说，暗说仿佛八股文的破题，明说仿佛八股文的承题，按这样的结构行文，作品才有根有据。科举场上阅卷，看到第二、第三行才觉得好的文章，就是可取可弃的文章；文章一开始，就能将主考官的眼睛吸引住，让他目不转睛地看下去，这样的文章才一定能被选中。我希望才子们写文章都要这样做，不仅是填词制曲而已。

元曲开场时只有几句开场白，叫作“正名”，又叫“楔子”，多则四句，少则两句，似乎很直截了当。然而不登场演出则已，让副或末登场，脚刚刚点地就要马上抽身下台，也会让人觉得张皇失措。增加家门一段，很有道理。然而家门之前，还有一段话，如今戏曲演出都将这一段词略去，只从家门说起，纯粹是贪图省力，埋没了作者一番良苦用心。但凡说话写文章，道理是相同的，上手之初，不宜离题太远，也不宜离题太近。文章所忌讳的是开篇就直奔主题，说几句闲话，再言归正传，也未尝不可，为什么一定要惜墨如金，慌里慌张的呢？作者万万不能因为开头这些文字没有人读而将其省去。至于最后四句，不仅仅要概括完备，还应该别有意趣。元人创作的楔子过于死板，不足以效法。

冲 场

开场的第二折叫作“冲场”。所谓冲场，就是别人没上场而我先上场，必须唱一段悠长的引子。引子之后是诗词和四六排偶句，这叫作“定场白”，指的是这些话没说之前，观众不知道演的是什么剧目，耳目一片茫然，有了这几句话，才知道要演什么，开始不确定的现在方才确定。这一折中的引子和诗词，比起前一折中的家门，更难下笔。务必要以简单的几句话，说出自己的一腔心事，又要包含全剧的思想内容，就像家门一样概括无遗。同样属于概括性的文字，其间之所以能够分出难易，是因为家门可以明说，而冲场、引子和定场诗词全部要用暗语影射，一个字都不能明说。

不但整部戏的情节全部要在这里埋下伏笔，而且整部戏的好与坏也在此时决定。为什么呢？开篇就笔触飞动，翰墨淋漓，有自由自在之妙，那么主动权就掌握在自己手里，破竹之势已经形成，不愁此后写不出完美的作品。如果在这个时候文思枯竭，勉勉强强，支支吾吾，那么像这样开头就昏昏沉沉，结尾也不会明朗，不如不作此剧为好。然而一开始就文思敏捷的能有几人？这样做不是会抑制后辈的发展，阻塞填词制曲之路吗？我说：不是这样。有激发灵感，活跃文思的方法：如果动笔时感觉思路滞涩，就暂时搁置一边不写，以免心中烦恼；自己找些乐趣，培养文思，等胸怀略微舒展之后，再提笔创作，有兴致就写，没有兴致就再搁置起来，这样反复几回，没有不灵感勃发，文思泉涌的。如果因为写不出美妙的语句，就用俗词俚语敷衍，创作便会走入荒芜，再想革除蒙昧，求得文明，就做不到了。

出脚色

一部戏中有名的角色，不宜出场太迟。比如生角是一家，旦角是一家，那么生角的父母就应该随生角出场，旦角的父母就应该随旦角出场，因为他们是一部戏的主角，其余都是次要角色。主角虽然不一定要在第一出或第二出出场，但不能在第四折或第五折之后再出场。因为出场太迟，就会有其他角色先出场，观众会把这些先出场的角色认作主角，等到见到后面出场的角色，反而会认作次要角色。即使像净角和丑角这些关乎整部戏的角色，也不宜出场太迟。善于看戏的人，只在前几出戏中记住出场人物的姓名；十出戏之后出场的人物，都是枝外生枝，节中长节，就像偶遇的路人一样，不仅不问姓名，就连身材面目都可以不必认了。

小收煞

上半部戏的最后一出，暂时总结剧情，略收束锣鼓，这叫作“小收煞”。小收煞要写得紧凑，不要松散；要写得热闹，不要冷清，要写得像唐人郑綮作诗一样，多用歇后语，让人揣摩下面的剧情，不知道这个故事结果怎样。就像耍把戏一样，把一件东西暗藏在盆子或衣袖中，让人去猜，这个时候也正是把东西藏好，让众人去猜的时候。戏法不论真假，戏剧不论工拙，只要让人想不到，猜不着，就是好戏法、好戏剧。如果被猜中了再表演出来，那观众觉得索然无味，作者也会很难堪，不如把拙劣之处藏好为妙。

大收煞

整部戏的收场叫作“大收煞”。这一折的难点，在于没有穿凿的痕迹，却有团圆的趣味。比如一部戏中，重要角色共有五个，起初分布在东西南北，到这里必须会合。这个道理谁不知道？但他们会合的原因必须自然而然，水到渠成，不能像水车汲水一样牵强。最忌讳无缘无故，突如其来，和勉强矫情，生拉硬扯，让观众看出作者有心这样做，同时宽恕作者的无奈，这都不是创作“大收煞”的好办法，因为其中有穿凿的痕迹。骨肉团聚，不过欢笑一场，以此结束全剧，有什么趣味？

山穷水尽之处，偏偏要突然生出波澜，或是先惊讶后欢喜，或是先疑惑后相信，或是欢喜到极点，相信到极点，反而导致惊讶和疑惑，务必要使一折戏中具备种种情感，这才是自始至终毫无懈怠的戏剧创作，越到最后越能显出作者的大才，所谓有团圆的趣味，指的就是这个。我曾教导孩子们说：“科举场上写文章，要有诱导主考官上钩的手段：文章开头，语句要奇妙夺目，让主考官一见而惊，不忍心丢弃，这是一种办法；文章结尾，要以妩媚动人的语句摄取主考官的魂魄，让他拿着试卷留恋不舍，难以离去，这是另一种办法。”收场这出戏，就是勾魂摄魄的东西，让人看过之后好几天，仍然觉得声音在耳边回响，情节在眼前回放，全靠这一出戏撒娇，作崔莺莺的“临去秋波那一转”。

填词余论

读金圣叹评点的《西厢记》，可以让千古才子心死。人们写文章流传于世，是想要天下后人都知道，并且想要后人称许和赞叹。等到文章写成了，书流传下去了，后人都已经知道，并且纷纷称许赞叹了，作者的良苦用心，不是可以大获安慰了吗？我说：并没有得到十足的安慰。赞誉他人而不切实际，这与诋毁他人相差无几。只是说千古传奇《西厢记》当属第一，而不能明确地说出它当属第一的原因，这就如同不仅明眼人称赞西施的美貌，就连盲人也能称赞。自《西厢记》问世至今四百多年来，推举《西厢记》为词曲第一的不知有几千几万人，而能够将它被推举为第一的原因一一列举出来的，只有一个金圣叹。所以《西厢记》作者的心，四百多年来没有死，如今死了。不光《西厢记》作者的心死了，千古以来撰文立言者的心，没有不死的。人们担心自己成不了王实甫，谁知道数百年后，不会再有金圣叹这样的人呢！

金圣叹批评《西厢记》，可以说条分缕析，洞见幽微，没有任何遗漏。然而在我看来，金圣叹的评点，是站在文人品鉴的立场上，而不是演员演出的立场上。文字方面的精义，金圣叹把握到了；演员演出方面的精义，金圣叹还有待于深入发掘。如果金圣叹今天还在世，自己创作几部戏曲，自浅入深，由生到熟，他就会亲手烧掉自己的评点，另作一番诠释。戏曲创作的道理太难说了。

金圣叹评点《西厢记》，优点在于细密，缺点在于拘谨，拘谨就是细密过了头。没有一字一句不追本溯源，探求作者的深意，这样做虽然细密，但也要知道作者这样做有的是出于有心，有的不一定完全出于有心。心里这样想，笔下这样写，这是可以做到的；但如果笔下所写完全是心中所想，则不是人人都能做到的。况且还有心里本不想这样，而笔下却写成了这样，仿佛有鬼神指使的情况，这样的文字，可以算作有意为之吗？写文章这件事，确实与神明相通，这不是骗人的话。千古以来，绝妙的文章都不是人作的，而是神作的、鬼作的，人不过是被鬼神附体罢了。

卷二　演习部

选剧第一

（选角色，正音韵等事宜，载于《歌舞》项之下。不论男女演员，道理相同，想要学习声乐，需要二者互相参照，这样才没有遗漏。）

填词制曲是为在舞台上表演而设。表演方面的学问，也是很难讲说的。词曲是佳作，而演员选择不合适，演员好而教授不得法，都是暴殄天物，这样的罪过，与撕裂绸缎，毁坏玉璧一样严重。如今的达官显贵不喜欢谈杂技，只看重声音，可以说是很高雅的情趣，是很得体的好尚。让人觉得可惜的是：演戏的人美，而所演的戏很难说尽善尽美；崇尚高雅的想法是真实的，而所崇尚的东西未必真正高雅。尤为奇怪的是：最有见识的观众，也像矮人观场一样毫无己见，人家说这部戏好，他也随声附和，见到戏单就点，不问是否符合情理，以致舞台上充斥着牛鬼蛇神之类荒诞不经的玩意儿。

长于诗词歌赋的人，偏偏与戏曲作对，明明知道这部戏好，只怕违背了时下的好尚，听到名字就避开，也不管作者是不是受了委屈，导致锦绣篇章湮没无闻。汤显祖的《牡丹亭》《邯郸梦》能够盛行于世，吴石渠的《绿牡丹》《画中人》能够偶然在舞台上演出，都是才子侥幸的事，不符合文章写得好就一定能够流传的常理。如果依着当下演员的想法，那就希望秦始皇再生，把文人们已经刊刻的书籍全部烧毁，只保留演员们撰写的各种抄本，让家家户户来传唱才好。可悲啊！戏曲竟会遭遇如此厄运。

我认为《春秋》之法，责备的是贤人，如今拙劣的作品处处皆是，优秀的作品销声匿迹，这不是演员投错了胎，教师指错了路，而是音乐鉴赏家的错误。假如在关键的位置上有一两个人把握方向，凡是见到这样毫无情趣的戏，或者抛弃不点，或者演出尚未结束就加以斥责，使演出中止，那么上面有人憎恶，下面必然会有人更加痛恨。观众要求高了，演员就不敢怠慢，这样一来，绝妙好词就不求自至了。我探讨表演方面的功夫，之所以把选剧放在最重要的位置，实在是怕如果剧本选得不好，那么作者的心血，演员的精力，就都浪费了。假如观众虽然嘴上称赞，而心里却怀有疑问，那为什么不在选剧时就精益求精，使人嘴上心里都称赞呢?

别古今

选剧本教演员表演，应当从古戏开始。古戏演熟之后，再间或教授新戏，千万不要先学新戏，后学古戏。为什么呢？乐师教授戏曲，常常在古戏上下功夫，在新戏上则比较草率，因为古戏人人都熟悉，稍有差错，就可以比较出优劣；新戏只能偶尔一见，即使有破绽，观众和听众也未必都清楚，不足之处完全可以掩饰。而且古戏流传到现在，经历过几代名师，都有各自的传承，不合适的地方一定要改得合适，已经很精细的地方更要精益求精，就像八股文中以“大学之道”“学而时习之”诸篇为题目的文章，名篇佳作很多，作者不敢轻易动笔。新戏则如同巧妙构思的新题目，偶然显露出一些优长，就会吸引主考官的眼睛。

所以一开始学习戏曲表演，一定要先学古戏。而古戏又必须从《琵琶记》《荆钗记》《幽闺记》《寻亲记》等剧目唱起，因为唱腔板眼的纯正，没有胜过这几部戏的。这几部戏唱好了，那么以后再唱别的戏，唱腔板眼都不会错。古戏唱熟了，必须间或学唱一些新戏。千万不要听拘泥迂腐的儒士的话，认为新戏不如古戏，全部舍弃，不予学习。演出古戏，仿佛把曲子拿来清唱，只能使几个知音感到悦耳，不能使满座宾朋都享受到乐趣。听古乐会使人生出倦意，听新乐会使人忘记倦意。

古乐不一定指《箫》《韶》《琵琶》《幽闺》等戏曲，就是当今的古乐。只是选择古戏容易，选择新戏很难。教授戏曲的人家，主人必定有很多繁冗的事物，而且恐怕未必通晓音律，势必会把选择剧目这样的事委托给门客，或者向乐师咨询。门客怎么可能全部是周郎那样的顾曲家，多半会听从乐师的意见。而乐师中通文墨的很少，每每见到才子的作品就想要避开，因为二者就像圆榫眼与方榫头一样，无法相合。所以聘请乐师，一定要选择稍通文理的人，让他阅读新戏剧本，这样才能判定其中的好坏。还必须请一些文人墨客参与其中，共同斟酌，双方意见一致，才可以确定用于教授的剧本。这是针对事务繁多、不通音律的主人而言的。如果是文坛盟主，词界领袖，那么独立判断尚且有余，哪里还需要明知故问呢？唉，要想使梨园风气大有新变，一定要有一两位德高望重的长者主持公道，使好词佳音一定要流传下来，鄙陋的剧目一定被摒弃，这样的话，千古才子在九泉之下可以瞑目，当今的名家，也会被沉香刻木加以祭祀了。

剂冷热

如今世人所崇尚的戏曲和时下演员所演习的戏曲，主要特点在于热闹。冷静文雅的曲词，都是他们所深恶痛绝的。然而文词太冷清，曲调太高雅，本来就容易使人生出倦意，这是作者自己讨人厌烦，不是人们有意冷落他的作品。然而还有很多戏曲作品，貌似冷清而内容热闹，文词高雅而情节通俗，把这些作品稍加润色，搬到舞台上演出，有什么困难？不问长短，将它们全部冷落抛弃，这样很难使才子心里服气。我认为传奇没有冷清与热闹之分，只怕不贴近人情。如果作品中表达的悲欢离合，都是人情世故中的必然，能使人哭，能使人笑，能使人怒发冲冠，能使人惊魂欲绝，那么即使锣鼓不响，舞台上一片沉寂，观众叫绝之声，反而会震动天地。这是以人声取代了鼓乐，将观众的赞叹代替台上的打斗，那么与满场杀伐，钲鼓雷鸣，而观众之心却不为所动，反而想要捂着耳朵躲避喧闹相比较，哪个更好呢？这难道不是冷清中的热闹，胜过热闹中的冷清；通俗中的高雅，逊于高雅中的通俗吗？

变调第二

所谓变调，就是把古调变为新调。这项工作很难，找不到行家就做不成，我把这些理论摆出来，等待合适的人去做。才子所作的诗赋文章，与佳人所做的锦绣花样，没有不随时变化的。有变化才有新意，没有变化就显得陈腐；有变化才活泼，没有变化就板滞。至于传奇，尤其需要使人耳目常新，与玩花赏月是一样的。假如今天观看这种花，明天又观看这种花；昨夜欣赏这个月亮，今夜又欣赏这个月亮，那不仅我会因为陈旧而生厌，花与月也会因为没有新变而感到惭愧。所以桃花凋谢了，有李花取代，月亮圆满了，就会走向亏缺。花与月都是无知之物，尚且能够变化情调，何况词曲是由人创作的，难道就不能变化音调，偏要百年演出，三万六千天场场雷同吗？我每次观看旧戏演出，都是既喜欢又害怕。喜欢的是它旋律节奏没有错误，让人耳朵不觉得难受；害怕的是它的情节观众太熟悉，仿佛眼角生了瘊子。学习书法绘画的人，贵在大体上模仿相似，而在细节上不妨有所增减出入。如果只是依葫芦画瓢，那就是用纸来印刷纸，虽说分毫不差，却少了天然生动的意趣。因此我创设了两种方法，传授给世间的创作高手。

缩长为短

观看舞台上表演，宜隐晦不宜明了。原因有二：演员在舞台上表演的，原本就不是真实的事情，妙就妙在隐隐约约之间。如果在白天表演，就会觉得太清楚，演员很难制造出虚幻的效果，十分的音容笑貌，观众只能领略到五分，因为在白天，观众的注意力容易分散，无法集中。而且人不论富贵贫贱，白天都有事情要做，观看演出难免妨碍工作。等到夜里演出，演员和观众就都可以安心了，不用担心浪费时间，耽误做事，古人秉烛夜游，原因就在于此。然而好戏必然篇幅很长，不宜草草演完了事，一定要充分表达情感，模拟神情，不到天亮不能结束。但是要找能够挺到天亮的人，十个人里也找不到一两个，不是明天早晨有事，就是此时想要睡觉，往往看到一半就离开了，好故事也就此中止。

我曾说好戏如果遇到尊贵的观众，必然会遭受腰斩之刑。这虽然属于开玩笑的话，但也的确是事实。与其篇幅巨大，难以结尾，不如篇幅短小，有始有终。所以将创作的传奇交给演员表演，必然要先传授给他们可长可短的方法：选择其中情节可以省略的几折，另作暗号标记出来，如果遇到清闲无事的观众，就把这几折加在剧中，全部演出来，否则就拔除不演。这个办法人人都知道，戏曲界也乐于这样做。只是人们不知道在减省之中，还有增益的方法，使减省掉的几折还仿佛存在，整部戏没有残缺不全的问题。这只需要改编者另外加些内容就可以了。

具体做法是，在所删内容的下一折增加几句话，点出中间一段的情节，比如说昨天某人来说了某话，我如何应答之类等等；或者在所删内容的前一折预先写几句话，比如说我明天应当派某人去做某事等等。这样一来，几句话就可以作为一折，观众虽然没有来得及看，实际效果却与看过相同。这是一种方法。我还认为事务繁多的观众，连这种最简约的戏也很难看完，这样的话，删与不删是一样的。我曾见过一些贵胄看戏，只要零散的戏单，不要全本，都是为了能走就走，不受演出的制约。

我觉得全本戏太长，单出戏太短，在两者之间斟酌一下，应当模仿《元人百种》的做法，并稍稍加以扩充，另外编出十折一本或者二十折一本的新剧目，专门用于应付繁忙的观众。或者就把古时的旧戏，像费长房缩地一样加以缩减。只要删汰得宜，一部戏抵得上一百部戏，这样一来，一寸长的金条和一丈长的铁条，贵贱立判。有见识的人看重它的简约和贵重，未必不会舍弃长篇，选择短制。这样另开一种风气，也是有可能的。这样的传奇，可以在一场演出中准备两本，如果有两类观众分别喜欢两种本子，互不相让，那么两种本子就都应该选择，分先后演出。这是个一举两得的办法。只要有空就会动笔，让我用个《下里》《巴人》为提倡《阳春》《白雪》做些贡献。

变旧成新

演新戏好像看时文，妙处在于闻所未闻，见所未见；演旧戏好像看古董，妙处在于生在后代，看着前朝。然而古董的可爱之处，在于其质地越陈旧古朴越好，色相越奇特美丽越好。比如当年出产的铜器玉器，不过是一件打磨出光彩的东西，等到它历时多年，打磨的痕迹全部消失，光彩形成斑驳的纹理，就会受到人们的珍视。这并不是因为它本质上没有变化，而是因为它常变常新。假如它与当年的没有差别，仍然是一件打磨出光彩的东西，就与新造的东西一样了，人们为什么还要提高数百倍价格去购买呢？

旧戏值得珍视，也和古董的情况一样。当今的戏曲界，买到一本新戏，就因为它的新而把演出搞得愈发新异，不遗余力地将其装扮得怪异奇特；等到演出旧戏，则千万人如出一辙，丝毫不追求差别。观众仿佛在看小孩背书，只欣赏演得很熟练，听不到一个让人耳目一新的字，这样一来，古董就是古董，不曾改变颜色，生出纹理，仍旧是一件打磨出光彩的东西，我为什么不拿新造的来欣赏呢？这样尚且可以感到耳目一新，何必一定要像乡村老学究一样，以听孩童背书为乐呢？然而生出纹理，改变颜色，是很困难的，应当用什么办法来处理呢？我说：有办法。不改变它的本质，改变它的外部形貌。就像一个美人，服饰稍有变化，就足以使人耳目一新，不必等到改变容貌，才能看出另一番神情。

本质是什么？就是曲文与大段关目。外部形貌是什么？就是插科打诨与简短的宾白。曲文与大段关目之所以不能改，是因为古人既然花费了一片心血去创作，理所应当保留下来，我与它无冤无仇，为什么一定要把它埋没了呢？而且如今人们是古非今，改了之后白白招致嘲笑，保持其大体不变，既可以告慰作者之心，也可以让当下之人闭嘴。插科打诨与简短的宾白之所以必须改，是因为凡是人们做事，贵在见景生情，世道变迁，人心不古，当时有当时的人情世态，现在有现在的人情世态，传奇的妙处在于人情，即使作者至今仍然健在，也应当随着世情的变化而变化，自行转变话语，一定不要说一成不变的话来得罪听众。况且古人创作剧本，在刚刚脱稿之际，会觉得新鲜，一旦传播开来，演出几次之后，就会觉得已经听熟的话不想再听，即使在当年，自己也未必不会觉得厌烦，从而考虑陈言一定要剔除。

我能改换新词，透入世情之三昧，这样即使是看旧戏，却如同观新剧，对作者来说，难道不是有功之人吗？使作品永葆青春，不为喜新厌旧的人所遗弃，作者地下有灵，为我歌功颂德还来不及，怎么会忍心因为我修改了他的作品而责备我呢？只是这样做必须点铁成金，不能画虎不成反类狗。而且必须选择在可以增加的地方增加，应当改动的地方改动，千万不要自以为是，牵强附会，让观众当场喷饭，一起怪罪原初的作者。我李渔是担不起这个责任的。这里讲的是对枯涩的文字加以润色，对陈腐之处予以改变。我曾经大幅度地修改《南西厢》，例如其中《游殿》《问斋》《逾墙》《惊梦》的科诨，以及《玉簪·偷词》《幽闺·旅婚》的宾白，并交给演员演出，以检验其新旧是否得宜，已经得到了词曲家的赞赏，他们认为我的修改没有什么不合适的。

我还有一种拾遗补缺的办法，没有跟同仁们讲过，在这里一并讲了吧。旧本传奇，往往有很多残缺不全之事，不合常理之情。这不是前人有意制造破绽，留下话柄贻人口实，就像唐诗中所说的“欲得周郎顾，时时误拂弦”，而是一时照顾不到，致使生出漏洞，所谓“至人千虑，必有一失”，说的就是这个。这样的漏洞，全靠后人予以弥补，不能任其缺损，导致从古至今没有完整的作品。女娲炼石补天，天尚且可以修补，何况其他呢？只是怕找不到补天用的五色石。

姑且举两个例子，加以概述。赵五娘出嫁两个月后，就离开了蔡邕，此时她还是个美艳的新媳妇。到公婆亡故，别墓寻夫的时候，算来也不过几年，仍然是一个容貌冶艳，容易招惹是非的少妇。身背琵琶，独行千里，即使她自己能保证不生是非，能躲得过人们的闲言碎语吗？张大公信守诺言，仗义疏财，在赵五娘穷困之际资助她，是个仁人义士。请问衣食与名节，两者哪个重要？赵五娘衣食上有困难，张大公周济她，名节这样重要的事情却放任不管，仁人义士能这样做事吗？这样的缺陷，对词曲作家来说，几乎等同于天塌地陷，能少得了补天塞地之人吗？如果想要在原作之外，凭空增加一个人物送赵五娘进京，与她随身做伴，这样妥倒是妥，但还是觉得伤筋动骨，改动太大。殊不知原作中有一个现成的人物，完全可以用却不用，好像张大公只图推卸责任，完全不顾赵五娘离去之后的情况。这个人是谁？就是被派去给赵五娘送钱送米，帮助她办丧事的小二。《剪发》一折中张大公念白说：“你先回去，我少顷就着小二送来。”可见张大公并不是没有仆人，为什么吝啬不用？我略微增加几句话，来弥补这个缺陷，附在后面，以征求同仁们的意见。这是一例。

《明珠记》中的《煎茶》一折，被派去传递消息的人是塞鸿。塞鸿是男子，怎么能侍奉嫔妃？假如禁宫中可以用男子烹茶，又可以与其私下里密谈，那么这样的事都可以做，还有什么不可以做的？这样的破绽，妇女儿童都能指出来，作者不经心，观众也任凭这样的疏漏存在。然而如果明眼人看到，未尝不会哑然失笑，只当塞鸿这个人不存在。如果想要在本家之外凭空虚构一名妇女，与无双小姐从没见过面，把她送进宫中烹茶，让她先通报姓名，然后再说具体的事情，这样倒是合理，却还是觉得节外生枝，有些累赘。殊不知眼前就有一名妇女，理当使用却不使用，不仅王仙客愚笨至极，这个妇女也让人觉得太狠心。这个妇女是谁？就是自幼在无双身边做婢女，现在给仙客做小妾的人，名叫采苹。不用说仙客找人出主意，应当找她，即便从采苹这方面来说，哪有主人一别数年，没人扶持，如今近在咫尺，却不想见一面的，普天之下有这样狠心的人吗？这个错误也是我想要改正的，只更换宾白，不改变曲词，与《琵琶记》的改本一并附在后面，以征求同仁们的意见。这是另一个例子。其余的改本还有很多，限于篇幅，不能全部附上。总而言之，凡是我所改动的作品，都是出于万不得已，看着不顺眼，听着不悦耳，所以将不平之处削去，使其归于妥当，并不是要勉强为之，有意为难古人。凡是见识高明之人，自然能够体谅我的用心。

插科打诨的话，如果想要变旧为新，难易程度与此相比，相差岂止百倍？不用说每一部剧都可以增加，每一出戏都可以改变，即使想要一天一新变，一月一改换，也实在是很容易的。可惜的是当前的富贵之人，家中蓄养着许多名演员，却缺少一个文笔诙谐的作者为他在词曲之林中栽种忘忧草，使他时时刻刻忘记忧愁。如果老天爷允许我李渔多活几年，给我一斗黄金，让我自行购买歌童，自己编写曲词，亲自传授教导他们，那么戏曲舞台上的节目就会天天更新，诙谐的笑话也会时时变样。这种技艺，不仅是我自夸，天下人也都相信。然而生计问题还没解决，哪里顾得上过问其他事情呢？只好像贫贱女子做嫁衣一样，把别人打扮得漂漂亮亮的，看别人出阁罢了。

授曲第三

音乐上的学问神秘莫测。我一辈子像柳永那样填词，结交了无数顾曲家，虽然没能像曲子相公和凝那样通达显贵，然而要说生平的创作，同样在世间广泛流传，也像和凝一样不可收拾。可是我对于音乐上的学问到底没有透彻的研究，所了解的，不过是词学上的寻章摘句，音乐上的肤浅理论，不过是比随声附和、毫无主见的人略微高出一点。别人赞美的东西，我抢在前面赞美；我憎恶的东西，别人附和我，世人对此没有察觉，都认为我精通音律。唉，音乐难道是容易精通的吗？

有人问我：你既然不懂音律，那么怎样谱曲呢？我说：酿酒的人家，不一定完全了解酒的味道，但是秫多加一点水少加一点，酒的味道就醇郁浓厚；酒曲精良，酒的味道就清香甘冽，这个道理很容易明白。明白了这个道理，酿造美酒也就不难了。制造弓箭的人，未必精通射箭，然而弓造得弯曲强劲就利于箭的发射，箭造得笔直尖锐就容易射中目标，这个道理很容易明白。明白了这个道理，就可以一辈子做制造弓箭的人了。虽然如此，生活在山里的人善于爬山，生活在水边的人善于游泳，如果对一件事情生疏了，那么心灵手巧的人做起来也会显得笨拙；如果一件事情做得久了，那么粗疏的人也会做得很精。我填过几十种新词，全部交给演员，任凭他们歌唱表演，近朱者赤，近墨者黑，何况我本身就是从事戏曲创作的人呢？粗糙的东西自然听起来难受，精细的东西自然能够愉悦精神，所以其中的优劣我也能略作分辨。俗话说："耕当问奴，织当访婢。"我虽然不够聪明，但在戏曲方面也算得上经验丰富的老奴，机灵狡猾的婢女了。请让我把我所知道的讲出来，供大家裁夺选择。

解明曲意

唱曲要了解曲情。曲情，就是曲中蕴含的思想感情和故事情节。明白了思想感情和故事情节，知道了它的意义所在，那么曲子唱出口时，俨然表达的就是这种神情。问是问，答是答，悲伤则黯然销魂，不会流露喜色；欢乐则怡然自得，看不到憔悴的面容。而且在演员的声音、口齿和面颊上，各种情感的表达都会有所不同，这就是所谓的曲情。

我看如今学习演唱戏曲的人，开始时学习诵读，接着学习歌咏，歌咏学成了，学习就结束了。至于讲解，不但废止不行，而且从来没有人这样做过。有些人整日、整年，甚至一辈子都唱这一支曲子，却不知道这支曲子讲的是什么事，指的是什么人。只在嘴上唱，心中不理解；嘴上有曲子，而脸上没有表情，身上没有动作，这就是所谓的无情之曲，与儿童背书一样，都是勉强为之，不是出于自然。虽然节奏旋律准确无误，喉舌牙齿发音清楚，终究只能算作第二、第三等曲子，算不上登峰造极的技艺。

想要把曲子唱好的人，必须先找一位明白的师父，把曲子的意义讲清楚，师父如果有不明白的，不妨转而问问文人，明白其中的意义之后再唱。演唱时要把全部精神投入其中，务必追求形神酷似。如果是这样，那么同样是演唱，同样是这一支曲子，在转变腔调，更换字词之间，就能显现出另一种声口；举目回头之际，就能表现出另一副神情，与时下的演员相比较，自然大不一样。把僵死的声音变为活泼的乐曲，把歌唱演员变为文人墨客，关键只在理解曲子的意义。理解是多么重要啊！

调熟字音

调节平仄，区别阴阳，这是学习戏曲演唱的首要任务。然而世上懂得这两点的戏曲演员，一百个里都找不出一个。不过是口传心授，依葫芦画瓢，只要老师教的没有什么错误，就习惯于此，无所察觉，也可以这样混一辈子。唯独有一件事必不可少，这件事比调节平仄，区别阴阳稍难一些，却又不能因为难而忽视，就是“出口”和“收音”两门诀窍。

世上每一个字都有一个字头，这就是所谓的出口；每一个字都有一个字尾，这就是所谓的收音。字尾之后还有余音，用于收煞这个字的发音，这样才算发音结束。比如吹箫、姓箫的“箫”字，它的本音是箫，而出口的字头和收音的字尾都不是“箫”。如果出口是“箫”，收音也是“箫”，那么其中的正音部分就不是“箫”，反而是另外一个字的字音了。如果出口是“箫”，发音就会一泄而尽，在缓慢的曲子中，怎样跟后面的部分相衔接？所以一定要有一个字作字头，用于出口，有一个字作字尾，用于收音，再有一个字作余音，用于收煞。

字头是什么？是“西”字。字尾是什么？是“夭”字。字尾之后的余音是什么？是“乌”字。每个字都是这样，不能一个一个记下来。《弦索辨讹》等书籍对这方面内容的记载很详细，看一看自然就懂了。要知道这些字头、字尾和余音，都是天造地设，自然而然地形成的，不是后人生编硬造的，只要看看反切注音法，就知道了。《篇海》《字汇》等书，每一个字都有注脚，通过两个字切出一个字的读音。这两个字中，上一个字是字头，也就是出口；下一个字是字尾，也就是收音；只是没有用作余音的字。没有这上下两个字，就切不出中间一个字的读音，由此可知字头和字尾都是天造地设的。不懂得这个道理，怎么演唱戏曲？出口错了，就一错到底，唱这个字却错唱为另一个字，这可以让懂音乐的人来听吗？所以教人唱戏一定要先研究字音。即使不完全懂，也要讲清楚其中的道理，让人知道字有字头、字尾和余音，这样学戏的人就不敢轻易开口演唱了，而是每个字都要询问清楚，久而久之自然就熟悉了。“曲有误，周郎顾。”如果明白了字音这方面的道理，那么即使遇到最苛刻的音乐鉴赏家，也不会不留情面地予以指责了。

字头、字尾和余音，都是为缓慢的曲子而设的，一字一板和一字数板的曲子中，这三者都不能没有。快板曲子中，只有正音，没有字头和字尾。音乐舒缓，曲调悠长的字，如果没有字头和字尾，则不但不合韵，而且演唱者也会大费精力，只要看看举行典礼时司仪的发声方法，就知道了。“拜”“兴”两个字都属于长音。“拜”字从出口到收音，一定要从行礼等到下跪，再从下跪完毕之后等到下拜，用时很久。如果只将一个“拜”字唱到底，那么字音就会一泄而尽，本不应当停而不得不停，失去了司仪的体面。掌握其中诀窍的人，用“不”和“爱”两个字来代替。“不”是“拜”的字头，“爱”是“拜”的字尾，中间恰好是一个“拜”字。把一个字拖很长时间，会使人感到气力不足，分成三个字，气力就有余了。“兴”字也是这样，用“希”和“因”两个字来代替。典礼上尚且如此，何况唱戏呢？如此委婉曲折的譬喻，都是出于一片苦心。审定音乐的诸位，一定要可怜我。字头、字尾和余音，都必须隐而不现，使听众听起来只能感觉到字音，并不会觉得确有其字，这才称得上善于使用字头和字尾。一旦显现出字的痕迹，就嫌拖泥带水，有不如无了。

字忌模糊

学唱戏曲的人，不要看他聪明还是笨拙，只要看他咬字是否清楚；欣赏戏曲的人，先不讲究表演是精致还是粗糙，先看演员发音是否字正腔圆。字是从嘴里唱出来的，只要有字，就要把它唱得清楚圆满。如果吐字不清楚，唱出来的字若有若无，这样一来就是说话清楚，唱戏不清楚，与哑巴有什么区别？哑巴也能唱戏，听他呼喊的声音就可以知道了。常常遇到一曲演唱完毕，听众只听到声音，一个字都分辨不出的情况，令人憋闷异常。这样的人本不是唱戏的材料，选材之人应当承担责任，不是演员本人的过错。人的舌头是天然生成的，似乎很难勉强塑造，但是在学习唱戏之初，应当先把自己的口齿练得伶俐些，开口演唱的时候，每一个字都很清楚，然后再学习唱腔和板式。这是克服自己天生缺陷的得力办法，与点铁成金无异，但是这样的人一百个里也只能遇到一个，是不可多得的。

曲严分合

舞台上不同角色合唱的曲子，一定要适合合唱，独唱的曲子，必须由该角色独自演唱。唱词要语义分明，不能相犯。常常见到几个人物出场，每人一支曲子，而从众人物口中一起唱出。从教授曲子的人的角度来说，这样做有深浅两层用意：从浅的方面来说，是担心舞台上太冷清，所以要追求发扬激越的效果；从深的方面来说，是为了表明演唱并不是参差不齐，从而将和谐统一的效果展现出来。曾经见到《琵琶·赏月》一折中，自“长空万里”至“几处寒衣织未成”，全部采用合唱的形式，仔细听那声音，如同出自一人之口，没有高低断续的痕迹。这样做虽然用心良苦，但作者的深意在这里却被埋没了。这一折的妙处，全在于剧中人物共同面对月光，各自谈着各自的心事，曲子既然分唱，身段就可以分做，这样就可以于清淡中见波澜。如果混作合唱，就表达不出其中的情感，也展现不出优美的姿态了。唯独“峭寒生”二曲可以合唱，开头四支曲子一定要分唱，况且还有“合前”几句来振奋精神，不必担心舞台上太冷清。其他戏曲作品与此相似的很多，举出一例就可以概括上百种情况。戏曲舞台上的曲子，虽然属于某一个人物而可以多人合唱的，只有在《行路》《出师》等剧目中可以见到，不论唱词的意义是否相同，都可以众声合唱。场面热闹，演唱也应该热闹，场面安静则相反。

锣鼓忌杂

戏曲舞台上的锣鼓，与剧情密切相关。该敲的时候不敲，不该敲的时候敲，以及该重敲的时候轻敲，该轻敲的时候反而重敲，都足以使戏曲作品的价值大打折扣。这里面也有深奥的道理，不是经验丰富的老演员是不明白的。最忌讳的是在紧要关头忽然打断。比如在说白尚未结束，曲调刚刚响起的时候横敲乱打，把声音盖住，使听说白的人少听了几句，导致前后情节无法连贯起来；使欣赏音乐的人听不到起始的调子，不知道后面唱的是什么曲子。打断曲文，这个错误尚且可以饶恕；抹杀宾白，则于情于理都难以容忍。我观看演出经常见到这样的情况，所以为大家指出。还有一种情况是一出戏即将结束，只剩几句宾白没有说完，而这没说完的几句，又是这出戏的关键所在，而这时戏房锣鼓早已在催促收场，使得这几句宾白说和不说成了一样的，实在可恨。所以演员在轻重缓急之间，不得不急忙将这几句宾白说完。舞台上的演员在即将说白的时候，如果锣鼓未歇，可以稍微停顿来等锣鼓停下，否则这个过错很难单独归咎于哪一方面，曲子、宾白和锣鼓都要承担责任。

吹合宜低

弦乐、管乐和人唱之声，向来都是各自孤立独行，没有合用的，合用是从近些年才开始的。三种声音齐鸣，天人合一，也颇具古代洪亮和谐之音的遗风，未尝不好，但一定要以人唱为主，以弦乐和管乐为辅，使本不是出于自然的声音逐渐接近自然，这样才有主行客随之妙。近来戏房乐曲的演奏声都高过场上的演唱声，反而以器乐演奏为主，而曲子则随声附和。这样的话就使得座中客人觉得不是为听演唱而来，而是来听鼓乐了。从来名演员教授曲子，总要使声乐和器乐相协调，乐器的声音高一点，演唱的声音也要高一点；乐器的声音低一点，演唱的声音也要低一点。然而在相同之中，也有高低轻重的区别，因为一开始教唱，就用乐器代嘴，引导着唱，原本是人声追随乐器，不是乐器追随人声，时间久了形成习惯，一到舞台上，不知不觉就随着乐器演唱了。

应当用什么办法纠正呢？回答是：平常的曲子，不用伴奏，只在舞台演出的时候用，这样有伴奏也唱，没有伴奏也唱，也就不以伴奏为主了。就像小孩学走路，如果整天倚靠着墙壁，那么他离开墙壁就不会走路；如果不让他倚靠墙壁，偏偏让他自己走，那么走过一两次之后，即使见到墙壁他也不会去靠了。按照我的意见，乐器伴奏的声音应当比演唱的声音低一些，演唱的声音高于伴奏的声音，那么乐器的声音也就会变为人的声音，就看不出牵强附会的痕迹了。正音的方法，还有比这个更好的吗？但是这个方法不能一概而行，应当视演唱者的条件而定。如果一个戏班中，有一两个嗓音最嘹亮的，就采取这个方法，其余中等以下水平的演员，都采取寻常的方法就可以。如果不分高低，一律采取这个方法，那么这个好方法就难以善始善终，人们就会责怪我立论有误了。

吹合伴奏，舞台上可以没有，但在教唱戏曲的时候一定要有。因为它可以代替教师口授，掌握熔铸变化的分寸。为什么呢？不用乐器，只靠口头传授，教师唱一遍，学徒也唱一遍；教师住口，学徒也住口。聪慧之人唱几遍就熟悉了，而资质稍微愚钝一些的人，不唱几十遍上百遍是不可能熟悉的，这是因为师徒之间没有一个转相授受的人。自从有了吹合伴奏，教师只需要教几遍就够了，唇齿稍微伶俐一点的学徒，就可以用伴奏引导他唱。跟着伴奏唱，看似没有教师，可轻重缓急之间却有准绳法度，将人引入正途；看似有教师，可教师口中一字不吐，已经将这支曲子完全交给了学徒。起先是人跟随着伴奏唱，到后面则是伴奏跟随着人的演唱，这就是金蝉脱壳的方法。《孟子》说："庾公之斯，学射于尹公之他；尹公之他，学射于我。"伴奏所用的乐器就是曲中的尹公之他。只是庾公之斯与子濯孺子以前没见过面，如今则同在一堂了。果真如此，那么吹合伴奏之力怎么能缺少呢？我担心这本书问世之后，好事之徒过分解读我的话，错误地认为乐器可以舍弃，所以写这样一番说明予以补充。

教白第四

教唱戏曲的人家和学唱戏曲的演员，都认为唱曲困难，说白容易。宾白念熟就可以了，曲文念熟之后还要学唱，而且一定要唱几十遍之后才能熟悉，所以唱曲与说白，难易程度有天壤之别。当下人们都是这样认为，唯独我觉得这种观点不对。唱曲既难也容易，说白既容易也难；知道其中的难点，才能知道其中的容易之处；把它看得容易，必会遇到困难。因为词曲中的高低抑扬，缓急顿挫，都有一定不变的规定，乐谱上记载得很清楚，师徒之间的传授很严格，学习熟练之后，自然不会超出范围。而宾白中的高低抑扬，缓急顿挫，都没有板式腔调可以遵循，没有乐谱典籍可以查询，只能靠曲师口头传授；而曲师在入门之初，也是自己暗中摸索，既然没有人传授给他，他又从哪里转授给我呢？这样以讹传讹，就使得说白的道理日渐晦涩而无人知晓。既然无人知晓，就难怪人们以为宾白念熟就可以，而且觉得很容易了。

我看戏曲界中，善于唱曲的，十个里面必定有两三个；长于说白的，一百个里面也只有一两个。这一两个长于说白的人，如果不是本人自通文理，那么教授他们的老师，一定是读书明理之人。所以戏曲教师不能不加以选择。如果教授者通文识字，那么学习者可以受益，主人家也可以省力，好处很多。如果找到这样的人，一定要破格相待，否则鹤困鸡群，与普通人没有区别，谁还会放下身段跟他学习呢？然而想在这方面找个全才，很不容易找到。不如还是让创立理论的人辛苦一番，再费一些心血，找出一些现成的办法告诉大家。从填词制曲到登台演出，我没有一样没出过力，也算是好人做到底，不留遗憾吧。即使如此，这些现成的办法，也只是针对有文化、明事理的人而言的，不识字的人听了，没有不哈哈大笑，怪我迂腐多事的。

高低抑扬

宾白虽然是老生常谈，其中却包含着深刻的道理，请让我用寻常的话予以说明。通情达理的人讲话，一句抵得上十句；不明事理的人讲话，十句抵不过一句，因为他讲的没有切中要害。宾白虽然是编造的话，但如果说得不得法，也和没有切中要害是一样的。就像找人传话，教他怎么说，也和念白是一样的，善于传话的人因此而成事，不善于传话的人因此而坏事，就是这个道理。这个道理想要把握说难很难，说容易也很容易，知道了其中的诀窍就容易，不知道其中的诀窍就困难。这个诀窍，天下人都不知道，只有我知道。天下人即使知道，也说不出来，只有我能说出来。请允许我讲给唱戏的人。

宾白有高低抑扬之分。哪些应当高而扬？哪些应当低而抑？回答是：跟唱曲一样。曲文中有正字，有衬字。每当遇到正字，一定要用宏大的声音和悠长的气息去唱；如果遇到衬字，就要压低声音，缩短气息，迅速带过。这是区别主次的方法。说白中也有正字和衬字，道理与曲文相同，处理方法也相同。一段话有一段话的主要部分和次要部分，一句话有一句话的主要部分和次要部分。主要部分高而扬，次要部分低而抑，这是正确的不能改变的规律，也就是最简便的方法。凡是人们说话，道理也是这样。比如叫人上茶上酒，都说"取茶来""取酒来"，这两句话既然是为茶和酒而说的，那么"茶""酒"两个字就是正字，声音必然高而长，"取"字、"来"字都是衬字，声音必然低而短。再从古代戏曲的宾白中选一段来说明。《琵琶·分别》有一段宾白："云情雨意，虽可抛两月之夫妻；雪鬓霜鬟，竟不念八旬之父母！功名之念一起，甘旨之心顿忘，是何道理？"开头四句中，前两句是次要部分，应当说得略轻而稍快；后两句是主要部分，应当说得略重而稍迟。"功名""甘旨"两句也是这样。这是句子与句子之间主次的区别。"虽可抛""竟不念"六个字，与"两月夫妻""八旬父母"相比较，虽然不是衬字，却与衬字相同，应当念得轻快一些，与其他字稍有区别。至于"夫妻""父母"上面的两个"之"字，则是衬字中的衬字，念起来应当加倍的轻快。凡是说白都应该这样，这是字与字之间主次的区别。

常常见到不懂得这些道理的戏班子，每每把四六句中的"之"字念得与上下正文一样的轻重缓急，这可以说是连豆子和麦子都分不清，还算得上会说白吗？这里谈的都是宾白，也就是舞台上所说的话。至于上场诗，定场白，以及篇幅很大的叙事文字，一定要高低相间，缓急适度，千万不能搞得一片高声或者一派细语，这样就成了俗话所说的"水平调"。四句上场诗中，应当有三句念得又高又慢，一句念得又低又快。又低又快的，大多应是第三句，至于第四句的高与慢，比开头两句更应加倍。比如

《浣纱记》的定场诗："少小豪雄侠气闻，飘零仗剑学从军。何年事了拂衣去，归卧荆南梦泽云。""少小"两句应当高而慢，这是不用说的。"何年"一句必须轻轻带过，如果念得与前两句相同，那么结尾一句不必刻意求低，自然就会低下去。末句一低，气势就会松懈，况且下面接着还有通报姓名的话。比如"下官姓范名蠡，字少伯""下官"两个字照例应当念得稍低一些，如果末句低而接在后面的一句更低，就会精神索然，气力不振。所以第三句念得稍微低一些、快一些，是形势所迫，不得不这样。这些道理和方法，谁能穷究到这种境界？然而如果不这样做，戏演出来就是平常应付而已，没有与众不同之处了。关于高低抑扬的方法，这里全部都讲了。

戏曲教师明白了这个道理之后，在教授徒弟的时候，还有一个简便可行的办法，索性也讲一讲：只要在圈点剧本的时候，将应当读得高一些、气息长一些的字用红笔圈出来，凡是类似衬字的都不圈。至于衬字中的衬字，与应当迅速带过、不宜拖泥带水的字，也用红笔抹上细纹，呈流水状，使每个地方都能识别出来。这样一开始念剧本，就能分出高低抑扬，不至于等到上台演出再模仿。这样教授戏曲，徒弟如果不能成为天下绝妙的演员，得不到成千上万人的赞美，我是不信的。

缓急顿挫

缓急顿挫的方法，比起高低抑扬的方法，其中的道理更为精妙，不是几句话就能说清楚的。但是又必须用几句话就说清楚，说得越复杂，听者越感到困惑，一辈子都搞不明白。戏曲教师圈点剧本，教授歌童，不过是一句一点，只要点得没有错误，一句还是一句，不至于把本该断开的连起来，把本该连起来的断开，就算幸运了，还能要求其他吗？即使把剧本交给文人，请他们圈点断句，也不过一句句圈点，没有其他的方法。殊不知舞台上的说白，大有本当断句之处不断，反而在不应断句的地方忽然断开；本当连接的地方没有连接，反而在不应连接的地方忽然连接的情况。这就是所谓的缓急顿挫。其中的微妙之处，只可意会，不可言传；只能口授，无法用纸笔表达清楚。

无法言说而硬要勉强说说的，只有一种方法：大约两三句话只讲一件事的，应当一口气读下去，中间断句处不能拖延太久；这一句话讲一件事，下一句话又讲另一件事的，或者同一件事中另分出一层意思的，应当稍微断一下，不能直接和下句连起来。这也是个简便可行的办法。这里只是粗略地谈了谈，没有谈到其中的精义；谈得也很简略，不够详细。精细详尽的道理，终究是无法言说的。应当断开的地方和应当连接的地方，也按照前面所说的方法，在剧本中凡是应当断开的地方，都用红笔画一下，读到这里稍作停顿，其他的全部连读，这样就不必担心缓急处理不妥了。女子的姿态，无法用语言描述；宾白中的缓急顿挫，也无法用语言讲清楚，这两件事道理是相同的。轻盈袅娜，是女子身上的态；缓急顿挫，是演员口中的态。我想要把演员口中说出的词句变为美女优美的体态，所以才讲究到这个程度。想要成为戏曲舞台上的尤物的演员，请按照我所讲的行事，否则就还按照以前那样做吧。

脱套第五

戏场上的陋习很多，不能一一列举。极为鄙陋低俗的关目，有一个人创作，就有千万人效仿，致使成为固定不变的规格，实在是奇怪。西子捧心之美尚且不能效仿，何况东施效颦呢？而且戏场上的关目，全靠出奇变换，让人难以模拟。如果人人事事都是这样，那么演出还没开始我就事先知道了剧情，忧愁的角色感觉不到他有值得忧愁的地方，苦闷的角色感觉不到他心中的苦闷，即使能令人发笑，也是笑它与其他戏雷同，没有超出其他戏的范围，没有新奇莫测的可喜之处。扫除恶习，拔去眼中钉，也是高人们造福于人的一件事。

衣冠恶习

我记得幼年时观看戏曲演出，凡是遇到秀才赶考和谒见权贵的情节，秀才所穿的衣服都是青素圆领，没有穿蓝衫的，近三十年来才见到穿这种衣服的。最近演秀才蓝衫与青衫一起使用，以区别君子和小人。凡是以正生、小生以及外末扮演君子的，照旧穿圆领青衫，唯独以净角和丑角扮演小人的，才穿蓝衫。这种做法始于何人，不得而知。青衿是朝廷用来表示品级的服饰。以贤愚而论，圣人的门徒才可以穿；以贵贱而论，有资格被选拔为官员的才可以穿。官员和圣贤都穿过这种衣服，为什么一定要把它作为小人的服装，让净角和丑角穿呢？这是戏曲舞台上首先应当革除的陋习。或者遵循旧例，只穿青衫，不准备蓝衫。如果要遵循新例，那就让君子和小人交互着穿，千万不要只让花脸穿，使士子蒙羞。

近来戏曲演出的服装，可以说极尽奢侈。富贵人家娱乐性情的东西，不得不这样，想要求简朴似乎很难。只是有的地方让人难以理解：妇女的服装，贵在轻柔，而近来的服装，硬得像盔甲。云肩又大又厚，两层面夹之外，又用销金锦缎围住。下身穿的分为前后两幅，名叫"遮羞"的，一定要把硬布裱糊在骨架上制成，这是战场上用的东西，名叫"纸甲"，歌台舞榭上，要它做什么？应该换成又轻又软的衣服，使它随身环绕，这才得体。至于服装上所绣的东西，只有两种合适，其他的都不要绣。上身穿的绣凤鸟，下身穿的绣云霞，这是固定的形制。因为"霓裳羽衣"四个字已经是现成的规则，不像点缀其他衣服，可以混杂着使用各种图案。我不会创新，只能够复古。

方巾与有带飘巾，都是儒生的服饰。飘巾显得儒雅风流，方巾显得老成持重，以此来区别老少，可以说很合适。近来的戏曲界，每当遇到扮演穷困潦倒的人，就戴上方巾，不知所取的根据是什么。至于有飘带的纱帽巾，本身设计得就不好，戴在粗豪公子的头上，确实显得很相称。软翅纱帽设计得非常美观，当时《张生逾墙》等戏曲在表演中往往用它，近来都除去不用了，也不知道原因何在。

声音恶习

花脸嘴里说的话，应该杂一点。比如模仿各地的方言，以及一切可憎可厌的声音，无非是为引人发笑罢了，但是这样做也要有根有据。如果所表演的剧目中，角色是吴人，就要模仿吴地的口音；角色是越人，就要模仿越地的口音，这是根据角色的情况而定。如果演戏的地点在吴地，就模仿吴地的口音；如果演戏的地点在越地，就模仿越地的口音，这是根据地点而定。奇怪的是近来戏曲界，无论东西南北，也无论剧中人生在哪里，长在哪里，凡是花脸扮演的角色，都模仿吴地的口音，难道吴地之人都属于花脸吗？这与净角丑角穿蓝衫一样，同样是蒙受不白之冤的事情。假如范仲淹、韩雍等前辈先生在天有灵，听到这样的声音，看到这样的演出，肯定会含恨九泉，痛思革除其中的弊端。

如今吴地身居高位的士大夫，想要改变这种习俗，只要动动嘴就可以，然而从来没有人考虑过这件事，如此宽宏大量，一般人真是难以企及啊。况且戏曲界都是吴地之人，凡事都能自己照顾自己，只在这一件事上，不仅自己不争气，还偏偏要展示出丑陋的一面，这难道不是古今天下一大怪事吗？而且吴地的口音，只能在吴地通行，离开了吴地再这样说话，人们大多听不懂，本来想要让听众发笑，反而会使其感到茫然，这也是非常欠考虑的。请让我为戏曲界改变这种情况：花脸说话，也像生、旦、外、末一样，都说官话，只用语言本身引人发笑，不必刻意说方言。即使说方言，也要随演出地点的变化而变化。比如在杭州演出，就学杭州人说话；在徽州演出，就学徽州人说话，让妇女儿童都能听懂。听懂的人多了，笑的人也就多了。

语言恶习

宾白中的“呀”字，是用来表示惊骇的语气的。比如意料之中没有这件事而这件事突然发生，一向没有见过的人偶然间遇到，这时候就开口说出这个字，以表示惊异。近来戏曲界不明白这个意思，凡是见到一个人，遇到一件事，不论是意料之中还是意料之外，经常遇到还是偶然遇到，开口都说这个字，甚至还有派人请客，客人到来，也用“呀”字作为迎接的，这样的糊涂错误，还能说吗？所以我把这个问题揭示出来，让演员们知道使用这个字时要加以斟酌。

戏场中惯用的词语，还有“且住”。这个词有两种用法。一是用作两件相反的事情间的过渡，比如正在说这件事，忽然想起另一件事，另一件事与这件事无法并行，刚刚想到，还没说出口，就先用“且住”这个词把前面的话截断，这个“且住”，就是截住这一段话来听那一段话。一是心中犹豫，借这个词表示需要沉吟一番，比如这个说法自以为不错，又恐怕不够完美，一定要方方面面都妥当，就像在鸡蛋里挑骨头，所以以“且住”表示心中正在思考。这个“且住”，就是稍等片刻，不能贸然行事的意思。而如今的戏曲界，不问是非好歹，只要开口说话，就用这两个字作助词，常常出现一段宾白之中，连用数十个“且住”的情况。这都是对词义没有深入理解的缘故。一旦点破，犯这个错误的人就少了。

上场引子下场诗，这是一出戏文的开头和结尾。结尾之后不能再增加结尾，就像开头之前不能再增加开头一样。奇怪的是近来有人立了新的规矩，下场诗念完之后还不下台，一定要增加几句平淡无奇的话，把本来极为紧凑的文字变得极为松散拖沓。这样做用意何在，令人费解。戏曲之所以要有尾声和下场诗，是因为戏曲音乐散漫，没有几句紧凑的唱腔，怎收束得住？宾白文字繁冗，没有几句概括性的话语，怎能为文字作结？如果结束之后，再次说起，那还不如没有结尾的几句话，直接结束为好。而且开头和结尾是同样的道理，既然下场诗之后可以添加话语，那为什么不在开场引子之前，也加几句说白，说完之后再唱呢？这种积习是最没有道理最令人生厌的，应该立刻将其改正，但又不能完全革除。比如有两三个人在场上表演，其中两个人先下场了，一个人话还没说完，这时一定要稍微停一会儿，让他把话说完，这叫作“吊场”，原本是古戏中常见的做法。然而必须在万不得已的时候才能使用，或是少了这几句，后面就必然要增加一出戏；或是少了这几句，前面说过的话的意义就表达不出来。（也有下场更衣时间来不及，以这几句话做缓冲的。）这是龙足，不是蛇足。然而这种做法只能偶尔为之，如果每一出戏都这样，那就成了只要是貂就可以续尾，世间的狗尾怎么这么多呢？

科诨恶习

插科打诨的地方，陋习更多，革除起来没完没了，而且见过就忘，无法全部记住，只能略举几个例子罢了。比如台上两人打架，一胜一败，有人来劝解，一定要让被打的人跑掉，而误打劝解的人，《连环·掷戟》中的董卓就是这样。比如主人偷香窃玉，童仆一定要拈酸吃醋，说寻觅新欢不如守着旧爱，说完之后必定会把臀部转向主人，准备挨打，比如《玉簪》中的进安、《西厢》中的琴童就是这样。一出戏中串入另一出戏，这种做法让人觉得很是讨厌，可演员则习惯于增加这样的内容，而且唱腔必定要效仿弋阳腔，《幽闺·旷野奇逢》中的酒保就是这样。

卷三　声容部

选姿第一

“饮食之事与男女之事是人的本性。”“不知道子都美貌的人，是没长眼睛的人。”古代圣贤说话是有选择的，他们之所以不拂逆人之常情，多次发表这样的见解，是因为这些道理本就是人性中所固有的，不能强行否定它们的存在。别人有美貌的妻妾而我喜欢，这是拂逆人的本性的，这种喜欢不仅有损于德行，而且会招致杀身之祸。我自己有美貌的妻妾而我自己喜欢，这是我本性中所固有的，就算圣贤复生，心中所想也会与我相同，这样做无损于德行。孔子说：“本来富贵的人，就要享受富贵。”一个人在条件允许的情况下，不买一两个姬妾自我消遣，这是本来富贵却要过贫贱的生活。王道以人情为本，哪里用得着这样假装清贫，假装俭朴呢？但是如果家里有一位妒悍的妻子，那么则应当以此为借口，不过分地宠爱姬妾，不然的话，喜欢她实际是因为厌恶她，怜悯她恰恰足以杀害她，不能以红颜薄命为借口，成为代上天惩罚他人的残忍之人。

我是个贫寒的书生，一生落魄，不但没有遇到过、亲近过国色天香的美人，即便是容颜平常、相貌丑陋的妇人，也没见过几个，哪里敢胡乱议论女子的音容，虚妄地探讨音乐舞蹈，让流连于花前柳下之人讥笑？然而我虽然没有这个缘分，却颇有这方面的兴致，具体的事情虽然没有经历过，其中的道理却很容易通晓，自己想象美妙情境，与那些醉卧温柔乡的人相比，觉得更有情趣。如果大家不相信，请让我以历史典故来验证。楚襄王是一国的君主。窈窕佳丽住满了后宫，自然不缺少男女交欢之事。然而千古以来，没听说有相关的史实流传下来，只有“阳台一梦”的典故脍炙人口。阳台如今在什么地方？神女的家又在什么地方？朝朝暮暮，云雨巫山，究竟是什么情境？难道有可以考证的踪迹，有可以详尽叙述的史实吗？不过都是幻境罢了。幻境的美妙，胜过真实情境十倍，所以千古以来得以流传。能够以胜过真实情境十倍的事情为品鉴姿态编排法则，不可能不触及闲情中的真谛。凡是读过这本书，想要考据我学问根源的人，我都会以“阳台一梦”的典故作答。

肌　肤

女子的妩媚多端，毕竟主要是因为肤色。《诗经》里不是说过“素以为绚兮”吗？素就是白。女子天生肤色唯有白是最难的。常常有一些女子，眉目口齿美得像画上一样，而唯独肌肤有缺陷。难道造物主造人的手法反而比不上染匠，没有漂白就匆匆忙忙地上色吗？我认为不是这样。漂白困难，上色容易。为什么说漂白困难呢？因为万事万物的生长，其颜色取决于根本，根本是什么颜色，枝叶也就是什么颜色。

人的根本是什么？是精和血。精的颜色里带着白，血的颜色则红中带紫。较多地接受父亲的精而孕育成胎的女子，必然天生肤色就白。由父亲的精和母亲的血交融成胎的女子，或者受血较多受精较少的女子，必然天生肤色在黑白之间。如果母亲的血是浅红色，那么孕育出的胎儿虽然肤色在黑白之间，但只要在她降生之后用美食喂养，在密室中居住，她的肤色也会一天天变浅，因为她的质地不完全是黑色的。幼年时肤色不白，成年后肤色才变白的人，都属于这一类。至于血色深紫的母亲，孕育出的胎儿，其肤色的质地就是黑的，完全没有漂白的基础，在其出生之后，即使用水晶云母来喂养，在玉殿琼楼中居住，也很难指望肤色由深变浅，只要能保持这种状况不发生变化，不至于越老越黑，就算幸运了。在富贵之家，天生肤色不白，到成年和老年亦然如此的人，就属于这一类。明白了这一点，我们就可以知道，挑选美女的方法就像染匠接活，让他把白色的衣服漂白，他接受，因为做起来容易；让他把稍有污垢的白衣漂白，他也接受，因为虽然做起来困难，但仍然可以尽力做到；要是让他把已经染成深色的衣服除去颜色，漂成白色，那么即使出十倍百倍的价钱，他也一定不会接受。因为人力虽然巧妙，但胜不过天工，不能强行使既有的东西消失。

女子肤色白的容易识别，肤色黑的也容易识别，唯独肤色介于黑白之间的不容易识别。这里有三种办法：面部比身体黑的女子容易变白，身体比面部黑的女子难以变白；肌肤黑而娇嫩的女子容易变白，黑而粗糙的女子难以变白；皮肉黑而松弛的女子容易变白，皮肉黑而紧致结实的女子难以变白。面部比身体黑的女子，因为面部暴露在外面而身体包裹在衣服里，暴露在外面的面部长期经受风吹日晒，想要变白很难。身体包裹在衣服里，比面部稍白一些，所以她的肤色能够由深变浅，是已经有明显的征兆的。假如面部像身体一样，有东西遮蔽，结果也会是这样，所以这样的女子容易变白。身体比面部黑的，与上述情况正好相反，所以这样的女子不容易变白。肌肤细嫩的女子，体表像绫罗纱绢一样光滑，所以容易着色，也容易褪色，稍微经受一些风吹日晒，肤色深的就会变浅，肤色浓的就会变淡。粗糙的东西，比如布料和毯子，着色比绫罗纱绢困难十倍，至于褪色，花费的功夫又不止是绫罗纱绢的十倍，肌肤的道理也是这样，所以肌肤娇嫩的女子容易变白，而肌肤粗糙的女子难以变白。

黑而松弛的皮肉，就像没有熨过的绸缎，没有楦过的靴子和鞋子，因为它发皱，不平展，所以颜色浅的看上去深，颜色淡的看上去浓，一旦熨过楦过，它的纹理会陡然发生变化，不再是以前的颜色品相了。松弛的皮肤，由于血肉不丰满，还需要滋养，也像没有楦过的靴子和鞋子，没有熨过的绸缎一样，现在是这样，等到血肉丰满之后一定不是这样，所以皮肉松弛的妇女容易变白，皮肉紧致结实的女子不容易变白。识别肌肤的方法，这里讲得很完备了。按照这些方法，那么皮肤白、嫩、松弛的女子为人所争抢，那些皮肤黑而粗糙、紧致而结实的女子就被人遗弃了吗？我认为不是这样。美貌的女子往往命运凄惨，丑陋的女子偏偏能享厚福。原因不是别的，她们都是些或嫁给富翁，或受诰命封号的资质。

眉　眼

面部是身体的主要部位，眼睛又是面部的主要部位。观察女子一定要先观察面部，这一点人们都知道；观察面部一定要先观察眼睛，这一点人们也都知道，但未必完全懂得其中的奥秘。我认为观察女子一定要先观察她的心，了解了她的心再观察她的形体。形体是什么？就是眉毛、头发、嘴巴、牙齿、耳朵、鼻子、手、脚这类东西。心在肚子里，怎样才能看到？回答是：有眼睛在，不用发愁。识别心的邪与正，最好的方法莫过于观察眼睛，孟子曾把这一点写在书里，是以目鉴人的鼻祖。我不想对孟子的观点做多余的陈述，只想谈谈性情的刚强与柔顺，心思的愚笨与聪慧。这四种东西没有其他用途，而是决定着一个女子将来是高雅还是低俗，是凶悍还是温柔。眼睛细而长的女子，性格必定温柔；眼睛粗而大的女子，性格必定凶悍；目光灵活，并且黑白分明的女子，必定聪慧；目光呆滞，并且白多黑少，或者白少黑多的女子，必定愚笨。

然而在初次观察的时候，目光灵活的女子未必会立刻转动眼睛，眼睛时常转动的女子有时也可能不转动。怎样来辨识实际情况呢？回答是：有办法，不用发愁。什么办法？一是以静态待动态，一是从低处看高处。眼睛总要随着身体转动，没有身体动而眼睛不动的；让一个女子来来去去，多走几步，我随着走动观察她的眼睛，她的眼睛会在不知不觉中自然而然地转动，这是一种办法。女子害羞，眼睛必然会向下看，如果我居高临下地观察，那么她的目光在我下方的下方，我永远看不到她的眼睛。一定要让她处在较高的位置，或者站在台坡上，或者待在阁楼前，我降低高度来观察她，这样她想下也无处可下，必定会转动眼睛来躲避我。虽然说目光灵活的女子会转动眼睛，目光呆滞的女子也会转动眼睛，然而在勉强转动和自然转动之间，就会有贵贱美丑的差别，这是另一种办法。至于耳朵的大与小，鼻子的高与低，眉毛、头发的淡与浓，嘴唇、牙齿的红与白，即使不长眼睛的人也能用手来识别，难道明眼人还不能通过形貌来品鉴吗？不用我在这里唠叨，讲没用的话。

眉毛美与不美，也关系到人的性情，应当与眼睛同等看待。然而眉毛与眼睛，往往相互关联。眼睛细的女子眉毛必然长，眉毛粗的女子眼睛必然大，大体来说是这样，然而也有不完全是这样的。如果眉眼的长短粗细不能尽善尽美，就应当取长补短，看能否通过人工来修饰。张敞善于画眉，那么他夫人的一双眉毛，一定不是浓淡适度，不需要润饰的。眉毛短的可以描长，妙处在于增；眉毛粗的可以描细，妙处在于减。但是有一个字必不可少，被很多人忽视了，就是“曲”。眉毛一定要天生弯曲，才能借助人工加以修饰。“眉若远山”“眉如新月”，讲的都是眉毛弯曲得恰到好处。即使不像远山和新月那样美，也应当稍带一些月牙的形状，略有一些小山的意思，或者上面弯曲而下面不弯曲，或者外端细而中间不细，这都可以通过人工来修饰。最忌讳的是凭空一抹，就像太白星划过天空；还忌讳两笔斜冲，就像一个倒写的八字。如果把远处的小山变成近处的瀑布，把新月变成长虹，这样即使是张敞那样善于画眉的人，也会畏难而退。不是挑选姿色的人用心太刻薄，因为他是为温柔乡挑选佳人，不是为娘子军挑选将领。

手　足

观察女子的人，有一则简便的口诀：“上看头，下看脚。”

似乎这两句话可以概括女子的全身。我所奇怪的是其中最重要的一点，完全没有提到。女子的两只手，十个指头，是一生灵巧与笨拙的关键，关系到她一辈子的祸福。观察女子，最重要的就在于此，为什么要略去不谈？而且不用说手嫩的女子必定聪明，指头尖的女子必定有智慧，手臂和手腕丰满的女子必定享受荣华富贵；即使拿现在的需要来说，手是用来弹琴的，如果一个女子指节凸出，就好像引弓射箭戴的扳指般粗；手是用来品箫的，如果一个女子手臂粗大，就好像砍竹伐木的斧头，这样的手侍奉就寝，看上去便兴味索然，这样的手捧杯敬酒，饮酒的人会皱眉攒目。一见面就暴露缺陷，与人们开门见山的初衷大相径庭。所以观察手是观察女子的关键，寻花问柳的人对此不可不了解，然而这方面的学问也很难讲清楚。

挑选女子的脚，能见到很多窄小的金莲；观察女子的手，很少见到纤细的玉指。所以最容易挑选的是脚，最难挑选的是手，几十个上百个女子中，也很难遇见一两个满意的。要知道法则创立必须严格，至于法则的施行，则是可以适当放宽的。女子的手指，只要满足嫩、柔、尖、细四个条件之一，其他的就可以不管。至于挑选女子的脚，如果只求窄小，就可以一目了然。如果要由粗到精，尽善尽美，使脚小的女子不受脚小的拖累，还要让脚小有用处，就比挑选手更难，都是可遇而不可求的。脚小的拖累是什么？因为脚小走路困难，行动必然要扶着墙壁，这是她自己所受的拖累；因为脚小而生出秽气，让人捂鼻子、皱眉头，这是他人所受的拖累。脚小有什么用处？脚瘦得近乎没有形体，让人越看越怜惜，这是白天的用处；脚柔得仿佛没有骨头，让人越亲近越耐抚摸，这是夜里的用处。

从前有人对我说："宜兴的周相国花千两银子买了一个美人，名叫'抱小姐'，因为她的脚小到了极点，寸步难行，每到走路都要有人抱着，所以得了这样一个名字。"我说："如果真是这样，那她不过是个泥塑的美人而已，花几个钱就买得到，哪里用得着千两银子？"上天为人创造的脚，就是用来行走的。过去形容女子姿态曼妙，不是"步步生金莲"，就是"行行如玉立"，都是讲她脚小却能行走，而且步态美妙，仿佛画中人，所以值得珍爱。如果脚小得不能行走，那与受了刖刑的无脚之人有什么区别？小脚不能对女子有这样的拖累。

我游历四方，见过的既不拖累人又有用，而且最小的脚，一在秦地的兰州，一在晋地的大同。兰州女子的脚，大的三寸，小的不到三寸，还能行走如飞，男子有时都追不上。然而脱掉凌波小袜，抚摸她们的小脚，又觉得刚柔相济；即便有柔弱无骨的小脚，也只能偶然遇到，并不常见。至于大同的名妓，则多半都是这样。与她们同床共枕，抚摸她们的小脚，令人爱不释手，觉得倚翠偎红的妙处莫过于此。以前在京城，与人们谈论这些事，他们大多不相信。一天在酒席上搂着两个妓女，一个来自晋地，一个来自燕地，都没有什么姿色，但脚却很小。我请不相信我的人当场验证，果然觉得晋地的小脚胜过燕地，刚柔之间大有差别。在座的客人无不幡然醒悟，罚不相信我话的人喝了好多酒。

这里讲的是小脚不能没有用处。唉，难道娶妻一定要娶齐姜那样的美女吗？就地取材，只要大致符合标准就可以了。检验小脚没有其他办法，只在于让女子多走几步，观察她行动困难还是容易，步态勉强还是自然，这样就大致有把握了。脚直则行动容易，脚曲则行动困难；脚正则步态自然，脚歪则步态勉强。脚直而正的女子，不仅走路美观大方，而且也没有什么秽气。大概秽气都是由勉强造作导致的吧。

态　度

古话说：“尤物足以改变人的性情。”什么是尤物？就是妩媚的姿态。世人不知道这一点，以为尤物指的是美丽的容颜，他们哪里知道容颜虽美，不过是一个东西而已，怎么能改变人的性情？美丽的容颜加上妩媚的姿态，就是尤物了。如果说美丽的容颜就是尤物，就可以改变人的性情，那么如今绸缎做的美女，图画上的娇娥，她们的容颜比起活生生的女子，岂止胜出十倍？为什么不见她们改变人的性情，使人们相思成疾呢？由此可知，妩媚的姿态，是女子必不可少的。女子拥有妩媚的姿态，就像火有焰，灯有光，珍珠金银有璀璨的色泽，妩媚的姿态是无形之物，不是有形之物。正是因为其似物而非物，无形而似有形，所以叫作“尤物”。尤物是个奇怪的东西，无法解释清楚。凡是那些让人一见就生出不能自已的思念，甚至舍弃性命去追求，使人要死要活的，都是奇怪的东西，都无法解释清楚。

对于“态”这个字，我佩服天地鬼神造物生人的巧妙。假如我是天地鬼神，我可以造出人的形体，赋予人们知识，至于那似物而非物，无形而似有形的姿态，我实在无法变化出来，让它从无到有，再从有到无。姿态这种东西，不但能使美丽的女子更加美丽，明艳的女子更加明艳，而且能使年老的女子变得年轻，丑陋的女子变得漂亮，无情的东西变得有情，使人无意中受它笼络而察觉不到。女子一旦有了妩媚的姿态，那么三四分的姿色，就抵得过六七分。假如让有六七分姿色而没有妩媚姿态的女子，与有三四分姿色而有妩媚姿态的女子站在一起，人们只会喜欢有三四分姿色的，不会喜欢有六七分姿色的。这就说明姿态与姿色相比，不止胜过一倍两倍。假如让有两三分姿色而没有妩媚姿态的女子，与姿色全无而只有妩媚姿态的女子站在一起，或者让她们各自与人交谈几句，那么人们只会为妩媚的姿态所吸引，而不会为美丽的姿色所吸引。这就说明姿态与姿色相比，不仅可以以少胜多，而且可以以无胜有。如今的女子，常有容貌姿色一无是处，却能使人思念不已，甚至舍命相从的，这都是姿态作祟。所以说挑选容貌也好，挑选姿色也好，都不如挑选妩媚姿态重要。

姿态源自天生，是无法勉强造作得来的。勉强造作的姿态，不会使女子显得更美，只会使她显得更丑。同样是皱眉，西施看起来可爱，东施则看起来可憎，这是天生与勉强造作的区别。观察面部、肌肤、眉毛、眼睛的方法都可以用语言来表述，唯独观察姿态的方法，我心里明白，却实在无法形诸语言。语言能够表述的是物，不是尤物。哎，让人心里明白而无法表述，这究竟是一个怎样的东西？究竟是一件怎样的事？难道不是天地之间一个大怪物，从古至今一件无法解释的事吗？

有人责问我：既然要讲挑选姿态，又不讲明确的挑选法则，总让人觉得你犹疑不决，为什么不去精取粗，为挑选女子的人讲讲大致的意思呢？我回答说：迫不得已，非讲不可，那么只能将我所见到的直接讲出来，姑且为大家做个范例吧。以前在扬州，我代一位贵人相妾。浓妆艳抹前来待相的不止一人，开始都低着头站着，等到让她们抬头，一个女子毫不害羞，直接把头抬了起来；一个女子娇羞腼腆，勉强她几次才抬起头；一个女子起初不抬头，等到勉强她抬头，她先用目光一扫，貌似看人而实际不是看人，扫过之后定了目光，才把头抬起来。待让人看完，又用目光一扫，低下了头。这就是姿态。

记得从前一次春游时下起了雨。我在一个亭子里避雨，看到许多女子，她们美丑不一，都踉踉跄跄地跑来。别的女人都疾步往亭子里走，只有其中一个穿着白色生绢衣裳，大概三十几岁的贫贱女子，在檐下走来走去，因为亭子里没有空地了；别的女人怕衣服太湿，都在那儿抖落雨水，只有她任其自然，因为雨水侵到檐下，抖也无益，只能白白显出一副丑态。等到雨要停了，别的女人都要走了，只有她显得迟疑，走得较晚，走出不远雨又下了起来，她又疾步走进亭子。这次她首先站在了亭子里，因为她料到别的女人必定会回来，所以抢先占据了好位置。可是虽然她预料准了，却丝毫没有骄傲的神情。看到后进来的人站在檐下，衣服比之前又湿了好多，这个女子就帮她们抖动衣服，姿态百出，仿佛天下诸多丑态汇集到了一起，衬托出一个人的妩媚。

在旁观者看来，这个女子起初不动，好似以庄重培养媚态；后来的动作，好似以潇洒自然生出媚态。然而她怎能料到雨一定会再次下起，事先有所准备，等着施用呢？培养姿态是出于无心，生出姿态也不是有意为之，都是源于天生，起落自然。在她培养媚态的时候，先表现出一种娇羞而又无奈的风情，让人爱怜，而不是等到她妩媚的姿态全部显露之后才让人察觉到。以上二者，都是女子姿态全豹之一斑，我标举出来以表明大致的情形。唉，三十几岁的贫贱女子，只因为姿态与他人稍有不同，就把年方二八的美人与珠光宝气的贵妇比了下去，姿态对于女子的作用难道还小吗？

有人问我：圣贤神而化之的事情，都可以通过努力做到，难道女子妩媚的姿态就不能通过学习而得到吗？我回答说：学是可以学，教却没办法教。又有人问我：既然没办法教，为什么说可以学呢？我回答说：假如让没有姿态的女子与有姿态的女子共居一室，每天接受她的熏陶，或许能够被她所感染，就像蓬草生长在麻丛中，不扶也会自然挺直，鹰的身体感染了鸠的气息，就会变化成鸠，这是可以的。如果想要耳提面命地去教授，那么一部《廿一史》，应当从哪里教起？恐怕越教她越木讷，有什么办法呢？

修容第二

只有国色天姿的女子，才不需要修饰容貌；容貌稍差一点的，就免不了人工修饰。然而我所说的“修饰”，则是无论容貌美与丑的女子，都少不了的。俗话说：“三分靠容貌，七分靠打扮。”这只是针对容貌中等之下的女子说的。然而有七分容貌的女子，少得了三分打扮吗？即使有十分容貌的女子，难道一分打扮都不需要吗？回答是：不。如果是这样，那么修饰容貌之道不能不立即讲出来。

如今讲究修饰容貌的女子，不但用尽了种种工巧，甚至可以把鬼怪打扮成神仙。即使我想要挖空心思，创立新说，也会是人心至巧，但我的方法难以极工，不但像小巫见大巫，甚至像小巫的徒弟去教授大巫的师父，被人嘲笑、吐口水都不奇怪。然而盲目追求一时的风气，往往过犹不及。最初提出的方法并不是不好，只是一人比一人争强好胜，一天比一天追求新奇，追求过了头，就出了失真的问题。

楚王喜欢女子的腰细，宫中女子便追求细腰，全都饿死；楚王喜欢女子的发髻高，宫中女子都把头发绾到一尺；楚王喜欢女子衣袖宽大，宫中女子都用整幅布料做袖子。细腰不是不可爱，高发髻、宽袖子也不是不美观，然而为此致人饿死，则是把人变成了鬼。发髻高达一尺，袖子用整幅布料来做，不但不美观，简直与鬼怪没有区别。这不是喜欢细腰、高发髻和宽袖子的人的过错，而是那些自己把自己饿死、自己把头发绾到一尺、自己用整幅布料做袖子的人的过错。这也不是那些自己把自己饿死、自己把头发绾到一尺、自己用整幅布料做袖子的人的过错，真正的错误在于没有人惩戒其中的错误，创立法度，告诉人们只能适可而止，不能过分，也不能不及，使人们有章法可循。我觉得如今女子修饰容貌，大多属于楚宫习俗的末流。建立章法，我这种草莽之人是做不来的。但是如果没有人把这一层道破，让人们知道不恰当的修饰不可爱而可憎，任凭这种风气日渐增长，那么这些活在世上却形同鬼怪的女子，已经与死人没什么区别，更何况腰身已经瘦成一缕，饿死之事在所难免！我探讨修饰容貌的事，实在是出于慈悲善良之心，凡是西施那样的美女，请体谅我的良苦用心，千万不要惊慌嗔怪，责备我冒昧失礼。

盥栉

洗脸的方法，没有其他巧妙之处，只是务必把污垢洗干净。脸上也没有其他污垢，所谓污垢，只是油而已。油有两种，一种是自然生出的油，一种是沾染上的油。自然生出的油，是从毛孔沁出的，胖人多，瘦人少，像是汗又不是汗。沾染上的油，从下面沾到上面的少，从上面沾到下面的多，这是因为头发上总有油膏，头发与脸部交接的地方，很难保证不沾染到油。况且人们用手按了头发之后，自上而下少不得接触擦抹，接触擦抹到的地方，就是生油发亮的地方。生油发亮，貌似对于脸面没有大碍，殊不知这关系到一天中的美与丑。脸色不均匀不白皙，就是由此导致的。自古以来，上粉着色的地方最怕沾染上油，沾染上油就不能上色。如果在刚洗过脸，还没有上粉的时候，就有手指大小的一块被油手弄脏了，那么上粉之后，满脸皆白而只有这里独黑，并且又黑又亮，这是在上粉之前出的问题。在上粉之后被油手弄脏，同样会又黑又亮，因为在粉上抹油，会只见油而不见粉，这是在上粉之后出的问题。

这两个问题的困扰，看似很大，其实很小，因为出问题的地方只是一小块，没有波及整个脸部，女子们都知道这一点。还有一些问题会使全身皮肤都受影响，自古以来女子们暗中受害却不知道，让我把它揭示出来。以前擦脸的毛巾和手帕，大多不只是用来擦脸，手臂胸口，随处都可以擦，只要有腻，就有油脂，所以长期以来，女子的毛巾和手帕都是不洁净的。即便有爱干净的人，只用毛巾和手帕擦脸，不擦其他部位，但能保证不碰头发，避开额角吗？毛巾和手帕一旦沾染到油膏，就不是没有油脂的东西。用它擦脸不是擦脸，而是像打磨精细器物的人用油布上光，使器物不沾染其他东西。其他东西沾染不上，唯独粉沾染得上吗？凡是脸部描不上妆，就会越抹越黑，同一种粉，一个人搽了显白，另一个人搽了不显白，就是这个原因。这是因为擦脸的毛巾有异同，不是因为搽脸的粉有好坏。所以善于抹脸的女子，必须先保证毛巾干净。擦脸的毛巾，只能用于擦脸，而且要用过就洗，不能带一点油迹，这是从根本上解决问题的办法。

善于梳头不如善于篦头，篦子是梳子的兄长。头发里没有尘土，才能够一丝丝地展现出来，否则就像是一片毡子，分不出界限，这是帽子，不是发髻，是退了光泽的黑色漆器，不是乌云蟠绕的脑袋。所以善于蓄养姬妾的人，应当用百钱买梳子，千钱买篦子。篦子是精品，头发也自然是精品，价钱上稍有俭省，就会发损头痛，篦不了几下就得停手了。头发篦干净了，才能用梳子梳。而梳子这种东西，则是越旧越好。“人是旧的好，物是新的好。”古话虽然这么讲，却不是针对梳子而设的。得不到旧梳子，富贵人家就用象牙的，贫贱人家就用牛角的。新木头做的梳子，是用来刨树根、剔牙齿的东西，不用油浸泡十天是不能用的。

古人把发髻叫作“蟠龙”。蟠龙是发髻本来的样子，不是妆饰而成的。随手绾起来的头发，都有蟠龙的形态，可见古人化妆，用的全是自然手法，绝不造作。然而龙是善变之物，头发也没有一定的形状，如果从古至今没有变化，龙就不是蟠龙，而是死龙，头发就不是佳人的头发，而是死人的头发。无怪乎当今女子发型善变，变化实在是对的。但当今女子改变发型，只顾追求新奇，不顾是不是合理；只求改变样子，不管是不是有失自然。凡是用一样东西效仿另一样东西，必须选取其中合理的方面来效仿，必须选取其中应有的方面来效仿，又必须选取其中形色相似的方面来效仿，没有凭空捏造，任意妄为而无所顾忌的。

古人把头发叫作“乌云”，把发髻叫作“蟠龙”，是因为这两种东西生在天上，所以应该处于头顶。头发缭绕好像云，头发盘曲好像龙，而且从颜色上来说，云有乌云，龙有黑龙。如此一来，色、相、情、理方方面面都相同，所以有了“乌云”“蟠龙”这样的名称，这不是凭空捏造、任意妄为、无所顾忌的。我私下觉得奇怪，如今所谓的“牡丹头”“荷花头”“钵盂头”，种种新式发型，没有不极尽求新求异之能事，令人侧目而视的，然而在合情合理、形色相似等方面，则全无可取之处。人的全身，若说手上生花，那是江淹的五彩神笔；若说舌上生花，那是如来的广长之舌；至于头上则没有见过生花的，生花自今日开始。这是说本不应当如此可实际上确实如此的事。头发上虽然可以簪花，却没有以头做花，以身体做花蒂的；钵盂是盛饭的器皿，没有把它倒过来盛人头，仿佛头上扣着盆子似的。这都是以前从未听说过，如今才开始出现的事。这说的是本不应当有可实际上却有的事。花的颜色万紫千红，唯独不见有黑色。假如一个女子站在这里，有人称呼她“黑牡丹”“黑莲花”“黑钵盂”，这女子必然会发怒，发怒之后还要骂人。人们不愿被称呼作名字的奇怪事物，居然还要模仿它们的形态，这难道不是完全无法解释的事情吗？

我认为美人发髻的变化，不妨日新月异，但要合乎情理。情理虽然变化多端，然而最妙的莫过于云与龙两种东西。沿用它们的名称而变更它们的实质，就是在古代的形制之下别出心裁，并行不悖。不要以为云与龙这两种东西变化有限，要知道天下事物的千万种状态，越变化而越没有穷尽的，莫过于云与龙。龙虽然善变，仍然不过飞龙、游龙、伏龙、潜龙、戏珠龙、出海龙这几种。至于云这种东西，可以在顷刻间多次变换位置，须臾间多次变换形态，“千变万化”四个字，尚且是有定数的说法，实际上云的变化，“千万”两个字仍然不足以为之限量。如果一个聪明女子，每日仰观天象，模仿云的形态变换发髻，即使一天变一个式样，也无法穷尽其中的巧妙变幻和种种离奇，更何况未必每天变换发髻呢？如果说天高云远，看不清楚，难以模仿，可以让画师画出几朵形态巧妙的云，用纸剪出样子，衬在头发下面，等梳妆完毕之后再取出来，这是一种简便易行的办法。头发上尽可以附上颜色，或者簪上鲜花，或者戴上珠翠，幻化出云端的五彩，看上去灿烂新奇。但饰物的位置一定要合适，与头发融为一体，仿佛头发中本来就有这些东西，以不露出鲜花和珠翠的本来面貌为尽善尽美。

模仿龙的形态制作发型，方法是这样：如果要模仿飞龙、游龙的形态，先要把自己的头发梳得光滑平整，然后用假发做成盘旋缭绕的龙形，覆盖在上面。制作的龙形务必与头发保持少许距离，不要与头发粘贴在一起，这样才不失飞龙、游龙的神态；若粘贴在一起，就是潜龙、伏龙了。要使龙形悬空，只需用一两条铁丝衬在看不见的地方，用头发做线，把向下的龙爪缝在梳光的头发上，龙形就固定不动了。如果要模仿戏珠龙的形态，需要用假发做两条小龙，缀在两旁，龙尾向后，龙首向前，前面靠近龙嘴处缀一颗大珍珠，名为“二龙戏珠”。如果要模仿出海龙的形态，也可以按照前面的方法，只要把假发做成波浪纹，缀在龙身之间的空隙里，这是很容易的。

这几种方法，都是把云与龙分开做的，云就是云，龙就是龙。我又觉得云与龙不应当分开，“云从龙，风从虎”，《周易》中早有现成的说法，所以制作发型，应当把云与龙合起来用。同样是用假发，同样是模仿，为什么不幻化出云与龙两种事物？龙不显露全身，云也不做出整朵，一会儿见龙，一会儿见云，令人难以分辨，这样一来，美人头上极尽盘旋飞舞之能事，朝为行云，暮为行雨，这不是同时擅长两种绝技，仿佛阳台神女现身吗？唉，我李渔在这里搜肠刮肚地讲了许多，梳这种发髻的人，一定要把我祭拜一番。我百年后如果成神，会去闺阁之中验证她梳的发髻能否为花容月貌增色。

熏陶

名花和美女，气味相同，有国色，就必然有天香。天香是在胎胞中先天形成的，不是后天熏染而来的，美貌佳人身上确实存在天香——这不是溢美之词。这种香气，在一些容貌姿态不甚娇艳的女子身上，也能偶得一闻。总而言之，这种女子身上一旦有了这种香气，就是芳华早逝，饱受摧残的兆头，红颜命薄，没有比这更快的了。既有国色又有天香，与没有国色而有天香的女子，都是千里挑一的，其余的女子则免不了要借助熏染。熏染又靠的是什么呢？富贵人家用的是花露。花露是把花瓣放在甑中酿制而成的。各类花中最好的是蔷薇，其他的都要差一点。然而花露不需要很多，每次沐浴之后，舀几勺在手里，均匀地拍拭在身上和脸上就可以了。这种香味的妙处，在于似花而非花，似露而非露，有花的芬芳而没有花的气息，不像其他的香气，不是立刻散去就是久不挥发，一闻就知道是兰花还是桂花。

其次则是用香皂洗浴，用香茶沁口，这都是闺中女子应该做的事。香皂这种东西，也有一种神奇之处，人身上偶尔沾染了污物或秽气，用它一擦，就去除无遗了。由此推断，即使把多种奇香与污物或秽气混在一起，也会一起除去，混入水中而不见；香皂能去除秽气，只保留芳香，似乎有驱邪存正的功效。香皂中的佳品，在一次沐浴之后，香气可以整日不散，这难道不是天造地设，专供修饰容貌身体用的吗？香皂中出产于江南六合县的可算天下第一，但价格略高，又由于路途遥远，恐怕不易获得，所以这种香皂多则用来沐浴，少则用来洗脸，视其多少而采取权宜之计。至于用香茶沁口，花费也不多，世人只知道香茶昂贵，却不知道每日所需，不过指甲那么大一片，只有毫厘之重，掰成几块，每次饭后和临睡时取一点来润舌，就会满口香气，用多了就会味道发苦，反而成了药气。这里所说的，都是人所共知的道理，我之所以特别加以说明，是为了证明美人之香是不可或缺的。

还有一种东西更为廉价，世人吃它只觉得味道甘美，闻它又辨别不出它的香气，让我把它揭示出来：水果中的荔枝，虽然出自人间，实际上却与传说中的交梨、火枣等仙药没有区别，荔枝的国色天香，使它堪称果中尤物。我在广东、福建游历，有幸得以饱食而归，算得上没有白白长这张嘴，只恨上天造物别有私心，不让荔枝在各地皆有出产。陈荔枝不如鲜荔枝，这一点任何人都知道。殊不知香气并未散去的陈荔枝，与橄榄有相同的功效，它的妙处在于回味之时。佳人就寝前，只要吃一颗，嘴里就会整夜都有香气，但吃多了则会觉得甜腻。荔枝必须选用地道的，产自枫亭镇的是首选。有人问我：嘴里的香气是为美人而设的，还是为陪伴美人的人而设的？我回答说：为陪伴美人的人而设的居多。要说美人，她的五官四肢都是为人而设的，何止嘴里的香气呢？

点　染

“却嫌脂粉污颜色，淡扫蛾眉朝至尊。”这是唐人的妙句。如今人们忌讳谈脂粉，动辄称它们是污染人的东西，有的女子满脸是粉却说没有抹粉，有的女子满唇是脂却说没有涂脂，这都是过分相信唐诗，想要以虢国夫人自居的人。唉，脂粉哪里能污染人？不过是人自己污染自己罢了。有人说脂和粉两种东西，原本是为相貌平常的女子而设的，美貌女子可以不用。我说：不是这样的。只有美丽的容貌才可以涂脂抹粉，其余的似乎都不可以。为什么呢？因为这两种东西都颇有世俗气，大有趋炎附势之态，美貌女子用了它们可以为其美貌增色，丑陋女子用了它们则会显得更丑。假如让绝代佳人微施粉黛，略染猩红，有不显得更加娇媚的吗？假如让媸颜陋妇面染丹铅，粉饰姿色，有不惊骇众人的吗？

之所以这样，原因在于皮肤白的可以更白，皮肤黑的不能立刻变白；黑上加白，是故意凸显其黑，而以白色来衬托。试把黑墨和白粉先分别放在两个地方，然后再放在一起来观察。分别放在两个地方的时候，黑色是黑色，白色是白色，虽然性质各不相同，但也不是完全不能相容；等到把它们放在一起，就会发现黑色显得不安分，白色仿佛想逃走。对比之下相互妨碍的两种东西，很难放在一起。因为天下万物，属于同一类的可以放在一起；即使不属于同一类，但是相似的东西，也可以放在一起；至于不但不属于同一类，而且不相似，甚至完全相反的东西，则万万不可以放在一起，放在一起必然会生出诸多不便。这里说的是粉不可以混杂使用。

脂则不然，肤色白的女子可以用，肤色黑的女子也可以用。但脂和粉两种东西是相互依存的，脸上抹了粉，嘴唇也涂了脂的女子，容貌灿烂可爱；如果一个女子脸上没有抹粉而只涂红了嘴唇，那不仅凸显不出红色，而且会使脸上的黑色变成紫色，因为紫色不是天生的，是由红色和黑色合成的。黑色遇到红色，仿佛见到了老相识，即使不刻意相合也会自然而合，精光四射，紫气东来，仿佛老子骑青牛而来，竟呈现出五色祥瑞之气。如果是这样，那么脂和粉两种东西，就与肤色黑的女子没什么关系，一辈子也用不上了。

为什么世间女子人人不舍脂粉，时刻需要，而男人们也没有因为多施脂粉而摒弃她们，不予接纳呢？我认为不是这样的。我这里的讨论，针对的是肤色最黑的女子，就是上面所说的不属于同一类，也不相似，而且是相反的那种情况。如果是介于黑白之间，那是属于同一类或相似的情况，既然属于同一类或相似，有什么不能放在一起的呢？只要按一定的方法施以脂粉，使淡浓适度，这两种东西就会争相奏效。自古以来，抹了粉的脸面只耐得住远观，经不起近看，因为粉抹得不均匀。画家上色，用胶才能使颜色均匀，不用胶就涂抹不开。人的脸面不像纸和绢，绝没有用胶的道理，这就是颜色不均匀的原因。

要使颜色均匀也有办法：把粉分两次涂抹，自淡而浓，由薄而厚，就可以保证不出现颜色不均匀的问题。我用其他事情比喻。砖瓦匠用石灰抹墙壁，一定要先抹一遍粗石灰，再抹一遍细石灰；第一遍抹不到的地方，第二遍补上，第二遍遗漏的地方，又有第一遍抹的石灰衬着，所以薄厚均匀，了无痕迹。假如把两次抹的石灰合为一次，不但笨工匠抹不匀，巧工匠也很难照应周全。抹墙壁尚且如此，何况往脸上抹粉呢？现在把一次抹的粉分为两次，先抹一次，等稍干之后再抹第二次，就会使浓的变淡，淡的变浓，虽然出于无心，但能自然巧合，远看近看，都没有不合适的地方。

这种方法不但能使颜色均匀，而且能变换肌肤，使肤色黑的逐渐变白。为什么呢？染匠染布料，没有不由浅及深的，处在深浅之间的颜色，既不是深色，也不是浅色，而是另一种颜色，就像文章中的过渡文字。如果要染紫色，一定要先把白色变成红色，再把红色变成紫色，红色就是白色与紫色的过渡，没有由白色直接变为紫色的。如果要染青色，一定要先把白色变成蓝色，再把蓝色变成青色，蓝色就是白色与青色的过渡，没有由白色直接变为青色的。如果女子面色稍黑，想要直接变白很难。现在用薄粉先抹一次，她脸上的颜色就介于黑白之间，不像以前那样完全是黑色了；再抹一次粉，淡白色就变为深白色，不是把纯黑变为全白，其中的难易，难道不是大相径庭吗？由此推断，两次抹粉可以分为三次，深黑可以变浅，人间世上没有不能用粉抹脸的女子。这个道理不证自明。

凡是读这篇文章的人，读到这里，就知道我李笠翁并不是愚蠢之人，不仅是风雅功臣，也称得上是女子知己了。最初讨论脸的黑与白，立论未免过于严苛。然而不过于严苛，那些病入膏肓的人，就不会知道医生的恩德，不知道医生确实有起死回生的能力。除此之外我还要说两点，都比上面说的要浅显，但大家又不能不知道：用粉抹脸的同时必须抹到脖子，否则前白后黑，仿佛戏台上的鬼脸；抹脸的同时还必须避开眉毛，否则霜花遮眼，就像春社祭祀时的土地婆。至于涂嘴唇的方法，又与抹脸相反，涂一下即成，才有樱桃小口的风致；如果连续涂抹，两次三次地点染，就有长短宽窄的痕迹，这是成串的樱桃，不是一粒了。

治服第三

古话说："三世长者知被服，五世长者知饮食。"俗话说："三代为宦，着衣吃饭。"古今话语不谋而合，可见穿衣和饮食两件事的困难。关于饮食的事在其他篇目中讨论，这里不细说，先听我说说穿衣的事。贫寒人家觉得衣衫褴褛是羞耻的事，动不动就以没钱买衣服为理由，觉得有朝一日发迹了，男子就可以风度翩翩，轻裘肥马，女子也可以衣裳楚楚了。殊不知衣服穿在某人身上，就像某人生活于某地一样。人在一个地方待久了，才能与这个地方的水土和风俗相适应。让俭朴的人突然间穿上极其奢华美丽的衣服，就好像一个陌生人初到某地，常常会出现水土不服的问题。宽大的衣服他穿着显得窄小，短小的衣服他穿着显得长大，手想要伸出来，却被袖子遮住；脖子想要直起来却被领子弯折。衣物不听人使唤，就好像镣铐加身一样。"沐猴而冠"之所以被人讥笑，不是因为沐猴不可以着人冠冕，而是因为它不习惯，头与冠冕不相称。这尚且是粗浅之论，不够精细。

常言道"衣以章身"，让我来详细解释一下。章是"使其显著"的意思，不是文采彰明的意思；身指的也不是形体，而是指一个人身上所具备的智、愚、贤、不肖等种种特质，犹如"富润屋，德润身"中所说的身。同样一件衣服，富有的人穿上可以彰显他的富有，贫寒的人穿上更会彰显他的贫寒；高贵的人穿上可以彰显他的高贵，卑贱的人穿上更会彰显他的卑贱。有道德品行的贤人与无才无德的不肖之徒，衣服同样能够彰显他们的这些特质。假如一位富有的长者，穿着满是补丁的衣服和露出脚后跟的鞋子，但是一种丰腴的气象会自然而然地跃出衣服和鞋子，不用问就知道这是一位富有的长者。如此说来，破烂肮脏的衣服尚且能彰显人的富贵，何况美丽的绫罗绸缎呢？乞丐和用人把华美的衣服偷来穿上，往往因此而蒙祸，因为衣服也可以彰显一个人的贫贱，这一点不一定要粗布短衣，有时华丽的长袍也可以做到。

对“富润屋，德润身”的解释也是这样。富贵之人居住的房屋，不一定都要雕梁画栋，即使是几所茅屋，穿门入室的访客也会在荜门圭窦之间看到一种兴旺之气，所谓“润”，说的就是这个意思。公卿将相的后代，门庭衰落，即使居住的房屋没有丝毫变动，从周边经过的人也会觉得寒气侵骨，这是因为家道中落，没有“润屋”之人。自古以来，读《大学》的人不理解其中的真正内涵，都解释成雕琢粉饰的意思。如果按照这种解释，那么富贵之人可以舍弃他们的旧房子，另觅新居，雕琢粉饰；品德高尚之人也可以舍弃他们原有的躯体，换一副新的躯体，并把这个叫作心广体胖吗？读书真是难而又难，章句训诂的学问真是不容易啊。我曾在小说中发表这样的言论，如今又在《闲情偶寄》中重提。唉，这样的诠释，哪里是喜好闲情、创作小说的人说得来的？不过是心中所想，偶然叙及罢了。

首　饰

珠宝和美玉，是女子头发的饰品，然而它们既可以增益女子的娇媚，也可以减损女子的娇媚。所谓增益娇媚指的是不论肤色欠白还是发色带黄的女子，只要有这样的奇珍异宝作装饰，就会光芒四射，可以使肌肤头发有所改观。这与美玉蕴于山可以使山生灵气，珍珠藏于水可以使水生妩媚是一样的道理。假如是肤白发黑的美貌佳人头上戴满翡翠，双鬓挂满金珠，只见金玉，不见佳人，就好像鲜花藏在叶子下面，明月隐于云朵之中。这样一来，本来可以出头露面的美人，却做了藏头盖面的事。明眼人见了，尚且能大概辨认出真实面目，觉得她的美丽应当不止于此，假如她去掉粉饰，把天然面目完全展示出来，还不知道会有何等的妩媚。假如遇到只观察表面的人，就会只谈论装饰的离奇，不谈论容貌姿态的美丽，这是用人来装饰珠翠宝玉，而不是用珠翠宝玉来装饰人了。

所以女子一生中，顶珠戴翠的日子只能有一个月，千万不能过多。所谓一个月，指的是从作为新娘出嫁那一天起，到满月卸妆那一天止。仅仅这一个月，也是无可奈何。父母置办一场婚礼，公婆迎娶一次儿媳，不这样盛装艳饰，不足以慰藉他们的一番良苦用心。在此之后，则应当卸去镣铐，告别羁绊，终身不再苦苦修行。一枚簪子，一副耳环，就可以相伴一生。这两样东西，却不可不精益求精。富贵人家，不妨多置办一些金银、美玉、犀角、贝壳之类的饰品，形制各异，常常变换，或几日一变，或一日一变，都未尝不可。贫贱人家，财力不足以置办金玉的，宁可用骨角，也不要用铜锡。骨角耐看，品质上乘的，与犀角、贝壳没有区别。铜锡不但不雅致，而且对发质有损伤。簪子、耳环之外，适宜为两鬓作装饰的，莫过于几朵鲜花。鲜花与珠翠宝玉相比较，不但雅俗判然两样，而且鲜活与死板迥异。

《清平调》第一句说：“名花倾国两相欢。”“欢”是喜欢的意思，“相欢”就是说对方喜欢我，我也喜欢对方。有着倾国倾城姿色的女子是人中之花，名花是花中之人，这两种东西可以算作同类，正应当朝夕相处。汉武帝曾说：“如果能得到阿娇，我会让她住在金屋子里。”我认为金屋子可以不造，药栏花榭则断断不可或缺。富贵人家如果娶到佳人，就应当到各地寻访名花，种在园子里，使佳人与名花朝夕共处，顶珠戴翠的荣华富贵也就微不足道了。每天早晨头上簪什么样的花，应当让佳人随意选择。喜欢红的就簪红的，喜欢紫的就簪紫的，随心所欲地佩戴，既自然又合适，所谓“两相欢”，说的就是这个意思。贫寒人家如果娶到佳人，哪怕房屋旁边稍有一点空地，也应当种花栽树，为装饰头发备用。

其他的事情可以俭省，唯独这件事不能俭省。女子的青春年华能持续多久？男子遇到美貌佳丽是十分困难的。公侯将相，名门望族的男子，有的苦于缘分未到，有的苦于正室嫉妒，毕生无法与美人亲近，这样的情况实在太多了。我算什么人，却独独享有这种乐趣？如果没有一两件事愉悦美人的内心，没有一两件东西装点美人的容貌，无异于暴殄天物，如同把精美的米饭倾倒在粪土之中。即使无立锥之地的赤贫人家，无法种植应时的鲜花，也应当向花园讨要，向卖花人购买。即使每天花费几文钱，也不过少喝一杯酒而已，既愉悦了女子的内心，又愉悦了男子的双眼，不是很划得来吗？还有比这更俭省的办法，近来苏州一带制作的假花，精巧至极，跟树上采来的完全一样。这种花完全用通草制成，每朵不过几文钱，可以用一个多月。绒绢制成的花，价格翻倍，却不如这种通草花既精雅又逼真。可如今人们所喜好的，偏偏是这种绒绢花而不是那种通草花，难道是东西不论美丑，只论贵贱吗？唉，选拔人才也是这样，何止选东西呢？

苏州一带制作的假花，花朵逼真而叶子不够逼真，家家户户都是这样，不知道为什么。如果把假叶子去掉，用真叶子点缀花朵，那么花朵就会因为真叶子而更加逼真了。这也是一种办法。

鲜花的颜色以白色为最佳，黄色次之，淡红色又次之，最忌讳的是大红色，木红色尤甚。玫瑰是所有花中香气最浓郁的，但色彩太过鲜艳，只适合压在发髻下面，暗中释出香气，不能让花形全部外露。全部外露就与村妇妆类似，因为村妇是非红色不爱的。

茉莉花除插在两鬓之外全无他用。可见老天造茉莉花，本就是为了好化妆，化妆少得了它吗？珠兰也是这样。珠兰的妙处胜过茉莉十倍，但不能处处都用，是一件遗憾的事。

我在前面谈论发髻，是想要教人摒弃“牡丹头”“荷花头”“钵盂头”等奇怪的发型，而用假发做成或云或龙的样式。有客人来访，对我说：我们这些人创立法则，应当使天下去伪存真，为什么教人做假？我说：活在当今，按古法行事，这个观点当然是好的，可是谁会听从呢？不如因势利导，让人们逐渐接近自然。女子头部不能没有装饰，自古以来就是这样，与其用珠翠宝玉装饰，不如用假发。假发虽然是假的，但本质上也是女子的头发，用它做装饰，可以说是恢复它固有的样子，而且也没有奢靡浪费，这跟崇尚鲜花，舍弃珠玉是同样的道理。我难道不能高谈阔论吗？只是顾虑它对于人情世故并无裨益罢了。

簪子的颜色，宜浅不宜深，这是因为要以此衬托出女子头发的黑色。簪子以玉制为最佳，接近黄色的犀角簪子和接近白色的蜜蜡簪子次之，金银制的又次之，玛瑙琥珀都不要选择。簪头模拟的物形，像龙头、凤头、如意头、兰花头之类，都是可以的。但要结实自然，不要玲珑雕琢；要与头发相依附，不要翘起头来做跳跃之状。因为簪头是用来压头发的，所以以服帖为佳，悬空就不好了。

装饰耳朵的耳环，越小越好，或者一粒珍珠，或者一点金银，这是家常佩戴的东西，俗称“丁香”，因为它的形状酷似丁香。如果与盛装艳服搭配，就不得不佩戴稍大一点的，但也不要超过丁香一倍两倍。既要把形状做小，又要把形制做精雅，千万不要做成古代络索的式样，又不是元宵节，为什么要在耳朵上挂灯笼？如果再配上珠翠，就成了福建的珠灯和丹阳的料丝灯了。这些东西作为灯尚且令人生厌，何况作为耳环呢？

衣　衫

女子的衣服，不贵精美而贵整洁，不贵华丽而贵雅致，不贵与家境相称，而贵与容貌相宜。用华美的绸缎制成的衣服，如果沾染了尘垢，反而不如朴素的布衣鲜艳美丽，所谓不贵精美而贵整洁，讲的就是这个意思。大红大紫这样艳丽的颜色，如果有违时尚，反而不如浅淡的颜色合适，所谓不贵华丽而贵雅致，讲的就是这个意思。富贵人家的女子，适合穿鲜艳的衣服，贫寒人家的女子，适合穿素净的衣服，所谓衣着应当与人相称，讲的就是这个意思。然而人的容貌是天生的，特定的容貌有特定的衣服与其相配，特定的衣服有特定的颜色与其相配，这都是固定不能改变的。如果现在取一件鲜艳的衣服，让几个少妇先后试穿，其中必定有一两个中看，一两个不中看的，因为她们的容貌与衣服的颜色有相称和不相称的区别，并不是衣服有公私向背之心。假如一个富贵人家女子的容貌适于素净的衣服而不适于鲜艳的衣服，那么，一定要让她穿鲜艳的衣服而不穿素净的衣服，岂不是与容貌作对吗？所以说女子的衣服不贵与家境相称，而贵与容貌相宜。

大体上说，面色最白嫩和体态最轻盈的女子，没有什么衣服不适合。浅色的衣服可以彰显她的淡雅，深色的衣服更能彰显她的淡雅；精美的衣服可以彰显她的娇媚，粗糙的衣服更能彰显她的娇媚。这样的女子即使算不上倾国倾城，与西施和昭君也相去不远了。然而世间能有多少这样的美人呢？容貌居中的女子，则应当根据自身条件选择衣服，在颜色上随意不得。根据自身条件选择衣服的方法变化多端，不能一概而论，但如果一定要说个大概，只能说务必选择与自己肤色相近的。肤色偏白的，衣服颜色可深可浅；肤色偏黑的，就不要选择浅色的，而要选择深色的，因为浅色的衣服会愈发衬托出肤色的黑。肌肤偏于细腻的，衣服可以精美，也可以粗糙；肌肤偏于粗糙的，就不要选择精美的，而要选择粗糙的，因为精美的衣服会愈发衬托出肌肤的粗糙。

可是贫贱人家置办精美的、颜色深的衣服有困难，富贵人家置办粗糙的、颜色浅的衣服也有困难，怎么办呢？我说：不难。布麻有精粗深浅的区别，绫罗绸缎也有精粗深浅的区别，并不是说布麻一定粗糙，绫罗绸缎一定精美；锦绣的颜色一定深，生绢的颜色一定浅。质地不光滑，花纹突起的绸缎，就是精品中的次品，深色中的浅色；纱线紧密、漂染精工的布麻，就是次品中的精品，浅色中的深色。凡是我所说的，都是贵贱皆宜的。既没有详谈豪门，忽略贱户；也没有偏重贱户，遗漏豪门。由于美女无法选择生在怎样的家庭，佳人无法选择嫁给怎样的丈夫，所以一定要使读过这篇文章的人全部受益，这样我一番怜香惜玉之心，就会像雨露一样遍洒人间了。

近来人们在穿衣方面的喜好，有的大大胜过古代，可以作为固定不变的准则；有的则远悖于情理，令人为人心世道担忧，让我来一并谈谈。胜过古代，可以作为固定不变准则的，是富贵人家穿衣，都崇尚青色（这里的青色不是青色，是黑色，因为要避讳，所以改了）。记得我小时候见到的年轻女子，都喜欢银红色、桃红色，年龄稍大些的喜欢月白色，过不多久，银红色、桃红色都变成了大红色，月白色变成了蓝色，继而大红色又变成大紫色，蓝色变成石青色。等到明清易代之后，石青色和紫色都不常见了，无论男女老少，都穿青色的衣服，可以说是“齐变至鲁，鲁变至道”，变到最好就不能再变了。衣服颜色递变至此，并不是由于人们有意使然，不过是人的性情争强好胜，所以衣服的颜色一家浓于一家，一日深于一日，不知不觉就变到了最深。

然而青色妙处很多，不能一一道来，仅就与女子相称而论，肤色白的穿上，会愈发显白；肤色黑的穿上，也不会显得很黑，这是它与不同容貌相称的一面。年纪小的穿上，会愈发显小；年纪大的穿上，也不会显得很大，这是它与不同年纪相称的一面。贫贱人家的女子穿上，是贫贱人家的本色；富贵人家的女子穿上，又可以卸去浮华之气，保留素雅之风，而且也未必会丢失富贵的本色，这是它与不同身份相称的一面。其他颜色的衣服很不耐脏，稍微沾染一点茶色、酒色或者油渍，不重新染色就无法穿着，可一旦重新染色就成了旧衣服。青色则不是这样，恰恰因为它非常浓，所以凡是沾染上比它淡的颜色，都看不出来；恰恰因为它非常深，所以凡是被比它浅的颜色污染了，它都能接纳而不拒绝。这是它既合穿又适用的一面。

贫贱人家只要有这一件衣服，即使没有其他好看的衣服穿在里面，也不会特别明显。因为穿在外面的衣服颜色本不鲜艳，所以即使里面的衣服旧了脏了，也不会有很大的反差。如果外面穿的衣服是其他颜色，那么只要稍有瑕疵，就会显得难看。富贵人家但凡有锦绣衣衫，都可以穿在里面，微风吹起衣袂，显得色彩缤纷，衣服一件美于一件，不但不会被掩盖，而且使人底蕴莫测。《中庸》里有一句诗写道，“穿华美的衣服要在外面加罩衫”，因为美丽的花纹显露在外使人生厌。唯独穿青色衣服不是这样，只因为它穿在外面颜色最深，反而衬托出了里面衣服的美丽，有恢复古风的美名，而没有拘泥于古风的害处。年轻貌美的女子，如果想要衣服形制更为华美，就在青衣上布些线条，青色上绣了花纹，就比其他颜色更为显眼。反复推求，最妙的衣服颜色，没有胜过青色的。后来即使有所改变，也都是只顾一点，忽视了其他，无法做到方方面面都合适。这就是我所说的大大胜过古代，可以作为固定不变的准则的喜好。

至于远悖于情理，令人为人心世道担忧的喜好，就是用零碎布料拼补起来，俗称“水田衣”的衣服。衣服上有缝隙，并不是古人的喜好，而是出于不得已。人有高矮胖瘦之分，不可能比照着谁的身材来织布，必须先把整幅布料织出来，裁剪之后做成衣服。即使这一两条缝隙，也是身上的累赘，但无论如何都去不掉，所以只能勉强保留下来。人们称赞神仙的美妙，必定会说“天衣无缝”，这显然是说凡人的衣服总有多余的缝隙。可如今的衣服却把一条两条缝隙增加到几十条、上百条，不但不如天衣，而且不像凡人的衣服，这样越来越退步，究竟是要把衣服搞成什么样子才罢手呢？究其根源，这也不是有意为之，大概是因为奸诈的裁缝表面上做裁剪，暗地里偷工减料，把布料一段一段地偷窃藏匿起来，最后没有办法为自己开脱，只能编造“水田衣”的样式来兜售奸谋之作。

不料人们总是厌恶常见的，喜欢怪异的，不但不批评这种衣服的弊端，反而大批地效仿。把整幅布料裁剪成零碎小块，布料有什么罪过，要受凌迟之刑？把碎布片缝成僧人的百衲衣，女子有什么罪过，要穿戴得像个出家人？风俗好尚的变化，常常与国家气数相关。“水田衣”这种样式，不始于现在，而始于崇祯末年。我当时见到之后很是诧异，曾对人说：“衣服无缘无故地改变样式，大概有什么东西在作怪，六合八荒之内难道要土崩瓦解了吗？”过不多久，李自成起兵，割裂中原，那个人说我不幸言中。在如今这个圣主临朝，万国臣服，天下归一的世道，这种样式，自然应当革除。倘若偶然遇到志同道合的人，觉得我这个乡野村夫的话还不是那么狂妄错误，互相劝告大家不要效仿前人，那么我这一番话也就像鸡鸣犬吠一样，不算无补于盛世治道了。

云肩是用来保护衣领，使衣领不沾油污的，这是一种很好的设计。但云肩的颜色一定要与衣服相同，近看则有，远看则好像没有，才叫得体。即使难以找到相同的颜色，也一定不能差别太大。如果衣服颜色很深，而云肩颜色很浅，或者衣服颜色很浅，而云肩颜色很深，那么头与躯干就完全被分为两个部分，虽然连在一起，实际上等同于身首异处，这是最不应该的。我还认为云肩的颜色不仅要与衣服相同，更要里外合一，如果外面是青色，那么夹里也要用青色；外面是蓝色，那么夹里也要用蓝色。为什么呢？云肩这种东西是披在肩上的，不会每时每刻都服帖，稍有风吹，夹里就会向外露出，仿佛大风吹起落叶，卷动残荷一样，佳人身上必然会呈现出凌乱萧条的样子。如果云肩里外颜色一样，那么不论整齐还是颠倒，都不会出现这个问题。日常居家也就罢了，如果外出见人，就必须用暗线固定，绝不能使云肩与衣服分离，因为即使活动起来里外颜色一样，总还是以不动为好。

女子置办装束要考虑家境的贫富，唯独两件物美价廉的东西必不可少。一件是半臂，俗称"背褡"；一件是束腰的带子，俗称"鸾绦"。女子的身体，宜窄不宜宽，穿上背褡，宽的地方显窄，窄的地方更显窄。女子的腰，宜细不宜粗，束上带子，粗的显细，细的更显细。背褡应当穿在外面，这一点人们都知道；鸾绦应当束在里面，这一点人们大多不知道。鸾绦藏在衣服里，虽然束了却好似没束，使腰看起来仿佛本身就很细，不是因为束了带子。

裙子做工精细还是粗糙，只看折纹多少即可明了。折纹多的行走自如，没有缠身碍脚的毛病；折纹少的则限制行走，仿佛镣铐加身；折纹多的容易摆动，即使没有风也能自然飘摇；折纹少的则顽固不动，即使做出姿态也显得呆板僵硬。所以衣服使用的布料，用在其他地方的也许可以减省，用作裙幅的则一定不能减省。古人说："裙拖八幅湘江水。"既然多达八幅，可见折纹一定很多。我觉得八幅的裙子适合日常居家穿，想在人前显得美观，还需要十幅。因为增加裙幅花费不多，况且增加了裙幅，所用的丝必定要减少。要做出八幅十幅，只能用细纱与轻丝，厚重的布料显得凝滞，穿起来与缺幅少折的效果一样。即使多花些钱，也与其他的花费不同。女子与男子的不同之处，全在下身。男子生来希望有家室，用来成家的，就是下身那个东西。隐藏私密之处，保护好自身的宝贝，全靠着几幅罗裙，怎么可以不使它用料充足、制作精美，而让那些肤浅的人取笑呢？最近苏州一带流行的“百裥裙”，可以说尽善尽美。我觉得这种裙子适合搭配华美的服装，不适合日常居家穿，是因为要爱惜物力。比旧的式样多一些，比新的式样少一些，在人前穿十幅的，在家里穿八幅的，就能丰俭得当了。

苏州一带还有一种叫作“月华裙”的新式样，一个裙褶之中色彩缤纷，仿佛皓月的光华，我觉得这种式样很怪异，不可取。因为它耗费的人工和材料是普通裙子的好几倍，暴殄天物不说，还不甚美观。下身的服装，宜淡不宜浓，宜纯不宜杂。我以前读古诗，见到“飘扬血色裙拖地”“红裙妒杀石榴花”一类的诗句，觉得前人真是笨得可笑。果真如此，那也不过是浓妆艳抹的村姑而已，怎能打动文人雅士的心呢？唯独最近流行的“弹墨裙”颇为别致，但还是不能让我满意，待我设计出新的式样，再请同仁指正。这件事正在构思，还没有做，不敢轻易拿出来误导别人。

鞋 袜

男子穿的履，俗名叫鞋，女子穿的也叫作鞋。男子脚上穿的衣物，俗名叫袜，女子却把它改名叫“褶”，其实褶就是袜。古人说“凌波小袜”，这个名字最雅致，不知道后人为什么把它改了。袜子流行白色和浅红色，鞋子流行深红色，如今又流行青色，可以说做得很好了。鞋子装上高底，使脚小的更显小，脚瘦的更显瘦，可以说完美之至了。然而脚大的女子往往借这种鞋掩饰自己脚丑，有负于制作者的初衷。这样一来，鞋就只是为东施效颦提供方便，无法为佳人的美丽增色了。近来有人想要纠正这种错误，让三寸金莲的女子都穿平底鞋，与伪装者区别开来。殊不知这样一来，所有的女子都用高底鞋来讨巧，于是高底鞋竟像百世不祧祖宗一样被女子们供奉起来。有它，脚大的显小；没有它，脚小的显大。

曾有一个脚三寸，穿无底鞋的女子，与一个脚四五寸，穿有底鞋的女子站在一处，看起来反而觉得四五寸的脚小，三寸的脚大。这是因为穿有底鞋，脚尖向下，脚肥的就会显瘦；穿无底鞋，脚尖向上，脚瘦的就会显肥。我认为高底不能完全不用，只要把高度减掉一点就可以了。脚大的女子，适合穿厚底鞋，不适合穿薄底鞋，因为薄底鞋会让大脚现出来；适合穿大鞋，不适合穿小鞋，因为穿小鞋脚会疼，不能走路。我形容那些脚极薄极小的女子，就像鹤立鸡群，不求独特而自然独特。世上难道有穿着底子薄如铜钱的鞋，不忸怩作态而能走路的大脚女吗？

古人依据含义为事物命名，没有丝毫差错，比如前面所说的把发髻叫作“蟠龙”，把头发叫作“乌云”之类。唯独为女子的脚取名，依据的含义都与事实相反。为什么呢？脚是身体各部中最小的，莲是花中最大的，却偏要把女子的脚叫作“金莲”，偏要把女子最小的脚叫作“三寸金莲”。如果女子的脚，真的像莲花花瓣一样，那么它的宽大之形，还能说吗？就算是极窄极小的莲花花瓣，岂止三寸而已呢？这是“金莲”的意思无法理解的地方。自古以来总把女子的鞋叫作“凤头”。世人顾名思义，就把金银打制成凤凰的样子，缀在女子鞋尖。试想凤凰作为一种鸟，体形只是比大鹏略小一些，与其他各种鸟相比，难道不是近乎庞然大物吗？用它来为鞋命名，表面上看是赞美，实际上属于讥讽。如果说“凤头”只是说形状相似，因为凤凰头尖，身子大，所以取这个名字，那么其他各种鸟的头，很多都比凤凰的尖，为什么不用它们来命名，而唯独用凤凰呢？而且与其他鸟相比，凤凰的头特别昂起，女子的趾尖，妙在低而平伏，如果像凤凰的头那样昂着，那样子还能看吗？这是“凤头”的意思无法理解的地方。

如此说来，古人为事物命名，究竟依据的是什么？难道永远无法理解吗？回答是：其中有些说法。女子裹足的习俗并非自古就有，是后来才出现的。命名之初，女子的脚也像男子的脚一样，假如确实像莲花花瓣或者凤凰的头那样稍尖一些，也可以算是上古时的小脚了。没有裹脚的习俗却能有小脚，与今人比起来，大概要好很多。我认为“凤头”“金莲”这些说法已经流传了很久，不能突然改变，但是只能沿用这些名称，切不可模仿它们的实际形状。如果模仿它们的实际形状，就会显得极不美观，被前人误导。

不仅如此，凤凰是鸟虫之首，地位与龙一样，是帝王衣服和器物上的装饰物，用它来装饰脚，不是对名贵器物的严重亵渎吗？曾经见到女子在袜子上绣花，总要绣龙与凤的图案，这都是不懂道理和规范的严重表现，是不合礼法的事情，不能不为她们指出。近来女子的鞋头不缀凤凰而缀珍珠，可以说是个令人称善的变化。珍珠出自水底，置于凌波袜下非常合适。而且那种像粟米一样的珍珠，价格不是很高，在鞋尖缀一粒，整只脚上都会显得珠光宝气。穿上这种鞋在舞台上表演，就像珍珠在盘中滚动；穿上这种鞋与男子寻欢，就是男子的掌上明珠。然而最初这样做的人并没有见到这些，就像衣服的颜色变成青色一样，正所谓与自然之道暗暗相合。我的朋友余澹心曾写过一篇《鞋袜辨》，对女子缠足有所考辨，对从前女鞋的形制也有所考察，精详而准确，足以与我上面所说的相互发明，现附于本文之后。

附

妇人鞋袜辨

余　怀

古代女子的脚，与男子没什么不同。据《周礼》记载有屦人一职，屦人负责管理王与王后的鞋袜事宜，包括红舄鞋、黑舄鞋、用红丝带装饰的鞋、用黄丝带装饰的鞋、用青絇装饰的鞋、素色的鞋和葛制的鞋。还有用以区别朝廷内外大臣和受封女子的功屦、命屦和散屦。可见男鞋和女鞋形制相同，并不像后世女子的鞋那样又弯又纤细，以小巧为贵。女子缠脚起源于南唐李后主。后主有个宫嫔叫窅娘，长得纤巧美丽，善于跳舞，于是后主教人用金子做成六尺高的莲花台，上面用奇珍异宝装饰，周围用彩带环绕，中间插上五颜六色的莲花，让窅娘用丝帛缠足，脚向上弯曲，呈新月状，穿上素色的袜子，在莲花中跳舞。窅娘回环旋转，仿佛腾云驾雾一样。从此以后，很多人都来效仿，这就是女子缠脚的发端。

唐代以前，这种风气尚不盛行，所以诗人词客吟咏美女佳人，都津津乐道于她们姿态的美妙，面容的娇艳，乃至妆容、首饰和衣衫裙裾的奢华，鬓发、眉目、唇齿、腰肢和手腕的婀娜秀洁，却没有一人论及脚的纤瘦小巧。例如古乐府《双行缠》云："新罗绣白胫，足趺如春妍。"曹植诗云："践远游之文履"，李白诗云："一双金齿屐，两足白如霜"，韩偓诗云："六寸肤圆光致致"，杜牧诗云："钿尺裁量减四分"，汉代的《杂事秘辛》里说："足长八寸，胫跗丰妍。"足长六寸八寸，白净而丰腴，可见唐以前女子的脚，没有向上弯曲呈新月状的。即使东昏侯把金莲花贴在地上，让潘妃在上面行走，说"这是步步生金莲花"，也不是把女子的脚叫作金莲。崔豹在《古今注》里说："东晋有凤头重台之履"，不是专指女子而言。宋代元丰年以前，缠脚的女子还很少，自元代到如今近四百年间，矫揉造作之风非常严重。

古代女子都穿袜子。杨贵妃死的那天，马嵬坡上一个老妇人拾到她的一只锦袜，过往客人把玩一次要付上百文钱。李白诗云："溪上足如霜，不着鸦头袜。"袜子也叫"膝裤"。宋高宗听到秦桧的死讯，高兴地说："今后膝裤中不用插匕首了。"所以袜子也好，膝裤也好，是男女通用的叫法，原本没有区别。只是古代的袜子有底，现在的袜子没有底。古代的袜子有底，所以不必穿鞋也可以在地上行走；现在的袜子没有底，所以必须穿鞋，否则寸步难行。张衡说："罗袜凌蹑足容与。"曹植说："凌波微步，罗袜生尘。"李煜词云："刬袜下香阶，手提金缕鞋。"古今鞋袜的形制，差别原来如此之大。至于高底鞋这种式样，以前从未听说过，如今却独领风骚。吴地的女子，有的把奇异的香料装在鞋底，周围用精美的绸缎环绕；有的在鞋底凿出玲珑的花纹，装入麝香，走起来如同雨雪霏霏，香气撒在地上。这样妖冶的装束，自宋元以来，诗人都不曾提过，所以在这里写出来，告知那些喜欢吟咏“香奁”“玉台”等冶艳题材的人。

袜子的颜色与鞋子的颜色要相反，袜子的颜色要极浅，鞋子的颜色要极深，使它们形成对比，才能各自显露出来。如今的女子，袜子都崇尚白色，鞋子的颜色都是深红色、深青色，可以说尽善尽美了。然而家家都如此，也要忌讳雷同。我想把颜色倒置过来，把袜子的颜色变深，鞋子的颜色变浅，这样会更进一步凸显出脚的小巧。鞋的颜色，不应与地面的颜色相同。地面的颜色是泥土砖石的颜色。泥土砖石的颜色大多是深色，穿着浅色的鞋子站在上面，界限分明，不会被地的颜色遮蔽。如果地面是青色，鞋也是青色，地面是绿色，鞋也是绿色，就看不出脚的大小了。脚大的女子则应该与此相反，鞋子的颜色要与地面的颜色一致，用这个办法藏拙，高底鞋也就难以独居其功了。这些鄙陋的见解，可以拿去请教金屋主人，让他转呈阿娇，看看我说得对不对。

习技第四

“女子无才便是德。”这话虽然有些道理，但不是无缘无故这样说的。因为聪明的女子失节的很多，所以不如以无才为贵。这大概是前人的激愤之词，与男子因为做官而招致灾祸，便把读书做官视为畏途，留下遗言告诫子孙，教他们不要读书做官是一样的。这都是因噎废食的话，难道书真的可以不读，官真的可以不做吗？我认为才与德原本是互不妨碍的。有才华的女子，未必都品行败坏；淫乱的女子，哪里都识文断字？只是需要做丈夫的人既有怜惜才华的心，又有驾驭才华的手段。至于姬妾婢女，与正室又有不同。娶妻好像买田庄，只能用来种植五谷桑麻，稍有一点赏玩价值的东西，就要拔除，因为田庄出产的是食物和衣服，地力有限，不能涉及其他的东西。买姬妾好像经营园圃，结子的花也种，不结子的花也种；成荫的树也栽，不成荫的树也栽，因为经营园圃本是为愉悦性情，重在耳目之乐，有时要减轻口腹之欲，不能名实兼顾。

假如满堂姬妾都是蠢笨女子，我想说话，她默不作声；我想安静，她大声喧哗，答非所问，应非所求，这与待在狐狸精的巢穴里，除宣泄淫欲之外无所事事有什么区别？所以学习技艺的道理，必须与化妆和服饰一并道来。女子的技艺以文章诗词为最佳，其次是乐器，再次是歌舞，女工是女子分内的事，不必讲。然而总有女子专门学习男子的技艺，不屑于学习女工，认为纺织缝纫是低贱的手艺，把针线活看作仇敌，甚至连三寸弓鞋都不屑于亲手缝制，也要请年老贫贱的女子代劳。这是何等的借巧藏拙，失去了上天创造女性的本意啊！我觉得女子的职业，毕竟以缝纫为主，缝纫做熟了，再慢慢涉猎其他。我探讨习技而不涉及女工，是因为描摹刺绣的事，闺阁女子都懂，没必要等我发越俎代庖之论。虽然不涉及女工，但我很重视它，是因为怕后人因此而舍本逐末，将养蚕纺织搁置一旁。虽然是讲闲情，但不能有伤大雅，这是我著书立言的初衷。

文 艺

学习技艺必须先学识字读书。这不是说要先学困难的，后学容易的，而恰恰是要先学容易的，后学困难的。天下万事万物，都有入门的锁钥。这锁钥是什么？就是文理二字。寻常的锁钥，一把钥匙只能打开一把锁，一把锁只能锁住一扇门，而文理作为锁钥，所掌管的何止千千万万扇门？举凡天上地下，万国九州，不论多大的事情，不论多小的事情，所有应当做的、应当学习的东西，都由文理执其枢纽，掌其关键。这番理论不仅针对女子，普天之下的士农工商，三教九流，各行各业，都应该有这样的认识。

以文理来统摄偌大一个世界，可以说很简约了，殊不知文理之中也有宾主之分。凡是学习文字的人，不是纯粹为了识字，而是为了明白其中的道理。道理明白了，文字就成了敲门砖，可以废弃不用了。天下技艺无穷无尽，但它们源于同一个道理。明白道理的人学习技艺，与不明白道理的人学习技艺，其难易有天壤之别。然而不读书不识字，靠什么来明白道理？所以学习技艺必须先学识字读书。但是女子学习读书识字，不必求全责备，识一个字，有一个字的用处，多多益善，识字少也未尝不好。每件事都能做精，一件事自然可以做得更精。我曾经说过，土木工匠只要能识字记账，那么他建造的房子、制作的器皿肯定与不识字的工匠不同，而且做起活来事半功倍。人们起初不相信，后来选了几个工匠验证，果然跟我说的一样。粗浅的技艺尚且如此，精深的技艺就不言而喻了。文字不可不识，道理不可不明，这真是重要至极啊！

女子读书识字，难点只是入门。入门之后，她们的聪明程度一定胜过男子，因为男子杂念太多，而女子心思专一。引导女子入门，贵在选择女子情窦未开之时，情窦一开，就会分心，不像以前那样专一。然而置买姬妾，多在女子十五六岁之时，娶回家来而不使唤，却让她们像小孩一样求我教习的，能有几个？假如一定要等她们情窦未开，那一辈子也无人可教了。只能循循善诱，不要丧失时机，“扑作教刑”不是针对女弟子而言的。先教她们识字，识字之后教她们读书。识字不贵于多，每天只能教几个，要选笔画少，眼前常见的教。由易到难，由少到多，日积月累，这样一年半载之后，即使不叫她们读书她们也会自己找书读。

趁着她们爱看书的时候，赶紧找一些有情节的传奇、没有破绽的小说，任凭她们翻阅。这样一来，书就不是书，而是不发怒不显威就能引人登堂入室的高明教师了。这是什么原因呢？因为传奇和小说中的语言，都是日常俗语，女子读来，有似曾相识之感。比如一句话中总共有十个字，这个女子认识其中七个，其他三个不认识，顺口读下去，自然不会错。这是借助已经认识的七个字，悟出了不认识的三个字，这三个字不是我教她的，是传奇和小说教她的。通过这样字与字之间的相互触发，自然能够触类旁通。再有男子善于引导，让她由浅入深地学习，那么二人在同床共枕时探讨文章，则仿佛春雨润物，比起教师讲授，其难易之别何止十倍？

十个女子中，选一两个最聪慧的，每天跟她们谈诗，让她们逐渐通晓声律，只要说话铿锵悦耳，没有重复拗口的字，就是写诗作文的材料。苏东坡的夫人说："春夜月胜于秋夜月，秋夜月令人惨凄，春夜月令人和悦。"这不是诗，是随口说出的话。苏东坡因为夫人信口所说就与格律相合，所以称赞她能作诗，一时传为佳话。这就是说话铿锵悦耳，没有重复拗口的字的人可以作诗的明证。其余的女子，未必每个都是这样，只要能大致读懂书中含义，那么各种技艺任她去学，因为她们都是锁钥在手，不愁会受阻碍的人。

女子读书识字，学成之后受益无穷自不必说，即便在初学之时也有益于旁观者：只需她桌上摊着书，手里握着笔，坐在青翠的窗纱前，就是一幅图画。班昭续写《汉书》的仪容，谢道韫吟咏飞雪的姿态，也不过如此，何必一定要亲自读了她们的诗作，考较一番工拙，才有闺秀同房的乐趣？唉，这样的图画，世间本有不少，怎奈人们身临其境时，都把它看作寻常的事物，真是可惜了。

想要让女子学作诗，必须让她们先多读诗，多读诗可以使她们诗不离口，把诗作为日常语言，这样诗情诗意就会自然而然地生发出来而成为天籁自鸣了。至于女子智慧的启迪，思路的打开，则全部在于她们所读的诗的工拙，为她们选诗读，一定要迎合她们的灵机。那么，应该怎样选诗呢？我认为贵在"平易尖颖"。平易，是指选的诗要使女子容易懂，容易学；尖颖，是指女子的聪明才智大多偏于纤巧，读尖颖的诗，仿佛遇到了另一个自己，所以会感到欣喜，愿意去学，这就是所谓选诗要迎合她们的灵机。所选的诗，最好的莫过于晚唐诗和宋诗，初唐诗、中唐诗、盛唐诗都不要选；至于两汉魏晋的诗，一定不要让女子读，一旦读了，就会遏制灵感，一辈子都不敢学诗了。这是我一些肤浅的见解，高明的人看到了，一定会哑然失笑。然而我才疏学浅，只够给女子做老师，至于高峻的词坛，我这辈子还没有达到那种境界，发出这样浅薄的见解也就不足为怪了。

善于唱歌的女子，如果通晓文义，都可以教她们学填词。因为词的格律句法，每天都可以在词曲中见到，读得多了，自然写起来容易，比学作诗快很多。曲的体式最长，每一套都有好几支曲子，没有厚实的才力是写不来的。词体式短小，容易写成，比如《长相思》《浣溪纱》《如梦令》《蝶恋花》之类，每首不过一二十个字，写起来可以激发灵感。只要看一些词选，就会发现大多是闺中女子的作品，因为填词之理容易通晓，语言风格容易模仿。熟悉了词，就可以由短而长，扩展到词曲，这样做起来也容易。如果真能这样，就任凭她自己写自己唱，这样名士佳人二者合一，千古以来的风流人物、风流故事，莫过于此。恐怕天上的神仙，都会鄙视自己的音乐，想要到人间来接近她们了。这些见解前人没有谈过，实在是我李渔自创的，如果有人由此领略到了人生的妙处，千万不要忘了我。

以大家闺秀自命的女子，书、画、琴、棋四种技艺都不可缺少。然而学起来要有轻重缓急之分，先学必不可缺的，其他的技艺，如果自己的天资能够兼顾，不妨一样一样地依次学习。不然的话，只要擅长一种技艺，也可以博得才女之名。琴属于丝竹一门，另有分类，本书在前面已经谈得很详细了。教得好不好在于他人，学得好不好在于自己，其中的工拙深浅，是不能强求的。绘画是闺中技艺的末节，学不学随意。至于围棋，则一定不可不学。教女子学围棋，对女子和自己的好处，不止一样。

女子闲来无事，就会生出种种念头，用围棋打发时间，就不会生出杂念，这是好处之一；女子住在一起，容易产生争执，下围棋可以代替争执，使喧闹的人安静下来，这是好处之二；男子与女子对坐，安静了就会产生淫邪之念，在弹琴鼓瑟、焚香品茶之余，不做点事情，就会静极思动，在两不相让的形势下，不是在桌前，就是在床上了。一旦下起围棋，所有的想法都会置之度外，缓兵降火的办法，没有比这个更好的了。但是与女子对弈，不要争强斗胜，宁可让几个子输给她，她就会喜而不嗔，笑容可掬；如果存心让她输了，她不但当时觉得难堪，而且以后也没有下棋的兴致了。纤细的手指拈起棋子，犹豫不决，迟迟不落，静静地观看这种姿态，就足以使人销魂。如果一定想要胜了她，恐怕天地之间不会有如此残忍的人。双陆、投壶这些技艺，都不必急于去学。赌博玩的骨牌，也可以用于消闲，而且易懂易学，似乎玩起来就没完。

丝　竹

丝竹的音色以琴的为首。古代的音乐流传至今，已经发生变化而没有完全变化的，只有琴乐一种，其他的都是末世之音。女子学琴，可以改变性情，想要营造温柔乡，不能没有琴来陶冶情操。然而琴这种乐器，学起来最难，听起来也最不易。但凡让姬妾学琴，应当先问问自己会不会弹琴。主人通晓音律，才能使琴瑟为自己所掌握，否则琴弹得铿锵悦耳，听的人却茫然无所触动，勉勉强强把一支曲子听完，这样的话，曲子就不是悦耳的声音，而是折磨人的东西，还学它做什么？

人们凡是置买姬妾，都是为了娱乐自己。自己喜欢的，引导姬妾去学；自己不喜欢的，不要让姬妾去学，这才是真正能够娱乐自己的人。我曾经见过有些富贵人家，听惯了弋阳腔、四平腔，非常厌恶昆曲的清冷，却因为世人推崇昆曲，就强迫歌童去学，每听一曲，皱眉良久，座上宾客也看着难受，这都是不会娱乐自己的人。我认为人的性情，各有所好，也各有所厌，即使喜好不恰当，厌恶不合适，也不妨在自己错爱的东西上下功夫。在自己错爱的东西上下功夫，也就无所谓什么错爱了。我生平有三个癖好，都是世人喜欢而唯独我不喜欢的：一是水果中的橄榄，一是佳肴中的海参，一是服饰中的茧绸。这三种东西，别人给我吃，我也会吃；别人给我穿，我也会穿；但从不自己买来吃，买来穿，因为我不知道它们的精美之处。有谚语说："村夫吃橄榄，品不出味道。"我真是一个地道的村夫。因为探讨学琴，胡乱谈到这里，实在是饶舌了。

有人问我：主人会弹琴，才可以让姬妾学弹琴，那么如果要教姬妾歌舞，主人是不是也必须能歌善舞呢？须眉男儿，有几个精于此道？我说：不是这样。歌舞难于精工，但易于通晓，只要能听出声音的婉转，看出体态的轻盈，不一定懂得音律，就能领略其中的妙处，座中席上，主人客人，都是这样，所谓雅俗共赏，说的就是这个。琴弹起来容易，但要听懂很难，没有亲自学过的人不明白，只有善于弹奏的人才能欣赏。如果俞伯牙没有遇到钟子期，司马相如没有遇到卓文君，即使整天弹个不停也没用。我看当今世人习琴，会弹的人很多，能欣赏的人很少；聘请名师教授姬妾的很多，确实能以此行乐，无愧于卓文君、司马相如之名的很少。

务实不务名，这是我立论的本意。假如主人善于弹琴，就应当舍弃其他技艺，专攻琴艺。《诗经》里说“妻子好合，如鼓瑟琴”“窈窕淑女，琴瑟友之”。琴瑟不是别的东西，就是使感情如胶似漆的男子和女子合二为一，帮助他们联络感情，使他们长相厮守的媒介。花前月下，良辰美景，适值水阁生凉意，偶遇绣窗有闲暇，或夫君歌唱妻子相和，或女子抚琴男子欣赏，或夫妻二人双声齐发，声韵和谐，身临其境者俨然仙人自不必说，即便画成一幅夫妻合奏的图画，也足以令观看者销魂，令知音男女心生嫉妒了。

丝弦乐器除焦尾琴之外，适合女子学的还有琵琶、弦索、提琴三种。琵琶是极为美妙的乐器，可惜如今不太流行，善于弹奏的人很少，不过弦索的音色实际上足以代替琵琶。弦索的形制比琵琶瘦小，与女郎纤巧的身材搭配非常合适。近来教授乐器的人，在声音之道上，于音准上不出大问题的，首推弦索，其次是时曲，再次是戏曲。我一向认为戏场上没有好戏文，舞台上没有好曲子，这并非过激之论，只是因为初学演奏的人考虑到取舍得失，担心自己曲高和寡，只愿意弹奏《下里》《巴人》这样的粗俗曲目，不愿意弹奏《阳春》《白雪》这样的高雅曲目，所以弹到五七分就作罢了。提琴与弦索相比，形制更小，而声音更清脆，弹奏清曲是必不可少的。提琴的声音与年少美人的声音极其相似，容貌的青春柔媚，声音的婉转断续，没有一点不像。即使不奏清曲，只找两个懂音律的女子，一个吹洞箫，一个拉提琴，在秘不示人之处演奏悠扬的曲子，如果有人隔着鲜花垂柳听到，会觉得仿佛一位绝代佳人，不觉生出怜香惜玉之情。

丝弦乐器中最容易学的莫过于提琴，学起来事半功倍，而且悦耳动听，愉悦精神。我不能不感谢提琴的发明者，请人们为他焚香祝福。

管乐器中适合女子演奏的，只有洞箫一种。笛子可以偶尔吹吹，但不能常吹。至于笙、管两种乐器，只能在与其他乐器共同演奏时出于不得已而偶然摆弄一下，不是女子在绣房中演奏的。女子的演奏技艺与男子不同，男子重在声音，女子重在仪容。吹奏笙、管，声音好听，仪容难看，因为口中充气，两腮鼓胀，女子的花容月貌会因此而改变，所以不应该学。女子吹箫，不但不会改变容貌，而且能愈发增显娇媚。为什么呢？女子吹箫，手按风孔，玉指更显纤细；簇口作声，朱唇更显娇小。画美人的画家，常常作吹箫图，因为它易于展现美人之美。箫或笛，如果让两个女子一起吹奏，声音倍觉清丽，仪态更显优美，焚着香，品着茶欣赏，都可以使人产生超脱尘世之感。吹奏箫或笛的人，手臂上不能不戴镯子。镯子又不能太宽，太宽就会藏在袖子里，无法示人了。

歌　舞

《演习部》中已经谈到的，这里不再赘言。《演习部》只是泛泛谈论演员表演，这里则是单讲女子演戏。然而凡是教习音乐的人，不论男女，这两部分都要仔细阅读。

以前人们教女子唱歌跳舞，其实不是教唱歌跳舞，而是让她们练习声音和仪态。想要女子声音婉转动听，就必须教她学唱歌；女子学会了唱歌，随口发声，都会有燕语莺啼般的风致，不唱歌而歌声自在其中。想要女子体态轻盈，就必须教她学习跳舞；女子学会了跳舞，举手投足之间，都会带有柳枝飘舞、鲜花绽放般的仪态，不跳舞而舞蹈自在其中。

古人订立规矩，常常行事在此而用意在彼。比如善于做弓箭的人，他的儿子要先学做簸箕；善于冶炼的人，他的儿子要先学制裘衣。女子学习歌舞，就和善制弓和善冶炼的人学制作簸箕和裘衣一样。后人不明白这个道理，都把声音、仪态归为歌舞一类，这样一来，除了唱歌外，没有其他声音，征选仪态必须用舞蹈作验证，但凡女子，即使有赵飞燕般的轻盈，西施般的妩媚，除去歌舞之外就没有优长之处了。然而一日之中，女子唱歌跳舞的时间能有多少？假如声音和仪态仅仅是为歌舞而造设的，那么教女子修饰自己的声音和仪态，尚且可急可缓。然而假如人们知道歌舞原本是为修饰声音和仪态而造设的，那么对歌舞的讲究，就不可以敷衍塞责了。不精于歌舞的女子，在她亲热主人，行男女之欢的时候，缺乏娇美的声音和妩媚的仪态就可想而知了。

“弦乐不如管乐，管乐不如声乐。”这是声乐中的要义，讲的是音乐要逐渐趋于自然。我还认为男子的歌声，即使造诣达到极致，与弦乐和管乐也只在伯仲之间，仍然是声乐中的弦乐、声乐中的管乐。这是怎样知道的呢？只要看人们赞美男声的时候，不是说“他的歌声纤细如丝”，就是说“他的歌声清亮如竹”，就大致明白了。至于女子的声音，就是纯粹的人声了。俗话说：“词出佳人口。”我说：不一定是佳人，凡是善于歌唱的女子，无论容貌美丑，她的声音都与男子迥异。有的女子其貌不扬，却歌声动听；但没有哪个女子长相中看歌声却不中听的。只要用适当的方法教授引导，因材施教，不要拂逆她的天性就可以了。歌舞二字，不光针对登台演戏而言，然而登台演戏，是当今极其崇尚的，就让我先来谈谈大家都喜欢的东西吧。

第一是取材。取材是什么？就是戏曲演员所说的“配角色”。嗓音清越而气息绵长的，适合扮演正生、小生；嗓音婉转而气息充足的，适合扮演正旦、贴旦，稍微差一点的可以扮演老旦；嗓音清亮而略带质朴之气的，适合扮演外角和末角；嗓音悲壮而发声急促的，适合扮演大净。至于丑和副净，则不必考虑嗓音，只要选性情活泼、伶牙俐齿的就可以。然而扮演这种角色，看似容易，实际上很难。男演员中适合扮演正旦、贴旦的很少，女演员中适合扮演净角、丑角的很少。不善于配角色的人，总是选差一点的演员扮演这种角色，殊不知女子的体态，想要妖娆庄重不难，想要魁奇洒脱则很难，如果找到合适的人，即使她长得婀娜多姿，嗓音婉转悦耳，可以扮演生角、旦角，也要委屈她扮演净角、丑角。因为女演员扮演的净角、丑角与男演员不同，只是名义上叫花脸，并不真的涂脂抹粉，虽然在表演上也有诙谐戏谑的因素，但更多地要表现出名士之风。假如侍女的面容胜过小姐的面容，仆人的唱词胜过主人的唱词，那么观众和听众就会对她们倍加怜惜，一定不会因为她们地位卑微而鄙视她们的才华与容貌了。

第二是正音。正音是什么？就是考察优伶的出生地，纠正他们的乡音土语，使其与《中原音韵》中的标准音相一致。只有姑苏郡的口音，稍一转变就与昆腔相合。姑苏郡中，又只有长洲、吴县的口音最合适，其他的都略逊一筹，因为这些地方与其他郡接壤，所以带有其他郡的口音。比如距吴门不过几十里的梁溪境内的人，让他们学习歌唱，有些字的发音一辈子都改不过来，比如把“酒钟”唱作“酒宗”就是这样。

附近的地方尚且如此，更何况离得越远，差别就越大的呢。殊不知距离远的口音容易改，距离近的口音很难改；词语发音迥异的容易改，词语发音大同小异的很难改。譬如楚地之人去往粤地，越地之人来到吴地，两个地方的口音有天壤之别，或者这边招呼那边不答应，或者那边说话这边不言语，必然会大费精力，所以都改变乡音，以求同声相应才行。只因为自己觉得改变口音很困难，所以改起来反而觉得容易了。至于到附近的地方，对方说的方言，我也会说，不过是开口闭口稍有区别，改与不改，无关紧要，往往就像以前那样，马马虎虎对付一辈子。只因为自己觉得容易，所以改变起来反而很难。改正口音的要义在于，不论远近异同，总要把容易的看作困难的。选唱歌的女子，一定要选来自苏州一带的。然而美女不可能自己选择出生的地方，燕、赵、越、秦等地都出过美女，典籍中记载的很多很多。“惟楚有材，惟晋用之”。这是说晋人善于利用人才，不是说只有楚地才能出人才。

我游历全国，觉得各地的口音，凡是年龄在十六岁左右的人，没有什么改不掉的。唯独福建、江西两省和徽州、杭州两郡的口音，比其他地方稍微难改一点。改正口音是有方法的，要在一韵之中选择所有发音与这一韵不同而与另一韵相同的字，从中挑出一两个关键的，用全部精力来纠正。把这一两个字纠正了，就会势如破竹，凡是这一韵中发音与另一韵相同的字，都会不加纠正就自然而然地转变过来。让我举一两个例子来说明。九州之内，口音最重、舌根最硬的地方，莫过于秦、晋二地。殊不知秦、晋二地的口音，都有一些固定不变的规律。秦地方言里没有“东钟”韵，晋地方言里没有“真文”韵；秦地方言把“东钟”

读作“真文”，晋地方言把“真文”读作“东钟”。这是我亲自深入这两个地方，与当地人长期相处，仔细体会而发现的。

秦人把“中庸”的“中”读作“肫”，把“通达”的“通”读作“吞”，把“东南西北”的“东”读作“敦”，把“青红紫绿”的“红”读作“魂”，凡是属于“东钟”一韵的字都是这样，没有一个与本韵相合，没有一个不与“真文”韵相关。这难道不是秦地方言里没有“东钟”韵，而把“东钟”韵的字都读作“真文”韵的确凿证据吗？如果我能从这一韵中选一两个字，日夜训练，改变发音，那么一个字的发音改变了，所有字的发音就都能改变。晋地方言比秦地方言稍微复杂一些，不是处处相同，然而凡是“真文”韵的字，读起来都像“东钟”韵一样，比如把“子孙”的“孙”读作“松”，把“昆腔”的“昆”读作“空”之类就是这样。即使有不完全如此的，也十分相似。纠正的方法和前面说的一样，不用下很大力气就能改正很多。这样就使没有“东钟”韵的口音有了“东钟”韵，没有“真文”韵的口音有了“真文”韵，各自回归本位。秦、晋二地尚且如此，何况其他地方呢？

大概北方的口音平声多而入声少，阴声多而阳声少。吴地口音之所以便于学习唱戏，只是因为在阴阳平仄上没有太多错误。然而很多学唱戏的人，哪怕与戏曲打了一辈子交道，却不知道阴阳平仄是什么东西，就像书虫整天把自己埋在书中却不曾识字一样。我认为教人学唱戏，应当从学习阴阳平仄开始。熟悉了阴阳平仄，再学习戏曲，可以省去大半的工夫。纠正读音的方法，不仅仅是为学歌创设的，凡是不甘心一辈子生活在自己出生地的人，都应该通过这种方法改变自己的口音。至于身居高位，肩负着领导官员管理百姓责任的人，更应当涤除口音，讲究声韵，务必使自己开口说的话，人人都能听懂。常常有高官说话而小吏听不懂，百姓鸣冤而官员听不懂，导致刑罚失误，劝惩颠倒的事情发生。乡音土语真是误人不浅啊！

正音改字，切忌贪多。聪明人每天不过十几个字，资质鲁钝的，依次减少。每纠正一个字，务必让他在日常讲话中全都改正，而不是只在读曲念白的时候才注意。假如只在曲中改正，而在其他地方任其自然，那他就会只在眼下依从，不久又成了老样子。正音的初衷是借词曲以改变声音，而不是借声音来学好词曲。

第三是仪态。仪态是天生的，与后天的学习无关，这在前面谈声容的时候已经讲得很详细了。这里又谈训练仪态，不是自相矛盾吗？我说：不是这样。前面说的是闺中的仪态，这里讲的是舞台上的仪态。闺中的仪态，完全是自然流露出来的。舞台上的仪态，是勉强造作出来的，虽然是勉强造作，却又仿佛出于自然，这是演习戏曲不可缺少的功夫。生角有生角的仪态，旦角有旦角的仪态，外角、末角有外角、末角的仪态，净角、丑角有净角、丑角的仪态，这是人人都明白的道理，男演员演戏，道理与此相同，可以暂且不谈，只谈女演员的仪态。男演员扮演旦角，必然要忸怩作态，不这样就不足以模仿女子；女演员扮演旦角，妙在自然，切不可忸怩作态，一旦忸怩作态，就和男演员一样了。

有人说女子扮演女子，哪里有忸怩作态的道理？这都是不必要的话。殊不知女子在舞台上表演，一定要表现出一种矜持的仪态，自己看来是矜持，他人看来就是忸怩作态了。所以一定要让女子在演戏的时候，只当自己是在家里，不能总觉得自己是在舞台上，这样才能避免矜持造作的毛病。这是讲旦角的仪态。然而女演员仪态的难点，不在于旦角，而在于生角，不在于生角，而在于外角、末角、净角、丑角；不在于外角、末角、净角、丑角的坐卧欢娱，而在于外角、末角、净角、丑角的行走哭泣。这都是因为女演员脚小，步子不能迈得太大；女演员容貌美丽，不愿扮出憔悴的样子。然而扮演龙就要像龙，扮演虎就要像虎，扮演外、末、净、丑这些角色，却使人笑她们扮得不像，这是追求荣耀而反得耻辱，反而不如设身处地，把角色演得惟妙惟肖，令人赞美为好。至于美貌女子扮演生角，比扮演女性角色更显风姿绰约。像潘安、卫玠这样的美男子，人们不能再见他们在世时的容貌，可以权且借女演员模仿他们的形象。女演员扮演的这些形象，不用说在舞台上摇曳生姿，在音乐中耀眼夺目，即使偶然间在花前月下与她们聊天对弈，焚香品茶，虽然是歌舞的余绪，实际上也是身处温柔之乡，别有一番情趣。

卷一　词曲部上

结构第一

填词一道，文人之末技也。然能抑而为此，犹觉愈于驰马试剑，纵酒呼卢[①]。孔子有言："不有博弈者乎？为之犹贤乎已。"博弈虽戏具，犹贤于"饱食终日，无所用心"；填词虽小道，不又贤于博弈乎？吾谓技无大小，贵在能精；才乏纤洪，利于善用；能精善用，虽寸长尺短亦可成名。否则才夸八斗，胸号五车[②]，为文仅称点鬼之谈[③]，著书惟供覆瓿之用[④]，虽多亦奚以为？填词一道，非特文人

---

① 呼卢：一种古代赌博游戏，类似于掷骰子。骰子为木质，一面涂黑，画犊，一面白，画雉，共五枚，五枚全黑叫作"卢"，是头彩。投掷时，人们希望得"卢"，故连声呼"卢"。后世遂以"呼卢"指代赌博。

② 才夸八斗，胸号五车：形容才华出众，学识广博。

③ 点鬼之谈：指文章中频繁出现古人姓名。

④ 覆瓿（bù）之用：形容书籍没有价值，只能用来盖酱醋罐子。瓿，古代盛酱醋之类的小瓮。

工[①]此者足以成名，即前代帝王，亦有以本朝词曲擅长，遂能不泯[②]其国事者。请历言之：高则诚、王实甫诸人[③]，元之名士也，舍填词一无表见；使两人不撰《琵琶》《西厢》，则沿至今日，谁复知其姓字？是则诚、实甫之传，《琵琶》《西厢》传之也。汤若士[④]，明之才人也，诗、文、尺牍[⑤]，尽有可观，而其脍炙人口者，不在尺牍、诗、文，而在《还魂》[⑥]一剧。使若士不草[⑦]《还魂》，则当日之若士，已虽有而若无，况后代乎？是若士之传，《还魂》传之也。此人以填词而得名者也。

历朝文字之盛，其名各有所归，“汉史”“唐诗”“宋文”“元曲”，此世人口头语也。《汉书》《史记》[⑧]，千古不磨，尚矣。唐则诗人济济，宋有文士跄跄[⑨]，宜其鼎足文坛，为三代后之三代也。元有天下，非特政刑礼乐一无可宗，即语言文学之末，图书翰墨之微，亦少概见。使非崇

---

① 非特：不仅，不只。工：擅长。

② 泯：尽，灭。

③ 高则诚：高明，字则诚，元末明初戏曲家，代表作有南戏《琵琶记》。王实甫：名德信，元代戏曲作家，代表作有杂剧《西厢记》。

④ 汤若士：汤显祖，字义仍，号若士，江西临川人，明代戏曲作家，代表作有《牡丹亭》《紫钗记》《邯郸记》《南柯记》，合称“临川四梦”。

⑤ 尺牍（dú）：书札，信件。

⑥《还魂》：明代汤显祖创作的《牡丹亭》，一称《还魂记》。

⑦ 草：起草。这里指创作。

⑧《汉书》：东汉班固撰，记录西汉时期的历史，为我国第一部纪传体断代史。《史记》：西汉司马迁撰，记录黄帝至汉武帝时期的历史，为我国第一部纪传体通史。

⑨ 跄跄：此处形容人才众多。

尚词曲，得《琵琶》《西厢》以及《元人百种》[1] 诸书传于后代，则当日之元，亦与五代、金、辽同其泯灭，焉能附三朝骥尾[2]，而挂学士文人之齿颊哉？此帝王国事以填词而得名者也。由是观之，填词非末技，乃与史传诗文同源而异派者也。近日雅慕此道，刻欲追踪元人、配飨若士者尽多，而究竟作者寥寥，未闻绝唱。其故维何？止因词曲一道，但有前书堪读，并无成法可宗。暗室无灯，有眼皆同瞽[3]目，无怪乎觅途不得，问津无人，半途而废者居多，差毫厘而谬千里者，亦复不少也。

尝怪天地之间有一种文字，即有一种文字之法脉准绳载之于书者，不异耳提面命。独于填词制曲之事，非但略而未详，亦且置之不道。揣摩其故，殆有三焉：一则为此理甚难，非可言传，止堪意会；想入云霄之际，作者神魂飞越，如在梦中，不至终篇，不能返魂收魄；谈真则易，说梦为难，非不欲传，不能传也。若是，则诚异诚难，诚为不可道矣。吾谓此等至理，皆言最上一乘，非填词之学节节皆如是也，岂可为精者难言，而粗者亦置弗道乎？

一则为填词之理变幻不常，言当如是，又有不当如是者。如填生旦之词贵于庄雅，制净丑之曲务带诙谐，此理

---

① 《元人百种》：明代臧懋循编纂的《元曲选》收录杂剧百种，称为《元人百种》。

② 附三朝骥尾：本自“附骥尾”，苍蝇附在千里马的尾巴上，比喻仰仗他人而成名。

③ 瞽（gǔ）：瞎。

之常也；乃忽遇风流放佚之生旦，反觉庄雅为非；作迂腐不情之净丑，转以诙谐为忌。诸如此类者，悉难胶柱[①]。恐以一定之陈言，误泥古拘方之作者，是以宁为阙疑，不生蛇足。若是，则此种变幻之理，不独词曲为然，帖括[②]诗文皆若是也。岂有执死法为文，而能见赏于人、相传于后者乎？

一则为从来名士以诗赋见重者十之九，以词曲相传者犹不及什一，盖千百人一见者也。凡有能此者，悉皆剖腹藏珠，务求自秘，谓此法无人授我，我岂独肯传人。使家家制曲，户户填词，则无论《白雪》盈车，《阳春》遍世，[③] 淘金选玉者未必不使后来居上，而觉糠秕[④]在前；且使周郎渐出，顾曲者多，[⑤] 攻出瑕疵，令前人无可藏拙，是自为后羿而教出无数逢蒙[⑥]，环执干戈而害我也，不如仍仿前人，缄口[⑦]不提之为是。

吾揣摩不传之故，虽三者并列，窃恐此意居多。以我论之：文章者，天下之公器，非我之所能私；是非者，千

---

① 胶柱："胶柱鼓瑟"之省语，比喻拘泥于成规，不知灵活变通。

② 帖括：科举应试的文章。

③《白雪》《阳春》：是战国时期楚国的高雅音乐，后世用以比喻高雅且艰深的文学艺术作品。

④ 糠秕：指琐碎的事情或没有价值的东西。

⑤ 周郎：周瑜，三国时期吴国军事将领，精通音律。顾曲：鉴赏音乐或戏曲。

⑥ 后羿：传说中夏代东夷族首领，善于射箭。逢蒙：后羿的弟子，曾向后羿学习射箭，据说为成为天下第一射手而射杀了后羿。

⑦ 缄（jiān）口：闭口不言。

古之定评，岂人之所能倒？不若出我所有，公之于人，收天下后世之名贤悉为同调，胜我者我师之，仍不失为起予之高足[①]；类我者我友之，亦不愧为攻玉之他山[②]。持此为心，遂不觉以生平底里，和盘托出，并前人已传之书，亦为取长弃短，别出瑕瑜，使人知所从违，而不为诵读所误。知我、罪我、怜我、杀我，悉听世人，不复能顾其后矣。但恐我所言者，自以为是而未必果是；人所趋者，我以为非而未必尽非。但矢一字之公，可谢千秋之罚。噫，元人可作，当必贳[③]予。

填词首重音律，而予独先结构者，以音律有书可考，其理彰明较著。自《中原音韵》[④] 一出，则阴阳平仄画有塍区[⑤]，如舟行水中，车推岸上，稍知率由者，虽欲故犯而不能矣。《啸余》《九宫》[⑥] 二谱一出，则葫芦有样，粉本[⑦]昭然。前人呼制曲为填词，填者，布也，犹棋枰之中画有定格，见一格，布一子，止有黑白之分，从无出入之弊。彼用韵而我叶[⑧]之，彼不用韵而我纵横流荡之。至于引商刻

---

① 起予之高足：起予，给我启发。高足，得意门生。

② 攻玉之他山：比喻能够指出自己的缺点，给予自己帮助的人。

③ 贳（shì）：原谅，宽恕。

④《中原音韵》：元代周德清撰写的讨论北曲曲韵和北曲音乐的著作。

⑤ 画有塍（chéng）区：划分出明确的界限。

⑥《啸余》：明代程明善编著的音律丛书《啸余谱》。《九宫》：明代沈璟编著的南曲格律谱《南九宫十三调曲谱》。

⑦ 粉本：古代绘画施粉上样的稿本。

⑧ 叶（xié）：和洽。这里指叶韵，押韵。

羽，戛玉敲金[①]，虽曰神而明之，匪可言喻，亦由勉强而臻自然，盖遵守成法之化境也。至于结构二字，则在引商刻羽之先，拈韵抽毫之始。如造物之赋形，当其精血初凝，胞胎未就，先为制定全形，使点血而具五官百骸之势。倘先无成局，而由顶及踵，逐段滋生，则人之一身，当有无数断续之痕，而血气为之中阻矣。

工师之建宅亦然。基址初平，间架未立，先筹何处建厅，何方开户，栋需何木，梁用何材，必俟成局了然，始可挥斤[②]运斧。倘造成一架而后再筹一架，则便于前者，不便于后，势必改而就之，未成先毁，犹之筑舍道旁[③]，兼数宅之匠资，不足供一厅一堂之用矣。故作传奇[④]者，不宜卒急拈毫，袖手于前，始能疾书于后。有奇事，方有奇文，未有命题不佳，而能出其锦心、扬为绣口者也。尝读时髦所撰，惜其惨淡经营，用心良苦，而不得被管弦、副优孟[⑤]者，非审音协律之难，而结构全部规模之未善也。

词采似属可缓，而亦置音律之前者，以有才技之分也。

---

① 引商刻羽，戛玉敲金：声律和谐，音质美妙，形容高水平的音乐演奏。商、羽，古代五声音阶中的音阶名。玉、金，古代的石属乐器和金属乐器。

② 斤：锛子，削平木料的工具。

③ 筑舍道旁：在路旁盖房子，同路人讨论事情。比喻人多口杂，办不成事。一作“筑舍道傍”。

④ 传奇：这里指明清时期的戏曲，在宋元南戏的基础上发展而来，代表作品有明代汤显祖的《牡丹亭》等。

⑤ 优孟：春秋时代楚国伶人，名孟。这里指演员。

文词稍胜者，即号才人，音律极精者，终为艺士。师旷①止能审乐，不能作乐；龟年②但能度词，不能制词；使与作乐制词者同堂，吾知必居末席矣。事有极细而亦不可不严者，此类是也。

戒讽刺

武人之刀，文士之笔，皆杀人之具也。刀能杀人，人尽知之；笔能杀人，人则未尽知也。然笔能杀人，犹有或知之者；至笔之杀人较刀之杀人，其快其凶更加百倍，则未有能知之而明言以戒世者。予请深言其故。何以知之？知之于刑人之际。杀之与剐③，同是一死，而轻重别焉者。以杀止一刀，为时不久，头落而事毕矣；剐必数十百刀，为时必经数刻，死而不死，痛而复痛，求为头落事毕而不可得者，只在久与暂之分耳。然则笔之杀人，其为痛也，岂止数刻而已哉？

窃怪传奇一书，昔人以代木铎④，因愚夫愚妇识字知书者少，劝使为善，诫使勿恶，其道无由，故设此种文词，借优人⑤说法，与大众齐听。谓善者如此收场，不善者如此

---

① 师旷：字子野，目盲，但善辨音乐，春秋时期晋国乐师。

② 龟年：李龟年，唐玄宗时期宫廷乐师。

③ 剐（guǎ）：即“凌迟”，古代一种残酷的死刑，把人的身体切割成许多块。

④ 木铎（duó）：以木为舌的铜铃，古代施政教召集百姓所用。后世用以指代宣扬教化之人。

⑤ 优人：古代以乐舞、戏谑为业的艺人。

结果，使人知所趋避，是药人寿世之方，救苦弭[①]灾之具也。后世刻薄之流，以此意倒行逆施[②]，借此文报仇泄怨。心之所喜者，处以生旦之位；意之所怒者，变以净丑之形，且举千百年未闻之丑行，幻设而加于一人之身，使梨园[③]习而传之，几为定案，虽有孝子慈孙，不能改也。噫，岂千古文章，止为杀人而设？一生诵读，徒备行凶造孽之需乎？苍颉[④]造字而鬼夜哭，造物之心，未必非逆料至此也。凡作传奇者，先要涤去此种肺肠，务存忠厚之心，勿为残毒之事。以之报恩则可，以之报怨则不可；以之劝善惩恶则可，以之欺善作恶则不可。

人谓《琵琶》一书，为讥王四[⑤]而设。因其不孝于亲，故加以入赘豪门，致亲饿死之事。何以知之？因“琵琶”二字，有四“王”字冒于其上，则其寓意可知也。噫，此非君子之言，齐东野人之语[⑥]也。凡作传世之文者，必先有可以传世之心，而后鬼神效灵，予以生花之笔[⑦]，撰为倒峡之词[⑧]，使人人赞美，百世流芬。传非文字之传，一念之正气使传也。

---

① 弭（mǐ）：平息，消除。

② 倒行逆施：做事违反常理，多指违背正义和时代潮流。

③ 梨园：古代对戏曲演出团体的称呼。

④ 苍颉：即仓颉，相传为黄帝的史官，汉字的创造者。

⑤ 王四：相传为《琵琶记》作者高明的朋友，做官后抛弃了自己的原配夫人。

⑥ 齐东野人之语：指道听途说、不足为凭的话。

⑦ 生花之笔：文笔精妙，灵活生动，有写作才华。

⑧ 倒峡之词：比喻文章气势磅礴。

《五经》《四书》《左》《国》《史》《汉》诸书[①]，与大地山河同其不朽，试问当年作者有一不肖之人、轻薄之子厕[②]于其间乎？但观《琵琶》得传至今，则高则诚之为人，必有善行可予，是以天寿其名，使不与身俱没，岂残忍刻薄之徒哉？即使当日与王四有隙[③]，故以不孝加之，然则彼与蔡邕[④]未必有隙，何以有隙之人，止暗寓其姓，不明叱其名，而以未必有隙之人，反蒙李代桃僵[⑤]之实乎？此显而易见之事，从无一人辩之。创为是说者，其不学无术可知矣。予向梓[⑥]传奇，尝埒[⑦]誓词于首，其略云：加生旦以美名，原非市恩于有托；抹净丑以花面，亦属调笑于无心；凡以点缀词场，使不岑寂而已。但虑七情之内，无境不生，六合之中，何所不有。幻设一事，即有一事之偶同；乔[⑧]命一名，即有一名之巧合。焉知不以无基之楼阁，认为有样之葫芦？是用沥血鸣神，剖心告世，倘有一毫所指，甘为三

① 《五经》：《诗经》《尚书》《礼记》《周易》《春秋》五部儒家典籍。《四书》：《大学》《中庸》《论语》《孟子》四部儒家典籍。《左》：《左传》，相传为春秋末年鲁国左丘明撰写的，为《春秋》做注解的一部史书，是我国第一部叙述详实的编年体史书。《国》：《国语》，我国最早的一部国别体史书，作者相传为左丘明。《史》：《史记》。《汉》：《汉书》。

② 厕：参与，混杂其中。

③ 有隙：有嫌怨。

④ 蔡邕（yōng）：字伯喈，东汉末年文学家、书法家，南戏《琵琶记》的男主角假托其名。

⑤ 李代桃僵：比喻互相顶替或代人受过。

⑥ 梓：把木头雕刻成印刷用的木板，这里指刊印书籍。

⑦ 埒（liè）：界限。这里可理解为题写、刊刻。

⑧ 乔：做假，假装。

世之暗，即漏显诛，难逋[①]阴罚。此种血忱，业已沁入梨枣[②]，印政寰[③]中久矣。而好事之家，犹有不尽相谅者，每观一剧，必问所指何人。噫，如其尽有所指，则誓词之设，已经二十余年，上帝有赫，实式临之[④]，胡不降之以罚？

兹以身后之事，且置勿论，论其现在者：年将六十，即旦夕就木，不为夭矣。向忧伯道之忧[⑤]，今且五其男，二其女，孕而未诞、诞而待孕者，尚不一其人，虽尽属景升豚犬[⑥]，然得此以慰桑榆[⑦]，不忧穷民[⑧]之无告矣。年虽迈而筋力未衰，涉水登山，少年场往往追予弗及；貌虽癯而精血未耗，寻花觅柳，儿女事犹然自觉情长。所患在贫，贫也，非病也；所少在贵，贵岂人人可幸致乎？是造物之悯予，亦云至矣。非悯其才，非悯其德，悯其方寸[⑨]之无他也。生平所著之书，虽无裨于人心世道，若止论等身，几与曹交食粟之躯等其高下[⑩]。使其间稍伏机心，略藏匕首，造物且诛之夺之不暇，肯容自作孽者老而不死，犹得佯狂

---

① 逋：逃亡，逃逸。

② 梨枣：古代印书的木刻板，多用梨木或枣木制成，所以称雕版为梨枣。

③ 寰：广大的地域。

④ 上帝有赫，实式临之：上苍有眼，每时每刻都在监督着。赫，显耀，显赫。

⑤ 伯道之忧：指无子之戚，绝嗣之悲。

⑥ 景升豚犬：指没出息的儿子，多为对自己子女的谦称。

⑦ 桑榆：夕阳的余晖照在桑榆树梢上，比喻晚年时光。

⑧ 穷民：泛指贫苦百姓。

⑨ 方寸：比喻心，心绪。

⑩ 几与曹交食粟之躯等其高下：著作叠起来堪比曹交的身高，极言著作之多。曹交，战国时曹人，身材高大。

自肆于笔墨之林哉？

吾于发端之始，即以讽刺戒人，且若嚣嚣自鸣得意者，非敢故作夜郎[1]，窃恐词人不究立言初意，谬信“琵琶王四”之说，因谬成真。谁无恩怨？谁乏牢骚？悉以填词泄愤，是此一书者，非阐明词学之书，乃教人行险播恶之书也。上帝讨无礼，予其首诛乎？现身说法，盖为此耳。

立主脑

古人作文一篇，定有一篇之主脑[2]。主脑非他，即作者立言之本意也。传奇亦然。一本戏中，有无数人名，究竟俱属陪宾[3]，原[4]其初心，止为一人而设。即此一人之身，自始至终，离合悲欢，中具无限情由、无穷关目[5]，究竟俱属衍文[6]。原其初心，又止为一事而设。此一人一事，即作传奇之主脑也。然必此一人一事果然奇特，实在可传而后传之，则不愧传奇之目，而其人其事与作者姓名皆千古矣。

如一部《琵琶》，止为蔡伯喈一人。而蔡伯喈一人，又止为“重婚牛府”一事。其余枝节，皆从此一事而生：

---

① 夜郎：战国至汉代西南地区的小国，后世以“夜郎自大”形容人浅薄无知，盲目自大。

② 主脑：主旨，主题。

③ 陪宾：配角，陪衬人物。

④ 原：探索，究其根本。

⑤ 关目：情节。

⑥ 衍文：本指文献中多余的文字，这里指剧本中无关紧要的文字。

二亲之遭凶，五娘之尽孝，拐儿之骗财匿书，张大公之疏财仗义，皆由于此。是“重婚牛府”四字，即作《琵琶记》之主脑也。一部《西厢》，止为张君瑞一人。而张君瑞一人，又止为“白马解围”一事，其余枝节，皆从此一事而生：夫人之许婚，张生之望配，红娘之勇于作合，莺莺之敢于失身，与郑恒之力争原配而不得，皆由于此。是“白马解围”四字，即作《西厢记》之主脑也。余剧皆然，不能悉[①]指。

后人作传奇，但知为一人而作，不知为一事而作，尽此一人所行之事，逐节铺陈，有如散金碎玉，以作零出则可，谓之全本，则为断线之珠，无梁之屋。作者茫然无绪，观者寂然无声，无怪乎有识梨园，望之而却走也。此语未经提破，故犯者孔[②]多，而今而后，吾知鲜矣。

脱窠臼[③]

“人惟求旧，物惟求新。”[④] 新也者，天下事物之美称也。而文章一道，较之他物，尤加倍焉。戛戛[⑤]乎陈言务去，求新之谓也。至于填词一道，较之诗赋古文，又加倍

---

① 悉：全部。

② 孔：很，非常。

③ 窠臼（kē jiù）：陈旧的、一成不变的规格模式。

④ 人惟求旧，物惟求新：语见《尚书·盘庚上》：“人惟求旧，器非求旧，惟新。”

⑤ 戛戛（jiá）：困难，费力的样子。

焉。非特前人所作，于今为旧；即出我一人之手，今之视昨，亦有间焉。昨已见而今未见也，知未见之为新，即知已见之为旧矣。古人呼剧本为“传奇”者，因其事甚奇特，未经人见而传之，是以得名，可见非奇不传。“新”即“奇”之别名也。若此等情节业已见之戏场，则千人共见，万人共见，绝无奇矣，焉用传之？是以填词之家，务解“传奇”二字。欲为此剧，先问古今院本[1]中，曾有此等情节与否，如其未有，则急急传之，否则枉费辛勤，徒作效颦[2]之妇。东施之貌未必丑于西施，止为效颦于人，遂蒙千古之诮。使当日逆料至此，即劝之捧心，知不屑矣。

吾谓填词之难，莫难于洗涤窠臼，而填词之陋，亦莫陋于盗袭窠臼。吾观近日之新剧，非新剧也，皆老僧碎补之衲衣[3]，医士合成之汤药。取众剧之所有，彼割一段，此割一段，合而成之，即是一种“传奇”。但有耳所未闻之姓名，从无目不经见之事实。语云“千金之裘，非一狐之腋”，以此赞时人新剧，可谓定评。但不知前人所作，又从何处集来？岂《西厢》以前，别有跳墙之张珙？《琵琶》以上，另有剪发之赵五娘乎？若是，则何以原本不传，而

① 院本：金代戏剧的代表样式，体制与宋杂剧相同，是北方宋杂剧向元杂剧过渡的形式。作品大都失传，元末明初陶宗仪所著《辍耕录》载有院本名目七百余种。

② 效颦（pín）：春秋时越国美女西施因患心病而捧心皱眉，丑女东施看见觉得十分美丽，便模仿西施，结果却更显其丑。后比喻不衡量本身的条件，而盲目地模仿他人，结果适得其反。颦，皱眉。

③ 衲衣：僧衣，常用许多碎布补缀而成。

传其抄本也？窠臼不脱，难语填词，凡我同心，急宜参酌。

密针线

编戏有如缝衣，其初则以完全者剪碎，其后又以剪碎者凑成。剪碎易，凑成难。凑成之工，全在针线紧密。一节偶疏，全篇之破绽出矣。每编一折，必须前顾数折，后顾数折。顾前者，欲其照映；顾后者，便于埋伏。照映埋伏，不止照映一人，埋伏一事，凡是此剧中有名之人，关涉之事，与前此后此所说之话，节节俱要想到。宁使想到而不用，勿使有用而忽之。吾观今日之传奇，事事皆逊元人，独于埋伏照映处，胜彼一筹。非今人之太工，以元人所长全不在此也。

若以针线论，元曲之最疏者，莫过于《琵琶》，无论大关节目，背谬甚多，如子中状元三载，而家人不知；身赘相府，享尽荣华，不能自遣一仆，而附家报于路人；赵五娘千里寻夫，只身无伴，未审果能全节与否，其谁证之？诸如此类，皆背理妨伦之甚者。再取小节论之。如五娘之剪发，乃作者自为之，当日必无其事。以有疏财仗义之张大公在，受人之托，必能终人之事，未有坐视不顾，而致其剪发者也。然不剪发不足以见五娘之孝。以我作《琵琶》，《剪发》一折亦必不能少，但须回护张大公，使之自留地步。

吾读《剪发》之曲，并无一字照管大公，且若有心讥刺者。据五娘云“前日婆婆没了，亏大公周济。如今公公又死，无钱资送，不好再去求他，只得剪发”云云。若是，则剪发一事，乃自愿为之，非时势迫之使然也。

奈何曲中云：“非奴苦要孝名传，只为上山擒虎易，开口告人难。”此二语虽属恒言，人人可道，独不宜出五娘之口。彼自不肯告人，何以言其难也？观此二语，不似怼[①]怨大公之词乎？然此犹属背后私言，或可免于照顾。迨[②]其哭倒在地，大公见之，许送钱米相资，以备衣衾棺椁[③]，则感之颂之，当有不啻口出者矣。奈何曲中又云：“只恐奴身死也，兀自[④]没人埋，谁还你恩债？”试问：公死而埋者何人？姑死而埋者何人？对埋殓公姑之人而自言暴露，将置大公于何地乎？且大公之相资，尚义也，非图利也，“谁还恩债”一语，不几抹倒大公，将一片热肠付之冷水乎？

此等词曲，幸而出自元人；若出我辈，则群口讪[⑤]之，不识置身何地矣。予非敢于仇古，既为词曲立言，必使人知取法。若扭于世俗之见，谓事事当法元人，吾恐未得其瑜，先有其瑕。人或非之，即举元人借口，乌知圣人千虑，必有一失；圣人之事，犹有不可尽法者，况其他乎？《琵琶》之可法者原多，请举所长以盖短：如《中秋赏月》一

---

① 怼：怨恨。
② 迨（dài）：等到，达到。
③ 椁：套在棺材外面的大棺材。
④ 兀自：还是，尚自。
⑤ 讪：讥笑。

折，同一月也，出于牛氏之口者，言言欢悦；出于伯喈之口者，字字凄凉。一座两情，两情一事，此其针线之最密者。瑕不掩瑜，何妨并举其略。然传奇一事也，其中义理分为三项：曲[①]也，白[②]也，穿插联络之关目[③]也。元人所长者，止居其一，曲是也；白与关目皆其所短。吾于元人，但守其词中绳墨而已矣。

减头绪

头绪繁多，传奇之大病[④]也。《荆》《刘》《拜》《杀》[⑤]之得传于后，止为一线到底，并无旁见侧出之情。三尺童子观演此剧，皆能了了[⑥]于心，便便[⑦]于口，以其始终无二事，贯串只一人也。后来作者，不讲根源，单筹枝节，谓多一人可增一人之事。事多则关目亦多，令观场者如入山阴[⑧]道中，人人应接不暇。殊不知戏场脚色，止此数人；便换千百个姓名，也只此数人装扮，止在上场之勤不勤，不在姓名之换不换。与其忽张忽李，令人莫识从来，何如只

---

① 曲：传统戏曲中的演唱部分。

② 白：传统戏曲中的说白。

③ 关目：情节。

④ 病：毛病，缺点。

⑤《荆》《刘》《拜》《杀》：指四部著名的南戏作品《荆钗记》《刘知远白兔记》《拜月亭记》《杀狗记》，后人称为“四大南戏”。

⑥ 了：明白。

⑦ 便便：言语流畅的样子。

⑧ 阴：山的北面，水的南面。

扮数人，使之频上频下，易其事而不易其人，使观者各畅怀来，如逢故物之为愈[①]乎？作传奇者，能以“头绪忌繁”四字刻刻关心，则思路不分，文情专一。其为词也，如孤桐劲竹，直上无枝，虽难保其必传，然已有《荆》《刘》《拜》《杀》之势矣。

戒荒唐[②]

昔人云：“画鬼魅易，画狗马难。”以鬼魅无形，画之不似，难于稽[③]考；狗马为人所习见，一笔稍乖，是人得以指摘。可见事涉荒唐，即文人藏拙之具也。而近日传奇，独工于为此。噫，活人见鬼，其兆不祥，矧[④]有吉事之家，动出魑魅魍魉[⑤]为寿乎？移风易俗，当自此始。吾谓剧本非他，即三代以后之《韶》《濩》[⑥] 也。殷俗尚鬼，犹不闻以怪诞不经之事被诸声乐，奏于庙堂，矧辟谬崇真之盛世乎？

王道本乎人情，凡作传奇，只当求于耳目之前，不当索诸闻见之外。无论词曲，古今文字皆然。凡说人情物理者[⑦]，千古相传；凡涉荒唐怪异者，当日即朽。《五经》

---

① 愈：更好。

② 荒唐：这里指夸大不实，荒谬无理。

③ 稽：考核，计数。

④ 矧（shěn）：况且，何况。

⑤ 魑魅魍魉（chī mèi wǎng liǎng）：传说中的鬼怪，后亦用以比喻各种各样的坏人。

⑥《韶》《濩》：传说中虞舜和商汤时的乐舞。

⑦ 物理：事物的内在规律或道理。

《四书》《左》《国》《史》《汉》，以及唐宋诸大家，何一不说人情？何一不关物理？及今家传户颂，有怪其平易而废之者乎？《齐谐》[①]，志怪之书也，当日仅存其名，后世未见其实。此非平易可久、怪诞不传之明验欤？人谓家常日用之事，已被前人做尽，穷微极隐，纤芥无遗，非好奇也，求为平而不可得也。予曰：不然。世间奇事无多，常事为多，物理易尽，人情难尽。有一日之君臣父子，即有一日之忠孝节义。性之所发，愈出愈奇，尽有前人未作之事，留之以待后人，后人猛发之心，较之胜于先辈者。

即就妇人女子言之，女德莫过于贞，妇愆[②]无甚于妒。古来贞女守节之事，自剪发、断臂、刺面、毁身，以至刎颈而止矣。近日矢[③]贞之妇，竟有刲[④]肠剖腹，自涂肝脑于贵人之庭以鸣不屈者；又有不持利器，谈笑而终其身，若老衲高僧之坐化[⑤]者。岂非五伦[⑥]以内，自有变化不穷之事乎？古来妒妇制夫之条，自罚跪、戒眠、捧灯、戴水，以至扑臀而止矣。近日妒悍之流，竟有锁门绝食，迁怒于人，使族党避祸难前，坐视其死而莫之救者；又有鞭扑不加，

---

① 《齐谐》：古代记载奇闻逸事的志怪书籍。

② 愆（qiān）：罪过，过失。

③ 矢：发誓。

④ 刲（kuī）：割取。

⑤ 坐化：僧人盘膝坐着安然死去。

⑥ 五伦：古代君臣、父子、兄弟、夫妻、朋友之间的五种伦理体系。

囹圄[①]不设，宽仁大度，若有刑措[②]之风，而其夫摄于不怒之威，自遣其妾而归化者。岂非闺阃[③]以内，便有日异月新之事乎？此类繁多，不能枚举。

此言前人未见之事，后人见之，可备填词制曲之用者也。即前人已见之事，尽有摹写未尽之情，描画不全之态。若能设身处地，伐隐攻微，彼泉下之人，自能效灵于我，授以生花之笔，假以蕴绣之肠，制为杂剧，使人但赏极新极艳之词，而竟忘其为极腐极陈之事者。此为最上一乘，予有志焉，而未之逮也。

审虚实

传奇所用之事，或古或今，有虚有实，随人拈取。古者，书籍所载，古人现成之事也；今者，耳目传闻，当时仅见之事也；实者，就事敷陈，不假造作，有根有据之谓也；虚者，空中楼阁，随意构成，无影无形之谓也。人谓古事多实，近事多虚。予曰：不然。

传奇无实，大半皆寓言耳。欲劝人为孝，则举一孝子出名，但有一行可纪，则不必尽有其事，凡属孝亲所应有者，悉取而加之。亦犹纣之不善，不如是之甚也，一居下流，天下之恶皆归焉。其余表忠表节，与种种劝人为善之

① 囹圄（líng yǔ）：监狱。

② 措（cuò）：弃置。

③ 闺阃（kǔn）：女子所居住的内室。

剧，率同于此。若谓古事皆实，则《西厢》《琵琶》，推为曲中之祖，莺莺果嫁君瑞乎？蔡邕之饿莩[①]其亲，五娘之干蛊[②]其夫，见于何书，果有实据乎？孟子云："尽信书不如无书。"盖指《武成》而言也。经史且然，矧杂剧乎？

凡阅传奇而必考其事从何来，人居何地者，皆说梦之痴人，可以不答者也。然作者秉笔，又不宜尽作是观。若纪目前之事，无所考究，则非特事迹可以幻生，并其人之姓名，亦可以凭空捏造，是谓虚则虚到底也。若用往事为题，以一古人出名，则满场脚色，皆用古人，捏一姓名不得；其人所行之事，又必本于载籍，班班可考，创一事实不得。非用古人姓字为难，使与满场脚色同时共事之为难也；非查古人事实为难，使与本等情由贯串合一之为难也。

予既谓传奇无实，大半寓言，何以又云姓名事实，必须有本？要知古人填古事易，今人填古事难。古人填古事，犹之今人填今事，非其不虑人考，无可考也；传至于今，则其人其事，观者烂熟于胸中，欺之不得，罔[③]之不能，所以必求可据，是谓实则实到底也。若用一二古人作主，因无陪客，幻设姓名以代之，则虚不似虚，实不成实，词家之丑态也，切忌犯之。

---

① 莩（piǎo）：通"殍"，饿死的人。

② 干蛊：儿子能继承父志，完成父亲未竟之业。这里指赵五娘替蔡伯喈承担了赡养父母的责任。

③ 罔：蒙蔽。

词采第二

曲与诗余[1]，同是一种文字。古今刻本中，诗余能佳而曲不能尽佳者，诗余可选而曲不可选也。诗余最短，每篇不过数十字，作者虽多，入选者不多，弃短取长，是以但见其美。曲文最长，每折必须数曲，每部必须数十折，非八斗长才，不能始终如一。微疵[2]偶见者有之，瑕瑜并陈者有之，尚有踊跃于前，懈弛于后，不得已而为狗尾貂续[3]者亦有之。演者观者既存此曲，只得取其所长，恕其所短，首尾并录。无一部而删去数折，止存数折，一出而抹去数曲，止存数曲之理。此戏曲不能尽佳，有为数折可取而挈[4]带全篇，一曲可取而挈带全折，使瓦缶[5]与金石齐鸣者，职是故也。

予谓既工此道，当如画士之传真，闺女之刺绣，一笔稍差，便虑神情不似，一针偶缺，即防花鸟变形。使全部

① 诗余：词的别称，亦称长短句。

② 疵：毛病，缺点。

③ 狗尾貂续：比喻拿不好的东西续在好的东西后面，显得好坏不相称。亦作“狗尾续貂”。

④ 挈（qiè）：带，领。

⑤ 瓦缶（fǒu）：古代陶制打击乐器。这里指劣等乐器，与“金石”相对。

传奇之曲，得似诗余选本如《花间》《草堂》[1] 诸集，首首有可珍之句，句句有可宝之字，则不愧填词之名，无论必传，即传之千万年，亦非儌幸[2]而得者矣。吾于古曲之中，取其全本不懈、多瑜鲜瑕者，惟《西厢》能之。《琵琶》则如汉高用兵，胜败不一，其得一胜而王者，命也，非战之力也。《荆》《刘》《拜》《杀》之传，则全赖音律。文章一道，置之不论可矣。

贵显浅

曲文之词采，与诗文之词采非但不同，且要判然相反。何也？诗文之词采，贵典雅而贱粗俗，宜蕴藉[3]而忌分明。词曲不然，话则本之街谈巷议，事则取其直说明言。凡读传奇而有令人费解，或初阅不见其佳，深思而后得其意之所在者，便非绝妙好词，不问而知为今曲，非元曲也。元人非不读书，而所制之曲，绝无一毫书本气，以其有书而不用，非当用而无书也，后人之曲则满纸皆书矣。元人非不深心，而所填之词，皆觉过于浅近，以其深而出之以浅，非借浅以文其不深也，后人之词则心口皆深矣。

无论其他，即汤若士《还魂》一剧，世以配飨元人，

---

① 《花间》：指《花间集》，后蜀赵崇祚编，收录温庭筠、韦庄等十八人的作品，是中国文学史上第一部文人词总集。《草堂》：指《草堂诗余》，南宋何士信编，以收录宋词为主，兼收一小部分唐五代词。

② 儌幸：同“侥幸”，获得意外的成功或幸运地免于灾难。

③ 蕴藉（jiè）：含而不露。

宜也。问其精华所在，则以《惊梦》《寻梦》二折对。予谓二折虽佳，犹是今曲，非元曲也。《惊梦》首句云："袅晴丝，吹来闲庭院，摇漾春如线。"以游丝一缕，逗起情丝，发端一语，即费如许深心，可谓惨淡经营矣。然听歌《牡丹亭》者，百人之中有一二人解出此意否？若谓制曲初心并不在此，不过因所见以起兴[①]，则瞥见游丝，不妨直说，何须曲而又曲，由晴丝而说及春，由春与晴丝而悟其如线也？若云作此原有深心，则恐索解人不易得矣。索解人既不易得，又何必奏之歌筵，俾[②]雅人俗子同闻而共见乎？

其余"停半晌，整花钿，没揣菱花，偷人半面"及"良辰美景奈何天，赏心乐事谁家院""遍青山，啼红了杜鹃"等语，字字俱费经营，字字皆欠明爽。此等妙语，止可作文字观，不得作传奇观。至如末幅"似虫儿般蠢动，把风情扇"与"恨不得肉儿般团成片也，逗的个日下胭脂雨上鲜"，《寻梦》曲云："明放着白日青天，猛教人抓不到梦魂前""是这答儿压黄金钏匾"，此等曲，则去元人不远矣。而予最赏心者，不专在《惊梦》《寻梦》二折，谓其心花笔蕊，散见于前后各折之中。

《诊祟》曲云："看你春归何处归，春睡何曾睡，气丝儿，怎度的长天日。""梦去知他实实谁，病来只送得个虚

① 起兴：古代诗歌创作手法，指由外界环境触发诗兴文思。
② 俾（bǐ）：使。

虚的你。做行云，先渴倒在巫阳会[①]。”“又不得困人天气，中酒心期，魆魆[②]的常如醉。”“承尊觑，何时何日，来看这女颜回[③]?”《忆女》曲云：“地老天昏，没处把老娘安顿。”“你怎撇得下万里无儿白发亲。”“赏春香还是你旧罗裙。”《玩真》曲云：“如愁欲语，只少口气儿呵。”“叫的你喷嚏似天花唾。动凌波，盈盈欲下，不见影儿那。”此等曲，则纯乎元人，置之《百种》[④] 前后，几不能辨，以其意深词浅，全无一毫书本气也。若论填词家宜用之书，则无论经传子史以及诗赋古文，无一不当熟读，即道家佛氏、九流[⑤]百工之书，下至孩童所习《千字文》《百家姓》[⑥]，无一不在所用之中。至于形之笔端，落于纸上，则宜洗濯殆尽。

亦偶有用着成语之处，点出旧事之时，妙在信手拈来，无心巧合，竟似古人寻我，并非我觅古人。此等造诣，非可言传，只宜多购元曲，寝食其中，自能为其所化。而元曲之最佳者，不单在《西厢》《琵琶》二剧，而在《元人

---

① 巫阳会：宋玉《高唐赋》描写楚怀王在梦中与巫山神女相会，神女自称“妾在巫山之阳”。

② 魆魆（xū）：暗地里，私下里。

③ 女颜回：《牡丹亭》女主角杜丽娘的自称。颜回，孔子弟子，以德行著称。

④《百种》：即《元人百种》。

⑤ 九流：先秦至汉初的九大学术流派。包括儒家、道家、阴阳家、法家、名家、墨家、纵横家、杂家、农家。

⑥《千字文》：南北朝时期梁代周兴嗣编纂的四言韵文，是古代儿童启蒙读物。《百家姓》：成书于北宋，将古人姓氏编纂为四言韵文，也是古代儿童启蒙读物。

百种》之中。《百种》亦不能尽佳，十有一二可列高、王之上，其不致家弦户诵，出与二剧争雄者，以其是杂剧而非全本，多北曲而少南音，又止可被诸管弦，不便奏之场上。今时所重，皆在彼而不在此，即欲不为纨扇之捐[①]，其可得乎？

重机趣

“机趣”二字，填词家必不可少。机者，传奇之精神；趣者，传奇之风致。少此二物，则如泥人土马，有生形而无生气。因作者逐句凑成，遂使观场者逐段记忆，稍不留心，则看到第二曲，不记头一曲是何等情形，看到第二折，不知第三折要作何勾当。是心口徒劳，耳目俱涩，何必以此自苦，而复苦百千万亿之人哉？故填词之中，勿使有断续痕，勿使有道学气[②]。

所谓无断续痕者，非止一出接一出，一人顶一人，务使承上接下，血脉相连，即于情事截然绝不相关之处，亦有连环细笋伏于其中，看到后来方知其妙。如藕于未切之时，先长暗丝以待，丝于络成之后，才知作茧之精，此言机之不可少也。所谓无道学气者，非但风流跌宕之曲、花前月下之情，当以板腐为戒，即谈忠孝节义与说悲苦哀怨

---

① 纨（wán）扇之捐：秋季天凉，扇子被抛在一边不用了。比喻妇女遭丈夫遗弃。纨，细绢，细的丝织品。捐，弃用。

② 道学气：形容迂腐守旧的习气。

之情，亦当抑圣为狂，寓哭于笑，如王阳明[①]之讲道学，则得词中三昧矣。

阳明登坛讲学，反复辨说“良知”二字，一愚人讯之曰：“请问‘良知’这件东西，还是白的？还是黑的？”阳明曰：“也不白，也不黑，只是一点带赤的，便是良知了。”照此法填词，则离合悲欢，嘻笑怒骂，无一语一字不带机趣而行矣。予又谓填词种子，要在性中带来，性中无此，做杀不佳。人问：性之有无，何从辨识？予曰：不难，观其说话行文，即知之矣。说话不迂腐，十句之中，定有一二句超脱；行文不板实，一篇之内，但有一二段空灵，此即可以填词之人也。不则另寻别计，不当以有用精神，费之无益之地。噫，“性中带来”一语，事事皆然，不独填词一节。凡作诗文书画、饮酒斗棋与百工技艺之事，无一不具夙根，无一不本天授。强而后能者，毕竟是半路出家，止可冒斋饭吃，不能成佛作祖也。

戒浮泛

词贵显浅之说，前已道之详矣。然一味显浅而不知分别，则将日流粗俗，求为文人之笔而不可得矣。元曲多犯此病，乃矫艰深隐晦之弊而过焉者也。极粗极俗之语，未尝不入填词，但宜从脚色起见。如在花面口中，则惟恐不

---

① 王阳明：王守仁，字伯安，号阳明。明代思想家、政治家和军事家，心学之集大成者。

粗不俗，一涉生旦之曲，便宜斟酌其词。无论生为衣冠仕宦，旦为小姐夫人，出言吐词当有隽雅舂容[1]之度。即使生为仆从，旦作梅香，亦须择言而发，不与净丑同声。以生旦有生旦之体，净丑有净丑之腔故也。元人不察，多混用之。

观《幽闺记》[2] 之陀满兴福，乃小生脚色，初屈后伸之人也。其《避兵》曲云：“遥观巡捕卒，都是棒和枪。”此花面口吻，非小生曲也。均是常谈俗语，有当用于此者，有当用于彼者。又有极粗极俗之语，止更一二字，或增减一二字，便成绝新绝雅之文者。神而明之，只在一熟。当存其说，以俟其人。

填词义理无穷，说何人，肖何人，议某事，切某事，文章头绪之最繁者，莫填词若矣。予谓总其大纲，则不出“情景”二字。景书所睹，情发欲言，情自中生，景由外得，二者难易之分，判如霄壤。以情乃一人之情，说张三要像张三，难通融于李四。景乃众人之景，写春夏尽是春夏，止分别于秋冬。善填词者，当为所难，勿趋其易。批点传奇者，每遇游山玩水、赏月观花等曲，见其止书所见，不及中情者，有十分佳处，只好算得五分，以风云月露之词，工者尽多，不从此剧始也。善咏物者，妙在即景生情。如前所云《琵琶·赏月》四曲，同一月也，牛氏有牛氏之

---

① 舂（chōng）容：从容悠扬。
②《幽闺记》：即《拜月亭记》。

月，伯喈有伯喈之月。所言者月，所寓者心。牛氏所说之月，可移一句于伯喈？伯喈所说之月，可挪一字于牛氏乎？夫妻二人之语，犹不可挪移混用，况他人乎？

人谓此等妙曲，工者有几，强人以所不能，是塞填词之路也。予曰：不然。作文之事，贵于专一。专则生巧，散乃入愚；专则易于奏工，散者难于责效。百工居肆[①]，欲其专也；众楚群咻[②]，喻其散也。舍情言景，不过图其省力，殊不知眼前景物繁多，当从何处说起。咏花既愁遗鸟，赋月又想兼风。若使逐件铺张，则虑事多曲少；欲以数言包括，又防事短情长。展转推敲，已费心思几许，何如只就本人生发，自有欲为之事，自有待说之情，念不旁分，妙理自出。

如发科发甲[③]之人，窗下作文，每日止能一篇二篇，场中遂至七篇。窗下之一篇二篇未必尽好，而场中之七篇，反能尽发所长，而夺千人之帜者，以其念不旁分，舍本题之外，并无别题可做，只得走此一条路也。吾欲填词家舍景言情，非责人以难，正欲其舍难就易耳。

---

① 百工居肆：语见《论语·子张》："子夏曰：'百工居肆以成其事，君子学以致其道。'"这里指只有专心才能成事。

② 众楚群咻：语见《孟子·滕文公下》："（孟子）曰：'一齐人傅之，众楚人咻之，虽日挞而求其齐也，不可得矣。'"这里指精力涣散难以成事。咻（xiū），吵，乱说话。

③ 发科发甲：在科举考试中得中。

忌填塞[1]

填塞之病有三：多引古事，迭用人名，直书成句。其所以致病之由亦有三：借典核[2]以明博雅，假脂粉以见风姿，取现成以免思索。而总此三病与致病之由之故，则在一语。一语维何？曰：从未经人道破。一经道破，则俗语云“说破不值半文钱”，再犯此病者鲜矣。

古来填词之家，未尝不引古事，未尝不用人名，未尝不书现成之句，而所引所用与所书者，则有别焉：其事不取幽深，其人不搜隐僻，其句则采街谈巷议。即有时偶涉诗书，亦系耳根听熟之语，舌端调惯之文，虽出诗书，实与街谈巷议无别者。总而言之，传奇不比文章。文章做与读书人看，故不怪其深；戏文做与读书人与不读书人同看，又与不读书之妇人小儿同看，故贵浅不贵深。使文章之设，亦为与读书人、不读书人及妇人小儿同看，则古来圣贤所作之经传，亦只浅而不深，如今世之为小说矣。

人曰：文人之作传奇与著书无别，假此以见其才也，浅则才于何见？予曰：能于浅处见才，方是文章高手。施耐庵之《水浒》[3]，王实甫之《西厢》，世人尽作戏文小说看，

---

① 填塞：这里指戏曲创作中过多使用成语典故的毛病。

② 典核：用典翔实正确。

③ 施耐庵：一般认为是小说《水浒传》的作者。《水浒》：即《水浒传》，描写北宋末年以宋江为首的农民起义的章回体长篇小说，与《三国演义》《西游记》《红楼梦》并称中国古典长篇小说四大名著。

金圣叹[①]特标其名曰“五才子书”“六才子书”者，其意何居？盖愤天下之小视其道，不知为古今来绝大文章，故作此等惊人语以标其目。噫，知言哉！

音律第三

作文之最乐者，莫如填词，其最苦者，亦莫如填词。填词之乐，详后《宾白》之第二幅。上天入地，作佛成仙，无一不随意到，较之南面[②]百城，洵[③]有过焉者矣。至说其苦，亦有千态万状，拟之悲伤疾痛、桎梏[④]幽囚诸逆境，殆[⑤]有甚焉者。请详言之。他种文字，随人长短，听我张弛，总无限定之资格。今置散体弗论，而论其分股、限字与调声叶律[⑥]者。

---

① 金圣叹：名采，字若采。明亡后改名人瑞，字圣叹。明末清初文学家、文学批评家，对《庄子》《离骚》《史记》《杜工部集》《水浒传》《西厢记》都有评点，称它们为“六才子书”。

② 南面：居人君之位。古代人君听政之位居北，其面向南。

③ 洵：确实，实在。

④ 桎梏（zhì gù）：脚镣和手铐。形容束缚、妨碍。

⑤ 殆：大概，几乎。

⑥ 调声叶（xié）律：调整声韵使之合于音律。

分股则帖括时文是已[①]。先破后承，始开终结，内分八股，股股相对，绳墨不为不严矣；然其股法、句法，长短由人，未尝限之以数，虽严而不谓之严也。限字则四六排偶之文[②]是已。语有一定之字，字有一定之声，对必同心[③]，意难合掌[④]，矩度不为不肃矣；然止限以数，未定以位，止限以声，未拘以格，上四下六可，上六下四亦未尝不可，仄平平仄可，平仄仄平亦未尝不可，虽肃而实未尝肃也。

调声叶律，又兼分股限字之文，则诗中之近体是已。起句五言，则句句五言，起句七言，则句句七言，起句用某韵，则以下俱用某韵，起句第二字用平声，则下句第二字定用仄声，第三、第四又复颠倒用之，前人立法亦云苛且密矣。然起句五言，句句五言，起句七言，句句七言，便有成法可守。想入五言一路，则七言之句不来矣；起句用某韵，以下俱用某韵，起句第二字用平声，下句第二字定用仄声，则拈得平声之韵，上去入三声之韵，皆可置之不问矣；守定平仄、仄平二语，再无变更，自一首以至千百首皆出一辙，保无朝更夕改之令，阻人适从矣，是其苛

① 帖括：唐代举子把经书里难记的句子编成歌诀，以便诵读，称为“帖括”。后来通指科举文章。时文：即八股文。明、清两代科举考试规定的应考文体。文章分为破题、承题、起讲、提比、虚比、中比、后比、大结八个部分，对格式、体裁、用语、字数有严格规定。

② 四六排偶之文：即骈文。主要以四字句和六字句构成，故又称四六文。行文以偶句为主，讲究对仗、辞藻、声律和用典。

③ 同心：这里指对偶工整。

④ 合掌：一联对偶句中出句和对句意义相同的现象，是对偶中的大忌。

犹未甚，密犹未至也。

至于填词一道，则句之长短，字之多寡，声之平上去入，韵之清浊阴阳，皆有一定不移之格。长者短一线不能，少者增一字不得，又复忽长忽短，时少时多，令人把握不定。当平者平，用一仄字不得；当阴者阴，换一阳字不能。调得平仄成文，又虑阴阳反复；分得阴阳清楚，又与声韵乖张。令人搅断肺肠，烦苦欲绝。此等苛法，尽勾磨人。作者处此，但能布置得宜，安顿极妥，便是千幸万幸之事，尚能计其词品之低昂，文情之工拙乎？予襁褓识字，总角[①]成篇，于诗书六艺[②]之文，虽未精穷其义，然皆浅涉一过。总诸体百家而论之，觉文字之难，未有过于填词者。予童而习之，于今老矣，尚未窥见一斑。只以管窥蛙见之识，谬语同心；虚赤帜[③]于词坛，以待将来。

作者能于此种艰难文字显出奇能，字字在声音律法之中，言言无资格拘挛之苦，如莲花生在火上[④]，仙叟弈于橘中[⑤]，始为盘根错节之才，八面玲珑之笔，寿名千古，衾影

① 总角：古代未成年男女，编扎头发，形如两角，称为“总角”，后用以代指童年。

② 六艺：周朝官学要求学生掌握的六种基本才能：礼、乐、射、御、书、数。也指《诗经》《尚书》《礼记》《周易》《乐经》《春秋》六部典籍。

③ 赤帜：韩信率领汉军与赵军在井陉口作战时汉军使用赤色旗帜，比喻自成一家。

④ 莲花生在火上：佛教中有关于火中生莲的记载，后比喻深陷火坑，遭遇不幸，但能洁己不毁。

⑤ 仙叟弈于橘中：唐代牛僧孺《玄怪录》中有仙叟在橘中对弈的记载。此处指高妙的技艺能力。

何惭[①]！而千古上下之题品文艺者，看到传奇一种，当易心换眼，别置典刑。要知此种文字作之可怜，出之不易，其楮[②]墨笔砚非同己物，有如假自他人，耳目心思效用不能，到处为人掣肘，非若诗赋古文，容其得意疾书，不受神牵鬼制者。七分佳处，便可许作十分，若到十分，即可敌他种文字之二十分矣。予非左袒词家，实欲主持公道，如其不信，但请作者同拈一题，先作文一篇或诗一首，再作填词一曲，试其孰难孰易，谁拙推工，即知予言之不谬矣。然难易自知，工拙必须人辨。

词曲中音律之坏，坏于《南西厢》[③]。凡有作者，当以之为戒，不当取之为法。非止音律，文艺亦然。请详言之。填词除杂剧不论，止论全本，其文字之佳，音律之妙，未有过于《北西厢》[④] 者。自南本一出，遂变极佳者为极不佳，极妙者为极不妙。推其初意，亦有可原，不过因北本为词曲之豪，人人赞羡，但可被之管弦，不便奏诸场上，但宜于弋阳、四平[⑤]等俗优，不便强施于昆调[⑥]，以系北曲

---

① 衾影何惭：语见《宋史·蔡元定传》："独行不愧影，独寝不愧衾。"表示问心无愧。

② 楮（chǔ）：落叶乔木，树皮是制造桑皮纸和宣纸的原料，故用以代称纸。

③《南西厢》：明代李日华将王实甫的杂剧《西厢记》改编为传奇，称《南西厢》。该剧在曲牌上易北为南，并"增损字句以就腔"，词曲家对其多有批评。

④《北西厢》：指王实甫创作的杂剧《西厢记》。

⑤ 弋阳、四平：即弋阳腔、四平腔，是明清时期的地方戏曲声腔。

⑥ 昆调：即昆山腔，又称昆腔、昆曲，明清时期流行于江浙一带的戏曲声腔，为昆剧表演所使用。

而非南曲也。

兹请先言其故。北曲一折，止隶一人，虽有数人在场，其曲止出一口，从无互歌迭咏之事。弋阳、四平等腔，字多音少，一泄而尽，又有一人启口，数人接腔者，名为一人，实出众口，故演《北西厢》甚易。昆调悠长，一字可抵数字，每唱一曲，又必一人始之，一人终之，无可助一臂者，以长江大河之全曲，而专责一人，即有铜喉铁齿，其能胜此重任乎？此北本虽佳，吴音不能奏也。作《南西厢》者，意在补此缺陷，遂割裂其词，增添其白，易北为南，撰成此剧，亦可谓善用古人，喜传佳事者矣。然自予论之，此人之于作者，可谓功之首而罪之魁矣。

所谓功之首者，非得此人，则俗优竞演，雅调无闻，作者苦心，虽传实没。所谓罪之魁者，千金狐腋，剪作鸿毛，一片精金，点成顽铁。若是者何？以其有用古之心而无其具也。今之观演此剧者，但知关目动人，词曲悦耳，亦曾细尝其味，深绎其词乎？使读书作古之人，取《西厢》南本一阅，句栉字比，未有不废卷掩鼻，而怪秽气熏人者也。若曰：词曲情文不浃[①]，以其就北本增删，割彼凑此，自难贴合，虽有才力无所施也。然则宾白之文，皆由己作，并未依傍原本，何以有才不用，有力不施，而为俗口鄙恶之谈，以秽听者之耳乎？且曲文之中，尽有不就原

---

① 不浃（jiā）：不周全。

本增删，或自填一折以补原本之缺略，自撰一曲以作诸曲之过文者，此则束缚无人，操纵由我，何以有才不用，有力不施，亦作勉强支吾之句，以混观者之目乎？使王实甫复生，看演此剧，非狂叫怒骂，索改本而付之祝融[①]，即痛哭流涕，对原本而悲其不幸矣。

嘻！续《西厢》者[②]之才，去作《西厢》者，止争一间，观者群加非议，谓《惊梦》以后诸曲，有如狗尾续貂。以彼之才，较之作《南西厢》者，岂特奴婢之于郎主，直帝王之视乞丐！乃今之观者，彼施责备，而此独包容，已不可解；且令家尸户祝[③]，居然配飨《琵琶》，非特实甫呼冤，且使则诚号屈矣！予生平最恶弋阳、四平等剧，见则趋而避之，但闻其搬演《西厢》，则乐观恐后。何也？以其腔调虽恶，而曲文未改，仍是完全不破之《西厢》，非改头换面、折手跛足之《西厢》也。南本则聋瞽、喑哑、驮背、折腰诸恶状，无一不备于身矣。此但责其文词，未究音律。

从来词曲之旨，首严宫调，次及声音，次及字格。九宫十三调，南曲之门户也。小出可以不拘，其成套大曲，则分门别户，各有依归，非但彼此不可通融，次第亦难紊

① 祝融：传说中的火神。

② 续《西厢》者：有人认为王实甫的《西厢记》原只有四本，第五本为关汉卿续作。

③ 家尸户祝：家家户户祭拜。尸，古代祭祀时代表死者受祭的人。祝，古代主持祭祀的人。

乱。此剧只因改北成南，遂变尽词场格局：或因前曲与前曲字句相同，后曲与后曲体段不合，遂向别宫别调随取一曲以联络之，此宫调之不能尽合也；或彼曲与此曲牌名巧凑，其中但有一二句字数不符，如其可增可减，即增减就之，否则任其多寡，以解补凑不来之厄，此字格之不能尽符也；至于平仄阴阳与逐句所叶之韵，较此二者其难十倍，诛之将不胜诛，此声音之不能尽叶也。词家所重在此三者，而三者之弊，未尝缺一，能使天下相传，久而不废，岂非咄咄怪事乎？

更可异者，近日词人因其熟于梨园之口，习于观者之目，谓此曲第一当行[①]，可以取法，用作曲谱；所填之词，凡有不合成律者，他人执而讯之，则曰："我用《南西厢》某折作对子，如何得错！"噫，玷《西厢》名目者此人，坏词场矩度者此人，误天下后世之苍生者，亦此人也。此等情弊，予不急为拈出，则《南西厢》之流毒，当至何年何代而已乎！

向在都门，魏贞庵相国取崔郑合葬墓志铭示予[②]，命予作《北西厢》翻本，以正从前之谬。予谢不敏，谓天下已传之书，无论是非可否，悉宜听之，不当奋其死力与较短

---

① 当行：合乎要求。

② 魏贞庵：魏裔介，字石生，号贞庵。顺治年间进士，官至保和殿大学士。崔郑合葬墓志铭：曾有人声称发现了郑恒与崔莺莺合葬的墓志铭，并据此认为《西厢记》故事不符合事实。

长。较之而非，举世起而非我；即较之而是，举世亦起而非我。何也？贵远贱近，慕古薄今，天下之通情也。谁肯以千古不朽之名人，抑之使出时流下？彼文足以传世，业有明征；我力足以降人，尚无实据。以无据敌有征，其败可立见也。时龚芝麓[①]先生亦在座，与贞庵相国均以予言为然。

向有一人欲改《北西厢》，又有一人欲续《水浒传》，同商于予。予曰："《西厢》非不可改，《水浒》非不可续，然无奈二书已传，万口交赞，其高踞词坛之座位，业如泰山之稳、磐石之固，欲遽叱之使起而让席于予，此万不可得之数也。无论所改之《西厢》，所续之《水浒》，未必可继后尘，即使高出前人数倍，吾知举世之人不约而同，皆以'续貂蛇足'四字，为新作之定评矣。"二人唯唯而去。此予由衷之言，向以诫人，而今不以之绳己，动数前人之过者，其意何居？曰：存其是也。放郑声[②]者，非仇郑声，存雅乐也；辟异端者，非仇异端，存正道也；予之力斥《南西厢》，非仇《南西厢》，欲存《北西厢》之本来面目也。若谓前人尽不可议，前书尽不可毁，则杨朱、墨翟[③]亦

---

① 龚芝麓：龚鼎孳，字孝升，号芝麓，历任刑、兵、礼部尚书，明末清初诗人，文学家。

② 放郑声：语见《论语·卫灵公》："乐则韶舞，放郑声，远佞人；郑声淫，佞人殆。"放，舍弃、废置。郑声，春秋时期郑国的音乐。淫，放纵，过度。孔子认为郑国的音乐过于放纵，所以舍弃了它。

③ 杨朱、墨翟：战国时期思想家，其思想主张兼爱非攻，与儒家迥异，孟子曾主张"拒杨墨"。

是前人，郑声未必无底本，有之亦是前书，何以古圣贤放之辟之，不遗余力哉？

予又谓《北西厢》不可改，《南西厢》则不可不翻。何也？世人喜观此剧，非故嗜痂[1]，因此剧之外别无善本，欲睹崔张旧事，舍此无由。地乏朱砂，赤土为佳，《南西厢》之得以浪传，职是故也。使得一人焉，起而痛反其失，别出心裁，创为南本，师实甫之意，而不必更袭其词，祖汉卿之心，而不独仅续其后，若与《北西厢》角胜争雄，则可谓难之又难，若止与《南西厢》赌长较短，则犹恐屑而不屑。予虽乏才，请当斯任，救饥有暇，当即拈毫。

《南西厢》翻本既不可无，予又因此及彼，而有志于《北琵琶》一剧。蔡中郎夫妇之传，既以《琵琶》得名，则“琵琶”二字乃一篇之主，而当年作者何以仅标其名，不见拈弄其实？使赵五娘描容之后，果然身背琵琶，往别张大公，弹出北曲哀声一大套，使观者听者涕泗横流，岂非《琵琶记》中一大畅事？而当年见不及此者，岂元人各有所长，工南词者不善制北曲耶？使王实甫作《琵琶》，吾知与千载后之李笠翁必有同心矣。予虽乏才，亦不敢不当斯任。

向填一折付优人，补则诚原本之不逮，兹已附入四卷

---

① 嗜痂：南朝刘邕有食疮痂的怪癖，后指不良嗜好。

之末[1]，尚思扩为全本，以备词人采择，如其可用，谱为弦索新声。若是，则《南西厢》《北琵琶》二书可以并行。虽不敢望追踪前哲，并辔时贤，但能保与自手所填诸曲（如已经行世之前后八种，及已填未刻之内外八种）合而较之，必有浅深疏密之分矣。然著此二书，必须杜门累月，窃恐饥来驱人，势不由我。安得雨珠雨粟之天，为数十口家人筹生计乎？伤哉！贫也。

恪守词韵

一出用一韵到底，半字不容出入，此为定格。旧曲韵杂出入无常者，因其法制未备，原无成格可守，不足怪也。既有《中原音韵》一书，则犹畛域[2]画定，寸步不容越矣。常见文人制曲，一折之中，定有一二出韵之字，非曰明知故犯，以偶得好句不在韵中，而又不肯割爱，故勉强入之，以快一时之目者也。

杭有才人沈孚中[3]者，所制《绾春园》《息宰河》二剧，不施浮采，纯用白描，大是元人后劲。予初阅时，不忍释卷，及考其声韵，则一无定轨，不惟偶犯数字，竟以寒山、桓欢二韵，合为一处用之，又有以支思、齐微、鱼

---

① 四卷之末：这里指翼圣堂十六卷本卷四《演习部》之末，芥子园六卷本在《演习部·变旧成新》之末。

② 畛（zhěn）域：范围，界限。

③ 沈孚中：一名嵊，字会吉，浙江钱塘人，明末戏曲作家。

模三韵并用者，甚至以真文、庚青、侵寻三韵，不论开口闭口，同作一韵用者。长于用才而短于择术，致使佳调不传，殊可痛惜！

夫作诗填词同一理也。未有沈休文《诗韵》以前[①]，大同小异之韵，或可叶入诗中。既有此书，即《三百篇》之风人复作[②]，亦当俯就范围。李白诗仙，杜甫诗圣，其才岂出沈约下？未闻以才思纵横而跃出韵外，况其他乎！设有一诗于此，言言中的，字字惊人，而以一东、二冬并叶，或三江、七阳互施，吾知司选政者，必加摈黜，岂有以才高句美而破格收之者乎？词家绳墨，只在《谱》《韵》二书[③]，合谱合韵，方可言才，不则八斗难克升合，五车不敌片纸，虽多虽富，亦奚以为？

凛[④]遵曲谱

曲谱者，填词之粉本，犹妇人刺绣之花样也，描一朵，刺一朵，画一叶，绣一叶，拙者不可稍减，巧者亦不能略增。然花样无定式，尽可日异月新，曲谱则愈旧愈佳，稍

---

① 沈休文：即沈约，字休文，南朝宋诗人，提出“四声八病”说，为后世近体诗格律奠定了基础。《诗韵》：指沈约撰写的《四声谱》，已亡佚。

②《三百篇》：即《诗经》，中国文学史上最早的诗歌总集，收录诗歌三百零五首，后世称之为“诗三百”“三百篇”。风人：诗人，《诗经》中有“国风”，故以风人称诗人。

③《谱》：指沈约《四声谱》。《韵》：指周德清《中原音韵》。

④ 凛：严肃。

稍趋新，则以毫厘之差而成千里之谬。情事新奇百出，文章变化无穷，总不出谱内刊成之定格。是束缚文人而使有才不得自展者，曲谱是也；私厚词人而使有才得以独展者，亦曲谱是也。使曲无定谱，亦可日异月新，则凡属淹[①]通文艺者，皆可填词，何元人、我辈之足重哉？“依样画葫芦”一语，竟似为填词而发。妙在依样之中，别出好歹，稍有一线之出入，则葫芦体样不圆，非近于方，则类乎扁矣。葫芦岂易画者哉！明朝三百年，善画葫芦者，止有汤临川一人，而犹有病其声韵偶乖，字句多寡之不合者。甚矣，画葫芦之难，而一定之成样不可擅改也。

曲谱无新，曲牌名有新。盖词人好奇嗜巧，而又不得展其伎俩，无可奈何，故以二曲三曲合为一曲，熔铸成名，如〔金索挂梧桐〕、〔倾杯赏芙蓉〕、〔倚马待风云〕之类是也。此皆老于词学、文人善歌者能之；不则上调不接下调，徒受歌者揶揄[②]。然音调虽协，亦须文理贯通，始可串离使合。如〔金络索〕、〔梧桐树〕是两曲，串为一曲，而名曰〔金索挂梧桐〕，以金索挂树，是情理所有之事也。〔倾杯序〕、〔玉芙蓉〕是两曲，串为一曲，而名曰〔倾杯赏芙蓉〕，倾杯酒而赏芙蓉，虽系捏成，犹口头语也。〔驻马听〕、〔一江风〕、〔驻云飞〕是三曲，串为一曲，而名曰〔倚马待风云〕，倚马而待风云之会，此语即入诗文中，亦

---

① 淹：精深。

② 揶揄：戏弄，嘲弄。

自成句。

凡此皆系有伦有脊[①]之言，虽巧而不厌其巧。竟有只顾串合，不询文义之通塞，事理之有无，生扭数字作曲名者，殊[②]失顾名思义之体，反不若前人不列名目，只以“犯”字加之。如本曲〔江儿水〕而串入二别曲，则曰〔二犯江儿水〕；本曲〔集贤宾〕而串入三别曲，则曰〔三犯集贤宾〕。又有以“摊破”二字概之者，如本曲〔簇御林〕、本曲〔地锦花〕而串入别曲，则曰〔摊破簇御林〕、〔摊破地锦花〕之类，何等浑然，何等藏拙。更有以十数曲串为一曲而标以总名，如〔六犯清音〕、〔七贤过关〕、〔九回肠〕、〔十二峰〕之类，更觉浑雅。予谓串旧作新，终是填词末着。只求文字好，音律正，即牌名旧杀，终觉新奇可喜。如以极新极美之名，而填以庸腐乖张之曲，谁其好之？善恶在实，不在名也。

鱼模当分

词曲韵书，止靠《中原音韵》一种，此系北韵，非南韵也。十年之前，武林陈次升先生欲补此缺陷[③]，作《南词音韵》一书，工垂成而复辍，殊为可惜。予谓南韵深渺，

① 有伦有脊：语见《诗·小雅·正月》：“维号斯言，有伦有脊。”即讲话有道理，有根据。

② 殊：特别，很。

③ 武林：杭州旧称。陈次升：清初词曲理论家。

卒难成书。填词之家即将《中原音韵》一书，就平上去三音之中，抽出入声字，另为一声，私置案头，亦可暂备南词之用。

然此犹可缓。更有急于此者，则鱼模一韵，断宜分别为二。鱼之与模，相去甚远，不知周德清当日何故比而同之，岂仿沈休文诗韵之例，以元、繁、孙三韵，合为十三元之一韵，必欲于纯中示杂，以存“大音希声”[1]之一线耶？无论一曲数音，听到歇脚处，觉其散漫无归，即我辈置之案头，自作文字读，亦觉字句聱牙，声韵逆耳。

倘有词学专家，欲其文字与声音媲美者，当令鱼自鱼而模自模，两不相混，斯为极妥。即不能全出皆分，或每曲各为一韵，如前曲用鱼，则用鱼韵到底，后曲用模，则用模韵到底。犹之一诗一韵，后不同前，亦简便可行之法也。自愚见推之，作诗用韵，亦当仿此。另钞元字一韵，区别为三，拈得十三元者，首句用元，则用元韵到底，凡涉繁、孙二韵者勿用，拈得繁、孙者亦然。出韵则犯诗家之忌，未有以用韵太严而反来指谪者也。

廉监宜避

侵寻、监咸、廉纤三韵，同属闭口之音，而侵寻一韵，较之监咸、廉纤，独觉稍异。每至收音处，侵寻闭口，而

① 大音希声：意谓越美妙的音乐越是声音潜低。

其音犹带清亮，至监咸、廉纤二韵，则微有不同。此二韵者，以作急板小曲则可，若填悠扬大套之词，则宜避之。《西厢》“不念《法华经》，不理《梁王忏》”一折用之者，以出惠明口中，声口恰相合耳。此二韵宜避者，不止单为声音，以其一韵之中，可用者不过数字，余皆险僻艰生，备而不用者也。若惠明曲中之“揝”[①] 字、“搀”字、“燂”字、“臜”[②] 字、“馅”字、“蘸”字、“颩”[③] 字，惟惠明可用，亦惟才大如天之王实甫能用，以第二人作《西厢》，即不敢用此险韵[④]矣。初学填词者不知，每于一折开手处，误用此韵，致累全篇无好句；又有作不终篇，弃去此韵而另作者，失计妨时。故用韵不可不择。

拗句难好

音律之难，不难于铿锵顺口之文，而难于倔强聱牙之句。铿锵顺口者，如此字声韵不合，随取一字换之，纵横顺逆，皆可成文，何难一时数曲。至于倔强聱牙之句，即不拘音律，任意挥写，尚难见才，况有清浊阴阳，及明用韵，暗用韵[⑤]，又断断不宜用韵之成格，死死限在其中乎？

词名之最易填者，如〔皂罗袍〕、〔醉扶归〕、〔解三

---

① 揝（zuàn）：同“攥”，紧握，捏住。

② 臜（zā）：用于叠韵连绵字“腌（ā）臜”，指不干净或心里别扭，不痛快。

③ 颩（diū）：挥打，抛掷。

④ 险韵：韵字生僻难押的诗韵。

⑤ 明用韵：句末押韵。暗用韵：句中押韵。

醒〕、〔步步娇〕、〔园林好〕、〔江儿水〕等曲。韵脚虽多，字句虽有长短，然读者顺口，作者自能随笔。即有一二句宜作拗体[①]，亦如诗内之古风[②]，无才者处此，亦能勉力见才。至如〔小桃红〕、〔下山虎〕等曲，则有最难下笔之句矣。《幽闺记》〔小桃红〕之中段云："轻轻将袖儿掀，露春纤，盏儿拈，低娇面也。"每句只三字，末字叶韵，而每句之第二字，又断该用平，不可犯仄。此等处，似难而尚未尽难。其〔下山虎〕云："大人家体面，委实多般，有眼何曾见！懒能向前，弄盏传杯，恁般腼腆。这里新人忒杀虔，待推怎地展？主婚人，不见怜，配合夫妻，事事非偶然。好恶姻缘总在天。"只须"懒能向前""待推怎地展""事非偶然"之三句，便能搅断词肠。"懒能向前""事非偶然"二句，每句四字，两平两仄，末字叶韵。"待推怎地展"一句五字，末字叶韵，五字之中，平居其一，仄居其四。此等拗句，如何措手？

南曲中此类极多，其难有十倍于此者，若逐个牌名援引，则不胜其繁，而观者厌矣；不引一二处定其难易，人又未必尽晓；兹只随拈旧诗一句，颠倒声韵以喻之。如"云淡风轻近午天"，此等句法，自然容易见好，若变为"风轻云淡近午天"，则虽有好句，不夺目矣。况"风轻云淡近午天"七字之中，未必言言合律，或是阴阳相左，或

① 拗体：这里指刻意不依格律创作，追求语句奇特用拗句写成的曲词。

② 古风：古体诗。

是平仄尚乖，必须再易数字，始能合拍。或改为“风轻云淡午近天”，或又改为“风轻午近云淡天”，此等句法，揆[①]之音律则或谐矣，若以文理绳之，尚得名为词曲乎？海内观者，肯曰此句为音律所限，自难求工，姑为体贴人情之善念而恕之乎？曰：不能也。既曰不能，则作者将删去此句而不作乎？抑自创一格而畅我所欲言乎？曰：亦不能也。

然则攻此道者，亦甚难矣！变难成易，其道何居？曰：有一方便法门，词人或有行之者，未必尽有知之者。行之者偶然合拍，如路逢故人，出之不意，非我知其在路而往投之也。凡作倔强聱牙之句，不合自造新言，只当引用成语。成语在人口头，即稍更数字，略变声音，念来亦觉顺口。新造之句，一字聱牙，非止念不顺口，且令人不解其意。今亦随拈一二句试之。如“柴米油盐酱醋茶”，口头语也，试变为“油盐柴米酱醋茶”，或再变为“酱醋油盐柴米茶”，未有不明其义，不辨其声者。“东边日出西边雨，道是无情却有情”，口头语也，试将上句变为“日出东边西边雨”，下句变为“道是有情却无情”，亦未有不明其义，不辨其声者。

若使新造之言而作此等拗句，则几与海外方言无别，必经重译而后知之矣。即取前引《幽闺》之二句，定其工拙。“懒能向前”“事非偶然”二句，皆拗体也。“懒能向

---

① 揆（kuí）：度量，揣测。

前”一句，系作者新构，此句便觉生涩，读不顺口。“事非偶然”一句，系家常俗语，此句便觉自然，读之溜亮。岂非用成语易工，作新句难好之验乎？予作传奇数十种，所谓“三折肱为良医”①，此折肱语也。因觅知音，尽倾肝膈。孔子云：“益者三友：友直，友谅，友多闻。”多闻，吾不敢居，谨自呼为直谅。

合韵易重

句末一字之当叶者，名为韵脚。一曲之中，有几韵脚，前后各别，不可犯重。此理谁不知之？谁其犯之？所不尽知而易犯者，惟有“合前”数句。兹请先言合前之故。同一牌名而为数曲者，止于首只列名其后，在南曲则曰“前腔”，在北曲则曰“幺篇”，犹诗题之有其二、其三、其四也。末后数语，有前后各别者，有前后相同，不复另作，名为“合前”者。此虽词人躲懒法，然付之优人，实有二便：初学之时，少读数句新词，省费几番记忆，一便也；登场之际，前曲各人分唱，“合前”之曲必通场合唱，既省精神，又不寂寞，二便也。

然“合前”之韵脚最易犯重。何也？大凡作首曲，则知查韵，用过之字不肯复用，迨②做到第二、三曲，则止图省力，但做前词，不顾后语，置“合前”数句于度外，谓

① 三折肱为良医：比喻对某事阅历多、富有经验，自能造诣精深。

② 迨：等到，达到。

前曲已有，不必费心，而乌知①此数句之韵脚在前曲则语语各别，凑入此曲，焉知不有偶合者乎？故作“前腔”之曲，而有“合前”之句者，必将末后数句之韵脚紧记在心，不可复用；作完之后，又必再查，始能不犯此病。此就韵脚而言也。

韵脚犯重，犹是小病，更有大于此者，则在词意与人不相合。何也？“合前”之曲既使同唱，则此数句之词意必有同情。如生旦净丑四人在场，生旦之意如是，净丑之意亦如是，即可谓之同情，即可使之同唱；若生旦如是，净丑未尽如是，则两情不一，已无同唱之理；况有生旦如是，净丑必不如是，则岂有相反之曲而同唱者乎？此等关窍②，若不经人道破，则填词之家既顾阴阳平仄，又调角徵宫商③，心绪万端，岂能复筹及此？予作是编，其于词学之精微，则万不得一，如此等粗浅之论，则可谓知无不言，言无不尽者矣。后来作者，当锡④予一字，命曰“词奴”，以其为千古词人，尝效纪纲⑤奔走之力也。

---

① 乌知：哪里知道。

② 关窍：诀窍，窍门。

③ 角（jué）徵（zhǐ）宫商：即宫商角徵羽的省称，中国古代五声音阶中五个不同音的名称。

④ 锡：通“赐”，赐予。

⑤ 纪纲：语见《左传·僖公二十四年》：“秦伯送卫于晋三千人，实纪纲之仆。”后遂以纪纲借指仆人。

慎用上声

平上去入四声，惟上声一音最别。用之词曲，较他音独低，用之宾白，又较他音独高。填词者每用此声，最宜斟酌。此声利于幽静之词，不利于发扬之曲；即幽静之词，亦宜偶用、间用，切忌一句之中连用二三四字。盖曲到上声字，不求低而自低，不低则此字唱不出口。如十数字高而忽有一字之低，亦觉抑扬有致；若重复数字皆低，则不特无音，且无曲矣。至于发扬之曲，每到吃紧关头，即当用阴字[①]，而易以阳字[②]尚不发调，况为上声之极细者乎？予尝谓物有雌雄，字亦有雌雄。平去入三声以及阴字，乃字与声之雄飞者也；上声及阳字，乃字与声之雌伏者也。此理不明，难于制曲。

初学填词者，每犯抑扬倒置之病，其故何居？正为上声之字入曲低，而入白反高耳。词人之能度曲[③]者，世间颇少。其握管捻髭[④]之际，大约口内吟哦，皆同说话，每逢此字，即作高声；且上声之字出口最亮，入耳极清，因其高而且清，清而且亮，自然得意疾书。孰知唱曲之道与此相反，念来高者，唱出反低，此文人妙曲利于案头，而不利于

---

① 阴字：阴声字，韵尾多为元音。

② 阳字：阳声字，韵尾多为辅音。

③ 度曲：这里指唱曲。

④ 髭（zī）：嘴边的胡须。

场上之通病也。非笠翁为千古痴人，不分一毫人我，不留一点渣滓者，孰肯尽出家私底蕴，以博慷慨好义之虚名乎？

少填入韵

入声韵脚，宜于北而不宜于南。以韵脚一字之音，较他字更须明亮，北曲止有三声，有平上去而无入，用入声字作韵脚，与用他声无异也。南曲四声俱备，遇入声之字，定宜唱作入声，稍类三音，即同北调矣，以北音唱南曲可乎？予每以入韵作南词，随口念来，皆似北调，是以知之。若填北曲，则莫妙于此，一用入声，即是天然北调。然入声韵脚，最易见才，而又最难藏拙。工于入韵，即是词坛祭酒[1]。以入韵之字，雅驯[2]自然者少，粗俗倔强者多。填词老手，用惯此等字样，始能点铁成金。浅乎此者，运用不来，熔铸不出，非失之太生，则失之太鄙。

但以《西厢》《琵琶》二剧较其短长。作《西厢》者，工于北调，用入韵是其所长。如《闹会》曲中"二月春雷响殿角""早成就了幽期密约""内性儿聪明，冠世才学。扭捏着身子，百般做作。""角"字，"约"字，"学"字，"作"字，何等雅驯！何等自然！《琵琶》工于南曲，用入韵是其所短。如《描容》曲中"两处堪悲，万愁怎摸"，愁

---

① 祭酒：职官名。隋唐时置国子监祭酒，为国子监之主管官，至清末废。这里喻指词曲界的首脑人物。

② 雅驯：文辞优美，典雅不俗。

是何物，而可摸乎？入声韵脚宜北不宜南之论，盖为初学者设，久于此道而得三昧[①]者，则左之右之，无不宜之矣。

别解务头

填词者必讲"务头"，然"务头"二字，千古难明。《啸余谱》中载《务头》一卷，前后胪列[②]，岂止万言，究竟"务头"二字，未经说明，不知何物。止于卷尾开列诸旧曲，以为体样，言某曲中第几句是务头，其间阴阳不可混用，去上、上去等字不可混施。若迹此求之，则除却此句之外，其平仄阴阳，皆可混用混施而不论矣。

又云某句是务头，可施俊语于其上。若是，则一曲之中，止该用一俊语，其余字句皆可潦草涂鸦[③]，而不必计其工拙矣。予谓立言之人，与当权秉轴[④]者无异。政令之出，关乎从违，断断可从，而后使民从之，稍背于此者，即在当违之列。凿凿[⑤]能信，始可发令，措词又须言之极明，论之极畅，使人一目了然。今单提某句为务头，谓阴阳平仄，断宜加严，俊语可施于上。此言未尝不是，其如举一废百，当从者寡，当违者众，是我欲加严，而天下之法律反从此

---

① 三昧：佛教用语，梵文的音译，意译为"正定"，意思是止息杂念，使心神平静，专注一境。借指事物的要领，真谛。

② 胪（lú）列：罗列，陈列。

③ 涂鸦：比喻书法拙劣或胡乱写作。

④ 秉轴：掌握轴心，比喻执政。

⑤ 凿凿：明确，真实。

而宽矣。况又嗫嚅[①]其词，吞多吐少，何所取义而称为务头，绝无一字之诠释。然则“葫芦提[②]”三字，何以服天下？吾恐狐疑者读之，愈重其狐疑，明了者观之，顿丧其明了，非立言之善策也。

予谓“务头”二字，既然不得其解，只当以不解解之。曲中有务头，犹棋中有眼，有此则活，无此则死。进不可战，退不可守者，无眼之棋，死棋也；看不动情，唱不发调者，无务头之曲，死曲也。一曲有一曲之务头，一句有一句之务头。字不聱牙，音不泛调，一曲中得此一句，即使全曲皆灵，一句中得此一二字，即使全句皆健者，务头也。由此推之，则不特曲有务头，诗词歌赋以及举子业，无一不有务头矣。人亦照谱按格，发舒性灵，求为一代之传书而已矣，岂得为谜语欺人者所惑，而阻塞词源，使不得顺流而下乎？

---

① 嗫嚅（niè rú）：有话想说又不敢说，吞吞吐吐的样子。

② 葫芦提：糊里糊涂。宋元时期口语。

词曲部下

宾白第四

自来作传奇者，止重填词，视宾白[①]为末着，常有“白雪”“阳春”其调，而“巴人”“下里”其言者[②]，予窃怪之。原其所以轻此之故，殆有说焉。元以填词擅长，名人所作，北曲多而南曲少。北曲之介白者，每折不过数言，即抹去宾白而止阅填词，亦皆一气呵成，无有断续，似并此数言亦可略而不备者。由是观之，则初时止有填词，其介白之文，未必不系后来添设。在元人，则以当时所重不在于此，是以轻之。后来之人，又谓元人尚在不重，我辈工此何为？遂不觉日轻一日，而竟置此道于不讲也。

予则不然。尝谓曲之有白，就文字论之，则犹经文之

① 宾白：传统戏曲中的说白，亦称“介白”。

② 巴人下里：战国时楚国的民间歌曲，后泛指通俗文艺。

于传注[①]；就物理论之，则如栋梁之于榱桷[②]；就人身论之，则如肢体之于血脉，非但不可相无，且觉稍有不称，即因此贱彼，竟作无用观者。故知宾白一道，当与曲文等视，有最得意之曲文，即当有最得意之宾白，但使笔酣墨饱，其势自能相生。常有因得一句好白，而引起无限曲情，又有因填一首好词，而生出无穷话柄者。是文与文自相触发，我止乐观厥[③]成，无所容其思议。此系作文恒情，不得幽渺其说，而作化境观也。

声务铿锵

宾白之学，首务铿锵。一句聱牙，俾听者耳中生棘；数言清亮，使观者倦处生神。世人但以音韵二字用之曲中，不知宾白之文，更宜调声协律。世人但知四六之句平间仄，仄间平，非可混施迭用，不知散体之文亦复如是。“平仄仄平平仄仄，仄平平仄仄平平”二语，乃千古作文之通诀，无一语一字可废声音者也。如上句末一字用平，则下句末一字定宜用仄，连用二平，则声带喑哑，不能耸听。下句末一字用仄，则接此一句之上句，其末一字定宜用平，连用二仄，则音类咆哮，不能悦耳。此言通篇之大较，非逐句逐字皆然也。能以作四六平仄之法，用于宾白之中，则

① 传（zhuàn）注：古代注释解说经典的文字。
② 榱桷（cuī jué）：屋椽。比喻担负重任的人物。
③ 厥：代词，其。

字字铿锵，人人乐听，有“金声掷地[①]”之评矣。

声务铿锵之法，不出平仄、仄平二语是已。然有时连用数平，或连用数仄，明知声欠铿锵，而限于情事，欲改平为仄、改仄为平，而决无平声仄声之字可代者。此则千古词人未穷其秘，予以探骊觅珠[②]之苦，入万丈深潭者，既久而后得之，以告同心。虽示无私，然未免可惜。

字有四声，平上去入是也。平居其一，仄居其三，是上去入三声皆丽[③]于仄。而不知上之为声，虽与去入无异，而实可介于平仄之间，以其别有一种声音，较之于平则略高，比之去入则又略低。古人造字审音，使居平仄之介，明明是一过文，由平至仄，从此始也。譬如四方声音，到处各别，吴有吴音，越有越语，相去不啻天渊，而一至接壤之处，则吴越之音相半，吴人听之觉其同，越人听之亦不觉其异。晋、楚、燕、秦以至黔、蜀，在在皆然，此即声音之过文，犹上声介于平去入之间也。

作宾白者，欲求声韵铿锵，而限于情事，求一可代之字而不得者，即当用此法以济其穷。如两句三句皆平，或两句三句皆仄，求一可代之字而不得，即用一上声之字介乎其间，以之代平可，以之代去入亦可。如两句三句皆平，间一上声之字，则其声是仄，不必言矣。即两句三句皆去

---

① 金声掷地：形容文章铿锵有力。

② 探骊觅珠：此处比喻写文章能抓住主题及要义。

③ 丽：附着。

声入声，而间一上声之字，则其字明明是仄而却似平，令人听之不知其为连用数仄者。此理可解而不可解，此法可传而实不当传，一传之后，则遍地金声，求一瓦缶之鸣而不可得矣。

语求肖似

文字之最豪宕，最风雅，作之最健人脾胃者，莫过填词一种。若无此种，几于闷杀才人，困死豪杰。予生忧患之中，处落魄之境，自幼至长，自长至老，总无一刻舒眉，惟于制曲填词之顷，非但郁藉以舒，愠[①]为之解，且尝僭[②]作两间最乐之人，觉富贵荣华，其受用不过如此，未有真境之为所欲为，能出幻境纵横之上者。我欲做官，则顷刻之间便臻荣贵；我欲致仕[③]，则转盼之际又入山林；我欲作人间才子，即为杜甫、李白之后身；我欲娶绝代佳人，即作王嫱[④]、西施之元配；我欲成仙作佛，则西天蓬岛[⑤]即在砚池笔架之前；我欲尽孝输忠，则君治亲年，可跻尧、舜、彭篯之上[⑥]。非若他种文字，欲作寓言，必须远引曲譬，蕴

---

① 愠（yùn）：生气、恼怒。

② 僭（jiàn）：超越本分。古代指地位在下者冒用在上者名义或礼仪、器物。

③ 致仕：旧时指交还官职，即辞官。

④ 王嫱：即王昭君，汉元帝时出嫁匈奴。

⑤ 蓬岛：即蓬莱岛，与方丈、瀛洲并称为古代传说中海上的三座神山。

⑥ 跻（jī）：登，上升。彭篯（jiān）：姓篯名铿，颛顼玄孙，封于彭城，故称“彭篯”或“彭祖”，传说活到八百岁。

藉包含，十分牢骚，还须留住六七分，八斗才学，止可使出二三升，稍欠和平，略施纵送，即谓失风人之旨，犯佻达之嫌，求为家弦户诵者难矣。

填词一家，则惟恐其蓄而不言，言之不尽。是则是矣，须知畅所欲言亦非易事。言者，心之声也，欲代此一人立言，先宜代此一人立心，若非梦往神游，何谓设身处地？无论立心端正者，我当设身处地，代生端正之想；即遇立心邪辟者，我亦当舍经从权[1]，暂为邪辟之思。务使心曲隐微，随口唾出，说一人，肖一人，勿使雷同，弗使浮泛，若《水浒传》之叙事，吴道子之写生，斯称此道中之绝技。果能若此，即欲不传，其可得乎？

词别繁减

传奇中宾白之繁，实自予始。海内知我者与罪我者半。知我者曰：从来宾白作说话观，随口出之即是，笠翁宾白当文章做，字字俱费推敲。从来宾白只要纸上分明，不顾口中顺逆，常有观刻本极其透彻，奏之场上便觉糊涂者，岂一人之耳目，有聪明聋聩之分乎？因作者只顾挥毫，并未设身处地，既以口代优人，复以耳当听者，心口相维，询其好说不好说，中听不中听，此其所以判然之故也。笠翁手则握笔，口却登场，全以身代梨园，复以神魂四绕，

---

① 舍经从权：变通常道以适应现实的需要。

考其关目，试其声音，好则直书，否则搁笔，此其所以观听咸宜也。

罪我者曰：填词既曰“填词”，即当以词为主；宾白既名“宾白”，明言白乃其宾。奈何反主作客，而犯树大于根之弊乎？笠翁曰：始作俑者[①]，实实为予，责之诚是也。但其敢于若是，与其不得不若是者，则均有说焉。请先白其不得不若是者。前人宾白之少，非有一定当少之成格。盖彼只以填词自任，留余地以待优人，谓引商刻羽我为政[②]，饰听美观彼为政，我以约略数言，示之以意，彼自能增益成文。

如今世之演《琵琶》《西厢》《荆》《刘》《拜》《杀》等曲，曲则仍之，其间宾白、科诨等事，有几处合于原本，以寥寥数言塞责者乎？且作新与演旧有别。《琵琶》《西厢》《荆》《刘》《拜》《杀》等曲，家弦户诵已久，童叟男妇皆能备悉情由，即使一句宾白不道，止唱曲文，观者亦能默会，是其宾白繁减可不问也。至于新演一剧，其间情事，观者茫然；词曲一道，止能传声，不能传情。欲观者悉其颠末，洞其幽微，单靠宾白一着。予非不图省力，亦留余地以待优人。但优人之中，智愚不等，能保其增益成

---

① 始作俑者：最初制作人俑来殉葬的人。语出《孟子·梁惠王上》：“仲尼曰：‘始作俑者，其无后乎！’”孔子认为用人俑陪葬，在道德上实与用真人陪葬无异，所以指责最初发明俑的人，一定会得到报应，断子绝孙。后世用以比喻首创恶例的人。

② 引商刻羽：严格按曲调规律作曲或演奏。为政：主持，负责。

文者悉如作者之意，毫无赘疣蛇足于其间乎？与其留余地以待增，不若留余地以待减，减之不当，犹存作者深心之半，犹病不服药之得中医[①]也。此予不得不若是之故也。

至其敢于若是者，则谓千古文章，总无定格，有创始之人，即有守成不变之人，有守成不变之人，即有大仍其意，小变其形，自成一家而不顾天下非笑之人。古来文字之正变为奇，奇翻为正者，不知凡几，吾不具论，止以多寡增益之数论之。《左传》《国语》，纪事之书也，每一事不过数行，每一语不过数字，初时未病其少；迨班固之作《汉书》，司马迁之为《史记》，亦纪事之书也，遂益数行为数十百行，数字为数十百字，岂有病其过多，而废《史记》《汉书》于不读者乎？此言少之可变为多也。诗之为道，当日但有古风，古风之体，多则数十百句，少亦十数句，初时亦未病其多；迨近体一出，则约数十百句为八句，绝句一出，又敛八句为四句，岂有病其渐少，而选诗之家止载古风，删近体绝句于不录者乎？此言多之可变为少也。

总之，文字短长，视其人之笔性。笔性遒劲者，不能强之使长；笔性纵肆者，不能缩之使短。文患不能长，又患其可以不长而必欲使之长。如其能长而又使人不可删逸，则虽为宾白中之古风《史》《汉》，亦何患哉？予则乌能当此，但为糠秕之导，以俟后来居上之人。

---

① 中医：医术中等的医生。《汉书·艺文志》："有病不治，常得中医。"有病不治未必是坏事，因为至少可以避免遇到庸医，实际上等于遇到了中等的医生。

予之宾白，虽有微长，然初作之时，竿头未进[①]，常有当俭不俭，因留余幅以俟剪裁，遂不觉流为散漫者。自今观之，皆吴下阿蒙[②]手笔也。如其天假以年，得于所传十种[③]之外，别有新词，则能保为犬夜鸡晨，鸣乎其所当鸣，默乎其所不得不默者矣。

字分南北

北曲有北音之字，南曲有南音之字，如南音自呼为“我”，呼人为“你”，北音呼人为“您”，自呼为“俺”为“咱”之类是也。世人但知曲内宜分，乌知白随曲转，不应两截。此一折之曲为南，则此一折之白悉用南音之字；此一折之曲为北，则此一折之白悉用北音之字。时人传奇多有混用者，即能间施于净丑，不知加严于生旦；此能分用于男子，不知区别于妇人。以北字近于粗豪，易入刚劲之口，南音悉多娇媚，便施窈窕[④]之人。殊不知声音驳杂，俗语呼为“两头蛮”，说话且然，况登场演剧乎？此论为全套南曲、全套北曲者言之，南北相间，如〔新水令〕、〔步步娇〕之类，则在所不拘。

---

① 竿头未进：指造诣未达到很高的境界。

② 吴下阿蒙：阿蒙，指三国名将吕蒙。原习武略，后听从孙权劝说，笃学不倦，后以吴下阿蒙比喻人学识浅陋。

③ 十种：即《笠翁十种曲》。

④ 窈窕：指女子文静而美好。

文贵洁净

白不厌多之说，前论极详，而此复言洁净。洁净者，简省之别名也。洁则忌多，减始能净，二说不无相悖乎？曰：不然。多而不觉其多者，多即是洁；少而尚病其多者，少亦近芜。予所谓多，谓不可删逸之多，非唱沙作米、强凫变鹤之多也[①]。作宾白者，意则期多，字惟求少，爱虽难割，嗜亦宜专。每作一段，即自删一段，万不可删者始存，稍有可削者即去。此言逐出初填之际，全稿未脱之先，所谓慎之于始也。

然我辈作文，常有人以为非，而自认作是者；又有初信为是，而后悔其非者。文章出自己手，无一非佳；诗赋论其初成，无语不妙。迨易日经时之后，取而观之，则妍媸好丑之间，非特人能辨别，我亦自解雌黄[②]矣。此论虽说填词，实各种诗文之通病，古今才士之恒情也。凡作传奇，当于开笔之初，以至脱稿之后，隔日一删，逾月一改，始能淘沙得金，无瑕瑜互见之失矣。此说予能言之不能行之者，则人与我中分其咎[③]。

予终岁饥驱，杜门日少，每有所作，率多草草成篇，

---

① 唱沙作米：比喻以假乱真或以劣为优。强凫变鹤：指硬把野鸭变作仙鹤。比喻滥竽充数，徒多无益。

② 雌黄：矿物名，古人用来涂改文字。此处指善恶、优劣。

③ 咎（jiù）：过失，罪过。

章名急就，非不欲删，非不欲改，无可删可改之时也。每成一剧，才落毫端，即为坊人攫去，下半犹未脱稿，上半业已灾梨[①]，非止灾梨，彼伶工之捷足者，又复灾其肺肠，灾其唇舌，遂使一成不改，终为痼疾难医。予非不务洁净，天实使之，谓之何哉！

意取尖新

“纤巧”二字，行文之大忌也，处处皆然，而独不戒于传奇一种。传奇之为道也，愈纤愈密，愈巧愈精。词人忌在老实，老实二字，即纤巧之仇家敌国也。然“纤巧”二字，为文人鄙贱已久，言之似不中听，易以“尖新”二字，则似变瑕成瑜。其实尖新即是纤巧，犹之暮四朝三[②]，未尝稍异。同一话也，以尖新出之，则令人眉扬目展，有如闻所未闻；以老实出之，则令人意懒心灰，有如听所不必听。白有尖新之文，文有尖新之句，句有尖新之字，则列之案头，不观则已，观则欲罢不能；奏之场上，不听则已，听则求归不得。尤物足以移人[③]，“尖新”二字，即文中之尤物也。

少用方言

填词中方言之多，莫过于《西厢》一种，其余今词古

① 灾梨：谓刻印无用的书，祸及刻版的梨木。常用作刻印的谦词。
② 暮四朝三：原比喻用诈术欺骗人。后来用以比喻变化多端，捉摸不定。
③ 移人：使人的精神情态改变。

曲，在在有之。非止词曲，即《四书》之中，《孟子》一书亦有方言，天下不知而予独知之，予读《孟子》五十余年不知，而今知之，请先毕其说。儿时读“自反而缩，虽褐宽博，吾不惴焉”，观朱注云：“褐，贱者之服；宽博，宽大之衣。”心甚惑之。因生南方，南方衣褐者寡，间有服者，强半富贵之家，名虽褐而实则绒也。因讯蒙师，谓褐乃贵人之衣，胡云贱者之服？既云贱衣，则当从约，短一尺，省一尺购办之资，少一寸，免一寸缝纫之力，胡不窄小其制而反宽大其形，是何以故？师默然不答，再询，则顾左右而言他。

具此狐疑，数十年未解。及近游秦塞，见其土著之民，人人衣褐，无论丝罗罕觏，即见一二衣布者，亦类空谷足音。因地寒不毛，止以牧养自活，织牛羊之毛以为衣，又皆粗而不密，其形似毯，诚哉其为贱者之服，非若南方贵人之衣也！又见其宽则倍身，长复扫地。即而讯之，则曰：“此衣之外，不复有他，衫裳襦裤，总以一物代之，日则披之当服，夜则拥以为衾，非宽不能周遭其身，非长不能尽覆其足。《鲁论》‘必有寝衣，长一身有半’[①]，即是类也。”予始幡然大悟曰：“太史公著书，必游名山大川，其斯之谓欤！”盖古来圣贤多生西北，所见皆然，故方言随口而出。

---

①《鲁论》：即《鲁论语》，《论语》的汉代传本之一。此处引文见《论语·乡党》。

朱文公南人也[①]，彼乌知之？故但释字义，不求甚解，使千古疑团，至今未破。非予远游绝塞，亲觏其人，乌知斯言之不谬哉？

由是观之，《四书》之文犹不可尽法，况《西厢》之为词曲乎？凡作传奇，不宜频用方言，令人不解。近日填词家，见花面登场，悉作姑苏口吻，遂以此为成律，每作净丑之白，即用方言，不知此等声音，止能通于吴越，过此以往，则听者茫然。传奇天下之书，岂仅为吴越而设？至于他处方言，虽云入曲者少，亦视填词者所生之地。如汤若士生于江右[②]，即当规避江右之方言，粲花主人吴石渠[③]生于阳羡，即当规避阳羡之方言。盖生此一方，未免为一方所囿。有明是方言，而我不知其为方言，及入他境，对人言之而人不解，始知其为方言者。诸如此类，易地皆然。欲作传奇，不可不存桑弧蓬矢之志[④]。

---

① 朱文公南人也：朱文公，即朱熹，字元晦，谥文，世称朱文公。祖籍徽州府婺源县（今江西婺源），出生于南剑州尤溪（今福建尤溪），所以说是“南人”。

② 江右：江西的别称，古时在地理上以西为右，江西以此得名。

③ 吴石渠：即吴炳，字可先，号石渠，晚年自称“粲花主人”，阳羡（今江苏宜兴）人，明末戏曲作家，主要作品有《绿牡丹》《画中人》《西园记》《情邮记》《疗妒羹》，后人合称为《粲花五种》。

④ 桑弧蓬矢之志：古代诸侯生子后举行仪式，以桑木制弓，蓬草为矢，射向天地四方，象征男儿长成亦必如蓬矢般雄飞四方。后指男子经营天下四方的远大志向。

时防漏孔

一部传奇之宾白，自始至终，奚[①]啻千言万语？多言多失，保无前是后非，有呼不应，自相矛盾之病乎？如《玉簪记》[②]之陈妙常，道姑也，非尼僧也，其白云“姑娘在禅堂[③]打坐”，其曲云“从今孽债染缁衣[④]”“禅堂”“缁衣”皆尼僧字面，而用入道家，有是理乎？诸如此类者，不能枚举。总之，文字短少者，易为检点；长大者，难于照顾。吾于古今文字中，取其最长最大，而寻不出纤毫渗漏者，惟《水浒传》一书。设以他人为此，几同笊篱[⑤]贮水，珠箔[⑥]遮风，出者多而进者少，岂止三十六漏孔而已哉？

科诨第五

插科打诨[⑦]，填词之末技也，然欲雅俗同欢，智愚共

---

① 奚：疑问词，何，为何。
②《玉簪记》：明代高濂创作的传奇，讲述了道姑陈妙常与书生潘必正的爱情故事。
③ 禅堂：佛教徒打坐修行的堂室。
④ 缁衣：这里指僧尼的服装。
⑤ 笊篱：用竹篾等制成的漏勺。
⑥ 珠箔：珠帘。箔，门帘。
⑦ 插科打诨：指戏曲演员在表演中插入一些滑稽的动作和诙谐的语言来引人发笑。

赏，则当全在此处留神。文字佳，情节佳，而科诨不佳，非特俗人怕看，即雅人韵士，亦有瞌睡之时。作传奇者，全要善驱睡魔，睡魔一至，则后乎此者虽有钧天[①]之乐，《霓裳羽衣》之舞，皆付之不见不闻，如对泥人作揖，土佛谈经矣。予尝以此告优人，谓戏文好处，全在下半本。只消三两个瞌睡，便隔断一部神情。瞌睡醒时，上文下文已不接续，即使抖起精神再看，只好断章取义，作零出观。若是，则科诨非科诨，乃看戏之人参汤也。养精益神，使人不倦，全在于此，可作小道观乎？

戒淫亵

戏文中花面插科，动及淫邪之事，有房中道不出口之话，公然道之戏场者。无论雅人塞耳，正士低头，惟恐恶声之污听，且防男女同观，共闻亵语，未必不开窥窃之门。郑声宜放，正为此也。不知科诨之设，止为发笑，人间戏语尽多，何必专谈欲事？即谈欲事，亦有“善戏谑兮，不为虐兮”之法，何必以口代笔，画出一幅春意图，始为善谈欲事者哉？人问：善谈欲事，当用何法，请言一二以概之。予曰：如说口头俗语，人尽知之者，则说半句，留半句，或说一句，留一句，令人自思。则欲事不挂齿颊，而与说出相同，此一法也。如讲最亵之话虑人触耳者，则借

① 钧天：“钧天广乐”的略语，指天上的音乐。

他事喻之，言虽在此，意实在彼，人尽了然，则欲事未入耳中，实与听见无异，此又一法也。得此二法，则无处不可类推矣。

忌俗恶

科诨之妙，在于近俗，而所忌者，又在于太俗。不俗则类腐儒之谈，太俗即非文人之笔。吾于近剧中，取其俗而不俗者，《还魂》而外，则有《粲花五种》，皆文人最妙之笔也。《粲花五种》之长，不仅在此，才锋笔藻，可继《还魂》，其稍逊一筹者，则在气与力之间耳。《还魂》气长，《粲花》稍促；《还魂》力足，《粲花》略亏。虽然，汤若士之《四梦》，求其气长力足者，惟《还魂》一种，其余三剧则与《粲花》并肩。使粲花主人及今犹在，奋其全力，另制一种新词，则词坛赤帜，岂仅为若士一人所攫哉？所恨予生也晚，不及与二老同时。他日追及泉台[1]，定有一番倾倒，必不作妒而欲杀之状，向阎罗天子掉舌，排挤后来人也。

重关系

科诨二字，不止为花面而设，通场脚色皆不可少。生旦有生旦之科诨，外末有外末之科诨，净丑之科诨则其分

---

① 泉台：坟墓。亦指阴间。

内事也。然为净丑之科诨易，为生旦外末之科诨难。雅中带俗，又于俗中见雅；活处寓板，即于板处证活。此等虽难，犹是词客优为之事。所难者，要有关系。关系维何？曰：于嘻笑诙谐之处，包含绝大文章；使忠孝节义之心，得此愈显。如老莱子之舞斑衣[①]，简雍之说淫具[②]，东方朔之笑彭祖面长[③]，此皆古人中之善于插科打诨者也。作传奇者，苟能取法于此，是科诨非科诨，乃引人入道之方便法门耳。

贵自然

科诨虽不可少，然非有意为之。如必欲于某折之中，插入某科诨一段，或预设某科诨一段，插入某折之中，则是觅妓追欢，寻人卖笑，其为笑也不真，其为乐也亦甚苦矣。妙在水到渠成，天机自露。“我本无心说笑话，谁知笑话逼人来”，斯为科诨之妙境耳。如前所云简雍说淫具，东

---

① 老莱子之舞斑衣：老莱子，春秋楚人，性至孝，年七十还常着五色斑斓衣，为婴儿戏，以娱双亲。

② 简雍之说淫具：简雍，字宪和，三国时刘备帐下谋士，官拜昭德将军。据《三国志·简雍传》载：“时天旱禁酒，酿者有刑。吏于人家索得酿具，论者欲令与作酒者同罚。雍与先主（刘备）游观，见一男女行道，谓先主曰：‘彼人欲行淫，何以不缚？’先主曰：‘卿何以知之？’雍对曰：‘彼有其具，与欲酿者同。’先主大笑，而原欲酿者。”

③ 东方朔之笑彭祖面长：东方朔，字曼倩，西汉时期著名的文学家。汉武帝时诏拜为郎，后任常侍郎、太中大夫等职。性格诙谐，言词敏捷，滑稽多智。笑彭祖事详见下节。

方朔笑彭祖，即取二事论之。

蜀先主时，天旱禁酒，有吏向一人家索出酿酒之具，论者欲置之法。雍与先主游，见男女各行道上，雍谓先主曰："彼欲行淫，请缚之。"先主曰："何以知其行淫？"雍曰："各有其具，与欲酿未酿者同，是以知之。"先主大笑，而释蓄酿具者。汉武帝时，有善相者，谓人中长一寸，寿当百岁。东方朔大笑，有司奏以不敬。帝责之，朔曰："臣非笑陛下，乃笑彭祖耳。人中一寸则百岁，彭祖岁八百，其人中不几八寸乎？人中八寸，则面几长一丈矣，是以笑之。"

此二事，可谓绝妙之诙谐，戏场有此，岂非绝妙之科诨？然当时必亲见男女同行，因而说及淫具；必亲听人中一寸寿当百岁之说，始及彭祖面长，是以可笑，是以能悟人主。如其未见未闻，突然引此为喻，则怒之不暇，笑从何来？笑既不得，悟从何有？此即贵自然、不贵勉强之明证也。吾看演《南西厢》，见法聪口中所说科诨，迂奇诞妄，不知何处生来，真令人欲逃欲呕，而观者听者绝无厌倦之色，岂文章一道，俗则争取，雅则共弃乎？

格局第六

传奇格局，有一定而不可移者，有可仍可改，听人自为政者。开场用末[①]，冲场用生；开场数语，包括通篇，冲场一出，蕴酿全部，此一定不可移者。开手宜静不宜喧，终场忌冷不忌热，生旦合为夫妇，外[②]与老旦非充父母即作翁姑，此常格也。然遇情事变更，势难仍旧，不得不通融兑换而用之，诸如此类，皆其可仍可改，听人为政者也。近日传奇，一味趋新，无论可变者变，即断断当仍者，亦加改窜，以示新奇。予谓文字之新奇，在中藏，不在外貌，在精液，不在渣滓，犹之诗赋古文以及时艺，其中人才辈出，一人胜似一人，一作奇于一作，然止别其词华，未闻异其资格。有以古风之局而为近律者乎？有以时艺之体而作古文者乎？绳墨不改，斧斤自若，而工师之奇巧出焉。行文之道，亦若是焉。

家　门[③]

开场数语，谓之“家门”。虽云为字不多，然非结构已完、胸有成竹者，不能措手。即使规模已定，犹虑做到其间，势有阻挠，不得顺流而下，未免小有更张，是以此折最难下笔。如机锋锐利，一往而前，所谓信手拈来，头

① 末：传统戏曲行当的一种，主要扮演中老年男性人物，最初出现于宋杂剧，在元杂剧和明清传奇里，也保留了末的行当，后世逐渐归入生行。

② 外：传统戏曲艺术中的一个行当，大致是指生、旦、净等行当的副角，不表现确定的人物性格特征。

③ 家门：明清传奇的第一出，由副末登场念一两首诗词，简述写作缘起和剧情梗概，称作“家门”。

头是道，则从此折做起，不则姑缺首篇，以俟终场补入。犹塑佛者不即开光[①]，画龙者点睛有待[②]，非故迟之，欲俟全像告成，其身向左则目宜左视，其身向右则目宜右观，俯仰低徊，皆从身转，非可预为计也。此是词家讨便宜法，开手即以告人，使后来作者未经捉笔，先省一番无益之劳，知笠翁为此道功臣，凡其所言，皆真切可行之事，非大言欺世者比也。

未说家门，先有一上场小曲，如〔西江月〕、〔蝶恋花〕之类，总无成格，听人拈取。此曲向来不切本题，止是劝人对酒忘忧、逢场作戏诸套语。予谓词曲中开场一折，即古文之冒头[③]，时文之破题[④]，务使开门见山，不当借帽覆顶。即将本传中立言大意，包括成文，与后所说家门一词相为表里。前是暗说，后是明说，暗说似破题，明说似承题[⑤]，如此立格，始为有根有据之文。场中阅卷，看至第二三行而始觉其好者，即是可取可弃之文；开卷之初，能将试官眼睛一把拿住，不放转移，始为必售之技。吾愿才人举笔，尽作是观，不止填词而已也。

---

① 开光：佛像完成后，择日开始供奉的仪式。

② 画龙者点睛有待：南朝梁张僧繇在金陵安乐寺的壁上画龙，为其中二龙点上眼睛，龙便破壁乘云飞去。后用以比喻绘画、作文时在最重要之处加上一笔，使全体更加生动传神。

③ 冒头：文章的开端、引子之类。

④ 破题：八股文（时文）的第一股，用一两句话说破文题的要义。

⑤ 承题：八股文的第二股，用三句或四句，承接破题，对题目进一步说明。

元词开场，止有冒头数语，谓之“正名[①]”，又曰“楔子[②]”，多则四句，少则二句，似为简捷。然不登场则已，既用副末上场，脚才点地，遂尔抽身，亦觉张皇失次。增出家门一段，甚为有理。然家门之前，另有一词，今之梨园皆略去前词，只就家门说起，止图省力，埋没作者一段深心。大凡说话作文，同是一理，入手之初，不宜太远，亦正不宜太近。文章所忌者，开口骂题。便说几句闲文，才归正传，亦未尝不可。胡遽惜字如金，而作此卤莽灭裂之状也？作者万勿因其不读而作省文。至于末后四句[③]，非止全该[④]，又宜别俗。元人楔子，太近老实，不足法也。

冲场

开场第二折，谓之“冲场”。冲场者，人未上而我先上也。必用一悠长引子[⑤]。引子唱完，继以诗词及四六排语，谓之“定场白”，言其未说之先，人不知所演何剧，耳目摇摇，得此数语，方知下落，始未定而今方定也。此折之一引一词，较之前折家门一曲，犹难措手。务以寥寥数言，道尽本人一腔心事，又且蕴酿全部精神，犹家门之

① 正名：元明杂剧开头有两句或四句对子，总括全剧内容。一般称前一句或前两句为“题目”，后一句或后两句为“正名”。

② 楔子：元杂剧结构中四折之外的情节段落，或在句首，或在折与折之间。

③ 末后四句：南戏和明清戏曲第一出末尾的四句下场诗。

④ 全该：全面概括。

⑤ 引子：南曲中人物上场所唱的部分曲牌，皆为散板，称作“引子”。

括尽无遗也。同属包括之词，而分难易于其间者，以家门可以明说，而冲场引子及定场诗词全用暗射[①]，无一字可以明言故也。

非特一本戏文之节目全于此处埋根，而作此一本戏文之好歹，亦即于此时定价。何也？开手笔机飞舞，墨势淋漓，有自由自得之妙，则把握在手，破竹之势已成，不忧此后不成完璧。如此时此际文情艰涩，勉强支吾，则朝气昏昏，到晚终无晴色，不如不作之为愈也。然则开手锐利者宁有几人？不几阻抑后辈，而塞填词之路乎？曰：不然。有养机使动之法在：如入手艰涩，姑置勿填，以避烦苦之势；自寻乐境，养动生机，俟襟怀略展之后，仍复拈毫，有兴即填，否则又置，如是者数四，未有不忽撞天机者。若因好句不来，遂以俚词塞责，则走入荒芜一路，求辟草昧而致文明，不可得矣。

出脚色

本传中有名脚色，不宜出之太迟。如生为一家，旦为一家，生之父母随生而出，旦之父母随旦而出，以其为一部之主，余皆客也。虽不定在一出二出，然不得出四五折之后。太迟则先有他脚色上场，观者反认为主，及见后来人，势必反认为客矣。即净丑脚色之关乎全部者，亦不宜出之

① 暗射：暗中点破。

太迟。善观场者，止于前数出所见，记其人之姓名；十出以后，皆是枝外生枝，节中长节，如遇行路之人，非止不问姓字，并形体面目皆可不必认矣。

小收煞[①]

上半部之末出，暂摄情形，略收锣鼓，名为“小收煞”。宜紧忌宽，宜热忌冷，宜作郑五歇后[②]，令人揣摩下文，不知此事如何结果。如做把戏者，暗藏一物于盆盎衣袖之中，做定而令人射覆[③]，此正做定之际，众人射覆之时也。戏法无真假，戏文无工拙，只是使人想不到、猜不着，便是好戏法、好戏文。猜破而后出之，则观者索然，作者赧然[④]，不如藏拙之为妙矣。

大收煞

全本收场，名为“大收煞”。此折之难，在无包括之痕，而有团圆之趣。如一部之内，要紧脚色共有五人，其先东西南北各自分开，到此必须会合。此理谁不知之？但其会合之故，须要自然而然，水到渠成，非由车戽[⑤]。最忌

---

① 小收煞：传奇剧本分为上下两部，情节至上部末告一段落，称作“小收煞”。

② 郑五歇后：唐代郑綮作诗多用歇后语，时称“郑五歇后体”。

③ 射覆：一种猜物游戏。将物品藏在碗盆下，让人猜想。

④ 赧（nǎn）然：难为情的样子。

⑤ 车戽（hù）：用水车汲水。戽，灌田汲水用的旧式农具，这里用作动词。

无因而至，突如其来，与勉强生情，拉成一处，令观者识其有心如此，与恕其无可奈何者，皆非此道中绝技，因有包括之痕也。骨肉团聚，不过欢笑一场，以此收锣罢鼓，有何趣味？

水穷山尽之处，偏宜突起波澜，或先惊而后喜，或始疑而终信，或喜极信极而反致惊疑，务使一折之中，七情俱备，始为到底不懈之笔，愈远愈大之才，所谓有团圆之趣者也。予训儿辈尝云："场中作文，有倒骗主司入彀[①]之法：开卷之初，当以奇句夺目，使之一见而惊，不敢弃去，此一法也；终篇之际，当以媚语摄魂，使之执卷留连，若难遽别，此一法也。"收场一出，即勾魂摄魄之具，使人看过数日，而犹觉声音在耳、情形在目者，全亏此出撒娇，作"临去秋波那一转"[②] 也。

填词余论

读金圣叹所评《西厢记》，能令千古才人心死。夫人作文传世，欲天下后代知之也，且欲天下后代称许而赞叹之也。殆其文成矣，其书传矣，天下后代既群然知之，复

---

① 入彀（gòu）：比喻受人牢笼，被人操纵或控制。

② 临去秋波那一转：语出《西厢记》第一本第一折。这里形容戏曲作品令人回味无穷。

群然称许而赞叹之矣，作者之苦心，不几大慰乎哉？予曰：未甚慰也。誉人而不得其实，其去毁也几希。但云千古传奇当推《西厢》第一，而不明言其所以为第一之故，是西施之美，不特有目者赞之，盲人亦能赞之矣。自有《西厢》以迄于今，四百余载，推《西厢》为填词第一者，不知几千万人，而能历指其所以为第一之故者，独出一金圣叹。是作《西厢》者之心，四百余年未死，而今死矣。不特作《西厢》者心死，凡千古上下操觚[1]立言者之心，无不死矣。人患不为王实甫耳，焉知数百年后，不复有金圣叹其人哉！

圣叹之评《西厢》，可谓晰毛辨发，穷幽极微，无复有遗议于其间矣。然以予论之，圣叹所评，乃文人把玩之《西厢》，非优人搬弄之《西厢》也。文字之三昧，圣叹已得之；优人搬弄之三昧，圣叹犹有待焉。如其至今不死，自撰新词几部，由浅及深，自生而熟，则又当自火其书，而别出一番诠解。甚矣，此道之难言也。

圣叹之评《西厢》，其长在密，其短在拘，拘即密之已甚者也。无一句一字，不逆溯其源，而求命意之所在，是则密矣。然亦知作者于此，有出于有心，有不必尽出于有心者乎？心之所至，笔亦至焉，是人之所能为也；若夫笔之所至，心亦至焉，则人不能尽主之矣。且有心不欲然，

---

① 操觚（gū）：执笔作文。觚，用于书写的木简。

而笔使之然，若有鬼物主持其间者，此等文字，尚可谓之有意乎哉？文章一道，实实通神，非欺人语。千古奇文，非人为之，神为之、鬼为之也，人则鬼神所附者耳。

卷二 演习部

选剧第一

（选脚色，正音韵等事，载在《歌舞》项下。男优女乐，事理相同，欲习声乐者，两类互观，始无缺略。）

填词之设，专为登场；登场之道，盖亦难言之矣。词曲佳而搬演不得其人，歌童好而教率不得其法，皆是暴殄天物，此等罪过，与裂缯[①]毁璧等也。方今贵戚通侯[②]，恶谈杂技，单重声音，可谓雅人深致，崇尚得宜者矣。所可惜者：演剧之人美，而所演之剧难称尽美；崇雅之念真，而所崇之雅未必果真。尤可怪者：最有识见之客，亦作矮人观场[③]，人言此本最佳，而辄随声附和，见单[④]即点，不

① 缯：古代对丝织品的总称。

② 通侯：秦代爵位分为二十等，最高者为通侯。这里泛指达官显贵。

③ 矮人观场：比喻随声附和，毫无己见。

④ 单：戏单。

问情理之有无，以致牛鬼蛇神塞满氍毹[①]之上。

极长词赋之人，偏与文章为难，明知此剧最好，但恐偶违时好，呼名即避，不顾才士之屈伸，遂使锦篇绣帙，沉埋瓿瓮之间。汤若士之《牡丹亭》《邯郸梦》得以盛传于世，吴石渠之《绿牡丹》《画中人》得以偶登于场者，皆才人侥幸之事，非文至必传之常理也。若据时优本念，则愿秦皇复出，尽火文人已刻之书，止存优伶所撰诸抄本，以备家弦户诵而后已。伤哉，文字声音之厄，遂至此乎！

吾谓《春秋》之法，责备贤者，[②] 当今瓦缶雷鸣，金石绝响，非歌者投胎之误，优师指路之迷，皆顾曲周郎[③]之过也。使要津之上，得一二主持风雅之人，凡见此等无情之剧，或弃而不点，或演不终篇而斥之使罢，上有憎者，下必有甚焉者矣。观者求精，则演者不敢浪习，黄绢色丝之曲，外孙齑臼之词[④]，不求而自至矣。吾论演习之工而首重选剧者，诚恐剧本不佳，则主人之心血，歌者之精神，皆施于无用之地。使观者口虽赞叹，心实咨嗟[⑤]，何如择术务精，使人心口皆羡之为得也。

---

① 氍毹（qú shū）：毛织的地毯，旧时演戏多铺在地上，故常用来借指舞台。

②《春秋》之法，责备贤者：《春秋》对所谓贤者要求更为严格。旧时在对人提出批评时常用这句话，表示敬重对方之意。

③ 顾曲周郎：三国周瑜精于音律，常指出演奏中的错误。故时有人谣曰：“曲有误，周郎顾。”代指音乐素养很高的鉴赏家。

④ 黄绢色丝之曲，外孙齑（jī）臼之词：“绝妙好辞”的隐语。齑，捣碎；臼，石臼，用以捣蒜。齑与臼都承受辛辣之物，所以又称齑臼为“受辛”。

⑤ 咨嗟（zī jiē）：叹息。

别古今

选剧授歌童，当自古本始。古本既熟，然后间以新词，切勿先今而后古。何也？优师教曲，每加工于旧而草草于新。以旧本人人皆习，稍有谬误，即形出短长；新本偶尔一见，即有破绽，观者听者未必尽晓，其拙尽有可藏。且古本相传至今，历过几许名师，传有衣钵[①]，未当而必归于当，已精而益求其精，犹时文中“大学之道”“学而时习之”诸篇[②]，名作如林，非敢草草动笔者也。新剧则如巧搭新题，偶有微长，则动主司之目矣。

故开手学戏，必宗古本。而古本又必从《琵琶》《荆钗》《幽闺》《寻亲》等曲唱起，盖腔板之正，未有正于此者。此曲善唱，则以后所唱之曲，腔板皆不谬矣。旧曲既熟，必须间以新词。切勿听拘士腐儒之言，谓新剧不如旧剧，一概弃而不习。盖演古戏，如唱清曲[③]，只可悦知音数人之耳，不能娱满座宾朋之目。听古乐而思卧，听新乐而忘倦。

古乐不必《箫》《韶》，《琵琶》《幽闺》等曲，即今之

---

① 衣钵（bō）：原指佛教中师父传授给徒弟的袈裟和钵，后泛指传授下来的思想、学问、技能等。

② 大学之道：《大学》首句。学而时习之：《论语》首句。二句常被用作时文之题。

③ 唱清曲：清唱剧曲或散曲，只用笙、笛、三弦和鼓板伴奏，不用锣鼓，也没有宾白和表演。

古乐也。但选旧剧易，选新剧难。教歌习舞之家，主人必多冗事，且恐未必知音，势必委诸门客，询之优师。门客岂尽周郎，大半以优师之耳目为耳目。而优师之中，淹通文墨者少，每见才人所作，辄思避之，以凿枘不相入[①]也。故延[②]优师者，必择文理稍通之人，使阅新词，方能定其美恶。又必藉文人墨客参酌其间，两议佥同[③]，方可授之使习。此为主人多冗，不谙音乐者而言。若系风雅主盟，词坛领袖，则独断有余，何必知而故询。噫，欲使梨园风气丕[④]变维新，必得一二缙绅长者主持公道，俾词之佳音必传，剧之陋者必黜，则千古才人心死，现在名流，有不以沉香刻木而祀之者乎？

剂冷热

今人之所尚，时优之所习，皆在“热闹”二字；冷静之词，文雅之曲，皆其深恶而痛绝者也。然戏文太冷，词曲太雅，原足令人生倦，此作者自取厌弃，非人有心置之也。然尽有外貌似冷而中藏极热，文章极雅而情事近俗者，何难稍加润色，播入管弦？乃不问短长，一概以冷落弃之，则难服才人之心矣。予谓传奇无冷热，只怕不合人情。如

---

① 凿枘（ruì）不相入：圆榫眼，方榫头，合不起来。比喻格格不入。凿，榫眼。枘，榫头。

② 延：聘请。

③ 佥（qiān）同：一致赞成。

④ 丕：大。

其离合悲欢，皆为人情所必至，能使人哭，能使人笑，能使人怒发冲冠，能使人惊魂欲绝，即使鼓板不动，场上寂然，而观者叫绝之声，反能震天动地。是以人口代鼓乐，赞叹为战争，较之满场杀伐，钲鼓雷鸣，而人心不动，反欲掩耳避喧者为何如？岂非冷中之热，胜于热中之冷；俗中之雅，逊于雅中之俗乎哉？

变调第二

变调者，变古调为新调也。此事甚难，非其人不行，存此说以俟作者。才人所撰诗赋古文，与佳人所制锦绣花样，无不随时更变。变则新，不变则腐；变则活，不变则板。至于传奇一道，尤是新人耳目之事，与玩花赏月同一致也。使今日看此花，明日复看此花，昨夜对此月，今夜复对此月，则不特我厌其旧，而花与月亦自愧其不新矣。故桃陈则李代，月满即哉生[①]。花月无知，亦能自变其调，矧词曲出生人之口，独不能稍变其音，而百岁登场，乃为三万六千日雷同合掌之事乎？吾每观旧剧，一则以喜，一则以惧。喜则喜其音节不乖，耳中免生芒刺；惧则惧其情

---

① 哉生：语出《尚书·康诰》："惟三月，哉生魄。"农历每月十六日月始缺，称"哉生魄"。哉，才，始。

事太熟，眼角如悬赘疣。学书学画者，贵在仿佛大都[①]，而细微曲折之间，正不妨增减出入。若止为依样葫芦，则是以纸印纸，虽云一线不差，少天然生动之趣矣。因创二法，以告世之执郢斤者[②]。

缩长为短

观场之事，宜晦不宜明。其说有二：优孟衣冠[③]，原非实事，妙在隐隐跃跃之间。若于日间搬弄，则太觉分明，演者难施幻巧，十分音容，止作得五分观听，以耳目声音散而不聚故也。且人无论富贵贫贱，日间尽有当行之事，阅之未免妨工。抵暮登场，则主客心安，无妨时失事之虑，古人秉烛夜游，正为此也。然戏之好者必长，又不宜草草完事，势必阐扬志趣，摹拟神情，非达旦不能告阕[④]。然求其可以达旦之人，十中不得一二，非迫于来朝之有事，即限于此际之欲眠，往往半部即行，使佳话截然而止。

予尝谓好戏若逢贵客，必受腰斩之刑。虽属谑言，然实事也。与其长而不终，无宁短而有尾。故作传奇付优人，必先示以可长可短之法：取其情节可省之数折，另作暗号

---

① 大都：差不多，大概近似。

② 执郢斤者：指技艺高超的匠人。此指文章高手。

③ 优孟衣冠：春秋时楚国艺人优孟，孙叔敖死后，其子穷困无依，优孟着孙叔敖衣冠，模仿其神态朝见楚庄王。庄王大惊，优孟乃趁机讽谏，使孙叔敖之子得到封地，保有富贵。后指登场演戏或假扮古人、模仿他人。

④ 告阕：这里指事情结束。

记之，遇清闲无事之人，则增入全演，否则拔而去之。此法是人皆知，在梨园亦乐于为此。但不知减省之中，又有增益之法，使所省数折，虽去若存，而无断文截角之患者，则在秉笔之人略加之意而已。

法于所删之下折，另增数语，点出中间一段情节，如云昨日某人来说某话，我如何答应之类是也；或于所删之前一折，预为吸起，如云我明日当差某人去干某事之类是也。如此，则数语可当一折，观者虽未及看，实与看过无异，此一法也。予又谓多冗之客，并此最约者亦难终场，是删与不删等耳。尝见贵介命题，止索杂单，不用全本，皆为可行即行，不受戏文牵制计也。

予谓全本太长，零出太短，酌乎二者之间，当仿《元人百种》之意，而稍稍扩充之，另编十折一本，或十二折一本之新剧，以备应付忙人之用。或即将古书旧戏，用长房妙手[①]，缩而成之。但能沙汰得宜，一可当百，则寸金丈铁，贵贱攸分，识者重其简贵，未必不弃长取短，另开一种风气，亦未可知也。此等传奇，可以一席两本，如佳客并坐，势不低昂，皆当在命题之列者，则一后一先，皆可为政，是一举两得之法也。有暇即当属草，请以《下里》《巴人》，为《白雪》《阳春》之倡。

---

① 长房妙手：费长房，东汉方士。据晋葛洪《神仙传》，费长房“有神术，能缩地脉，千里存在，目前宛然，放之复舒如旧也”。固称其有缩地术。

变旧成新

演新剧如看时文，妙在闻所未闻，见所未见；演旧剧如看古董，妙在身生后世，眼对前朝。然而古董之可爱者，以其体质愈陈愈古，色相愈变愈奇。如铜器玉器之在当年，不过一刮磨光莹之物耳，迨其历年既久，刮磨者浑全无迹，光莹者斑驳成文，是以人人相宝，非宝其本质如常，宝其能新而善变也。使其不异当年，犹然是一刮磨光莹之物，则与今时旋[①]造者无别，何事什佰其价而购之哉？

旧剧之可珍，亦若是也。今之梨园，购得一新本，则因其新而愈新之，饰怪妆奇，不遗余力；演到旧剧，则千人一辙，万人一辙，不求稍异。观者如听蒙童背书，但赏其熟，求一换耳换目之字而不得，则是古董便为古董，却未尝易色生斑，依然是一刮磨光莹之物，我何不取旋造者观之，犹觉耳目一新，何必定为村学究，听蒙童背书之为乐哉？然则生斑易色，其理甚难，当用何法以处此？曰：有道焉。仍其体质，变其丰姿，如同一美人，而稍更衣饰，便足令人改观，不俟变形易貌，而始知别一神情也。

体质维何？曲文与大段关目是已。丰姿维何？科诨与细微说白是已。曲文与大段关目不可改者，古人既费一片心血，自合常留天地之间，我与何仇，而必欲使之埋没？

---

① 旋（xuàn）：临时（做）。

且时人是古非今，改之徒来讪笑，仍其大体，既慰作者之心，且杜时人之口。科诨与细微说白不可不变者，凡人作事，贵于见景生情，世道迁移，人心非旧，当日有当日之情态，今日有今日之情态，传奇妙在入情，即使作者至今未死，亦当与世迁移，自啭其舌，必不为胶柱鼓瑟之谈，以拂听者之耳。况古人脱稿之初，便觉其新，一经传播，演过数番，即觉听熟之言难于复听，即在当年，亦未必不自厌其繁，而思陈言之务去也。

我能易以新词，透入世情三昧，虽观旧剧，如阅新篇，岂非作者功臣？使得为鸡皮三少之女[①]，前鱼不泣之男[②]，地下有灵，方颂德歌功之不暇，而忍以矫[③]制责之哉？但须点铁成金，勿令画虎类狗[④]。又须择其可增者增，当改者改，万勿故作知音，强为解事，令观者当场喷饭，而群罪作俑之人，则湖上笠翁不任咎也。此言润泽枯槁，变易陈腐之事。予尝痛改《南西厢》，如《游殿》《问斋》《逾墙》《惊梦》等科诨，及《玉簪·偷词》《幽闺·旅婚》诸宾

---

① 鸡皮三少之女：传说春秋时陈国夏姬“内挟技术”“老而复壮”，可以把老得像鸡皮一样的皮肤三次恢复成如少女一般，故有“夏姬得道，鸡皮三少”的谚语。

② 前鱼不泣之男：据《战国策·魏策四》，龙阳君钓得大鱼就抛弃小鱼，由此想到魏王有朝一日也可能像自己抛弃小鱼一样抛弃他，因而流泪。后以“泣前鱼”比喻因失宠和被遗弃而悲伤。

③ 矫：假托。

④ 画虎类狗：语出《后汉书·马援传》：“效季良不得，陷为天下轻薄子，所谓画虎不成反类狗者也。”比喻理想不切实际，终无所成，留下笑柄。

白，付伶工搬演，以试旧新，业经词人谬赏，不以点窜为非矣。

尚有拾遗补缺之法，未语同人，兹请并终其说。旧本传奇，每多缺略不全之事，剌[①]谬难解之情。非前人故为破绽，留话柄以贻后人，若唐诗所谓“欲得周郎顾，时时误拂弦”，乃一时照管不到，致生漏孔，所谓“至人千虑，必有一失”。此等空隙，全靠后人泥补，不得听其缺陷，而使千古无全文也。女娲氏炼石补天，天尚可补，况其他乎？但恐不得五色石耳。

姑举二事以概之。赵五娘于归两月，即别蔡邕，是一桃夭[②]新妇。算至公姑已死，别墓寻夫之日，不及数年，是犹然一冶容诲淫之少妇也。身背琵琶，独行千里，即能自保无他，能免当时物议[③]乎？张大公重诺轻财，资其困乏，仁人也，义士也。试问衣食名节，二者孰重？衣食不继则周之，名节所关则听之，义士仁人，曾若是乎？此等缺陷，就词人论之，几与天倾西北，地陷东南无异矣，可少补天塞地之人乎？若欲于本传之外，劈空添出一人，送赵五娘入京，与之随身做伴，妥则妥矣，犹觉伤筋动骨，太涉更张。不想本传内现有一人，尽可用之而不用，竟似张大公

---

① 剌（là）：违背常情。

② 桃夭：语出《诗经·周南·桃夭》：“桃之夭夭。”夭夭，花朵怒放，茂盛美丽，生机勃勃的样子。这里以“桃夭”形容新妇年轻美貌。

③ 物议：众人的议论，多指非议。

止图卸肩，不顾赵五娘之去后者。其人为难？着送钱米助丧之小二是也。《剪发》白云：“你先回去，我少顷就着小二送来。”则是大公非无仆从之人，何以吝而不使？予为略增数语，补此缺略，附刻于后，以政同心[①]。此一事也。

《明珠记》[②] 之《煎茶》，所用为传消递息之人者，塞鸿是也。塞鸿一男子，何以得事嫔妃？使宫禁之内，可用男子煎茶，又得密谈私语，则此事可为，何事不可为乎？此等破绽，妇人小儿皆能指出，而作者绝不经心，观者亦听其疏漏；然明眼人遇之，未尝不哑然一笑，而作无是公[③]看者也。若欲于本家之外，凿空构一妇人，与无双小姐从不谋面，而送进驿内煎茶，使之先通姓名，后说情事，便则便矣，犹觉生枝长节，难免赘语。不知眼前现有一妇，理合使之而不使，非特王仙客至愚，亦觉彼妇太忍。彼妇为谁？无双自幼跟随之婢，仙客观在作妾之人，名为采苹是也。无论仙客觅人将意，计当出此，即就采苹论之，岂有主人一别数年，无由把臂，今在咫尺，不图一见，普天之下有若是之忍人乎？予亦为正此迷谬，止换宾白，不易填词，与《琵琶》改本并列于后，以政同心。又一事也。其余改本尚多，以篇帙浩繁，不能尽附。总之，凡予所改

---

① 以政同心：对于李渔的修改，梁廷枬《曲话》评论曰：“毋论其才不逮元人，即使能之，殊觉多此一事耳。”颇有不以为然之意。

②《明珠记》：明陆采创作的传奇剧本，取材于唐传奇《刘无双传》。

③ 无是公：汉司马相如《子虚赋》中的托名者，即“没有这个人”的意思。

者，皆出万不得已，眼看不过，耳听不过，故为铲削不平，以归至当，非勉强出头，与前人为难者比也。凡属高明，自能谅其心曲。

插科打诨之语，若欲变旧为新，其难易较此奚止百倍。无论剧剧可增，出出可改，即欲隔日一新，逾月一换，亦诚易事。可惜当世贵人，家蓄名优数辈，不得一诙谐弄笔之人，为种词林萱草[①]，使之刻刻忘忧。若天假笠翁以年，授以黄金一斗，使得自买歌童，自编词曲，口授而身导之，则戏场关目，日日更新，毡上诙谐，时时变相。此种技艺，非特自能夸之，天下人亦共信之。然谋生不给，遑问其他？只好作贫女缝衣[②]，为他人助娇，看他人出阁而已矣。

附

《琵琶记·寻夫》改本

〔胡捣练〕〔旦上〕辞别去，到荒丘，只愁出路煞生受。画取真容聊藉手，逢人将此勉哀求。

鬼神之道，虽则难明；感应之理，未尝不信。奴家昨日，在山上筑坟，偶然力乏，假寐片时。忽然梦见当山土地，带领着无数阴兵，前来助力。又亲口嘱付，着奴家改

① 萱草：忘忧草。

② 贫女缝衣：典出唐秦韬玉《贫女》诗："苦恨年年压金线，为他人作嫁衣裳。"

换衣装，往京寻取夫婿。及至醒来，那坟台果然筑就。可见真有神明，不是空空一梦。

只得依了梦中之言，改换做道姑打扮。又编下一套凄凉北调，到途路之间，逢人弹唱，抄化些资粮糊口，也是一条生计。只是一件：我自做媳妇以来，终日与公姑厮守，如今虽死，还有坟茔可拜；一旦撇他而去，真个是举目凄然。喜得奴家略晓丹青，只得借纸笔传神，权当个丁兰刻木，背在肩上行走，只当还与二亲相傍一般。遇着小祥忌日，也好展开祭奠，不枉做媳妇的一点孝心。有理！有理！颜料纸张，俱已备下，只是凭空摹拟，恐怕不肖神情，且待我想象起来。

〔三仙桥〕一从他每死后，要相逢，不能勾。除非梦里，暂时略聚首。如今该下笔了。〔欲画又止介〕苦要描，描不就。暗想象，教我未描先泪流。〔画介〕描不出他苦心头，描不出他饥症候。〔又想介〕描不出他望孩儿的睁睁两眸。〔又画介〕只画得他发飕飕，和那衣衫敝垢。画完了，待我细看一看。〔看介〕呀！像倒极像，只是画得太苦了些，全没些欢容笑口。呀！公婆，公婆，非是媳妇故意如此。休休，若画做好容颜，须不是赵五娘的姑舅。

待我悬挂起来，烧些纸钱，奠些酒饭，然后带出门去便了。〔挂介〕嗳！我那公公婆婆呵！媳妇只为往京寻取丈夫，撇你不下，故此图画仪容，以便随身供养。你须是有灵有感，时刻在暗里扶持。待媳妇早见你的孩儿，痛哭一

场，说完了心事，然后赶到阴间，与你二人做伴便了。阿呀，我那公婆呵！〔哭介〕

〔前腔〕非是奴寻夫远游，只怕我公婆绝后。奴见夫便回，此行安敢久。路途中，奴怎走？望公婆，相保佑！拜完了，如今收拾起身。论起理来，该先别坟茔，然后去别张大公才是。只为要托他照管坟茔，须是先别了他，然后同至坟前，把公婆的骸骨，交付与他便了。〔锁门行介〕只怕奴去后，冷清清，有谁来祭扫？纵使遇春秋，一陌纸钱怎有？休，休，你生是受冻馁的公婆，死做个绝祭祀的姑舅！

来此已是，大公在家么？〔丑上〕收拾草鞋行远路，安排包裹送娇娘。呀！五娘子来了。老员外有请！〔末上〕衰柳寒蝉不可闻，金风败叶正纷纷；长安古道休回首，西出阳关无故人。呀！五娘子，我正要过来送你，你却来了。〔旦〕因有远行，特来拜别。大公请端坐，受奴家几拜。〔末〕来到就是了，不劳拜罢。〔旦拜，末同拜介〕〔旦〕高厚恩难报，临岐泪满巾。〔末〕从今无别事，拭目待归人。〔末起，旦不起介〕〔末〕五娘子请起。呀！五娘子，你为何跪在地下不肯起来？〔旦〕奴家有两件大事奉求，要大公亲口许下，方敢起来。〔末〕孝妇所求，一定是纲常伦理之事，老夫一力担当，快些请起！〔旦起介〕〔末〕叫小二看椅子过来，与五娘子坐了讲话。〔旦〕告坐了。〔末〕五娘子，你方才说的，是那两件事？〔旦〕第一件，是怕奴家去后，公婆的坟茔没人照管，求大公不时看顾。每逢令节，代烧一陌纸钱。〔末〕这是我分内之事，自然照管，何须你嘱付。第二件呢?〔旦〕第二件，因奴家是个少年女子，远出寻夫，没人作伴，路上怕有嫌疑，求公公大发婆心，把小二借与奴家作伴，到京之日，即便遣人送还。这一件事，关系奴家的名节，断求慨允。〔末〕五娘子，这件事情，比照管坟茔还大，莫说待你拜求，方才肯许，不是个仗义之人；就是听你讲到此处，方才思念起来，把小二送你，也就不成个张广才了。我昨日思想，不但你只身行走，路上嫌疑；就是到了京中，与你丈夫相见，他问你在途路之中如何宿歇，你把甚么言语答应他？万一男子汉的心肠多疑少信，将你埋葬公婆的大事且不提起，反把形迹二字与你讲论起来，如何了得！这也还是小事。他三载不归，未必不在京中别有所娶。我想那房家小，看见前妻走到，还要无中生有，别寻说话，离间你的夫妻，何况是远远寻夫，没人作伴？若把几句恶言加你，岂不是有口难分？还有一说：你丈夫临行之日，把家中事情拜托于我，我若容你独自寻夫，有碍他终身名节，日后把甚么颜面见他？就是死到九泉，也难与你公婆相会。这个主意，我先定下多时了，已曾分付小二，着他伴你同行，不劳分付，放心前去便了。〔旦起拜介〕这等多谢公公！奴家告别了。〔末〕且慢些，再请坐下。我且问你：你既要寻夫，那路上的盘费，已曾备下了么?〔旦〕并不曾有。〔末〕既然没有，如何去得？〔旦指背上琵琶介〕这就是奴家的盘费。不瞒公公说，已曾编下一套凄凉北调，谱入丝弦，一路弹唱而行，讨些钱米度日。〔丑〕这等说来，竟是叫化了。这样生意，我做不惯。不要总承，快寻别个去罢！〔末〕我自有主意，不消多嘴！五娘子，你前日剪发葬亲，往街坊货卖，倒不曾问得你卖了几贯钱财，可勾用么？〔旦〕并无人买，全亏大公周济。〔末〕却又来！头发可以作髲，尚且卖不出钱财，何况是空空弹唱？万一没人与钱，你还是去的好？转来的好？流落在他乡，不来不去的好？那些长途资斧，我也曾与你备下，不劳费心。也罢，你既费精神，编成一套词曲，不可不使老朽闻之。你就唱来，待我与你发个利市。〔旦〕这等待奴家献丑。若有不到之处，求大公改正一二。〔末〕你且唱来。〔旦理弦弹唱，末不住掩泪，丑不住哭介〕

〔北越调斗鹌鹑〕静理冰弦，凝神息喘，待诉衷肠，将眉略展。怕的是听者愁听，闻声去远。虽不比杞梁妻，善哭天，也去那哭倒长城的孟姜不远。

〔紫花儿序〕俺不是好云游，闲离闺阃，也不是背人伦，强抱琵琶，都则为远寻夫，苦历山川。说甚么金莲窄小，道路迍邅，鞋穿，便做到骨葬沟渠首向天，保得过面无惭腆。好追随，地下姑嫜，得全名，死也无冤。

〔天净沙〕当初始配良缘，备饔飧，尚有余钱。只为儿夫去远，遇荒罹变，为妻庸，祸及椿萱。

〔金蕉叶〕他望赈济，心穿眼穿；俺遭抢夺，粮悬命悬。若不是遇高邻，分粮助饘，怎能勾慰亲心，将灰复燃？

〔小桃红〕可怜他游丝一缕命空牵，要续愁无线。俺也曾自餍糟糠备亲膳，要救余年，又谁料攀辕卧辙翻成劝？因来灶边，窥奴私咽，一声儿哭倒便归泉。

〔调笑令〕可怜，葬无钱！亏的是一位恩人，竟做了两次天。他助丧非强由情愿。实指望吉回凶转，因灾致祥无他变，又谁知，后运同前！

〔秃厮儿〕俺虽是厚面皮，无羞不腆，怎忍得累高邻，鬻产输田？只得把香云剪下自卖钱，到街坊，哭声喧，谁怜？

〔圣药王〕俺待要图卸肩，赴九泉，怎忍得亲骸朽露饱飞鸢？欲待把命苟延，较后先，算来无幸可徼天，哭倒在街前。

〔麻郎儿〕感义士施恩不倦，二天外，又复加天。则为这好仗义的高邻忒煞贤，越显得受恩的浅深无辨。

〔么篇〕徒跣，把罗裙自捻，裹黄泥，去筑坟圈。感山灵，神通昼显，又指去路，劝人赴远。

〔络丝娘〕因此上，顾不的鞋弓袜浅。讲不起抛头露面。手拨琵琶，原非自遣，要诉出衷肠一片。

〔东原乐〕暂把丧衣覆，乔将道服穿。为缺资财致使得身容变。休怪俺孝妇啼痕学杜鹃。只为多愁怨，渍染得缞麻如茜。

〔拙鲁速〕可怜俺日不停，夜不眠，饥不餐，冷不燃。当日呵，辨不出桃花人面，分不开藕瓣金莲；到如今藕丝花片，落在谁边？自对菱花，错认椿萱，止为忧煎。才信道家宽出少年。

〔尾〕千愁万绪提难遍，只好绾绦中一线。听不出眼泪的休解囊，但有酸鼻的仁人，请将钞袋儿展。

〔末〕做也做得好，弹也弹得好，唱也唱得好，可称三绝。〔出银介〕这一封银子，就当润喉润笔之资，你请收下。〔旦谢介〕〔末〕小二过来。他方才弹唱的时节，我便为他声音凄楚，情节可怜，故此掉泪。你知道些甚么，也号号咷咷，哭个不了？〔丑〕不知甚么原故，听到其间，就不知不觉哭将起来，连我也不明白。〔末〕这等我且问你：方才送他的银子，万一途中不勾，依旧要叫化起来，你还是情愿不情愿？〔丑〕情愿！情愿！〔末〕为甚么以前不情愿，如今忽然情愿起来？〔丑想介〕正是，为甚么原故，忽然改变起来？连我也不明白。〔末〕好，这叫作孝心所感，铁人流泪；高僧说法，顽石点头。五娘子，你一片孝心，就从今日效验起了，此去定然遂意。我且问你：你公婆的坟茔，曾去拜别了么？〔旦〕还不曾去。要屈太公同行，好对着公婆当面拜托。〔末〕一发见得到！就请同行。叫小二，与五娘子背了琵琶。〔丑〕自然。莫说琵琶，就是要带马桶，我也情愿挑着走了。〔末〕五娘子，我还有几句药石之言，要分付你，和你一面行走，一面讲罢。

〔旦〕既有法言，便求赐教。〔行介〕

〔斗黑蟆〕〔末〕伊夫婿，多应是贵官显爵。伊家去，须当审个好恶。只怕你这般乔打扮，他怎知觉？一贵一贫，怕他将错就错。〔合〕孤坟寂寞，路途滋味恶。两处堪悲，万愁怎摸！

〔末〕已到坟前了。蔡大哥！蔡大嫂！你这个孝顺媳妇，待你二人，可谓生事以礼，死葬以礼，祭之以礼，无一事不全的了！如今远出寻夫，特来拜别，将坟墓交托于我。从今以后，我就当你媳妇，逢时化纸，遇节烧钱，你不消虑得。只是保佑他一路平安，早与丈夫相会。他一生行孝的事情，只有你夫妻两口，与我张广才三人知道。你夫妻死了，止剩得我一个在此，万一不能勾见他，这孝妇一片苦心，谁人替他表白？趁我张广才未死，速速保佑他回来。待我见他一面，把你媳妇的好处，细细对他讲一遍，我张广才这个老头儿，就死也瞑目了。唉，我那老友呵！〔旦〕我那公婆呵！〔同放声大哭、丑亦哭介〕〔末〕五娘子！

〔忆多娇〕我承委托当领诺。这孤坟，我自看守，决不爽约。但愿你途中身安乐。〔合〕举目萧索，满眼盈盈泪落。

〔旦〕公婆，你媳妇如今去了！大公，奴家去了！〔末〕五娘子，你途间保重，早去早回！小二，你好生伏侍五娘子，不要叫他费心。〔丑〕晓得！

〔旦〕为寻夫婿别孤坟，〔末〕只怕儿夫不认真。

〔合〕流泪眼观流泪眼，断肠人送断肠人。

〔旦掩泪同丑先下〕〔末目送，作哽咽不能出声介〕嗳，我、我、我明日死了，那有这等一个孝顺媳妇！可怜！可怜！〔掩泪下〕

《明珠记·煎茶》改本

第一折

〔卜算子〕〔生冠带上〕未遇费长房，已缩相思地。咫尺有佳音，可惜人难寄。

下官王仙客，叨授富平县尹。又为长乐驿缺了驿官，上司命我带管三月。近日朝廷差几员内官，带领三十名宫女，去备皇陵打扫之用，今日申牌时分，已到驿中。我想宫女三十名，焉知无双小姐不在其内？要托人探个消息，百计不能。喜得里面要取人伏侍，我把塞鸿扮做煎茶童子，送进去承值，万一遇见小姐，也好传个信儿。塞鸿那里？〔丑上〕蓝桥今夜好风光，天上群仙降下方。只恐云英难见面，裴航空自捣玄霜。塞鸿伺候。〔生〕今日送你进去煎茶，专为打探无双小姐的消息，你须要用心体访。〔丑〕小人理会得。〔生〕随着我来。〔行介〕你若见了小姐呵！

〔玉交枝〕道我因他憔悴，虽则是断机缘，心儿未灰，痴情还想成婚配。便今世，不共鸳帏，私心愿将来世期，倒不如将生换死求连理。〔合〕料伊行，冰心未移，料伊行，柔肠更痴。

说话之间，已到馆驿前了。〔丑〕管门的公公在么？〔净上〕走马近来辞帝阙，奉差前去扫皇陵。甚么人？到此何干？〔生〕带管驿事富平县尹，送煎茶人役伺候。〔净〕着他进来。〔丑进见介〕〔净看怒介〕这是个男子，你为甚么送他进来呢？〔生〕是个幼年童子。〔净〕看他这个模样，也不是个幼年童子了。好个不通道理的县官！就是上司官员，带着家眷从此经过，也没有取男子服事之理，何况是皇宫内院的嫔妃，肯容男子见面？叫孩子们，快打出去，着他换妇人进来。这样不通道理，还叫他做官！〔骂下〕〔生〕这怎么处？

〔前腔〕精神徒费。不收留，翻加峻威，道是男儿怎入裙钗队。叹宾鸿，有翼难飞！〔丑〕老爷，你偌大一位县官，怕差遣妇人不动？拨几个民间妇女进去就是了，愁他怎的！〔生〕塞鸿，你那里知道。民间妇人尽有，只是我做官的人，怎好把心事托他。幽情怎教民妇知，说来徒使旁人议。〔合前〕且自回衙，少时再作道理。正是：

不如意事常八九，可与人言无二三。

第二折

〔破阵子〕〔小旦上〕故主恩情难背，思之夜夜魂飞。

奴家采苹，自从抛离故主，寄养侯门，王将军待若亲生，王解元纳为侧室，唱随之礼不缺，伉俪之情颇谐，只是思忆旧恩，放心不下。闻得朝廷拨出宫女三十名，去备皇陵打扫，如今现在驿中。万一小姐也在数内，我和他咫尺之间，不能见面，令人何以为情。仔细想来，好凄惨人也！〔泪介〕

〔黄莺儿〕从小便相依。弃中途，履祸危，经年没个音书寄。到如今呵，又不是他东我西，山遥路迷。宫门一入深无底，止不过隔层帏。身儿不近，怎免泪珠垂。

〔生上〕枉作千般计，空回九转肠；姻缘生割断，最狠是穹苍。〔见介〕〔小旦〕相公回来了。你着塞鸿去探消息，端的何如？为甚么面带愁容，不言不语？〔生〕不要说起！那守门的太监，不收男子，只要妇人。妇人尽有，都是民间之女，怎好托他代传心事，岂不闷杀我也！

〔前腔〕无计可施为，眼巴巴看落晖。只今宵一过，便无机会。娘子，我便为此烦恼。你为何也带愁容？看你无端皱眉，无因泪垂，莫不是愁他夺取中宫位？那里知道这婚姻事呵！绝端倪。便图来世，那好事也难期。

〔小旦〕奴家不为别事，只因小姐在咫尺之间，不能见面，故主之情，难于割舍，所以在此伤心。〔生〕原来如此，这也是人之常情。〔小旦〕相公，你要传消递息，既苦无人；我要见面谈心，又愁无计。我如今有个两全之法，和你商量。〔生〕甚么两全之法？快些讲来。〔小旦〕他要取妇人承值，何不把奴家送去？只说民间之妇。若还见了小姐，妇人与妇人讲话，没有甚么嫌疑，岂不比塞鸿更强十倍？〔生〕如此甚妙！只是把个官人娘子扮作民间之妇，未免屈了你些。〔小旦〕我原以侍妾起家，何屈之有。〔生〕这等分付门上，唤一乘小轿进来，傍晚出去，黎明进来便了。

羡卿多智更多情，一计能收两泪零。

〔小旦〕鸡犬尚能怀故主，为人岂可负生成。

第三折 此折改白不改曲。曲照原本，不更一字。

〔长相思〕〔旦上〕念奴娇，归国遥，为忆王孙心转焦，楚江秋色饶。月儿高，烛影摇，为忆秦娥梦转迢。苦呵！汉宫春信消。

街鼓冬冬动戍楼，倚床无寐数更筹；可怜今夜中庭月，一样清光两地愁。奴家自到驿内，看看天色晚来。〔内打二鼓介〕呀，谯楼上面，已打二鼓了。独眠孤馆，展转凄其，待与姊妹们闲活消遣，怎奈他们心上无事，一个个都去睡了。教奴家独守残灯，怎生睡得去！

〔二郎神〕良宵杳，为愁多，睡来还觉。手揽寒衾风料峭。也罢，待我剔起银灯，到阶除下闲步一回，以消长夜。徘徊灯侧，下阶闲步无聊。只见惨淡中庭新月小。画屏间，余香犹袅。漏声高，正三更，驿庭人静寥寥。

那帘儿外面，就是煎茶之所，不免去就着茶炉，饮一杯苦茗则个。正是：有水难浇心火热，无风可解泪冰寒。〔暂下〕〔小旦持扇上〕已入重围里，还愁见面遥；故人相对处，打点泪痕抛。奴家自进驿来，办眼偷瞧，不见我家小姐。〔内作长叹介〕〔小旦〕呀，如今夜深人静，为何有沉吟叹息之声？不免揭起帘儿，觑他一眼。

〔前腔〕偷瞧，把朱帘轻揭，金铃声小。呀！那阶除之下，缓步行来的，好似我家小姐。欲待唤他，又恐不是。我且只当不知，坐在这里煎茶，看他出来，有何话说。〔旦上〕看，一缕茶烟香缭绕。呀！那个煎茶女子，好生面善。青衣执爨，分明旧识风标。悄语低声问分晓。那煎茶女子，快取茶来！〔小旦〕娘娘请坐，待我取来。〔送茶，各看，背惊介〕〔旦〕呀！分明是采苹的模样，他为何来在这里？〔小旦〕竟是我家小姐！待他唤我，我才好认他。〔旦〕那女子走近前来！你莫非就是采苹么？〔小旦〕小姐在上，妾身就是。〔跪介〕〔旦抱哭介〕〔合〕天那！何幸得萍水相遭！〔旦〕你为何来在这里？〔小旦〕说起话长。今夜之来，是采苹一点孝心，费尽机谋，特地来寻故主。请问小姐，老夫人好么？〔旦〕还喜得康健。采苹，你晓得王官人的消息么？郎年少，自分离，孤身何处飘飖？

〔小旦〕他自分散之后，贼平到京。正要来图婚配，不想我家遭此横祸，他就落魄天涯。近得金吾将军题请得官，现做富平县尹，权知此驿。

〔啭林莺〕他宦中薄禄权倚靠，知他未遂云霄。〔旦〕这等说来，他也就在此处了。既然如此，你的近况何如？随着谁人？作何勾当？〔小旦〕采苹自别夫人小姐，蒙金吾将军收为义女，就嫁与王官人，目今现在一起。〔旦〕哦，你和他现在一起么？〔小旦〕是。〔旦作醋容介〕这等讲来，我倒不如你了！鸕鶿已占枝头早，孤鸾拘锁，何日得归巢？〔小旦〕小姐不要多心。奴家虽嫁王郎，议定权为侧室，虚却正夫人的座位，还待着小姐哩！〔旦〕这等才是。我且问你，檀郎安否？怕相思，瘦损潘安貌。〔小旦〕他虽受折磨，却还志气不衰，容颜如旧。志气好，千般折挫，风月未全消。

他一片苦情，恐怕小姐不知，现付明珠一颗，是小姐赠与他的，他时时藏在身旁，不敢遗失。〔付珠介〕

〔前腔〕〔旦〕双珠依旧成对好，我两人还是蓬飘。采苹，我今夜要约他一会，你可唤得进来么？〔小旦〕这个使不得。老公公在外监守，又有军士巡更，那里唤得进来！〔旦〕莫非是你……〔小旦〕是我怎么样？哦，采苹知道了，莫非疑我吃醋么？若有此心，天不覆，地不载！小姐，利害所关，他委实进来不得。〔旦泪介〕嗳！眼前欲见无由到，驿庭咫尺，翻做楚天遥。〔小旦〕楚天犹小，着不得一腔烦恼。小姐有何心事，只消对采苹说知，待采苹转对他说，也与见面一般。〔旦〕枉心焦，我芳情自解，怎说与伊曹！

待我修书一封，与你带去便了。〔小旦〕说得有理，快写起来，一霎时天就明了。〔旦写介〕

〔啄木公子〕舒残茧，展兔毫，蚊脚蝇头随意扫。只怕我有万恨千愁，假饶会面难消。我有满腔愁怨，写向鸾笺怎得了？总有丹青别样巧，毕竟衷肠事怎描？只落得泪痕交。

〔前腔〕书才写，灯再挑，锦袋重封花押巧。书写完了，采苹，你与我传示他，好自支持，休为我长皱眉梢。〔小旦〕小姐，你与他的姻缘，毕竟如何？可有出宫相会的日子？〔旦〕为说汉宫人未老，怨粉愁香憔悴倒；寂寞园陵岁月遥，云雨隔蓝桥。

明珠封在书中，叫他依旧收好。〔小旦〕天色已明，采苹出去了。小姐，你千万保重！若有便信，替我致意老夫人。〔各哭介〕〔小旦〕小姐保重，采苹去了。〔掩泪下〕〔旦〕呀，采苹，你竟去了！〔顿足哭介〕

〔哭相思尾〕从此两下分离音信杳，无由再见亲人了。

〔哭倒介〕〔末上〕自不整衣毛，何须夜夜号。咱家一路辛苦，正要睡觉，不知那个宫人啾啾唧唧，一夜哭到天明，不免到里面去看来。呀！为何哭倒在地下？〔看介〕原来是刘宫人。刘宫人起来！〔摸介〕呀，不好了！浑身冰冷，只有心口还热。列位宫人快来！〔四宫女上〕并无奇祸至，何事疾声呼？呀！这是刘家姐姐，为何倒在地下？〔末〕列位宫人看好，待我去取姜汤上来。〔下〕〔二宫女〕刘家姐姐，快些苏醒！〔末取姜汤上〕姜汤在此，快灌下去。〔灌醒介〕〔宫女〕刘家姐姐，你为甚么事情，哭得这般狼狈？

〔黄莺儿〕〔旦〕只为连日受劬劳，怯风霜，心胆遥，昨宵不睡挨到晓。〔末〕为甚么不睡呢？〔旦〕思家路遥，思亲寿高，因此蓦然愁绝昏沉倒。谢多娇，相将救取，免死向荒郊。

〔末〕好不小心！万一有些差池，都是咱家的干系哩！

〔前腔〕〔众〕人世水中泡。受皇恩，福怎消，何须苦忆家乡好。慈帏暂抛，相逢不遥，宽心莫把闲愁恼。〔内〕面汤热了，请列位宫人梳妆上轿。〔合〕曙光高，马嘶人起，梳洗上星轺。

〔宫女〕姊妹人人笑语阗，娘行何事独忧煎？

〔旦〕只因命带凄惶煞，心上无愁也泪涟。

授曲第三

声音之道，幽渺难知。予作一生柳七[①]，交无数周郎，虽未能如曲子相公[②]身都通显，然论其生平制作，塞满人间，亦类此君之不可收拾。然究竟于声音之道未尝尽解，所能解者，不过词学之章句，音理之皮毛，比之观场矮人，略高寸许，人赞美而我先之，我憎丑而人和之，举世不察，

① 柳七：即柳永，原名三变，字景庄，后改名柳永，字耆卿，因排行第七，又称柳七，北宋著名词人。

② 曲子相公：五代词人和凝，人称“曲子相公”。早年好作艳词，后自悔少作，想要收集销毁，但作品流散太广，已不可收拾。

遂群然许为知音。噫，音岂易知者哉？

人问：既不知音，何以制曲？予曰：酿酒之家，不必尽知酒味，然秫[①]多水少则醇酰，曲好蘖[②]精则香冽，此理则易谙也；此理既谙，则杜康[③]不难为矣。造弓造矢之人，未必尽娴决拾[④]，然曲而劲者利于矢，直而锐者宜于鹄[⑤]，此道则易明也；既明此道，即世为弓人矢人可矣。虽然，山民善跋，水民善涉，术疏则巧者亦拙，业久则粗者亦精；填过数十种新词，悉付优人，听其歌演，近朱者赤，近墨者黑，况为朱墨所从出者乎？粗者自然拂耳，精者自能娱神，是其中菽麦亦稍辨矣。语云："耕当问奴，织当访婢。[⑥]"予虽不敏，亦曲中之老奴，歌中之黠[⑦]婢也。请述所知，以备裁择。

解明曲意

唱曲宜有曲情，曲情者，曲中之情节也。解明情节，知其意之所在，则唱出口时，俨然此种神情。问者是问，答者是答，悲者黯然魂销而不致反有喜色，欢者怡然自得

① 秫（shú）：黏高粱，可以酿酒，也泛指高粱。
② 蘖（niè）：酿酒的曲。
③ 杜康：传说中酒的发明者。后作为美酒代称。
④ 决拾：古代射箭的器具。这里指射箭。
⑤ 鹄（gǔ）：射箭的目标，箭靶子。
⑥ 耕当问奴，织当访婢：比喻办事应该向内行请教。
⑦ 黠（xiá）：聪明，狡猾。

而不见稍有瘁容。且其声音齿颊之间，各种俱有分别，此所谓曲情是也。

吾观今世学曲者，始则诵读，继则歌咏，歌咏既成而事毕矣。至于讲解二字，非特废而不行，亦且从无此例。有终日唱此曲，终年唱此曲，甚至一生唱此曲，而不知此曲所言何事，所指何人。口唱而心不唱，口中有曲而面上、身上无曲，此所谓无情之曲，与蒙童背书，同一勉强而非自然者也。虽腔板极正，喉舌齿牙极清，终是第二、第三等词曲，非登峰造极之技也。

欲唱好曲者，必先求明师讲明曲义。师或不解，不妨转询文人，得其义而后唱。唱时以精神贯串其中，务求酷肖。若是，则同一唱也，同一曲也，其转腔换字之间，别有一种声口，举目回头之际，另是一副神情，较之时优，自然迥别。变死音为活曲，化歌者为文人，只在能解二字，解之时义大矣哉[①]！

调熟字音

调平仄，别阴阳，学歌之首务也。然世上歌童解此二事者，百不得一。不过口传心授，依样葫芦，求其师不甚谬，则习而不察，亦可以混过一生。独有必不可少之一事，较阴阳平仄为稍难，又不得因其难而忽视者，则为“出口”“收

① 解之时义大矣哉：化用《周易》：“随之时义大矣哉。”时义，时机意义。

音”二诀窍。

世间有一字，即有一字之头，所谓出口者是也；有一字，即有一字之尾，所谓收音者是也。尾后又有余音，收煞此字，方能了局。譬如吹箫、姓萧诸“箫”字，本音为箫，其出口之字头与收音之字尾，并不是“箫”。若出口作“箫”，收音作“箫”，其中间一段正音并不是“箫”，而反为别一字之音矣。且出口作“箫”，其音一泄而尽，曲之缓者，如何接得下板？故必有一字为之头，以备出口之用；有一字为之尾，以备收音之用；又有一字为余音，以备煞板之用。

字头为何？“西”字是也。字尾为何？“夭”字是也。尾后余音为何？“乌”字是也。字字皆然，不能枚纪[①]。《弦索辨讹》[②] 等书载此颇详，阅之自得。要知此等字头、字尾及余音，乃天造地设，自然而然，非后人扭捏而成者也，但观切字之法[③]，即知之矣。《篇海》《字汇》[④] 等书，逐字载有注脚，以两字切成一字。其两字者，上一字即为字头，出口者也；下一字即为字尾，收音者也；但不及余音之一字耳。无此上下二字，切不出中间一字，其为天造地设可

① 枚纪：一个一个地记下来。

②《弦索辨讹》：明沈宠绥撰，昆曲声乐论著。书中列举《西厢记》《千金记》《焚香记》等传奇中流行的北曲三百七十五支，用符号逐字注出发声口法，以为演唱之准绳。

③ 切字之法：即反切法。古汉语注音方法，用两个字给另一个字注音。被切字的声母跟反切上字相同，被切字的韵母和声调跟反切下字相同。

④《篇海》：即《四声海篇》，金韩孝彦编著的韵书。《字汇》：明梅膺祚编纂的字书。

知。此理不明，如何唱曲？出口一错，即差谬到底，唱此字而讹为彼字，可使知音者听乎？故教曲必先审音。即使不能尽解，亦须讲明此义，使知字有头尾以及余音，则不敢轻易开口，每字必询，久之自能惯熟。“曲有误，周郎顾。”苟明此道，即遇最刻之周郎，亦不能拂情[①]而左顾矣。

字头、字尾及余音，皆为慢曲而设，一字一板或一字数板者，皆不可无。其快板曲，止有正音，不及头尾。缓音长曲之字，若无头尾，非止不合韵，唱者亦大费精神，但看青衿赞礼之法[②]，即知之矣。“拜”“兴”二字皆属长音。“拜”字出口以至收音，必俟其人揖毕而跪，跪毕而拜，为时甚久。若止唱一“拜”字到底，则其音一泄而尽，不当歇而不得不歇，失傧相[③]之体矣。得其窍者，以“不”“爱”二字代之。“不”乃“拜”之头，“爱”乃“拜”之尾，中间恰好是一“拜”字。以一字而延数晷[④]，则气力不足；分为三字，即有余矣。“兴”字亦然，以“希”“因”二字代之。赞礼且然，况于唱曲？婉譬曲喻，以至于此，总出一片苦心。审乐诸公，定须怜我。字头、字尾及余音，皆须隐而不现，使听者闻之，但有其音，并无其字，始称善用头尾者；一有字迹，则沾泥带水，有不

---

① 拂情：不讲情面。拂，违背，不顺。

② 青衿赞礼之法：司仪主持典礼时的发音方法。青衿，旧时读书人穿的服饰，借指读书人。

③ 傧相：古时指替主人接引宾客和赞礼的人。

④ 晷：日影。引申为时间。

如无矣。

字忌模糊

学唱之人，勿论巧拙，只看有口无口[①]；听曲之人，慢讲精粗，先问有字无字[②]。字从口出，有字即有口。如出口不分明，有字若无字，是说话有口，唱曲无口，与哑人何异哉？哑人亦能唱曲，听其呼号之声即可见矣。常有唱完一曲，听者止闻其声，辨不出一字者，令人闷杀。此非唱曲之料，选材者任其咎，非本优之罪也。舌本生成，似难强造，然于开口学曲之初，先能净其齿颊，使出口之际，字字分明，然后使工腔板，此回天大力，无异点铁成金，然百中遇一，不能多也。

曲严分合

同场之曲[③]，定宜同场，独唱之曲，还须独唱，词意分明，不可犯也。常有数人登场，每人一只之曲，而众口同声以出之者，在授曲之人，原有浅深二意：浅者虑其冷静，故以发越[④]见长；深者示不参差，欲以翕如[⑤]见好。尝见

---

① 有口无口：发音字正腔圆。

② 有字无字：发音清晰、准确。

③ 同场之曲：舞台上不同角色合唱的曲子。

④ 发越：发声激越。

⑤ 翕（xī）如：和谐统一。

《琵琶·赏月》一折，自“长空万里”以至“几处寒衣织未成”，俱作合唱之曲，谛听其声，如出一口，无高低断续之痕者，虽曰良工心苦，然作者深心，于兹埋没。此折之妙，全在共对月光，各谈心事，曲既分唱，身段即可分做，是清淡之内原有波澜。若混作同场，则无所见其情，亦无可施其态矣。惟“峭寒生”二曲可以同唱，首四曲定该分唱，况有“合前”数句振起神情，原不虑其太冷。他剧类此者甚多，举一可以概百。戏场之曲，虽属一人而可以同唱者，惟《行路》《出师》等剧，不问词理异同，皆可使众声合一。场面似闹，曲声亦宜闹，静之则相反矣。

锣鼓忌杂

戏场锣鼓，筋节所关，当敲不敲，不当敲而敲，与宜重而轻，宜轻反重者，均足令戏文减价。此中亦具至理，非老于优孟者不知。最忌在要紧关头，忽然打断。如说白未了之际，曲调初起之时，横敲乱打，盖却声音，使听白者少听数句，以致前后情事不连，审音者未闻起调，不知以后所唱何曲。打断曲文，罪犹可恕，抹杀宾白，情理难容。予观场每见此等，故为揭出。又有一出戏文将了，止余数句宾白未完，而此未完之数句，又系关键所在，乃戏房锣鼓早已催促收场，使说与不说同者，殊可痛恨。故疾徐轻重之间，不可不急讲也。场上之人将要说白，见锣鼓未歇，宜少停以待之，不则过难专委，曲、白、锣鼓，均分其咎矣。

吹合宜低

丝、竹、肉[①]三音，向皆孤行独立，未有合用之者，合之自近年始。三籁[②]齐鸣，天人合一，亦金声玉振[③]之遗意也，未尝不佳；但须以肉为主，而丝竹副之，使不出自然者，亦渐近自然，始有主行客随之妙。迩来戏房吹合之声，皆高于场上之曲，反以丝竹为主，而曲声和之，是座客非为听歌而来，乃听鼓乐而至矣。从来名优教曲，总使声与乐齐，箫笛高一字，曲亦高一字，箫笛低一字，曲亦低一字。然相同之中，即有高低轻重之别，以其教曲之初，即以箫笛代口，引之使唱，原系声随箫笛，非以箫笛随声，习久成性，一到场上，不知不觉而以曲随箫笛矣。

正之当用何法？曰：家常理曲，不用吹合，止于场上用之，则有吹合亦唱，无吹合亦唱，不靠吹合为主。譬之小儿学行，终日倚墙靠壁，舍此不能举步，一旦去其墙壁，偏使独行，行过一次两次，则虽见墙壁而不靠矣。以予见论之，和箫和笛之时，当比曲低一字，曲声高于吹合，则丝竹之声亦变为肉，寻其附和之痕而不得矣。正音之法，

---

① 丝：弦乐。竹：管乐。肉：人的歌唱声。
② 三籁（lài）：指丝、竹、肉三音。籁，孔穴里发出的声音，泛指声响。
③ 金声玉振：比喻音韵响亮、和谐。

有过此者乎？然此法不宜概行，当视唱曲之人之本领。如一班之中，有一二喉音最亮者，以此法行之，其余中人以下之材，俱照常格。倘不分高下，一例举行，则良法不终，而怪予立言之误矣。

吹合之声，场上可少，教曲学唱之时，必不可少，以其能代师口，而司熔铸变化之权也。何则？不用箫笛，止凭口授，则师唱一遍，徒亦唱一遍，师住口而徒亦住口，聪慧者数遍即熟，资质稍钝者，非数十百遍不能，以师徒之间无一转相授受之人也。自有此物，只须师教数遍，齿牙稍利，即有箫笛引之。随箫随笛之际，若曰无师，则轻重疾徐之间，原有法脉准绳，引人归于胜地；若曰有师，则师口并无一字，已将此曲交付其徒。先则人随箫笛，后则箫笛随人，是金蝉脱壳之法也。“庾公之斯，学射于尹公之他；尹公之他，学射于我。”箫笛二物，即曲中之尹公他也。但庾公之斯与子濯孺子，昔未见面，而今同在一堂耳。若是，则吹合之力讵可少哉？予恐此书一出，好事者过听予言，谬视箫笛为可弃，故复补论及此。

教白第四

教习歌舞之家，演习声容之辈，咸谓唱曲难，说白易。宾白熟念即是，曲文念熟而后唱，唱必数十遍而始熟，是唱曲与说白之工，难易判如霄壤。时论皆然，予独怪其非是。唱曲难而易，说白易而难，知其难者始易，视为易者必难。盖词曲中之高低抑扬，缓急顿挫，皆有一定不移之格，谱载分明，师传严切，习之既惯，自然不出范围。至宾白中之高低抑扬，缓急顿挫，则无腔板可按、谱籍可查，止靠曲师口授；而曲师入门之初，亦系暗中摸索，彼既无传于人，何从转授于我？讹以传讹，此说白之理，日晦一日而人不知。人既不知，无怪乎念熟即以为是，而且以为易也。

吾观梨园之中，善唱曲者，十中必有二三；工说白者，百中仅可一二。此一二人之工说白，若非本人自通文理，则其所传之师，乃一读书明理之人也。故曲师不可不择。教者通文识字，则学者之受益，东君[①]之省力，非止一端。苟得其人，必破优伶之格以待之，不则鹤困鸡群，与侪众无异，孰肯抑而就之乎？然于此中索全人，颇不易得。不如仍苦立言者，再费几升心血，创为成格以示人。自制曲选词，以至登场演习，无一不作功臣，庶于为人为彻之义，无少缺陷。虽然，成格即设，亦止可为通文达理者道，不识字者闻之，未有不喷饭胡卢[②]，而怪迂人之多事者也。

高低抑扬

宾白虽系常谈，其中悉具至理，请以寻常讲话喻之。

---

① 东君：东家，主人。

② 喷饭：形容非常可笑。胡卢：笑的样子。一说喉间发出的笑声。

明理人讲话，一句可当十句，不明理人讲话，十句抵不过一句，以其不中肯綮[1]也。宾白虽系编就之言，说之不得法，其不中肯綮等也。犹之倩人传语，教之使说，亦与念白相同，善传者以之成事，不善传者以之偾事[2]，即此理也。此理甚难亦甚易，得其孔窍则易，不得孔窍则难。此等孔窍，天下人不知，予独知之。天下人即能知之，不能言之，而予复能言之，请揭出以示歌者。

白有高低抑扬。何者当高而扬？何者当低而抑？曰：若唱曲然。曲文之中，有正字，有衬字。每遇正字，必声高而气长；若遇衬字，则声低气短而疾忙带过，此分别主客之法也。说白之中，亦有正字，亦有衬字，其理同，则其法亦同。一段有一段之主客，一句有一句之主客，主高而扬，客低而抑，此至当不易之理，即最简极便之法也。凡人说话，其理亦然。譬如呼人取茶取酒，其声云"取茶来""取酒来"，此二句既为茶酒而发，则"茶""酒"二字为正字，其声必高而长。"取"字、"来"字为衬字，其音必低而短。再取旧曲中宾白一段论之。《琵琶·分别》白云："云情雨意，虽可抛两月之夫妻；雪鬓霜鬟，竟不念八旬之父母！功名之念一起，甘旨[3]之心顿忘，是何道理？"首四句之中，前二句是客，宜略轻而稍快，后二句是

① 肯綮（qìng）：骨头和筋肉结合的部位。比喻事理的扼要处。

② 偾（fèn）事：败事。

③ 甘旨：对父母的奉养。

主，宜略重而稍迟。“功名”“甘旨”二句亦然。此句中之主客也。“虽可抛”“竟不念”六个字，较之“两月夫妻”“八旬父母”，虽非衬字，却与衬字相同，其为轻快，又当稍别。至于“夫妻”“父母”之上二“之”字，又为衬中之衬，其为轻快，更宜倍之。是白皆然，此字中之主客也。

常见不解事梨园，每于四六句中之“之”字，与上下正文同其轻重疾徐，是谓菽麦不辨，尚可谓之能说白乎？此等皆言宾白，盖场上所说之话也。至于上场诗，定场白，以及长篇大幅叙事之文，定宜高低相错，缓急得宜，切勿作一片高声，或一派细语，俗言“水平调”是也。上场诗四句之中，三句皆高而缓，一句宜低而快。低而快者，大率宜在第三句，至第四句之高而缓，较首二句更宜倍之。如《浣纱记》[①]定场诗云：“少小豪雄侠气闻，飘零仗剑学从军。何年事了拂衣去，归卧荆南梦泽云。”“少小”二句宜高而缓，不待言矣。“何年”一句必须轻轻带过，若与前二句相同，则煞尾一句不求低而自低矣。末句一低，则懈而无势，况其下接着通名道姓之语。如“下官姓范名蠡，字少伯”“下官”二字例应稍低，若末句低而接者又低，则神气索然不振矣，故第三句之稍低而快，势有不得不然者。此理此法，谁能穷究至此？然不如此，则是寻常应付之戏，非孤标特出之戏也。高低抑扬之法，尽乎此矣。

---

①《浣纱记》：明梁辰鱼创作的传奇，叙述勾践灭吴的历史故事，中间穿插着范蠡与西施的悲欢离合。

优师既明此理，则授徒之际，又有一简便可行之法，索性取而予之：但于点脚本时，将宜高宜长之字用朱笔圈之，凡类衬字者不圈。至于衬中之衬，与当急急赶下、断断不宜沾滞者，亦用朱笔抹以细纹，如流水状，使一一皆能识认。则于念剧之初，便有高低抑扬，不俟登场摹拟。如此教曲，有不妙绝天下，而使百千万亿之人赞美者，吾不信也。

缓急顿挫

缓急顿挫之法，较之高低抑扬，其理愈精，非数言可了。然了之必须数言，辩者愈繁，则听者愈惑，终身不能解矣。优师点脚本授歌童，不过一句一点，求其点不刺谬，一句还一句，不致使断者联而联者断，亦云幸矣，尚能询及其他？即以脚本授文人，倩其画文断句，亦不过每句一点，无他法也。而不知场上说白，尽有当断处不断，反至不当断处而忽断；当联处不联，忽至不当联处而反联者。此之谓缓急顿挫。此中微渺，但可意会，不可言传；但能口授，不能以笔舌喻者。

不能言而强之使言，只有一法：大约两句三句而止言一事者，当一气赶下，中间断句处勿太迟缓；或一句止言一事，而下句又言别事，或同一事而另分一意者，则当稍断，不可竟连下句。是亦简便可行之法也。此言其粗，非论其精；此言其略，未及其详。精详之理，则终不可言也。当断当联之处，亦照前法，分别于脚本之中，当断处用朱笔一画，使至此稍顿，余俱连读，则无缓急相左之患矣。妇人之态，不可明言；宾白中之缓急顿挫，亦不可明言，是二事一致。轻盈袅娜，妇人身上之态也；缓急顿挫，优人口中之态也。予欲使优人之口，变为美人之身，故为讲究至此。欲为戏场尤物者，请从事予言，不则仍其故步。

脱套第五

戏场恶套，情事多端，不能枚纪。以极鄙极欲之关目，一人作之，千万人效之，以致一定不移，守为成格，殊可怪也。西子捧心，尚不可效，况效东施之颦乎？且戏场关目，全在出奇变相，令人不能悬拟。若人人如是，事事皆然，则彼未演出而我先知之，忧者不觉其可忧，苦者不觉其为苦，即能令人发笑，亦笑其雷同他剧，不出范围，非有新奇莫测之可喜也。扫除恶习，拔去眼钉，亦高人造福之一事耳。

衣冠恶习

记予幼时观场，凡遇秀才赶考及谒见当涂[1]贵人，所衣

---

① 当涂：执掌大权，身居要津。

之服，皆青素圆领，未有着蓝衫者，三十年来始见此服。近则蓝衫与青衫并用，即以之别君子小人。凡以正生、小生及外末脚色而为君子者，照旧衣青圆领，惟以净丑脚色而为小人者，则着蓝衫。此例始于何人，殊不可解。夫青衿，朝廷之名器也。以贤愚而论，则为圣人之徒者始得衣之；以贵贱而论，则备缙绅之选者始得衣之。名宦大贤尽于此出，何所见而为小人之服，必使净丑衣之？此戏场恶习所当首革者也。或仍照旧例，止用青衫而不设蓝衫。若照新例，则君子小人互用，万勿独归花面，而令士子蒙羞也。

近来歌舞之衣，可谓穷奢极侈。富贵娱情之物，不得不然，似难责以俭朴。但有不可解者：妇人之服，贵在轻柔，而近日舞衣，其坚硬有如盔甲。云肩[①]大而且厚，面夹两层之外，又以销金锦缎围之。其下体前后二幅，名曰"遮羞"者，必以硬布裱骨而为之，此战场所用之物，名为"纸甲"者是也，歌台舞榭之上，胡为乎来哉？易以轻软之衣，使得随身环绕，似不容已。至于衣上所绣之物，止宜两种，勿及其他。上体凤鸟，下体云霞，此为定制。盖"霓裳羽衣"四字，业有成宪，非若点缀他衣，可以浑施色相者也。予非能创新，但能复古。

方巾与有带飘巾，同为儒者之服。飘巾儒雅风流，方

① 云肩：古代妇女披于肩上的装饰。

巾老成持重，以之分别老少，可称得宜。近日梨园，每遇穷愁患难之士，即戴方巾，不知何所取义？至纱帽巾之有飘带者，制原不佳，戴于粗豪公子之首，果觉相称。至于软翅纱帽[1]，极美观瞻，曩时《张生逾墙》等剧往往用之，近皆除去，亦不得其解。

声音恶习

花面口中，声音宜杂。如作各处乡语，及一切可憎可厌之声，无非为发笑计耳，然亦必须有故而然。如所演之剧，人系吴人，则作吴音，人系越人，则作越音，此从人起见者也。如演剧之地在吴则作吴音，在越则作越音，此从地起见者也。可怪近日之梨园，无论在南在北，在西在东，亦无论剧中之人生于何地，长于何方，凡系花面脚色，即作吴音，岂吴人尽属花面乎？此与净丑着蓝衫，同一覆盆[2]之事也。使范文正、韩襄毅诸公有灵[3]，闻此声，观此剧，未有不抱恨九原，而思痛革其弊者也。

今三吴[4]缙绅之居要路者，欲易此俗，不过启吻之劳；从未有计及此者，度量优容，真不可及。且梨园尽属吴人，

---

① 纱帽：明代文武官员所戴的帽子。

② 覆盆：比喻沉冤莫白，申诉无门。

③ 范文正：即范仲淹，字希文，北宋思想家、政治家、文学家。谥号文正。韩襄毅：即韩雍，字永熙，明代名将、诗人，谥号襄毅。

④ 三吴：宋税安礼《历代地理指掌图》以苏州、湖州、常州为三吴。这里泛指吴地。

凡事皆能自顾，独此一着，不惟不自争气，偏欲故形其丑，岂非天下古今一绝大怪事乎？且三吴之音，止能通于三吴，出境言之，人多不解，求其发笑，而反使听者茫然，亦失计甚矣。吾请为词场易之：花面声音，亦如生旦外末，悉作官音，止以话头惹笑，不必故作方言。即作方言，亦随地转。如在杭州，即学杭人之话，在徽州，即学徽人之话，使妇人小儿皆能识辨。识者多，则笑者众矣。

语言恶习

白中有“呀”字，惊骇之声也。如意中并无此事，而猝然遇之，一向未见其人，而偶尔逢之，则用此字开口，以示异也。近日梨园不明此义，凡见一人，凡遇一事，不论意中意外，久逢乍逢，即用此字开口，甚有差人请客而客至，亦以“呀”字为接见之声者，此等迷谬，尚可言乎？故为揭出，使知斟酌用之。

戏场惯用者，又有“且住”二字。此二字有两种用法。一则相反之事，用作过文，如正说此事，忽然想及彼事，彼事与此事势难并行，才想及而未曾出口，先以此二字截断前言，“且住”者，住此说以听彼说也。一则心上犹豫，假此以待沉吟，如此说自以为善，恐未尽善，务期必妥，当于是处寻非，故以此代心口相商，“且住”者，稍迟以待，不可竟行之意也。而今之梨园，不问是非好歹，开口说话，即用此二字作助语词，常有一段宾白之中，连说数十个“且住”者，此皆不详字义之故。一经点破，犯此病者鲜矣。

上场引子下场诗，此一出戏文之首尾。尾后不可增尾，犹头上不可加头也。可怪近时新例，下场诗念毕，仍不落台，定增几句淡话，以极紧凑之文，翻成极宽缓之局。此义何居，令人不解。曲有尾声及下场诗者，以曲音散漫，不得几句紧腔，如何截得板住？白文冗杂，不得几句约语，如何结得话成？若使结过之后，又复说起，何如不收竟下之为愈乎？且首尾一理，诗后既可添话，则何不于引子之先，亦加几句说白，说完而后唱乎？此积习之最无理最可厌者，急宜改革。然又不可尽革，如两人三人在场，二人先下，一人说话未了，必宜稍停以尽其说，此谓“吊场[①]”，原系古格。然须万不得已，少此数句，必添以后一出戏文，或少此数句，即埋没从前说话之意者，方可如此。（亦有下场不及更衣者，故借此为缓兵计。）是龙足，非蛇足也。然只可偶一为之，若出出皆然，则是是貂皆可续矣，何世间狗尾之多乎？

科诨恶习

插科打诨处，陋习更多，革之将不胜革，且见过即忘，不能悉记，略举数则而已。如两人相殴，一胜一败，有人

① 吊场：戏剧术语，指一出戏的结尾，其他演员都已下场，留下一二人念下场诗；或一出戏中一个场面结束，由某一演员说几句说白，转到另一个场面。

来劝，必使被殴者走脱，而误打劝解之人，《连环·掷戟》[①] 之董卓是也。主人偷香窃玉，馆童吃醋拈酸，谓寻新不如守旧，说毕必以臀相向，如《玉簪》[②] 之进安、《西厢》之琴童是也。戏中串戏，殊觉可厌，而优人惯增此种，其腔必效弋阳，《幽闺·旷野奇逢》[③] 之酒保是也。

---

①《连环·掷戟》:《连环记》中的一出。《连环记》，明王济创作的传奇，讲述汉末王允派貂蝉离间董卓与吕布，最终董卓被诛，吕布与貂蝉成婚的故事。

②《玉簪》：即《玉簪记》，明高濂创作的传奇，讲述道姑陈妙常与书生潘必正冲破封建礼教和道教清规的约束，相恋并结合的故事。

③《幽闺·旷野奇逢》:《幽闺记》中的一出。《幽闺记》，即《拜月亭记》。

卷三　声容部

选姿第一

“食、色，性也。”“不知子都[1]之姣者，无目者也。”古之大贤择言而发，其所以不拂人情，而数为是论者，以性所原有，不能强之使无耳。人有美妻美妾而我好之，是谓拂人之性；好之不惟损德，且以杀身。我有美妻美妾而我好之，是还吾性中所有，圣人复起，亦得我心之同然，非失德也。孔子云：“素富贵，行乎富贵。”人处得为之地，不买一二姬妾自娱，是素富贵而行乎贫贱矣。王道本乎人情，焉用此矫清矫俭者为哉？但有狮吼[2]在堂，则应借此藏拙，不则好之实所以恶之，怜之适足以杀之，不得以红颜薄命借口，而为代天行罚之忍人也。

予一介寒生，终身落魄，非止国色难亲，天香未遇，

① 子都：公孙阏（è），字子都，春秋时期的美男子，后以子都代指美男子。
② 狮吼：即河东狮吼，比喻妇人妒悍。

即强颜陋质之妇，能见几人，而敢谬次音容，侈谈歌舞，贻笑于眠花藉柳之人哉！然而缘虽不偶，兴则颇佳，事虽未经，理实易谙，想当然之妙境，较身醉温柔乡者，倍觉有情。如其不信，但以往事验之。楚襄王[①]，人主也。六宫窈窕，充塞内庭，握雨携云[②]，何事不有？而千古以下，不闻传其实事，止有阳台[③]一梦，脍炙人口。阳台今落何处？神女[④]家在何方？朝为行云，暮为行雨，毕竟是何情状？岂有踪迹可考，实事可缕陈乎？皆幻境也。幻境之妙，十倍于真，故千古传之。能以十倍于真之事，谱而为法，未有不入闲情三昧者。凡读是书之人，欲考所学之从来，则请以楚国阳台之事对。

肌　肤

妇人妩媚多端，毕竟以色为主。《诗》不云乎“素以为绚兮”[⑤]？素者，白也。妇人本质，惟白最难。常有眉目口齿般般入画，而缺陷独在肌肤者。岂造物生人之巧，反不同于染匠，未施漂练之力，而遽加文采之工乎？曰：非

---

① 楚襄王：即楚顷襄王，楚怀王之子。宋玉《高唐赋》中记载了楚襄王与宋玉同游云梦之台的事迹，其间宋玉对楚襄王讲述楚怀王与巫山之女交欢之事。

② 握雨携云：指男女交欢。

③ 阳台：语见宋玉《高唐赋》：“妾在巫山之阳，高丘之阻，旦为朝云，暮为行雨。朝朝暮暮，阳台之下。”

④ 神女：《高唐赋》中与楚怀王交欢的巫山之女。

⑤ 素以为绚兮：语见《论语·八佾》：“巧笑倩兮，美目盼兮，素以为绚兮。’”素，白色。绚，美丽的色彩。

然。白难而色易也。曷[①]言乎难？是物之生，皆视根本，根本何色，枝叶亦作何色。

人之根本维何？精也，血也。精色带白，血则红而紫矣。多受父精而成胎者，其人之生也必白。父精母血交聚成胎，或血多而精少者，其人之生也必在黑白之间。若其血色浅红，结而为胎，虽在黑白之间，及其生也，豢[②]以美食，处以曲房[③]，犹可日趋于淡，以脚地未尽缁也[④]。有幼时不白，长而始白者，此类是也。至其血色深紫，结而成胎，则其根本已缁，全无脚地可漂，及其生也，即服以水晶云母，居以玉殿琼楼，亦难望其变深为浅，但能守旧不迁，不致愈老愈黑，亦云幸矣。有富贵之家，生而不白，至长至老亦若是者，此类是也。知此，则知选材之法，当如染匠之受衣：有以白衣使漂者，受之，易为力也；有白衣稍垢而使漂者，亦受之，虽难为力，其力犹可施也；若以既染深色之衣，使之剥去他色，漂而为白，则虽什佰其工价，必辞之不受。以人力虽巧，难拗天工，不能强既有者而使之无也。

妇人之白者易相，黑者亦易相，惟在黑白之间者，相之不易。有三法焉：面黑于身者易白，身黑于面者难白；

---

① 曷（hé）：怎么，为什么。

② 豢（huàn）：喂养。

③ 曲房：密室。

④ 脚地：质地。缁（zī）：黑色。

肌肤之黑而嫩者易白，黑而粗者难白；皮肉之黑而宽者易白，黑而紧且实者难白。面黑于身者，以面在外而身在内，在外则有风吹日晒，其渐白也为难。身在衣中，较面稍白，则其由深而浅，业有明征，使面亦同身，蔽之有物，其验亦若是矣，故易白。身黑于面者反此，故不易白。肌肤之细而嫩者，如绫罗纱绢，其体光滑，故受色易，退色亦易，稍受风吹，略经日照，则深者浅而浓者淡矣。粗则如布如毯，其受色之难，十倍于绫罗纱绢，至欲退之，其工又不止十倍，肌肤之理亦若是也，故知嫩者易白，而粗者难白。

皮肉之黑而宽者，犹绸缎之未经熨，靴与履之未经楦者，因其皱而未直，故浅者似深，淡者似浓，一经熨楦之后，则纹理陡变，非复曩时[1]色相矣。肌肤之宽者，以其血肉未足，犹待长养，亦犹待楦之靴履，未经烫熨之绫罗纱绢，此际若此，则其血肉充满之后必不若此，故知宽者易白，紧而实者难白。相肌之法，备乎此矣。若是，则白者、嫩者、宽者为人争取，其黑而粗、紧而实者遂成弃物乎？曰：不然。薄命尽出红颜，厚福偏归陋质，此等非他，皆素封[2]伉俪之材，诰命夫人[3]之料也。

眉　眼

面为一身之主，目又为一面之主。相人必先相面，人

---

① 曩（nǎng）时：以前。

② 素封：无官爵封邑，而资财丰厚的富人。

③ 诰（gào）命夫人：受过封号的妇女。

尽知之，相面必先相目，人亦尽知，而未必尽穷其秘。吾谓相人之法，必先相心，心得而后观其形体。形体维何？眉发口齿，耳鼻手足之类是也。心在腹中，何由得见？曰：有目在，无忧也。察心之邪正，莫妙于观眸子，子舆氏[①]笔之于书，业开风鉴之祖。予无事赘陈其说，但言情性之刚柔，心思之愚慧。四者非他，即异日司花执爨[②]之分途，而狮吼堂与温柔乡接壤之地也。目细而长者，秉性必柔；目粗而大者，居心必悍；目善动而黑白分明者，必多聪慧；目常定而白多黑少，或白少黑多者，必近愚蒙。

然初相之时，善转者亦未能遽转，不定者亦有时而定。何以试之？曰：有法在，无忧也。其法维何？一曰以静待动，一曰以卑瞩高。目随身转，未有动荡其身而能胶柱其目者；使之乍往乍来，多行数武，而我回环其目以视之，则秋波不转而自转，此一法也。妇人避羞，目必下视，我若居高临卑，彼下而又下，永无见目之时矣。必当处之高位，或立台坡之上，或居楼阁之前，而我故降其躯以瞩之，则彼下无可下，势必环转其睛以避我。虽云善动者动，不善动者亦动，而勉强自然之中，即有贵贱妍媸之别，此又一法也。至于耳之大小，鼻之高卑，眉发之淡浓，唇齿之红白，无目者犹能按之以手，岂有识者不能鉴之以形？无

---

① 子舆氏：孟子，字子舆。

② 司花执爨（cuàn）：司花，指文化品位高的活动。执爨，指文化品位低的活动。爨，烧火煮饭。

俟哓哓[1]，徒滋繁渎。

眉之秀与不秀，亦复关系情性，当与眼目同视。然眉眼二物，其势往往相因。眼细者眉必长，眉粗者眼必巨，此大较也，然亦有不尽相合者。如长短粗细之间，未能一一尽善，则当取长恕短，要当视其可施人力与否。张京兆工于画眉[2]，则其夫人之双黛，必非浓淡得宜、无可润泽者。短者可长，则妙在用增；粗者可细，则妙在用减。但有必不可少之一字，而人多忽视之者，其名曰"曲"。必有天然之曲，而后人力可施其巧。"眉若远山""眉如新月"，皆言曲之至也。即不能酷肖远山，尽如新月，亦须稍带月形，略存山意，或弯其上而不弯其下，或细其外而不细其中，皆可自施人力。最忌平空一抹，有如太白[3]经天；又忌两笔斜冲，俨然倒书八字。变远山为近瀑，反新月为长虹，虽有善画之张郎，亦将畏难而却走。非选姿者居心太刻，以其为温柔乡择人，非为娘子军择将也。

手　足

相女子者，有简便诀云："上看头，下看脚。"似二语可概通身矣。予怪其最要一着，全未提起。两手十指，为一生巧拙之关，百岁荣枯所系，相女者首重在此，何以略

---

① 哓哓（xiāo）：吵嚷，唠叨。

② 张京兆工于画眉：张京兆，即张敞，西汉人，官京兆尹，曾为妻子画眉。

③ 太白：太白星，即金星。

而去之？且无论手嫩者必聪，指尖者多慧，臂丰而腕厚者，必享珠围翠绕之荣；即以现在所需而论之，手以挥弦，使其指节累累，几类弯弓之决拾[①]；手以品箫，如其臂形攘攘，几同伐竹之斧斤；抱枕携衾，观之兴索，捧卮[②]进酒，受者眉攒[③]，亦大失开门见山之初着矣。故相手一节，为观人要着，寻花问柳者不可不知，然此道亦难言之矣。

选人选足，每多窄窄金莲；观手观人，绝少纤纤玉指。是最易者足，而最难者手，十百之中，不能一二觏[④]也。须知立法不可不严，至于行法，则不容不恕。但于或嫩、或柔、或尖、或细之中，取其一得，即可宽恕其他矣。至于选足一事，如但求窄小，则可一目了然。倘欲由粗以及精，尽美而思善，使脚小而不受脚小之累，兼收脚小之用，则又比手更难，皆不可求而可遇者也。其累维何？因脚小而难行，动必扶墙靠壁，此累之在己者也；因脚小而致秽，令人掩鼻攒眉，此累之在人者也。其用维何？瘦欲无形，越看越生怜惜，此用之在日者也；柔若无骨，愈亲愈耐抚摩，此用之在夜者也。

昔有人谓予曰："宜兴周相国[⑤]，以千金购一丽人，名

---

① 决拾：古代射箭用具。决，扳指，多以骨制，套在右手拇指上，用以钩弦；拾，套袖，革制，套在左臂上，用以护臂。

② 卮（zhī）：酒杯。

③ 眉攒（cuán）：皱眉。

④ 觏（gòu）：遇见。

⑤ 周相国：周廷儒，字玉绳，号挹斋，明万历年间进士，崇祯年间两度为首辅。

为‘抱小姐’，因其脚小之至，寸步难移，每行必须人抱，是以得名。”予曰：“果若是，则一泥塑美人而已矣，数钱可买，奚事千金?”造物生人以足，欲其行也。昔形容女子娉婷者，非曰“步步生金莲”，即曰“行行如玉立”，皆谓其脚小能行，又复行而入画，是以可珍可宝，如其小而不行，则与刖[1]足者何异？此小脚之累之不可有也。

予遍游四方，见足之最小而无累，与最小而得用者，莫过于秦之兰州、晋之大同。兰州女子之足，大者三寸，小者犹不及焉，又能步履如飞，男子有时追之不及，然去其凌波小袜而抚摩之，犹觉刚柔相半；即有柔若无骨者，然偶见则易，频遇为难。至大同名妓，则强半皆若是也。与之同榻者，抚及金莲，令人不忍释手，觉倚翠偎红之乐，未有过于此者。向在都门，以此语人，人多不信。一日席间拥二妓，一晋一燕，皆无丽色，而足则甚小。予请不信者即而验之，果觉晋胜于燕，大有刚柔之别。座客无不翻然，而罚不信者以金谷酒数。

此言小脚之用之不可无也。噫，岂其娶妻必齐之姜[2]?就地取材，但不失立言之大意而已矣。验足之法无他，只在多行几步，观其难行易动，察其勉强自然，则思过半矣。直则易动，曲即难行；正则自然，歪即勉强。直而正者，非止美观便走，亦少秽气。大约秽气之生，皆强勉造作之

---

① 刖（yuè）：古代的一种酷刑，把脚砍掉。

② 齐之姜：齐国为姜姓，齐姜指齐君的宗女。后借指名门官宦人家的女儿。

所致也。

态 度

古云："尤物足以移人。"尤物维何？媚态是已。世人不知，以为美色，乌知颜色虽美，是一物也，乌足移人？加之以态，则物而尤矣。如云美色即是尤物，即可移人，则今时绢做之美女，画上之娇娥，其颜色较之生人，岂止十倍，何以不见移人，而使之害相思成郁病耶？是知"媚态"二字，必不可少。媚态之在人身，犹火之有焰，灯之有光，珠贝金银之有宝色，是无形之物，非有形之物也。惟其是物而非物，无形似有形，是以名为"尤物"。尤物者，怪物也，不可解说之事也。凡女子，一见即令人思之，而不能自已，遂至舍命以图，与生为难者，皆怪物也，皆不可解说之事也。

吾于"态"之一字，服天地生人之巧，鬼神体物之工。使以我作天地鬼神，形体吾能赋之，知识我能予之，至于是物而非物，无形似有形之态度，我实不能变之化之，使其自无而有，复自有而无也。态之为物，不特能使美者愈美，艳者愈艳，且能使老者少而媸者妍，无情之事变为有情，使人暗受笼络而不觉者。女子一有媚态，三四分姿色，便可抵过六七分。试以六七分姿色而无媚态之妇人，与三四分姿色而有媚态之妇人同立一处，则人止爱三四分而不爱六七分，是态度之于颜色，犹不止一倍当两倍也。

试以二三分姿色而无媚态之妇人，与全无姿色而止有媚态之妇人同立一处，或与人各交数言，则人止为媚态所惑，而不为美色所惑，是态度之于颜色，犹不止于以少敌多，且能以无而敌有也。今之女子，每有状貌姿容一无可取，而能令人思之不倦，甚至舍命相从者，“态”之一字之为祟也。是知选貌选姿，总不如选态一着之为要。

态自天生，非可强造。强造之态，不能饰美，止能愈增其陋。同一颦[①]也，出于西施则可爱，出于东施则可憎者，天生、强造之别也。相面、相肌、相眉、相眼之法，皆可言传，独相态一事，则予心能知之，口实不能言之。口之所能言者，物也，非尤物也。噫，能使人知，而能使人欲言不得，其为物也何如！其为事也何如！岂非天地之间一大怪物，而从古及今，一件解说不来之事乎？

诘[②]予者曰：既为态度立言，又不指人以法，终觉首鼠[③]，盍亦舍精言粗，略示相女者以意乎？予曰：不得已而为言，止有直书所见，聊为榜样而已。向在维扬[④]，代一贵人相妾。靓妆而至者不一其人，始皆俯首而立，及命之抬头，一人不作羞容而竟抬；一人娇羞腼腆，强之数四而后抬；一人初不即抬，及强而后可，先以眼光一瞬，似于看

---

① 颦（pín）：皱眉。

② 诘（jié）：追问，责问。

③ 首鼠：即首鼠两端，形容迟疑不决、瞻前顾后。

④ 维扬：扬州的旧称。

人而实非看人，瞬毕复定而后抬，俟人看毕，复以眼光一瞬而后俯，此即“态”也。

记曩时春游遇雨，避一亭中，见无数女子，妍媸不一，皆踉跄而至。中一缟衣[1]贫妇，年三十许，人皆趋入亭中，彼独徘徊檐下，以中无隙地故也；人皆抖擞衣衫，虑其太湿，彼独听其自然，以檐下雨侵，抖之无益，徒现丑态故也。及雨将止而告行，彼独迟疑稍后，去不数武而雨复作，乃趋入亭。彼则先立亭中，以逆料必转，先踞胜地故也。然臆虽偶中，绝无骄人之色。见后入者反立檐下，衣衫之湿，数倍于前，而此妇代为振衣，姿态百出，竟若天集众丑，以形一人之媚者。

自观者视之，其初之不动，似以郑重而养态；其后之故动，似以徜徉而生态。然彼岂能必天复雨，先储其才以俟用乎？其养也，出之无心，其生也，亦非有意，皆天机之自起自伏耳。当其养态之时，先有一种娇羞无那之致现于身外，令人生爱生怜，不俟娉婷大露而后觉也。斯二者，皆妇人媚态之一斑，举之以见大较。噫，以年三十许之贫妇，止为姿态稍异，遂使二八佳人与曳珠顶翠者皆出其下，然则态之为用，岂浅鲜哉！

人问：圣贤神化之事，皆可造诣而成，岂妇人媚态独不可学而至乎？予曰：学则可学，教则不能。人又问：既

---

① 缟（gǎo）衣：白色生绢所制的衣裳。

不能教，胡云可学？予曰：使无态之人与有态者同居，朝夕熏陶，或能为其所化；如蓬生麻中，不扶自直，鹰变成鸠，形为气感，是则可矣。若欲耳提而面命之，则一部《廿一史》[①]，当从何处说起？还怕愈说愈增其木强，奈何！

修容第二

妇人惟仙姿国色，无俟修容；稍去天工者，即不能免于人力矣。然予所谓“修饰”二字，无论妍媸美恶，均不可少。俗云：“三分人材，七分妆饰。”此为中人以下者言之也。然则有七分人材者，可少三分妆饰乎？即有十分人材者，岂一分妆饰皆可不用乎？曰：不能也。若是，则修容之道不可不急讲矣。

今世之讲修容者，非止穷工极巧，几能变鬼为神，我即欲勉竭心神，创为新说，其如人心至巧，我法难工，非但小巫见大巫，且如小巫之徒，往教大巫之师，其不遭喷饭而唾面者鲜矣。然一时风气所趋，往往失之过当。非始初立法之不佳，一人求胜于一人，一日务新于一日，趋而过之，致失其真之弊也。

---

① 《廿一史》：指《史记》《汉书》《后汉书》《三国志》《晋书》《宋书》《南齐书》《梁书》《陈书》《魏书》《北齐书》《周书》《隋书》《南史》《北史》《新唐书》《新五代史》《宋史》《辽史》《金史》《元史》二十一部纪传体史书。

“楚王好细腰，宫中皆饿死；楚王好高髻，宫中皆一尺；楚王好大袖，宫中皆全帛。”细腰非不可爱，高髻大袖非不美观，然至饿死，则人而鬼矣。髻至一尺，袖至全帛，非但不美观，直与魑魅魍魉无别矣。此非好细腰、好高髻大袖者之过，乃自为饿死、自为一尺，自为全帛者之过也。亦非自为饿死，自为一尺，自为全帛者之过，无一人痛惩其失，著为章程，谓止当如此，不可太过，不可不及，使有遵守者之过也。吾观今日之修容，大类楚宫之末俗，著为章程，非草野得为之事。但不经人提破，使知不可爱而可憎，听其日趋日甚，则在生而为魑魅魍魉者，已去死人不远，矧腰成一缕，有饿而必死之势哉！予为修容立说，实具此段婆心[①]，凡为西子者，自当曲体人情，万毋遽发娇嗔，罪其唐突。

盥栉[②]

盥面之法，无他奇巧，止是濯垢务尽。面上亦无他垢，所谓垢者，油而已矣。油有二种，有自生之油，有沾上之油。自生之油，从毛孔沁出，肥人多而瘦人少，似汗非汗者是也。沾上之油，从下而上者少，从上而下者多，以发与膏沐[③]势不相离，发面交接之地，势难保其不侵。况以手

① 婆心：慈悲善良之心。

② 盥栉（guàn zhì）：梳洗。

③ 膏沐：妇女洗涤、润泽头发所用的油膏。

按发，按毕之后，自上而下亦难保其不相挨擦，挨擦所至之处，即生油发亮之处也。生油发亮，于面似无大损，殊不知一日之美恶系焉，面之不白不匀，即从此始。从来上粉着色之地，最怕有油，有即不能上色。倘于浴面初毕，未经搽粉之时，但有指大一痕为油手所污，迨加粉搽面之后，则满面皆白而此处独黑，又且黑而有光，此受病之在先者也。既经搽粉之后，而为油手所污，其黑而光也亦然，以粉上加油，但见油而不见粉也，此受病之在后者也。

此二者之为患，虽似大而实小，以受病之处止在一隅，不及满面，闺人尽有知之者。尚有全体受伤之患，从古佳人暗受其害而不知者，予请攻而出之。从来拭面之巾帕，多不止于拭面，擦臂抹胸，随其所至；有腻即有油，则巾帕之不洁也久矣。即有好洁之人，止以拭面，不及其他，然能保其上不及发，将至额角而遂止乎？一沾膏沐，即非无油少腻之物矣。以此拭面，非拭面也，犹打磨细物之人，故以油布擦光，使其不沾他物也。他物不沾，粉独沾乎？凡有面不受妆，越匀越黑；同一粉也，一人搽之而白，一人搽之而不白者，职是故也。以拭面之巾有异同，非搽面之粉有善恶也。故善匀面者，必须先洁其巾。拭面之巾，止供拭面之用，又须用过即浣[1]，勿使稍带油痕，此务本穷源之法也。

---

① 浣（huàn）：洗。

善栉不如善篦，篦者，栉之兄也。发内无尘，始得丝丝现相，不则一片如毡，求其界限而不得，是帽也，非髻也，是退光黑漆之器，非乌云蟠绕之头也。故善蓄姬妾者，当以百钱买梳，千钱购篦。篦精则发精，稍俭其值，则发损头痛，篦不数下而止矣。篦之极净，使便用梳。而梳之为物，则越旧越精。“人惟求旧，物惟求新”。古语虽然，非为论梳而设。求其旧而不得，则富者用牙，贫者用角。新木之梳，即搜根剔齿者，非油浸十日，不可用也。

古人呼髻为“蟠龙”。蟠龙者，髻之本体，非由妆饰而成。随手绾[1]成，皆作蟠龙之势，可见古人之妆，全用自然，毫无造作。然龙乃善变之物，发无一定之形，使其相传至今，物而不化，则龙非蟠龙，乃死龙矣；发非佳人之发，乃死人之发矣。无怪今人善变，变之诚是也。但其变之之形，只顾趋新，不求合理；只求变相，不顾失真。凡以彼物肖此物，必取其当然者肖之，必取其应有者肖之，又必取其形色相类者肖之，未有凭空捏造，任意为之而不顾者。

古人呼发为“乌云”，呼髻为“蟠龙”者，以二物生于天上，宜乎在顶。发之缭绕似云，发之蟠曲似龙，而云之色有乌云，龙之色有乌龙。是色也、相也、情也、理也，事事相合，是以得名，非凭捏造，任意为之而不顾者也。

---

① 绾（wǎn）：把长条形的东西盘绕起来打成结。

窃怪今之所谓“牡丹头”“荷花头”“钵盂头”，种种新式，非不穷新极异，令人改观，然于当然应有、形色相类之义，则一无取焉。人之一身，手可生花，江淹之彩笔[①]是也；舌可生花，如来之广长[②]是也；头则未见其生花，生之自今日始。此言不当然而然也。发上虽有簪花之义，未有以头为花，而身为蒂者；钵盂乃盛饭之器，未有倒贮活人之首，而作覆盆之象者，此皆事所未闻，闻之自今日始。此言不应有而有也。群花之色，万紫千红，独不见其有黑。设立一妇人于此，有人呼之为“黑牡丹”“黑莲花”“黑钵盂”者，此妇必艴然[③]而怒，怒而继之以骂矣。以不喜呼名之怪物，居然自肖其形，岂非绝不可解之事乎？

吾谓美人所梳之髻，不妨日异月新，但须筹为理之所有。理之所有者，其象多端，然总莫妙于云龙二物。仍用其名而变更其实，则古制新裁，并行而不悖矣。勿谓止此二物，变来有限，须知普天下之物，取其千态万状，越变而越不穷者，无有过此二物者矣。龙虽善变，犹不过飞龙、游龙、伏龙、潜龙、戏珠龙、出海龙之数种。至于云之为物，顷刻数迁其位，须臾屡易其形，“千变万化”四字，犹为有定之称，其实云之变相，“千万”二字，犹不足以限量

---

① 江淹之彩笔：江淹，南朝文学家。相传曾梦见神人授予五色彩笔，梦醒后下笔文采斐然。

② 如来之广长：比喻能言善辩。

③ 艴（fú）然：恼怒的样子。

之也。若得聪明女子，日日仰观天象，既肖云而为髻，复肖髻而为云，即一日一更其式，犹不能尽其巧幻，毕其离奇，矧未必朝朝变相乎？若谓天高云远，视不分明，难于取法，则令画工绘出巧云数朵，以纸剪式，衬于发下，俟栉沐既成，而后去之，此简便易行之法也。云上尽可着色，或簪以时花，或饰以珠翠，幻作云端五彩，视之光怪陆离。但须位置得宜，使与云体相合，若其中应有此物者，勿露时花珠翠之本形，则尽善矣。

肖龙之法：如欲作飞龙、游龙，则先以己发梳一光头于下，后以假髲[①]制作龙形，盘旋缭绕，覆于其上。务使离发少许，勿使相粘相贴，始不失飞龙、游龙之义，相粘相贴则是潜龙、伏龙矣。悬空之法，不过用铁线一二条，衬于不见之处，其龙爪之向下者，以发作线，缝于光发之上，则不动矣。戏珠龙法，以髲作小龙二条，缀于两旁，尾向后而首向前，前缀大珠一颗，近于龙嘴，名为“二龙戏珠”。出海龙亦照前式，但以假髲作波浪纹，缀于龙身空隙之处，皆易为之。

是数法者，皆以云龙二物分体为之，是云自云而龙自龙也。予又谓云龙二物势不宜分，“云从龙，风从虎”[②]，《周易》业有成言，是当合而用之。同用一髲，同作一假，何不幻作云龙二物，使龙勿露全身，云亦勿作全朵，忽而

---

① 髲（bì）：假发。

② 云从龙，风从虎：比喻同类事物相互感应。

见龙，忽而见云，令人无可测识，是美人之头，尽有盘旋飞舞之势，朝为行云，暮为行雨，不几两擅其绝，而为阳台神女之现身哉？噫，笠翁于此搜尽枯肠，为此髻者，不可不加尸祝。天年以后，倘得为神，则将往来绣阁之中，验其所制，果有裨于花容月貌否也。

熏陶

名花美女，气味相同，有国色者，必有天香。天香结自胞胎，非由熏染，佳人身上实实有此一种，非饰美之词也。此种香气，亦有姿貌不甚娇艳，而能偶擅其奇者。总之，一有此种，即是夭折摧残之兆，红颜薄命未有捷于此者。有国色而有天香，与无国色而有天香，皆是千中遇一，其余则熏染之力不可少也。其力维何？富贵之家，则需花露。花露者，摘取花瓣入甑[①]，酝酿而成者也。蔷薇最上，群花次之。然用不须多，每于盥浴之后，挹取数匙入掌，拭体拍面而匀之。此香此味，妙在似花非花，是露非露，有其芬芳，而无其气息，是以为佳，不似他种香气，或速或沉，是兰是桂，一嗅即知者也。

其次则用香皂浴身，香茶沁口，皆是闺中应有之事。皂之为物，亦有一种神奇，人身偶染秽物，或偶沾秽气，用此一擦，则去尽无遗。由此推之，即以百和奇香拌入此

---

① 甑（zèng）：古代蒸饭的一种器具。底部有许多孔格，可置于鬲上用于蒸煮，如同现代的蒸锅。

中，未有不与垢秽并除，混入水中而不见者矣；乃独去秽而存香，似有攻邪不攻正之别。皂之佳者，一浴之后，香气经日不散，岂非天造地设，以供修容饰体之用者乎？香皂以江南六合县出者为第一，但价值稍昂，又恐远不能致，多则浴体，少则止以浴面，亦权宜丰俭之策也。至于香茶沁口，费亦不多，世人但知其贵，不知每日所需，不过指大一片，重止毫厘，裂成数块，每于饭后及临睡时以少许润舌，则满吻皆香，多则味苦，而反成药气矣。凡此所言，皆人所共知，予特申明其说，以见美人之香不可使之或无耳。

别有一种，为值更廉，世人食而但甘其味，嗅而不辨其香者，请揭出言之：果中荔子，虽出人间，实与交梨、火枣[1]无别，其色国色，其香天香，乃果中尤物也。予游闽粤，幸得饱啖[2]而归，庶不虚生此口，但恨造物有私，不令四方皆出。陈不如鲜，夫人而知之矣。殊不知荔之陈者，香气未尝尽没，乃与橄榄同功，其好处却在回味时耳。佳人就寝，止啖一枚，则口脂之香，可以竟夕[3]，多则甜而腻矣。须择道地者用之，枫亭[4]是其选也。人问：沁口之香，为美人设乎？为伴美人者设乎？予曰：伴者居多。若论美

---

① 交梨、火枣：语见南朝梁陶弘景《真诰・运象二》：“玉醴金浆，交梨火枣，此则腾飞之药，不比于金丹也。”

② 啖（dàn）：吃。

③ 竟夕：整夜。

④ 枫亭：枫亭镇，今属福建省莆田市仙游县。

人，则五官四体皆为人设，奚止口内之香。

点　染

“却嫌脂粉污颜色，淡扫蛾眉朝至尊。”此唐人妙句也。今世讳言脂粉，动称污人之物，有满面是粉而云粉不上面，遍唇皆脂而曰脂不沾唇者，皆信唐诗太过，而欲以虢国夫人[①]自居者也。噫，脂粉焉能污人，人自污耳。人谓脂、粉二物，原为中材而设，美色可以不需。予曰：不然。惟美色可施脂粉，其余似可不设。何也？二物颇带世情，大有趋炎附热之态，美者用之愈增其美，陋者加之更益其陋。使以绝代佳人而微施粉泽，略染猩红，有不增娇益媚者乎？使以嫫颜陋妇而丹铅其面，粉藻其姿，有不惊人骇众者乎？

询其所以然之故，则以白者可使再白，黑者难使遽[②]白；黑上加之以白，是欲故显其黑，而以白物相形之也。试以一墨一粉，先分二处，后合一处而观之，其分处之时，黑自黑而白自白，虽云各别其性，未甚相仇也；迨其合外，遂觉黑不自安，而白欲求去。相形相碍，难以一朝居者。以天下之物，相类者可使同居，即不相类而相似者，亦可使之同居，至于非但不相类、不相似，而且相反之物，则断断勿使同居，同居必为难矣。此言粉之不可混施也。

---

① 虢（guó）国夫人：杨贵妃之三姐。原嫁裴氏，后得明皇宠幸。

② 遽：急，仓促。

脂则不然，面白者可用，面黑者亦可用。但脂、粉二物，其势相依，面上有粉而唇上涂脂，则其色灿然可爱，倘面无粉泽而止丹其唇，非但红色不显，且能使面上之黑色变而为紫，以紫之为色，非系天生，乃红黑二色合而成之者也。黑一见红，若逢故物，不求合而自合，精光相射，不觉紫气东来，使乘老子青牛，竟有五色灿然之瑞矣。若是，则脂粉二物，竟与若辈无缘，终身可不用矣。

何以世间女子人人不舍，刻刻相需，而人亦未尝以脂粉多施，摈而不纳者？曰：不然。予所论者，乃面色最黑之人，所谓不相类、不相似，而且相反者也。若介在黑白之间，则相类而相似矣，既相类而相似，有何不可同居？但须施之有法，使浓淡得宜，则二物争效其灵矣。从来傅粉之面，止耐远观，难于近视，以其不能匀也。画士着色，用胶始匀，无胶则研杀不合。人面非同纸绢，万无用胶之理，此其所以不匀也。

有法焉：请以一次分为二次，自淡而浓，由薄而厚，则可保无是患矣。请以他事喻之。砖匠以石灰粉壁，必先上粗灰一次，后上细灰一次；先上不到之处，后上者补之；后上偶遗之处，又有先上者衬之，是以厚薄相均，泯然无迹。使以二次所上之灰，并为一次，则非但拙匠难匀，巧者亦不能遍及矣。粉壁且然，况粉面乎？今以一次所傅之粉，分为二次傅之，先傅一次，俟其稍干，然后再傅第二次，则浓者淡而淡者浓，虽出无心，自能巧合，远观近视，无不宜矣。

此法不但能匀，且能变换肌肤，使黑者渐白。何也？染匠之于布帛，无不由浅而深，其在深浅之间者，则非浅非深，另有一色，即如文字之有过文也。如欲染紫，必先使白变红，再使红变为紫，红即白、紫之过文，未有由白竟紫者也。如欲染青，必使白变为蓝，再使蓝变为青，蓝即白、青之过文，未有由白竟青者也。如妇人面容稍黑，欲使竟变为白，其势实难。今以薄粉先匀一次，是其面上之色已在黑白之间，非若曩时之纯黑矣；再上一次，是使淡白变为深白，非使纯黑变为全白也，难易之势，不大相径庭哉？由此推之，则二次可广为三，深黑可同于浅，人间世上，无不可用粉匀面之妇人矣。此理不待验而始明。

凡读是编者，批阅至此，即知湖上笠翁原非蠢物，不止为风雅功臣，亦可谓红裙知己。初论面容黑白，未免立说过严。非过严也，使知受病实深，而后知德医人，果有起死回生之力也。舍此更有二说，皆浅乎此者，然亦不可不知；匀面必须匀项，否则前白后黑，有如戏场之鬼脸。匀面必记掠眉，否则霜花覆眼，几类春生之社婆[1]。至于点唇之法，又与匀面相反，一点即成，始类樱桃之体；若陆续增添，二三其手，即有长短宽窄之痕，是为成串樱桃，非一粒也。

---

① 春生：即春社，古时将春秋两季祭祀土地神的日子称为社日。社婆：在春社祭祀土地神的活动中，会有人扮成白眉白发的土地婆。

治服第三

古云：“三世长者知被服，五世长者知饮食。”俗云：“三代为宦，着衣吃饭。”古语今词，不谋而合，可见衣食二事之难也。饮食载于他卷，兹不具论，请言被服一事。寒贱之家，自羞褴褛，动以无钱置服为词，谓一朝发迹，男可翩翩裘马，妇则楚楚衣裳。孰知衣衫之附于人身，亦犹人身之附于其地。人与地习，久始相安，以极奢极美之服，而骤加俭朴之躯，则衣衫亦类生人，常有不服水土之患。宽者似窄，短者疑长，手欲出而袖使之藏，项宜伸而领为之曲，物不随人指使，遂如桎梏其身。“沐猴而冠[①]”为人指笑者，非沐猴不可着冠，以其着之不惯，头与冠不相称也。此犹粗浅之论，未及精微。

“衣以章身”，请晰其解。章者，著也，非文采彰明之谓也。身非形体之身，乃智愚贤不肖之实备于躬，犹“富润屋，德润身[②]”之身也。同一衣也，富者服之章其富，贫者服之益章其贫；贵者服之章其贵，贱者服之益章其贱。有德有行之贤者，与无品无才之不肖者，其为章身也亦然。

---

① 沐猴而冠：指猕猴性急躁，不能像人长时间冠带。用以讥讽徒具衣冠而没有人性的人。

② 富润屋，德润身：财富可以修饰房屋，使房屋华丽；道德可以滋养人的身心，使人思想高尚。

设有一大富长者于此，衣百结之衣，履踵决[1]之履，一种丰腴气象，自能跃出衣履之外，不问而知为长者。是敝服垢衣，亦能章人之富，况罗绮而文绣者乎？丐夫菜佣窃得美服而被焉，往往因之得祸，以服能章贫，不必定为短褐[2]，有时亦在长裾[3]耳。

“富润屋，德润身”之解，亦复如是。富人所处之屋，不必尽为画栋雕梁，即居茅舍数椽，而过其门、入其室者，常见荜门圭窦[4]之间，自有一种旺气，所谓“润”也。公卿将相之后，子孙式微，所居门第未尝稍改，而经其地者，觉有冷气侵入，此家门枯槁之过，润之无其人也。从来读《大学》者，未得其解，释以雕镂粉藻之义。果如其言，则富人舍其旧居，另觅新居而加以雕镂粉藻；则有德之人亦将弃其旧身，另易新身而后谓之心广体胖乎？甚矣，读书之难，而章句训诂之学非易事也。予尝以此论见之说部，今复叙入《闲情》。噫，此等诠解，岂好闲情、作小说者所能道哉？偶寄云尔。

首饰

珠翠宝玉，妇人饰发之具也，然增娇益媚者以此，损

---

① 踵（zhǒng）决：这里指破烂的鞋子。踵，脚后跟，这里指鞋的后跟。决，溃，破。

② 褐（hè）：粗布，也可指粗布衣服。

③ 裾（jū）：衣服的大襟或前后部分。

④ 荜（bì）门圭窦：形容贫苦人家居住条件简陋。荜门，篱笆门。圭窦，小洞。

娇掩媚者亦以此。所谓增娇益媚者，或是面容欠白，或是发色带黄，有此等奇珍异宝覆于其上，则光芒四射，能令肌发改观，与玉蕴于山而山灵、珠藏于泽而泽媚同一理也。若使肌白发黑之佳人满头翡翠，环鬓金珠，但见金而不见人，犹之花藏叶底，月在云中，是尽可出头露面之人，而故作藏头盖面之事。巨眼者见之，犹能略迹求真，谓其美丽当不止此，使去粉饰而全露天真，还不知如何妩媚；使遇皮相之流，止谈妆饰之离奇，不及姿容之窈窕，是以人饰珠翠宝玉，非以珠翠宝玉饰人也。

故女子一生，戴珠顶翠之事，止可一月，万勿多时。所谓一月者，自作新妇于归之日始，至满月卸妆之日止。只此一月，亦是无可奈何。父母置办一场，翁姑婚娶一次，非此艳妆盛饰，不足以慰其心。过此以往，则当去桎梏而谢羁囚，终身不修苦行矣。一簪一珥，便可相伴一生。此二物者，则不可不求精善。富贵之家，无论多设金玉犀贝之属，各存其制，屡变其形，或数日一更，或一日一更，皆未尝不可。贫贱之家，力不能办金玉者，宁用骨角，勿用铜锡。骨角耐观，制之佳者，与犀贝无异，铜锡非止不雅，且能损发。簪珥之外，所当饰鬓者，莫妙于时花数朵，较之珠翠宝玉，非止雅俗判然，且亦生死迥别。

《清平调》之首句云："名花倾国两相欢。"欢者，喜也，相欢者，彼既喜我，我亦喜彼之谓也。国色乃人中之花，名花乃花中之人，二物可称同调，正当晨夕与共者也。

汉武云："若得阿娇，贮之金屋。[1]"吾谓金屋可以不设，药栏花榭则断断应有，不可或无。富贵之家如得丽人，则当遍访名花，植于阃[2]内，使之旦夕相亲，珠围翠绕之荣不足道也。晨起簪花，听其自择。喜红则红，爱紫则紫，随心插戴，自然合宜，所谓两相欢也。寒素之家，如得美妇，屋旁稍有隙地，亦当种树栽花，以备点缀云鬟之用。

他事可俭，此事独不可俭。妇人青春有几，男子遇色为难。尽有公侯将相、富室大家，或苦缘分之悭[3]，或病中宫[4]之妒，欲亲美色而毕世不能。我何人斯，而擅有此乐，不得一二事娱悦其心，不得一二物妆点其貌，是为暴殄天物[5]，犹倾精米洁饭于粪壤之中也。即使赤贫之家，卓[6]锥无地，欲艺时花而不能者，亦当乞诸名园，购之担上。即使日费几文钱，不过少饮一杯酒，既悦妇人之心，复娱男子之目，便宜不亦多乎？更有俭于此者，近日吴门[7]所制像生花，穷精极巧，与树头摘下者无异，纯用通草，每朵不过数文，可备月余之用。绒绢所制者，价常倍之，反不若此物之精雅，又能肖真。而时人所好，偏在彼而不在此，

① 若得阿娇，贮之金屋：汉武帝幼时欲建华丽的宫殿给表妹阿娇居住。后指营建华屋给所爱的女子居住。

② 阃（kǔn）：门槛，门限。

③ 悭（qiān）：小气，吝啬。

④ 中宫：正室。

⑤ 暴殄（tiǎn）天物：任意糟蹋东西。

⑥ 卓：立。

⑦ 吴门：泛指今江苏苏州一带。

岂物不论美恶，止论贵贱乎？噫，相士用人者，亦复如此，奚止于物。

吴门所制之花，花像生而叶不像生，户户皆然，殊不可解。若去其假叶而以真者缀之，则因叶真而花益真矣。亦是一法。

时花之色，白为上，黄次之，淡红次之，最忌大红，尤忌木红。玫瑰，花之最香者也，而色太艳，止宜压在髻下，暗受其香，勿使花形全露，全露则类村妆，以村妇非红不爱也。

花中之茉莉，舍插鬓之外，一无所用。可见天之生此，原为助妆而设，妆可少乎？珠兰亦然。珠兰之妙，十倍茉莉，但不能处处皆有，是一恨事。

予前论髻，欲人革去"牡丹头""荷花头""钵盂头"等怪形，而以假鬟作云龙等式。客有过之者，谓：吾侪[1]立法，当使天下去赝存真，奈何教人为伪？予曰：生今之世，行古之道，立言则善，谁其从之？不若因势利导，使之渐近自然。妇人之首，不能无饰，自昔为然矣，与其饰以珠翠宝玉，不若饰之以鬟。鬟虽云假，原是妇人头上之物，以此为饰，可谓还其固有，又无穷奢极靡之滥费，与崇尚时花，鄙黜珠玉，同一理也。予岂不能为高世之论哉？虑其无裨[2]人情耳。

---

① 侪（chái）：同辈，同类之人。

② 裨（bì）：有益，帮助。

簪之为色，宜浅不宜深，欲形其发之黑也。玉为上，犀之近黄者、蜜蜡之近白者次之，金银又次之，玛瑙琥珀皆所不取。簪头取象于物，如龙头、凤头、如意头、兰花头之类是也。但宜结实自然，不宜玲珑雕斫；宜于发相依附，不得昂首而作跳跃之形。盖簪头所以压发，服帖为佳，悬空则谬矣。

饰耳之环，愈小愈佳，或珠一粒，或金银一点，此家常佩戴之物，俗名“丁香”，肖其形也。若配盛妆艳服，不得不略大其形，但勿过丁香之一倍二倍。既当约小其形，复宜精雅其制，切忌为古时络索之样，时非元夕，何须耳上悬灯？若再饰以珠翠，则为福建之珠灯，丹阳之料丝灯矣。其为灯也犹可厌，况为耳上之环乎？

衣 衫

妇人之衣，不贵精而贵洁，不贵丽而贵雅，不贵与家相称，而贵与貌相宜。绮罗文绣之服，被垢蒙尘，反不若布服之鲜美，所谓贵洁不贵精也。红紫深艳之色，违时失尚，反不若浅淡之合宜，所谓贵雅不贵丽也。贵人之妇，宜披文采，寒俭之家，当衣缟素，所谓与人相称也。然人有生成之面，面有相配之衣，衣有相配之色，皆一定而不可移者。今试取鲜衣一袭，令少妇数人先后服之，定有一二中看，一二不中看者，以其面色与衣色有相称、不相称之别，非衣有公私向背于其间也。使贵人之妇之面色，不宜文采而宜缟素[①]，必欲去缟素而就文采，不几与面为仇乎？故曰不贵与家相称，而贵与面相宜。

大约面色之最白最嫩，与体态之最轻盈者，斯无往而不宜。色之浅者显其淡，色之深者愈显其淡；衣之精者形其娇，衣之粗者愈形其娇。此等即非国色，亦去夷光、王嫱不远矣[②]，然当世有几人哉？稍近中材者，即当相体裁衣，不得混施色相矣。相体裁衣之法，变化多端，不应胶柱而论，然不得已而强言其略，则在务从其近而已。面颜近白者，衣色可深可浅；其近黑者，则不宜浅而独宜深，浅则愈彰其黑矣。肌肤近腻者，衣服可精可粗；其近糙者，则不宜精而独宜粗，精则愈形其糙矣。

然而贫贱之家，求为精与深而不能，富贵之家欲为粗与浅而不可，则奈何？曰：不难。布苎[③]有精粗深浅之别，绮罗文采亦有精粗深浅之别，非谓布苎必粗而罗绮必精，锦绣必深而缟素必浅也。绸与缎之体质不光、花纹突起者，即是精中之粗、深中之浅；布与苎之纱线紧密、漂染精工者，即是粗中之精、浅中之深。凡予所言，皆贵贱咸宜之事，既不详绣户而略衡门，亦不私贫家而遗富室。盖美女未尝择地而生，佳人不能选夫而嫁，务使读是编者，人人

---

① 缟（gǎo）素：缟与素都是白色的生绢，引申为白色，多指丧服。

② 夷光、王嫱：夷光即西施，春秋末期越国美女，本名夷光。王嫱即王昭君，西汉美女。

③ 苎（zhù）：麻，多年生草本植物，茎皮含纤维质很多，是纺织的重要原料。

有裨，则怜香惜玉之念，有同雨露之均施矣。

迩来衣服之好尚，有大胜古昔，可为一定不移之法者，又有大背情理，可为人心世道之忧者，请并言之。其大胜古昔，可为一定不移之法者，大家富室，衣色皆尚青是已。（青非青也，元也。因避讳[①]，故易之。）记予儿时所见，女子之少者，尚银红桃红，稍长者尚月白，未几而银红、桃红皆变大红，月白变蓝，再变则大红变紫，蓝变石青。迨鼎革[②]以后，则石青与紫皆罕见，无论少长男妇，皆衣青矣，可谓"齐变至鲁，鲁变至道[③]"，变之至善而无可复加者矣。其递变至此也，并非有意而然，不过人情好胜，一家浓似一家，一日深于一日，不知不觉，遂趋到尽头处耳。

然青之为色，其妙多端，不能悉数。但就妇人所宜者而论，面白者衣之，其面愈白，面黑者衣之，其面亦不觉其黑，此其宜于貌者也。年少者衣之，其年愈少，年老者衣之，其年亦不觉甚老，此其宜于岁者也。贫贱者衣之，是为贫贱之本等，富贵者衣之，又觉脱去繁华之习，但存雅素之风，亦未尝失其富贵之本来，此其宜于分者也。他色之衣，极不耐污，略沾茶酒之色，稍侵油腻之痕，非染

---

① 避讳：清康熙皇帝名玄烨，此处为避讳，故改玄为元。

② 鼎革：指明清易代。

③ 齐变至鲁，鲁变至道：齐一变，成为鲁的样子；鲁一变，就与道相合了。语见《论语·雍也》："齐一变，至于鲁；鲁一变，至于道。"

不能复着，染之即成旧衣。此色不然，惟其极浓也，凡淡乎此者，皆受其侵而不觉；惟其极深也，凡浅乎此者，皆纳其污而不辞，此又其宜于体而适于用者也。

贫家止此一衣，无他美服相衬，亦未尝尽现底里，以覆其外者色原不艳，即使中衣敝垢，未甚相形也；如用他色于外，则一缕欠精，即彰其丑矣。富贵之家，凡有锦衣绣裳，皆可服之于内，风飘袂起，五色灿然，使一衣胜似一衣，非止不掩中藏，且莫能穷其底蕴。诗云“衣锦尚䌹”，恶其文之著也。此独不然，止因外色最深，使里衣之文越著，有复古之美名，无泥古之实害。二八佳人，如欲华美其制，则青上洒线，青上堆花，较之他色更显。反复求之，衣色之妙，未有过于此者。后来即有所变，亦皆举一废百，不能事事咸宜，此予所谓大胜古昔，可为一定不移之法者也。

至于大背情理，可为人心世道之忧者，则零拼碎补之服，俗名呼为“水田衣”者是已。衣之有缝，古人非好为之，不得已也。人有肥瘠长短之不同，不能像体而织，是必制为全帛，剪碎而后成之。即此一条两条之缝，亦是人身赘瘤，万万不能去之，故强存其迹。赞神仙之美者，必曰“天衣无缝”，明言人间世上，多此一物故也。而今且以一条两条，广为数十百条，非止不似天衣，且不使类人间世上，然则愈趋愈下，将肖何物而后已乎？推原其始，亦非有意为之，盖由缝衣之奸匠，明为裁剪，暗作穿窬[1]，逐段窃取而藏之，无由出脱，创为此制，以售其奸。

不料人情厌常喜怪，不惟不攻其弊，且群然则而效之。毁成片者为零星小块，全帛何罪，使受寸磔之刑[2]？缝碎裂者为百衲僧衣，女子何辜，忽现出家之相？风俗好尚之迁移，常有关于气数，此制不昉[3]于今，而昉于崇祯末年。予见而诧之，尝谓人曰："衣衫无故易形，殆有若或使之者，六合[4]以内，得无有土崩瓦解之事乎？"未几而闯氛[5]四起，割裂中原，人谓予言不幸偶中。方今圣人御世，万国来归，车书一统之朝，此等制度，自应潜革。倘遇同心，谓刍荛[6]之言，不甚訾[7]谬，交相劝谕，勿效前颦，则予为是言也，亦犹鸡鸣犬吠之声，不为无补于盛治耳。

云肩以护衣领，不使沾油，制之最善者也。但须与衣同色，近看则有，远视若无，斯为得体。即使难于一色，亦须不甚相悬。若衣色极深，而云肩极浅，或者衣色极浅，而云肩极深，则是身首判然，虽曰相连，实同异处，此最不相宜之事也。予又谓云肩之色，不惟与衣相同，更须里外合一，如外色是青，则夹里之色亦当用青，外色是蓝，

---

① 穿窬（yú）：打洞穿墙行窃。

② 寸磔（zhé）之刑：即凌迟。

③ 昉（fǎng）：起始。

④ 六合：指上下和四方，泛指天地或宇宙。

⑤ 闯氛：对明末李自成起义军的蔑称。闯，李自成自称"闯王"。

⑥ 刍荛（chú ráo）：割草打柴，也指割草打柴的人。

⑦ 訾（zī）：恣纵，狂放。

则夹里之色亦当用蓝。何也？此物在肩，不能时时服帖，稍遇风飘，则夹里向外，有如飓风吹残叶，风卷败荷，美人之身不能不现历乱萧条之象矣。若使里外一色，则任其整齐颠倒，总无是患。然家常则已，出外见人，必须暗定以线，勿使与服相离，盖动而色纯，总不如不动之为愈也。

妇人之妆，随家丰俭，独有价廉功倍之二物，必不可无。一曰半臂，俗呼“背褡”者是也；一曰束腰之带，俗呼“鸾绦”者是也。妇人之体，宜窄不宜宽，一着背褡，则宽者窄，而窄者愈显其窄矣。妇人之腰，宜细不宜粗，一束以带，则粗者细，而细者倍觉其细矣。背褡宜着于外，人皆知之；鸾绦宜束于内，人多未谙。带藏衣内，则虽有若无，似腰肢本细，非有物缩之使细也。

裙制之精粗，惟视折纹之多寡。折多则行走自如，无缠身碍足之患，折少则往来局促，有拘挛桎梏之形；折多则湘纹易动，无风亦似飘飖，折少则胶柱难移，有态亦同木强。故衣服之料，他或可省，裙幅必不可省。古云：“裙拖八幅湘江水。”幅既有八，则折纹之不少可知。予谓八幅之裙，宜于家常；人前美观，尚须十幅。盖裙幅之增，所费无几，况增其幅，必减其丝。惟细縠轻绡[1]可以八幅十幅，厚重则为滞物，与幅减而折少者同矣。即使稍增其值，亦与他费不同。妇人之异于男子，全在下体。男子生而愿

① 縠（hú）：有皱纹的纱。绡（xiāo）：生丝，生丝织物。

为之有室，其所以为室者，只在几希之间耳。掩藏秘器，爱护家珍，全在罗裙几幅，可不丰其料而美其制，以贻采葑采菲[1]者诮乎？近日吴门所尚“百裥裙”，可谓尽美。予谓此裙宜配盛服，又不宜于家常，惜物力也。较旧制稍增，较新制略减，人前十幅，家居八幅，则得丰俭之宜矣。

吴门新式，又有所谓“月华裙”者，一裥之中，五色俱备，犹皎月之现光华也，予独怪而不取。人工物料，十倍常裙，暴殄天物，不待言矣，而又不甚美观。盖下体之服，宜淡不宜浓，宜纯不宜杂。予尝读旧诗，见“飘飏血色裙拖地”“红裙妒杀石榴花”等句，颇笑前人之笨。若果如是，则亦艳妆村妇而已矣，乌足动雅人韵士之心哉？惟近制“弹墨裙”，颇饶别致，然犹未获我心，嗣当别出新裁，以正同调。思而未制，不敢轻以误人也。

鞋　袜

男子所着之履，俗名为鞋，女子亦名为鞋。男子饰足之衣，俗名为袜，女子独易其名曰“褶”[2]，其实褶即袜也。古云“凌波小袜”[3]，其名最雅，不识后人何故易之？袜色尚白，尚浅红；鞋色尚深红，今复尚青，可谓制之尽美者矣。鞋用高底，使小者愈小，瘦者越瘦，可谓制之尽

---

① 采葑（fēng）采菲：语见《诗经·邶风·谷风》：“采葑采菲，无以下体。”比喻不因其所短而舍其所长。

② 褶（zhě）：旧时女子的膝袜，又称褶裤，膝裤。

③ 凌波小袜：语见曹植《洛神赋》：“凌波微步，罗袜生尘。”

美又尽善者矣。然足之大者，往往以此藏拙，埋没作者一段初心，是止供丑妇效颦，非为佳人助力。近有矫其弊者，窄小金莲，皆用平底，使与伪造者有别。殊不知此制一设，则人人向高底乞灵，高底之为物也，遂成百世不祧[①]之祀，有之则大者亦小，无之则小者亦大。

尝有三寸无底之足，与四五寸有底之鞋同立一处，反觉四五寸之小，而三寸之大者，以有底则指尖向下，而秃者疑尖，无底则玉笋朝天，而尖者似秃故也。吾谓高底不宜尽去，只在减损其料而已。足之大者，利于厚而不利于薄，薄则本体现矣；利于大而不利于小，小则痛而不能行矣。我以极薄极小者形之，则似鹤立鸡群，不求异而自异。世岂有高底如钱，不扭捏而能行之大脚乎？

古人取义命名，纤毫不爽，如前所云，以"蟠龙"名髻，"乌云"为发之类是也。独于妇人之足，取义命名，皆与实事相反。何也？足者，形之最小者也；莲者，花之最大者也；而名妇人之足者，必曰"金莲"，名最小之足者，则曰"三寸金莲"。使妇人之足，果如莲瓣之为形，则其阔而大也，尚可言乎？极小极窄之莲瓣，岂止三寸而已乎？此"金莲"之义之不可解也。从来名妇人之鞋者，必曰"凤头"。世人顾名思义，遂以金银制凤，缀于鞋尖以实之。试思凤之为物，止能小于大鹏；方之众鸟，不几洋洋

① 祧（tiāo）：古代祭祀远祖的家庙，也指继承先代。

乎大观也哉？以之名鞋，虽曰赞美之词，实类讥讽之迹。如曰“凤头”二字，但肖其形，凤之头锐而身大，是以得名；然则众鸟之头，尽有锐于凤者，何故不以命名，而独有取于凤？且凤较他鸟，其首独昂，妇人趾尖，妙在低而能伏，使如凤凰之昂首，其形尚可观乎？此“凤头”之义之不可解者也。

若是，则古人之命名取义，果何所见而云然？岂终不可解乎？曰：有说焉。妇人裹足之制，非由前古，盖后来添设之事也。其命名之初，妇人之足亦犹男子之足，使其果如莲瓣之稍尖，凤头之稍锐，亦可谓古之小脚。无其制而能约小其形，较之今人，殆有过焉者矣。吾谓“凤头”“金莲”等字相传已久，其名未可遽易，然止可呼其名，万勿肖其实；如肖其实，则极不美观，而为前人所误矣。

不宁惟是，凤为羽虫之长，与龙比肩，乃帝王饰衣饰器之物也，以之饰足，无乃大亵名器乎？尝见妇人绣袜，每作龙凤之形，皆昧理僭[1]分之大者，不可不为拈破。近日女子鞋头，不缀凤而缀珠，可称善变。珠出水底，宜在凌波袜下，且似粟之珠，价不甚昂，缀一粒于鞋尖，满足俱呈宝色。使登歌舞之氍毹，则为走盘之珠；使作阳台之云雨，则为掌上之珠。然作始者见不及此，亦犹衣色之变青，不知其然而然，所谓暗合道妙者也。予友余子澹心[2]，向著

① 僭（jiàn）：超越本分，古代指地位在下者冒用在上者的名义或礼仪、器物。
② 余子澹心：余怀，字澹心，一字无怀，号曼翁、广霞，清初文学家。

《鞋袜辨》一篇，考缠足之从来，核妇履之原制，精而且确，足与此说相发明，附载于后。

附

妇人鞋袜辨

余 怀

古妇人之足，与男子无异。《周礼》有屦人，掌王及后之服屦[①]，为赤舄、黑舄、赤繶、黄繶、青絇、素履、葛屦[②]，辨外内命夫命妇之功屦、命屦、散屦[③]。可见男女之履，同一形制，非如后世女子之弓弯细纤，以小为贵也。考之缠足，起于南唐李后主。后主有宫嫔窅娘，纤丽善舞，乃命作金莲，高六尺，饰以珍宝，絪带缨络，中作品色瑞莲，令窅娘以帛缠足，屈上作新月状，着素袜，行舞莲中，回旋有凌云之态。由是人多效之，此缠足所自始也。

唐以前未开此风，故词客诗人，歌咏美人好女，容态之殊丽，颜色之天姣，以至面妆首饰、衣褶裙裾之华靡，鬓发、眉目，唇齿、腰肢、手腕之婀娜秀洁，无不津津乎

---

① 屦（jù）：古代用麻葛制成的一种鞋。

② 舄（xì）：鞋。繶（yì）：圆丝带，用以饰履。絇（qú）：古时鞋上的装饰物。

③ 命夫：古称受有天子爵命的男子。命妇：泛称受有封号的妇女。功屦：古代再命以上的贵族所穿的鞋子。周代官爵分为九个等级，再命属于第八个等级。命屦：古代帝王赐予命夫、命妇的单底鞋。散屦：无装饰的鞋子。

其言之，而无一语及足之纤小者。即如古乐府之《双行缠》云：“新罗绣白胫，足趺如春妍。”曹子建云：“践远游之文履”，李太白诗云：“一双金齿屐，两足白如霜”，韩致光诗云：“六寸肤圆光致致”，杜牧之诗云：“钿尺裁量减四分”，汉《杂事秘辛》云：“足长八寸，胫跗丰妍。”夫六寸八寸，素白丰妍，可见唐以前妇人之足，无屈上作新月状者也。即东昏潘妃，作金莲花帖地，令妃行其上，曰“此步步生金莲花”，非谓足为金莲也。崔豹《古今注》：“东晋有凤头重台之履”，不专言妇人也。宋元丰以前，缠足者尚少，自元至今，将四百年，矫揉造作亦泰甚矣。

古妇人皆着袜。杨太真死之日，马嵬媪得锦裇袜一只，过客一玩百钱。李太白诗云：“溪上足如霜，不着鸦头袜”。袜一名“膝裤”。宋高宗闻秦桧死，喜曰：“今后免膝裤中插匕首矣。”则袜也，膝裤也，乃男女之通称，原无分别。但古有底，今无底耳。古有底之袜，不必着鞋，皆可行地；今无底之袜，非着鞋，则寸步不能行矣。张平子云：“罗袜凌蹑足容与”。曹子建云：“凌波微步，罗袜生尘。”李后主词云：“刬袜[1]下香阶，手提金缕鞋。”古今鞋袜之制，其不同如此。至于高底之制，前古未闻，于今独绝。吴下妇人，有以异香为底，围以精绫者；有凿花玲珑，囊以香

① 刬（chǎn）袜：只穿袜子着地。

麝，行步霏霏，印香在地者。此则服妖，宋元以来，诗人所未及，故表而出之，以告世之赋“香奁”咏“玉台”者[①]。

袜色与鞋色相反，袜宜极浅，鞋宜极深，欲其相形而始露也。今之女子，袜皆尚白，鞋用深红深青，可谓尽制。然家家若是，亦忌雷同。予欲更翻置色，深其袜而浅其鞋，则脚之小者更露。盖鞋之为色，不当与地色相同。地色者，泥土砖石之色是也。泥土砖石其为色也多深，浅者立于其上，则界限分明，不为地色所掩。如地青而鞋亦青，地绿而鞋亦绿，则无所见其短长矣。脚之大者则应反此，宜视地色以为色，则藏拙之法，不独使高底居功矣。鄙见若此，请以质之金屋主人，转询阿娇，定其是否。

习技第四

“女子无才便是德。”言虽近理，却非无故而云然。因聪明女子失节者多，不若无才之为贵。盖前人愤激之词，与男子因官得祸，遂以读书作宦为畏途，遗言戒子孙，使之勿读书、勿作宦者等也。此皆见噎废食之说，究竟书可竟弃，仕可尽废乎？吾谓才德二字，原不相妨。有才之女，未必人人败行；贪淫之妇，何尝历历知书？但须为之夫者，

① 香奁（lián）：女子的化妆箱。玉台：梳妆台。

既有怜才之心，兼有驭才之术耳。至于姬妾婢媵[①]，又与正室不同。娶妻如买田庄，非五谷不殖，非桑麻不树，稍涉游观之物，即拔而去之，以其为衣食所出，地力有限，不能旁及其他也。买姬妾如治园圃，结子之花亦种，不结子之花亦种；成荫之树亦栽，不成荫之树亦栽，以其原为娱情而设，所重在耳目，则口腹有时而轻，不能顾名兼顾实也。

使姬妾满堂，皆是蠢然一物，我欲言而彼默，我思静而彼喧，所答非所问，所应非所求，是何异于入狐狸之穴，舍宣淫而外，一无事事者乎？故习技之道，不可不与修容、治服并讲也。技艺以翰墨为上，丝竹次之，歌舞又次之，女工[②]则其分内事，不必道也。然尽有专攻男技，不屑女红，鄙织纴[③]为贱役，视针线如仇雠，甚至三寸弓鞋不屑自制，亦倩老妪贫女为捉刀人[④]者，亦何借巧藏拙，而失造物生人之初意哉！予谓妇人职业，毕竟以缝纫为主，缝纫既熟，徐及其他。予谈习技而不及女工者，以描鸾刺凤之事，闺阁中人人皆晓，无俟予为越俎[⑤]之谈。其不及女工，而仍郑重其事，不敢竟遗者，虑开后世逐末之门，置纺绩蚕缫[⑥]

① 媵（yìng）：古时诸侯之女出嫁时陪嫁的人。

② 女工：旧指女子所从事的刺绣、编织等手工劳动。亦作“女红”。

③ 纴（rèn）：纺织。

④ 捉刀人：比喻顶替人做事或作文的人。

⑤ 越俎（zǔ）：即“越俎代庖（páo）”。比喻逾越自己的职分而代人做事。俎，古代祭祀时放祭品的器物。庖，厨师。

⑥ 缫（sāo）：将蚕茧放在沸水里以抽丝。

于不讲也。虽说闲情，无伤大道，是为立言之初意尔。

文　艺

学技必先学文。非曰先难后易，正欲先易而后难也。天下万事万物，尽有开门之锁钥。锁钥维何？文理二字是也。寻常锁钥，一钥止开一锁，一锁止管一门；而文理二字之为锁钥，其所管者不止千门万户。盖合天上地下，万国九州，其大至于无外，其小至于无内，一切当行当学之事，无不握其枢纽，而司其出入者也。此论之发，不独为妇人女子，通天下之士农工贾，三教九流，百工技艺，皆当作如是观。

以许大世界，摄入文理二字之中，可谓约矣，不知二字之中，又分宾主。凡学文者，非为学文，但欲明此理也。此理既明，则文字又属敲门之砖，可以废而不用矣。天下技艺无穷，其源头止出一理。明理之人学技，与不明理之人学技，其难易判若天渊。然不读书不识字，何由明理？故学技必先学文。然女子所学之文，无事求全责备，识得一字，有一字之用，多多益善，少亦未尝不善；事事能精，一事自可愈精。予尝谓土木匠工，但有能识字记帐者，其所造之房屋器皿，定与拙匠不同，且有事半功倍之益。人初不信，后择数人验之，果如予言。粗技若此，精者可知。甚矣，字之不可不识，理之不可不明也。

妇人读书习字，所难只在入门。入门之后，其聪明必过于男子，以男子念纷，而妇人心一故也。导之入门，贵在情窦未开之际，开则志念稍分，不似从前之专一。然买姬置妾，多在三五、二八之年[①]，娶而不御，使作蒙童求我者，宁有几人？如必俟情窦未开，是终身无可授之人矣。惟在循循善诱，勿阻其机，“扑作教刑”[②] 一语，非为女徒而设也。先令识字，字识而后教之以书。识字不贵多，每日仅可数字，取其笔画最少，眼前易见者训之。由易而难，由少而多，日积月累，则一年半载以后，不令读书而自解寻章觅句矣。

乘其爱看之时，急觅传奇之有情节、小说之无破绽者，听其翻阅，则书非书也，不怒不威而引人登堂入室[③]之明师也。其故维何？以传奇、小说所载之言，尽是常谈俗语，妇人阅之，若逢故物。譬如一句之中，共有十字，此女已识者七，未识者三，顺口念去，自然不差。是因已识之七字，可悟未识之三字，则此三字也者，非我教之，传奇、小说教之也。由此而机锋相触，自能曲喻旁通。再得男子善为开导，使之由浅而深，则共枕论文，较之登坛讲艺，其为时雨之化，难易奚止十倍哉？

十人之中，拔其一二最聪慧者，日与谈诗，使之渐通

---

① 三五、二八之年：指十五岁、十六岁。

② 扑作教刑：指对掌管教刑的人罚以杖刑，以示薄惩。

③ 登堂入室：登上厅堂，又进入内室。比喻学问由浅入深、循序渐进、达到更高的水平或学艺深得师传。

声律，但有说话铿锵，无重复聱牙之字者，即作诗能文之料也。苏夫人说："春夜月胜于秋夜月，秋夜月令人惨凄，春夜月令人和悦。"此非作诗，随口所说之话也。东坡因其出口合律，许以能诗，传为佳话。此即说话铿锵，无重复聱牙，可以作诗之明验也。其余女子，未必人人若是，但能书义稍通，则任学诸般技艺，皆是锁钥到手，不忧阻隔之人矣。

妇人读书习字，无论学成之后受益无穷，即其初学之时，先有裨于观者：只须案摊书本，手捏柔毫，坐于绿窗翠箔之下，便是一幅画图。班姬续史[①]之容，谢庭咏雪[②]之态，不过如是，何必睹其题咏，较其工拙，而后有闺秀同房之乐哉？噫，此等画图，人间不少，无奈身处其地，皆作寻常事物观，殊可惜耳。

欲令女子学诗，必先使之多读，多读而能口不离诗，以之作话，则其诗意诗情，自能随机触露，而为天籁自鸣矣。至其聪明之所发，思路之由开，则全在所读之诗之工拙，选诗与读者，务在善迎其机。然则选者维何？曰：在"平易尖颖"四字。平易者，使之易明且易学；尖颖者，妇人之聪明，大约在纤巧一路，读尖颖之诗，如逢故我，则喜而愿学，所谓迎其机也。所选之诗，莫妙于晚唐及宋

① 班姬续史：班姬，即班昭，班固的妹妹，她在班固死后曾续写《汉书》。

② 谢庭咏雪：谢，谢道韫，东晋女诗人，谢安侄女。曾以"未若柳絮因风起"比喻漫天飞雪，深得谢安赏识。

人，初唐、中唐、盛唐，皆所不取；至汉魏晋之诗，皆秘勿与见，见即阻塞机锋，终身不敢学矣。此予边见，高明者阅之，势必哑然一笑。然予才浅识隘，仅足为女子之师，至高峻词坛，则生平未到，无怪乎立论之卑也。

女子之善歌者，若通文义，皆可教作诗余。盖长短句法，日日见于词曲之中，入者既多，出者自易，较作诗之功为尤捷也。曲体最长，每一套必须数曲，非力赡者不能。诗余短而易竟，如《长相思》《浣溪纱》《如梦令》《蝶恋花》之类，每首不过一二十字，作之可逗灵机。但观诗余选本，多闺秀女郎之作，为其词理易明，口吻易肖故也。然诗余既熟，即可由短而长，扩为词曲，其势亦易。果能如是，听其自制自歌，则是名士佳人合而为一，千古来韵事韵人，未有出于此者。吾恐上界神仙，自鄙其乐，咸欲谪向人寰而就之矣。此论前人未道，实实创自笠翁，有由此而得妙境者，切勿忘其所本。

以闺秀自命者，书、画、琴、棋四艺，均不可少。然学之须分缓急，必不可已者先之，其余资性能兼，不妨次第并举，不则一技擅长，才女之名著矣。琴列丝竹，别有分门，书则前说已备。善教由人，善习由己，其工拙浅深，不可强也。画乃闺中末技，学不学听之。至手谈[①]一节，则断不容已，教之使学，其利于人己者，非止一端。

---

① 手谈：下围棋。

妇人无事，必生他想，得此遣日，则妄念不生，一也；女子群居，争端易酿，以手代舌，是喧者寂之，二也；男女对坐，静必思淫，鼓瑟鼓琴之暇，焚香啜茗之余，不设一番功课，则静极思动，其两不相下之势，不在几案之前，即居床笫[①]之上矣。一涉手谈，则诸想皆落度外，缓兵降火之法，莫善于此。但与妇人对垒，无事角胜争雄，宁饶数子而输彼一筹，则有喜无嗔，笑容可掬；若有心使败，非止当下难堪，且阻后来弈兴矣。纤指拈棋，踌躇不下，静观此态，尽勾销魂。必欲胜之，恐天地间无此忍人也。双陆、投壶诸技，皆在可缓。骨牌赌胜，亦可消闲，且易知易学，似不可已。

丝　竹

丝竹之音，推琴为首。古乐相传至今，其已变而未尽变者，独此一种，余皆末世之音也。妇人学此，可以变化性情，欲置温柔乡，不可无此陶熔之具。然此种声音，学之最难，听之亦最不易。凡令姬妾学此者，当先自问其能弹与否。主人知音，始可令琴瑟在御，不则弹者铿然，听者茫然，强束官骸[②]以俟其阕，是非悦耳之音，乃苦人之具也，习之何为？

凡人买姬置妾，总为自娱。己所悦者，导之使习；己

① 床笫（zǐ）：指枕席之间或男女房中之事。笫，床上的竹席。

② 官骸：身躯，形体。

所不悦，戒令勿为，是真能自娱者也。尝见富贵之人，听惯弋阳、四平等腔[①]，极嫌昆调之冷，然因世人雅重昆调，强令歌童习之，每听一曲，攒眉许久，座客亦代为苦难，此皆不善自娱者也。予谓人之性情，各有所嗜，亦各有所厌，即使嗜之不当，厌之不宜，亦不妨自攻其谬。自攻其谬，则不谬矣。予生平有三癖，皆世人共好而我独不好者：一为果中之橄榄，一为馔中之海参，一为衣中之茧绸。此三物者，人以食我，我亦食之；人以衣我，我亦衣之；然未尝自沽而食，自购而衣，因不知其精美之所在也。谚云："村人吃橄榄，不知回味。"予真海内之村人也。因论习琴，而谬谈至此，诚为饶舌。

人问：主人善琴，始可令姬妾学琴，然则教歌舞者，亦必主人善歌善舞而后教乎？须眉丈夫之工此者，有几人乎？曰：不然。歌舞难精而易晓，闻其声音之婉转，睹见体态之轻盈，不必知音始能领略，座中席上，主客皆然，所谓雅俗共赏者是也。琴音易响而难明，非身习者不知，惟善弹者能听。伯牙不遇子期[②]，相如不得文君[③]，尽日挥弦，总成虚鼓。吾观今世之为琴，善弹者多，能听者少；

---

① 弋阳：弋阳腔，中国传统戏曲声腔，发源于江西弋阳，形成于元末明初。四平：四平腔，中国传统戏曲剧种，属于弋阳腔的支派之一。明嘉靖年间由传入徽州一带的江西弋阳腔演变而成。

② 伯牙不遇子期：据《吕氏春秋·本味》记载，俞伯牙善弹琴，钟子期知音，钟子期死后，俞伯牙不再弹琴。

③ 相如不得文君：据《史记·司马相如列传》，司马相如以琴挑动卓文君，二人私奔。

延名师、教美妾者尽多，果能以此行乐，不愧文君、相如之名者绝少。

务实不务名，此予立言之意也。若使主人善操，则当舍诸技而专务丝桐。“妻子好合，如鼓瑟琴。[①]”“窈窕淑女，琴瑟友之。[②]”琴瑟非他，胶漆男女，而使之合一；联络情意，而使之不分者也。花前月下，美景良辰，值水阁之生凉，遇绣窗之无事，或夫唱而妻和，或女操而男听，或两声齐发，韵不参差，无论身当其境者俨若神仙，即画成一幅合操图，亦足令观者销魂，而知音男妇之生妒也。

丝音自蕉桐[③]而外，女子宜学者，又有琵琶、弦索、提琴之三种。琵琶极妙，惜今时不尚，善弹者少，然弦索之音，实足以代之。弦索之形较琵琶为瘦小，与女郎之纤体最宜。近日教习家，其于声音之道，能不大谬于宫商者，首推弦索，时曲次之，戏曲又次之。予向有“场内无文，场上无曲”之说，非过论也。止为初学之时，便以取舍得失为心，虑其调高和寡，止求为《下里》《巴人》，不愿作《阳春》《白雪》，故造到五七分即止耳。提琴较之弦索，形愈小而声愈清，度清曲者必不可少。提琴之音，即绝少美人之音

① 妻子好合，如鼓瑟琴：语见《诗经·小雅·常棣》，形容夫妻关系和谐。

② 窈窕淑女，琴瑟友之：语见《诗经·周南·关雎》，说的是文静美丽的女子，可以用琴瑟来打动。

③ 蕉桐：即“焦桐”，东汉蔡邕精通音律，善于制琴，曾从灶下木材爆裂声，听出所烧木材为难得的制琴木料，于是将烧焦的桐木削制为一具名琴。后用以泛指名琴。

也。春容柔媚，婉转断续，无一不肖。即使清曲不度，止令善歌二人，一吹洞箫，一搊提琴，暗谱悠扬之曲，使隔花间柳者听之，俨然一绝代佳人，不觉动怜香惜玉之思也。

丝音之最易学者，莫过于提琴，事半功倍，悦耳娱神。吾不能不德创始之人，令若辈尸而祝[①]之也。

竹音之宜于闺阁者，惟洞箫一种。笛可暂而不可常。至笙、管二物，则与诸乐并陈，不得已而偶然一弄，非绣窗所应有也。盖妇人奏技，与男子不同，男子所重在声，妇人所重在容。吹笙搦管之时，声则可听，而容不耐看，以其气塞而腮胀也，花容月貌为之改观，是以不应使习。妇人吹箫，非止容颜不改，且能愈增娇媚。何也？按风作调，玉笋为之愈尖；簇口为声，朱唇因而越小。画美人者，常作吹箫图，以其易于见好也。或箫或笛，如使二女并吹，其为声也倍清，其为态也更显，焚香啜茗而领略之，皆能使身不在人间世也。吹箫品笛之人，臂上不可无钏。钏又勿使太宽，宽则藏于袖中，不得见矣。

歌　舞

《演习部》已载者，一语不赘。彼系泛论优伶，此则单言女乐。然教习声乐者，不论男女，二册皆当细阅。

---

① 尸而祝：尸祝，祭祀时主读祝文的人。引申为祭祀、崇拜。

昔人教女子以歌舞，非教歌舞，习声容也。欲其声音婉转，则必使之学歌；学歌既成，则随口发声，皆有燕语莺啼之致，不必歌而歌在其中矣。欲其体态轻盈，则必使之学舞；学舞既熟，则回身举步，悉带柳翻花笑之容，不必舞而舞在其中矣。

古人立法，常有事在此而意在彼者。如良弓之子先学为箕，良冶之子先学为裘。妇人之学歌舞，即弓冶之学箕裘也。后人不知，尽以声容二字属之歌舞，是歌外不复有声，而征容必须试舞，凡为女子者，即有飞燕之轻盈，夷光之妩媚，舍作乐无所见长。然则一日之中，其为清歌妙舞者有几时哉？若使声容二字，单为歌舞而设，则其教习声容，犹在可疏可密之间。若知歌舞二事，原为声容而设，则其讲究歌舞，有不可苟且塞责者矣。但观歌舞不精，则其贴近主人之身，而为殢雨尤云[①]之事者，其无娇音媚态可知也。

“丝不如竹，竹不如肉。[②]”此声乐中三昧语，谓其渐近自然也。予又谓男音之为肉，造到极精处，止可与丝竹比肩，犹是肉中之丝，肉中之竹也。何以知之？但观人赞男音之美者，非曰“其细如丝”，则曰“其清如竹”，是可概见。至若妇人之音，则纯乎其为肉矣。语云：“词出佳人口。”予曰：不必佳人，凡女子之善歌者，无论妍媸美恶，

① 殢（tì）雨尤云：比喻男女缠绵欢爱。殢，困于，沉溺于。

② 丝：弦乐器。竹：管乐器。肉：歌喉。

其声音皆迥别男人。貌不扬而声扬者有之，未有面目可观而声音不足听者也。但须教之有方，导之有术，因材而施，无拂其天然之性而已矣。歌舞二字，不止谓登场演剧，然登场演剧一事，为今世所极尚，请先言其同好者。

一曰取材。取材维何？优人所谓“配脚色”是已。喉音清越而气长者，正生、小生之料也；喉音娇婉而气足者，正旦、贴旦之料也，稍次则充老旦；喉音清亮而稍带质朴者，外末之料也；喉音悲壮而略近噍杀者，大净之料也。至于丑与副净，则不论喉音，只取性情之活泼，口齿之便捷而已。然此等脚色，似易实难。男优之不易得者二旦，女优之不易得者净丑。不善配脚色者，每以下选充之，殊不知妇人体态不难于庄重妖娆，而难于魁奇洒脱，苟得其人，即使面貌娉婷，喉音清婉，可居生旦之位者，亦当屈抑而为之。盖女优之净丑，不比男优仅有花面之名，而无抹粉涂胭之实，虽涉诙谐谑浪，犹之名士风流。若使梅香之面貌胜于小姐，奴仆之词曲过于官人，则观者、听者倍加怜惜，必不以其所处之位卑，而遂卑其才与貌也。

二曰正音。正音维何？察其所生之地，禁为乡土之言，使归《中原音韵》之正者是已。乡音一转而即合昆调者，惟姑苏一郡。一郡之中，又止取长、吴二邑，余皆稍逊，以其与他郡接壤，即带他郡之音故也。即如梁溪境内之民，去吴门不过数十里，使之学歌，有终身不能改变之字，如呼酒钟为“酒宗”之类是也。

近地且然，况愈远而愈别者乎？然不知远者易改，近者难改；词语判然、声音迥别者易改，词语声音大同小异者难改。譬如楚人往粤，越人来吴，两地声音判如霄壤，或此呼而彼不应，或彼说而此不言，势必大费精神，改唇易舌，求为同声相应而后已。止因自任为难，故转觉其易也。至入附近之地，彼所言者，我亦能言，不过出口收音之稍别，改与不改，无甚关系，往往因仍[①]苟且，以度一生。止因自视为易，故转觉其难也。正音之道，无论异同远近，总当视易为难。选女乐者，必自吴门是已。然尤物之生，未尝择地，燕姬赵女、越妇秦娥见于载籍者，不一而足。“惟楚有材，惟晋用之。”此言晋人善用，非曰惟楚能生材也。

予游遍域中，觉四方声音，凡在二八上下之年者，无不可改，惟八闽、江右二省，新安、武林二郡[②]，较他处为稍难耳。正音有法，当择其一韵之中，字字皆别，而所别之韵，又字字相同者，取其吃紧一二字，出全副精神以正之。正得一二字转，则破竹之势已成，凡属此一韵中相同之字，皆不正而自转矣。请言一二以概之。九州以内，择其乡音最劲、舌本最强者而言，则莫过于秦、晋二地。不知秦、晋之音，皆有一定不移之成格。秦音无“东钟”，晋音无“真文”；秦音呼“东钟”为“真文”，晋音呼

① 因仍：沿袭。

② 新安：今安徽徽州。武林：今浙江杭州。

"真文"为"东钟"。此予身入其地，习处其人，细细体认而得之者。

秦人呼"中庸"之"中"为"肫"，"通达"之"通"为"吞"，"东南西北"之"东"为"敦"，"青红紫绿"之"红"为"魂"，凡属"东钟"一韵者，字字皆然，无一合于本韵，无一不涉"真文"。岂非秦音无"东钟"，秦音呼"东钟"为"真文"之实据乎？我能取此韵中一二字，朝训夕诂，导之改易，一字能变，则字字皆变矣。晋音较秦音稍杂，不能处处相同，然凡属"真文"一韵之字，其音皆仿佛"东钟"，如呼"子孙"之"孙"为"松"，"昆腔"之"昆"为"空"之类是也。即有不尽然者，亦在依稀仿佛之间。正之亦如前法，则用力少而成功多。是使无"东钟"而有"东钟"，无"真文"而有"真文"，两韵之音，各归其本位矣。秦晋且然，况其他乎？大约北音多平而少入，多阴而少阳。吴音之便于学歌者，止以阴阳平仄不甚谬耳。然学歌之家，尽有度曲一生，不知阴阳平仄为何物者，是与蠹鱼①日在书中，未尝识字等也。予谓教人学歌，当从此始。平仄阴阳既谙，使之学曲，可省大半工夫。正音改字之论，不止为学歌而设，凡有生于一方，而不屑为一方之士者，皆当用此法以掉其舌。至于身在青云，有率吏临民之责者，更宜洗涤方音，讲求韵学，

① 蠹（dù）鱼：书虫。蠹，蛀蚀器物的虫子。

务使开口出言，人人可晓。常有官说话而吏不知，民辩冤而官不解，以致误施鞭扑，倒用劝惩者。声音之能误人，岂浅鲜哉！

正音改字，切忌务多。聪明者每日不过十余字，资质钝者渐减。每正一字，必令于寻常说话之中，尽皆变易，不定在读曲念白时。若止在曲中正字，他处听其自然，则但于眼下依从，非久复成故物，盖借词曲以变声音，非假声音以善词曲也。

三曰习态。态自天生，非关学力，前论声容，已备悉其事矣。而此复言习态，抑何自相矛盾乎？曰：不然。彼说闺中，此言场上。闺中之态，全出自然。场上之态，不得不由勉强，虽由勉强，却又类乎自然，此演习之功之不可少也。生有生态，旦有旦态，外末有外末之态，净丑有净丑之态，此理人人皆晓；又与男优相同，可置弗论，但论女优之态而已。男优妆旦，势必加以扭捏，不扭捏不足以肖妇人；女优妆旦，妙在自然，切忌造作，一经造作，又类男优矣。

人谓妇人扮妇人，焉有造作之理，此语属赘。不知妇人登场，定有一种矜持之态；自视为矜持，人视则为造作矣。须令于演剧之际，只作家内想，勿作场上观，始能免于矜持造作之病。此言旦脚之态也。然女态之难，不难于旦，而难于生；不难于生，而难于外、末、净、丑；又不难于外、末、净、丑之坐卧欢娱，而难于外、末、净、丑之行走哭泣。总因脚小而不能跨大步，面娇而不肯妆瘁容故也。然妆龙像龙，妆虎像虎，妆此一物，而使人笑其不似，是求荣得辱，反不若设身处地，酷肖神情，使人赞美之为愈矣。至于美妇扮生，较女妆更为绰约。潘安、卫玠[①]，不能复见其生时，借此辈权为小像，无论场上生姿，曲中耀目，即于花前月下偶作此形，与之坐谈对弈，啜茗焚香，虽歌舞之余文，实温柔乡之异趣也。

① 潘安、卫玠：二人均为中国古代的美男子。

闲情偶寄

（下册）

〔清〕李渔——著

古亮 注译

岳麓書社·长沙

卷四　居室部

房舍第一

人不能不住房屋，就像身体不能不穿衣服。穿衣服贵在冬暖夏凉，房子也是这样。孟子说“堂高数仞，榱题数尺”，这样的房子虽然很雄伟，但是只适合夏天居住，不适合冬天居住。进入富贵人家的厅堂，令人感到不寒而栗，这虽是权势使然，但也与房子高大深阔有关系；虽然我穿着厚重的裘皮大衣，可其连一件丝绵衣都没有，所以感到寒冷。有些房子墙只有肩高，大小仅容得下两条腿，这样的房子虽然简朴，却只适合主人居住，不适合招待宾客。造访贫寒人家，无忧无虑的人也会生出叹息，这虽然是受了氛围的感染，却也与居住环境的压抑有关系；即使主人耐得住萧条疏冷，而宾客却会害怕岑寂之感。

我希望富贵显达的人，房子不要修得太高大。房子与人要相称。山水画家有一句口诀：“丈山尺树，寸马豆人。”假如一丈高的山上点缀着两三尺高的树、一寸长的马上骑着米粒大小的人，这是相称还是不相称呢？假如富贵显达的人，身材像商汤、周文王那样高达九尺、十尺，那么房子高达几仞是合适的；否则房子越高人显得越矮，场地越大人显得越瘦，不如把房子修得小一点，衬托出身材的高大魁梧比较合适。处士的房子，往往低矮狭小，可是虽然低矮的无法增高，狭小的无法扩大，但可以把肮脏的、填塞的东西除去，使房子变干净，低矮狭小的房子打扫干净了，就会显得高深阔大。

我一生贫贱，颠沛流离，居无定所，虽然借钱吃饭，租房居住，却从不让房子沾染一点污秽。我天性喜欢花竹，却没钱购买，总要让妻子儿女忍饥挨饿几天，或者耐受一冬的寒冷，省出穿衣饮食的花销来愉悦耳目。有人笑话我，我却怡然自得。我天性厌恶雷同，喜欢标新立异，常常觉得人们修缮房屋，与读书写文章道理相同。比如参加科举考试，水平高的人会独出心裁，写出新异的文章；水平低的人也会将读熟的文章改头换面，增损字句，然后出示于世人，却从没有把整篇文章抄过来，自命为善于运用他人文章的人。至于修建房屋，有的人则一定要模仿他人的厅堂造厅堂，学着他人的门户立门户，略有不合之处，就不以为得意，反以为羞耻。

常常见到达官显贵，斥资千万营造园林，一定要先告诉主事的工匠：亭子要效法某人的形制，楼榭要遵循某家的规矩，不得有一点差异。而主持修建的工匠，在大功告成之后，必然会骄傲地表功，说自己门窗的开立，廊阁的布置，全部效仿名园，丝毫不差。唉，真是鄙陋啊！营造园林这样的大事，上不能像标新立异的文人那样独出心裁，下不能像平庸的文人那样改头换面，化陈腐之文为新的腐文，还四下喧嚷，自鸣得意，这是把自己的身份降得何等卑微啊！

我曾对人说：我生平有两项绝技，自己不能运用，而他人也不能运用，实在可惜。别人问我：你的绝技是什么？我说：一是辨音审乐，一是营造园林。我生性喜欢填词制曲，作品很多，海内词坛有目共睹。如果条件合适，让我自己选拔演员，让他们演唱我自己创作的词曲，我亲自教授示范，不用说新创作的词曲与时下流行的风格迥然不同，即使旧时的传奇戏曲，也会把陈腐的东西全部删去，融入新的风格，为以前的作者呈现出新的面貌。这是一项绝技。营造园林，我也会因地制宜，不拘泥于成规，一榱一桷，一定要出于自己的构思，使经过此地、进入此室的人，感到仿佛在读湖上李渔的书，虽然没有太高的才学却别有一番意趣，这难道不是当今圣明之世、文物之邦的太平景象的一份点缀吗？唉，我老了，不中用了。让我把这些粗略的见解写在书中，供有兴趣的人参考。如果能有一点收获，那么对我李渔来说，这本书实在是我们神交的帮手了。

建房造屋，最忌讳奢靡。不但寻常百姓人家要讲究俭朴，即使王公贵族也应当以此为风尚。房子的形制，贵精美而不贵华丽，贵新奇高雅而不贵纤巧烂漫。凡是只喜欢富贵华丽的人，其实喜欢的不是富贵华丽，是因为他不能标新立异，除去富贵华丽便无优长之处，所以只能以富贵华丽来应付。

比如有两件新衣，让两个人试穿，一件素雅而新奇，一件华丽而平易，旁观者的眼睛，是盯着平易的那件，还是盯着新奇的那件？锦绣绫罗，谁不知道价格高昂？又有谁不曾见过？朴素的衣服，只要形制略显新颖，就会为众人所瞩目，因为他们都不曾见过。凡是我所说的，都是价格低廉、省工省力的事，即使有所花费，也不及雕镂粉饰的百分之一。而且古话说“耕当问奴，织当访婢”，我是一介贫士，只懂得寒酸的事情。想要炫耀富贵，以绮丽见胜，则有以前的旧形制在。

新的形制人们都不曾见过，即使一样样道来，也难以使人全部通晓，必须绘制图样。然而有些东西可以画图展示，有些东西却不能。无法画图展示的东西十之有九，可以画图展示的东西不过十分之一。通过画图展示的来领会无法画图展示的，这就需要人们善于理解领悟了。

向　背

房屋以朝南为正向。但如果不一定能够朝南，那么朝北的房屋一定要开后窗来接受南面的阳光；朝东的房屋开右窗，朝西的房屋开左窗，也是这个道理。如果东面、西面、北面都没有剩余的地方，就开天窗弥补。一扇大窗抵得上两扇小门，一扇高处的窗抵得上两扇低处的窗。这一点不可不知。

途　径

道路没有比直径更便利的，也没有比迂回的小道更妙的。凡是刻意铺设迂回的小道，追求别致的，必须另开一扇耳门，以方便家人行走。有急事就打开，没有急事就关闭。这样雅俗各得其利，既合乎情理又别有一番意趣。

高　下

房子忌讳建得像平地一样，必须有高低起伏之势，不但园林是这样，住宅也应该这样。前低后高，这是建房子的常理。然而如果地势不是这样，勉强把房子建成这样，又显得拘泥。总有因地制宜的方法：高的地方建平房，低的地方建楼房，这是一个办法；低处垒石成山，高处通水为池，这又是一个办法。还可以把高的地方建得更高，在险坡上筑楼阁、造山峰；把低的地方修得更低，在低矮湿润之处挖池塘，凿水井。总之没有固定的办法，心领神会并理解明白需要靠自己感悟，不是可以由他人隔空传授的。

出檐深浅

住宅不论精致还是粗陋，总是以能遮风避雨为贵。常有一些房子，雕梁画栋，琼楼玉栏，却只能在晴天赏玩，不能在雨天安坐，不是失于太宽敞，就是失于太高大。所以柱子不宜太高，太高雨水就会落进来；窗子不宜太多，太多风就会刮进来。务必要使房子虚实各半，高矮适宜。还有些贫寒人家，房子虽然宽敞，但空余的地方太少，想造大屋檐遮挡风雨，又担心影响采光；想做高窗接受光照，又担心阴雨天气。要调节这两个难题，可以添置活檐。什么是活檐？就是在瓦檐之下，另外添设一扇板棚，两边各置一个转轴，可以撑起来，也可以放下去。晴天反撑起来，是正面向下，当作屋檐外接的顶格；雨天正撑起来，使正面向上，承接屋檐滴下的雨水。这样一来，天气可以为我所用，而不会使我窘迫了。

置顶格

精致的房子里看不到椽、瓦，或者用板子盖上，或者用纸糊上，来掩饰房顶上的丑态，这叫作“顶格”，普天之下都是这样。唯独我觉得这种办法不够完善。为什么？人们常常因为房子高，房檐低，想要把二者取平。于是舍高就低，使顶格一概与屋檐同高，把高大有用的空间丢在一边，不闻不问，让老鼠在里面做窝，实在可叹。也有人不忍心舍弃这些空间，竟把顶格贴着椽子，做出来仍然是房子的形状，中间高而前后低，既不美观，又显得呆板。

我设计了一种新的样式，把顶格做成斗笠的形状，可以是方形，可以是圆形，四面都向下，唯独中央高。而且所用的板料与平格相同，不会花费更多，只要让工匠画好尺寸，把多余的裁掉就可以了。如果要做成圆形，那么中间裁掉的一块就废弃了，废弃的这一块就可以做顶格，把它置于上方，只需增加周围一圈的竖板，长仅一尺左右，少则一层，多则两层，根据个人喜好而定。做方形也是这样。做好之后，如果用纸糊，还可以在竖板上裱贴字画，圆形的像手卷，方形的像册页，简单而美观，新颖而妥帖，请教高明的人，一定会认为有益可取。方形的可以用竖板做门，时开时闭，就当成四座壁橱，里面装多少东西都看不出来。

甃　地

古人住茅屋，用土做台阶，虽然是崇尚俭朴，但也是由于方法、形制不够完备。只有以天为幕的人才可以地为席，房子既然已经造设了梁和栋，就要有台阶，这与戴帽子的人不可以赤脚是同样的道理。而且土地如果不用砖覆盖，人就会为其潮湿而苦恼，还容易生出灰尘。有些房子用木板铺地面，又有脚步嘈杂，不够安静的毛病。

用三合土铺地，筑造的地面极为坚固，像石头一样完美，是最为经济实惠的。而用三合土铺地也有不便利之处：如果只把灰和土和在一起，不用盐卤，就会干燥，容易开裂；加了盐卤又会发潮，在阴雨天很不方便。而且砖可以挪动，用土筑成的地面则不能挪动，日后乔迁，就成了废物。如此说来，用土铺地也不合适。不如还是用砖，是俭是奢，只在于砖的打磨与否。有条件的可以把砖打磨光滑，没有条件的尽管用粗糙的砖。我觉得用极粗糙的砖铺成的地面甚至好过极光滑的土筑地面。只要能自出机杼，使砖大小相间，方圆相合，形成别致的纹理，或像冰层的裂缝，或像龟甲的花纹。只要用得合适，牛溲、马勃也可以入药，价值反而还在人参、茯苓之上。这种安排设计，讲起来容易，做起来困难，只能说说而已。

洒　扫

精美的房舍要时常洒扫。然而洒扫房间也大有学问，不是童仆能明白的。想要去除浮尘，要先用水泼洒，这是古人传下来的办法，如今这样做的人，十个里面找不出一两个。因为家童生性懒惰，嫌取水麻烦，只扫地不洒水，把两件事合成一件事，贪图省力。久而久之，习以为常，不但家童不洒水，连主人也不知道扫地之前还有一件事要做。家童只知道二事合一是省事的法子，殊不知恰恰因为他的懒惰，把一件事化成了几十件事。仆人为此而苦恼，主人也觉得繁琐，但都不知道这几十件事都从一件事的马虎求简中生出来的。

精雅的房舍里，除了明亮的窗户、洁净的茶几之外，还有书画墨宝、古玩器物等等，没有一样是不怕蒙尘的。不洒水就扫地，就是把尘土扬到了屋里的家具和摆设上，每样东西都蒙了尘土，连梁栋之上、椽子之间也会生尘，必然要一样一样地擦抹才能现出本来的面目。就算双手动作不停，也要半天才能做完，这不是太辛苦了吗？如果能先洒水再扫地，那么扫过之后，只需要用拂尘一拂，一个早晨的工作就完成了，哪里用得着把仆人们指使得乱作一团？这就是说洒水一事是不能缺少的。然而常扫地不如常洒水，这人们都知道；多洒水不如轻扫地，这一点人们却不知道了。

就算是善于洒水的人，也不可能处处都洒到，毕竟还是干的地方多。仆人不知道，认为既然已经洒湿了，任意挥扫也无妨。实际上挥帚扬尘的时候，会生出更多灰尘，所以扫地的时候，力道一定不能重；不但不能重，每到停手的时候，务必要使扫帚尾端着地，不能悬空。如果扫一下，扫帚扬起一下，那就跟摇扇子没什么两样。这是把灰尘扬了起来，而不是把灰尘压下去。这是一个办法。还有闭门扫地的诀窍，不能不知道。如果先扫房舍，后扫台阶，就把房舍的门关紧，等到扫完台阶之后，略等片刻，然后再开门，这才没有灰尘进门的问题。仆人不知道这些，以为房舍扫完他的事就做完了。之后再扫门外，与室内毫不相关，哪里知道有顾此失彼的问题！顺风扬灰，扫一帚抵得上扫十帚，比不扫更严重。这都是世人忽略的东西，所以拈出来告诉大家，未免啰嗦了些。

洒水和扫地这两件事，一定要联系在一起，缺一不可，然而有时也以单做一件事为好，这又是不可不知的。先洒水后扫地，这是寻常做法，如果每天都这样，那么土和水就会粘在一起，越积越多，不易去除，一天比一天厚，使砖头木板徒有虚名，实际上成了土台阶。所以洒过几天水之后，一定要有一天不洒水，只让童仆轻轻地扫，不要把灰尘扬起来，这样可以把积了几天的灰尘一次去除，使水和土相互发挥作用，而不相互为害。

藏垢纳污

想要营造精致雅洁的房子，先要设计一个藏垢纳污的地方。为什么呢？喜欢精致雅洁的人，只要一件东西不整洁，就像眼中生刺，一定要把它除去才可以。但是一个人每天要做很多事情，能保证每件东西都精致吗？比如文人要一刻不停地批阅书稿，绣女每时每刻都要刺绣。线头吐得满地，华丽的屋子会因此而失去光彩；残稿堆满门庭，精致的房舍会因此而显得难看。这些极有韵味的东西，尚且让人感到不快，何况其他东西呢？

所以一定要在精致的房舍旁，另设一间小屋，就像复道一样，俗名叫作“套房”。凡是残破的书札、废弃的稿纸、蒙垢的砚台、光秃的毛笔之类的东西，仓促间不能料理的，暂且放在这间小屋里，等到闲暇时再整理。女子的闺阁也是这样，残脂剩粉每天都有，根本清理不完。这间屋子大小无所谓，但一定要有。如果贫寒人家没有条件置办，就用箱笼代替，桌子旁边，床榻后面，都可以放置。先有藏拙的地方，然后才能施行巧妙，这就是为什么收纳废弃之物的地方不可以没有。至于收纳污秽的地方，就更少不得了。人只要喝水就要小便，只要吃东西就要大便。大便的次数尚且比较少，除了厕所之外，不必另找其他地方。至于小便的次数，一天之内不知有多少，要是不选择合适的地方方便，那洁净的地面就都成了粪土，如果不去干净的地方，选择肮脏的地方小便，那来来去去，忙忙碌碌，简直就是《孟子》里说的“是率天下而路也”。这是针对普通爱干净的人说的。

如果是文人正在写作，每每在写至得意，奋笔疾书之际打断思路，就再也续不上了。然而吃饭睡觉可以不顾，大便小便却不可不顾。“官急不知私急”，俗话不是这么说吗？常常有人想到得意的语句，在即将书于纸上之际却被小便打断，等到小便之后却再也想不起来了。我曾经体验过，所以说处理这件事是最急迫的。应当在书房旁边的墙壁上凿一个小孔，在孔中嵌入一根小竹管，就得以在室内方便而让小便流到外面去，人们闻不到污秽之气，仿佛不曾有人小便过，这样无论阴晴寒暑，都可以足不出户了。这是我自己想出的办法，现在把它告诉给大家，可见我没有什么隐讳的。

窗栏第二

我看当今的人，能够古为今用的，只在窗、栏这两件东西上。窗、栏的样式日新月异，都是从旧有的样式中演变而来的。古人认为腐草可以化为萤火虫，这实在是很有道理，倘若是这样，那么上苍造出人来，也不枉费一片心机。但建造房屋与开设窗子是同样的道理，在这方面明白，在那方面糊涂，这是何等不善于广泛运用聪明才智啊！我常常自己设计窗栏上的花格，口授工匠去做，自以为是极其新异的。偶然去到一个地方，看到人家已经制作出来的式样，与我的设计不谋而合，于是便自嘲是“辽东白豕”，少见多怪。唯独房屋的设计不是这样，很少能见到相同的式样。门、窗这两种东西，新的式样很多，我就不再多讲了，唯恐重蹈辽东白豕的覆辙。这里只大致谈一谈，以弥补时下之人偶然的缺漏。

制体宜坚

窗棂要讲究透光，栏杆要讲究玲珑，然而这都是次要的；最重要的是一个“坚”字，窗棂只有造得坚固，然后才可论工拙。曾经有人造窗棂，工巧到了极致，力求尽善尽美，然而过不多久就有部件散落，搞得画虎不成反类犬，因为他们只注意窗棂的新颖美观，不考虑它旧了以后的情况。总而言之，造窗棂要遵循两个原则：适宜简单而不适宜繁复，适宜自然而不适宜雕琢。世间万物的规律，简单方可长久，繁复则难以为继；遵循其本性必然坚固，破坏其本体就容易损坏。

用木头做东西，凡是合榫的，就是顺应其本性的；雕刻而成的，都是破坏其本体的。一旦有雕镂，很快就会有腐朽。所以制作窗棂栏杆，一定要每个头都有榫，每个眼都有撒。然而如果头眼过密，榫撒太多，就与雕镂没什么两样，仍然是破坏了本体，所以说要简单而不繁复。木头用料越少越好，少则可以坚固；眼越密越好，密则窗纸不易破碎。但是用料少了，眼怎么能密呢？回答是：这关键在于设计的优劣，不是可以在笔墨口舌上争辩的。窗栏的式样，不外乎纵横、欹斜、屈曲三种，让我以自己书房的现成样式各制一图，举例加以说明。

纵横格

这种窗格，根数不多，而眼数也未尝不密，这就是所谓每个头都有榫，每个眼都有撒。窗格雅致莫过于此，坚固也莫过于此。这是从陈旧的式样中演化出来的。由此推论，陈旧的式样可以化为新的，不知有多少。只要从中选取简单的、坚固的、自然的加以变化，只要凡事以雕镂为忌，那么人工制作的痕迹就会渐渐消失，自然的巧妙就会自动呈现出来。

欹斜格（系栏）

这种窗格很好，是人们想不到的，因为它平而有榫的地方可以按到实处，尖而无榫的地方无处扎根的缘故。然而全靠有躲闪法，可以使它外面看起来仿佛悬空，里面却是落实的，只是需要善于掩饰而已。应当在削尖的木头后面，另设一条坚固的薄板，在木头后面托着，上下用榫连接，再把尖木钉在上面，前面看不到，后面则看得到。之所以能化有为无，全在于用油漆时善于上色。

如果栏杆的本体用红色，那么托板就要用其他颜色。其他颜色也不能随便使用，要选择与房间内墙壁相同的颜色。如果墙壁用白粉色，那么托板也要用白粉色；如果墙壁用青砖砌成，那么托板也要与青砖颜色一致。从外面看，只能看到红色的纹理，与墙壁颜色相同的部分则浑然一体，分辨不出。至于向内的栏杆，又必须另选一种颜色，不能与外面的相同，或者青色，或者蓝色，都可以，而薄板向内一面的颜色则应当与向内的栏杆颜色相同。从里面看，又是另一种纹理，比向外的一面更具观赏性。

屈曲体（系栏）

这种窗格最坚固，又节省开销，叫作“桃花浪”，也叫作“浪里梅”。曲木和花都要另造，待曲木安装在柱子里之后，再把花塞在空隙里，上下用钉子钉住，以此连接起来，即使用很大的力气去拽，也无法摇动。里面和外面的花要做两种，一种桃花，一种梅花，因此叫作“桃花浪”“浪里梅”。波浪的颜色也不要雷同，或是蓝色，或是绿色。即使不这样，同一种颜色，也要有深浅的区别，使人在移步转身之间，感到景色迥然不同。这是把一种东西变幻为两种东西，又没有在原本的材料之外多一分花费。凡是我所制作的，多半都是这样。

取景在借

开窗的妙处莫过于借景，而借景的方法，我深知其中的奥妙。以前我还秘不示人，如今喜欢此道的人多了，将来必然会照样模仿，不如公开给大家，使事物尽量发挥作用，人人各得其乐。只希望人们在得意高歌的时候，能够高声呼唤我李渔几声，使我梦中的魂魄来依傍，这样他人的快乐我也得以分享，我也就满足了。

以前我在西湖边居住，想要买一只湖舫，各方面的设计都和他人的一样，不追求半点差异，只要求窗格与他人的不同。人们向我询问做法，我说：把四面都封实，只把中间留空，做成扇面的形状。封实的地方用木板，再蒙上灰布，不露出一点空隙透光；留空的地方用木料做框子，上下曲，两边直，这就是所谓的扇面。扇面要完全透光，不要有丝毫遮蔽。这样一来，船的左右只有两个扇面，扇面之外没有其他的东西。

人坐在船中，两岸的湖光山色、寺观浮屠、云烟竹树，以及来来往往的樵夫牧童、醉翁游女，连人带马全部收入扇面之中，为我构成了一幅天然的图画。而且时时变幻，没有一定的形貌。不仅在行船之际画随橹变，景随篙换，即使在停船之时，风摇水动，景色亦时时有异。这样一来，一天之内呈现出的百千万幅好山好水的图画，都可以收入扇面之中。而制作扇面，又不需要太多花费，不过两条曲木，两条直木而已。世间那些花尽钱财，追求新异的人，能求到这样新异的效果吗？

这样的扇面窗不但可以愉悦自己，还可以愉悦他人。不但可以把船外无尽的景色揽入船中，还可以把船中所有的人物，以及所有几席杯盘的摆设投射到窗外，供来往的游人赏玩。为什么？从船里看船外，固然是一幅扇面山水；而从船外看船里，也是一幅扇头人物图。比如狎妓邀僧，呼朋聚友，与他们弹琴赏画，写字作诗，或饮酒，或歌唱，随意睡去，随意醒来，从外面看来，没有一样不可以入画。同样的人物和事情，在没有开设这扇窗子之前，人们只把它看作一种事物；一旦开设了这扇窗子，不需指点，人人都把它看作图画了。

扇面不是什么特别的东西，把窗子做成扇面状，也不是什么难事。世间的人，模仿各种东西的形状做门做窗的不知有多少，独独把这人所共见的东西弃而不用，只等我李渔讲出来，难道不是咄咄怪事吗？只恨我有心无力，无法购买这样一只船，终究是一件憾事。如今我就要移居南京，辜负西湖了，不知这个愿望怎样才能实现。不得已之下，稍微运用其中的机妙，把这种窗子开在楼头，以此来欣赏钟山的风景。然而这并非我的初衷，只是保留了这种设计而已。

我还曾做过一种观赏山色的窗子，叫作“尺幅窗”，又叫“无心画”，这里姑妄言之。在我的浮白轩后面，有一座小山，高不过一丈，宽也只有七八尺，而其中却有丹崖碧水，茂林修竹，鸣禽响瀑，茅屋板桥，凡是山中所有的东西无不具备。因为有个善于塑像的人为我塑了一尊雕像，神貌气度惟妙惟肖。又因为我号“笠翁”，便顾名思义，塑成了垂钓的样子。我想既然手里拿着钓竿，就应当坐在石头上，有石头就不能没有水，有水就不能没有山，有山有水，就不能没有我垂钓归来休息的地方，于是便营造了这个洞窟来安放这座雕像。

所以这座山原本是为这尊雕像而设的，起初并没有开设窗子的意思。后来发现这座山虽然小，蕴含的东西却很丰富，有“须弥芥子”的意味，坐在那里整日观看，不舍得关上窗子，于是惊奇地说：“这座山可以看作一幅画，为这幅画可以开一扇窗，不过花费我一天的酒钱买些装潢用具罢了。”于是叫童子裁了几幅纸，做成画的头、尾和左右镶边。头和尾贴在窗子上下，镶边贴在窗子两旁，俨然一幅堂画，只是中间挖空了。其实中间并没有挖空，而是用房子后的山代替了。坐下一看，窗不是窗，而是一幅画；山不是房子后的山，而是画上的山。我不觉失声大笑，妻子儿女都跑过来，又笑我所笑的事情，“无心画”“尺幅窗”的设计，由此发端。

我又曾用几根枯木，做成天然的窗子，取名“梅窗”。平生所有佳作中，以此为第一。己酉年夏天，洪水泛滥，久久不退，淹死了书斋外面的一棵石榴树和一棵橙子树。这两棵树木质坚硬，想要砍了当柴，却刀斧不入，在台阶上放了好几天。我看它们的枝条盘旋曲折，好似古梅，而苍老的树干又有盘错的姿态，似乎可以拿来做什么器具，就思谋着如何利用。这时栖云谷中幽暗不明，正考虑做一扇窗子，便幡然醒悟道："原来道理在这里！"于是告诉工匠，选比较直的老枝干，按照其本来的样子，不加雕琢，做成窗子上下两旁的框子，这样窗子就有了外面的轮廓。再选一面盘旋弯曲，一面稍微平直的枝条，分别做成两株梅树，一株从上面生出，倒垂下来；一株从下面生出，仰接上面。平直的一面略加雕饰，去掉树皮和突起的地方，向外安装，以便糊窗纸；盘旋弯曲的一面则不但要完全保留它天然的样子，不加一点雕琢，而且疏枝细梗都要保留。做成之后，用彩纸剪成花朵，分为红梅和绿萼两种，缀在疏枝细梗上，俨然鲜活的梅树上梅花初绽。人们见了无不拍手叫绝。我的种种心思，至此全部用尽。以后再有制作，应该也超不过这个了。

扇面窗没有用在船上，而用在了房子上，这是一件让人委屈的事。然而有了移天换日的办法，也可以昨为今用，化板滞为灵活，使耳目之前，时时刻刻都仿佛生机勃勃，这也未尝不妙，只是耗费我一番思量罢了。我的性情最是怪癖，不喜欢盆里的花、笼里的鸟、缸里的鱼，以及几案上有底座的石头，因为显得局促，不舒展，总让人想到被囚禁的鸾鸟、被束缚的凤凰。所以盆花除了幽兰和水仙，其他的我都看不上眼。鸟中的画眉，我酷爱非常，但一定要按照自己的想法设计鸟笼，不同于旧有的形制，务必要使人看不出拘束囚禁的痕迹才罢休。

自从设计了扇面窗之后，平生所丢弃的东西，都拿来利用。

以前画扇面的人，举凡山水人物、竹石花鸟以及昆虫，没有一样不画，所以在屋子里开设这种窗子，一定要先在墙外安置一块木板，用于承放东西。盆花笼鸟、蟠松怪石，可以更换着放置在上面。盆中兰花开了，放在窗外，就是一幅幽兰扇面；菊花开了，放在窗中，就是一幅菊花扇面。或几天一换，或一天一换，即使一天几换，也未尝不可。只是需要把盆景的下端遮挡住，不要把盆露出来。而遮挡的东西，最妙的莫过于零星碎石。这样一来，这种窗子家家都可以用，人人都可以做，难道不是耳目之前最有乐趣的事情吗？人们在得意高歌之际，可以忘记创始人李笠翁吗？

湖舫式

这是湖舫上的扇面窗。不仅在西湖，凡是在风景名胜之地，都可以用。但扇面只可以观赏山水，不能遮风避雨，所以应该考虑补救的办法，以弥补前面所说的不足之处。补救的办法是什么？在窗外设一个推板，可开可合，这很容易做到。但只用推板，船里就会太暗，光线不足；只用透亮的窗子，又与扇面的形制不合，必须用板里嵌入窗子的办法来处理。这种方法是什么？回答是：只要效仿梅窗的设计制作窗棂就可以。我把样子也画在了下面。

便面窗外推板装花式

四周用木板，既利用了木板的坚固，又节省了制作窗棂和装花的一半人工。中间之所以制作花树，是为了不丢失扇面图画的本色。把直窗棂插在中间，是因为没有它花树就没有倚靠，不然，即使勉强为之，也会脆断，不耐久。窗棂不做成直的而做成斜的，并且上宽下窄，是为了模仿扇面的折纹；小的窗子可以做成一扇，大的窗子则必须分成两扇，中间合缝的地方要糊上纱或纸，如果没有直木插在中间，纱和纸就无处依附。像这样，窗棂与花树纵横交错，不是泾渭不分，弄巧成拙了吗？回答是：不是这样的。有两种方法可以掩盖，不必担心。

花树粗细不一，最妙之处莫过于参差不齐，窗棂粗细均匀，而且以细为贵，必须用非常坚硬的木头来做，这是一种方法。刷油漆和上色的时候，窗棂用白粉，与糊窗的纱、纸颜色相同，而花树则染上各种颜色，俨然活树开花，又是一种方法。像这样泾渭分明，扇面与花自然就区分开了。梅花只是这其中的一种，除此之外，或是花，或是鸟，凡是简便易行的都可以做，不要拘于一格。唯独山水人物，一定不要使用。板、花和窗棂都要独立制作，花和窗棂做好了，再镶在板上。即便是花和窗棂，也很难合适，必须使花自是花、棂自是棂，先分后合。在连接处各自削掉少许，以便接合，或用钉子钉，或用胶粘，务求长久耐用。

便面窗花卉式　便面窗虫鸟式

各种样式只讲讲大概情况，其余的可以类推。然而这都是因为窗外没什么风景，无法取材于天然，所以用人工来弥补；如果远近都有可供观赏的风景，哪里需要这样忙碌呢？古人说："会心处正不在远。"如果确实能有一段闲情、一双慧眼，那么目之所及都可以入画，耳之所闻都可以入读。比如我坐在窗里，人们在窗外行走，不用说见到年轻女子便是一幅美人图，即使见到老妇老翁扶杖而来，也是名人画卷中不可缺少的东西；见到幼儿成群地嬉戏是一幅百子图，即使见到牧牛放羊，鸡犬交相鸣叫，也是诗人文思中不可缺少的东西。牛溲马渤都可以装入药笼。我所制作的扇面窗，就是文人雅士的药笼。

如果为这种窗子另做一扇纱窗，画上灯色花鸟。夜里在里面点上灯，从外面看，又是一盏扇面灯。即使白天从室内看，光彩相照，与观灯也没什么不同。

山水图窗

凡是设置这种窗子的房间都要深一些，使客人们观赏山的座位离窗子稍远一些，这样窗子的外轮廓是画，画的内轮廓是山，山与画相连，不分彼此，观赏者不用问就知道是天然的图画了。房间太浅，太局促，坐在窗子边，必然会把窗子当作栏杆倚着，身体大半探出窗外，只见山而不见画，这样作者的良苦用心就会被埋没，无法尽善尽美了。

尺幅窗图式

尺幅窗的图式最难摹写。写来不像真画，就像真山，不是画上的山和山中的画。前面一幅虽然画得很好，考虑到观看者终究难以明白，所以这里再画一幅，作为副本。而且这种窗子虽然开多闭少，然而有时也会关闭；关闭时如果用其他的窗槅和窗棂，就与画意不合，显得难看。必须按照窗子的大小，做一扇木槅，裱一幅名画，嵌在窗子里，这样就又是一幅真画，而不是“无心画”或“尺幅窗”了。只要看图上画的，自然可以明白。裱窗槅如同裱回屏，用麻布和厚纸做托。如果薄了，就明亮透光，不成画了。

梅　窗

制作这种窗子的方法，总论里已经说得很详细了，说得不够详细的，只有用老枝干做外轮廓这件事。外轮廓是窗子的四面，就是上下两旁。如果用整块的木料做，向内的一面古朴可爱，但向外的一面则起伏不平，把它装在墙上，肯定很难服帖。必须选一块完整的木料，从中间锯开，把有锯路的一面贴在墙上，使天然的、未经雕琢的一面向内，这样一来，天巧和人工，都能发挥它们的价值。

墙壁第三

“峻宇雕墙”“家徒壁立”，古人的贫富，都可以从墙壁看出来。所以富人装饰房屋，贫士修建草庐，都从墙壁开始。墙壁是用于区分室内和室外的，他人与我各享一半。俗话说：“一家筑墙，两家好看。”居室器物中有公共意义的，只有墙壁一种，其他的都是为自己设计的。然而国家应当巩固城池，城池巩固了国家才会稳固；家庭应该巩固墙壁，墙壁坚固了家庭才会坚固。实际上为人就是为己，人如果能以修筑墙壁的观念来修养身心，就可以无往而不利。有人笑话我只讲究闲情，不喜欢谈禅讲学，所以偶尔发发这样的议论来解嘲，没有考虑在理学名贤和有贤德的人看来这些论调是否得当。

界　墙

界墙是人我、公私的分界线，是家的外廓。最妙莫过于用乱石垒成，不为大小方圆的定式所限。墙是由人工垒成的，而石头的本质是自然生成的。其次则是石子。石子也是自然生成的，之所以次于乱石，是因为它有圆无方，似乎拘于一格，虽然生于自然，却近似于人工打磨。然而这两种东西的坚固性也有差别，要说美观而可以入画，那么这两种各有所长。这只有在靠山临水的地方可以找到，在陆地平原，知道这很美也无法得到。我见过一个老僧修建寺院，在石匠斧凿之余，收集了近千担的零星碎石，垒成一面墙，高和宽都在十仞以上，嶙峋崭绝，光怪陆离，颇有悬崖峭壁的气势。这老僧真是个有雅韵的人。到现在三十余年，这面墙仍时时入梦，可知它多么引人挂念。用砖砌成的墙，乃是天下八方的公器，其中的道理和方法，人人都知道，可以搁置不谈。至于用泥土砌成的墙，贫富皆宜，极有萧疏雅淡的风致，只嫌它墙根太宽，收顶太窄，好像尖山一样，而且墙面有进有出，不能像砖墙那样整齐划一，这都是主人监督不力的缘故。如果采用砌砖墙挂线的方法，先确定高低出入的痕迹，用其他东西标记出来，再用筑板按标记修砌，砌出的墙就有红墙粉壁的风度，而没有败壁颓垣的样子了。

女　墙

《古今注》上说：“女墙，就是城上的小墙。也叫作睥睨，就是说可以从城上窥视他人。”以我个人的理解，这个名称是很美的，似乎不必专指城垣，凡是宅院里齐肩高的小墙，都可以以此命名。“女”是妇女未出嫁时的称呼，不过是说她纤瘦弱小，如果一定用来指城上的小墙，那么登城御敌，难道是妇女的事吗？至于在墙上嵌花或者镂孔，使墙内墙外可以互相看到，像近来人们在园子里筑的墙那样，也可以叫作女墙，这大概是模仿睥睨的形制筑成的。其中的方法极为奇特巧妙，像《园冶》中记载的各种样式，大概已经没有什么遗漏了。但必须选择其中最稳固的样式来做，否则只要一块砖偶有松动，整面墙就会倾倒，往来行走的人，可以确保没有偶然触碰的隐患吗？墙倒了不可惜，伤及行人实在是令人忧虑。我觉得从墙顶到墙脚都砌上花纹的做法，不仅极其危险，而且非常耗费人力。花纹墙之所以要使内外互通，不过是取代了琉璃屏风，使别人看到宅院里的美妙之处。只要在人眼能看到的地方，挖空二三尺，做出奇异巧妙的花纹就可以了。其余高于此处和低于此处的地方，都照常砌实，这样花费不多，而且绝对没有因触碰致墙倒塌的隐患。这是俭奢得当、有利无害的办法。

厅　壁

厅壁不宜太素雅，也忌讳太华丽。名人的字画自然不可缺少，但一定要浓淡适宜，错落有致。我认为裱轴不如实贴。裱轴会因为风吹而摇动，损伤名人真迹，实贴则没有这个问题，而且大一些小一些都合适。实贴又不如实画，“何年顾虎头，满壁画沧州”。这自然是高人的风雅之事。我的斋头偶尔会效法这种形制，形制又加以变化，好友来到这里，无不感到耳目一新，流连忘返，不忍离去。

由于我生性喜欢禽鸟，而又最厌恶樊笼，难以两全其美，终年搜肠刮肚，偶然顿悟，想出一个好办法。于是请四位名家在厅堂的四壁上画满着色的花树，并以云烟环绕，把我喜爱的禽鸟养在虬枝老干上。画是空的，鸟是实的，怎样才能养呢？我回答：不难，豢养禽鸟要从鹦鹉开始。自古以来养鹦鹉必须用铜架，把铜架三面的铜条去掉，只保留一根鹦鹉立脚的铜条和盛放食水的两根管子。先在所画的松枝上挖一个小孔，然后把架鹦鹉的铜条插在其中，务必要插得极其坚固，即使鹦鹉往来跳跃，也不会动摇。松是着色的松，鸟也是有色的鸟，相互映衬，犹如一笔画成。好友来到这里，仰观壁画，忽然见到枝头有鸟在跃动，翎羽在叶下舒张开来，无不惊异动容，叹为神来之笔；在惊疑未定之际，鸟又飞翔鸣叫，仿佛要翱翔而下。仔细观看，才知道其中的情形，没有不拍手叫绝赞叹我巧夺天工的。

如果四壁都养鹦鹉，又嫌雷同，一定要养其他的鸟。善于鸣叫的鸟，首推画眉。然而鹦鹉可以不用笼子养，画眉却不可以，怎么办呢？我又有一个办法：选取像龙一样蜷曲着的树枝，截取一段，茂密的就随它本来的样子，稀疏的加上铁丝做成的网，不要太疏，也不要太密，总而言之，不要让鸟飞走。把画眉养在其中，也像前面说的那样插在墙上。这边鸟声刚停，那边鸟声又起；翠绿的羽毛刚刚收拢，鲜红的眼睛又开始转动。禽鸟的鸣叫和啄木声，使得花树仿佛也摇动起来；流水无声却似有声，高山寂静而非寂静。座中宾客离去，都像看到“殷浩书空”一样，认为所谓咄咄怪事，也不过就是这样了。

书房壁

书房的墙壁，最该装饰得潇洒。想要潇洒，切忌使用油漆。油和漆是庸俗的东西，前人是出于不得已才使用，并不是出于喜好。门户窗棂必须上油漆，是为了防止风雨侵蚀；厅柱榱楹必须上油漆，是为了免于污渍。像书房之内，很少有人光顾，雨水也侵蚀不到，没有这些担忧而仿效这种做法，会使人无时无刻不处在桐腥漆气中，为什么不把自己全身也漆一遍，使味道更重呢？用石灰粉刷墙壁，打磨光滑，这是最上等的办法；其次是用纸糊墙壁。纸糊可以使柱子和窗楹呈现出同样的颜色，即使墙壁用石灰粉刷，柱子上也要糊纸，纸与石灰颜色相差不多。墙壁上自然不能缺少书画，然而如果书画粘贴太多，不留余地，也会显出文人的庸俗之气。

天下万物，以少为贵。步障不是不好，贵在偶然一见，像王恺铺设四十里、石崇铺设五十里那样，就是白日里的闹市，陈列锦绣的店铺了。看到繁缛之处，哪有不生厌烦之感的？古时僧人玄览住在荆州的陟屺寺，张璪在书斋的墙壁上画了一幅古松，符载称赞，卫象题诗，在当时也称得上三绝了，玄览却把它们全部粉刷了。有人询问其中的原因，玄览说："不要让我的墙壁像长了疥疮一样。"这诚然是高僧之言，然而未免太过分了。近来书斋的墙壁贴满了长长短短的字画，就像繁忙的道路上的旅店，来往过客没有不题诗留字的，所缺少的只有一句。哪一句呢？"某年月日某人同某在此一乐。"这可真是长了疥疮的墙壁，我希望能用玄览的药来治一治。

糊墙要用纸，到处都是这样，不过是满房间都是白色而已。我只是诧异人们古板而不变通，私下里想要有所新变。光是革新还不甘心，把纸张化为陶冶性情的东西，将书斋变为瓷器，使人们处在书斋之中，就仿佛置身于仙境，这又是一件令人耳目一新的事。先在墙上糊一层酱色的纸作底，然后把豆绿色的云母笺随意撕成零星小块，或方或扁，或短或长，或三角或四五角，只是不要撕成圆形。把这些小纸块随意贴在酱色的纸上，每贴一块，一定要露出一些酱色的纸，务必大小错杂，正斜参差。这样贴好之后，书房里满是冰裂般的纹理，仿佛哥窑出产的精美瓷器。比较大的纸块上，也可以题诗作画，置于零星小块之间，犹如钟卣杯盘上的铭文，没有一样不具风韵。要问我花费多少，不过是在普通纸张价格之外，多一些裁剪的人工而已。同样的花销，却有庸俗腐朽与新颖神奇的区别，这仅仅在于稍用心思。孟子曰："心之官则思。"如果不思考，要心做什么呢？

糊纸的墙壁，一定不要用木板。木板干了就会开裂，开裂后纸就会碎。要用木条纵横交错着做成槅，就像围屏的骨架一样。前人制作东西以备使用，都是经过屡次尝试才成功的，围屏不用木板而用木槅，就是这个缘故。就像糨糊刷子要用棕做而不用其他材料，也是经过屡次尝试的，不用棕而用其他材料，纸张和糨糊就不贴合，不是薄厚不均，就是太软或者太硬，这就是说棕这种东西天生就是用在此处的，只有人才懂得利用。人们都知道巧妙莫过于古人，殊不知古人在这些事情上也是大费心思，都是通过学习才会明白，不是生来就懂的。

墙壁之间的空隙，可以代替橱柜。这是效法伏生在墙壁中藏书的道理，颇具古风，可在具体利用上与古人不同。这个地方可以放置其他东西，唯独不可以藏书。因为砖瓦泥土性湿，容易发潮，潮就会生虫，而且还要防止腐烂。然而古人在墙壁中藏书，这难道是假的吗？我说：不是这样。东南西北，地气不同，在墙壁中藏书的做法只在西北合适，在东南就不合适了。西北地势高，风大，有的地方挖地几丈才会有水，湿气从水中来，既然没有水，哪里来的湿气？即使在很潮的地方，大风一刮，没有不化潮湿为干燥的。所以在墙壁里藏书，只有燕赵秦晋这些地方可行，其他地方都不能这么做。即使储存其他东西，也要时开时闭，让风把东西吹干；久闭不开，也有受潮生虫的问题。最巧妙的莫过于把里面掏空，只设置托板，不装门，仿佛书架的形状，既加以利用又不占地方，而且像磐石一样坚固，不会动摇。这种巧妙的设计，居家过日子必不可少。

我还有一个在墙壁里藏灯的办法，既可以养护眼睛，又可以节省灯油，还可以把一件东西用于两个房间，把它告诉世人，也是贫寒之士为他人提供一点便利。我们这些人整夜读书，灯光照在眼睛上，最耗费精神。有些人使用瓦灯，只留一点灯光照在书本上，其余的灯光都留在瓦灯里不用。我很奇怪，把有用之光置于无用之地，真是暴殄天物。于是效仿匡衡凿壁借光的道理，在墙壁上挖一个小洞，把灯放在隔壁房间而灯光可以照到我这个房间，别人做别人的事，我读我的书，这样一盏灯可以为全家所用，又可以使视力不受灯光影响，比起瓦灯，有利之处何止十倍？把这个办法告诉贫寒之人，相当于分给他钱财。假如我非常富有，我也会这样慷慨。

联匾第四

厅堂的对联和书斋的匾额，没有一成不变的规矩。不过是前人题写赠言，字数多就写在卷轴上，字数少就写在扇面上；如果只写一两个或三四个字，以及偶然写一副对联，由于字数太少，在扇面上写不方便，在书页上又写不满，不得已才用大字写在木头上。由于木头又硬又大，受赠的人不便把它藏在笥中，想要拿给人看，又不便于把它从怀袖中拿出来，出于不得已才把它挂在厅堂中，使大家都能看到。当时的始作俑者只是偶然这么做的，并没有形成固定的规制，不是整齐划一、不可改动的。不料一个人这样做，千千万万人效仿，从古至今，没有一点改变。

礼乐是圣人创制的，后世没有人敢改动，而殷代对夏代礼制的承袭、周代对殷代礼制的承袭，其中尚且有所损益，何况竹木器玩这些微不足道的东西呢？我也不必大肆改弦更张，只需要效仿前人的损益就可以了。积习很多，无法完全革除，姑且选取书斋中已有的，简略讲几则，为其余的做个示范。我并不是要全天下都以此为准则来学习，只是希望有同样志趣的人各出心裁，发挥出百倍于我的聪明才智。我在这里抛砖引玉，不知能引出多少奇妙的想法。

有人质问我：看您对联和匾额的设计，好是好，岂非挂一漏万？按照您所做的类推，《博古图》中的樽罍、琴瑟、几杖、盘盂等等，没有一样不可以模仿，为什么只举了寥寥几例？我说：不是这样。凡是我所做的，不仅仅是为了标新立异，而且都有特定的意义。人们握笔写字，首先要选择地点然后书写，像古人种蕉代纸、刻竹留题、册上挥毫、卷头染翰、剪桐作诏、选石题诗，这些做法，都是书家固有的，我不过选来使用，并不是画蛇添足。如果不论是否适用就随意选用，那么将来牛鬼蛇神样样都用，我不就成了始作俑者吗？图中所载的名人笔迹，都是画图的人勉强模仿的，并非出自本人之手。化大为小，原作的神韵自然会丧失，观看者只要能领会意思就可以了。

蕉叶联

在蕉叶上题诗，是非常风雅的事情，把对联做成蕉叶的形状则更为风雅。蕉叶联只能置于平坦服帖的地方，壁间门上都可以安放，挂在柱子上则不合适，因为蕉叶联宽大，很难遮掩。制作蕉叶联，先在纸上画一张蕉叶，让木工用木板做出来，一样做两扇，一正一反，这样就不会雷同。然后交给漆工，让他在上面抹满灰，防止碎裂。漆好之后，才可以在上面写联句，画筋纹。蕉以绿色为宜，筋以黑色为宜，字则填以石黄为宜，这样才显得奇妙可爱，其他的颜色都不合适。用石黄乳金更妙，都用金字则太俗气。这样的匾挂在粉墙上，颜色对比更为明显，可以称作“雪里芭蕉”。

此君联

“宁可食无肉，不可居无竹。”难道我们可以离开竹子片刻吗？用竹子做东西，大到楼阁、茶几、卧榻，小到箱奁、杯盘、筷子，没有一样不可以用，唯独做联做匾这样风雅的事情却舍弃不用，这难道是竹子的幸运吗？就从我开始使用吧。截取一段竹子，剖成两半，去掉外面的青皮和里面的竹节，打磨到像镜面一样光滑，然后把联句写在上面，让名家篆刻，掺入石青或石绿，直接用墨字也可以。论雅，没有比这更雅的；论俭，也没有比这更俭的。不仅如此，从来在柱子上挂联，非木板不可，但柱圆板方，柱窄板阔，彼此抵牾，很难服帖，哪里像竹子这样圆圆相合，分毫不差，有自然天成之妙呢？这种联不能用铜钩挂在柱子上，用了就是累赘。只能用两枚铜钉，一上一下，穿眼钉实，使它不移动。穿眼反而要选择有字的地方，钉上钉子后，要把跟这字一样的颜色补在钉子上，使钉与字浑然一色，尤以看不出钉子的形状为妙。钉蕉叶联也是这样。

碑文额

三个字的匾，大多是横着写的，间或有竖着写的，就分作两行。做成方形的匾，也偶然可见。然而都是白底黑字，或是青绿字。这都是效仿石刻做成的，嵌在粉墙上，既可以叫作匾额，也可以叫作碑文。虽然以石命名，实际上并没有用石头，用石头花费多，而且颜色不明显，不如用木头。颜色也不要效仿墨刻的颜色，墨刻色暗，远看不太清楚。如果底用墨漆，字填白粉，则既廉价，又使观看者醒目。这种匾额只有墙上开门的适用，又必须置于风雨侵不到的地方。客人来了，门还没开，先站在漆书壁经之下，不用等到掀帘入室，就已经知道是文士之家了。

手卷额

额身用木板制成，底用白粉，字用石青石绿，或者用炭灰代替墨，都是可以的。与寻常匾式没有不同，只是增加了两条圆木，缀在额的两旁，像轴心一样。左边画上锦纹，与装潢的颜色一致；右边则不要太工巧，只要与托画的纸颜色相像就可以了。这样的匾额完全是一幅天然画卷，绝无斧凿的痕迹，还能有比这种设计更好的吗？眼前的景象，手头的材料，千古以来竟然没有人考虑到，真是奇怪。

册页匾

取四块尺寸相同的方木板，后面用木头连接起来。之所以把本不相连的木板接续起来，是为了取其弯曲之势，但也不能太弯。周边画上锦纹，也要与装潢的颜色一致。只能用笔画，不能用刀刻，刻出来的痕迹太粗糙，不像笔墨那样精工；而且漆里掺杂了油，上色困难，不像用画笔着色可深可浅，随取随得。字则一定要用刀刻。各有适合的做法，不能混用。

虚白匾

古话说“虚室生白”。而且凡事以虚为佳，太实就会显得板滞。在坚硬的木板上贴上字，镂空，就像做糖食果馅的木印一样。务必使两面通透，没有一点障碍。没有字的地方用灰布加固，上漆退光。待做成之后，在字后贴一层洁白的绵纸。木料是黑色的，没有光泽，纸则是白色且有光泽的，既显得玲珑可爱，又与墨刻相似，虽然称其为匾，却没有了匾的形制。但这种匾不能混用，应该安置在内暗外明的房屋中。如果屋后有光，就要先把屋子打通，把匾向外安置；否则就把匾安置在进门的地方，正面向内。自古以来，只要屋高门矮，必然要在门上加一块横板。以这种匾代替横板，有谁会说不好呢？

石光匾

即“虚白匾”的一种，名称不同，实质相同。这种匾用在石头垒成的假山上，在山石断裂之处，用它来接续。这种匾也用薄板制成，在板上刻字，然后用漆涂染，颜色要与假山相同，不能有一点差异。字的周边但凡有空隙，就要用小石头填补，用生漆粘住，不能把木板露出来。至于木板四周，也要用石头填补，与山石合成一片，不能显现出修饰的痕迹，要使字仿佛题写在山石上一样，经后人凿刻才保存下来。字的后面如果没有障碍，就让它空着，以便透光。不然的话，就贴上绵纸，使字光明可见，并挡住障碍物。

秋叶匾

红叶题诗，是千古流传的佳事；用来制作匾额，也颇有情趣。但是制作红叶匾与制作蕉叶联不同，蕉叶可以大一些，红叶则应当小一些；匾要做成横的，联要做成竖的。这也是不可不知的。

山石第五

在幽静的书房中用石头垒假山，原本是不得已之事。由于不能置身于山岩之下，住在山林之中，所以以几块石、一勺水代替，这就是所谓无聊至极的心思。然而能变城市为山林，把飞来峰移至平地，自然是借人之手展现奇巧的神妙技艺，不能视作雕虫小技。而且用石头垒假山，其中自有一种学问和智巧。许多文人雅士丘壑填胸、烟云绕笔，让他们题诗作画，片刻间就会绘出千岩万壑；到请他们在书斋里垒几块石头，立马就没了头绪，仿佛向盲人问路一样。所以一直以来垒假山的名家，都不是长于诗画的人。看他们随意选一块石头，无论怎样颠倒放置，都能作出苍古的文章，画出迂回的画面，这正是造物主展现出的神奇。

比如扶乩召仙，所题的诗和所判的字，随意挥洒都是书法的典范，信手写来都是好词佳句。询问召仙术士，尚且有不明白其中含义的。如果出自长于书法吟咏之辈，怎能断定没有人心的捏造？妙就妙在让不善于作诗的人作诗，让不善于书法的人写字，然后就会知道其中的机巧奥秘，全在于神力。叠山垒石，不用文人雅士，而用这些擅长的人，道理也是这样。然而造物主的鬼斧神工，也有工拙雅俗之分，这取决于主人的取舍。主人雅致，喜欢工巧，假山就会垒得工巧雅致；主人庸俗，能容忍拙劣，假山就会垒得拙劣庸俗。有些人花费巨资，却搞得山不成山，石不成石。这也是造物主鬼神作祟，为假山描摹形状以此来模仿主人的为人。一花一石，位置适宜，从中就可以看出主人的精神风貌，哪里需要察言观貌之后才了解他呢？

大　山

小山很容易做得工巧，大山则很难。我一生四处游历，见过很多著名的园林，从没有见过占地既广、山体又高的假山，可以做到毫无补缀雕琢的痕迹，远远看去与真山无异的。就像写文章，全篇的结构布局很难，逐段铺陈却很容易。唐宋八大家的文章，全以气魄见胜，不需要推敲字句，一看就知道是名作。因为他们的文章先有整体布局，然后才考虑修饰言辞，所以粗读和细读同样精彩。像那些结构尚未确立，才情从笔端生出，由前段写到中段，由中段写到后段的文章，可以说是以文作文，也有水到渠成的妙处；但这样的文章只能从细部去看，不能从全局去看，从全局去看，斧凿拼接的痕迹就会显露出来。

书画的道理也是这样。名家的真迹挂在厅堂上，在几丈之外看去，不知道哪个是山，哪个是水，哪里是亭台树木，连字的笔画都难以辨认，然而只看整幅作品的规模气度，就足以令人称赞。为什么？因为作品能够以气魄胜人，而且整体的章法也没有问题。至于用石头垒假山的方法，大多没有现成的布局，就像以文作文，逐段创作一样。名家尚且如此，何况庸手呢？既然这样，那么要想垒一座大山，怎样才能行呢？一定要等唐宋诸大家复生，把这些才高八斗的文人变成五丁力士，然后才可以动手吗？或者把一座大山分成几十座小山，以长年的俯视来掩饰拙劣？我说：不难。采用以土代石的方法，既省人工，又省物力，而且还有浑然天成之妙。想要把假山混在真山之中，使人无法分辨，最好的方法莫过于此。

垒高大的山，如果全部用碎石，就会像僧侣的百衲衣一样，找不到一处没有缝隙的地方，这样的山之所以不耐看，原因就在于此。如果把土混杂在其中，就可以完全不露痕迹，而且便于种树。树根盘固，与石头一样坚硬。而且树大叶茂，浑然一色，分不出哪里是石，哪里是土。这样的山立在真山左右，有人能看出它是人工垒成的吗？这种方法不讲究石头的多少，也不必要求石头和土各占一半，土多就是土山带石，石多就是石山带土。土和石头两种东西本就互不分离。石头山离了土，就是草木不生之山了。

小 山

小山也不能没有土，但要以石头为主要材料，土只能依附在上面。土之所以不能比石头多，是因为石头可以竖立起来，土则容易崩塌，必须以石头为藩篱。外石内土，这是向来都不可改变的方法。

山石的美，全在透、漏、瘦三点。彼此互通，好像有道路穿行，这是所谓的透；石上有眼，四面玲珑，这是所谓的漏；当空竖立，无所依傍，这是所谓的瘦。然而透、瘦两点，山的各处都应如此，但不能太过“漏”。如果山处处有眼，就像是窑里烧出的瓦器。其中的尺寸是有限定的，容不得丝毫堵塞。阻塞到了极致而偶然相通，偶然一见，才与石头的本性相符。

瘦小的山，全都要做得山顶宽大，山麓窄小，把山脚做大，虽然形状好看，但不值得观赏。

石头上的眼以圆为忌，即使有自然生成的圆眼，也要在旁边粘上碎石，使它显出棱角，避免过于浑圆。

石头的纹路和颜色要相同，比如纹路粗的与纹路粗的并在一处，纹路细的与纹路细的放在一起。紫、碧、青、红等颜色，各自以类相聚。但如果分得太清楚，在相接处反而显得差异太大，不如随取随得，随心所欲为好。至于石头的本性，则不可不遵循；如果违背石头的本性，垒出的山不但不耐看，而且很难持久。石头的本性是什么？就是纵横正斜的理路。

石　壁

假山人人都喜欢，却唯独不知道做峭壁，可以说是叶公好龙了。造一座假山，占地一定要大；石壁则要挺拔直立，像苍劲的竹子，孤傲的梧桐一样，只要书斋旁边有空地，就可以造。而且山体形状曲折，很难把握走势，手法稍显平庸，就会贻笑大方。建造石壁则没有什么奇巧之处，方法就像垒墙一样。只要稍稍迂回出入，山体嶙峋，仰观仿佛削成一样，就与穷崖绝壑没有差别了。而且假山与石壁相互依托，可以并行不悖。

凡是垒石成山的人家，正面是山，背面都可以建造石壁。前斜后直不但是椅、床、车、船等事物的本性，就连山的本性也是这样。前面曲折盘旋的，后面一定是像削斫过一样，所以峭壁是不可不设的。但石壁之后不能有平坦空地，让人一览无余。必须有东西遮蔽，使座中宾客仰视时看不到末端，这样才可以展现出万丈悬岩之势，不徒有绝壁之虚名。用什么东西来遮蔽？回答是不用亭子就用房屋。或者面壁而居，或者靠墙而立，只要让眼睛与亭子或房屋的檐平齐。看不到石壁的顶端，就恰到好处了。

石壁不一定设在山后，在山的左边或右边都可以，只要与地势相适宜。或者原本就有亭子或房屋，用石壁代替照墙，也很方便。

石　洞

假山无论大小，其中都可以造洞。洞也不必追求宽敞，宽敞可以用来坐人。如果洞太小，坐不下人，就与其他房间连通，在房间里也放置几块小石头，与洞若断若连，这样一来，房间与洞浑然一体，即使待在房间里，也与坐在洞中没有区别。洞中要留少许空地，里面存上水，刻意做一些缝隙来漏水，使滴水之声自上而下，时刻不停。人置身其中，不信不会感到六月生寒，仿佛真的处在幽谷之中。

零星小石

贫寒人家如果喜爱石头却无力置办，不一定要造假山。只要把一块特别的石头予以得体的安置，做出情趣，时时在它旁边或坐或卧，就可以使自己的泉石之癖得以慰藉。如果说一拳大小的石头也要花钱购买，那么这东西也能够为人所用，哪里是只为观赏而设的？让它平坦可坐，就与椅子、床榻功能相同；让它斜而可倚，就与栏杆有同样的效力；让它肩背稍平，可以放置香炉茶具，又可以代替几案。花前月下，有这样一块石头招待人，露天放置又不碍事，可以省去搬动其他东西的辛劳。如果经久不坏，那么虽然名曰石头，实际则是一件器物。而且捣衣之砧，同样是石头，如果需要，可以不惜花费去买；石头虽然无用，难道独独不可以做捣衣之砧吗？王子猷劝人种竹，我劝人立石；有了竹就不能没有石。虽然同样不是紧急要务，我却这样谆谆劝说，是因为人的一生，别的毛病都可以有，唯独不可以有庸俗之病。有了竹和石这两样东西，便可以成为医治庸俗的大夫。这与施舍药物救济他人，同样是出自苦口婆心。

器玩部

制度第一

人无论贵贱，家无论贫富，饮食所用的器皿，都是必需品。“一个人所需要的东西，需要各种工匠为他准备”，这一点孟子早就说过。至于把玩的器物，只有富贵之人需要，贫贱人家可以不过问。然而粗笨的器物，如果造得精致，放在王侯之家，也可以用于赏玩；宝玉器物，如果打磨得不好，传到子孙手中，也会一钱不值。明白了精与粗的道理，就会明白富贵与贫穷的道理实际上是一致的。

我出身低微，家境贫寒，虽然不曾收藏奇珍异宝，却也见过许多。每次来到富丽堂皇的厅堂，见到辉煌错落的珍宝星罗棋布，未尝不动心，但也不是每次见到都动心。因为它们选用的材料很美，但制作者却没有尽善尽美。至于来到贫寒人家，亲眼见到他们以柴为门，以瓮为窗，颇有三皇五帝时代的遗风，又责怪他们取材纯出自然，不加粉饰刻画。比如瓮可以做窗，那么把打碎的瓮拼接起来，大小错杂，同一口瓮上就有了哥窑冰裂的纹理。柴可以做门，选取美观而可以入画的柴做成门，使其疏密得体，同样是门，就有了农户之门与书生之门的区别。有人认为变俗为雅，就像点铁成金，只有具备经营谋划之才的人才做得到，怎么能要求所有人都这样做呢？我认为，把雪堆成狮子的形象，砍一截竹子做马玩，这是三岁童子都擅长的事，难道说小孩子也具备经营谋划的才能吗？人只要有耳目就有聪明才能，有心思就有智慧奇巧。只是苦于自认为愚蠢，不肯穷思竭虑去尝试罢了。

几　案

我初次看到《燕几图》，佩服作者的聪明才智胜我百倍。由于自己无力置办，就四处寻找置办这些几案的人，询问他们《燕几图》中所载是否能够适用，但最终也没有找到。作者花费这么多心思，不可不谓惨淡经营，却没有人效法，原因何在？因为它设计过于繁琐，而且没有这么大的房间把它全部陈列出来，使人们看到全貌。凡是制作器物，一定要使人人都能够置办，家家都可以使用，这才能像布匹粮食一样适用于大众，否则就像出售锦衣玉食一样，使购买者难以承担。所以我所说的，一定都是舍高远而求卑近的事情。

设计几案这件事，我由于没钱筹备材料，目前还没有动手。但是想要置办几案，其中三件小东西是必不可少的。一件是抽屉。这个东西世上原本就有，却常常被人们忽略，有人制备，有人不制备。人们不知道抽屉这种东西，有了非常方便，没有则非常麻烦，而且是可以用作容懒藏拙的地方。文人所需要的东西，比如简牍、刀锥、丹铅、胶糊等等，没有一样可以缺少。虽然有专人管理，另有收藏之处，终究不能随取随用，像使唤自己的左右手一样。我性子急，往往喊童仆不来，就自己动手。书房这种地方，无论道路远近迂捷，走路总是件麻烦的事情。如果制备了抽屉，紧急时需要的东西都装在里面，不但取用方便，而且仿佛有神物在里面候着，随时领命于主人。至于废稿残牍，就像落叶飞尘一样，随扫随有，清除不尽，是平净整洁的窗子几案的一大拖累。这些东西也可以暂时收在抽屉里，等将来再烧掉。所谓容懒藏拙的地方，说的就是这个意思。明白了这一点，那么不仅书桌应该设置抽屉，抚琴观画、供佛延宾的座位都应该这样。一事有一事之需，一物备一物之用。《诗经》中说“童子佩觿”，《鲁论》中说“去丧无所不佩”，人尚且如此，何况器物呢?

一件是隔板，这是我自己设计的。冬天围炉取暖，不能不设桌子。火气上扬，桌面台心总因此而碎裂，不可不预先有所准备。应当在天气还没有变冷之时，另设一块活板，可装可卸，衬在桌面下面。或者用绳子悬着，或者用钩子挂着，或者在做桌子的时候，先装上机关做准备。让这块板代受火气烤灼，烤焦了再换一块，花费也不算多。这是我珍惜器具的良苦用心，怕暴殄天物，所以以此来珍惜眼前之福。

一件是桌撒。这种东西不需要花钱买，只要在工匠挥斧运斤之际，主人开口要求，僮仆多花些力气，就可以取之无穷，用之不尽。几案与地面从来都不能完全平行，移动几案，必然要根据高低长短来使用桌撒。寻觅砖瓦不但非常辛苦，而且很难找到合适的，不是损高就低，就是截长补短。这虽然是极其微小琐碎的事情，却也跟临渴凿井相同，是天下古今的通病，请让我来为世人医治。

凡是人们制作器物之时，竹头木屑，哪里没有?只需要选取其中长不过一寸，宽不过一指，而且一头极薄，一头稍厚的保存下来，越多越好，以备挪动桌子时垫脚之用。如果桌角虚空的很少，就只把薄的垫在下面，其余的留在桌角外，不然的话，就全部垫在下面。这样一来，一寸之木，可以为高低长短数处所用，而且没有花费分文，难道不是极其方便的事吗？但是这些木屑必须上油漆，不能露出木头的本色。为什么呢？一是为了使木头与桌子颜色相同，虽然有却仿佛没有；一是防止僮仆扫地时记不住，误以为是废弃的木屑而扫去，这样势必会每天更换，不胜其烦。上了油漆，童仆知道是有用的木头，就不会扫掉了。这样一个小小的细节就有两重意义，何况大处呢？劳烦一人，方便天下人，我李渔也不是于世无功之人了。

椅　杌

坐器有三种：椅、杌、凳。这三种东西的形制，从时间上来说，今胜于古；从地域上来说，北不如南。扬州的木器、苏州的竹器，可以说古今第一，天下无二，我哪里敢多言一词？只是缺少两样东西，我特意创造出来予以弥补，一是暖椅，一是凉杌。我冬天写书，身上怕冷，砚台怕冻，想要多点几个火盆，使整个屋子都暖和起来，不但花费太多，而且几案容易生尘，不到一天屋子就成了灰烬世界。如果只点大小两个炉子来暖手暖脚，又只顾到了四肢顾不到躯体，把全身分成了冬夏两季，耳目心思更是照顾不到了，也可自称是孤臣孽子了。为了使方方面面都能够兼顾，暖椅便应运而生了。具体式样后面有图样。一种东西可以当作几种东西来使用，利人之处不仅仅在于御寒。

盛夏时分，暑气可以融胶铄金，手到之处，没有一样东西不像滚水烈火一样，何况木能生火？凉杌和别的杌一样，只是杌面必须中空，像方形的匣子一样，四周和底部嵌上油灰，上面盖一片方形的瓦。瓦要跟砖窑定制，最好是江西和福建的，其次是宜兴的。各地根据远近，约几个志同道合的人，大家一起出钱，托人带回，花费也不会很多。先取些凉水装在杌里，用瓦盖上，务必使底部着水，像冰一样冷。热了再换水，水只需要几瓢，也不会太费力。之所以不用椅子而用杌，是因为夏天少接近一件东西，就少接受一件东西的暑气，杌四面没有遮挡，便于透风；椅子上段必定要用木头做材料，两胁和后背又有东西遮挡，这样一来，只能照顾到臀部，照顾不到全身。这种设计很容易明白，不需要画图说明。

暖椅式

暖椅像太师椅而稍宽，太师椅只能容得下臀部，暖椅则容得下全身。暖椅像睡翁椅而稍直，睡翁椅只适合睡觉，暖椅则坐卧皆宜，且坐多而卧少。前后各设一门，两边镶上木板，臀下和脚下都用栅栏。用栅栏是为了透火气；用木板是为了不使丝毫的暖气泄露；前后设门是为了前面进人，后面进火。如果想要省事，那么后门可以不设，进人的门也可以进火。

暖椅的妙处，全在于在脚栅下面安装抽屉。只这么一件东西，就完全可以抵御寒冷，使五官和四肢在不知不觉中全部受利。另外再制备一个扶手匣，前后尺寸比轿子里用的大一倍。入门坐定后，把这个匣子放在面前，代替几案。之所以要比轿子里用的大一倍，是因为里面要放置笔砚和书本。抽屉用木板制成，底部嵌上薄砖，四周镶上铜。里面装的灰，务必要非常细，就像炉子里烧香用的那种。把炭放在里面，上面用灰覆盖，使火气不至于太猛，而满座都能感觉到温暖，成为隆冬时节中的另一个世界。而且花费很少，从早到晚，只用四块小炭，早晨到中午两块，中午到晚上两块。这四块炭分量不足四两，却可以使人在室内享受一天的温暖，这是暖椅对身体的有利之处。如果只是有利于身体而无益于做事，那就仍然只是一种享乐的用具，暖椅不是这样。

椅子的扶手用木板做成，镂去手掌大小的一块，用极薄的端砚补上，用生漆粘上，不用问就知道这是利用了上蒸的火气时刻为砚台保温，砚台是温的，人们再也不必用呵气为砚台解冻了，这又是暖椅利于做事之处。不仅如此，炭上加灰，灰上置香，坐在椅子上，整天都有芬芳之气扑鼻而来，椅子又可以代替香炉了。香炉的香气分散，暖椅的香气集中，由此看来，暖椅不仅可以代替香炉，而且胜过香炉。有人就有身体，有身体就有衣服，用这种椅子焚香，香气从下面升腾起来，氤氲透骨，可见暖椅又可以代替熏笼。熏笼只能熏几件衣服，暖椅熏衣，则可以使全身通透。

由此言之，一个暖椅可以代替不止一个熏笼，而是可以代替几个。疲倦了，想要睡一会儿，可以暂时倚在椅子上休息一下，这时的暖椅是一张带座位的床。饿了吃饭，可以靠着书桌就餐，这时的暖椅是一张无脚的桌子。游山访友，不需要另找轿子，只要加上柱杠，盖上衣顶，这样冲寒冒雪，身上还是暖的，王子猷的船、孟浩然的驴，都可以废弃不用了。如此一来，暖椅又是一顶可坐可睡的轿子。

天色将晚，把枕席收入其中，不一会儿就暖和了；早晨要起床，先把衣服鞋子放在里面，很快就温热了。如此看来，利于身体，便于做事，当作床、案、轿、炉、熏笼使用，仿佛早晚请安的孝子，知冷知热的贤惠媳妇，都可以用一把暖椅来代替。仓颉造字之时，天降粟米，鬼神夜哭，因为造化的通灵神秘之气泄露无遗了。我设计的暖椅一出，会不会再犯这个忌讳，加重人们的担忧呢?

床　帐

人生百年，经历的时间，一半是白天，一半是黑夜。白天所处之地，或是厅堂，或是走廊，或是船上，或是车中，总没有固定的地方。而夜间所处之地，则只有一张床。所以说床是伴人度过半生的东西，与结发之妻相比，尚有先后之分。人最重视的物品应当莫过于此。奇怪的是如今世间之人买房置地，不惜搭上性命，而对于休息安寝的地方，则没有不随意的。因为它只有自己见得到，他人见不到。如果是这样，那么妻妾婢女可以说是人中的卧榻，也可以因为自己见得到而他人见不到，而任凭她们像无盐和嫫姆一样蓬头垢面而不管不问吗?

我不是这样。每搬迁到一个地方，一定要先营造卧榻，再考虑其他。因为妻妾是人中的卧榻，而床笫则是卧榻中的人。我想要在形制上出新，但缺少聘请能工巧匠的资财；只是在修饰床帐的器物和经营就寝之处的方法上，未尝不竭尽绵薄之力。就像贫寒之士娶妻，不能变村妇为国色天香，只能让她勤于梳洗，多施膏沐而已。具体方法是什么呢？一是床令生花，二是帐使有骨，三是帐宜加锁，四是床要着裙。

什么叫“床令生花”？瓶花和盆花，是文人案头常见的东西。白天亲近，夜里背离，虽然天香扑鼻，国色袭人，一到黄昏就寝之时，就像秋天的纨扇，捐弃不用了。殊不知白天闻香，不如黄昏嗅味。白天闻香，香气只在口鼻之间；黄昏嗅味，味道可以直入梦境。具体方法是在床帐之内先设一个托板，作为摆花的器具；托板不能露出板子的形状，其妙处就在于鼻子嗅着花香，仿佛在树下安眠，看不出人工痕迹。先做两根小柱子，用暗钉钉在床后，把帐子挂在外面。托板不能太大，只要一尺长，几寸宽，下面用几段小木头做成三脚架，用极细的钉子，隔着帐子钉在柱子上，后面架上板子，务必使其坚固。架好之后，用彩色的纱绸做成像一块怪石或几朵彩云的形状，装在板子外面，掩盖板子的形状。中间高出几寸，三面跟帐子取平，用线缝在上面，就像帐子上绣着东西，如同苏州一带堆花的式样一样。如果想要全体相称，那就或作画或刺绣，满帐都做出梅花的图案，再把托板做成虬枝老干，或者悬崖突出的石头一样的形状，随便一种都可以。

帐中有了这种设置，凡是能够作为摆设的名贵奇异的花草，都可以白天与之同处一堂，夜里与之共卧一榻。即使偶然缺少花草，或者百花都开败了，还有龙涎、佛手、木瓜、香楠可以为继。果真如此，那么身体仿佛化作蝴蝶，飞翔、睡眠、居住、饮食都在花丛之中；凡人仿佛羽化成仙，行走坐卧，处处都是乐境。我曾在梦酣睡足、将醒未醒之时，忽然嗅到蜡梅的香气，咽喉齿颊满是芬芳，这芬芳仿佛出自脏腑，不觉身轻欲举，感觉自己已不在凡间。梦醒之后，对妻子儿女说："我们是什么人，竟有这样的快乐，这难道不是把一辈子的福分都折损了吗?"妻子儿女说："多年贫贱，未必不是因为这个。"这是真实发生的事情，不是骗人的话。

什么叫"帐使有骨"? 床在外面，帐子在里面，这是寻常的布置。也有与这种设计相反，把帐子挂出床外的。这种设计好是好，但如果夏季驱蚊，蚊子会藏在床栏的曲折处，有如负隅顽抗一般。想要追求美观，而以自己的膏血为代价，不是长久之计，不如还是遵循旧有的形制。不遵循旧有的形制，把帐子挂出床外，是因为床是方直端正的而帐子不是，就算千方百计支撑下来，终究还是难以服帖。这到底还是因为帐子靠近柱子的四角软而无骨，不能像柱子一样挺得笔直，犄角抵牾，所以需要想办法为帐子赋形，装上骨架。用不粗不细的竹子，做成顶子和四根柱子，等帐子挂好之后把它撑起来。这样一来，床里有床，旧形制的便利与新形制的精妙就兼得了。床顶和柱子找做轿子的人来做，价格低廉，只需要中等人家一顿饭的花费。

什么叫"帐宜加锁"? 设置帐子原因有二：蔽风与隔蚊。蔽风的作用占十分之三，隔蚊的功效占十分之七。然而帐子可以阻隔蚊子，也可以把蚊子留在里面。蚊子这种东西，身体极其柔弱而性情极其勇猛，形体极其微小而机谋极其狡诈。傍晚时分驱赶它们，有十之八九宁可忍受奔波的劳苦和挨打的危险，死守而不逃走。等它飞走了，又必然会择地而攻，乘虚而入。昆虫一类动物中善于使用兵法的，莫过于蚊子。它选择地点，往往舍弃后面的，选取前面的；寻找空隙，必定舍弃墙垣，觊觎门户。两个帐子的交接处，都是它据险扼守、埋伏兵马、伺机进攻的地方。或者在风把帐子吹开的时候，或者在取便器的时候，一旦有空隙可乘，它就嗡嗡地飞了进来。我想的办法是，在帐子交接的地方，设上、中、下三个纽扣，就像妇女衣服上的扣子一样。取便器的时候，先用一只手挽起帐子，不要使帐子大开，用另一只手把便器提进来，送出便器也是这样。如此一来，帐子就像坚壁固垒一样，蚊子即使再勇猛狡诈，也施展不出它的能耐了。至于驱蚊，则需要人在帐子里，帐子外空着，才能把蚊子驱赶出去。人们驱蚊，都站在帐檐下，把帐子打开的地方遮住一大半，这么做是想要蚊子出去，却把门关上了。十个人中有九个会犯这种毛病，怎么会如此不小心仔细呢？

什么叫“床要着裙”？喜欢整洁美观的人，不会让一件东西沾染一点污渍。用绸缎做的帐子，常常是开始很精美，却很难保持到后面；上端很漂亮，下端却很难不沾染污渍。这是因为头部枕着的地方，会沾染女子的脂粉或男子的脑汗，日积月累，干净的就会变脏，可爱的会令人生厌，所以床不可不“着裙”。这种方法与增添顶柱的方法互为表里。想要给床“着裙”，先要制作骨架，否则无法把“裙子”撑起来。在四根竹柱下面各打一孔，横着插入三根竹子，离席子一尺左右，与枕头齐平。然后用布做成裙子，穿在上面，这样污渍就会粘在裙子上而不会粘在帐子上，裙子可以经常洗，帐子则不能。至于枕头、席子和被褥的制备，只要能做到冬暖夏凉就可以了。用两句话概括就是：求凉，浇水不如透风；求暖，增绸不如加布。这是我这个贫寒之人所知道的。至于以羔羊美酒御寒，以广厦重冰避暑的方法，固然也有道理，却没有亲自尝试过。“知之为知之，不知为不知”，这是圣贤说的实话，我不敢因为事小而忽略。

橱柜

制作橱柜没有其他的智巧，总以能多装东西为好。有些橱柜体积很大，容量却很小。反而不如把形体做小一些，内部空间做大一些，有事半功倍之妙。设计有好有不好，好的无非是多设些隔板。大的橱柜不过有两三层板，最多四层就够了。如果把一层板只当作一层使用，那么高大的东西只能装几件，矮小的东西也只能放几件。把下面装满，上面却空着，这难道不是把上面有用的空间置于无用之地了吗？应当在每层的两旁另外钉两条细木，用于架板子。板子不要太宽，或到柜子宽度的一半，或到柜子宽度的三分之一，需要用就放在上面，不用就撤掉。如果这一层装的东西都很低小，那么上半截就有了剩余空间，就可以把板子架上，把一层变为两层。总而计之，是把一个橱柜变为两个橱柜，把两个橱柜合成一个橱柜，这样不是好处多多吗？如果装的东西比较高大，就把板子去掉，装东西也不会受影响。这是一种方法。

至于抽屉的设置，不但必不可少，而且多多益善。一个抽屉里，又必须分出大大小小的格子，以便把物品分门别类收藏起来，就像药铺中的“百眼橱”一样。这种设计不是受什么东西的启发，而是源于朝廷设官的遗制，仿佛五府六部的官员，各自有各自的办公场所，各自有各自掌管的事务。医生如果没有这种“百眼橱”，千百种药材用一样找一样，那么扁鹊这样的名医也会无暇给人治病，只能成为刻舟求剑的呆子了。这种橱柜不但适合医生使用，凡是富贵人家，都应当效仿。至于文人学士，则更应当采用。能把一层分为数层，把一格分为几格，这样拿取东西就不费事，为作文著书带来了便利。这样想着想着，心思便与鬼神相通；心里没有其他干扰，鬼神便得以效其灵验了。

箱笼箧笥

随身储物的器物，大的叫箱笼，小的叫箧笥。制作材料，不外乎皮革、木头、竹子三种；关键之处所用的材料，也不外乎铜、铁两样，前人的制作也算完备了。后人制作，未尝不竭尽心思，出奇翻新，但总超不出前人设计的范围；稍有超出就不适用，只能把玩而已。我对箱笼箧笥的形制没什么变更，只是觉得它的枢纽太庸常，拘泥不化。所以对其设计做了些小小的变革，足以改观。具体方法没有其他的长处，只是让枢纽看上去有却似无，不见痕迹。这里只谈两种式样，想法虽然很多，却都没有尝试过，还需要验证，所以不敢拿来误人。

我游历广东东部，看到市场上陈列的箱笼箧笥，有一半是花梨木、紫檀木制成的，可以说是穷工极巧。只是怪它们镶铜裹锡，清浊混杂，不伦不类。不用说四面包裹，把锋棱埋没了，即便是在安装锁键的位置，也一定要装铜制的枢纽。虽说是制作的方法不同，终究是多了这么一件东西。比如一个箱子，打磨得很光滑，像镜子一样，镜子上可以沾染碎屑吗？一个箧笥，打造得很精致，像玉器一样，玉器上可以有瑕疵吗？有人送给我一个器物，叫“七星箱”。因为它里面分了七个格子，每个格子上装了一个抽屉，像星辰排列一样。箱子外面系着一个自上而下的插盖。我喜爱它没有装铜枢，尚未生瑕着屑，就考虑给它上锁。我把它交给工匠，让他在箱子中心设置一个铜制的暗闩，闩设置在箱壁中，外面看不到，自后而前，到达箱盖。盖上凿一个小孔，不要凿透，只要能把闩插上少许，让它抽不动就可以了。再用袖珍小锁，锁在箱子后面。放在桌上，仿佛浑金粹玉，整体光彩漂亮，没有什么东西能遮掩。开关之处找不到，仿佛没有锁；里面收藏的东西看不到，必须用钥匙打开。这是其一。

后来游历三山，见到那里制作的器皿都是漆雕的，工艺精巧绝伦，色彩斑斓可爱，但也觉得锁键之处的设置难免有累赘。我把这个问题告诉工匠，让他们稍加改动，工匠说："我们这里能工巧匠很多，如果可以改变，不必等到今天。如果要完全把形迹隐藏起来，除非不设锁键。"我说："话是这么说，难道真是这样吗？"恰好暖椅制成，想要在上面添置一个匣子，用来代替几案，就让工匠去做。上下四周，都任凭工匠们自行漆雕，等完成后，根据所雕刻的景物来作画。前面有抽屉的地方，雕的是"博古图"，就是樽罍钟鼎一类的东西；后面没有抽屉的地方，雕的是折枝花卉，兰菊竹石一类的东西。都是色彩斑斓，看上去光怪陆离。但是抽屉太宽，开合时大多不合缝，不是左进右出，就是右进左出。

我考虑了一下，想出一个一举两得的办法，既可以隐藏锁键之处的形迹，又可以消除抽屉开合时的瑕疵，使适用和美观两方面都照顾到。于是让工匠也做一条铜闩，贯穿在抽屉中，用薄板遮掩上，这个板子就是中间的分界线。一个抽屉分成两格是常理，哪里知道有一件东西贯穿其中，作为前后贯通的把握呢？有这样一件东西贯穿其中，抽屉的出入就像箭一样直，再也没有左进右出，右进左出的毛病了。匣子前面雕刻的"博古图"，中间是一个三足鼎，两旁是一个瓶子，一个炉子。我拍手大笑说：“‘执柯伐柯，其则不远。’以其人之道，反治其人之身就足够了。”于是把匣子交给铜匠，让他按照这三件东西的样式各做一件，钉在图案上。鼎和炉子、瓶子都是铜器，漆器上的图案的形状和颜色尚且需要模仿，何况真铜器呢？不用问就知道是极其相像了。

在鼎的中心凿一个小孔，旁边装两个小钮，使抽屉在完全关闭的时候，铜闩自内而出，与钮相平。闩与钮上都有眼，加一把袖珍小锁，仿佛鼎上原本就有的东西，虽然加了锁，实际效果与没加是一样的。锁是加了，开抽屉的时候，手抓在哪里？这不是便于关而不便于开吗？我说：不是这样，瓶子和炉子上原本应当有耳，加上两个铜圈做手柄，开抽屉是就没有麻烦了。这是规划正面的方法。

铜闩既然从内而出，必然固定在后面，不可能不透出匣子的背面，所以一块铜皮和联络补缀的痕迹都无法掩饰了。殊不知有一个天赐的办法，非人力所能及。匣子背面雕刻的各种花卉，有一种是菊花，菊花多是黄色的，与铜的颜色相似。把几层铜皮剪成一朵菊花，把透出来的暗闩穿在其中，粘贴牢固。这样一来，暗闩可谓根深蒂固，谁也无法摇动了。我在这件东西的设计上，纯用天工，没有施加人力，仿佛有鬼神参与其中，借我的手为世人别开生面。

制成之后，工匠告诉我说：“福建的漆雕工艺传承至今已经数百年了，各地来购买的人，也有成千上万，甚至上亿了，从没见过像这样新奇巧妙的设计，请您允许我们推行这种方法，让它广泛流传。”我说：“暂且等等，待我新书写成，再推广不迟。”

私下里恐怕世人先见到东西，后看到书，不知道创始人是谁，反而说我是抄袭剽窃，据为自己的成果。岂不是让我蒙受不白之冤？工匠是谁？一个姓魏，字兰如；一个姓王，字孟明。福建漆雕工艺中的高手，当以这两人为第一。他们自己不上手，但善于指点他人，轻财尚友，真是雅士啊。

骨 董

这本书关于古董一项，一直缺而不述，是有原因的。崇尚古器物的风气，自汉魏晋唐以来，到如今达到极盛。百金买一个酒杯，数百金买一个鼎，仍有人嫌价格低廉，做工简陋不好用而不满足。常常有人为一个极小的物件，花费成千上万的钱财，或者舍弃大片的田产，都不觉得可惜。如今人们看重古器物，不是看重器物本身，而是看重它年久不坏；见到古人的制作和古人的用品，就像见到古人一样高兴。如此说来，人与物之间，还是有一些差异的。假如制作和使用这件器物的古人至今犹在，有人愿意用成千上万的钱财与大片的田产把他换回家，与他坐论往事吗？我敢说一定没有人这样做。

我曾对人说：最古老的东西莫过于《尚书》，因为它与古人的心思面貌相合而流传了下来。这部书出自夏、商、周三代，读这部书就像见到了这三代的人；这部书本自黄帝和虞舜，读这部书就像生活在黄帝和虞舜的时代；除此之外就都是一般之物了。一般之物不能代替古人的言语，哪里还能揭示古人的内心世界，重现古人的面貌呢？古器物原本有其可爱之处，但只适合富贵之家去崇尚。因为他们金银太多，难以储藏，不得不采用长房缩地的办法。把一丈缩为一尺，把一尺缩为一寸，就像“藏银不如藏金，藏金不如藏珠”的说法，越轻越小，越便于收藏。何况金银太多，保存不当无异于引来盗贼。买成古董，不但盗贼穿墙打洞都得不到，即使误取到手，也会丢弃。由此看来，古董、金银价值的高低，即使成倍地计算也难以估量。

然而近世以来，贫寒人家往往效仿富贵人家。见到富贵人家偶尔喜欢绫罗绸缎，就把布帛看作低贱耻辱的东西，一定要找绫罗绸缎来模仿；见到富贵人家单单崇尚珠宝翡翠，就把金玉看作寻常鄙陋的东西，用珠宝翡翠来取代金玉。事事都这样，习以为常，所以因为富贵人家崇尚旧物，黜落新物，自己虽然生在当今，却不知不觉地喜欢返回古代。有时一家人连饭都吃不上，还早晚挂念商周，不问当下；自己已经为生活所迫，却宁可遣散妻子儿女也不变卖古董。人心变得这样怪异，难道不是世道堪忧吗？我编写这本书，方方面面都崇尚俭朴，不敢奢谈珍奇异宝，为浅薄的风俗推波助澜。而且我本是贫寒之人，所购置的东西不过百千文钱，购买新东西犹恐财力不济，何况买古物呢？《诗经》里说：“惟其有之，是以似之。”我平生不懂古董，也以此为借口来维系风教，掩盖我自身的鄙陋。

炉　瓶

香炉和瓶子的制作，古代已经很完备了，不需要后世画蛇添足。只是护持衬贴的器具，不妨稍作增减。比如置备了香炉，就必然要有炉锹和炉筷，炉锹用来拨灰，炉筷用来夹炭点火，两样东西都不能缺少。炉筷的长短，取决于炉子的高矮，二者要相称才行，这个道理很容易明白，人人都知道；炉锹的方圆，取决于炉子的曲直，二者不能相左，这个道理也很容易明白，却常常为世人所忽略。炭加入炉子后，炉灰高低不平，所以需要以炉锹为准把炉灰压平。炉锹是方的，炉灰就是方的；炉锹是圆的，炉灰就是圆的。如果边缘处炉子平直而炉锹弯曲，或者炉子弯曲而炉锹平直，两不相合，就只能压平中间的炉灰，压不平外缘的了，必须用相体裁衣的方法，使炉子和炉锹配合使用。然而用铜制的炉锹压灰，终究是难以平整，而且不是一锹两锹就能完工的。这不是僮仆干的事，必须主人亲力亲为。

我生性懒惰，所以每件事情都要想个偷懒的办法。我曾经做了一个木印来印灰，一印抵得上几十锹的效果。最初不过是为了避免繁琐，省去劳作。不料制成之后，不但省力，而且极为美观，朋友之间相传，成了固定不变的方法。比如炉体是圆形，就按照它的尺寸，镟一块圆板做印，与炉体形状相同，分毫不差，上面装一个手柄，方便手持。但板子中间要稍有凹陷，做成内高外低的样子，就像食品中的馒头一样。方形的炉体也是这个办法。炉子加入炭之后，先用炉筷把炉灰弄平，然后用这个板子一压，中间与四周就都平了。不但跟刀削的一样，而且光似镜、滑如油，香灰自问世以来从未有过如此娇美的面容。既光又滑，可以说极精了。我看着它想，觉得虽然尽美，却还未尽善，于是找工匠来雕刻。凡是着灰的一面，或雕几枝老梅，或雕几朵菊花，或雕一首五言绝句，或雕完整的八卦之形。只要举手一按，就会现出无数奇妙的图案，人力与天工的巧妙都发挥到了极致，香炉自问世以来从未如此别开生面。

我李渔实在是有裨益于风雅，这话可不是自夸的。就把这件东西叫作“笠翁香印”吧。效仿陈眉公以自己的名字为自己的设计命名，孰高孰下，谁实谁虚，天下人自有定论，我不敢多说一句。使用这种东西，贵在快速，随按随起，不能有瞬息的迟疑，稍作停留，就气闭火熄了。雕成之后，一定要上油漆，这样才不沾灰。

焚香的必备之物，除香锹、香筷之外，还有存放香的盒子，和插香锹、香筷的瓶子等等，都是香和香炉的股肱手足，不可缺少。然而除此之外，还有一件东西必不可少，人们大多知道却不置备，我来做个补充。用炉筷拨灰，难免弄得一片狼藉，炉肩和鼎耳两处，常常会沾染灰尘，必须用东西扫除。这种东西不需要特意制作，只需要一支笔头散开的小笔就可以了。只要笔管精致一些，与蘸墨写字的笔要有区别。把这支笔与炉锹和炉筷插在同一个瓶子里，以便按顺序取用，取名“香帚”。

至于炉子有底和盖，这是自古就有的设计，之所以加底盖，也不是没有原因的。炉盖可以盖住香灰，起风的时候灰不会扬起来；底就是底座，是用来隔手的，移动香炉时，可以底座为手柄，以免手汗沾在香炉上，留下污迹。这些设计都是有用的。但是用底的时候多，用盖的时候少。为什么呢？因为香炉封闭在一个房间里，时时刻刻都要焚香，没有盖着的时候，没有风，灰不会自动扬起来，即使有风，也有窗帘隔着，不需要把有用的火熄灭来防止不一定会来的风。所以炉盖实在是个累赘，完全可以不置备。但是我又有个说法：炉盖有时是需要的，只是前人的设计不够完善，所以使人觉得本来有用的东西派不上用场。炉盖固然可以防风，人们却不考虑如果香炉不点火，那么不但炉盖可以不用，就连香炉也可以不置备了；如果一定要点火，那么用炉盖一盖火就灭了，还要炉盖做什么？

我曾在早晨赏花、晚间赏月、夏夜乘凉的时候，或登上最高的台子，或待在极开阔的地方，往往随身携带一个香炉。风起灰扬，总觉得束手无策，这时才觉得前人真是呆笨，制作东西却不善于谋划，导致贻患至今。同样是盖子，为什么不在顶部打一个大孔，使它通气？没风的时候可以将它束之高阁，一旦风起，就拿来盖上，风吹不进去，灰也扬不起来，而香气从下面升起，不受阻隔，这种设计不是很好吗？只对原有的东西施以举手之劳，就可以变无益为有益。古人点铁成金，所点的不一定是铁，所成的也不一定都是金。只要能把不值钱的东西变得值钱，就是神仙妙术了。这是关于香炉的设计。

瓶子以瓷质的为好，这样养花的水清而不浊，而且没有铜腥气。然而铜质的瓶子有时也有可贵之处，因为冬天结冰，瓷瓶容易碎裂，偶然不注意，就会成为废弃之物，所以要用铜瓶代替。不过在瓷瓶中填一个胆，就可以保证没有这种问题了。胆要用锡做，切忌用铜，铜一旦沾水就会生铜锈。有了铜锈再装水，铜腥气会比没有铜锈的时候重十倍，所以最好用锡。而且锡质地柔软，做起来容易；铜质地坚硬，难以加工，而且锡的价格也稍低一些，所以用锡的好处不只一样。瓷瓶用胆，人们都知道，胆中加撒，则未必有人这么做。瓶子里插花，一定要插得端正合孔，看着有画意的花枝，随手插来自然都合适，否则便少不了要移动布置。

有一种倔强的花枝，不由人摆布，我要它向左，它偏偏向右；我要使它抬头，它偏偏要下垂，必须找一种东西来制约它。所谓撒，是用硬木做成的，形状大小不拘一格。中间可以或扁或方或三角，但外缘必须是圆形的，以便与瓶子的形状相合。这种东西要准备几十个，需要时就能拿来用。总之不费分文，与桌撒一起拾取，那里丢弃了，这里拾起来。我这部书一问世，世间还会再有废弃之物吗？

屏　轴

十年之前我制作的围屏和书画卷轴，只有巾条、斗方和横批三种样式。近年来变成了合锦，使大小长短乃至零星小幅，都可以配合着用，也可以算善于变化了。然而这种设计一出现，天下都争相采用，所见到的都是这样，见得多了又觉得陈腐。反而不如巾条、斗方等式样，多时不见反而觉得新奇，所以体制也要稍作变更。用什么方法来变呢？回答是：最妙的莫过于冰裂碎纹，就像前面所说的糊房子的样式，与屏轴相配最合适。糊在墙壁上，总觉得精美的材料粗用，未免有牛刀杀鸡之感。

具体做法是，在尚未写字作画之时，在整幅纸上画上冰裂碎纹，按照纹路把纸裁开，各自成幅。请人写字作画之后，再把纸黏合起来。在纹路画好之后、裁纸之前，必须先在纸的背面编上号码，让人知道哪一幅是第一，哪一幅是第二，哪一幅是竖着的，哪一幅是横着的，哪一个角和哪一个角是相连的，然后按号码装配而成，这样才能避免出现拼凑不来的问题。中间的一些零星小块是必不可少的。如果嫌其琐碎而不画，就会有宽无窄，无法构成冰裂碎纹了。但是最小的碎片，不要写字作画，只要用素描间隔开来就可以了。如果全部写满画满，纹理就会模糊不清，反而成为全幅的累赘。这是针对先画好纸绢，后请人写字作画的情况而言的。因为一种方法刚刚确立，不得不从简单易行的说起。等将来裱糊熟练了，随便找现成的书画，都可以做成冰裂碎纹。方法跟裱糊合锦一样，不过是把四方平正的角变成曲直纵横的角而已。这是裱糊匠做的事，只不过由我授意他去做罢了。

还有一种书画合一的方法，由我全权做主，授意写字作画的人去做，没有裱糊匠的事。“诗中有画，画中有诗”，这是古代就有的成语。作画的人根据诗意命题，题诗的人依据画意作诗，这也是历来就有的程式。然而毕竟诗是诗，画是画，从没见过两者混成一体的。把两者混成一体，就从今天开始。具体方法是，在画大幅山水时，每到可以停笔的时候，就为诗留出空白。比如在悬崖峭壁之下，长松古木旁边，亭台楼阁之中，以及墙垣的空隙处，都可以留出空白来题诗写字。

只要遇到名家，就可以索取诗句，根据空白的宽窄，确定字的大小，或者作鹅帖行书，或者作蝇头小楷。就是说用题画之诗装饰所题之画，说它是当时的原迹可以，说它是后来的题咏也可以。这样一来，“诗中有画，画中有诗”两句话，昔日是空谈，如今则成了事实，也算是游戏笔墨的小神通了。这个方法在此等候高人明鉴，看看可行与否。

茶　具

茶具中最好的莫过于砂壶，而砂壶中最精妙的，又莫过于产自阳羡的，这是人人都知道的。但如果过于珍爱，拿它与金银相提并论，岂不违背圣人做事不宜过分的训导？置备物品，只要适用就可以，何必把它搞得高深莫测，一定要理穷义尽才罢休？但凡制作茶壶，壶嘴一定要直，购买茶壶也要选这样的。壶嘴稍有弯曲就会出问题，弯得厉害就是废物了。因为盛放茶水的器皿与盛酒的器皿不同，酒没有渣滓，一倒就出，可以不管壶嘴的曲直；茶水里却有东西，小小的茶叶，入水就成了大片。倒茶时，稍有一点进了壶嘴，就会堵塞，水就流不出来了。品茶本是愉快的事，茶水倒不出，会使人十分烦恼。如果壶嘴是直的，就可以保证不出这种问题了。即使有时堵塞，也可以疏通，不像武夷山的九曲溪那样难以疏导。

储存茶叶的瓶子，只适合用锡做。无论铜的还是瓷的，都与茶叶性不相合，即使用金银器皿来装，本意是想珍藏它，其实是害了它。只用锡做瓶子，是为了保证茶叶气味不散；但如果瓶子做工不精良，就比瓷质的更无用了。之所以会这样，原因有两个。一是瓶子制成之后没有试验，漏孔太多。但凡锡匠制作酒壶、茶壶等器皿，制成之后必定要用水来试验，稍有渗漏，就要修补，因为这些器皿是用来装茶装酒的，有漏孔就没用了；到了制作储存干物品的器皿的时候，就会忽视这个问题。就像木匠做盆做桶会注意防漏，做斗做斛就不注意防漏，道理是一样的。

殊不知锡瓶有眼，生潮泄气比瓷瓶更严重。所以制成之后，一定要亲自试验，大的装水，小的吹气，有丝毫泄漏，立刻监督工匠去修补。必须试验两次，一次是在即将制成，未加打磨之时，一次是在已经制成，打磨光滑之后。为什么呢？一是因为有些锡瓶常常是制成之初不漏，去掉锡皮，打磨光滑之后，会忽然露出小孔。不多次试验，仔细观察，就不会发现。这是为不谙此道的人说的。二是因为封盖不严，很难保存气味。凡是储藏有香气的东西，严格的地方全在封口处，封口不严，就和摆在露天场所一样了。

我笑世上茶瓶盖子都用双层，不知这种设计出自何人。可以说是七窍都被蒙蔽了。单层盖子，可以在里面塞上纸，这样可以使软硬互补。一旦用了夹层，只能靠硬的使力，软的就用不上了。把细缝塞满，没有丝毫遗漏，这难道是坚硬不易弯曲的东西做得到的吗？即使在外面糊纸，而接触纸的地方又凹凸不平，势必要把纸剪成条状，做成蓑衣的样子，才能服帖。试问用蓑衣盖东西，能使内外不通风吗？所以锡瓶的盖子，只适合厚一点，不适合用双层的。

家里储存茶叶，凡是不立刻打开的，就在瓶口向上的位置，先用两三层绵纸封严实。等纸干了以后，再用盖子盖上，这样软硬并用，就永远不会泄气了。时开时闭的，在盖子里塞一两层纸，把香气封在里面，不泄漏出来。这是储存茶叶的妥善办法。若盖子是夹层，那么向外的应当作成两截，中间用纸束腰，这样会稍好一点。然而封外面不如封里面，终究还是以前面所说的为好。

酒　具

酒具用金银制作，就像妆奁用珠翠制作一样，都是不得已而为之，并不是宴饮聚会时应有的。富贵人家，犀角制的酒具不妨常备。因为犀角属于珍宝一类，而外观上看并不炫耀，就像官员不讲究穿着打扮一样。象牙与犀角属于同类，但总嫌过于耀眼。而且美酒倒入犀角酒杯，别有一种香气。唐人诗句说：“玉碗盛来琥珀光。”玉器能彰显颜色，犀角能增加香气，这两种东西对于酒来说，都是功臣。至于崇尚素雅，那么应当首推瓷杯。

古旧瓷器可爱，这个人人都知道，无奈价格一日高过一日，只有财力雄厚的人才买得起，我们这些贫寒之士想见一眼都难。然而这种东西只能作为古董收藏，不能用来饮酒。为什么呢？酒后握杯，难保不脱手落地，十件之中损坏一件，就像雁阵中断，不能成群了。置备了却不使用，又与不置备没什么两样。贫寒人家幸亏有了瓷杯，才可以自我安慰。然而近来的陶瓷工匠，工巧百出，制作的新瓷器，水平不在成化窑、宣德窑之下。至于体式的精美新异，甚至超过成、宣二窑。之所以价格无法与旧窑出产的瓷器相提并论，原因在于数量的多少。我奇怪如今的陶瓷工匠，为什么不节省气力，一天只做一杯，一月只做一盏，世人需要却得不到，必然会卖个好价钱，利润与多做多卖是相等的。为什么不这么做呢？回答是：不能这样想。我提高了技艺，别人却鄙视我的能力，白白便宜了捷足先登的人。

碗　碟

做工最精的碗莫过于出自建窑的，毛病是太厚。江西制作的碗，虽然窃取了建窑的名头，但美观程度实在建窑之上，可以说是青出于蓝而胜于蓝了。其次说到花纹，花纹太繁复，也显得鄙俗。只要笔法生动，色彩鲜艳就可以了。碗碟中最忌讳使用的，是壁上有字的一种，比如写《前赤壁赋》《后赤壁赋》之类的。这是陶瓷工匠做的造孽的事，买来使用的人，也大大得罪了天地神明。让我来说说其中的原委。

“惜字一千，延寿一纪”，这是文昌帝君训示世人的话。虽然说未必一定会应验，但是字画都是出于圣贤之手，仓颉造字，鬼神夜哭，可见文字关系到天地的气数，是天地神明所珍惜的。用有字的器具，虽然不会折损福泽，但用了不久就损坏了，必然会作践丢弃，这不是与造孽的陶瓷匠人各担一半的罪名吗？陶瓷匠人只负责将碗碟制成，看不到它们损坏时的情况，他们的罪行似乎可以原谅。有字的纸丢弃在地，遇到珍惜福泽的人，会把它收起来烧掉，这是因为它可以烧，所以才烧掉。至于有字的废碗则坚不可焚，就像入火不化灰、入水不沾湿的神物一样。因为它坏了，却还坚硬，所以被人们弃而又弃，路旁有人见到，虽然有珍惜福泽的念头，也无计可施。有时会被扔在街道上，遭到千万人的践踏，有时会被倒进厕所里，受到千百年的欺凌。文字遭受的灾祸，没有比这更严重的。

我希望天下之人，都以珍惜福泽为念，凡是见到有字的碗，就想到这事造孽。买者相互告诫，不去购买，卖者就没了办法；卖者没了办法，陶瓷匠人就知道这条路走不通，就不会再制作这种碗了。文字之祸，不就渐渐消除了吗？这尚且是补救的下策。如果有珍惜福泽的缙绅在江西做官，发一道严厉的文告，禁止所有陶瓷匠人在碗上作字，不用说《赤壁赋》等篇章不许出现在碗上，就连“成化、宣德年造”，以及“某斋某居”等字，都全部削去。请问碗上有这几个字，价值就可以与成化窑、宣德窑的相提并论吗？没有这几个字，价值会比普通的增减半文吗？有字无字，获利都是相同的。多这几个字，只会白白造千百年无穷的罪孽而已。制台、巡抚、藩台、臬司以及太守、县令等官员，都是文章宗主，在江西做官的官员，早点发布这道命令，这是千百年来未造之福，留着等待一个人去完成啊。时机宝贵，一定要把握住！

灯烛

灯火辉煌，是宴请宾客时的首要之事。然而常常见到贵宾云集，桌上摆满山珍海味，杯中斟满琼浆玉液，箫鼓笙歌，不绝于耳，方方面面都使人欢畅，唯独歌台上的表演，略显模糊。客人耳朵和内心都很愉快，唯独不能一饱眼福，这并不是因为主人吝啬，不肯添加灯火。只是因为灯芯作祟，不是修剪不得法，就是管理的人不合适。我编了个六字口诀教给人：“多点不如勤剪。”勤剪的灯点五盏，比不勤剪的灯点十盏还要明亮。究其不勤剪的原因，或是仆人与主人一样，都专注于台上的表演，不管灯火的明暗；或者是因为奔走劳累，没有专人负责，导致顾此失彼，灯有火而无光，就是前面说的管理的人不合适。

想要消除这个弊端，不过是找一个谨慎老实，不耽于游戏的人专门负责剪灯芯，这两个麻烦就都可以避免。然而选人得当，灯芯修剪不得其法，到底还是有问题。宴会场上的灯大多挂在高处，立在低处的很少。剪低处的灯芯容易，剪高处的灯芯困难。不是把人升高使他接近灯，就是把灯降低使它靠近人，剪一次就必须升降一次，这样人很劳累，灯也要频繁升降。座中的客人看着也替他们烦，所以常常因为困难而不剪，任凭它黑着。

我发明了两种办法来节省劳动，一个我已经试过，是有自信的，另一个尚且没有自信，有待于找人试验。已经试过的是什么呢？就是准备一把长约三四尺的烛剪。这种烛剪用铁制成，一定要做得极细，粗了会增加重量，难以举高；怎么举高有专门的方法，后面详谈。有了这种长剪，就不必把人升高，也不必把灯降低了，只要举手一剪就可以，与剪低处的灯没有区别。没有试过的是什么呢？就是在暗处装上提绳，像表演傀儡戏一样。具体做法是在房梁上开一条长长的暗缝，通到屋子后面，把挂灯的绳子藏在缝中，下面用小轮盘接着，然后挂灯。灯的内柱和外罩分为两体，外罩系在梁间，不要上下移动，拴内柱的绳子拴在轮盘上。想要剪灯芯，就放开拴内柱的绳子，使它降低，靠近人，剪完再升上去，收到外幕里，这样外罩挂在高处不动，俨然以静待动。

同一盏灯，却有动与静之分。动有动的需要，静有静的理由，比起内外俱下而且碍手碍脚给人添麻烦的灯，已经先胜一筹了。不用明绳抽送，而一定要把绳子藏在梁上暗缝中，而且通到屋子后面，原因何在？是为了把抽绳子的人藏在屋后，不露形迹。只见轮盘一转，灯就自行降下，剪好再升上去，总看不到抽拽的痕迹，仿佛有神物藏在梁间。我发明这种方法，不是有心炫巧，不过是为了妥善地藏拙。因为宴会场上多一人，就多一道障碍。如果一人剪灯芯，一人抽绳子，这边做完又跑到那边，频繁往来，座中客人只看到人来人往，就无暇仔细欣赏音乐了。所以把人藏在屋子后面，可以减少一半的遮挡，耳目之前，何等清净？

把人藏在屋子后面，不是说一定要让人待在墙外，厅堂中一定有空地，屏风后面，就是藏人的地方。用绛纱或者翠箔来隔断，只能从里面看到外面，从外面看不到里面，就可以看不到人工的痕迹来施行这种巧妙的方法了。每一盏灯用一条绳子，用蜡打磨光滑，使它不要发涩。梁间的暗缝，可以容纳几条绳子，但必须预先编号，系上小牌子，使抽绳子的人可以辨识。剪灯芯的人要剪某号灯，就预先把某号灯的绳子放开等着，这一号灯刚升起来，那一号灯就降下去，看到这种做法的人，仿佛走进了山阴道中，明知道是人不是鬼，也定会诧异惊讶，鼓掌观看，别有一番乐趣。可惜我财力不济，还没有请工匠来做。只能把这个好办法搁置在此，等人去施行，也可以说是自留余地了。

在梁上凿缝，肯定不太合适，为挂灯这样的小事而损坏大木料，没有这样的道理。如果在盖房子之前施行这种办法，就在房梁造成之后，另镶两条薄板。在中间挖孔，把下面蒙上，然后把梁架在柱子上，以备用绳子挂灯，这是一种方法。屋子建成之后，也可以用这种方法，只是要先装绳子，再装薄板。这种方法不仅可以用于观看演出的场所，就是元宵节观灯，平时宴请宾客，也可以用，只是比使用长剪的方法花费略多。

制作长剪的具体方法是，根据屋子的高矮决定剪刀的长短，短的三尺，长的四五尺，剪刀的手柄要直，前端要弯曲，像鸟嘴一样，总之要细巧坚硬。然而这种剪刀使用恰当得法则可以，使用不得当，即使有却不适用，跟废弃之物一样。因为剪刀以铁制成，又有几尺长，所以必定很重。单手高举，上端必然会摇动，剪刀一动，灯也会跟着动，灯和剪刀一起动，它往东，我往西，想剪却剪不到。相应的办法是，右手握住剪刀，左手托着，托的位置要高于右手一尺左右；剪刀虽然重，也不过一两斤，单手举着力气不足，用双手使力则绰绰有余。一只手握着剪刀去剪，另一只手按住剪刀使它不晃动，这样虽然灯在高处，也不必担心了。“孤掌难鸣，众擎易举。”天下的事情大都是这样。

长剪虽然好，但我到底嫌它太重。如果剪刀的主体部分用硬木制作，只把接近灯芯的地方用铁制作，就尽善尽美了。虽然这么想，却没有实行，暂存其说，等待有心人去做吧。

长剪难以普遍适用，只有四周没有外罩的灯和四周有罩但下面空着的灯可以用。像明角灯、珠灯，都无缝可入，即使有长剪，又能用在何处呢？至于在房梁上装绳子的方法，则适用于所有灯。这两种方法也可以并行，具体做法与前面所说的相反：灯柱挂在当中不动，把外罩提起来去剪灯芯，剪好后再把外罩放下来。这也符合居重驭轻的原则，凭个人喜好去选择。

笺　简

笺简的设计，从古至今，不知变化了几千几万次。从人物器具到花鸟昆虫，没有一样不予以模仿，没有一天不翻新花样，人心思的巧妙、技艺的精工，在这里已经发挥到了极致。我觉得巧妙是巧妙，精工是精工，但是在构思落笔之初，未免好高骛远，眼前的东西不考虑，却在九天之上、八极之内到处搜寻，使光怪陆离的东西最终成了累赘之物，与书信案牍的本事根本毫不相干。我所说的眼前的东西不是别的，就是手中制作的笺简。

既然名叫笺简，那么笺简二字便有无穷的意义。除了古代所说的鱼腹中的书信、雁脚上的绢帛之外，不是还可以做成竹刺的样式吗？不是还可以模仿书本的形状吗？卷册扇面、锦绣屏风和卷轴之上，不是可以挥毫泼墨吗？石壁上可以题字，蕉叶曾经代替纸张，难道以前没人听说过，而是我胡言乱语吗？至于苏蕙娘织的回文锦，后人也是朝思暮想，想要在上面写一个字都办不到。只要能模仿各类实物的形貌制作笺简，那么笺简上所有的东西，就都是题诗写字的材料。回到本真的状态，断绝本就空虚的念头，眼前所见的都可以成为风雅之事，哪里需要向别处寻求？

我已经让仆人一样样做了出来，在坊间出售，所得的钱交给刻工，以备刊刻之用，这样就可以流传下去。这种使人耳目一新、快意挥洒的事情，可谓方兴未艾。就算把我称作薛涛的化身，我也不会不接受，因为须眉男子其名不传，知名女子传下来的却不算少，实在是惭愧之极。已经制成的，有韵事笺八种，织锦笺十种。韵事笺是什么？题石、题轴、扇面、书卷、剖竹、雪蕉、卷子、册子是也。织锦笺十种，则全部效仿回文织锦，整幅都是锦帛。只在縠纹处留空给人书写，写好后与织好的回文锦一样。十种锦纹各不相同，书写的位置也各不相同。惨淡经营，很难把方方面面都谈到，海内名贤凡有需要的，请托人到南京购买。

这部书中记载的各种新样式，还未能流传到各地，请让我借此机会大致讲一讲。出售笺简的地方就是售书的地方，凡是我平生的著作，都汇集在此。有兴趣的人买了去，就如同把我李渔带回家一样。千里神交，全靠这个了。如今我的知己遍布天下，哪里都是见过面的人呢？（南京承恩寺书铺坊中有“芥子园名笺”五个字的，就是出售笺简和书的地点。）

这部书中记载的各种新样式，任凭人们效仿，唯独笺帖的样式有仆人制作出售，作为我写作的收入，不允许他人翻刻。这一点已经发出布告，在一开始就告诫于人了。如果还有垄断豪强，或者照样刊行，或者增减一二，或者略变形制，将他人之功据为已有，抹杀他人名声自享利益的，就是中山狼一类的人。我会到所在之地的官府去控告他，希望官府为我主持公道。至于倚仗富豪势力，翻刻我李渔之书的人，全国各地不知有多少。我辛苦写作，他尽情享用，情何以堪？誓当决一死战。就以这部书为始，布告当事人。总之人生自天地，各有各的禀赋，就应当各自开发各自的智慧，我没有堵塞他人的心胸，阻碍他人开发智慧，他人又怎能夺我生计，使我不能自食其力呢？

位置第二

没有器物的时候讲究购买，拥有了器物就要讲究摆放位置。摆放器物与安置人才的道理相同。设置官职，授予职务，是希望人与位置相适合；安置器物，一定要摆放得当。假如把时刻需要的东西置之高阁，把时刻需要防止损坏的东西置于案头，这就好像把拥有雄才大略的人安排在了清闲无事的职位上，让辅佐皇帝的文臣去做驰骋疆场的武将。人才得不到妥善安排，与没有人才是一样的。其他像方圆曲直、齐整参差，都有就地立局、因时制宜的方法。能在安置器物这方面施展才略，使人们来到家里，步入厅堂，看到每一件东西都不是随意摆放，每一处设计都意蕴深长的人，不仅是布置一石一水的好手，以小见大，即使谈起国家大事，也同样见解深刻。没听说家里搞得一团糟的人，能够把国家治理得井井有条。

忌排偶

“胪列古玩，切忌排偶。”这话已经是老生常谈了。我生平以拾人牙慧为耻，何必重走前人的老路？但是排偶之中也有分别。有的似排非排，似偶非偶；还有一些名为排偶而实际上并非排偶，都应当加以说明，以备人们推究运用。比如天上有一个太阳，还有一个月亮，看起来似乎是排偶，然而二者并不同时出现，而且有极亮与微亮的差别，这就是同中有异，不能完全视作排偶。排偶中所忌讳的，是刻意的安排布置。比如左边摆一个东西，右边如果没有东西相配，就一定要找一个颜色品相完全相同的与之对应，这样不是排偶而有意排偶是大忌。

像那些天生一对地设一双的东西，比如雌雄二剑，鸳鸯二壶，原本是在一起的，而我一定要把它们分开，避免排偶的形迹，则显得矫揉造作，大大有悖于人情物理。即使要避免排偶，也不必强行把它们分开，或使二者比肩而立，或首尾相连，使两件东西合为一体，名义上是排偶，实际上并不排偶。大体而言，摆放的方法是：不要摆成八字形，就是两件东西并列摆放，前后不分，分毫不差；不要摆成四方形，就是在每个角上摆一件东西，像小菜碟一样；不要摆成梅花状，就是在中间摆一件大东西，周围摆些小东西；其余的可以类推。行家的做法是根据时间和地点的变化，根据物体的形状设计出纵横曲直，事先不做预设。

如果勉强谈一两点，比如三件东西摆在一起，应该摆成品字形，或者前面一件，后面两件；或者后面一件，前面两件；或者左边一件，右边两件，或者右边一件；左边两件，都要错落有致。如果把三件东西并列摆放，就犯了排偶之忌。四件东西摆在一起，应该摆成心字形和火字形。选一件高的或者长的东西为主，其余的摆在前后左右，但应当有疏有密，有断有续，不要摆放均匀，就是说要有参差之感；如果左右各摆两件而不单行，就犯了排偶之忌。这只是大体而言，还需要君子雅士来加以润色。

贵活变

幽斋雅室的陈设，妙在日新月异。如果使古董像生根一样长年固定在一个位置上，物品就会呈现出陈腐之象，人也会因此而缺少生机，这种人是不善于玩赏古董的。居家过日子所需的物品，只有房舍不能移动，其他的都应当灵活变化。为什么呢？眼中所见关系到人的心境，要想心中活泼，首先要眼中活泼。即使房舍不能移动，也有起死回生的办法。比如建造几间屋子，选其中高矮大小相差不大的，告诉工匠，凡是制作门窗，都宽窄相同而式样各异，以便相互更换。

同一座房子，把那里的门窗挪到这里，就会使人觉得耳目一新，好像迁入新居一样；再进入另一个房间，又换了一番境界，这样就不只是动迁一处，而是动迁两处了。房舍尚且如此，更何况器物呢？或者把摆在低处的换到高处，或者把摆在远处的换到近处，或者把长期分开的两件物品忽然摆在一起，或者把长期摆在一起的几件东西忽然分开，这样就使没有情感的东西变得有情感，仿佛物品之间也有悲欢离合。只要或左或右，怎样都合适，那么就如同造物主一般得心应手，臻于化境了。

有人觉得一会儿东一会儿西，来来往往，非常麻烦，正如《孟子》所说："何许子之不惮烦乎？"我的回答是：陶侃早晨把砖搬到屋外，晚上又搬进屋内，比上面讲的更麻烦，却没有人笑他多事；况且古玩比砖头更可亲可爱，乐于此道的人不会觉得疲惫，只是对饱食终日无所用心的人却不能这么讲。

古玩中的香炉，本身是很沉静的，而用起来又妙在使它活动。就是说应当在一天之内多次移动它的位置，不让它固定片刻。有人询问其中的原因，我拿风帆比喻。船航行时所用的帆，它的正斜是由风的正斜决定的，如果风从左边吹来而帆朝向右边，那么船就不进反退了。摆放香炉的方法也是这样。要根据风力来决定，如果一个房间中有南北两扇窗户，风从南面吹来，就应当把香炉摆在正南；风从北面吹来，就应当把香炉摆在正北；如果风从东南或西北吹来，香炉的摆放就应当稍有偏离，总之不能离风太远。如果摆放的位置与风向相反，那么香气就会随风而去，我就沾染不到了。

此外，还要为风打开来路，关闭去路。如果风从南面吹来却把北窗打开，风从北面吹来却把南窗打开，把风当成过客，那么香气也会把我看作旅店，转瞬即逝。要知道各种器物中，所有的物件都可以静置，唯独香炉绝对不可以。“爱之能勿劳乎？”这是《论语》中讲的对待人的方式，我觉得对待香炉也要这样。

卷五　饮馔部

蔬食第一

我看人的身体，眼、耳、鼻、舌、手、足、躯干，一样都不能少。完全可以不要而造物主却一定要赋予，于是成为人千百年来累赘的，只有口和腹两样。人有了口和腹，就要忙于生计操劳，忙于生计，就会生出欺诈、虚伪、奸猾、险恶的事情；生出欺诈、虚伪、奸猾、险恶的事情，就不得不设置五刑。君王不能施行仁爱，父母不能顺遂他们对子女的恩情，造物主厚生爱民，也不得不违背自己的意愿，这都是造物主对人体器官的设置不够完善，多出这两样累赘的缘故。草木没有口腹，未尝不生长；山石土壤不需要饮食，却没听说它们不长寿。为什么单单要使人与它们形貌不同，生出口腹呢？即使生出口腹，也应该让人像鱼虾一样饮水，像蝉一样吸露，这样完全可以滋生气力，进而潜水、跳跃、飞翔、鸣叫。如果真是这样，人就可以与世无求，没有生活的忧患了。人生出口腹，又会生出许多欲望，像溪流山谷一样难以满足；增加了欲望，又要探索它的内里，像大江大海一样永远无法填满。以至于人的一生，竭尽全身之力满足口腹所需都不够。我反复推究，觉得这件事不得不怪罪造物主。我也知道造物主在这件事上，未尝没有为自己的错误感到后悔，但由于已经设计好的东西难以改变，只能让这个错误继续下去。行事之初一定要严谨，不能草率。这一点真是重要啊！

我在这一编中贸然谈到饮食，其实也是可写可不写的。在这里我只崇尚节俭，不提倡奢靡，是因为不得已而为造物主掩饰过失，也应当全面考虑，为百姓消除忧患。如果为了炫耀自己的聪明而诱发千万人的欲望，那不仅禽兽昆虫会没有活路，恐怕风气由此一开，一天天败坏，又怎么知道不会再出现春秋时期易牙烹子求荣、隋朝灭亡前陶郎儿兄弟杀死儿童向权奸献媚的事情呢？怎能一错再错？我不敢不把造物主造人看作前车之鉴。

在音乐上，弦乐不如管乐，管乐不如声乐，因为人的声音更接近自然。我认为在饮食方面，制作精细的肉不如普通的肉，普通的肉不如蔬菜，这也是因为蔬菜更接近自然。穿草衣、吃素食，这是上古的风气。人们如果能远离肥腻的食物，对蔬菜甘之如饴，就像前人所说的“不让羊来踏破腹中的菜园”。那么这就还像上古时代的百姓用蔬菜填饱肚子一样，与崇尚古玩是同样的道理。我很奇怪当今世上有些人放弃崇古的美名，甚至把这些道理看作异端，认为佛法是这样讲的，这样想就错了。我编写《饮馔》这一部分，先谈蔬菜，后谈肉食。一是因为崇俭，一是因为复古；至于重视屠宰，珍惜生命，又是因为心中时时挂念，不敢有片刻遗忘。

笋

蔬菜要讲究美味，就是清爽、洁净、芳香、松脆而已。殊不知蔬菜最美味的、能胜过肉食味道的，只在一个“鲜”字。《礼记》上说：“甘受和，白受采。”“甘”就来自“鲜”。这种味道，只有亲自耕作的山僧野老才能够享受到，生活在城市里的人是无法从卖菜人手中得到的。然而其他蔬菜，不论在城市还是山野，只要住宅周边有园子，立即采摘立即食用，也能时常品尝到鲜美的味道。至于笋这种东西，绝对要吃山林出产的，城市出产的笋，任凭多么鲜美，终究是笋中的次品。这是蔬菜中的第一美味，肥嫩的羊肉和猪肉也不足以与其相比。只要把笋与肉一起烹制、一起装盘，人们都只吃笋，把肉留在一边，这就可以知道人们是把肉看作鱼，而把笋看作熊掌了。在市场上购买的笋尚且如此，何况山中新挖出来的呢？

笋的吃法很多，难以全部写出来，让我概括两点吧：“素吃适宜用白水，荤吃应配肥猪。”素食者吃笋，如果搭配其他食材，再加上香油调味，那么陈旧的味道就会掩盖笋的鲜味，笋的本真之味就没有了。用白水煮笋，到快熟的时候略加一点酱油就可以了。最美味的食物，从来都只适合单独烹调，笋就属于这一类。笋与肉食搭配，无论牛肉、羊肉、鸡肉、鸭肉都不合适，只有猪肉合适，而且只有肥猪肉合适。不是要取肥猪肉的油腻，肥肉有甘甜之味，甘甜之味被笋吸入就不见了，只能品尝到极其鲜美的味道。煮熟后，肥肉要全部去掉，汤汁也不要留太多，只留一半，再加入清汤。调味品只需要醋和酒。这是烹制荤笋的大致方法。

笋这种食物，不论单独烹制还是搭配其他食材都很美味，而且食物中无论荤素，都应当用它做调味品。蔬菜中的笋与药材中的甘草，都是必需之物。有了它，各种食物味道都会很鲜美，但是不要用它的渣滓，而要用它的汁液。会做菜的厨师，凡是焯笋的汤，都不会倒掉，每做一道菜，必定用它调味。吃菜的人只知道其他食材味道鲜美，却不知道鲜美的原因在于笋。《本草纲目》中记载的各种食物，有益于人的不一定可口，可口的未必有益于人，能够两全其美的，莫过于笋。苏东坡曾经说过："宁可食无肉，不可居无竹。无肉令人瘦，无竹令人俗。"却不知道能医治俗的东西也能医治瘦，只是有已成竹和未成竹的区别罢了。

蕈

最鲜美的食物除笋之外，大概只有蘑菇了吧？蘑菇这种东西无根无蒂，却能够忽然生长出来，因为它是由山川草木之气凝结而成的，但是有形无体。凡是有体的东西必然有渣滓，蘑菇既然没有渣滓，就肯定无体。无体的东西，尚未脱离山川草木之气。吃这种东西，就像吸取山川草木之气一样，没有无益于人的。有毒的蘑菇可以致命，《本草纲目》说这是由于有蛇和虫在上面爬行过。我认为不是这样。蘑菇有多大，蛇和虫能在上面爬行吗？况且蘑菇极其脆弱，根本承载不了蛇和虫。大概是因为地下有蛇和虫，蘑菇生长在上面，聚集了毒气，所以能毒害人。聚集了毒气的蘑菇可以毒害人，那么聚集了清虚之气的蘑菇有益于人就可以自然推知了。辨别蘑菇是否有毒，人们有特定的方法，只要是没有毒的蘑菇，最宜于食用。蘑菇这种东西素吃固然很好，搭配少许肉类更好，因为蘑菇的清香味有限，而汁液却鲜美无穷。

莼

陆上的蘑菇，水里的莼菜，都是清虚美妙的食物。我曾经用这两种食物做羹，加入蟹黄和鱼肪，取名“四美羹”。座上的食客觉得十分美味，说：“从今往后，看到别的食物都不想下筷子了。”

菜

世人烹制菜肴的方法，可以说千奇百怪。从吃鲜菜到腌糟酱腊，没有一样不曲尽奇能，追求尽善尽美。唯独没有人谈过做菜的最初步骤，我很是困惑。这最初一步具体是什么呢？有一句八字诀：“摘之务鲜，洗之务净。”关于“务鲜”，前面已经详细谈过。蔬菜中最干净的，是笋、蘑菇和豆芽，最脏的莫过于自家种的菜。这些菜浇肥的时候，总要连根带叶一起浇，随浇随摘，随摘随食，其中的脏和净也就不必问了。

洗菜的人，不过是把菜浸在水里，左右涮几下就完事了。殊不知污秽中湿的可以洗去，干的很难去除，日积月累的粪便，难道是短时间里涮一涮就可以洗净的吗？所以洗菜必须方法得当，用人得当。让懒惰的人和性急的人洗菜，跟不洗是一样的。洗菜的正确方法是，菜入水时间要长，时间一长，干的污秽都湿透了，就容易去除；洗菜叶要用刷子，刷子触及菜叶凸凹弯曲的各个部分，这样才能把污秽全部清除。像这样洗，菜的本质就干净了。本质干净之后才可以加以佐料、施以人工；不然的话则是先用污秽调味，这样即使有上百种香味，能抵得过一丁点臭气吗？唉！人口众多的富贵人家，想要保证不吃污秽真是难啊！

菜的种类很多，其中杰出的要数黄芽菜。这种菜集中在京城，却产于安肃，叫作“安肃菜”，这是第一等的。大的每一株有几斤重，吃了可以忘记肉的滋味。若吃不到而求其次，大概就是产于南京的水芹了。我自从移居南京之后，每次吃菜、吃葡萄，都会想起京城；吃笋、吃鸡豆菜，则会想起武陵。美味的食物尚且使人难以忘怀，何况那些盛情款待我的人呢？

菜品中色相最奇特，而《本草纲目》和《食物志》等书没有记载的，是陕西一带出产的头发菜。我到陕西旅行，受到当地达官显贵的热情招待。有一天正准备乘车出发，看到炕上有些东西，俨然一卷乱发，误以为是婢女梳头时掉落的头发，想要扔掉。婢女说："那不是头发，是诸位大人赠送的礼品。"询问当地人，才知道是头发菜。我把它用开水浸泡，拌上姜和醋，味道比藕丝、鹿角等菜品还要可口。带回家招待客人，客人们无不称奇，说在各种山珍海味中都没见过。这种东西产于甘陕一带，价格十分低廉。凡是去往陕西一带的人，都争相购买当地的珍奇异物，头发菜由于价格低廉，常被忽视，所以传不到大城市，见过的人很少。由此看来，各地廉价的东西中，可贵的不知有多少，哪能人人都物色到呢？头发菜能够传到江南，也是千载难逢的幸事了。

瓜 茄 瓠 芋 山药

瓜、茄、瓠、芋这几种东西，是蔬菜结出的果实。果实不仅可以当作菜吃，也可以当成饭。多一簋菜，可以省几合粮食，说的就是这几种东西。一物两用，还有比这更俭省的吗？贫寒人家买这些东西，如同买粮食。但食用方法各不相同：煮冬瓜和丝瓜不能太生；煮王瓜和甜瓜不能过熟；煮茄子和瓠瓜要用酱醋而不宜用盐；煮芋头不能没有配料，因为芋头本身没有味道，需要借助其他食材调味；山药则单煮、合煮都可以，不加油盐酱醋，也能呈现美味，是蔬菜中的通用之材。

葱 蒜 韭

葱、蒜、韭菜这三种东西是蔬菜中味道最重的。蔬菜中能使人齿颊留香的是香椿头；能使人齿颊肠胃都沾染上秽气的，是葱、蒜和韭菜。人们明知道香椿头很香，却很少吃；都知道葱、蒜和韭菜气味难闻，却很多人爱吃，原因何在？因为香椿头的味道虽香却淡，不像葱、蒜和韭菜气味浓烈。世人因为它们气味浓烈就趋之若鹜，甘愿忍受秽气而不推辞；味道淡的则被世人遗弃，即使自荐其香也不被接纳。我从饮食中悟出了善身处世的艰难，一辈子绝不吃葱、蒜和韭菜，也不曾多吃香椿，大概就是扬雄所说的“夷、惠之间”的人吧。

我对待这三种东西是有差别的。蒜永远不吃；葱虽然不吃，但用它做调味品；韭菜则不吃老的而吃嫩的，因为韭菜发芽之初不但没有秽气，而且有一种清香味，这是它最初的童心还未被改变。

萝 卜

把生萝卜切成丝做小菜，加上醋和其他调味料，配着粥吃最合适。遗憾的是吃了之后会打嗝，嗝必然是秽气。我曾在别人那里闻到过这种气味，知道如果别人在我这里闻到，也会一样不喜欢，所以索性不吃了。然而我觉得萝卜与葱、蒜差别很大，生的有秽气，熟的则没有，与那些初次谋面觉得像小人，后来才明白是君子的人一样。虽然略有过失，也应当原谅，仍然照吃。

芥辣汁

蔬菜里有具备姜、桂品性的吗？回答是：有，辣芥就是。制作辣汁的芥子，陈年的绝佳，所谓越老越辣，说的就是这个。用辣芥调拌食物，没有不好的。人吃了仿佛遇到正直的人，听到正直的言论，困乏的人因它而摆脱疲倦，郁闷的人因它而打开胸襟。辣芥是令人爽快的食物。我每餐必备，私下里以孔夫子“不撤姜食”自比。

谷食第二

食物养人，全靠五谷。假如老天只生产五谷，不生产其他东西，那么人的健康和寿命一定好过当前的情况，绝对不会有疾病折磨、长寿和短命不均衡的忧患。试看鸟类吃粟，鱼类饮水，都只靠一种东西为生，没听说它们在这一种东西之外，还要加上美酒佳肴、各类杂食的。鸟类和鱼类都死于人类之手，没听说过有因病致死的或是寿命已尽而死的。所以，只吃一种东西是长生不老之道。人则不幸地被精美丰盛的饮食所误，多吃一种东西，就多受一种东西的损伤；少安静一刻，就少享受一刻的淡泊。人罹患疾病，迅速死亡，都是饮食太丰盛，欲望无节制所导致的。这不是人的自误，而是老天误人。天地造物之初，也不会料到是这样，原本是要造福于人的口腹，谁知造福于人反而是害人啊！既然如此，那么人要想爱惜自己的生命，即使不能只吃一种东西，也应当略微保留这样的心思，以一种食物为主。酒肉虽多但不胜过主食，那么即使有害，应该也不会太严重。

饭　粥

粥和饭这两种东西，是家常日用必需的食品，其中的道理没有人不明白，还需要我越俎代庖，多言多语吗？然而有两句要紧的话，巧媳妇知道却说不出来，不妨由我代为说破，让婆婆传给儿媳，母亲传给女儿，用两句话代替千言万语，也算是简便利人的事了。

先从粗略的方面说起。煮饭的大忌是内生外熟，不是烂就是焦；煮粥的大忌是汤在上米在下，呈糊状、膏状。这是火候不均匀造成的，只有最蠢笨的人才这么做，略懂烧火煮饭之事的人就不会有这些问题。然而也有一些饭软硬适宜，干湿得当，看起来很好看，咀嚼起来却没有味道。问题出在哪里呢？这其实是加水无度，增减没有定准在作怪。两句要紧的话是："煮粥的水不能加，煮饭的水不能减。"用多少米，就相应地用多少水，要有一定的尺度。就像医生用药，一钟水还是半钟水，煎至七分还是八分，都是有定数的。如果随意增减，那么不是煎不出药味，就是丧失了药性，服下去也没有药效了。

不擅长烧火煮饭的人，用水不均，煮粥担心水少，煮饭担心水多。多就逼出，少就添加，殊不知米的精华全在水里，逼出的饭汤实际上不是饭汤，而是饭的精华。没有精华，饭就成了渣滓，吃着还有味道吗？煮熟的粥，水和米交融在一起，就像米酿成的酒。如果担心粥太稠而加水，这实际上不是把水加在粥里，而是把水掺在酒里。酒掺了水就成了糟粕，味道还能咀嚼吗？所以善于烹饪的人，加水时必然有限度，一勺不多，一滴不少，再加上火候均匀，那么其煮粥煮饭，不刻意求异也会异于他人。

有时宴请宾客用的饭，必然会比平常吃的精致一些。用什么方法可以使饭精致呢？回答是：使饭富有香味就可以了。我曾经授意女佣，预先准备一盏花露，等饭刚熟就浇上去，然后稍微闷一会儿，拌匀装碗。食客把香味归因于谷米，惊诧地问我这是什么新异品种，不知道这只是寻常的粮食。这个方法已经保密很久了，如今才告诉大家。使用这种方法，不必把满锅米都浇遍，浇遍会浪费很多花露，这办法也难以流行于世了。只在一角上浇一盏，就可以满足客人的需要了。花露以蔷薇露、香橼露、桂花露三种为最佳，不要用玫瑰露，因为玫瑰的香味食客很容易辨别，知道这不是谷米的味道。蔷薇露、香橼露、桂花露的香味与谷米的香味相似，人们难以辨别，所以要用这三种。

汤

汤就是羹的别名。羹这个名称典雅古朴，之所以不称羹而称汤，是怕人们因为这个古雅的名称而将它看得很郑重，仿佛是专门为了宴请宾客而准备的。却不知道羹这种东西是与饭相配的，有饭就应该有羹，没有羹就不能下饭，做羹下饭是为了俭省，不是崇尚奢靡。古人饮酒，就有下酒的食物；吃饭，就要有下饭的食物。世俗把下饭改为“厦饭”，这是错误的。

前人读史书来下酒，难道下酒的“下”也要写作“厦”吗？“下饭”两个字，有人认为指的是菜肴，我说：不是这样的。菜肴是剩饭的东西，不是下饭的东西。吃饭的人看到精美的菜肴摆在眼前，迟迟不下筷子，这难道不是剩饭的东西吗？饭好像船，羹好像水；船停在沙滩，没有水不能下，这与饭在喉咙里，没有汤不能下是一样的。而且按照养生之法，食物贵在能够消化；有了羹，饭就可以消化，其中的道理显而易见。所以善于养生的人，吃饭不能没有羹；善于持家的人，吃饭也不能没有羹。宴请宾客，而又考虑节省菜肴的，不能没有羹；宴请宾客，希望宾客饱餐而去，一点菜都不剩的，也不能没有羹。为什么呢？因为羹能下饭，也能下菜。

近来吴越一带摆宴席，每道菜都要加汤，就是领会了这个方法的精髓。我认为家常吃饭，最好也莫过于此。吃饭宁可没有菜肴，也不能没有汤。有汤下饭，即使不准备小菜，也可以吃得很痛快；没有汤下饭，即使眼前摆满美味佳肴，有时也会难以下咽。我一介赤贫之士，养活着一个五十几口人的大家庭，有挨饿的时候，却没有闹饥荒的日子，遵循的就是这个道理。

糕　饼

谷类食品中有糕与饼，就像肉类食品中有肉干和肉丝。《论语》中说：“食不厌精，脍不厌细。”制作糕饼的人，对这两点要都要考虑到。食物中最精的是米麦，最细的是面粉。精细兼顾，才可以谈制作的工拙。追求精工的方法，市面上销售的书已经讲得很详细了，我如果再拿来讲一遍，当成制作糕饼的模板，看到的人必然会大笑着说："都说李笠翁不拾人唾余，如今谈到饮食，不是也依样画葫芦吗？"看看《孟子》中冯妇下车，重操旧业的故事，还是在行事之初就引以为戒吧。只用两句话概括："糕贵在松，饼贵在薄。"

面

南方人吃米，北方人吃面，通常是这样。《本草纲目》中说："米能养脾，麦能补心。"二者都对人有益。然而如果整日整年只吃一种东西，那是多么拘泥地对待口腹，而不肯兼顾心和脾啊！我南人北相，性情刚直，像北方人，饮食粗犷，也像北方人。一日三餐，两顿吃米，一顿吃面，这是介于南北习俗之间，是有益于心和脾的方法。只是我吃面的方法，与北方的习俗略有不同，而且与南方的习俗也差别很大。北方人吃面，大多做成饼，我喜欢条分缕析，做成南方所谓的"切面"。南方人吃切面，油盐酱醋等佐料都下在面汤里，汤有味，面却没有，就是说南方人重视的不是面而是汤，这与不吃面是一样的。我不是这样做，而是把各种作料都放在面里，面五味俱全，汤却是清的，这样才是吃面，而不是喝汤。

我做的面有两种，一种叫作"五香面"，一种叫作"八珍面"。五香面自己吃，八珍面招待客人，二者的丰盛和俭省略有区分。五香是什么？酱、醋、椒末、芝麻屑、焯笋后的汤，或煮蘑菇、煮虾的鲜汤。先把椒末、芝麻屑拌在面中，然后把酱、醋、鲜汤调配在一起，作为拌面用的水，不要再用清水。面要拌得极其匀，擀得极其薄，切得极其细，然后下在滚水中，这样精粹之物全在面中，值得咀嚼品味。不像寻常吃面，把面直吞下肚，只品尝面汤。八珍是什么？晒到极干的鸡肉、鱼肉、虾肉，和鲜笋、香菇、芝麻、花椒，放在一起研成细末，和入面中，加上鲜汤，总共八种。酱、醋也要用，之所以不列在八珍之内，是因为它们是家常日用的东西，不能称作“珍”。

鸡肉和鱼肉一定要选用非常精瘦的，稍带肥腻的都不要用，因为面的特点是见油就散，擀不成片，也切不成丝。只要看看做饼的人想要饼松软不硬实，就在面里加油，便可以知道面的特点了。鲜汤不要用煮肉的汤，而要用笋汤、蘑菇汤、虾汤，也是因为要避免加油入面。所用的鸡、鱼、虾三种肉中，虾肉最方便，研磨成末易如反掌，可以多存一些，以备不时之需，即使加在自己吃的五香面里，变“五香”为“六香”也未尝不可。拌面的汤汁里，加一两盏鸡蛋清更好，之所以不把它列在前面而是附在后面，是因为这种用法很多人都知道，列在前面又跟抄袭一样了。

粉

粉的名目很多，其中常见且适于食用的，则只有藕粉、葛粉、蕨粉、绿豆粉四种。藕粉和葛粉不用下锅，用滚水调一下，就能变生为熟。前人说：“有仓促的客人，没有仓促的主人。”想要做一个不仓促的主人，就请多储备一些藕粉和葛粉。而且应急救饥，也数藕粉和葛粉最好。对于乘船、坐车、走远路的人来说，这两种东西是最好的干粮。粉中耐咀嚼的，以蕨粉为最佳，其次是绿豆粉。想要绿豆粉耐咀嚼，应当稍掺一些蕨粉。食物中凡是入口而不能立刻下咽，使人品尝有味而咀嚼无声的，才是佳品。我在各类食物中找了个遍，只找到这两种东西。以绿豆粉做汤，蕨粉做下汤的饭，可以叫作“二耐”，牙齿遇到它们，大概算是所谓的劳而不怨了。

肉食第三

《左传》上说“肉食者鄙”，并不是鄙视他们吃肉，而是鄙视他们不善谋略。吃肉的人之所以不善谋略，是因为肉类中肥腻的精华凝结成油脂，蒙蔽了胸臆，就像茅草塞住了心窍，阻塞了智慧。这不是我随意猜测，而是经过验证的。各种动物吃草木杂物，都狡猾且聪明。虎只吃人，抓不到人就吃各种动物，所以非肉不吃的动物是虎；而虎却是动物中最愚蠢的。这是怎样知道的呢？将各类书籍考察一番就明白了。

“虎不吃小孩”，不是它不吃，是因为小孩心智不完备，不怕虎，虎误把小孩当作勇士而避开。“虎不吃醉人”，不是它不吃，是因为醉酒之人张狂放肆，虎把他看作劲敌而有所防范。“虎不走弯路，人如果遇到虎，把它引到弯路上就可以脱身。”虎之所以不走弯路，不是像澹台灭明那样不抄小道，是因为虎的脖子是僵直的，不能回望。如果虎知道人在小路上一定可以脱身，那么它在大路上就把人吃掉了。

《虎苑》上说：“虎之所以能与狗搏斗，靠的是牙齿和爪子。如果把它的牙齿和爪子都去掉，它反而会被狗制服。”由此看来，虎能够降服人和动物，把它们当作自己的口粮，完全倚仗的是威猛。除了威猛，全无所能，世人所谓的“有勇无谋”，说的就是虎。我探究虎之所以如此，就在于虎除肉之外，不吃其他东西，脂腻填胸，无法生出智慧。既然这样，那么《左传》中所说的“肉食者鄙，未能远谋”不是可以验证了吗？如今我虽然为谈论肉食开了头，却还是希望天下人多吃肉不如少吃肉。没有虎的威猛，且因为肉食而愈发愚笨，与有虎的威猛，却因为肉食而遮蔽了智慧，这两者都不是养生之道。

猪

食物中因人而流传下来的，“东坡肉”算是一种。乍一听似乎不是猪肉，而是苏东坡的肉。苏东坡犯了什么罪，要把他的肉割下来，来填饱千百年来馋嘴之人的肚子呢？真是过分啊！名士做不得，而名士所玩的游戏伎俩，实在不能不谨慎。到数百年后，糕点、布料这些东西，又有以陈眉公命名的。取名“眉公糕”“眉公布”，比起“东坡肉”三个字来，似乎要好一些。而其中最不幸的，要数厕所中的一种东西，俗人把它叫作“眉公马桶”。唉！马桶是什么东西，能冠以高人雅士之名吗？我不是不了解肉的味道，可对于猪肉不敢随意多说一句，因为我怕自己步苏东坡的后尘。就是厕所里使用的东西，我也未尝没有设计过新的样式，但是只藏在家里，不敢拿给人看，尤其不敢写进书里，也是怕自己步陈眉公的后尘。

羊

食物中损耗最厉害的是羊肉。有谚语说：“羊几贯，帐难算，生折对半熟对半，百斤止剩念余斤，缩到后来只一段。”大体上一百斤重的羊，宰割之后只有五十斤，等到烹熟，又只剩二十五斤，这是确定不变的数。但是生羊肉易损耗，人人都知道；熟羊肉易发胀，人们就未必知道了。羊肉这种东西，最容易使人饱胀，刚吃下去不觉得饱，而后渐渐觉得饱，这是熟羊肉易发胀的验证。凡是走远路和出门做事，仓促间吃不上饭的人，吃羊肉最合适。陕西西部盛产羊肉，当地人每天只吃一顿饭而不觉得饿，就是羊肉的功效。据《本草纲目》记载，羊肉堪比人参、黄芪。人参、黄芪补气，羊肉补形。我觉得滋补人的是羊肉，害人的也是羊肉。凡是吃羊肉的人，腹中要留有余地，以备羊肉发胀。如果一开始吃羊肉不加节制，吃得太饱，饭后必然会出现腹内膨胀欲裂的情况，脾脏肠胃受到损伤，都是这个原因，这一点，保养身体的人不可不知。

牛 犬

猪和羊之后，该谈谈牛和狗了。由于这两种动物于世人有功，想要劝人不吃还来不及，怎能忍心对它们残酷行事呢？我略过这两种动物，直接谈家禽，这也是孟子“以羊易牛”遗留下来的心意了。

鸡

鸡也是有功于人的动物，之所以不避讳屠宰，是因为它的功劳比牛和狗稍小一点。天亮时，它打鸣天也亮，不打鸣天也亮，不像农田和盗贼，非牛不能耕，非狗叫人不会察觉。然而与鹅和鸭比起来，就好像韩信羞于与周勃、灌婴为伍了。烹饪的酷刑对于鸡，似乎应当比鹅和鸭稍宽一些。能孵出公鸡的蛋不吃，重不过一斤的不吃，即使不能让它长命，也不要让它夭折。

鹅

鹅肉没有别的长处，只是肥且甜罢了。肉肥才能甜，不肥则味同嚼蜡。鹅以产于固始的为最佳，询问当地人，他们回答说："喂养鹅的东西，跟人吃的一样。因为它吃人的食物，所以肉的肥腻也跟人一样。"这就好像猪肉以产于金华的为最佳，当地人喂猪，不是用粥就是用饭，所以肉甜而肥。然而固始的鹅肉、金华的猪肉，都不是鹅和猪本身使肉味道甘美，使肉味道甘美的是它们所吃的食物。食物能使动物肉质甘美，这还用说吗？回到家中想想，还有更多的体悟。只是把这些方法告诉家人，家人虽然也能用上等的食物养鹅养猪，它们终究还是饥饱不定，不像固始和金华当地那样有规律，所以与当地出产的肉比起来，我们这里的还是有一些差距。因为我们终究是把它们当作动物来饲养，没有像人一样看待。"继子得食，肥而不泽。"大概讲的就是这样吧？

有人告诉我吃鹅肉的方法，说：从前有个人，善于烹制鹅掌。每次把鹅养肥准备宰杀，先熬制一钵滚油，把鹅的双脚投入油中，鹅疼痛欲绝，就跳进水池里，人则任由它跳。过一会儿再抓再放，像刚才那样"炮制"一番。这样反复多次，鹅掌就会肥美甘甜，厚达一寸，是食物中的异品。我说：这太残忍了！我不想听了。动物不幸而为人所饲养，吃人的食物，因人的需求而死去。它以死偿还就够了，为什么要在它未死之时，施以如此残酷的刑罚？两只鹅掌虽然美味，入口即化，鹅当时承受的痛苦则比这个强烈百倍。以活物长久的痛苦，换取我片刻的甘甜，残忍的人尚且不会这么做，何况略有一点慈悲善良之心的人呢？地狱正是为这种人准备的，他死后遭受的炮烙之刑，一定比这个更残酷。

鸭

禽类中善于养生的要数雄鸭。这是怎么知道的呢？是由人的好尚知道的。人们吃禽类，都要选择雌的，唯独鸭要选雄的；人们吃禽类，都要选年幼的，唯独鸭要选年老的。所以养生家说："烂蒸老雄鸭，功效比参芪。"假如动物不善于养生，那么精气必然会被雌性夺走，各种禽类之所以要选择雌的，就是因为它聚集了精气。假如动物不善于养生，那么一旦发情，就会越长越瘦弱。各种禽类之所以要选择年幼的，就是因为它精气外泄很少，留存很多。雄鸭能越长越肥，皮肉到老都不变，而且吃起来功效堪比人参、黄芪，可见雄鸭善于养生的事实，不需要考察就可以知道了。然而一定要等待考察，因为在此之前没有这样的论断。

野禽　野兽

野味不如家养的动物，是因为它的肉不够肥；家养的动物不如野味，是因为它的肉没有香味。家养的动物肉肥，是由于它不需要自己觅食，可以安享其成；野生动物肉味香，是由于它以山野草木为家，行动自由。由此可知，丰衣足食，生活安逸，可以使人增肥；高山流水，奇花异木，可以使人生香。肥的东西必然会被送进厨房，一个也跑不掉；香的东西也会被人大快朵颐，然而或许有时可以幸免。二者不能兼得，就舍弃肥而选择香吧。

野禽可以时常吃到，野兽则只能偶尔尝尝。野禽当中，像雉、雁、鸠、鸽、黄雀、鹌鹑之类，虽然生活在野外，却如同养在家中，因为它们随时可以取用，就像寄放在野外一样。野兽中可以捕到的只有兔、獐、鹿、熊、虎几种，一年也捕不到几只。所以野味之中，又分为难于捕捉的和易于捕捉的。为什么难于捕捉呢？因为其长年住在深山老林，不接触人的生活环境。落入陷阱，也是人去寻找野兽，不是野兽自己送上门来的。野禽则不是这样，知道人想要捕捉它，还自投罗网，因为它要觅食，食物得到了，灾祸也接踵而至。所以野兽死是死于人，野禽死是死于己。吃野味的人，应当这么看。要珍惜野禽，更要珍惜野兽，因为其死去的原因是可以原谅的。

鱼

鱼藏在水底，自有一片天地，自以为与世无争，可以保证人类的武器伤不到它。殊不知渔网比弓箭和捕兽网更厉害。不需要竭泽而渔，也有让吞舟大鱼不漏网的方法。然而鱼与禽兽的生死，虽然命运相同，却总觉得鱼被人宰杀食用，比其他动物更合适。为什么呢？鱼类容易繁殖，很难捉尽杀绝。胎生、卵生的动物，少的一次生几个，多的也不过生几十个而已。鱼的繁殖好像粟米，成千上万的鱼卵，都孕育于一条鱼的体内。没有捉鱼的人，这成千上万的鱼卵生生不息，会变得像恒河中的沙子那样无法计数。至于如恒河中的沙子继续繁衍，一变再变，百变千变，竟无一物可以形容其数量之巨，这几乎是要把江河填为陆地，舟船往来都要受阻隔了。所以渔民获取鱼虾，樵夫砍伐草木，都是获取应该获取的，砍伐不得不砍伐的。我们吃鱼虾的罪过，比吃其他动物稍微轻一些。我这里约法数章，虽然比不上善用刑法的人，但也比酷吏要好一些。

吃鱼最重要的是味鲜，其次是肉肥，又鲜又肥，鱼的好处就都有了。然而虽然二美兼得，不同的鱼，又有不同的侧重。比如鲟鱼、鯚鱼、鲫鱼、鲤鱼，都以味鲜见胜，味鲜适合清煮做汤；比如鳊鱼、白鱼，鲥鱼、鲢鱼，都以肉肥见胜，肉肥适合切片慢炖。烹制鱼的方法，全在火候适当。火候不到，肉生，生就不松软；火候过了，肉死，死就没有味道。家中宴请宾客，其他的菜也许可以预先做好，鱼则必须是活的，等客人到了立即做。鱼的味道最讲究鲜，鲜的味道又只在做好出锅那一刻，如果先做好了等候客人，就会把鱼最美的味道散发干净，使客人无缘品尝；等客人到了再回锅，就像冷饭再热，残酒再温，有形而无实了。

煮鱼的水不能多，刚好没过鱼身就可以了，水多一口，鱼的鲜味就会淡一分。负责烹饪的婢女喜欢鱼汤，常常把水加了又加，搞得鱼鲜味减了又减。既然要款待客人，就不能不对厨子苛刻一点。要说还有什么做鱼的好方法，可以使鱼又鲜又肥，不失本真的味道，要快要慢都可以，不用考虑火候，那就莫过于蒸了。把鱼放在镟里，加入几盏陈酒、酱油，把瓜、姜、蘑菇、笋等提鲜的食材盖在上面，用急火蒸到极熟。这样无论时间早晚，都适合待客，因为鲜味全在鱼中，既不会外泄，也没有东西可以侵夺，真是好办法啊。

虾

笋是蔬菜中所必需的，虾是荤菜中所必需的，都像药材中的甘草一样。善于做荤菜的人，把焯虾的汤调入各种菜中，则每样菜都很鲜，也好像笋汤有益于各类蔬菜一样。笋可以单独做，也可以跟其他食材一起做；虾则不能单独做，必须借助其他食材陪衬。如果把煮熟的虾单独装盘当成一道菜，不但高级宴席没有这种风格，而且客人也会觉得索然无味。唯独醉虾、糟虾可以供人下筷。所以说，虾借助别的食材才能成为一道菜，然而又是不可或缺的东西。“治国若烹小鲜”，这小鲜是有益于国家的。

鳖

“新粟米炊鱼子饭，嫩芦笋煮鳖裙羹。”住在山林中的人以此描述鳖裙，展现自己的得意，可见鳖的味道非常鲜美。我没有不喜欢吃的水产，唯独不喜欢鳖，吃多了觉得口干，说不清什么原因。有一天，邻居捕到一只大鳖，请大家来吃，吃的人接连死去，只喝了些汤的人，也病了几个月才痊愈。我因为不喜欢吃鳖，没有被邀请，才能免于一死。难道性之所在，也就是命之所在吗？

我一生遇到的侥幸之事难以计数。乙未年住在杭州，邻居家失火，三面的房子都被烧了，只有我的住所安然无恙。己卯年夏天，在虎爪山遇到强盗，只有交出重金才能免死，否则会被立刻杀掉。我一文钱都没有，自以为必死无疑了，就伸着脖子准备受诛，而强盗却没有杀我。至于甲申年清军入关，乙酉年清军攻破南京。我虽然躲在山中，有时却也进城。最幸运的是，刚离家，家就被焚毁了；刚出城，城就被攻陷了，出生入死都在片刻之间。唉，我有何修为能得到上天如此眷顾厚爱？无以为报，只能努力行善而已了。

蟹

我对于饮食的美妙，没有一样不能说，没有一样说起来不是穷尽想象，洞悉其中的奥妙的。唯独对于螃蟹，心里很喜欢，吃起来很美味，不论是一辈子还是一天都忘不掉。至于其可爱、甘美及不可忘怀的原因，则全然说不出来。这一事一物，对我来说是饮食中的一段痴情，对它来说也是天地间一桩怪事。我一生都嗜好螃蟹，每年螃蟹还没上市，就存钱准备买，家人因此笑我以蟹为命，于是我就把这些钱叫作“买命钱”。

从螃蟹上市到下市，我没有一天不吃，没有一刻不惦记。朋友们知道我喜欢吃螃蟹，就都在这段时间请我去吃，于是我把每年九月、十月叫作“蟹秋”。考虑到这段时间很快会过去，就难得继续吃蟹了，我又让家人洗瓮酿酒，准备做糟蟹、醉蟹。糟叫“蟹糟”，酒叫“蟹酿”，瓮叫“蟹甓”。以前有个婢女，在螃蟹这件事上很勤快，我就把她的名字改叫“蟹奴”，如今她已经去世了。螃蟹啊！螃蟹啊！你要与我一生相伴吗？我所不能为你增光生色的是未曾去有蟹无官的地方做官，用俸禄买来大吃，只能用口袋里少得可怜的那点钱来买。即使每天买上百筐，除招待客人外，与五十多口家人分着吃，吃到我腹中的又有多少？螃蟹啊！螃蟹啊！我终究是有愧于你的。

螃蟹的味道美到极致，而坏在吃蟹的人身上。用螃蟹做羹，鲜倒是鲜，可螃蟹本质的美味在哪里？把螃蟹肉做成细丝，腻倒是腻，可螃蟹本真的味道不存在了。更可恶的是，把螃蟹截成两段，用油、盐、豆粉来煎，使螃蟹的色、香、味全部丧失。这都好似嫉妒螃蟹味道丰富，忌妒螃蟹外表美观，而用各种招数蹂躏，使螃蟹泄气变形。世间的好食材，妙在单独烹制。螃蟹鲜而肥，甘而腻，白似玉，黄似金，已经达到了色、香、味的极致，没有什么东西可以超越。配上其他味道，就好像举起火把希望增添太阳的光辉，捧水倒进河里希望水变多一样，希望这样做有所裨益，不是太难了吗？

凡是吃螃蟹，只应保持螃蟹原本的整体，把它蒸熟，装在带冰的盘子里，摆在几案上，让客人自己拿自己吃。剖一筐，吃一筐，掰一只螯，吃一只螯，这样气味不会有丝毫泄漏。从螃蟹躯壳中剥出的肉，立刻进入人的口腹，饮食的奥义，还有比这更精深的吗？吃别的东西，都可以由他人代劳，我坐享其成，唯独螃蟹、瓜子和菱角这三种食物，必须自己动手。即剥即吃才有味道，别人剥好了我来吃，不仅味同嚼蜡，而且似乎吃的不是螃蟹、瓜子和菱角，而是别的东西。这与好香必须自己焚，好茶必须自己斟，僮仆虽然多，却不能让他们代劳是同样的道理。讲究饮食清供之道的人，不能不知道这一点。宴请贵客，不能把整只的螃蟹端上来，不得已而做成羹，也不应搭配其他食材，只需用煮鸡、鹅的汁做汤，去除油腻就可以了。

从瓮中取醉蟹，最忌讳用灯，灯光一照，满瓮都是沙子，这一点人人都知道要避讳。有一个办法，可以随意用灯照。刚开始制作的时候，不论昼夜，都点一盏油灯，照到瓮里，螃蟹习惯了灯光，就不害怕而能接受它，任凭人们用灯照着来取，永远不会担心变成沙了。（这个办法在京城有人使用。）

零星水族

我游历二十余年，足迹几乎遍布天下。四海游历其三，三江五湖没有一个遗漏的，只有九河没能走全。因为其中迂回偏僻的地方很多，舟车不能全部抵达。游历的水域很多，吃过的水产自然不少，因此我知道天下万物的繁盛，没有超过水产的，书本上记载的各种鱼名，也不过十之六七罢了。常有一些形貌奇异，味道也不同寻常的鱼，渔民天天捕，当地人长年吃，问起名字，却都不知道叫什么。其他的不用说，就是吴门、京口各地出产的水产中，也有一种似鱼非鱼，形貌类似河豚却非常小，俗名“斑子鱼”的。味道的甘美几乎与乳酪一样，而且滑润无骨，真是美食中的极品，可《本草纲目》《食物》等书中都没有记载。近处尚且如此，何况遥远偏僻的地方呢？

海产中味道最美，人们艳羡却吃不到的，是福建出产的“西施舌”和“江瑶柱”。“西施舌”我已经吃过，只有“江瑶柱”还未得品尝，这是我游历福建的一大遗憾。所谓“西施舌”，是描述它的形状。白而洁，光而滑，入口品尝，俨然美女的舌头，只是缺少朱唇皓齿牵制舌根，使它不得稍留片刻便吞咽下肚了。这就是所谓的描述形状。要说鲜味，海产中胜过它的有很多，不算很奇特，喜欢吃这种东西的人，只要找个美女咂摸咂摸舌头，聊以自慰就够了。不算很有名而味道独特的，是北海的鲜鳓，味道可以与鲥鱼相提并论，它腹中有肋，甘美绝伦。世人把鲟鱼、鳇鱼腹中的肋叫作“西施乳”，如果与鲜鰣之肋相比较，恐怕又有东施和西施的差距了。

河豚是江南最受欢迎的食物，我吃起来也觉得很美味。只是问起烹饪方法，所需要的调味品很多，总共不下十几种，而且缺一不可，缺少一样，味道就腥而寡淡。如此说来，河豚并没有什么独特之处，只是依靠各种调味品的味道以成就美味罢了。这么多的调味品，用在其他食材上，哪一样不美味，何必一定要用这种能毒死人的东西来标榜奇特呢？吃或不吃都可以。要说江南的鲚鱼，才是春季食物中的绝妙美味。鲥鱼、鲟鱼和鳇鱼有吃厌的时候，鲚鱼则越嚼越甘美，直到吃饱了还不肯罢手。

不载果食茶酒说

水果是酒的对头，茶是酒的敌人，喜欢酒的人必然不喜欢茶和水果，这是确定无疑的。凡是有新客入座，平时没有一起喝过酒，不知道他酒量深浅，只要用糖果糕点试验就可以。拿来就吃，而且吃得很开心的人，一定好茶而不好酒；拿来不吃，或者吃得不多就有厌倦之色的人，一定海量，靠酒过日子。用这个方法试验宾客，百试不爽。我是茶客，不是酒徒，性情像猿猴一样，以水果代饭，天下人都知道。

别人问我酒的味道，我感到很茫然，谈吃水果、喝茶，我则井井有条，津津有味。这里既然细谈饮食之事，就应当详细说说茶和水果，为什么缺而不谈呢？回答是：怕谈得太简略。我既然喜欢，就必然会大写特写，把纸写尽。如果只用寥寥数语谈个大概，恐怕想停笔心里却不答应，不知不觉就洋洋洒洒难以收手了。而且水果可以简略写写，茶却不可以，茗战的兵法，比《三略》《六韬》还要丰富，其中的奥妙哪里是《孙子兵法》十三篇可以道尽的？这就需要专门写一部书，取名《茶果志》，可以单行，也可以附在本书之后。至于酒，我本就一无所知，如果勉强发表见解，那么是讲他人的东西，还是强行以不知为知，欺骗天下呢？讲他人的东西，是犯了抄袭的毛病；要欺骗他人，茶客可欺，酒客则不可欺。如果别人抓住我的错误来兴师问罪，我能拿茗战的兵法应对吗？不如绝口不谈为好。

种植部

已经在群书中有记载的，此处便不再赘述。这里讲的，不是补充前人未讲充分的道理，就是传授我实验的方法。如果想看以往的观点，请诸位翻看出版的各种书籍。

木本第一

草木的种类极其繁杂，大致可以分为三类：木本植物、藤本植物、草本植物。木本植物坚实而难以枯萎，之所以寿命比较长，是因为它扎根很深。藤本植物的根扎得稍浅一些，所以比较柔弱，需要扶持，它的寿命还是可以用年来计算的。草本植物的根扎得更浅，所以一经霜冻就死了，寿命只有一年。所以说，根决定着各种植物寿命的长短。想要收获得多，先要稳固它的根，我在农耕和园艺中，悟到了养生处世的方法。人如果凡事都能考虑周全，从长计议，像木本植物一样扎根牢固，那么无论遇到雨露还是霜雪，都会处变不惊，自身也会挺然独立。至于斧头来砍伐则是天数，难道是灵秀的椿树和古老的松柏所能避免的吗？如果一个人不努力培养德行，苟且行事，那么他就像藤本植物一样，只能因人成事，别人站着，他也站着，别人倒下，他也倒下。至于像木槿一样活着，从不考虑明天的人，他们连根是何物都不知道，哪里会考虑根入土的深浅，埋藏的薄厚呢？这样的人就如同草木中的末流。唉，世间难道缺少像草本一样行事，却像木本一样长寿，像藤本一样能供子孙后代攀附的人吗？这是造物主偶然的失误，不是天地间待人接物的常理。

牡　丹

牡丹被誉为百花之王，起初我不服这种观点，认为牡丹的颜色和香气与芍药相去无几。把两者中最上乘的拿来比较，优劣很难评判。直到看到《事物纪原》一书中说，武则天冬天游览后花园，见所有的花都开了，只有牡丹迟迟未开，便把它贬谪到洛阳，由此大悟："原来牡丹如此刚强，不肯低头，被贬固然是应该的，但如果不把它推举为百花之尊，又怎能洗去它被贬八千里的耻辱呢？"（韩愈诗云："夕贬潮阳路八千"）万物的萌发和生长都有一定的时令，初生的芦苇开花早晚也有一定的时间规律，如果不在时令，即使有十个尧日也无法在冬天催生出一株穗；武则天虽然是人主，但可以强迫鸡人在白天长鸣吗？如果她有见识，应当贬谪其他各类花卉，而单单推崇牡丹。牡丹被封为花王，应当肇始于这一天。可惜武则天没有这样的见识，而且倒行逆施。武后就是这个样子啊！我从秦地的巩昌带回十几株牡丹，朋友写诗嘲笑我，其中有两句说"群芳应怪人情热，千里趋迎富贵花"。我说："牡丹因为守拙而被贬谪，我把它带回来，这是趋冷而不是趋热。"现在得出这个论断，更加明确了。

牡丹的栽种方法，在名人的书稿中已经有详尽的记载，可以说毫发无遗，倘若我再谈及，又是拾人牙慧了。只有一点非常要紧，《花谱》中只是偶有记载，还不够详细，我来全面地讲一讲。所有的花都有正面、反面和侧面。正面应当向阳，这是种花通行的道理。其他的花在这一点上或许可以打些折扣，唯独牡丹不能通融，朝南种就活，朝其他方向种就死，这是它百折不屈的本性，人主尚且不能使它屈服，谁还能使它屈服？我曾经跟朋友这样讲过，朋友认为我的说法太迂腐。我说："不仅士民之家，即使贵为帝王，想要种这种花，也不能不遵循这个原则。"朋友问我说："你这话有依据吗？"我说："有。我家李太白诗云：'名花倾国两相欢，常得君王带笑看。解释春风无限恨，沉香亭北倚栏杆。''倚栏杆'的人面朝北，那么花不朝南还会朝向何方？"朋友笑着认同了。我这话难道不是定论吗？

梅

开花最早的是梅，结果最早的是樱桃。如果以次序定尊卑，那么梅应当是花中之王，樱桃应当是果中之王，就像最早结果的瓜叫作"王瓜"一样。这样讲未尝不合理，无奈使用了其他标准，使后来者居上了。最先问世的人不能成为圣人，那么破除愚昧，创建文明，又是谁的功劳呢？理虽如此，如果把梅推为群芳之首，想必大家都会认同；但如果把樱桃推为群果之首，恐怕难免有人出来主持公道，为荔枝叫屈了。姑且沿袭以前的惯例，免生争执。

种梅的方法，各种书中写得也很详尽，我不需要再讲什么，只说说赏梅的方法吧。梅花开放在苦寒之时，即使有心以梅为妻，也应当谋划与梅同床共枕的方法。否则枕头被子都没准备好，无法露宿，乘兴而来的人，没有不败兴而归的，即使想像孟浩然那样在驴背上觅得诗句，也没有多少机会。赏梅的用具有两件：游山赏梅的人必须带帐篷，帐篷前面留空，其余三面围起来，就像商汤劝人网开一面一样，帐篷中要多设炭炉，这样既可以取暖，也可以用来温酒。这是其一。

在园中赏梅，要设几扇纸质的屏风，加盖平顶，四面设窗，窗子可开可闭，花在哪里，就把哪边的窗子打开。这种屏风不仅用于赏梅，只要是赏花都是如此，可以终年使用。屏风上挂一块小匾，写上“就花居”。花丛中立一面旗子，不论什么花，概取一个名字“缩地花”。这是其二。

如果是家中种的梅，近在身边，远也不过眼前，这样花离人很近，人就不必像蜂蝶一样到处寻花了。然而爱梅的人，有两个遗憾：凡是到了梅花开放的时候，人的好恶不一，老天爷的功过也不一，风把香气送来，同时也送来了寒意，让人开门也不是，关门也不是，所以说风既可爱也可恨。

雪可以衬托出花的美丽，也会把花冻死，让人去也不是，留也不是，所以说雪既有功也有过。有功无过，可爱而不可恨的只有太阳，既可以养花，也可以给人暖背，真是上天派来的遵礼守法的官员。假如只有太阳而没有风雪，那么人就可以无时无刻不在花丛中，帐篷和屏风都可以不要，这难道不是梅花最幸运、人生最快乐的事吗？然而这对老天爷来说太难了。

蜡梅是梅的别种，大概因为同姓梅而都写在梅谱中了吧。然而有这样的美德，也乐于与其联宗。我又觉得还有一种花，可以做蜡梅的异姓兄弟，就是玫瑰。它们气味相差无几，浓艳极致，毫无保留地给人赏玩。人们都说过犹不及，当以适中为好，然而这都是它们天性使然，倾注全部而不能克制，一味地追求适中是做不到的。

桃

凡是说到草木的花，一开口都言“桃李”，可见桃和李是群芳领袖。之所以成为群芳领袖是因为它们的颜色大多不外乎红白两种，桃花的颜色是红色中极其纯正的，李花的颜色是白色中极其纯正的，“桃花能红李能白”，这句话足以形容桃花与李花的特点。然而如今人们所看重的桃花，并不是古人所喜爱的桃花；如今人们重点考虑的是口腹之欲，没有考虑到观赏性。大体而言，桃这种东西，好看的不一定好吃，对人来说无法两全其美。

凡是希望桃子好吃的人，必然会将桃树与其他树嫁接，殊不知桃子好，原因在于嫁接，桃花颜色变坏，原因也在于嫁接。没有嫁接过的桃树，花色极其娇艳，酷似美人的面庞，所谓“桃腮”“桃靥”，都指的是天然的、未经嫁接的桃，不是当今所说的碧桃、绛桃、金桃、银桃之类。即便是当今诗人所吟咏的桃，画家所描绘的桃，也是这种。这种桃不生于名贵园林，不长于游览胜地，只有在乡村篱落之间，牧童樵夫所居住的地方，才广泛存在。

想要观赏桃花的人，必须骑着蹇驴去往郊野，任凭驴子走到哪里，就像武陵人偶然间来到桃花源一样，这样才能享受到其中的乐趣。如果只是摆酒携姬，安坐庭院，只为当春行乐，说是欣赏其他花卉还可以，说是欣赏桃花且能得个中真趣，我是不相信的。唉，花卉中颜色最妩媚的莫过于桃花，寿命最短暂的也莫过于桃花，“红颜命薄”一语，就是单为桃花而讲的。凡是见到面容与桃花相似而且色泽难以分辨的女子，就应当把她看作桃花之魂，说明她不久就要魂体相离了。但是这话不要明说，免得她伤心流泪。

李

李是我本家的果子，李花也是我本家的花，本应当对它有所偏爱，但我不敢。李唐王朝统治天下，没听说对这种树有什么封号。天子尚且不曾私下庇护，何况平民百姓呢？公道地评论它就可以了。李与桃齐名，同样是花中领袖，然而桃花的颜色可以改变，李花的颜色却不能改变。《礼记》上说“邦有道，不变塞焉，强哉矫！邦无道，至死不变，强哉矫！”自从有这种花以来，我没有听说过它的颜色有些许的改变，操守始终如一，黑色的染料也无法把它染黑，这真是我本家之物啊。至于颜色稍有改变，冒充为我本家一宗，而没有收入本家宗族，并且加上一个字以示区别的，则是郁李。李树的寿命比桃树更为长久，超过三十年才开始衰老，枝叶虽然枯萎，但果实依旧饱满，这是因为它得天独厚，又能甘守淡泊，不曾以姿色献媚于人。如果像仙境中的李树那样盘根错节，则寿命又可以与灵秀的椿树相提并论了。我想要继承它的品格却办不到，只能用文章使这种品格长久地流传下去。

杏

杏树不结果，把处女常穿的裙子系在树上，便会果实累累。

我起初不信，可试了一下，果然如此。可见树木中最好色的，莫过于杏树，我曾经把它命名为“风流树”。唉，树木于人有什么可索取的，人于树木有什么可亲近的，为什么要如此怜爱动情呢？情能感化植物，何况人呢？一定要把处女的裙子系在杏树上，它才会结果，是因为处女的情感贵在专一；已经嫁人的女子，情感有所分散，不能集中。我觉得这种方法既然对杏树有效，那么也可以推广。凡是不结果的树木，都应当把美女的裙子系在上面；有不能生育的男子，也应当让他穿上佳人的裤子。世间喜好美色，爱慕处女，可以为情感所感化的，难道只有杏树吗？

梨

我四处迁徙，所到之地，只有荔枝、龙眼、佛手等花卉是吴越各地不出产的，我也没有种植过。其他一切花草树木，没有一种不曾栽培修剪过，唯独梨花一种，虽是眼前易得的东西，却不能亲身拥有，做一回楂梨主人，这与杜少陵未曾吟咏过海棠是同等遗憾的事情。然而我天性喜爱梨花胜过喜爱吃梨树的果实。梨果品种不一，好吃的不多，然而梨花则没有一种不耐看。雪是天上的雪，梨花是人间的雪；雪所缺少的是香气，梨花可以两全其美。唐人诗云：“梅虽逊雪三分白，雪却输梅一段香。”这描绘的是天上的雪。想必它们难以决出输赢，就让人间的雪为天上的雪解围吧。

海　棠

“海棠有色而无香”，这是《春秋》中责备贤者的笔法。不然的话，没有香气的东西很多，为什么全部予以宽恕，独独责备海棠呢？然而我又认为海棠不是完全没有香气，而是它的香气若隐若现，又不幸地被它的颜色所掩盖。就像一个人生来有两项技艺，其中一项稍微粗疏一些，就会被精湛的那一项所遮蔽；过于擅长一项技艺，那么即使六艺全部精通，也不会为人称道了。王羲之擅长书法，吴道子擅长绘画，这两个人难道仅仅工于书画吗？苏轼不擅长下棋和饮酒，难道就一个棋子都不碰，一杯酒都不喝吗？不过是诗文造诣太高，下棋和饮酒不足称道罢了。

我想要验证前人“海棠有色而无香”的说法，拿初放的海棠来闻，觉得另有一种清香，只是适于慢慢品味，不宜于使劲地闻。假如海棠完全没有香气，那么蜂蝶飞过就不会停留，为什么郑谷还会在《咏海棠》诗中说：“朝醉暮吟看不足，羡他蝴蝶宿深枝”呢？有没有香气，应当以蝴蝶的去留为证。而且香气与臭气是死敌。《花谱》上说：“海棠没有香气而惧怕臭气，不应用粪浇灌。”不喜欢臭气必然会亲近香气，果真如此，那么海棠没有香气的说法，也可以在前人那里被证明是错误的，并且让后人更加清楚。唉，《老子》说“大音希声”“大羹不和”，哪里一定要像兰花和麝香那样，气味扑鼻且熏人，才称得上有香气呢？

王禹偁在《诗话》中说：“杜甫在四川避乱的时候，没有一首诗写到海棠，因为他的母亲名叫海棠。”杜甫的母亲是否名叫海棠，我才学空疏，没有考证过，但恐怕杜甫即使善于作诗，也不可能每样东西都写到。偶有遗漏，就使后人讨论到他的父母，才子真是难做啊！明清鼎革之前，我家乡有一户姓杜的人家，家中海棠绝胜，我年年观赏，没有一次遗漏。我曾给这户人家写过一首诗：“此花不比别花来，题破东君着意培。不怪少陵无赠句，多情偏向杜家开。”似乎可以为杜甫解嘲。

秋海棠这种花，比春花更为妩媚。春花像美人，秋花更像美人；春花像已经出嫁的美人，秋花像待字闺中的美人；春花像绰约可爱的美人，秋花像纤弱可怜的美人。处女的可怜，少妇的可爱，如果二者不可兼得，人们一定会选择可怜，舍弃可爱。相传秋海棠最初不开花，因为女子思念爱人，而爱人久久不至，哭泣时将眼泪洒在地上，便生出了秋海棠，又名为“断肠花”。唉！同样是眼泪，洒在林中，便生出了斑竹；洒在地上，便生出了海棠。眼泪真是神奇的东西啊！春海棠的颜色很好，凡是有庭院的人家不可不栽种，但贫寒人家不一定有，可以用秋海棠来弥补。这种花便于贫寒人家栽种之处有二：把根移植过来就可以，不需要花钱买，这是其一；占地不多，墙间壁上，都可以栽种。秋海棠性喜阴，栽种的地方都是其他花卉遗弃的地方。

玉　兰

世间没有玉树，就让我把玉兰当作玉树吧。白色的花很多，都有叶子夹杂其间，玉兰则没有叶，只有花，与梅一样。千枝万蕊，一时间全部开放，殊为盛事。只是绝盛之事，有时也会变为憾事。各种花开放之后，没有不忌讳下雨的，而玉兰尤其如此。一树好花，只要一夜微雨，就全部变色，让人觉得腐烂可憎，比没有花更为无趣。各种花的开放和凋谢都有固定的时间，凋谢的已经凋谢了，开放的依旧开放着，玉兰则一败俱败，半瓣都不留。俗话说：“弄花一年，看花十日。”玉兰的主人，常常期待一年，却盼不到一朝的玩赏，这难道不是众香国中的绝大憾事吗？

所以碰到玉兰一开，就要立即观赏，玩一日是一日，赏一时是一时。如果初开时不玩赏而等它全开，全开时不玩赏而等它盛开，恐怕好事还没做，煞风景的事就来了。唉，老天爷与玉兰有什么仇，往往在三年之中注定有一两年与它为难呢？

辛 夷

辛夷、木笔、望春花，只是一种花有几种不同的名称，又没什么新奇之处可取，“名有余而实不足”，说的就是这类东西。庭院极为阔大，无一不备的人家才可以栽种，不然的话应当为这种花藏拙。

山 茶

花卉中最不耐开，一开就败的，是桂花和玉兰；花卉中花期最长，越开越盛的，是山茶和石榴。然而石榴的花期还是不如山茶长；石榴叶子一遇霜冻就会凋落，而山茶花可以迎雪绽放。可见这种花有松柏的风骨，有桃李的风姿，历经春夏秋冬如同一日，大概它是草木中的神仙吧？况且山茶种类极多，由浅红到深红，无一不备。浅红的如脂似粉，似美人之腮，似酒客之脸；深红的如朱似火，似猩猩之血，似鹤顶之珠。可以说极浅深浓淡之致，没有丝毫的遗憾。这种花有一两株，就抵得上数十株其他花。可惜我的园子小如芥子，栽种几种花卉之后，就什么都容纳不下了，只能把盆中的小树栽在怪石旁边。唉，喜爱的东西不能享用，厌恶的东西不能去除，我简直成了傀儡郭公了。

紫 薇

有人说禽兽有知，草木无知。我说：不是这样。禽兽草木都是有知的东西，只是禽兽之知与人稍有不同，草木之知又与禽兽稍有不同，由人及禽兽再及草木，一个比一个蠢笨，一个比一个愚昧罢了。这是怎么知道的呢？是由紫薇树怕痒而得知的。知道痒就会知道痛，知道痛痒就会知道荣辱利害，这样就距禽兽不远，就像禽兽距人不远一样。有人说怕痒的树只有紫薇一种，其他的都不怕。我说：草木性情相同，只要知道这种树怕痒，就会知道没有不怕痛痒的草木，只是紫薇能动，其他树不能动罢了。有人又问：既然不动，怎么知道它懂得痛痒？我说：以人来比喻，怕痒的人，一搔他就动，也有不怕痒的人，任人搔扒也不动，难道他也不知痛痒吗？由此看来，草木被诛锄，就像禽兽被宰杀，其中都有不忍言说的痛苦。人能以对待紫薇的方法对待一切草木，用对待一切草木的方法对待禽兽与人，那么世间的杀伐就不会妄加施行，人们就能体会到疾痛的相关意义了。

绣 球

天工的巧妙，到绣球花就达到了极点。其他花卉的巧妙，纯粹靠天工，绣球花则假装借助人力，似乎是模仿人间的做法而做到的。剪春罗、剪秋罗等花卉也是这样。天工在这里好像不是无意的，大概是说：“你们所能做到的，我也能做到；我所能做到的，你们实在是做不到。”若是这样，应当再生出一两个踢球的人，站在树上，那么天工的斗巧才算完备了。老天爷之所以不屑于这么做，难道是因为物可以模仿，而人不值得模仿吗？

紫　荆

紫荆这种花，是可以不必栽种的。只是春季开放的花，红的多，紫的少，想要色彩完备，所以间或栽种。然而紫荆少枝无叶，花贴着树干，虽然像紫衣少年，亭亭而立，但总觉得窄袍紧袂，衣瘦身肥，站在翩翩起舞的美人中间，不免让人替它感到局促。

栀　子

栀子花没有什么奇特之处，我只是取它像玉兰这一点。玉兰怕雨，而栀子不怕；玉兰一起开放，一起凋落，栀子则先后开放。可惜它的树太矮小，伸不到屋檐外面。如果可以，就把它权且当作玉兰，来弥补春天的憾事，谁说不可以呢？

杜鹃　樱桃

杜鹃和樱桃这两种花是可有可无的。之所以看重樱桃，是由于它的果实而不是花；之所以看重杜鹃，是由于它是产于西蜀的奇异品种，不是各处皆有的平常品种。如果具备了各类名花，那么这两种花开放时，令人赏心悦目的花卉应有尽有，想要欣赏别的花，也愁没时间了。

石　榴

芥子园大小不到三亩，屋子占了一块，石头占了一块，又有四五棵高大的石榴树。如此一来，点缀我的居所，使它不致落寞的是石榴；占据了我的地方，使我无法尽情栽种其他花卉的，也是石榴。石榴的功过差不多各占一半吧。然而有赖于我这个主人善于安排，石榴虽然多，却也不是累赘。石榴树本性喜欢重压，我就在树根附近选取适合放置石头的地方，顺势垒一座假山，这样树根也就成了山麓；石榴树本性喜欢阳光，我就在它的树荫下盖房子，这样石榴树的地就成了房子的天；石榴树长得又高又直，树枝可以当作栏杆倚靠，我又可以借此而成为“天际真人”，在树枝旁边盖一座阁楼，这样石榴花就成了我的倚栏守户之人。这是芥子园主人种植石榴的方法，让我把它献给栽种树木的人吧。

木　槿

木槿早晨开放，夜晚凋落，一生很苦。与其这么容易凋落，还不如不开。造物主造出这种花，也可以说是不怕麻烦了。有人说：不对。木槿是现身说法，警醒愚蠢蒙昧之人的花。木槿的一天，就像人的一百年。在人看来，人的一百年很长，木槿的一天则很短暂。殊不知人看人就像木槿看木槿，人觉得一百年很长，木槿难道不觉得一天也很长吗？从没有一天不凋落的木槿，于此就可以知道没有一百年不死的人。这是人与木槿的相似之处。木槿的花期虽然很短暂，可还是有一些固定不变的东西。早晨开放，夜晚凋落的规律，一定不会变为早晨开放，中午凋落或中午开放，夜晚凋落；而人的生死则没有固定不变的规律，有些人活不到百年就死了，有些人活不到五十年或者二三十年就死了；可见花的凋落是必然的，人的死亡则是偶然的。假如人的一生也像木槿一样，到暮年才结束，那么生前死后的事都可以自己做主了，无奈人做不到这一点。这是人与木槿不相似的地方。人如果能够这样看，那么木槿这种花应当与萱草一起栽种。看到萱草可以忘记忧愁，看到木槿可以知道珍惜生命。

桂

秋天最香的花莫过于桂花。桂树是月亮上的树，桂花香也是天上的香。只是缺陷在于满树的花一起开放，不留余地。我写过一首《惜桂》诗，诗中说："万斛黄金碾作灰，西风一阵总吹来。早知三日都狼藉，何不留将次第开?"盛极必衰，这是盈虚有定的规律，凡是富贵荣华一蹴而至的人，都是春天的玉兰，秋天的桂花。

合　欢

"合欢蠲忿，萱草忘忧"，二者都是有益于性情的植物，没有什么地方不适宜栽种。然而看到萱草可以忘记忧愁，我只是听过这样的话，没有见过这样的人。看到合欢可以消除忿恨，则不必询问别人，凡是见到这种花的人，没有不解愠成欢，破涕为笑的。所以萱草可以不栽，而合欢则不可以不种。栽种的方法，《花谱》上写得不够详细，不是作者不想写得详细，而是他并不真正了解合欢的意义。让渔人谈种地，让农夫谈砍柴，都只能谈个大概而已。但凡栽种合欢树，都不应栽种在庭院外，深闺曲房才是最合适的地方。

合欢树朝开暮合，每到黄昏，枝叶互相交结，因此叫作“合欢”。之所以种在闺房，是因为合欢之花应当放在合欢之地，就像椿树、萱草应当种在父母的住处，紫荆、棠棣应当种在接待友人的场所一样，都是为了植物与栽种的地点相称。合欢树栽在内室，人分别时合欢也开放了，到合欢枝叶相合，人也团聚了。人因此而增添愉悦，树也因此而更加繁茂，这就是所谓的人地相宜。如果栽种在寂寞的地方，不是辜负了这种花吗？合欢树不能施肥太重，通常是以男女共同沐浴之水，每隔一宿在根部浇一次，这样花就会比寻常加倍地芬芳艳丽。这个方法我试验过，是无心偶得之法。如果有人不相信，请找两株来，一株种在庭外，一株种在闺中，一株浇肥水，一株浇浴水，看看孰盛孰衰，就知道我的话是对还是错了。

木芙蓉

水芙蓉对于夏天，木芙蓉对于秋天，可以称得上两个季节的功臣了。然而水芙蓉必须栽种在池沼中，“所谓伊人，在水一方”，其实是很难得到的。周敦颐的喜好，不过徒有其心罢了。木芙蓉则随处都可以栽种。况且两种花的娇艳相差不远。木芙蓉虽然种在岸上，却和在水中一样，把它叫作秋莲，可以，把它叫作夏莲，也可以；即使自认它为三春之花，司春的东皇尚未离去，也可以。凡是有篱笆院落的人家，这种花必不可少。如果有人傍水而居，对岸的人见不到这种花，那么这家主人不是俗到极致之人，就是薄福不能消受之人。

夹竹桃

夹竹桃这种花，花是不错，可名字取得不好。因为竹是有道之士，桃是佳丽之人，道不同不相为谋，将二者合一，显得矛盾。把名字改为“生花竹”，去掉一个桃字，就相安无事了。而且松、竹、梅历来被称为“岁寒三友”，松有花，梅有花，唯独竹没有花，可以说是个缺憾。以此来弥补，难道不是天然凑成吗？这也是女娲补天的五色石啊。

瑞　香

周敦颐认为莲是花中的君子，我给莲带来一个对头：瑞香是花中的小人。为什么呢？据《花谱》记载，这种花又叫麝囊，会损害其他的花，应当单独种植。我起初不信，取来闻一闻，果然带有麝香味，有麝香味没有不损害群花的。既然是群芳的一员，与各种花就有朋友之义，可是它对各种花不仅不予襄助，反而从中作祟，不是小人还是什么？幸而造物主处置得当，使它无法为患。瑞香开放，一定是在冬春之交，这时各种花卉都已凋落，尚未绽放，能够见到这种花的只有梅花和水仙，而这两种花的盛放期也即将结束，不会长久地面对瑞香的锋芒，所以遭受的毒害也不深，这也是造物主善于利用小人。假如把冬春之交变为春夏之交，那么花王的地位几乎要被篡夺，更何况其他的花呢？唐宋诸多名流没有不怜香爱色的，写诗词赞美花的人，都认为早春无花可赏，瑞香可以使他们聊饱眼福，可是他们只看到它的好处，没看到它损害别的花的坏处。如果我僭越地做了众香国的宰相，怎能不秉持公正？宁可让一个小人气得想杀我，也不能不为众君子严密提防。

茉 莉

茉莉花是单为帮助女子梳妆而设的，难道它天生就是用来献媚女子的吗？各种花都在白天开放，唯独这种花是夜里开放。之所以在夜里开放，是为了使人们无法把玩，只能藏起来等待早晨梳妆时使用了。各种花的花蒂上都没有孔，只有这种花有孔。之所以有孔，是为了只有它才能用簪子插，孔就是簪子天生的立足之地。如此一来，成为女子的装扮之物就是天造地设的事情了。栽其他的树都是为了男子，种茉莉花则只是为了女子。既然是为女子，那么就应当把它看作自己的眷属。以梅为妻的人只有一个林逋，以茉莉为妻的人应当遍布天下。

想要栽种茉莉，一定要求得木本。藤本茉莉同样可以开花，只是苦于一年就死去了，看着它死去而无法挽救，也是仁人君子所不愿做的。木本茉莉最难过冬，我曾经验证过各种收藏的方法。这种花因寒冷而枯萎的占十分之一，因干燥而死去的占十分之九，人们都害怕花冻死而滴水不浇，所以花枯死了。这是因噎废食的方法，人为了避免呕吐而长期绝食，还能活下来吗？天气稍暖时少浇一点水，太冷时停止浇水，这是不可改变的方法。茉莉必须保存在温暖的地方，篾罩必不可少，不要浇冷水，而要浇冷茶，如此而已。我栽种这种花三十年，都为干燥所误，如今得到这种方法，把它告诉大家，也算是茉莉否极泰来了。

藤本第二

藤本植物的花，必须加以扶植。扶植所需的工具，最好的莫过于按从前的旧例用竹屏。或编成方孔，或做成斜橘，把枝繁叶茂的柱石，变成繁花似锦的墙垣，把竹屏内外之人，用姹紫嫣红的花叶阻隔起来，可望而不可即——这是最好的设计。无奈近来的茶坊酒肆，没有一家不是这样。有花就用竹屏来扶植花，没有花就用竹屏来代替墙壁。这种习俗始于扬州，近来在其他各地逐渐流行起来。市井之中可以这样，高人韵士的居所，断不应当这样。逃离市井，并非逃离它本身，而是逃离它熙熙攘攘的情状以及锱铢必较的陋习。见到市井中的东西，就好像身处市井之中，这些东西如果在居所常见，就会改变人的性情，所以应当回避。就像前人为自己取别号，常常使用川、泉、湖、宇这样的字眼，起初未尝不新颖，未尝不雅致，等到后来商贾之流家家户户都予以效仿，以致店铺招牌上所写的名称不是川就是泉，不是湖就是宇，避俗之人便不得不像摒弃污秽一样放弃使用这样的称谓。近来缙绅先生都喜欢用斋、庵二字，这是非常合适的；只是恐怕使用的人太多，效仿的人又会像从前一样加以标榜，今天的斋、庵，未必不是从前的川、泉、湖、宇。虽然说名因人而重，人不因名而重，可毕竟是实为主，名为宾。已经名噪寰中的诸位仍然在延续这种风气，诸公似乎应当稍加改变了。

有人问：栽种藤本植物要是不用竹屏，难道就任它随意生长吗？我说：不是这样。竹屏仍然要用，只是形制要略为革新。即使不能保证以后的街市不会变成今天的园圃，也要新一天是一天，异一时是一时，但愿商人们的性情随风俗的改变而改变。改变也不必要求彻底，市井观念不可以没有，但垄断之心不能有。寻觅应得的利润，谋求有道的人生，这就是人间真正的隐士。果真如此，那么高人韵士都会乐于与他们交往，哪里会想方设法地躲避呢？花屏的形制有三种，列在《藤本》之后。

蔷　薇

攀附花屏的花首推蔷薇。它的可爱之处在于品种繁多，颜色各不相同。大概生在花屏上的花，贵在五彩缤纷，如果上下四周都是一种颜色，那就是美貌佳人不愿制作的刺绣，庸常画工不愿描绘的图案，生在庭院中，有什么情致？其他生在花屏上的花，像木香、酴醾、月月红等等，种类有限，色彩不丰富，想要搭配得错落有致，必然要寻求其他品种。蔷薇的衍生品种极为繁多，颜色有赤、红、黄、紫，甚至黑；就拿红色来说，又可以分为几种，有大红、深红、浅红、肉红、粉红的区别。花屏宽大的，可以尽情栽种各个品种，使条梗蔓延交错，花开时争奇斗艳，可以傲视石崇的屏风。然而考证名称，则都是蔷薇。可见攀附花屏的花，最富丽的莫过于蔷薇。其他种类虽然颜色鲜艳，终究免不了捉襟见肘。

木　香

木香花密且香气浓郁，这是它比蔷薇略胜一筹之处。然而攀附花屏单靠这一种花，未免显得冷落，必然要依傍着蔷薇。蔷薇适于架种，木香适于棚植，因为蔷薇枝条所及之处不如木香远。用木香做成房屋，蔷薇做成墙垣，二者各尽其长，主人也可以同享其利。

酴醿

酴醿这种花次于蔷薇和木香，然而也是花屏中必有的种类，因为它花期稍迟，可以作为蔷薇和木香的接续。“开到酴醿花事了”，每当想起这句诗，就觉得兴致索然。

月月红

俗话说：“人无千日好，花难四季红。”四季都能保持红艳的花，如今有这样一种，这是要矫正俗话的错误。花能矫正俗话的错误，为什么人情反而应验了这句话呢？点缀花屏的花，月月红当属第一。遗憾的是这种花树长不高，所以它还有一个名字叫“瘦客”。然而我还有一个利用它的短处的方法，这是我受市井之人的强迫想出来的。具体做法在花屏形制的第三幅。这种花有红色、白色和淡红色三种，结屏时必须一同种植。这种花又叫“长春”“斗雪”“胜春”“月季”。我在这几种名字之外，又加了一个名字，叫“断续花”。各种花中断了能续，续了还能断的，只有这一种。因为它的花并不繁盛，留有余地，所以花期能够这样绵延；其他所有的花之所以不能连续开放，并不是因为不能连续，而是因为不能断。

姊妹花

花卉的命名，最好的莫过于此。一个花蕾开七朵花的叫“七姊妹”，一个花蕾开十朵花的叫“十姊妹”。看它颜色深浅红白，确实有年岁长幼之分，大概是杨家姐妹现身吧。我很喜欢这种花，两个品种都栽种，把名字合起来，叫“十七姊妹”。只是怪它蔓延太厉害，溢出了花屏，虽然日日修月月剪，可还是控制不住长势。难道是它党羽过多，酿成了不可遏制的势头吗？没有别的原因，只是因为姐妹同心，互不嫉妒，如果嫉妒，肯定不会有这种麻烦。所以善于挑动因女人而起的兵祸的人，妙在能使她们互相嫉妒。

玫 瑰

花卉中有利于人，而没有一样不为我所用的，是荷花；花卉中有利于人，而没有一样不奉献给人的，是玫瑰。关于荷花有利于人的说法，详见本书的“芙蕖”一篇。玫瑰的利人之处与荷花一样，而在令人可亲可爱，不忍离去这方面，又胜过荷花。众多花卉只能愉悦人的双眼，玫瑰则能使人的口、眼、鼻、舌甚至肌体毛发，无一不感到愉悦。可以做香囊，可以食用，可以嗅，可以看，可以插，可以戴，既能忠诚奉献，又能展示其媚人之术。花的本事全部集中在它身上了。

素 馨

素馨这种花是最羸弱的，没有一枝一茎不需要扶植，我曾经把它叫作“可怜花”。

凌　霄

藤本花中最可敬的，莫过于凌霄。然而仰望它好像天际真人，仓促间不能召之即来，所以既可敬又遗憾。想要得到这种花，一定要先准备奇石古木，否则它无所依附，就不会生长，生长了花也不大。我寿命能有多长，能够先准备奇石古木吗？所以想要拥有这种花，非到深山里不可。想去就立刻行动，以消除心中的遗憾。

真珠兰

这种植物的花和叶与兰花并不相似，之所以以“兰”命名，是因为它的香气像兰花。即使香味也略有不同，只有一点与兰花相似：兰花的香气，与它长期共处的人不会察觉，突然相遇才会嗅到，远离后再次靠近才会嗅到，真珠兰也是这样。这是它以“兰”命名的原因。福建和广东有一种木兰，树像桂树一样高大，花也与桂花相似，之所以不以“桂”命名而以“兰”命名，也是因为它的香气隐而不露，经得起久闻而耐不住急嗅。凡是猛然一见就觉得可亲可爱的人，乃是人中的玫瑰，不是朋友中的芝兰。

草本第三

草本植物的花，一经霜冻必然会死。本来会死而没有死，来年春天复发的，是因为根还在。常听说有人等不到花期就让花提前开放，或在根部浇沸水，或用硫黄代替土，这样花开是开了，可花一败树也跟着死了，这就是因为根死了。既然如此，那么人的荣枯显晦，成败利钝，都不足以作为评判他的依据，只要看他的根基是否安然无恙就够了。只要根基还在，那么即使当前遭受厄运，好似饱经霜冻的花朵，他的重新发达也是指日可待的。如果他的根基已经没有了，那么即使当前处于荣华显耀的境地，好似灿烂夺目的奇葩，但归根结底也不是他自身所开的，他的重新发达恐怕是等不到的。我谈论草木，总是用人比喻。难道是喜欢这样喋喋不休吗？世间万物，都是为人造设的。观察与感悟，道理是相同的，给人观赏，也就是让人感悟。老天创造这些东西，难道只是让人愉悦耳目和性情的吗？

芍 药

芍药可以与牡丹媲美，前人称牡丹为“花王”，称芍药谓“花相”，真是冤枉！我来说句公道话。天无二日，民无二王，牡丹是众香国中的至尊，芍药自然难以并驾齐驱。虽然与牡丹尊卑有别，但芍药也应当位列五等诸侯，难道君王之下，宰相之上，就没有一个位置可以用来奖励有功之臣吗？翻遍各类讲栽种植物的书，不是说芍药“花似牡丹而狭”，就是说芍药“子似牡丹而小”。由此看来，前人对牡丹的品评，都是从观察表面得来的。唉，人的贵贱美恶，可以根据身体的高矮胖瘦而定吗？每当芍药花开以酒祭奠时，我都要用温和的语言安慰它：“你不是做宰相的材料，只是前人缺少见识，给你误取了这样一个名字，倘若花神有灵，请不要计较，无论人们把你唤作牛还是马，都随他去吧。”我从秦地的巩昌带回牡丹和芍药各几十株，牡丹活下来的很少，幸而芍药安然无恙，没有辜负我运载的辛劳。难道是人为知己者死，花却为知己者生吗？

兰

“兰生幽谷，无人自芳”，这话说得没错。然而假如幽谷中真的没有人，那么兰花的芳香谁会知道，谁会传扬？那么兰花也不过与萧然的艾蒿一样腐烂罢了。“如入芝兰之室，久而不闻其香”，这话说得也没错。可是既然闻不到香气，那么与处在没有兰花的房间中又有什么不同？虽然有却好似没有，这不是兰花自处的方式，也不是人们正确对待兰花的方式。

我认为兰花的本性，毕竟还是喜欢与人相处，以人闻到它的香气为乐。文人所说所写，只顾赞扬兰花的美，而没有考虑到它的本性，多半都是这样的。然而与兰相处贵在有情，有情贵在方法得当；既有情又方法得当，那么在芝兰之室中坐得越久越能闻到兰花的香味。兰花长在幽僻的山谷中与处在隐秘的房间里，其幸与不幸相差太远了。兰花初绽的时候，应当变动它的位置，外面的挪到里面，远处的挪到近处，低处的挪到高处；这并不是前倨后恭，人所看重的不是兰本身，而是它的花，叶子不过是花的车仗随从罢了。

将其放置室内，就应当美化它周围的摆设，书画炉瓶，种种器玩，都要罗列在它周边。只是不要焚香，一有香熏兰花就凋谢了。这不是嫉妒，而是兰花的性情好似神仙，怕亲近烟火，所以它不是怕香，是怕烟火。像这样，兰花位置的摆放和需要提防的东西就都找到规律了。上面这些谈的都是情趣，不是方法，方法是专为闻香的。人们之所以说“如入芝兰之室，久而不闻其香”，是因为他们只知道入，不知道出，出去之后再进来，那么后来的香气会比之前的加倍浓郁。所以不应在摆放着兰花的房间里坐太久，要另设一个没有兰花的房间，以备退避之用，时退时进，进多退少，就时刻都会闻到香气，即使坐在没有兰花的房间里，香气也会像倩女的魂魄一样追随而来。这种方法也将情趣融入其中。如果只有一个房间，就把门外作为退避的地方，或者出去做别的事，做完再进来，因为无意中嗅到，香气更觉浓郁。这是我享受兰香的诀窍，终身秘不示人，如今公布出来，真是可惜。

这个方法不仅可以用于享受兰香，凡是有花的房间，都应该如此。即使焚香的房间也要这样，在这样的房间里坐得太久，与不焚香是一样的。门上的布帘是必不可少的，保存香气完全靠它。如果只靠开门闭门，那么门一开香气就会遗泄殆尽，没有丝毫留存了。

蕙

蕙与兰就像芍药与牡丹，相差只有一点点。而世间重视兰的人必然认为蕙是卑贱的，这都是拘泥于成见。人们认为蕙的花不如兰，香气也逊于兰。我认为蕙确实是逊于兰的，但是它逊于兰之处不在于花与香，而在于叶，就像芍药逊于牡丹之处，也不在于花与香，而在于梗。牡丹是木本植物，花开时高悬在枝梗之上，有了气势，也就有了威严的仪态，牡丹之所以贵为花王，就贵在气势上。芍药是草本植物，只有叶没有枝，没有东西扶持，就会倒在地上，官员没有车仗随从，能够自壮威严吗？

蕙逊于兰的情况正好相反。芍药的叶子嫌太短，蕙的叶子嫌太长；芍药的叶子嫌太瘦，蕙的叶子嫌太肥。当强的弱，当弱的强，这就是它之所以不相称，且大大逊于兰的原因。兰与蕙开花，时间上有先后之分。兰开完蕙继续，就像芍药跟在牡丹之后，都是所谓的“兄终弟及”，想废也不能废的。善于栽种蕙的人，全部机巧都在留花去叶，痛加剪除；选择稍窄而偏瘦弱的叶子，保留十之二三；还要把叶子全部剪短，去掉两个角，把它们变尖，使它们与兰叶相似，这就是变蕙成兰，而与“强干弱枝”之道相合了。

水　仙

水仙花是我的性命。我有四条命，各自掌管一个季节：春季以水仙、兰花为命，夏季以莲为命，秋季以秋海棠为命，冬季以蜡梅为命。没有这四种花，我就没了命；一个季节缺少一种花，就夺走了我一个季节的命。水仙以南京出产的为最佳，我把家安在南京，不是以南京为家，而是以水仙之乡为家。

记得丙午年春天，我起先因为没钱过日子，把衣服都典当了，等到水仙开花的时候，已经是强弩之末，一文钱都找不到了。想要买水仙却没钱，家人说：“算了吧。一年不看这花，也不算怪事。”我说：“你们要夺我的命吗？宁可减去一年的寿命，不可缺少一年的花。而且我从他乡冒雪而归，就是为了水仙，如果不看水仙，跟不回南京，在他乡过年有什么区别?”家人劝不住我，任凭我典当了簪子、耳环购买水仙。我对水仙的钟爱并非什么怪癖。水仙的色、香、茎、叶没有一样不异于群花，而我更喜欢的是它的妩媚。女子中面庞像桃，腰像柳，丰腴如牡丹、芍药，苗条似秋菊、海棠的，不乏其人；像水仙一样淡雅多姿，不动不摇，而又颇有仪态的，我实在没有见过。以“水仙”两个字称呼它，可以说摹写殆尽。假如我能够见到这个命名的人，一定会颓然下拜。

不仅南京出产的水仙天下第一，而且栽种出售这种花的人，也能够行使造物主的职权，想要它早开就早开，想要它迟开就迟开，购买的人想要它在哪天开，它必然在那一天开，不早一天，也不迟一天。等到这一批花要谢了，又有下一批花继续，因为下种的先后决定着花开的先后。到买花时，卖花人会提供盆和石头让人栽种，栽种时又能随手布置，立马就成了一幅画，这都是文人雅士所办不到的。难道这样的雕虫小技也是上天所授，不是人力所及的吗?

芙　蕖

荷花与其他草本花卉似乎稍有不同，然而它们都是有根无树，一年一生，这些性质又是相同的。《花谱》上说：“产于水者曰草芙蓉，产于陆者曰旱莲。”看来非把它归入草本植物不可了。我在夏天以荷花为命，并不是效仿周敦颐，因袭前人的说法。而是因为荷花的可爱之处不一而足。让我来详细谈谈。

群花值得观赏的时段，只在花开那几天，此前与此后都不必过问，荷花则不然。初生的荷叶自出水之日起，就为绿水清波作点缀，叶子生出后一日高似一日，一日比一日娇艳，有风时摇曳多姿，无风时亦娉娉袅袅，花还未开，我就已经享受到了无尽的风致。等到花蕾绽放成花，娇姿欲滴，先后相继，从夏天到秋天，在花来说是分内之事，在人来说是应得的享受。花谢之后，也不必向主人告罪，花蒂下又生出莲蓬，莲蓬中结满果实，亭亭玉立，好似未开之花，与绿叶并举，不到白露降霜不会停下来。这些都是可以看到的。

可以嗅到的则有荷叶的清香，荷花的馥郁。避暑，暑气因荷花而退；纳凉，凉意逐荷花而生。至于荷花对人口腹的贡献，则有莲子与藕，都是列于餐盘之中，令人齿颊留香的食物。只有霜中枯败的叶子零落难堪，似乎成了弃物，然而采摘收藏，又可以长年用于包裹东西。所以，荷花没有一时一刻不使人耳目愉悦，没有一丝一物不可备家常之用。有五谷之实，而没有五谷之名；兼百花之长，而没有百花的短处。栽种的好处，有大于它的吗？我四条命之中，以这条命最为重要。无奈一生酷爱荷花，却得不到半亩方塘为它作安身立命之地，只能凿一个斗大的水池，栽几株敷衍过去，池子又时常漏水，只能乞求老天下雨来补救。这大概就是所谓的不善养生，草菅其命吧。

罂　粟

花卉中最善变的莫过于罂粟，其次则是葵花，其余都是固守不变的。栽种这种花就像养豹子，要观察它的变化。牡丹凋谢后芍药为继，芍药凋谢后罂粟为继，都是繁盛到了极致的。这三种花开过之后，很难有后继者了。

葵

花卉中易于栽种，易于繁盛，而又有无穷变化的，只有葵花。与栽种罂粟相比，栽种葵花可以说是一半其事，数倍其功。只是葵花叶子的肥大可憎比蕙还要严重。俗话说：“牡丹虽好，绿叶扶持。”人们都认为种树最难的在于开花，却不知道难的反而容易。古往今来不乏圣明君主，真正不可多得的是忠良之臣。

萱

萱花全无可取之处，种它如同种菜，为食用打算还可以。至于说面对这种花可以忘记忧愁，佩戴这种花可以生男孩，千千万万人都试过，没有一个灵验的。书不能完全相信，说的就是这类情况。

鸡 冠

我有一首《收鸡冠花子》绝句：“指甲搔花碎紫雯，虽非异卉也芳芬。时防撒却还珍惜，一粒明年一朵云。”这并非溢美之词，而是实话实说。肖形的花很多，像绣球、玉簪、金钱、蝴蝶、剪春罗之类，都能做到酷似，然而与它们相似的都是尘世中的东西；形似天上之物的，只有鸡冠花一种。它交会弥漫的样子和浓密的花纹，看上去俨然一朵祥云。当初为它命名的人舍弃了天上极其美丽的东西，而在人间搜求。虽然形似鸡冠，却把花的形貌看得太卑贱了，让我给它改个名字，叫“一朵云”。这种花有红、紫、黄、白四种颜色，红色的是红云，紫色的是紫云，黄色的是黄云，白色的是白云。还有一种五色的，就叫“五色云”。以上几个名字，与“鸡冠”相比，哪个尊贵哪个卑贱？花卉如果有知，必然会感谢我的功德。

玉簪

花卉中极其卑贱而又十分可贵的是玉簪。插在女子的发髻中，哪个是真，哪个是假，几乎无法分辨，是闺阁中的必需品。然而不去采摘它，让它留在篱间当作点缀，也好似美人的遗留之物。唤作“江皋玉佩”，谁说不可以呢？

凤仙

凤仙是极为卑贱的花，适合在篱落间当作点缀，要说用它来染指甲，就大错特错了。纤纤玉指，妙在无瑕，一旦染上猩红之色，就是俗物了。况且染上去的红色不可能完全在指甲上，必然会把皮肤连带着也染红。等到皮肤上的红色褪掉了，指甲上又不可能全是红色，指甲渐渐长长，红色渐渐褪去，成了快要凋谢的花。始作俑者，大概也是个俗人吧。

金钱

金钱、金盏、剪春罗、剪秋罗几种花，都是造化神功所写的小巧文章。因为牡丹、芍药一开，造物主的精华已经耗尽，想要接续不可能，想要断绝不可以，所以轻描淡写地搞些创作，来延续文脉。我看到这些花，明白了造物主纵横捭阖的才力也有穷尽之时，不可能像滚滚源泉，愈涌愈出。把一年中所开的花汇集起来，可以作为一部造物主的书稿。

梅花、水仙是试笔之文，虽然气势雄浑，但表达技巧尚嫌滞涩，所以花不甚大，颜色也不甚浓郁。等到桃、李、棠、杏等花盛开，则文心怒发，兴致淋漓，似乎有不可阻遏之势；然而花仍嫌不够大，颜色仍嫌不够鲜艳，因为它文思驰骋不能聚敛，笔机放纵不能收回，这不可阻遏之势，是横肆而非纯熟。等到牡丹、芍药一开，文心笔致都已臻于化境，纵横恣肆收归于纯熟，往日蓄积转变为光华，造物主在这里，可以说用尽了才华，没有丝毫的遗留。然而明眼人一看，就知道它不到终篇就难以为继了。

为什么呢？世上难道有一种花，能开放到树木不能承载，叶子不能覆盖，而另有一种东西比它高，比它大吗？世上难道有一种花，汇集众彩，一色不漏，而另有一种东西红于朱，白于雪吗？在这个时候，假如我是造物主，一定会对自己的才华有所保留。然而老天并没有承认自己才力匮乏，夏天想要试试技艺，就造出荷花；秋天想要试试技艺，就造出菊花；冬天技艺已经穷尽，完全可以不造花了，却仍然造出蜡梅来敷衍。这些花难道算不上极尽芬芳艳丽，足以作为群花的殿军吗？但是比起春末夏初时节，则都是强弩之末了。至于金钱、金盏、剪春罗、剪秋罗、滴滴金、石竹这几种花，则是造物主明知自己精力不继，篇帙寥寥，用它们来填充纸张最后的空白，犹如作者诗文已经写完，最后附上一些零星杂著。

由此看来，造物主是极其想要驰骋才华，不知珍惜力气的；造物主的才华，说用不尽也用得尽，说用得尽可终究还是不可穷尽。一部书稿，终究还是嫌后面稍弱。不能做到开始弱而结尾强，是气力使然，作者想留有余地也不可能了。我认为才子写书，不应当取法于造物主，应当把秋冬作为开始，把春夏作为结束，如此行文，才能渐入佳境，不会被笑作江郎才尽。

蝴蝶花

这种花甚是巧妙。蝴蝶是流连于花间的动物，这种植物以蝴蝶为花。究竟是一物还是二物，不知是庄周在梦中化作了蝴蝶，还是蝴蝶在梦中化作了庄周？既非蝶又非花，恰好与庄周的梦境相合。

菊

菊花是秋季的牡丹和芍药。种类与它们一样繁复，花色与它们一样齐全，而花期的长久又胜过它们。历来探讨种植的书，各种花讲得都很简略，唯独牡丹、芍药和菊花叙述详尽。人们都说这三种奇葩可以等量齐观，只有我把它们分为两类，因为我认为其中有天工与人力之别。为什么呢？牡丹和芍药的美，完全依赖天工，不借助人力。栽种这两种花，不过是冬天施肥，夏天浇水就够了。花开时烂漫芬芳，其姿色并不会因为人力不勤而稍有减损。菊花的美，则完全依赖人力，略微借助一点天工。

培植菊花的人家，在菊花没有种入土壤的时候，就要治地酿土；种入土壤之后，还要插标记种。所以说菊花在尚未发芽的时候，已经耗费了几许人力。等到分出秧苗，栽种已定，万般辛劳又由此开始。防燥、虑湿、摘头、掐叶、芟蕊、接枝、防治虫害，这都是在花未长成时竭尽人力，来等待老天的恩赐。等到花开了，又有防雨避霜的顾虑，缚枝系蕊的辛劳，置盏引水的繁杂，染色变容的苦恼，也都是用人力的有余，来弥补天工的不足。为了这一种花，花农从春到秋，从朝到暮，没有一刻的闲暇。必须这样，花才能丰丽而美观，否则就会像婆娑野菊一样，只能用来点缀稀疏的篱笆而已。如此说来，菊花的美，不是天工之美，而是人力之美。把人力之美归于天工，将它与不费辛勤的牡丹和芍药等量齐观，这不是恩怨不分，公私莫辨吗？我想那敛翠凝红，暗中评论花之好坏的，一定是花神。

菊花自问世以来，高人逸士没有不尽情赞颂的，而只有我看法相反，这并不是有意与陶渊明作对。培植菊花的人终年辛劳，人们却不赞美他们巧夺天工的技艺，可见他们是只知道花好，却不知道这好的由来。饮水忘源，而且连汲水的人都置之不问，他们能够心安理得吗？从前题咏菊花的诸公，都是这样。我提出这个观点，道出菊花的根本，是由于深爱菊花，并不是轻视它。我曾经看到老园丁栽种菊花，于是有感于修士立身与儒者治学。假如能以栽种菊花不贪图安逸的品格砥砺身心，哪里不会成为圣贤？假如能以栽种菊花的恒心专攻举业，何愁功名不成？可是士人爱身爱名之心，终究比不上老园丁爱菊之心，有什么办法呢！

菜

菜花是最低贱的东西，与众花又不是同类，《草本》《藤本》中都没有提及它，这里反而以菜花来殿后，这不是蔑视群芳，轻看花事吗？我说：不是这样。菜确实是最低贱的东西，花也是微不足道的花，无奈最卑贱的东西积累到成千上万，这样卑贱的东西反而变得尊贵了。《孟子》所说的“民为贵，社稷次之，君为轻”，并不是说民众确实尊贵，是因为他们人数极多极盛，所以可贵。园圃中种植的花，少则几朵，最多也不过几十朵，有多到盈阡溢亩，令人一望无际的吗？回答说：没有。既然没有，就应当把菜花推为极盛。春意初现，万花齐放，青白色的田野，全部变成金黄色，这难道不是洋洋大观吗？在这个时候，叫上朋友在田埂间散步，香风引领着酒客去寻找酒家，美丽的蝴蝶与游人争夺着道路，郊畦游览，乐趣胜过庭园十倍百倍，只有菜花盛开之时才能这样。

众卉第四

草木之中各有所长，有的以花胜，有的以叶胜。以花胜的叶不仅不足取，而且是个累赘，就像葵花、蕙草之类。以叶胜的则可以没有花，这不是说它没有花，而是说它的叶子就是花，是老天把花的丰神色泽归并于叶，在叶上展现了出来。不然的话，绿色是叶子的本色，如果让它变成叶子，绿色也就可以了，为什么还要出现红色、紫色、黄色、碧色，像老少年、美人蕉、天竹、翠云草各种植物的叶子那样色彩斑斓，以愉悦观赏者的眼睛呢？即使让它成为青色绿色，也与开花植物的叶子不同，别具一种芳姿。由此可知树木之美，不一定在于花，就像男子之美，不完全在于有才，而女子之丑，也不完全在于没有姿色。看花使人注意修饰容貌，看草则使人意识到需要修饰的不仅仅是容貌。

芭 蕉

幽静的书斋只要有空地，就应当种芭蕉。芭蕉能培养人的雅韵，使人脱俗，与竹子有相同的作用。王子猷偏爱竹子，未免挂一漏一。芭蕉的栽种比竹子容易十倍，一两个月就可以绿树成荫。坐在树下，男男女女皆可入画，而且可以使台榭轩窗都染上一层碧色，“绿天庵”的雅号，确实名不虚传。竹子可以刻诗，蕉叶可以写字，都是文人身边的纸张。只是竹子上只能刻一次，不能削去再刻；蕉叶则可以随写随换，一日数题。有时还不必自己清洗，可由雨水代劳，这是上天赐予的名贵信笺，不应该只供怀素一人使用。我有一首题咏芭蕉的绝句：“万花题遍示无私，费尽春来笔墨资。独喜芭蕉容我俭，自舒晴叶待题诗。”这是芭蕉的真实写照。

翠 云

草中颜色最鲜明的要数翠云。不但草木是这样，世间全部苍翠之色，没有一样可以拿来比喻它，只有天上的云彩，偶然间可以幻化出这种颜色。由此可知善于着色的只有造化的鬼斧神工，即使与倾国佳人眉毛上的颜色比较深浅，也觉得她那仍是画工笔法，不是造化的神工。

虞美人

虞美人的花和叶都很娇艳，而且灵动善舞，所以又叫“舞草”。《花谱》上说：“人们有时拍手歌唱《虞美人》，虞美人的叶子就会舞动。”我说：舞动可能实有其事，但一定要唱《虞美人》，恐怕未必尽然。因为歌唱与舞蹈是并行的，一个舞姬准备跳舞，众歌姬必然歌唱助兴，舞姬听到歌声便翩翩起舞，这是势所使然的。如果说一定要唱《虞美人》，那么会唱这支曲子的歌者有多少？歌声稀则和者寡，虞美人也会以此为借口而藏拙了。

书带草

书带草这个名字极好，只是苦于不得一见。《花谱》说它出自淄川城北郑康成读书的地方，名叫“康成书带草”。唉，郑康成是一介雅士，难道会像王戎那样在李子上钻孔，使其他地方不传其种吗？郑康成的婢女都是读过书的，假如天下的婢女都没有读过书，那么这种草就不能移植，不然的话处处都可以栽种了。

老少年

这种草也叫“雁来红”，又叫“秋色”，又叫“老少年”，都不够妥帖。叫“雁来红”的还有蓼花，秋天在颜色上显现出特点的草不一而足，都属于泛称；只有“老少年”三个字合适，可是又嫌俗气。我曾经把它的名字改为“还童草”，感觉似乎稍好一些。这种草是草中仙品，秋天摆在台阶上，其他的花都可以不要了。这种草栽种的人很多，观赏的人也很多，然而都是只知其一，不知其二。我曾经仔细玩赏，有所发现。一年之中，这种草在秋天更为妩媚，不仅如此，一日之中，也是在晚间更为妩媚。总之，后胜于前是它的本性。这一点我一直以为是自己独到的发现，直到读了徐竹隐的诗，看到其中有“叶从秋后变，色向晚来红”一联，不知他是否与我有相同的发现，知道老少年晚间更为妩媚？抑或下句与上句意义相同，其中的“晚”也指的是“秋”？无法把古人叫来询问，就算他的发现在我之先也可以吧。

天　竹

竹子不开花，就拿夹竹桃代替；竹子不结果，就用天竹来弥补，这都是本不必如此，却要画蛇添足的行为。然而“蛇足”的形态也是天生的，不能完全责备于人。

虎　刺

“长盆栽虎刺，宣石作峰峦。”布置妥当，就是案头一幅山水画。这是虎丘卖花人所擅长的技艺，不得不说是巧夺天工。然而购买者在此必须仔细观察他用的是不是原盆。各种草都可以移植，唯独虎刺必须长期栽种在一个盆中，刚刚栽下就移走的，成活下来的不到百分之一，这一点不可不知。

苔

苔是低贱且容易生长的植物，然而有时也有困难：遇到新砌的台阶，想要让它快点生长，它必然会故意生长迟缓，以显示它的难得。我有一首《养苔》诗：“汲水培苔浅却池，邻翁尽日笑人痴。未成斑藓浑难待，绕砌频呼绿拗儿。”然而苔一生长起来，又让人无可奈何了。

萍

杨花入水变为萍，这是花中的第一怪事。花已经凋谢，辞别了树，它的生命已经结束了，然而又变成另一种东西，生命才刚刚开始，难道是一种东西两次现身吗？人们都拿杨花比喻命薄之人，却不知道它比天下万物的命都厚。我怎样才能化身为杨花，在水中和陆地上都独领风骚呢？萍生在水上，雅趣很多；只是怪它弥漫得太严重，把池沼都填满了，搞得水面看起来像陆地一样，也是一桩憾事。有功劳的人不可能没有过错，天下的事大概都是这样吧？

竹木第五

（没有人工种植的不记载）

竹木是什么？是不开花的树。不是完全不开花，是它为世人所用的不是花而是其他的东西，虽然有花也跟没有一样。花是献媚于人的东西，献媚于人，就会折损自己，所以开花的树大多寿命不长，不像椅、桐、梓、漆这些树质朴而活得长久。既然如此，那么树就是树，为什么要开花？善于开花的树说：“你与世无求是可以的，我则不然。雨露是相同的，灌溉则为我所独有；土壤是相同的，肥料则为我所独有。你没见过尧时的洪水和汤时的旱灾吗？如果雨露枯竭，土壤不能滋养，怎么办？为什么不舍弃你的所为，像我这样做呢？”不开花的树说：“你说的是，但我做不到。我心甘情愿做竹木。”

竹

俗话说：“早间种树，晚上乘凉。”这是比喻之词。我要在树木中找一种来证实，大概只有竹了。种树想要绿树成荫，非十年不可，最容易成活的莫过于杨柳，然而想要它可以成荫蔽日，也需要几年。只有竹不是这样，移植到庭院中，就能长成大树，可以使俗人的房舍转眼间成为高士的草庐。竹子真神奇啊，真是医中的国手！

栽种竹子的方法，旧时流传有几句口诀：“种竹无时，雨过便移，多留宿土，记取南枝。”我全都试验过，发现不能完全相信。三点之中唯一可以遵循的，是“多留宿土”。移植树木最忌讳伤根，土留得多，根就会像以前那样盘曲着，这样一来，地点换了，土却没有换，就像把睡着的人连同卧榻一起迁走，人睡醒后还不知道自己已经动迁了。如果等下雨之后再移植，沾泥带水，有些不方便。泥湿就会松，水沾就会潮，我想要把土留下，土却又湿又松，一锄就散，怎么留得住？而且雨后天必然放晴，新移植的竹，太阳一晒叶子就卷，叶子一卷就不是成活的兆头。所以我把这句口诀改为“未雨先移”。天刚阴，雨尚未下，趁这个时候赶紧移植，这样旧土还没湿，又带着潮意，正是如胶似漆的状态，我想要多留，土能随我而来，这样就可以先胜一筹了。而且刚移植过来就下雨，这雨就是为我下的，竹子坐享其成，竹叶竹根无一不享受雨露的滋润。最忌讳的是太阳，而太阳没有出现；最喜欢的是雨，而雨刚好来了。去其所忌而投其所好，这样一来，竹没有不欣欣向荣的。这种方法不仅可以用于种竹，凡是花木都可以。

至于“记取南枝”一句，更是难以遵循。移植竹木花草，不改变它的朝向，向南的依旧向南，这自然是草木的幸运。然而把草木移植到人需要的地方，应当随人之便，不能完全随草木之便。无论是花是竹，都有正面，有反面，正面向人，反面向空隙，这是合乎常理的。假如遵循“记取南枝”而使得反面朝向了人，就好像把新媳妇娶回家却任凭她终年背人而立，有这样的道理吗？所以这句口诀就当没人说过，一定不要拘泥。总之，移植花草树木只有四个字应当牢记：“宜阴忌日”。繁琐的言辞，只会使人白白生出疑惑和困扰。

松 柏

人们说“苍松古柏”，是赞美松柏年老。一切花草竹木都以年少为贵，唯独松、柏和梅三种植物以老为贵，以幼为贱。要享受这三种老树带来的好处，一定要买旧房子居住。若是等到亲手栽种，那么为儿孙做打算还可以，自己则看不到它长成了。寻找那些可以移植到我近旁的，纵使极大，也是“五更”，不是“三老”了。我曾跟年轻人开玩笑说：“想要做图画中的人，非老不可。十五岁左右的少年，都是卑贱的东西。”年轻人询问其中原因，我说：“你们没看见那些山水画家，每每画到人物，一定要画成扶着竹子，拄着拐杖的样子吗？即使坐观山水，也是精神矍铄的老人。从来没有俊美少年厕身其间。年轻人也有，但不是抱琴捧画的人，就是提着食盒捧着酒杯的一类人，在画中都是伺候人的角色。”年轻人想要反驳我，最终还是没有找到论据。以此来比喻松、柏，可以说合情合理。假如一座园子，里面栽种的都是柔弱的时新花草，没有十几株老成的树木主宰其间，那就如同终日与小儿女相处，没有与师友交流的时间了。名家作画，会这样吗？唉，我一生秉持这种观点，却终究无法与老成的人为伍，如今年纪大了，仍然整天待在儿女群中。大概把我比作花草树木的话，我就是松柏了吧？

梧　桐

梧桐这种树，是草木中的一部编年史，世人都习以为常，没有察觉到，我特意将其道出。花草树木是哪年种的？寿命几年？问主人，主人不知道；问花草树木，花草树木不会回答。说它是“忘年交”可以，说它“知时达务”则不可以。梧桐不是这样，它有节可以纪年，生一年，纪一年。树有树的年龄，人则记录人的年龄，树小的时候人和它一样年幼，树长大人也随之长大，观察树也就是观察自身。《周易》上说：“观我生进退。”想要观察我的生命，梧桐就是参照。我少年时种了一棵梧桐，在树上刻了一首诗来纪年，它每年长一节，我就刻一首诗，可惜这棵树毁于兵火，没有长到如今。我还记得十五岁时刻的诗是：“小时种梧桐，桐叶小于艾。簪头刻小诗，字瘦皮不坏。刹那三五年，桐大字亦大。桐字已如许，人大复何怪。还将感叹词，刻向前诗外。新字日相催，旧字不相待。顾此新旧痕，而为悠忽戒。”这是我年少时的作品，因为说到梧桐，偶然提及，否则就忘记了。只这一件事便受益于梧桐。如此说来，编年之说难道是欺骗人的话吗？

槐 榆

树木中能够成荫的，不是槐树就是榆树。《诗经》上说："於我乎，夏屋渠渠。"这两种树可以叫作"夏屋"，栽种在房屋旁，与盖房架屋没有区别。有人说"夏"是大的意思，不是如今所说的夏天。我说：古人以厦为大，不是完全不取其义。夏天到来，只有大才能凉，与其他三个季节有区别，所以把房屋叫作厦。把夏解释为大，我不明白其中的原委。

柳

柳树贵在枝条低垂，否则可以没有柳树。柳条贵在长，不长则没有袅娜的风致，只是低垂，无益于人。这种树是收纳蝉的场所，也是众鸟汇集的地方。在长长夏日不觉寂寞，能够时时听到虫鸟鸣叫之声，各种树都有功劳，而柳树功劳最大。总之，种树不仅仅是为了愉悦眼睛，也是为了愉悦耳朵。眼睛有时不得愉悦，因为人卧在榻上，耳朵则无时不愉悦。最动听的鸟鸣声不在人坐着的时候，而偏偏在人睡着的时候。鸟鸣声适合在拂晓时听，这个人们都知道；而只适合在拂晓时听的原因，人们则不清楚。鸟时刻都要防止被箭射，卯辰之后，人们都起床了，人一起床鸟就不安宁。

一旦有了忧虑担心之念，虽然想鸣却不能发声，鸣叫之声必然不好，这是白天不适合听鸟鸣声的原因。拂晓时人们尚未起床，即使有早起的，也寥寥无几，鸟没有防患之心，鸣叫起来自然尽其所能。而且一整夜闭着嘴，心中技痒，到拂晓时都想展示一番，所谓“不鸣则已，一鸣惊人”，说的就是这个，这是只适合在拂晓时听鸟鸣的原因。庄子不是鱼，却能够知道鱼的快乐；我李渔不是鸟，却能够懂得鸟的情感。凡是鸣禽，都应当把我当作知己。种树的乐趣很多，但是对雅人来说也有一点不便之处，就是枝叶繁冗，照不进月光。把月亮阻隔起来，不让人看到，这是它无心之失，不足以责备。但这并非树木无心，而是人无心。假如在栽种之初就对此有所预防，为天空留一丝余地，来等候月轮出没，这样就可以昼夜都受益了。

黄 杨

黄杨每年长一寸，不多一分一毫，到闰年反而缩一寸，这是受天命限制的树。栽种这种树要有怜悯之心。我给它取了一个新名字，叫“知命树”。老天不让它长高，勉强争取也没有用，所以固守困厄便是理所当然的了。冬天枝条不改变，夏天叶子不改变，它一向如此。假如其他树遇到这种情况，即使不能长高，也会横向生长，长到最粗；再不然，就因为才能得不到施展而劳累憔悴，不会自享天年。受困于天却能自我完善保全，不是知命的君子，能做到吗？最值得怜悯的是，每年长一寸倒也罢了，遇到闰年反而缩一寸，这是为什么？岁闰我不闰，人闰己不闰，从中已经可以看出天地的不公平；而且不仅不闰，还要苛待黄杨，可见天地对黄杨，可以说不仁之至，不义之甚了。而黄杨没有怨恨天地，枝叶比其他树木更为繁茂，反而像是对天地感恩戴德，这是知命君子中的知命者。莲是花中君子，这种树应该是树中君子了。莲是花中君子，周敦颐知道；黄杨是树中君子，若不是略能格物致知的李渔，谁会知道呢？

棕榈

树干直上直下，而且没有枝条的，是棕榈树。我不奇怪它没有枝条，而奇怪它没有枝条却有树叶。种在花丛中，下不侵占地盘，上不遮蔽天空的，就是这种树了。比起芭蕉，大有克制自己与妨碍他人的区别。

枫桕

以叶为花的草是翠云和老少年，以叶为花的树是枫树与桕树。枫之丹，桕之赤，都是最浓丽的秋色。它们之所以如此，并不是雨露的功劳，而是霜的力量。霜对于草木，也有有功劳的时候，之所以不常见，是担心人们狎昵。众多树木都枯萎了，只有这两种树荣华显露，这是霜要展示一下它的德威。

冬青

冬青这种树，有松柏之实而不以松柏之名自居，有梅竹之风而不那么矜持清高，这大概属于《左传》中说的“身隐焉文”一类的隐士吧？然而历来谈论树木中欺霜傲雪英姿的人，从未听说有谁言及冬青。这就好像介之推不谈功名利禄，功名利禄也不会惠及他。我私下里为它抱不平，认为应当把它的名字改为“不求人知树”。

卷六　颐养部

行乐第一

悲哀啊！造物主造人，一生不满百年。那些夭折的人就不用说了，姑且就长寿的人而论，即使一辈子三万六千天全部都寻欢作乐，光阴也不是无限的，总会有结束的那一天。何况百年之内，忧愁困苦、疾病缠身、名缰利锁、惊风骇浪阻碍着人们宴饮游乐，使人生徒有百岁的虚名，实际上连一两年享受快乐的时间都没有。而且这百年之内，每天都听到关于死亡的消息，比我年长的人死了，比我年轻的人死了，与我同龄，互相称兄道弟的人又死了。唉，死亡究竟是什么东西，明知其凶险却无法回避，使难逃一死的人每天心惊胆战，害怕看到听到。所以说千古以来最不仁不义的，莫过于造物主了。

虽然如此，其中还是有些说法的。所谓的不仁，实际上是仁的极致。造物主知道我难逃一死，日夜以死亡相告，是在恐吓我。恐吓我，是想要我及时行乐，将已死之人视作前车之鉴。康对山修建了一座园子，地点在北邙山麓，目之所及，不过是一片建满坟墓的丘陵陇岗。客人问他说："每天面对这样的景象，有何乐趣可言？”康对山说：“每天面对这样的景象，才令人不敢不快乐。”这话是多么豁达啊！我曾经把它作为座右铭。这里谈论养生的方法，首先谈行乐，劝人行乐，而以死亡来恐吓，依据的就是这层意思。想要体察天地之间最为仁爱的用心，不能不蹈袭造物主不仁的轨迹。

养生家传授的方法，外部要借助药石的作用，内部要依靠导引的功效，那些借养生之名而流为放浪邪辟的则叫作“比家”。这三者中无论邪与正，都是术士之言。我是儒生，并非术士。术士讲究的是术，儒家依据的是理。《鲁论·乡党》一篇，有一半内容属于养生之法。我虽然不聪明，却私下以圣人的门徒自比，不敢以诞妄不经的话语误导世人。有人责怪我以“颐养”为这一卷命名，其中却连一副炼丹的方子都找不到，对此，我只能以自己才学空疏来致歉。还有人责怪我写的《饮馔》部分没有谈及烹饪的方法，不知道酱用多少，醋用多少，料酒、花椒、香料、辣椒用多少。我说：如果这样写，我就只是一个厨师而已，无足轻重了。又有人说：如果是这样，那么《食物志》《尊生笺》《卫生录》这类书，为什么详细地记载了这些内容呢？我说：这的确是厨师写的书。士人各自有各自的志向，每个人都有所为，有所不为。

贵人行乐之法

人世间最快乐的境界，只有帝王才能拥有；帝王之下的公卿将相，以及众多辅臣官僚，都是可以行乐的人。然而他们日理万机，有大量事务萦绕在心头，一天之内，除了在视朝听政、衙门办公、下治百姓、上敬神明、自省修身之外，还有多少时间能够行乐？我说：不是这样的。快乐不在外部，而在心中。心中觉得快乐，那么无论怎样的境遇都会使人快乐；心中觉得痛苦，那么无论怎样的境遇都会使人痛苦。

身为帝王，就应当以帝王的处境为快乐之境；身为公卿，就应当以公卿的处境为快乐之境。凡是推诿不掉的分内之事，就应当将分外其他一切事情视作痛苦，予以抛弃，专以做分内之事为乐。假如我是帝王，日理万机，内心虽然非常劳累，然而世间羡慕帝王的人，想要做片刻的帝王却办不到，我的劳苦之至，在他人看来反而是安逸之至。而那些公卿将相，辅政官僚，用心同样如此，就不必在视朝听政、放衙理事、治人事神、反躬修己之外另寻快乐，做这些事情的地方，就是我行乐的场所。一提笔就使天下安宁，一张嘴就使众生如意，以众生的快乐为乐，什么样的快乐能与此相比？如果在此之外能够稍有清闲，再享受所有的应得之福，那么人间的皇帝就堪与玉皇大帝相比，世俗的官吏就可以成为仙界的官吏，蓬莱三岛这样的仙境也没有什么值得羡慕的了。这种办法不是什么其他的东西，就是我的本家老子所讲的“退一步”之法。拿不如自己的人与自己相比，每天都觉得快乐；拿超过自己的人与自己相比，时刻都觉得忧愁。

自古以来，善于行乐的帝王莫过于汉代的文帝和景帝，而不善于行乐的帝王莫过于汉武帝。因为文帝和景帝在帝王应做的事情之外不多做一件事，所以觉得安逸；武帝则好大喜功，而且鄙薄帝王的身份，仰慕神仙，所以只看见其中的辛劳。臣子中善于行乐的莫过于唐代的郭子仪，不善于行乐的则莫过于汉代的李广。郭子仪被封为汾阳王之后，志愿已经满足，再没有别的要求，所以能够穷奢极欲，充分享受作为大臣的福气；李广则以不如他人为耻，一定要封侯才罢休，所以独自迎击单于，最终因迷路耽误行军时间而自杀。所以善于行乐的人，首先一定要知足。疏广、疏受两人说："知足就不觉得耻辱，知止就不会陷入危险。"不觉得耻辱，不陷入险境，极致的快乐就在其中了。

富人行乐之法

劝贵人行乐易，劝富人行乐难。为什么呢？财富是行乐的资本，然而不宜过多，多了反而成为拖累人的东西。华封人祝尧帝富裕、长寿、多生男孩，尧帝说："富裕了就会生出事端。"华封人说："财富可以分给他人，又有什么事端呢？"由此看来，财富多了却不与人分享，即使唐尧这样圣明的人，帝王这样尊贵的人，尚且不能免于多事之累，何况没有圣人那样的品德，地位也没有帝王那样尊贵的人呢？

陶朱公屡屡收获千金，又屡屡将千金散尽，他之所以得而必散，散而复得，也是要像尧帝一样防备多事。这里想要劝富人行乐，一定要先劝富人与他人分享财富；劝富人与他人分享财富，这仿佛《孟子》中讲的"挟山超海"一样难，肯定是做不到的。一个人财富多了就会考虑让它运转起来，不运转就无法生出更多的利润。然而不运转则已，一旦运转起来必然要惨淡经营，坐卧不宁，其中的劳累难以言尽。

财富多了必然要小心提防，不加提防必然会为盗贼所获，甚至可能性命不保。然而不提防则已，一旦提防就会整天担惊受怕，风声鹤唳，草木皆兵，恐惧害怕的样子不堪目睹。而且财富多了必然会招致嫉妒。俗话说："温饱之家，众怨所归。"自身已经是众矢之的，伤害死亡尚且无暇考虑，怎么可能言及行乐之事呢？唉，财富不可过多，过多则为其所累，便会达到如此严重的境地。

既然如此，那么富人行乐终究是没有指望了吗？我说：不是这样。多分财难，少敛财易。处在家家户户都能够受到封赏的时代难以施恩，生于民众贫穷、财富耗尽的时代则易于表现德行。少计较一些蝇头小利，穷困的民众就会起来颂扬；略微减免一些租金，贫贱的佃户就会高兴得载歌载舞。有人由于贫穷，只偿还了本金而没有偿还利息，你因此而赦免他，烧掉了契约，就会得到冯谖一样的美誉；国家财力不足而自己收入充足，因此而捐助国家，这样的急公好义之举偶一施行，就会博得卜式一样的佳名。如果真能这样，就会与当今的富人大不相同，而且无损于本真的自我。觊觎的人没了，怨恨的人少了，这样就可以谈行乐的事了。

富人行乐，也和贵人一样，可以不必在筹划计算之外另寻乐境，在宽租减息、仗义急公之日，听到贫民的欢欣赞颂，就相当于欣赏音乐；受到官府的奖励表扬，就是获得了极高的荣宠。荣耀莫过于此，快乐也莫过于此。至于悦色娱声、眠花藉柳、构堂建厦、啸月嘲风等诸多乐事，他人想要享受却没有资本，对于拥有资本的富人来说，还有什么不能称心如意的呢？所以说同样是富人，昔日想要行乐最困难，如今想要行乐最容易。即使尧帝不死，陶朱在世，他们是大丈夫，我也是大丈夫，有什么可畏惧的？摒弃苛待他人的念头就可以了。

贫贱行乐之法

穷人行乐的方法，没有其他的诀窍，也只有“退一步”法。我自认为贫穷，还有比我更贫穷的；我自认为卑贱，还有比我更卑贱的；我为妻子儿女所累，还有鳏寡独居的人求为妻子儿女所累而不可得；我觉得自己手脚生茧，劳作辛苦，还有人身陷牢狱，家中田地荒芜，追求安心耕作的生活而不可得。怀有这样的想法，苦海都会变成乐地。如果向上比较，拿超过自己的人衡量，就得不到片刻的安宁，将自己陷于桎梏幽禁的境地。一个显贵之人出行，住在驿站中，正值酷热的盛夏，帐内蚊虫很多，驱赶不出去，他由此想到家中厅堂宽敞，枕席冰凉，还有侍女们挥舞着扇子，根本感觉不到夏意，怎么会突然困厄至此？因为怀念在家时的快乐，所以越发觉得心烦意乱，导致整夜难眠。一个亭长露宿阶下，被蚊虫叮咬，筋骨都几乎要暴露出来了，不得已而跑到庭院中，不停地挥舞四肢，使咬人的蚊虫无处立足；看他跑来跑去，嘴里赞叹不已，仿佛一个苦中有乐之人。

显贵之人不明白，把他喊来问道：“你遭遇的困厄是我的百倍，我觉得痛苦，而你觉得快乐，这是什么缘故？”亭长说：“我偶然间想起有一年被仇家陷害，身陷牢狱。当时天气也很热，狱卒为防止我私自逃脱，每夜都将我的手脚捆绑起来，使我无法动弹。当时的蚊虫是今夜的好几倍，我只能任其叮咬，想要稍微躲避一下都办不到。这种状况跟今夜的来去自由，四肢活动自如相比，何止仙与凡，人与鬼的差别？正是由于有了今昔对比，所以我只见其乐，不知其苦。”显贵之人听了，不由得茫然自失。这就是穷人行乐的秘诀。

不仅想问题要如此，而且连锻炼身体也要这样。比如夏天为炎热所苦，明知道是房屋低小所致，也偏偏要在骄阳下往来几次，然后步入房中，就会觉得暑气渐消，不像之前那样酷烈了；如果因为房屋低小而到宽敞的地方纳凉，等到回来，炎热之感又会增加十倍。冬天为严寒所苦，明知道是墙垣单薄所致，也偏偏要在风雪中行走一番，然后回到房中，就会觉得寒意顿减，不像起初那样凛冽；如果为躲避寒冷而到深居取暖，等再回到自己的住处，不知要战栗成什么样子。以此类推，所谓的“退步”法无处不有，无人不有，只要退一步想，快乐的心境就会自然萌生。我是天地之间第一困厄之人，之所以没有忧愁而死，没有因为处境困难坎坷而变得形容枯槁，都是因为使用了这个方法。又有一支笔终身相伴，虽然不足以横扫千军万马，但消除种种忧虑还是绰绰有余的。然而如果我不善于退一步想，那么即使纸笔也能使我困厄。想来战国时虞卿著书，使用的也是这个方法，只是我能够公之于世，他则秘不示人。

推究亭长所说的话，凡是行乐之人，不必将他人作为自己退一步想的参照，就拿自己来说，谁没有过身处逆境的经历？大则灾凶祸患，小则疾病忧伤。《诗经》中说“执柯伐柯，其则不远”，拿昔日的自己与如今的自己比较，更为亲切。人一生中，奇祸大难不但不可遗忘，还应该大书特书，高高悬挂，当作自己的座右铭。这对自己有三点好处：如果是祸由己出，则应当痛改前非，视作前车之鉴；如果是祸从天降，则不必怨天尤人，以此来消除后患；至于由追忆过去的痛苦烦恼而引出无穷的快乐，则又是小心谨慎之外收获的事情了。

如果说反省自己的过错属于个人隐私，不愿让他人看到，那也有办法掩饰：或者只写遭受灾祸的时间，不写事情本身；或者只写几句影射的话，不写事件的详细情况；或者写一首诗，一副对联，悬挂在起居私密之处，其中微微寄寓着自己的想法，不让他人知道，也是个谨慎的好办法。这都是我李渔瞒着别人独自做的事，信笔写来，想避讳却无法隐瞒，俗话说“不打自招”，不就是这样吗？

家庭行乐之法

世间最快乐的地方莫过于家庭。《孟子》说：“父母俱存，兄弟无故，一乐也。”可见圣贤行乐的方法也不过如此。而后世人情的好尚，往往与圣贤不一致。圣贤所以为乐的，他们以为苦；圣贤所以为苦的，他们反而视作乐的极致而沉溺其中。这就如同摒弃自己的亲生父亲，认他人为父；撇开同胞兄弟，与陌路人结盟；避开女色，亲近娈童；舍弃发妻，跑到外面寻欢，这都是最最违背情理的事情，举世却习以为常、安之若素。原因没有别的，都是恶旧喜新，厌常趋异的念头所致。

如果是这样，那么生来就有的躯体也会使人觉得陈腐可厌，为什么不换一个新的，使魂魄今天附在一个躯体上，明天附在另一个躯体上，从中感受到越变越新的可爱之处呢？之所以不能变换更新，是因为这是生来注定的。然而想要变换更新，也有办法。时常更换衣冠，不断变换家居装饰，用镜子一照，就好像换了一副模样。把这个方法用在父母兄弟、妻子儿女身上，用结交朋友胡乱花费的钱财为他们添置光鲜的衣服和丰厚的供给，这样就如孟子所说“居移气，养移体”，一年之中多次改变他们的外表，岂不是如同唤他人为父亲或母亲，与同学少年称兄道弟，与各家美貌佳人缔结婚约吗？

有一个喜欢寻花问柳的人，荡尽家财也无所顾忌，妻子迫于饥寒，要求离去。临行那天，妻子换上了新衣服，戴上了美丽的佩饰，居然是一位绝代佳人。丈夫抱着她哭道：“我走遍花街柳巷，也不曾遇到过如此娇艳美丽的人。由此看来，美丽不在于人，而在于服饰。倘若你能留下，我会勤俭持家，为你置办一座金屋子。”妻子觉得他说得不错，就留了下来。后来这个人果然改变浪荡旧习，走上正轨，兑现了之前的承诺。还有一个人的儿子由于不孝顺而被驱逐，由他人抚养。几年后回到家中，早晚向父母请安，博得他们的欢心，与从前大不一样。他父亲问他原因，他说：“不是我不爱父母，而是与父母居住时间长了，心生厌烦。现在我又厌烦抚养我的那户人家，便觉得久未谋面的父母可亲了。”众人都笑了，而有识之士却同情他。为什么？天长日久而对父母生出厌烦之意，天下之人都是这样，却都不明白其中的缘故。这个人明白，而且能够直言不讳，是一个能够行善的人。这些少见而又曲折的譬喻，都是为了劝导愚蠢蒙昧之人。谁没有真性情，谁缺少良知，需要等我来教育他？我们看小孩子离开家就会哭泣，难道没有一个胜过他家十倍的至乐之境吗？只是因为他性在此不在彼。人如果能把孩子的乐境当作乐境，就离圣人不远了。

道途行乐之法

“逆旅”两个字，足以概括远行的意义，旅途中的种种境遇都是逆境。然而不经受行路之苦，就不知道居家之乐，这种况味，正是需要一一品尝的。我从边塞旅游归来，同乡问我：“边陲旅游快乐吗?”我说：“快乐。”有人曾经到过边塞，对那里有所畏惧，说：“那是一片不毛之地，人都是不同于我们的族类，看到沙漠令人气力索然，听到钲鼓令人惊心动魄，有什么快乐可言?”我说：“以前没有离开过家，错误地以为四方都是一样的，饮食和服饰都与我们相同；直到游历了四方，才知道自己大错特错，完全不是那么一回事。然而仅仅游历通都大邑，没有到偏远的边塞去，又以为远方和近处都一样，不过情况稍有变化而已。直到来到边陲，才知道地狱就在人间，罗刹原本不是怪物；从今往后，方才知道人与兽的差异很小，内地居民与边塞居民反而有着天与地、明与暗一样的差别。不深入那个地方，不亲眼看见那里的实际情况，怎么会明白生于东南地区，游于繁华都会，穿轻裘，睡暖榻，吃稻米，喝鱼汤是足以使人快乐的呢?”这里讲的是出门在外的人，将居家生活的乐趣视为快乐；然而在没有回家的时候，终究会觉得痛苦。

还有一种将居家生活视为痛苦，借旅游行乐的方法。这种方法可以暂且愉悦眼下，不为风霜车马所困，又是一个方便的法门。向子平一等子女办完婚事，就遨游五岳；李固给弟弟写信，说自己周游天下，唯独没有去过益州，似乎有些遗憾；太史公司马迁因为游历了名山大川，一支史笔得以绝妙千古。所以，旅行是男子生来就想做，做不到就觉得遗憾的事情。有道之士，尚且想要带着钱财和干粮，专注于实现这个愿望，而我以外出糊口谋生的便利增长见闻，途经一个地方，就领略一个地方的风土人情，路过一个地方，就欣赏一个地方的风景名胜，而且吃没有吃过的食品，尝想要品尝的风味，把剩余的保存起来，回家拿给妻子，仿佛得到了“五侯之鲭”一样的佳肴，使家人一饱口福，这是人生中最快乐的事情，为什么要像阮籍一样穷途恸哭，被那些乘着浮槎，驾着骏马，在仙界中遨游的人暗中耻笑呢？

春季行乐之法

人的心情有喜、怒、哀、乐之分，自然界的季节有春、夏、秋、冬之分。春天这个季节，是天地交欢，阴阳融汇的时候。在这个时候，人的心情不必刻意追求舒畅就会自然舒畅，就像父母相亲相爱，那么儿女就会嬉笑自如，看到这满室欢欣的景象，即使想要躲到角落里哭泣，也哭不出来。然而春天行乐，往往容易过度，必须保留一丝精力，以此来度过未来的盛夏。因为一年之中最难闯过的关卡只有三伏天，损耗精神，罹患疾病，招致死亡，根源都在于此。所以俗话说“过得七月半，便是铁罗汉”，并非虚言。

想要防患于未然，就应当在三春行乐的时候不过度纵欲，免得埋下病根。花可以尽情欣赏，鸟鸣可以尽情倾听，山川名胜可以纵情游览，唯独在房事上要有所节制。因为人在这个时候，浑身春情荡漾。所谓“春”，就是泄尽无遗的意思。草木的“春”，之所以能够泄尽无遗而不被损坏，是因为它们在夏、秋、冬三个季节都有所存蓄，只待春季泄出，过了这个春天，又都是养精蓄锐的时节了。人的身体，能保证只在春季泄尽，在其他三个季节不外泄吗？在春季泄尽，而在夏季又不能不外泄，即使草木也不能不枯萎，何况虚浮脆弱的人体呢？想要在枕席之欢上有所保留，应当在观光游览时尽兴。为什么呢？把心思分散在花鸟上，就会觉得体力尚有盈余；把精力都用在床笫上，就容易使身体得不到片刻的休息。然而我所说的这些，都是为预防过度的。如果压制情感，断绝欲望，那就是天地一片春意，而我独居于秋季，为什么要让这样一个无情的人成为人间的灾异呢？

夏季行乐之法

酷暑的可怕，前文虽已略述其端倪，但还没说尽暑毒的十分之一。假如只有春、秋、冬三个季节而没有夏季，那么死亡的人必然会很少，巫、医、僧、道之流都会失去谋生手段，为饥寒所苦而得不到拯救。仅仅因为多了一个夏季，人生就变得难以预测，常有朝不保夕之感。《小戴礼记》上说："是月也，阴阳争，死生分。"这话听起来真是危险啊！令人不寒而栗。人凡是处在这个季节，都应当时时预防患病，日日担心死亡。预防患病，担心死亡，就应当时刻偷闲行乐。从来人们行乐，都从春季选取闲暇时间，唯独我在夏季停止工作。因为春季精力旺盛，即使不乐，对身体也没有损伤；夏季则精神耗尽，气力索然，体力难以支撑，如果不快乐，就会精神疲倦，身体劳累，好像把火烧得更热，这是与生命作对。

《月令》认为仲冬是闭藏的时节，我认为天地之气应当在冬季闭藏，人身之气应当在夏季闭藏。试看隆冬时节，天气越寒冷，人的精神越健盛，比起夏季铄人的暑气，简直不可同日而语。人只要不是事务缠身，饥寒交迫，稍有一点闲适，就应当在春、秋、冬三季做事，在夏季养生。过了这危险的一关，然后再出面应酬各种人情世故，也为时不晚。回忆起明朝败亡之后，大清建国之前，我断绝了追求浮名的念头，对功名利禄一点也不过问，隐居山中，躲避战乱，以清闲无事为荣。夏季不会客，也没有客人前来拜访，不仅不戴头巾，连衣衫鞋子也都丢弃不穿了。有时赤身裸体待在凌乱的荷花丛中，妻子儿女寻觅不到；有时仰卧在高高的松树下，猿猴仙鹤经过也不知晓。用泉水洗刷砚台，用积雪烧水烹茶。想吃瓜，瓜就生长在户外；想吃果，果就从树梢落下。可以说饱览世间奇闻，享尽人间快乐。后来迁居到城市里，应酬日益增多，虽然算不得利欲熏心，也觉得为浮名所累。合计下来，我一生中得以享受仙人般福泽的时间只有三年。如今想要继续这种生活，却连一个月的时间都得不到了。伤心啊！人身不是铁石，怎经得起磨杵成针这样的损耗？寿命岂是泥沙，可以随意委身于尘土？我劝人行乐，却深深地悔恨自己奴役着自己的躯体。唉，上天为什么要吝惜这一点闲暇时光，让我无以弥补荣华富贵的不足呢？

秋季行乐之法

夏季过去，秋季到来，此时身体安然无恙，就应当与妻子儿女庆贺重生，互相祝寿了。又逢暑气刚刚退去，秋意清爽怡人，四肢可以自由活动，不受衣服的限制，此时不行乐，还要等到什么时候？况且还有两样妨碍行乐的东西，不久就要到来。这两样东西是什么？是霜和雪。霜和雪一到，万物的形貌就会改变，不仅没有了花，而且叶子也会减少；也还可以时常见到月亮，但难保没有风。

如果说“春宵一刻值千金”，那么秋季价格之高，应当比春季增加十倍。如果有山水名胜，应当趁这个时候穿上登山用的木屐去游览，否则就会与美景当面错过。为什么？之前想要攀登却不行，之后想要远眺却不能，这样就又与美景分别一年了。如果有至交好友，应当趁这个时候朝夕相处，否则就会与友人失之交臂。为什么？之前暑气阻隔，近在咫尺却犹如相距千里；之后风雪欺人，造访朋友无异难于登天。这样就又辜负一年的约定了。至于家里的姬妾，一到这个时候，就像久别乍逢，异常欢喜。为什么？夏天出汗，不能化很浓的妆，十分的娇艳，只能保存四五分；这个时候，全副精神都可以用在眉眼发髻上了。长久不见的盛妆今日忽然见到，能不像远归重聚，新婚燕尔一样情浓意切吗？男女合欢，要看精力长短，总要留一丝余地。能走一百里路的人，走到九十里就止步了；善于登塔的人，登到六层就下来了。这是房中秘术，让我来传授给年少之人。

冬季行乐之法

冬季行乐，必须设身处地，把自己想象成备受风雪之苦的路上行人，然后回想在家时的情形，那么无论冷暖明晦，都会有胜人百倍的快乐。曾有人画雪景山水，画中人手持一把破伞，或者骑一头跛脚的驴子，独自在古道上行走，从悬崖下经过，石头的形状狰狞可怖，人似乎都站不稳了。如此场面凶险的画作，正适合在隆冬时节悬挂在厅堂中。对主人来说，这就是抵御风雪的屏障，温胃暖心的良药。像杨国忠以婢女御寒，党太尉以羊羔美酒取暖，起初或许还暖和，稍过一会儿就会有奇寒袭来了。

善于行乐的人，必须先有这样的想法，然后再寻觅快乐，这样一分快乐就抵得上二三分，五七分快乐就抵得上十分十二分了。然而一旦到了乐极忘忧的时候，快乐就会自行减弱，十分快乐只能算作五七分，二三分快乐也只能算作一分了。必须将一切痛苦的情形再从头想起，快乐才会有增无减，恢复到最初的状态。这是最善于讨便宜的办法。

比如行路之人，合计路程总共有一百里，走过七八十里后，所剩已经不多，可无奈盼望到达的念头很强烈，急切难待，便生出种种畏难怨苦的情绪。但只要一回头，计算一下走过的里程，那么七八十里的长路尚且可以走完，何况又短又近的路程呢？如果此时只走了二三十里，还剩七八十里，那么苦多乐少，又会是怎样的情形？这种想法，不但可以作为行乐的方法，凡是官员处理繁冗事务，学者读书探究道理，农工商贾辛勤工作，没有一样不可以采用这个方法。唉，他人行乐，与我有什么关系？我却为他人口干舌燥，手腕也几近脱臼。这大概是我有献媚于人的癖好，而以笔墨行脂粉之事吧。

随时即景就事行乐之法

行乐之事是多种多样的，不能只谈其中某一方面。比如睡有睡的快乐，坐有坐的快乐，走有走的快乐，站有站的快乐，饮食有饮食的快乐，梳洗有梳洗的快乐，即使裸露身体，如厕便溺，种种污秽之事，只要处理得当，也各有其乐。如果能见景生情，在适当的时候做该做的事，即使可悲可泣的事情，也可以变得令人欢愉。如果应对事情缺乏才干，休养生息没有方法，即使在歌舞升平的地方，也会心生悲凉。这里就居家生活中常常遇到的行乐之事，各因其便，谈谈我的看法。

睡

有个专门研究法术的人，到处传授养生秘诀，想要我拜他为师。我问他什么东西在延年益寿方面功效最佳，养生的地方哪里最多。如果他的回答与我不谋而合，我就奉他为师，否则的话做个朋友就可以了。这个人说："延年益寿的方法，全靠导引之术；安生养命的策略，只在打坐之功。"我说："如果是这样，那你的方法是最苦的，只有苦苦修行的人才能做到。我既懒惰又好动，而且事事追求快乐，跟我谈这些不合适。"这个人说："既然如此，那么你想谈什么？不妨说来听听，我们可以互为印证。"我说："天地是按照时间安排人的生活的，活动的时间占一半，休息的时间占一半。白天活动，夜间休息。如果白天工作，夜里不休息，那么每天都非常劳累，很快就会死去了。我们养生也要根据时间来安排，一半时间动，一半时间静，动就是行起坐立，静就是睡。如果让我因为生计劳累，而不让我得以睡眠休息，那是非常危险的。活着的日子恐怕屈指可数了。如果是这样，那么养生的诀窍首先应当是善于睡眠。睡眠能够恢复精神，睡眠能够调养气息，睡眠能够健脾益胃，睡眠能够坚骨壮筋。如果不相信，可以把没有疾病的人和患有疾病的人都找来，一起检验一下。人本来没有病，让他在夜间劳作，夜夜不得安睡，他就会眼眶凹陷，精气日渐衰颓，虽然没有立刻生病，但已经表现出了病状。患有疾病的人，长期不得睡眠，病情就会日益加重；偶然间酣睡一场，醒来之后，必然会精神勃发。由此看来，睡眠不是简单的睡眠，而是治病的良药；不是只能治疗一种疾病的药，而是可以治百病、救万民，屡试不爽的神药。现在你要在导引和打坐上下功夫，一定要先驱走睡魔，使人没有疲倦感之后才可以。我怎么忍心舍弃平生最有效的药，而尝试未必灵验的方法呢?”这个人生气地走了，因为他觉得我不值得教导。

我的确是不值得教导。但是我陈述自己的心得，确实是因为有所体会，与强辩夺理、文过饰非略有不同。古人作诗吟咏睡眠说：“花竹幽窗午梦长，此中与世暂相忘。华山处士如容见，不觅仙方觅睡方。”近人关于睡眠的诀窍说：“先睡心，后睡眼。”这都是书本上反复陈说的东西，姑且置之不论，先来谈谈他人未曾论及的吧。

睡眠有睡眠的时间，睡眠有睡眠的地点，睡眠还有可以睡可以不睡的人，让我逐条讲来。从戌时至卯时，是睡眠的时间。不到戌时就睡，叫作“先时”，先时是不好的，与患有疾病想要睡觉的人一样；过了卯时还在睡，叫作“后时”，后时是犯忌讳的，与长夜不醒的人一样。而且人生百年，一半的时间是黑夜，整日行乐，尚且苦于时间不够，何况以多余的睡眠侵占本就不足的宴游时光呢？有个名士善于睡眠，一定要到午后才起床，在此之前去拜访，是不可能跟他会面的。我每次到他的住处去，必定要等很长时间才能见到他。一天闷坐无聊，见笔墨都在，就把旧时作的一首诗改换了几个字嘲讽他：“吾在此静睡，起来常过午；便活七十年，止当三十五。”同行的人见了无不大笑。这虽是玩笑，却关系到重要的道理。所以，应当睡觉的时候只有黑夜，除此之外都不是睡眠的时间。

然而午间睡觉，快乐倍于黄昏。午睡在春、秋、冬三季都不合适，唯独适合于长长的夏季。这不是偏爱夏季，长夏的一个白天抵得上残冬的两个白天，长夏的一个夜晚抵不过残冬的半个夜晚，如果只在夜间睡觉而白天不睡觉，那就是以一分的休息来应对四分的辛劳，有多少精力承受得起？况且面对能够融化金属的暑气，没有人不觉得疲倦。疲倦极了就睡觉，犹如饥饿时得到食物，口渴时得到饮品，养生的方法，没有比这个更好的了。午饭之后，稍过一段时间，等食物都消化了，然后上床休息。而且不要刻意求睡，求睡而睡，睡得不香甜。一定要先有事做，事没做完，忽然感到疲倦，睡意自然会来召唤我。桃源、天台等美妙的境界，原本不是刻意营造的，都是人们不知其然，它们却自然如此。我最喜爱旧诗中“手倦抛书午梦长”这一句。手里拿着书睡觉，本意不在睡觉；抛下书睡去，本意又不在读书，这就是所谓的“不知其然却自然如此”。睡眠的精义，只有这样才算得到了。这是讲睡眠的时间。

睡眠又一定要先选择地点。好的地点有两个要素：安静，凉爽。不安静的地方，只能使眼睛得到休息，不能使耳朵得到休息，耳朵与眼睛不一致，怎能使身体安宁呢？不凉爽的地方，只能使精神得到休息，不能使身体得到休息，身体和精神不一致，这是养生最忌讳的。至于可睡的人和不可睡的人，则要从忙和闲上来区分。按常理来说，忙人应该睡，闲人可以不必睡。然而假如让忙人假寐，则只能使眼睛得到休息，不能使内心得到休息，眼睛得到休息而内心得不到休息，这与没睡是一样的。最难受的，是在将睡未睡的时候，忽然想起还有事没做，还有人没见，这都是万万不能放下的，睡了这一觉，难免错过时间，耽误办事。想到这里，就会觉得魂牵梦绕，胆战心惊，比没睡之前更加烦躁。这是忙人不应睡觉的原因。闲人则眼睛还没闭上，心里已经安静；心里开始活动，眼睛还没睁开；睡着时比没睡快乐，醒来时比没醒快乐，这是闲人应当睡觉的原因。然而天地之间，能有多少闲人？一定要等闲暇了才睡，就没有可以睡觉的时间了。

有一个暂时放松精神而有助于睡眠的办法：一天之中，把急于要做的事全部在上半天做完，没做完的，就分配给家人，让他们代劳，使每一件事都有着落，然后寻床觅枕，进入梦乡，这样就与闲人没有什么不同了。这里讲的是可睡的人。此外还有很重要的一点没有道破，就是不要做坏事。做到“半夜敲门不吃惊”，才能够在白天睡觉，否则一听到敲门声，就以为是巡逻兵找上门来了。

坐

自古以来，善于养生的人莫过于孔子。这是怎么知道的呢？是通过“寝不尸，居不容”两句话知道的。如果一个人喜欢修饰外表，重视细节，时时追求像君子，处处想要做圣人，那么他在睡觉时不像尸体也是尸体，闲居时不讲究仪容也会修容；这样一来，他的五官和四肢就不会再有舒展的时候。哪里有泥土塑成，木料雕就的形体能够长存于世的呢？“不尸不容”四个字，描绘出一个善于因时而变的圣人的形象，是应当千载崇拜祭祀的风雅斯文的鼻祖。我们日常居家的坐法，要以孔子为师，不必为追求端庄而一定正襟危坐，不必像被束缚着一样拘泥固执。抱膝长吟，虽然是坐着，但也不妨将两腿岔开；双手托腮，形同忘我，这就是行乐，何必一定要叫作《庄子》中所说的“坐忘”呢？只要见到面部与身体一样呆滞，长时间不动的人，那一定是要死了。这正是画遗像的先兆啊。

行

富贵之人出行，必定乘车骑马。舒服固然舒服，但是从造物主塑造人类形体的本意来考虑，就显得不够周全了。有脚却不用，与没有脚是一样的，反而不如以步行代替乘车的人，五官四肢都能各得其用。这是贫寒之人自以为豪的话。乘车骑马与穿鞋走路，同样都是行人，只是有动和静的区别。假如乘车骑马的人能够以步行为乐，或途经山水名胜，或遇到红花绿柳，或邂逅头戴斗笠的贫交，或见到背负木柴的高士，欣然停车驻马，以徒步行走为欢，有时以车代步，有时以步代车，对双脚的使用，又比贫士高出一筹了。至于贫寒之士引以为豪的，不是有脚可以行走，而是无论事情缓急，出门都可以应付。如果事情可以缓一缓，就从容行走以代乘车；如果事情很急，就快步行走以代骑马。有人可以出行，没有人也可以出行；结伴可以出行，没人结伴也可以出行。不像富贵之人借助别人的脚，人家不来，就不能马上出行，这样的话，有脚也好似没有，大大违背了造物主塑造人类形体的本意。兴之所至，谈到这里。步行真是一件快乐的事情！

立

站立分时间长短，时间短的可以没有倚靠，时间长的应当有所依傍。笔直站立这种事，只能偶尔为之，天天如此，筋骨都悬着，脚跟如磨刀石般平整，有血脉凝固不通的危险。或者倚着松树，或者靠着怪石，或者像扶轼一样扶着栏杆，或者把竹子当拐杖拄着；既做一个生活闲适的人，又作一幅可以入画的图景，还有什么样的快乐能与此相比呢！只是不能把美人当作柱子倚靠，因为根基太纤弱，一靠就全倒了。

饮

聚会宴饮之事，可贵之处有五点：酒量无论大小，贵在喜好；酒友无论多少，贵在健谈；酒具无论奢俭，贵在够用；酒令无论宽严，贵在可行；宴饮时间无论长短，贵在适时能止。具备了这五点可贵之处，才可以谈饮酒的快乐；否则美酒与宾朋就都成了危害身心的东西。我平生有五好，又有五不好，虽然看起来相反，其实可以并行不悖。五好与五不好是什么呢？不好美酒而好宾客；不好饮食而好谈天；不好长夜行乐，而好与明月相随，不忍离别；不好行苛刻的酒令，而好受罚者无从申辩；不好借酒使性之人，而好其酒后袒露心声。因为有这五好与五不好，所以我虽然酒量不大，却每天与酒徒为伍。

近来我又增添了一种癖好与厌恶：癖好音乐，每次欣赏都忘了回家；而又厌恶座中宾客多言多语，与音乐相混杂。饮酒的快乐，都在这五点可贵之处与五好之中，这都是针对宾朋聚会宴饮而言的。如果是家庭小饮与闲来独酌，其中的快乐全在于机趣流露，遗忘形骸。有宴饮之实而没有应酬客套之虚。把儿女的啼笑当作娱乐亲人的舞蹈，把妻儿的劝诫当作吟唱《金缕曲》的声音。如果能这样看，那么朝朝过新年，夜夜闹元宵也是可以的。何必时常高朋满座，酒杯不空，每天以豪饮为乐呢？

谈

读书是最快乐的事，但懒惰的人常常觉得苦；清闲是最快乐的事，但有人却嫌寂寞。选择快乐，去除痛苦，躲避寂寞，享受安闲，最好莫过于与高士交往，与文人谈天。为什么呢？“与君一夕话，胜读十年书。”既享受了一朝一夕的快乐，又省去了十年寒窗之苦，这不是便宜得很吗？“因过竹院逢僧话，又得浮生半日闲。”既得到了半日的清闲，又免去了多时的寂寞，其中的快乐说得尽吗？善于养生的人，不可不结交有道之士；然而有道之士中，很多都不善言辞。有道而健谈的人，一生中很难遇到，应当时常接近，以便从他那里听到振聋发聩的言论。即使我善于言谈，不需要依靠他人，也要借助朋辈启发，怎么能像西域的磬一样不叩自鸣呢？

沐　浴

盛夏时节，想要寻求快乐，除睡觉之外，恐怕只有沐浴了吧？汗渍非沐浴不能去除，浊污非沐浴不能洗净，炎热的暑气湿毒也非沐浴不能消解。沐浴不仅适于盛夏，除严冬需要避寒，不适宜频繁洗浴外，凡是温暖的春天和清爽的秋天，都可以借此为乐。而养生家对沐浴往往有所忌讳，认为它会损耗元气。我认为既然沐浴会损伤身体，那么雨露也会损伤万物，难道人与草木有着两种不同的本质吗？然而沐浴伤身的说法，也不是没有根据的。

我曾经尝试过。在刚下浴盆的时候，以未经淋浴的身体忽然接触澎湃奔腾的热水，这样将冷身子投入热水中，用湿气进犯干燥的身子，与水攻没什么两样。这样一刺激，确实足以冲散元气，耗尽精神。而我有办法处理：怕刺激太强烈，就缓缓行事；怕水太热，就用温水。宽衣解带之时，先调好水温，使水略带温和，由腹及胸，由胸及背，由于温和而缓慢，所以有水好像无水，已经沐浴如同未曾沐浴。等身体与水温相适应之后，再加入热水，边洗浴边加入，边加入边搅动，使水乳交融而察觉不到，渐入佳境而没有感知，然后或横或纵，或反或侧，或逆灌或顺浇，直到全身痛快为止。这是浴盆中取乐的方法。至于富贵人家，把浴盆扩大为浴室，在池子中注水，冷了加柴，热了去火，自有以逸待劳的办法，想必不需要穷人多嘴了。

听琴观棋

下棋完全可以用来消闲，但似乎难以用来行乐。弹琴确实可以陶冶性情，但不能以此来寻欢。因为弹琴必须正襟危坐，下棋必须严阵以待。身体完全放松的时候，何必再要求整肃？所有念头都忘却的时候，怎能再计较输赢？常有人将功名利禄抛在一边，却与他人下围棋赌输赢，一着都不肯让步，这与放弃千乘之国，而在一粥一饭上相争有什么区别？所以喜欢弹琴不如喜欢听琴，善于下棋不如善于观棋。人家获胜了，我为人家高兴；人家失败了，我也不必为人家伤心，这样就可以长久地处在胜利的位置上。人家弹奏和缓的音乐，我为人家感到幸福；人家弹奏急促的音乐，我也不必为人家感到凶险，这样就可以长久地成为祥和之人。有时在观棋和听琴之余，难免技痒，也不妨偶尔上手一试，只要不为之废寝忘食，入而不出，就是善于弹琴，善于下棋的人了。

看花听鸟

花、鸟这两种东西，造物主创造它们是用来取悦于人的。已经创造了娇花嫩蕊来代替美人，又担心它们不懂语言，就创造了鸟类予以辅助。这种用心，与寻觅美女，教她们学习歌舞，为她们提供饮食，教导她们取悦于人，同样是考虑周全的。可世人不懂，将花鸟看作蠢笨的东西，常常有人奇花经眼却看不见，禽鸟鸣叫却听不到。至于他花钱购买的姬妾，容貌不及鲜花的万分之一，歌声只能算鸟鸣中的末流，却一看便惊，一听就喜，认为她们容貌似花，歌声似鸟。唉，以相似为贵，以真品为贱，这与叶公好龙有什么区别？我就不是这样。每当花柳争妍，鸣禽斗巧的时日，一定要向苍天致谢，赞颂造物主的功劳，只要饮酒，必定会祭奠，如果有食物，也一定会陈列出来用于祭祀，就像善男信女拜佛一样。夜里睡得比花晚，早晨起得比鸟早，唯恐错过一声鸟鸣，一朵鲜花。等到鸟儿老去，花朵凋谢，便怏怏不乐，若有所失。所以我这一生，可以说没有辜负花、鸟，花、鸟能够遇到我，也可以算是“一人知己，死可无恨”了吧。

蓄养禽鱼

以声音取悦于人的鸟是画眉和鹦鹉。而鹦鹉之所以价格高过画眉，为人们所喜爱，是因为它能学人说话。我则极其反对这种观点，我认为鹦鹉优势只在羽毛，在声音上完全没有可取之处。鸟声之所以值得一听，是因为它与人声不同。异于人声的鸟声之所以值得一听，是因为出自人的声音是由人发出的，出自鸟的声音是由自然界发出的。假如我想听人说话，满耳都是，为什么要借助笼中之鸟呢？况且最善于说话的鹦鹉，它舌根的僵硬也比不善于说话的人严重，而所说的话也不过几句口头语。所以鹦鹉被人重视与人重视鹦鹉的原因，都是无法解释的事情。至于画眉的灵巧，是以一鸟之口代替众鸟之舌，每学一种，无不酷似，而且更为纤细婉转，真是鸟中的聪慧之物。我喜欢与这种鸟结缘，只是奇怪它易死。既容易生病，又容易招致伤害，不是死于自身，就是伤于他物，总之没有活过三年的。大概也是多技多能导致的吧。

鹤与鹿两种动物之所以应当蓄养，是因为它们有仙风道骨。但是蓄养起来花费不小，而且它们居住的地方必须宽广，没有足够的钱财与地方，都不能蓄养。而且养鱼和养鹤这两件事不能并行，有利于此，就会有害于彼。然而鹤的善鸣善舞，与鹿的难扰易驯，都是极为高贵的品质，除麟、凤、龟、龙之外，不得不推举这两种动物为先。而世人喜欢这两种动物，又在其间分出轻重，如果这两种动物不可兼得，则一定要舍鹿而求鹤。显贵人家，不但把鹤藏在园圃深处，养在宅邸之中，即使请人写真画像，也一定要以鹤相随。我曾经推究其中的原因，发现这都始于一人，就是赵清献公。琴与鹤身价倍增，难道不是贤相提携的功劳吗？

家中日常蓄养的动物，除鸡和狗之外，还有猫。鸡报晓，狗守夜，猫捕鼠，都是有功于人而自食其力的动物。而猫是主人所亲近的，饭与主人一起吃，甚至掀开帐子，任它进入房间，与主人一起就寝。鸡住在鸡舍，狗住在屋外，饮食起居都比不上猫。而从来谈到动物的功劳，论及安宁的景象时，都只讲鸡和狗而不讲猫。如果说亲近猫是对的，那么在这里忽略它就是错的；如果说亲近猫是错的，那么在这里忽略它就是对的；这两种意见让人不得不感到疑惑。

我说：这是有说法的。亲近猫而贬低鸡和狗，就好像喜欢弄臣和优伶一样，因为这些人不用招呼就能来到身边，听到呵斥也不离去；因为它亲近人，所以人才亲近它，并不是因为它值得亲近。鸡和狗这两种动物，则以自己的职责为务，一到报晓守夜的时候，就各司其职，即使给它们精美的食物和居所，让它们离开自己的岗位，它们也会誓死坚守。人在这种情况下，也会因为它们远离自己而疏远它们，并不是因为它们应该被疏远。即便是鸡报晓，狗守夜的功劳，与猫捕鼠的功劳也是不同的。鸡报晓，狗守夜，是忍饥挨饿，鞠躬尽瘁，完全没有私利可图，纯粹是出于公益；猫捕鼠则是通过除害而得到食物，是有利可图的，公益与私利各居其半。以清廉和勤劳自处，不屑于谄媚人，都是让人疏远的原因；假公济私，接近主人，是巩固恩宠的方法。所以这三种动物与人的亲疏，都是自己造成的。然而如果要我供职于世，我一定会效法鸡和狗的行为，而以猫的举动为戒。唉，亲疏可以言说，祸福则不可以言说。猫能够终其天年，而鸡和狗都难免死于刀斩釜烹。观察这三种动物的得失，可以体悟到居官守职的难处。能够放弃官爵，从宦海沉浮的负累中超脱出来的人，真是幸运啊。

浇灌竹木

“筑成小圃近方塘，果易生成菜易长。抱瓮太痴机太巧，从中酌取灌园方。”这是我山居行乐的诗。能把草木的生死作为自己的生死，才可以与之谈论浇灌园林的快乐，否则浇灌一两次之后，没有不视为畏途的。殊不知草木欣欣向荣，不仅可以娱人耳目，还可以为栽种草木的家庭增添祥光和瑞气。君不见生财的地方万物繁荣，倒运的人家生机不健吗？气运的旺与不旺，都能够在动物和植物中得到验证。这样一来，汲水浇花就与听信风水先生的话，修改门窗朝向没什么区别了。只要不以为苦，就会觉得乐在其中。带领家人灌溉，自己也参与些许劳作，调节劳逸，对颐养性情也是一种帮助。

止忧第二

忧愁可以忘掉还是不可忘掉呢？我说：可以忘掉的不是忧愁，忧愁实在是忘不掉的。然而不把忧愁忘掉，怎能行乐？回答是：忧愁不可忘却，但可以制止。制止忧愁就是用以忘记忧愁的方法。比如劝因贫穷而忧愁的人忘掉忧愁，他不是不想忘掉，家里有人因饥寒而哭号，外面有人征讨赋税，能忘掉忧愁吗？想要使穷人忘掉忧愁，必须先让为饥寒所迫的人忘掉哭号，征讨的人忘掉拖欠的赋税之后才可以，这肯定是办不到的。

如果是这样，那么“忘忧”两个字就是空谈了。这就好像安慰科举落第的人下次一定会考中，安慰到老还没有子嗣的人来日一定会生儿子，等到他们没有考中，没有生儿子的时候，也只能听之任之，难道能归罪于安慰他们的人，责成其赔偿吗？古话说："临渊羡鱼，不如退而结网。"安慰因贫穷而忧愁的人，一定要先传授他生财之道；安慰科举落第的人，一定要先教给他中举的方法，安慰老来无子的人，应该让他蓄养姬妾，平息姬妾之间的妒意和纷争，以便多生男孩。如果这样，上面说的这些就是有益于人的话，不辜负说话人的一番劝慰。止忧的方法，也是这样。忧愁的种类虽然很多，总归不过是可以防备的和难以防备的两种，姑且记在这里，以备消解忧愁之用。

止眼前可备之忧

不如意的事情，谁都会遇到，只是要看事情好不好处理，能不能预防。如果好处理，可以预防，就在事情发生之前想个计策应对。这个计策一想好，就把事情置之度外，不必再考虑，再考虑就会使自己感到困惑。匪徒在城外进攻，民众在城内扰乱，城池还守得住吗？等事情来了，就拿之前谋划好的计策来应对，千万不要自动声色。声色显露于外，内心就会灰心丧气。这是以静待动的方法，易于知晓，也易于施行。

止身外不测之忧

不可预料的忧患，在发生之前一定先有预兆。表现在蓍草、龟甲以及人体四肢上的预兆还未必应验。一定应验的预兆，不在于频频出现的凶信，反而在于吉祥的事情太多。乐极生悲，否伏于泰，这是确定不变的。命薄的人，有奇福就会有奇祸；即使厚德载福的人，在极度的祥瑞之中，也必然会生出小小的灾祸。因为老天讲究好有好报，恶有恶报，不会过分偏爱某个人，所以也会略微表现出一丝公道。睿智的人对待这种事，都会心存忧患，加以预防，认为这并非好事，造化一定会有所忌讳，鬼神也一定会窥探到。萧墙之祸，就是从这里引起的吧？止忧的方法有五种：一是谦以省过，二是勤以砺身，三是俭以储费，四是恕以息争，五是宽以弥谤。如此行事，大的忧愁可以化小，小的忧愁可以化无；这不是循环定数，而是可以规避幸免的。只是因为造物主的生杀予夺之权，不肯让人识破，预料是这样，它反而未必这样，这也是造物主颠倒英雄的惯用伎俩。

调饮啜第三

《食物本草》一书，是养生家的必备之物。然而翻阅一遍，就应当放在一边，如果放在碗筷旁，每天查阅，该吃的东西吃，不该吃的则相互告诫不要吃，那恐怕自己喜好的东西不能吃，吃的东西也不是自己所喜好的，就像曾皙看到喜欢的羊枣却不能吃，曹刿鄙视肉食却偏偏让他吃一样，那么饮食上的事就太苦了。曾有人本不宜吃某种东西而偏偏喜欢吃，因为被《食物本草》上的话所困惑，心生疑虑而患病。“杯弓蛇影”的危害，难道只在于外形相似吗？食色，性也。想要靠饮食养生，就要以不背离人的本性为准则。

爱食者多食

生平爱吃的东西，就可以养身，不必再查阅《本草》。春秋时并没有《本草》一书，孔子喜欢吃姜，每顿饭都不离姜，喜欢吃酱，没有酱就不吃饭，都是随自己性之所好，不是经过考据才这样做的。孔子每顿饭都离不开姜和酱两种食物，却没有听说因为吃得多而生病。可见本性所喜好的东西，多吃也不会有害。但也有调节主次的方法，不可不知。孔子说："肉即使多，也不能多于主食。"这就是调节主次的方法。肉与主食相比较，主食是主要的，肉是次要的；姜、酱与肉相比较，肉又是主要的，而姜和酱是次要的。虽然有喜好与不喜好之分，但主次地位不能乱，其他食物也是类似的。

怕食者少食

凡是吃下去凝滞在胸，消化不了的食物，就是病根，应该马上加以疏导。世上只有令人眩晕的药，怎么会有令人眩晕的食物呢？喜欢吃的东西，吃下去没有这种问题，多半是吃了不喜欢的东西导致的。所以不喜欢的食物应当少吃，不吃更好。

太饥勿饱

想要调节饮食，先要做到饥饱均匀。大体上饿到七分时吃饭，是比较适度的，在此之前太早，在此之后太迟。然而饿到七分，也应当只吃到七分饱，就像田里水的多少，一定要与禾苗的多少相称，需要多少，就灌注多少，太多反而会伤害庄稼，这是平时养生的火候。有时被繁冗的事务所累，饿过七分还不能吃饭，一直饿到九分十分，这就是饿过头了。这时吃东西，宁可少吃一点，也不能吃太多了。吃得太多，就会饥饱相搏斗，损伤脾胃元气。几个月的调养都抵不过这一时的紊乱。

太饱勿饥

饥饱之度，不能超过七分。然而就没有吃得太多，肚子饱胀的时候吗？这就是吃得太饱了。调节的方法和前面讲的一样，宁可多吃一点，不要吃得太少。假如刚吃过饭不久，积食难以消化，就采用养鹰的办法来处理，故意使自己饿得肠子都要断了，就像大丰收之后忽然遭遇严重的饥荒。贫民的饥饿可以忍耐，富人的饥饿却无法忍耐。疾病大多由此而生。从来善于养生的人，一定不会拿身体当儿戏。

怒时哀时勿食

喜怒哀乐刚刚发作的时候，都不是进食的时候。然而在喜乐之时还可以，在哀怒之时一定不可以。发怒时食物容易下咽却难以消化，哀伤时食物既难以下咽又难以消化，都应该先过一段时间，等情绪稍微平复一些再进食。饮食不论迟早，总之要以入肠开始消化的时间为度。吃得早而不消化，不如吃得晚而能够马上消化。不消化就有问题，消化则可以免除一餐之忧。

倦时闷时勿食

疲倦的时候不要进食，这是为了防止瞌睡。瞌睡了，食物就会留滞在胃里下不去。烦闷的时候不要进食，这是为了避免恶心。恶心了，食物不仅下不去，而且可能会伴有呕吐。吃一种东西，就要获得这一种东西的效用。得其效用就会受益，不得其效用，后果就不仅是不受益了。

节色欲第四

行乐的地方，首推房中。然而世人处理不好，往往引发嫉妒，酿成纷争，反而使房中成为制造祸端的东西。即使有处理得当的人，又难免过分沉溺其中，因此而损伤身体，耗尽精血，性命也随之断绝。如此说来，处理得当与否，都是同样无益于人的了。至于养生家，又有近美色和远美色两种，双方各执一词，水火不相容。唉，老天既然创造了男人，为什么还要创造女人，使人疏远了不对，亲近了也不对，功过是非难以评判，竟成了千古以来悬而不决的疑案。

我来为平息争端立个公道，阴与阳是相互依存的，一样都不能缺少，就像天与地不能只有一半一样。天如果离开了地，那不仅没有了地，连天也没有了。没有江河湖海，日月在哪里藏身？雨露靠什么流泻？人们只知道掩藏日月的是地，不知道生出日月的也是地；人们只知道雨露倾泻在地上，不知道雨露也是由地生出。地能够保藏天的精华，流泻天的水分，而不为害于天，反而对天有所帮助，原因何在？就在于天能利用地，而不为地所用。天想要地晦暗，地不敢不晦暗；等到天想要地光明，地又不敢不光明。水保藏于地，如果不借助天上的风，就不会掀起波涛；土附着于地，如果不遇到气候的变化，草木靠什么生长？所以天是地的利用者，就像男子为一家之主，掌管着一家的收入和支出。地听从天的指使，就像女子为一人所用，管理着一家的饮食起居。果真如此，那么房中的快乐，哪一天可以没有呢？只是要看这个人能否利用。只要能够利用，那么其中的利益没有比这更大的了。

人参、茯苓、黄芪、白术都是死药，以死药治疗活人，就像把枯萎的树与活着的树嫁接在一起，想要做到气脉贯通，是很不容易的。黄脸婆和美女都是活药，用活药治疗活人，就像用母鸡抱雄卵，想要做到血脉贯通，不是更容易吗？凡是借助女色保养身体却反受其害的人，都是男人为女人所用，把地当作了天。倒持干戈，授人以柄，这是被杀之人的过错，怎能怪罪杀人的人？

有人问：按照你的意见，老子“不见可欲，使心不乱”的说法，不是错误的吗？我说：正是从这个说法参悟而来的，只是要转变一下：不见可欲，使心不乱，常见可欲，亦能使心不乱。为什么呢？人如果能摒弃嗜好和欲望，不让声色货利来到眼前，这样诱惑我的东西不来，我也不会为人所诱惑，假如不躲进山林，逃避世俗，能做得到吗？假如终日不见可欲之事，一旦遇到，心中的烦乱是常见可欲之人的十倍。不如天天处在可欲之中，与它们相处习惯了，就是“司空见惯浑闲事”了，心中的安定，不是大大异于平时见不到可欲而忽然见到的人吗？老子的学说，是避世无为的学说；我李渔的学说，是居家生活的学说。两种学说并存，那么无论出世还是入世，都是适用的。

节快乐过情之欲

在快乐中行乐，没有比这更快乐的了。假如男子达到了至乐的境界，而女子还有事情萦绕心头，那么此时行乐，可以不必担心过度。假如男子和女子都处在至乐的境界，而他们所处的环境中又没有一人一物干扰阻碍他们寻欢，这就危险了。决堤之患，时刻都要考虑着。然而只要是能行乐的人，就不是能考虑忧患的人；只要是能考虑忧患的人，就是可以不必行乐的人。这种论断形同虚设。必须经历一番这样的忧虑，亲自品尝一番其中的苦涩，然后才能享受这样的快乐。唉，虽想成为久病之后的良医，可囊中的妙药已经所剩无几，不如早留余地为好。

节忧患伤情之欲

在忧愁苦困的时候，没有娱乐之事，就会想起房中的快乐。这不是出于自身的喜好，而是时势迫使的结果。然而在忧愁中行乐，与平时相比较，对精神的损耗会加倍。为什么呢？因为在这种情况下，身体虽然交合在一起，内心却没有交融；精液没泄，气力已经泄了。试使忧愁之人强颜欢笑，他欢笑时内心的痛苦比原先的忧愁更严重，由此可知忧中行乐的事是不能做的。虽然如此，我说得到却做不到，只是比平时稍微节制一些就可以了。

节饥饱方殷之欲

在饥、寒、醉、饱四种状态下都不应当行乐。但如果内心的情感控制不住，一定要这么做，那么在寒冷的状态下可以做，在饥饿的状态下不可以做；在醉酒的状态下可以做，在饱食的状态下不可以做。因为寒冷之苦在身体之外，饥饿之苦在身体之中，醉酒可以凭借酒力，饱食则无法发挥身体的轻捷。总而言之，男女交合就像作战，空腹之人不能参战；男女相处就像睡眠，不能跟填饱肚子的人睡在一起。不饥不饱，这个时候方可行乐。

节劳苦初停之欲

劳累极了就想休息，这是人之常情，不是人们所说的沉溺于酒色。世上有些人劳顿之后喘息未定，就奔赴温柔乡，这是要使五官躯体，精神气血，以及骨中的骨髓，肾中的精液，没有一样不劳顿一番后才罢休。这是伤害自身的做法。疾病发作的早晚虽然难以预知，但总会在身体里种下病胎。节制的方法有缓急两种：能缓的，一定要等上一夜两夜；不能缓的，就酣睡一觉来代替一夜，酣睡两觉来代替两夜。只有睡眠可以消解疲劳，饮食安坐都不如它。

节新婚乍御之欲

新婚燕尔，不一定在刚刚迎娶之时，凡是女子尚未交欢而初次交欢的，就是新婚。无论是妻是妾，是婢是妓，新婚之乐的情形是一样的。快乐莫过于新的相知，只要看这一夜的行乐抵得上平常的几夜，就知道这一夜的消耗也抵得上平常的几夜。能保证这一夜不被新婚燕尔所伤，才谈得上新婚之乐。不然的话，初次与女子交欢，就会把身体搞得过于辛苦；为了取悦于女子，又使自己承担过度的疲劳。终身只与一个女子交欢的人，还可以独自应付；家中宠妾众多的人，怎能使身体不受损伤？危险啊！危险啊！应当谋求一个妥善的方法来应对。用什么方法呢？我说：让心静下来。虽然是新婚燕尔，却只按照旧例行事。“向高贵的人进言，要藐视他”，与新人交欢，就要把她看作旧人。只要仍旧把她当作寻常女子对待，就不会过于动心。这样一两夜过后，再把她当作新人看待，就可以说驾驭有方，张弛合道了。

节隆冬盛暑之欲

最应当节制欲望的时候是隆冬，而最难节制欲望的时候也是隆冬；最忌讳行乐的时候是盛夏，而最便于行乐的时候也是盛夏。为什么呢？冬夜里只有与人睡在一起才暖和，身体相贴唯恐不紧密，在这种倚翠偎红的时候，就容易生出欲念。春、秋、冬三季为衣冠所束缚，唯独夏季穿着轻便，身体袒露之际，就会春心荡漾。在这两个时候，劝人节制欲望，似乎不近人情，然而不这样就不是保养身体的正道。所谓节制，讲的是要有限度。有限度，无论严寒酷暑都不会招致灾祸；没有限度，温和的天气也会生出问题。所谓节制，讲的是能够控制自己。能控制自己，即使每天与女子周旋，也会精神健旺；不能控制自己，哪怕稍经点缀也会魂魄动摇。由把握限度到能控制自己，由能控制锻炼到顺其自然，就无时无刻都可以亲近女色，怜香惜玉了。到那时就会觉得这本书完全可以烧掉，并且怪我李渔多事了。

却病第五

疾病的发生有特定的原因，疾病的潜伏有特定的所在，断绝它发生的原因，破坏它潜伏的所在，只在一个“和”字。俗话说：“家不和，被邻欺。”病有病魔，魔不是善类，就像穿墙入室的盗贼，引发诉讼，挑起事端的人一样。我家中有防备，不发生怨恨毁谤之事，它的狡猾就无从施行，一旦有机可乘，就会在我周围肆意施行它的奸诈与欺凌，给我找麻烦。然而事物必定要先腐朽，然后才会生出虫子，如果能使它根基巩固，枝叶繁茂，即使虫子很多，又能把树怎么样呢？人体中应当调和的，有气血、脏腑、脾胃、筋骨等等，如果一定要逐样调和，就会头绪纷乱，顾此失彼，穷尽终日的力量，也无法防备一点点疏漏。预防疾病却生出疾病，反而被病魔暗暗耻笑。有一个抓住根本的方法，就是善于调和内心。内心调和，全身都会调和。即使有不调和之处，内心也会居重驭轻，运筹帷幄，用适当的方法来处理。不然的话，内心不安宁，外部身体怎么办呢？然而调和内心的方法，说起来很难。悲哀而不至于伤感，欢乐而不至于无度，愤怒而不至于爆发，忧愁而不至于轻生。“略带三分拙，兼存一线痴；微聋与暂哑，均是寿身资。”这是调和内心的诀窍。把这几句话反复玩味几遍，疾病就可以去除了。

病未至而防之

所谓疾病还没来而予以预防，说的是疾病虽然没有发作，却有发作的可能和必然趋势，先以药物来控制住它，使它想要发作却无能为力，就像敌人想要向我进攻，而我先发兵攻打他，先发制人。就像偶然因为衣着单薄而受寒，略微多吃了一点而觉得过饱，受寒就会渐渐怕风，过饱就会厌食，这就是疾病发作的可能和必然趋势。立即服一些驱寒的药物来发汗，吃一些化食的药物来加速消化。疾病看待自己就好像看待人间的事情一样，心机刚刚萌动，大势未成，原本处在可行可不行之间，此时人加以制止，就会把它控制住。比起部队已经出发，正在路上行进的情况，其形势不是大相径庭吗？

病将至而止之

所谓在疾病即将到来时制止它，说的是在疾病即将出现而尚未出现，病体想要支撑而难以支撑，与久病初愈的人情况相同。这个时候，病人千万不要猜疑。所谓猜疑，就是问自己是不是真的生病了。一旦生出这种模棱两可的想法，就会医治不力，转眼间疾病就会真的发生。即使不是疾病，我也把它当作疾病来处理，饮食起居都严加注意，采取完备的应对措施，准备好充分的医疗用品，及时谋划出奇制胜的策略。以全副精神来对付这个阴谋尚未得逞的奸贼，使它无法起来作乱，这难道是很难做到的事情吗？

病已至而退之

疾病已经发生而要使其消退，具体有什么方法？回答是：只在一个“静”字。敌人已经来到，恐惧有什么用？《左传》上说

“剪灭此而后朝食”，谁不想这么做？无奈不可能立即做到。放宽心，疾病或许可以渐渐消除；心里着急，就可能病上加病。这时决定局势的不在于扁鹊那样的名医，而全在于病人。为什么呢？把疾病招来的是我自己，而不是医生。如果我是因风寒而生病，就应当全力驱寒；如果我是因纵欲而生病，就应当一心节欲。最不可理解的是，病人请医生来治病，自己却不肯说疾病的根源，只是让医生诊脉。认识药性容易，精通脉理却很难。善于用药的人时常有，能够精熟脉理且所言必中的人，当今能有几个？仅仅依据脉象开药方，是以病人的性命来检验医生，观察他中用与否。所谓决定局势的不在于扁鹊那样的名医，而全在于病人，说的是病人用心专一，那么医生也会用心专一；病人含糊其词，那么医生的治疗方案就会变得不确定，越不确定则用药越杂，用药越杂则病情越繁复。

从前许胤宗对人说：“古代高明的医生，可以从脉象判断出病情，只用一种药就能把病治好。如今人们不熟悉脉理，用主观想法来猜度病情，药物用得很多，希望能够侥幸奏效，就像猎人不知道兔子在哪里，在原野上到处撒网，希望能够捕获它，这种做法真是太愚昧了。”这说的是多用药物没有功效，没有谈到其中的危害。依我看来，药用得多不仅不能治愈疾病，反而会害人。比如一个药方中有十味药，有治疗风寒的，有治疗积食的，还有治疗痨伤虚损的。这几味药相合那几味药就会相离，这几味药相顺应那几味药就会相抵触，相合的与相顺应的即使相容，相离的与相抵触的又会从中作祟。利害相冲突，有利的最终无法战胜有害的，况且相离的药用得多，相合的药用得少，只有相抵触的药，没有相顺应的药呢？所以求医问药是危险的事。自己没有主见，而听命于人，又是危险中的危险。只有谨慎再谨慎，或许才可以吧。

疗病第六

“病不服药，如得中医。”这八个字如同金丹一样，不知拯救了多少危在旦夕的生命。在人刚刚患病时提出这种说法，没有不嫌它迂腐的，必定要等刀圭药石都已经用遍，人力已经耗尽，而疾病仍久治不愈，像从前一样，迫不得已，才遵从这种说法，这可以说是天与人交相逼迫，才使人遵循正确的医道。于是不采取治疗手段，反而使病情豁然好转，这才相信这“八字金丹”确实不错。在我看来，天地之间只有贪生怕死的人，并没有起死回生的药。“药医不死病，佛度有缘人。”这话说得太好了！不能简单地把它看作一句谚语。然而患病时不能不求医，就像干旱时不能不祈祷。明知道下雨是天的旨意，不是可以祈求来的，可哪里有安然坐视，任凭禾苗庄稼被变焦变枯的呢？不过是自己尽到心意罢了。我一生多病，到老就不再用药了。我尝试过各种草药，几乎可以做神农氏的传人，然而除了大黄可以治疗便秘之外，并没有见到效果灵验，像大黄一样屡试不爽的药物。

我生平著书立说，都出于自己的创造，在治病的方法上也是这样。每患一种疾病，就自己思考病因，找到病因，然后开出方子，用药治疗。所谓的方子，不是医书上所记载的方子，而是触景生情、就事论事的方子；所谓的药物，不一定是《本草纲目》上记载的药物，而是随心所欲，信手拈来的药物。明知道没有根据的言论不可以训导世人，但也不妨姑妄言之，世人姑妄听之。凡是阅读这部书，觉得道理可信就信，觉得事情可疑就放在一边，不要以文害辞，也不要以辞害志，这是我李渔对读者的期望。

药柜中应该储备的药物，在医书上已经记载得很详细了；凡是天地间的一切东西，像草木、金石、昆虫、鱼鸟，以及人和牛马的小便，无一遗漏，可以说是天地之间最为完备的书籍，千百年来无须修改的经典。如今若把《本草纲目》一书高挂在京城的城门上，说有谁能在其中增加一种药，或修正一种药的药性错误，就给他黄金千两，我知道即使轩辕、岐伯在世，扁鹊重生，也只能屏息而退，不敢有非分之想。然而假如不幸遇到我李渔，这千两黄金一定会为我所获。为什么呢？用药不必拘泥于药方，治病也没有固定的方法。同一种病，同一味药，治这种病可能有效，治那种病可能无效；用在那里合适用在这里就不合适，用在这里合适用在那里就不合适，情况肯定属于其中的一种。有时患了这种病却不用这种药，所吃的药全无道理，或是庸医用错了，或是奴婢拿错了，吃了之后却没有死，反而把病治好了。由此看来，《本草纲目》上记载的各种药性，不是大错特错吗？

还有比这更奇怪的，常常见到有人病入膏肓，危在旦夕，用药无效，针灸不灵，忽然在无意中偶然遇到一件事情，猛然看到一样东西，这样东西并不是药，这件事情也绝不能治病，此人却因为欢喜或惊慌而疾病消退。“救得命活，即是良医；医得病痊，便称良药。”由此看来，这样东西或这件事情，就是《本草纲目》所遗漏的，怎么能说《本草纲目》的记载很完备呢？虽然如此，它所记载的是药物的通常性质，我所说的是事理的变化情况。它所师法的是人，人家这么说，它也这么说，不犯错误完全是出于侥幸；我所师法的是心，心里觉得是这样，嘴上也相信是这样，为什么要依傍世人的说法呢？归根结底，我的话听起来像自创的，其实不是，而是源于医书上的一句话："医者，意也。"以意为医，十之八九都会奏效，但不是任何人都能做到。我希望那些拆字射覆的人改占卜为行医，或许这种方法可以施行，而不为固定不变的医书所耽误。

本性酷好之药

一是本性酷好的东西，可以当药。人的一生，必定有一种偏爱的东西，例如文王偏爱菖蒲腌菜，曾皙偏爱羊枣，刘伶偏爱酒，卢仝偏爱茶，权长孺偏爱瓜，都是一种癖嗜。人所喜爱的东西与其性命相通，在重病期间得到，都可以成为良药。医生不懂得这个道理，一定要按照《本草纲目》的记载查阅药性，与病情稍有不合，就视为毒药。这就是异常的疾病不能很快痊愈的原因。

我曾经亲自试验过。庚午年瘟疫流行，一家人中没有不为病痛所折磨的，而我尤其严重。时值夏季五月，正是吃杨梅的时候，而我对杨梅的偏爱，比起前人对菖蒲、羊枣等东西的偏爱还要厉害，每次吃都在一斗以上。于是我问妻子儿女说："杨梅上市了吗？"妻子儿女知道杨梅已经上市而没敢立刻买给我，偷偷地问医生。医生说："杨梅性很热，恰好与病症相冲突。别说多吃，即使吃一两颗也会丧命。"家人知道不能吃，怕我坚持要，就编假话回复我，说现在还没上市，过几天可能有。不料我家临街，卖花售果的叫卖声时时传到屋子里，忽然有人大声疾呼着从我家门前经过，知道是杨梅。我追问家人，家人才把医生的话告诉我。我说："这个平庸的医生，他哪里知道其中的道理？赶快为我买。"等杨梅买来，牙齿刚咬下去，满胸的郁结全部解开，咽入腹中，五脏调和，四肢舒展，已经不知道之前生过什么病了。家人看到后，知道医生的话不灵验，也就任凭我吃，不加禁止，病因此而痊愈。

由此看来，没有什么病是不能自行医治的，没有什么东西是不能当作药物的。只是必须逐步尝试，由少而多，发现它可以使用再使用，才不至于拿身体做赌注。还有人因为偏爱一种东西，吃得过多，因此而生病，这另当别论。不能完全遵守以酒解酒的说法，使病情因此而加重。然而一种东西吃到生厌而致病的人，一见到这种东西，就像躲避仇敌一样躲开它。由此可知，不相忌惮而相融洽的东西，就是对症的良药。

其人急需之药

二是这个人急需的东西，可以当药。人无论贵贱穷通，都有迫切需要的东西。例如穷人需要钱财，富人需要官职，贵人需要晋升，老人需要长寿，都是急切想要得到的东西。由于迫切需要，所以一旦得到了就很高兴，一高兴病就痊愈了。如果有人病入膏肓，医生无法救治，就应该用这种方法来治疗。有能力做到的就去做，做不到的，不妨使些手段哄骗他。

家境贫寒得不到钱财的，可以向富贵人家借贷，谎称亲友馈赠，安放在床头，使病人觉得可喜，这是救治贫穷之病最好的办法。没有得到官职的人，或者立即为他捐官，或者谎称有人举荐；已经得到官职的人，或者真的为他谋求提拔补缺，或者假意告诉他正在考虑转任高职。至于老人想要长寿，则完全从星相巫医口中说出，说他能活千年百年，有什么可吝惜的？这都是“即以其人之道，反治其人之身”。虽然如此，治疗其他各种疾病容易，唯独治疗贫穷之病很难。世间之人因为贫穷而忧郁致病，不可救药的，多得像恒河中的沙子。怎能跟皇家粮仓借粟米，向富贵豪门借金银，使所有人都遇到可喜之事，疾病都霍然痊愈呢？

一心钟爱之药

三是一心钟爱的人，可以当药。人心所爱必有所专。常有君王得不到臣子的爱，父母得不到子女的爱，而对极疏远极不值得爱的人，反而精神投入，以命相许，这就是钟情的事物。或是娇妻美妾，或是狎客娈童，或是至亲密友，心中思念却见不到，或是见到了却无法亲近，都可以导致疾病。即使致病的缘由与此无关，一旦到了病痛发作，百无聊赖之际，必然会想念钟爱之人。忽然间让他们得以亲近，便会如鱼得水，没有不耳清目明，精神健旺，仿佛病魔已经离去的。

这几种情况中，唯有女色最为厉害，少年的疾病，多半因此而致。父母不明白其中的道理，误听了医生的话，把美色视为大忌，不知道色能害人，说的是通常的情况，情可以治愈疾病，则是情况有变化。人因情而死，而不以情来医治，岂不是人因饥饿而死，而不许他吃东西，让他像伯夷、叔齐一样饿死在首阳山吗？凡是少年男女，情窦已开，没有结婚而患病，患病又不能很快痊愈的，只有这一种东西可以医治。即使病体非常虚弱，难以互相亲近，只要让对方来到面前，使病人知道所爱之人已经为自己所拥有，也可以使情思得到很大的慰藉。就像有药却不吃，只闻闻味道，也可以内通腠理，外壮筋骨，是同样的道理。至于闺门以外的人，想要他来不难，与他相处更容易。让他来到床边，与病人相亲近，这不是让他们在一起相处，而是买药来让病人吃。仁人孝子供养双亲，严父慈母爱护子女，都不可不预备这个药方，以防治这种病。

一生未见之药

四是一生未见过的东西，可以当药。想要得到而没有得到的东西，每个人都有，比如文人对于奇书，武士对于宝剑，醉翁对于好酒，佳人对于首饰，都一往情深，不辞困顿，想要与之相伴。经多方寻觅，得到之后令其一见，然后百般推托之后再拿出来，这是驾驭病人的一种方法。然而如果得到之后又为难病人，答应送给病人而不兑现，这反而会加重疾病。

所谓奇书，不一定是搜藏破壁之后才能得到的微言秘籍。凡是新书，只要病人没有见过，就是奇书。比如陈琳的檄文，枚乘的辞赋，都是前人试验过的良药。要知道奇文神通广大，鬼魅遇到，没有不躲避的。而我所谓的文人，也不一定是才华横溢之士，凡是识字的人，都可用书当药。传奇野史祛除病魔效果最好，请人读一读，与诵咒辟邪没什么两样。其他情况可以类推，不必拘于一格。富贵之人把珍奇异宝视为异物，贫寒之家把绫罗绸缎视为异物，山野中的猎人见到海鲜会觉得新奇，住在洞中的人家进入房屋会觉得新异。事物没有美好与丑恶之分，只要罕见就是珍贵；女子没有美丽与丑陋之分，初一见面必然觉得美丽。从前没有见过的东西今日见到，哪怕是花一文钱买来的，都抵得上千两黄金。如果一定要等待稀世珍宝，恐怕找到了，病人也已经没救了。

平时契慕之药

五是平时仰慕的人，可以当药。凡是一生敬仰，却未曾谋面的人，如果他愿意欣然前来，以此为药，见效更为迅速。古人讲韩非子的书传到秦国，秦王见到之后说："我若得以见到此人并与其交往，死而无憾。"汉武帝读司马相如的《子虚赋》，觉得很好，说："我为何不能与此人生于同时呢?"晋代的宋纤颇有节操，性格沉静，不与世人交往，在酒泉隐居，朝廷征召他，他不理会。太守杨宣仰慕他，把他的画像悬挂在楼上，出入都能看到。可见秦王对于韩非子，汉武帝对于司马相如，杨宣对于宋纤，都可以说是心驰神往，日夜相求。假如在秦王、汉武帝和杨宣患病卧床的时候，忽然将这三个人招致床前，他们就会霍然起舞，执手为欢，不知不觉间疾病已经消除，这是不必等到事情结束就可以知道的。这里讲的都是发自内心的正常喜好，所以能够使人如此愉快。至于那些因为他人赞美而随声附和的则不在此列。

素常乐为之药

六是平常喜欢做的事情，可以当药。病人要避免劳累，这是常理。然而有“乐此不疲”一说作为另一面，就是说适度劳作恰恰可以使病人得到休息，这不是拘谨古板的人所能明白的。我一生治病，用的全是这个药方，没有一种疾病没尝试过，没有一次尝试不灵验，就连去除痈疽，清洗肠胃的奇妙医术，也比不上它。

我平生没有别的癖好，只喜欢著书，忧愁借此而消解，愤怒借此而释去，牢骚不平之气借此而铲除。于是我想到，各种疾病的发作，没有不始于七情六欲的，我有治理性情的药物，疾病怎能害我？所以在刚刚伏枕呻吟，就开始写作开卷第一义；能起能坐，就诉诸笔端，不然的话就打腹稿。等到疾病快要痊愈的时候，也就是新书将要完成的时候。一生的著述，是谁使我完成的？多半出自造化小儿之手。这就是我辈文人的药，也就是陶弘景所谓的“止堪自怡悦，不堪持赠君”。而天下之人，谁都有喜欢做的事，或喜欢作诗，或喜欢饮酒，或喜欢音乐，或喜欢下棋，任凭他去做想做的，不要禁止，这也是调理病人的一种方法。总而言之，治病之道，贵在能够忘怀；切切记挂在心，就会被疾病所控制，是生是死，都由疾病决定。知道病人气力匮乏，而特意为他安排一些事情，这并不是困扰他，而是迫使他将疾病遗忘。

生平痛恶之药

七是平生厌恶的东西和痛恨的人，忽然被除掉了，也可以当药。人有喜好的东西，就有憎恶的东西。得到喜好的东西可以治病，那么将憎恶的东西除掉或赶走，难道就不能像枚乘的《七发》那样治疗长久不愈的疾病吗？没有病的人，眼里不容沙子，除去一样可憎的东西，如同拔掉眼中钉。患病的人看到可憎的东西，危害更严重。所以凡是遇到卧床的病人，一定要先考虑他所痛恨的人是什么人，他所憎恶的，想要除去的东西是什么东西，这样的人来了要隔离，这样的东西要拿走。或者谎称他所痛恨的人灾伤病故，暂时让病人心情愉快，延缓即将到来的死亡；延缓病人的死亡，或者病人竟然最终没有死亡，这都是不一定的。割自己大腿的肉救治父母，未必救得活；割仇人的肉给父母吃，痼疾没有不被治愈的。仇人的肉，难道是可以尝出怪味，而且辨得出奇形怪色的吗？暂时设法欺瞒一下，也未尝不可。这是据同类事物充分推理得到的结论。治病的方法，哪里一定是这样？把握其中的意义就可以了。

以上各种药，都是我李渔自创的，应当叫作《笠翁本草》。其余治疗疾病的药物和药方，有效而可用的很多。只是医生可以讲，医书上可以查，记载起来无穷无尽。把分内之事全部留给做本职工作的人吧，我不越俎代庖，不代表它们没有价值。总而言之，这部书中，应当记载的事不敢没有，不应当说的话不敢不剔除。“绝无仅有”的名号，我不敢自居；“虽有若无”的名号，我也不接受。这部书大体上也是可以保留而不必全部荒废的吧。

卷四　居室部

房舍第一

人之不能无屋，犹体之不能无衣。衣贵夏凉冬燠[①]，房舍亦然。“堂高数仞，榱题数尺”，壮则壮矣，然宜于夏而不宜于冬。登贵人之堂，令人不寒而栗，虽势使之然，亦廖廓有以致之；我有重裘，而彼难挟纩[②]故也。及肩之墙，容膝之屋，俭则俭矣，然适于主而不适于宾。造寒士之庐，使人无忧而叹，虽气感之耳，亦境地有以迫之；此耐萧疏，而彼憎岑寂故也。

吾愿显者之居，勿太高广。夫房舍与人，欲其相称。画山水者有诀云：“丈山尺树，寸马豆人。”使一丈之山，缀以二尺三尺之树；一寸之马，跨以似米似粟之人，称乎？不称乎？使显者之躯，能如汤、文之九尺、十尺，则高数

---

① 燠（yù）：暖，热。

② 纩（kuàng）：丝绵。

仞为宜，不则堂愈高而人愈觉其矮，地愈宽而体愈形其瘠，何如略小其堂，而宽大其身之为得乎？处士之庐，难免卑隘，然卑者不能耸之使高，隘者不能扩之使广，而污秽者、充塞者则能去之使净，净则卑者高而隘者广矣。

吾贫贱一生，播迁流离，不一其处，虽债而食，赁而居，总未尝稍污其座。性嗜花竹，而购之无资，则必令妻孥忍饥数日，或耐寒一冬，省口体之奉，以娱耳目。人则笑之，而我怡然自得也。性又不喜雷同，好为矫异，常谓人之葺[1]居治宅，与读书作文同一致也。譬如治举业[2]者，高则自出手眼，创为新异之篇；其极卑者，亦将读熟之文移头换尾，损益字句而后出之，从未有抄写全篇，而自名善用者也。乃至兴造一事，则必肖人之堂以为堂，窥人之户以立户，稍有不合，不以为得，而反以为耻。

常见通侯贵戚，掷盈千累万之资以治园圃，必先谕大匠曰：亭则法某人之制，榭则遵谁氏之规，勿使稍异。而操运斤之权者，至大厦告成，必骄语居功，谓其立户开窗，安廊置阁，事事皆仿名园，纤毫不谬。噫，陋矣！以构造园亭之胜事，上之不能自出手眼，如标新创异之文人；下之至不能换尾移头，学套腐为新之庸笔，尚嚣嚣[3]以鸣得意，何其自处之卑哉！

---

① 葺（qì）：原指用茅草覆盖房子，后泛指修理房屋。

② 举业：科举时代专为应试的诗文、课业，明清时专指八股文。

③ 嚣嚣：喧哗。

予尝谓人曰：生平有两绝技，自不能用，而人亦不能用之，殊可惜也。人问：绝技维何？予曰：一则辨审音乐，一则置造园亭。性嗜填词，每多撰著，海内共见之矣。设处得为之地，自选优伶，使歌自撰之词曲，口授而躬试之，无论新裁之曲，可使迥异时腔，即旧日传奇，一概删其腐习而益以新格，为往时作者别开生面，此一技也。

一则创造园亭，因地制宜，不拘成见，一榱一桷，必令出自己裁，使经其地、入其室者，如读湖上笠翁之书，虽乏高才，颇饶别致，岂非圣明之世、文物之邦，一点缀太平之具哉？噫，吾老矣，不足用也。请以崖略[1]付之简篇，供嗜痂[2]者采择。收其一得，如对笠翁，则斯编实为神交之助尔。

土木之事，最忌奢靡。匪特庶民之家当崇俭朴，即王公大人亦当以此为尚。盖居室之制，贵精不贵丽，贵新奇大雅，不贵纤巧烂漫。凡人止好富丽者，非好富丽，因其不能创异标新，舍富丽无所见长，只得以此塞责。

譬如人有新衣二件，试令两人服之，一则雅素而新奇，一则辉煌而平易，观者之目，注在平易乎？在新奇乎？锦绣绮罗，谁不知贵，亦谁不见之？缟衣素裳，其制略新，则为众目所射，以其未尝睹也。凡予所言，皆属价廉工省之事，即有所费，亦不及雕镂粉藻之百一。且古语云“耕

---

① 崖略：大略，梗概。

② 嗜痂：指怪癖的嗜好。

当问奴，织当访婢”，予贫士也，仅识寒酸之事。欲示富贵，而以绮丽胜人，则有从前之旧制在。

新制人所未见，即缕缕言之，亦难尽晓，势必绘图作样。然有图所能绘，有不能绘者。不能绘者十之九，能绘者不过十之一。因其有而会其无，是在解人善悟耳。

向 背

屋以面南为正向。然不可必得，则面北者宜虚其后，以受南薰[①]；面东者虚右，面西者虚左，亦犹是也。如东、西、北皆无余地，则开窗借天以补之。牖之大者，可抵小门二扇；穴之高者，可敌低窗二扇，不可不知也。

途 径

径莫便于捷，而又莫妙于迂。凡有故作迂途，以取别致者，必另开耳门一扇，以便家人之奔走，急则开之，缓则闭之，斯雅俗俱利，而理致兼收矣。

高 下

房舍忌似平原，须有高下之势，不独园圃为然，居宅亦应如是。前卑后高，理之常也。然地不如是，而强欲如是，亦病其拘。总有因地制宜之法：高者造屋，卑者建楼，

① 南薰（xūn）：南面吹来的暖风，此处指从南面照过来的阳光。

一法也；卑处叠石为山，高处浚[①]水为池，二法也。又有因其高而愈高之，竖阁磊峰于峻坡之上；因其卑而愈卑之，穿塘凿井于下湿之区。总无一定之法，神而明之，存乎其人，此非可以遥授方略者矣。

出檐深浅

居宅无论精粗，总以能避风雨为贵。常有画栋雕梁、琼楼玉栏，而止可娱晴，不堪坐雨者，非失之太敞，则病于过峻。故柱不宜长，长为招雨之媒；窗不宜多，多为匿风之薮[②]；务使虚实相半，长短得宜。又有贫士之家，房舍宽而余地少，欲作深檐以障风雨，则苦于暗；欲置长牖以受光明，则虑在阴。剂其两难，则有添置活檐一法。何为活檐？法于瓦檐之下，另设板棚一扇，置转轴于两头，可撑可下。晴则反撑，使正面向下，以当檐外顶格；雨则正撑，使正面向上，以承檐溜。是我能用天，而天不能窘我矣。

置顶格

精室不见椽、瓦，或以板覆，或用纸糊，以掩屋上之丑态，名为“顶格”，天下皆然。予独怪其法制未善，何

① 浚：疏通，挖深。
② 薮（sǒu）：人或物聚集的地方。

也？常因屋高檐矮，意欲取平，遂抑高者就下，顶格一概齐檐，使高敞有用之区，委之不见不闻，以为鼠窟，良可慨也。亦有不忍弃此，竟以顶板贴椽，仍作屋形，高其中而卑其前后者，又不美观，而病其呆笨。

予为新制，以顶格为斗笠之形，可方可圆，四面皆下，而独高其中。且无多费，仍是平格之板料，但令工匠画定尺寸，旋而去之。如作圆形，则中间旋下一段是弃物矣，即用弃物作顶，升之于上，止增周围一段竖板，长仅尺许，少者一层，多则二层，随人所好。方者亦然。造成之后，若糊以纸，又可于竖板之上，裱贴字画，圆者类手卷，方者类册叶，简而文，新而妥，以质高明，必当取其有裨。方者可用竖板作门，时开时闭，则当壁橱四张，纳无限器物于中，而不之觉也。

甃 地[1]

古人茅茨土阶，虽崇俭朴，亦以法制未尽备也。惟幕天者可以席地，梁栋既设，即有阶除，与戴冠者不可跣足，同一理也。且土不覆砖，尝苦其湿，又易生尘。有用板作地者，又病其步履有声，喧而不寂。

以三和土甃地，筑之极坚，使完好如石，最为丰俭得宜。而又有不便于人者：若和灰和土不用盐卤，则燥而易

① 甃（zhòu）：砌，铺。

裂；用之发潮，又不利于天阴。且砖可挪移，而甃成之土不可挪移，日后改迁，遂成弃物，是又不宜用也。不若仍用砖铺，止在磨与不磨之间，别其丰俭，有力者磨之使光，无力者听其自糙。予谓极糙之砖，犹愈于极光之土。但能自运机杼，使小者间大，方者合圆，别成文理，或作冰裂，或肖龟纹，收牛溲马渤入药笼，用之得宜，其价值反在参苓之上。此种调度，言之易而行之甚难，仅存其说而已。

洒 扫

精美之房，宜勤洒扫。然洒扫中亦具大段学问，非僮仆所能知也。欲去浮尘，先用水洒，此古人传示之法，今世行之者，十中不得一二。盖因童子性懒，虑有汲水之烦，止扫不洒，是以两事并为一事，惜其力也。久之习为固然，非特童子忘之，并主人亦不知扫地之先，更有一事矣。彼但知两者并一是省事法，殊不知因其懒也，遂以一事化为数十事。服役者既以为苦，而指使者亦觉其繁，然总不知此数十事者，皆从一事苟简而生之者也。

精舍之内，自明窗净几而外，尚有图书翰墨、骨董器玩之种种，无一不忌浮尘。不洒而扫，是以红尘掺物，物物皆受其蒙，并栋梁之上、榱桷之间亦生障翳[1]，势必逐件擦磨，始现本来面目，手不停挥者，半日才能竣事，不亦

① 障翳（yì）：此处指物体表面的灰尘。

劳乎？若能先洒后扫，则扫过之后，只须麈尾[1]一拂，一日清晨之事毕矣，何指使服役之纷纷哉？此洒水之不容已也。然勤扫不如勤洒，人则知之；多洒不如轻扫，人则未知之也。

饶其善洒，不能处处皆遍，究竟干地居多，服役者不知，以其既经洒湿，则任意挥扫无妨。扬尘舞蹈之际，障翳之生也更多，故运帚切记勿重；匪特勿重，每于歇手之际，必使帚尾着地，勿令悬空，如扫一帚起一帚，则与挥扇无异，是扬灰使起，非抑尘使伏也。此是一法。又有闭门扫地之诀，不可不知。如人先扫房舍，后及阶除，则将房舍之门紧闭，俟扫完阶除后，略停片刻，然后开门，始无灰尘入户之患。臧获[2]不知，以为房舍扫完，其事毕矣，此后渐及门外，与内绝不相蒙，岂知有顾此失彼之患哉！顺风扬灰，一帚可当十帚，较之未扫更甚。此皆世人所忽，故拈出告之，然未免饶舌。

洒扫二事，势必相因，缺一不可，然亦有时以孤行为妙，是又不可不知。先洒后扫，言其常也，若旦旦如是，则土胶于水，积而不去，日厚一日，砖板受其虚名，而有土阶之实矣。故洒过数日，必留一日勿洒，止令童子轻轻用帚，不致扬尘，是数日所积者一朝去之，则水土交相为用，而不交相为害矣。

---

① 麈（zhǔ）尾：以麈的尾毛做成的拂尘。麈，古书上指鹿一类的动物。

② 臧获：奴婢，仆人。

藏垢纳污

欲营精洁之房，先设藏垢纳污之地。何也？爱精喜洁之士，一物不整齐，即如目中生刺，势必去之而后已。然一人之身，百工之所为备，能保物物皆精乎？且如文人之手，刻不停批；绣女之躬，时难罢刺。唾绒满地，金屋为之不光；残稿盈庭，精舍因而欠好。是极韵之物，尚能使人不韵，况其他乎？

故必于精舍左右，另设小屋一间，有如复道，俗名"套房"是也。凡有败笺弃纸、垢砚秃毫之类，卒急不能料理者，姑置其间，以俟暇时检点。妇人之闺阁亦然，残脂剩粉无日无之，净之将不胜其净也。此房无论大小，但期必备。如贫家不能办此，则以箱笼代之，案旁榻后皆可置。先有容拙之地，而后能施其巧，此藏垢之不容已也。至于纳污之区，更不可少。凡人有饮即有溺，有食即有便。如厕之时尚少，可于溷[①]厕之外，不必另筹去路。至于溺之为数，一日不知凡几，若不择地而遗，则净土皆成粪壤，如或避洁就污，则往来仆仆，"是率天下而路也"[②]。此为寻常好洁者言之。

若夫文人运腕，每至得意疾书之际，机锋一转，则断不可续。然而寝食可废，便溺不可废也。"官急不知私急"，

---

① 溷（hùn）：厕所。

② 是率天下而路也：意思是让天下人整日劳顿、疲于奔命。

俗不云乎？常有得句将书而阻于溺，及溺后觅之杳不可得者，予往往验之，故营此最急。当于书室之旁，穴墙为孔，嵌以小竹，使遗在内而流于外，秽气罔闻，有若未尝溺者，无论阴晴寒暑，可以不出户庭。此予自为计者，而亦举以示人，其无隐讳可知也。

窗栏第二

吾观今世之人，能变古法为今制者，其惟窗栏二事乎！窗栏之制，日新月异，皆从成法中变出。“腐草为萤”，实具至理，如此则造物生人，不枉付心胸一片。但造房建宅与置立窗轩，同是一理，明于此而暗于彼，何其有聪明而不善扩乎？予往往自制窗栏之格，口授工匠使为之，以为极新极异矣，而偶至一处，见其已设者，先得我心之同然，因自笑为“辽东白豕”[①]。独房舍之制不然，求为同心甚少。门窗二物，新制既多，予不复赘，恐其又蹈白豕辙也。惟约略言之，以补时人之偶缺。

制体宜坚

窗棂以明透为先，栏杆以玲珑为主，然此皆属第二义；

---

① 辽东白豕（shǐ）：比喻少见多怪。豕，猪。《后汉书·朱浮传》：“往时，辽东有豕，生子白头，异而献之。行至河东，见群豕皆白，怀惭而还。”

具首重者，止在一字之“坚”，坚而后论工拙。尝有穷工极巧以求尽善，乃不逾时而失头堕趾，反类画虎未成者，计其新而不计其旧也。总其大纲，则有二语：宜简不宜繁，宜自然不宜雕斫[①]。凡事物之理，简斯可继，繁则难久，顺其性者必坚，戕其体者易坏。

木之为器，凡合笋使就者，皆顺其性以为之者也；雕刻使成者，皆戕其体而为之者也；一涉雕镂，则腐朽可立待矣。故窗棂栏杆之制，务使头头有笋，眼眼着撒[②]。然头眼过密，笋撒太多，又与雕镂无异，仍是戕其体也，故又宜简不宜繁。根数愈少愈佳，少则可坚；眼数愈密愈贵，密则纸不易碎。然既少矣，又安能密？曰：此在制度之善，非可以笔舌争也。窗栏之体，不出纵横、欹斜、屈曲三项，请以萧斋[③]制就者，各图一则以例之。

纵横格

是格也，根数不多，而眼亦未尝不密，是所谓头头有笋，眼眼着撒者，雅莫雅于此，坚亦莫坚于此矣。是从陈腐中变出。由此推之，则旧式可化为新者，不知凡几。但取其简者、坚者、自然者变之，事事以雕镂为戒，则人工

---

① 斫（zhuó）：砍削。

② 撒：用于塞紧器物的竹木片。

③ 萧斋：书斋。梁武帝造寺，命萧子云于寺壁写一个“萧”字。寺毁后，刻字的残壁仍存。至唐，李约将残壁运归洛阳，建一亭以供赏玩，称为“萧斋”。后以此作为对书斋的谦称。

渐去，而天巧自呈矣。

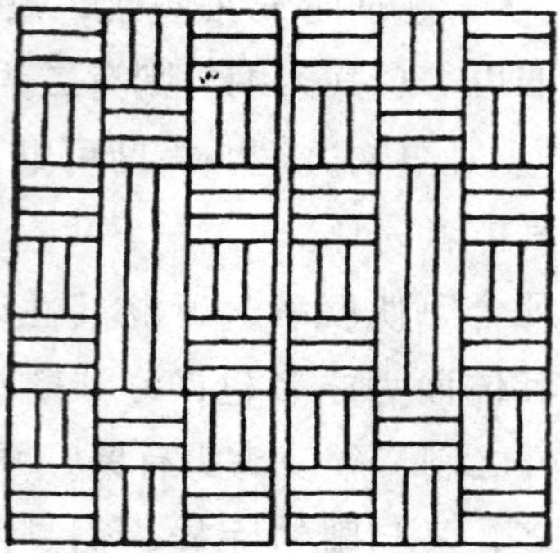

纵横格

欹斜格（系栏）

此格甚佳，为人意想所不到，因其平而有笋者，可以

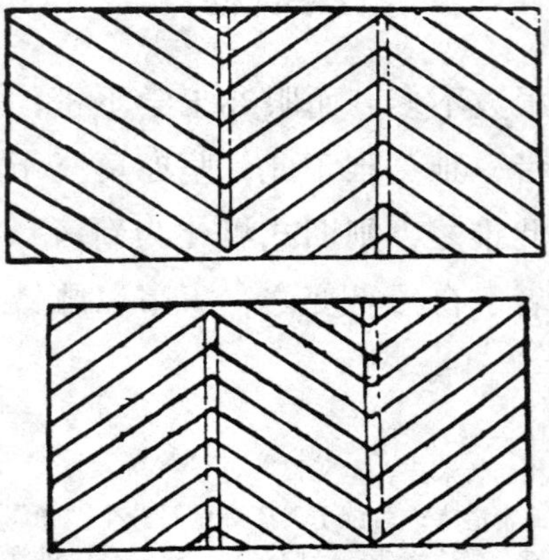

欹斜格（系栏）

着实，尖而无笋者，没处生根故也。然赖有躲闪法，能令外似悬空，内偏着实，止须善藏其拙耳。当于尖木之后，另设坚固薄板一条，托于其后，上下投笋，而以尖木钉于其上，前看则无，后观则有。其能幻有为无者，全在油漆时善于着色。

如栏杆之本体用朱，则所托之板另用他色。他色亦不得泛用，当以屋内墙壁之色为色。如墙系白粉，此板亦作粉色；壁系青砖，此板亦肖砖色。自外观之，止见朱色之纹，而与墙壁相同者，混然一色，无所辨矣。至栏杆之内向者，又必另为一色，勿与外同，或青或蓝，无所不可，而薄板向内之色，则当与之相合。自内观之，又别成一种文理，较外尤可观也。

屈曲体（系栏）

此格最坚，而又省费，名“桃花浪”，又名“浪里梅”。曲木另造，花另造，俟曲木入柱投笋后，始以花塞空处，上下着钉，借此联络，虽有大力者挠之，不能动矣。花之内外，宜作两种，一作桃，一作梅，所云“桃花浪”“浪里梅”是也。浪色亦忌雷同，或蓝或绿，否则同是一色，而以深浅别之，使人一转足之间，景色判然。是以一物幻为二物，又未尝于本等材料之外，另费一钱。凡予所为，强半皆若是也。

屈曲体（系栏）

取景在借

开窗莫妙于借景，而借景之法，予能得其三昧。向犹私之，乃今嗜痂者众，将来必多依样葫芦，不若公之海内，使物物尽效其灵，人人均有其乐。但期于得意酣歌之顷，高叫笠翁数声，使梦魂得以相傍，是人乐而我亦与焉，为愿足矣。

向居西子湖滨，欲购湖舫一只，事事犹人，不求稍异，止以窗格异之。人询其法，予曰：四面皆实，独虚其中，而为“便面”[①] 之形。实者用板，蒙以灰布，勿露一隙之光；虚者用木作框，上下皆曲而直其两旁，所谓便面是也。纯露空明，勿使有纤毫障翳。是船之左右，止有二便面，便面之外，无他物矣。

---

① 便面：扇面。

坐于其中，则两岸之湖光山色、寺观浮屠、云烟竹树，以及往来之樵人牧竖[①]、醉翁游女，连人带马尽入便面之中，作我天然图画。且又时时变幻，不为一定之形。非特舟行之际，摇一橹，变一像，撑一篙，换一景，即系缆时，风摇水动，亦刻刻异形。是一日之内，现出百千万幅佳山佳水，总以便面收之。而便面之制，又绝无多费，不过曲木两条、直木两条而已。世有掷尽金钱，求为新异者，其能新异若此乎？

此窗不但娱己，兼可娱人。不特以舟外无穷之景色摄入舟中，兼可以舟中所有之人物，并一切几席杯盘射出窗外，以备来往游人之玩赏。何也？以内视外，固是一幅便面山水；而以外视内，亦是一幅扇头人物。譬如拉妓邀僧，呼朋聚友，与之弹棋观画，分韵拈毫，或饮或歌，任眠任起，自外观之，无一不同绘事。同一物也，同一事也，此窗未设以前，仅作事物观；一有此窗，则不烦指点，人人俱作画图观矣。

夫扇面非异物也，肖扇面为窗，又非难事也。世人取象乎物，而为门为窗者，不知凡几，独留此眼前共见之物，弃而弗取，以待笠翁，讵[②]非咄咄怪事乎？所恨有心无力，不能办此一舟，竟成欠事。兹且移居白门[③]，为西子湖之薄

---

① 牧竖：牧童。

② 讵（jù）：岂，怎。

③ 白门：南京的别称。

幸人矣。此愿茫茫，其何能遂？不得已而小用其机，置此窗于楼头，以窥钟山气色，然非创始之心，仅存其制而已。

予又尝作观山虚牖，名“尺幅窗”，又名“无心画”，姑妄言之。浮白轩中，后有小山一座，高不逾丈，宽止及寻[①]，而其中则有丹崖碧水，茂林修竹，鸣禽响瀑，茅屋板桥，凡山居所有之物，无一不备。盖因善塑者肖予一像，神气宛然；又因予号笠翁，顾名思义，而为把钓之形。予思既执纶竿，必当坐之矶上，有石不可无水，有水不可无山，有山有水，不可无笠翁息钓归休之地，遂营此窟以居之。

是此山原为像设，初无意于为窗也。后见其物小而蕴大，有“须弥芥子[②]”之义，尽日坐观，不忍阖[③]牖，乃瞿[④]然曰：“是山也，而可以作画；是画也，而可以为窗；不过损予一日杖头钱[⑤]，为装潢之具耳。”遂命童子裁纸数幅，以为画之头尾，及左右镶边。头尾贴于窗之上下，镶边贴于两旁，俨然堂画一幅，而但虚其中。非虚其中，欲以屋后之山代之也。坐而观之，则窗非窗也，画也；山非屋后之山，即画上之山也。不觉狂笑失声，妻孥群至，又

---

① 寻：古代的长度单位，一寻等于八尺。

② 须弥芥子：极大的须弥山纳于极小的芥子之中，比喻佛法精妙，无处不在。

③ 阖（hé）：关闭。

④ 瞿（jù）：惊视，惊恐四顾。

⑤ 杖头钱：据南朝宋刘义庆《世说新语・任诞》，晋朝阮修常将铜钱挂在手杖顶端，手扶拐杖，步行至酒店，即以铜钱买酒畅饮。故后世以杖头钱代指沽酒钱。

复笑予所笑，而“无心画”“尺幅窗”之制，从此始矣。

予又尝取枯木数茎，置作天然之牖，名曰“梅窗”。生平制作之佳，当以此为第一。己酉之夏，骤涨滔天，久而不涸，斋头淹死榴、橙各一株，伐而为薪，因其坚也，刀斧难入，卧于阶除者累日。予见其枝柯盘曲，有似古梅，而老干又具盘错之势，似可取而为器者，因筹所以用之。是时栖云谷中幽而不明，正思辟牖，乃幡然[①]曰：“道在是矣！”遂语工师，取老干之近直者，顺其本来，不加斧凿，为窗之上下两旁，是窗之外廓具矣。再取枝柯之一面盘曲、一面稍平者，分作梅树两株，一从上生而倒垂，一从下生而仰接。其稍平之一面则略施斧斤，去其皮节而向外，以便糊纸；其盘曲之一面，则匪特尽全其天，不稍戕斫，并疏枝细梗而留之。既成之后，剪彩作花，分红梅、绿萼二种，缀于疏枝细梗之上，俨然活梅之初着花者。同人见之，无不叫绝。予之心思，讫于此矣。后有所作，当亦不过是矣。

便面不得于舟，而用于房舍，是屈事矣。然有移天换日之法在，亦可变昨为今，化板成活，俾耳目之前，刻刻似有生机飞舞，是亦未尝不妙，止费我一番筹度耳。予性最癖，不喜盆内之花、笼中之鸟、缸内之鱼，及案上有座之石，以其局促不舒，令人作囚鸾絷凤之想。故盆花自幽

---

① 幡（fān）然：忽然醒悟的样子。

兰、水仙而外，未尝寓目。鸟中之画眉，性酷嗜之，然必另出己意而为笼，不同旧制，务使不见拘囚之迹而后已。

自设便面以后，则生平所弃之物，尽在所取。从来作便面者，凡山水人物、竹石花鸟以及昆虫，无一不在所绘之内，故设此窗于屋内，必先于墙外置板，以备承物之用。一切盆花笼鸟、蟠松怪石，皆可更换置之。如盆兰吐花，移之窗外，即是一幅便面幽兰；盎[1]菊舒英，内[2]之牖中，即是一幅扇头佳菊。或数日一更，或一日一更，即一日数更，亦未尝不可。但须遮蔽下段，勿露盆盎之形。而遮蔽之物，则莫妙于零星碎石，是此窗家家可用，人人可办，讵非耳目之前第一乐事？得意酣歌之顷，可忘作始之李笠翁乎？

湖舫式

此湖舫式也。不独西湖，凡居名胜之地，皆可用之。但便面止可观山临水，不能障雨蔽风，是又宜筹退步，以补前说之不逮。退步云何？外设推板，可开可阖，此易为之事也。但纯用推板，则幽而不明；纯用明窗，又与扇面之制不合，须以板内嵌窗之法处之。其法维何？曰：即仿梅窗之制，以制窗棂。亦备其式于右。

---

① 盎：古代的一种器皿，腹大口小。

② 内：通“纳”，收。

湖舫式

便面窗外推板装花式

四围用板者，既取其坚，又省制棂装花人工之半也。中作花树者，不失扇头图画之本色也。用直棂间于其中者，无此则花树无所倚靠，即勉强为之，亦浮脆[①]而难久也。棂不取直，而作欹斜之势，又使上宽下窄者，欲肖扇面之折纹；且小者可以独扇，大则必分双扇，其中间合缝处，糊纱糊纸，无直木以界之，则纱与纸无所依附故也。若是，则棂与花树纵横相杂，不几泾渭难分，而求工反拙乎？曰：不然。有两法盖藏，勿虑也。

花树粗细不一，其势莫妙于参差，棂则极匀，而又贵

---

① 浮脆：空虚脆弱。

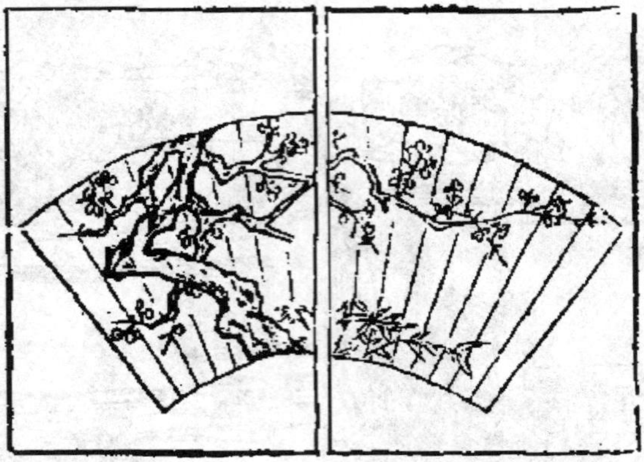

便面窗外推板装花式

乎极细，须以极坚之木为之，一法也；油漆并着色之时，棂用白粉，与糊窗之纱纸同色，而花树则绘五彩，俨然活树生花，又一法也。若是泾渭自分，而便面与花，判然有别矣。梅花止备一种，此外或花或鸟，但取简便者为之，勿拘一格。惟山水人物，必不可用。板与花棂俱另制，制就花棂，而后以板镶之。即花与棂，亦难合适，须使花自花而棂自棂，先分后合。其连接处，各损少许以就之，或以钉钉，或以胶粘，务期可久。

便面窗花卉式　便面窗虫鸟式

诸式止备其概，余可类推。然此皆为窗外无景，求天然者不得，故以人力补之；若远近风物尽有可观，则焉用此碌碌为哉？昔人云："会心处正不在远。"若能实具一段闲情、一双慧眼，则过目之物，尽是画图；入耳之声，无非诗料。譬如我坐窗内，人行窗外，无论见少年女子是一幅美人图，即见老妪白叟扶杖而来，亦是名人画幅中必不可无之物；见婴儿群戏是一幅百子图，即见牛羊并牧、鸡犬交哗，亦是词客文情内未尝偶缺之资。“牛溲马渤，尽入药笼。”予所制便面窗，即雅人韵士之药笼也。

此窗若另制纱窗一扇，绘以灯色花鸟，至夜篝灯于内，自外视之，又是一盏扇面灯。即日间自内视之，光彩相照，亦与观灯无异也。

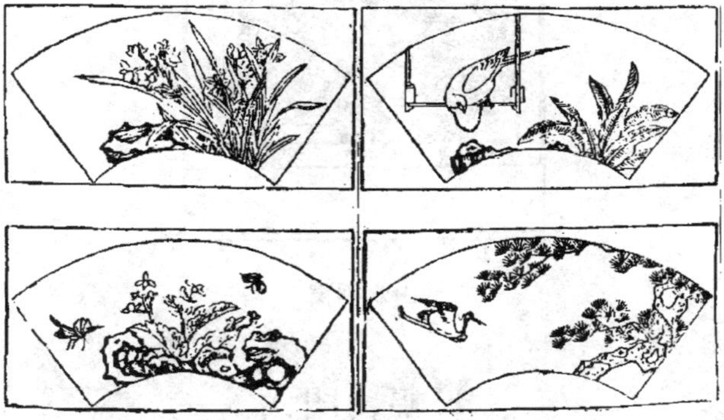

便面窗花卉式　便面窗虫鸟式

山水图窗

凡置此窗之屋，进步宜深，使座客观山之地去窗稍远，则窗之外廓为画，画之内廓为山，山与画连，无分彼此，见者不问而知为天然之画矣。浅促之屋，坐在窗边，势必倚窗为栏，身之大半出于窗外，但见山而不见画，则作者深心有时埋没，非尽善之制也。

山水图窗

尺幅窗图式

尺幅窗图式，最难摹写。写来非似真画，即似真山，非画上之山与山中之画也。前式虽工，虑观者终难了悟，兹再绘一纸，以作副墨。且此窗虽多开少闭，然亦间有闭时；闭时用他槅他棂，则与画意不合，丑态出矣。必须照式大小，作木槅一扇，以名画一幅裱之，嵌入窗中，又是一幅真画，并非“无心画”与“尺幅窗”矣。但观此式，自能了然。裱槅如裱回屏，托以麻布及厚纸，薄则明而有光，不成画矣。

尺幅窗图式

梅 窗

制此之法，总论已备之矣，其略而不详者，止有取老干作外廓一事。外廓者，窗之四面，即上下两旁是也。若以整木为之，则向内者古朴可爱，而向外一面屈曲不平，以之着墙，势难贴伏。必取整木一段，分中锯开，以有锯路者着墙，天然未斫者向内，则天巧人工，俱有所用之矣。

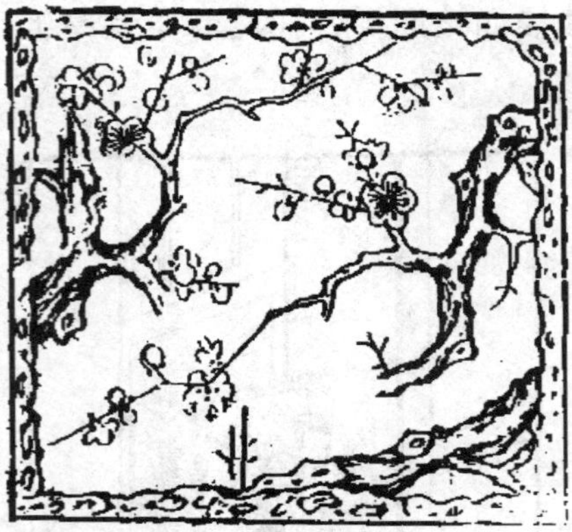

梅　窗

墙壁第三

“峻宇雕墙”“家徒壁立[①]”，昔人贫富，皆于墙壁间辨之。故富人润屋，贫士结庐，皆自墙壁始。墙壁者，内外攸分而人我相半者也。俗云：“一家筑墙，两家好看”。居室器物之有公道者，惟墙壁一种，其余一切皆为我之学也。然国之宜固者城池，城池固而国始固；家之宜坚者墙壁，墙壁坚而家始坚。其实为人即是为己，人能以治墙壁之一念治其身心，则无往而不利矣。人笑予止务闲情，不喜谈禅讲学，故偶为是说以解嘲，未审有当于理学名贤及善知

① 家徒壁立：家中贫困，一无所有。

识[1]否也。

界墙

界墙者，人我公私之畛域[2]，家之外廓是也。莫妙于乱石垒成，不限大小方圆之定格。垒之者人工，而石则造物生成之本质也。其次则为石子。石子亦系生成，而次于乱石者，以其有圆无方，似执一见，虽属天工，而近于人力故耳。然论二物之坚固，亦复有差；若云美观入画，则彼此兼擅其长矣。此惟傍山邻水之处得以有之，陆地平原，知其美而不能致也。予见一老僧建寺，就石工斧凿之余，收取零星碎石几及千担，垒成一壁，高广皆过十仞，嶙峋崭绝，光怪陆离，大有峭壁悬崖之致。此僧诚韵人也。迄今三十余年，此壁犹时时入梦，其系人思念可知。砖砌之墙，乃八方公器，其理其法，是人皆知，可以置而弗道。至于泥墙土壁，贫富皆宜，极有萧疏雅淡之致，惟怪其跟脚过肥，收顶太窄，有似尖山，又且或进或出，不能如砖墙一截而齐，此皆主人监督之不善也。若以砌砖墙挂线之法，先定高低出入之痕，以他物建标于外，然后以筑板因之，则有旃墙粉堵之风，而无败壁颓垣之象矣。

---

① 善知识：佛教用语，指能引发他人向上、增善去恶乃至证悟成佛的人。泛指高僧。

② 畛（zhěn）域：界限，范围。

女墙

《古今注》云："女墙者，城上小墙。一名睥睨[1]，言于城上窥人也。"予以私意释之，此名甚美，似不必定指城垣，凡户以内之及肩小墙，皆可以此名之。盖"女"者，妇人未嫁之称，不过言其纤小，若定指城上小墙，则登城御敌，岂妇人女子之事哉？至于墙上嵌花或露孔，使内外得以相视，如近时园圃所筑者，益可名为"女墙"，盖仿睥睨之制而成者也。其法穷奇极巧，如《园冶》[2]所载诸式，殆无遗义矣。但须择其至稳极固者为之，不则一砖偶动，则全壁皆倾，往来负荷者，保无一时误触之患乎？坏墙不足惜，伤人实可虑也。予谓自顶及脚皆砌花纹，不惟极险，亦且大费人工。其所以洞彻内外者，不过使代琉璃屏，欲人窥见室家之好耳。止于人眼所瞩之处，空二三尺，使作奇巧花纹，其高乎此及卑乎此者，仍照常实砌，则为费不多，而又永无误触致崩之患。此丰俭得宜、有利无害之法也。

厅壁

厅壁不宜太素，亦忌太华。名人尺幅自不可少，但须

---

① 睥睨（pì nì）：斜着眼看，侧目而视，有厌恶或高傲之意。

②《园冶》：中国古代造园专著，明末计成著。全书论述了宅园、别墅营建的原理和具体手法，为后世园林建造提供了理论框架和范本。

浓淡得宜，错综有致。予谓裱轴不如实贴。轴虑风起动摇，损伤名迹，实贴则无是患，且觉大小咸宜也。实贴又不如实画，“何年顾虎头，满壁画沧州”[①]。自是高人韵事。予斋头偶仿此制，而又变幻其形，良朋至止，无不耳目一新，低回留之不能去者。

因予性嗜禽鸟，而又最恶樊笼，二事难全，终年搜索枯肠，一悟遂成良法。乃于厅旁四壁，倩四名手，尽写着色花树，而绕以云烟，即以所爱禽鸟，蓄于虬枝老干之上。画止空迹，鸟有实形，如何可蓄？曰：不难，蓄之须自鹦鹉始。从来蓄鹦鹉者必用铜架，即以铜架去其三面，止存立脚之一条，并饮水啄粟之二管。先于所画松枝之上，穴一小小壁孔，后以架鹦鹉者插入其中，务使极固，庶往来跳跃，不致动摇。松为着色之松，鸟亦有色之鸟，互相映发，有如一笔写成。良朋至止，仰观壁画，忽见枝头鸟动，叶底翎张，无不色变神飞，诧为仙笔；乃惊疑未定，又复载飞载鸣，似欲翱翔而下矣。谛观熟视，方知个里情形，有不抵掌叫绝，而称巧夺天工者乎？

若四壁尽蓄鹦鹉，又忌雷同，势必间以他鸟。鸟之善鸣者，推画眉第一。然鹦鹉之笼可去，画眉之笼不可去

---

① 何年顾虎头，满壁画沧州：出自杜甫诗《题玄武禅师屋壁》。顾虎头，即顾恺之，字长康，小字虎头，东晋画家。沧州，水滨之所。古时常以称隐士居所，此指壁画上高人隐居之地。

也，将奈之何？予又有一法：取树枝之拳曲似龙者，截取一段，密者听其自如，疏者网以铁线，不使太疏，亦不使太密，总以不致飞脱为主。蓄画眉于中，插之亦如前法。此声方歇，彼喙复开；翠羽初收，丹睛复转。因禽鸟之善鸣善啄，觉花树之亦动亦摇；流水不鸣而似鸣，高山是寂而非寂。座客别去者，皆作殷浩书空，谓咄咄怪事[①]，无有过此者矣。

书房壁

书房之壁，最宜潇洒。欲其潇洒，切忌油漆。油漆二物，俗物也，前人不得已而用之，非好为是沾沾者。门户窗棂之必须油漆，蔽风雨也；厅柱榱楹之必须油漆，防点污也。若夫书房之内，人迹罕至，阴雨弗浸，无此二患而亦蹈此辙，是无刻不在桐腥漆气之中，何不并漆其身而为厉乎？石灰垩壁，磨使极光，上着也；其次则用纸糊。纸糊可使屋柱窗楹共为一色，即壁用灰垩，柱上亦须纸糊，纸色与灰，相去不远耳。壁间书画自不可少，然粘贴太繁，不留余地，亦是文人俗态。

天下万物，以少为贵。步幛非不佳，所贵在偶尔一见，若王恺之四十里，石崇之五十里，则是一日中哄市，锦绣

---

① 皆作殷浩书空，谓咄咄怪事：咄咄怪事，令人感到惊异，出乎意料的事情。据刘义庆《世说新语·黜免》："殷中军被废，在信安，终日恒书空作字。扬州吏民寻义逐之，窃视，唯作'咄咄怪事'四字而已。"

罗列之肆廛而已矣。看到繁缛处，有不生厌倦者哉？昔僧玄览住荆州陟屺寺，张璪画古松于斋壁，符载赞之，卫象诗之，亦一时三绝，览悉加垩焉。人问其故，览曰："无事疥吾壁也。"诚高僧之言，然未免太甚。若近时斋壁，长笺短幅尽贴无遗，似冲繁道上之旅肆，往来过客无不留题，所少者只有一笔。一笔维何？"某年月日某人同某在此一乐"是也。此真疥壁，吾请以玄览之药药之。

糊壁用纸，到处皆然，不过满房一色白而已矣。予怪其物而不化，窃欲新之。新之不已，又以薄蹄[①]变为陶冶，幽斋化为窑器，虽居室内，如在壶中[②]，又一新人观听之事也。先以酱色纸一层，糊壁作底，后用豆绿云母笺，随手裂作零星小块，或方或扁，或短或长，或三角或四五角，但勿使圆，随手贴于酱色纸上，每缝一条，必露出酱色纸一线，务令大小错杂，斜正参差，则贴成之后，满房皆冰裂碎纹，有如哥窑[③]美器。其块之大者，亦可题诗作画，置于零星小块之间，有如铭钟勒卣[④]，盘上作铭，无一不成韵事。问予所费几何，不过于寻常纸价之外，多一二剪合之工而已。同一费钱，而有庸腐新奇之别，止在稍用其心。

---

① 薄蹄：这里指用纸糊。

② 壶中：据葛洪《神仙传》，一老翁卖药，藏身于壶中，其中别有洞天。后指仙境或超凡脱俗的境界。

③ 哥窑：宋代著名瓷窑，所产瓷器带有冰裂纹。

④ 卣（yǒu）：古代一种盛酒的器具，口小腹大，有盖和提梁。

"心之官则思。"[①] 如其不思，则焉用此心为哉？

糊纸之壁，切忌用板。板干则裂，板裂而纸碎矣。用木条纵横作槅，如围屏之骨子然。前人制物备用，皆经屡试而后得之，屏不用板而用木槅，即是故也。即如糊刷用棕，不用他物，其法亦经屡试，舍此而另换一物，则纸与糊两不相能，非厚薄之不均，即刚柔之太过，是天生此物以备此用，非人不能取而予之。人知巧莫巧于古人，孰知古人于此亦大费辛勤，皆学而知之，非生而知之者也。

壁间留隙地，可以代橱。此仿伏生藏书于壁[②]之义，大有古风，但所用有不合于古者。此地可置他物，独不可藏书，以砖土性湿，容易发潮，潮则生蠹，且防朽烂故也。然则古人藏书于壁，殆虚语乎？曰：不然。东南西北，地气不同，此法止宜于西北，不宜于东南。西北地高而风烈，有穴地数丈而始得泉者，湿从水出，水既不得，湿从何来？即使有极潮之地，而加以极烈之风，未有不返湿为燥者。故壁间藏书，惟燕赵秦晋则可，此外皆应避之。即藏他物，亦宜时开时阖，使受风吹；久闭不开，亦有霾湿生虫之患。莫妙于空洞其中，止设托板，不立门扇，仿佛书架之形，有其用而不侵吾地，且有磐石之固，莫能摇动。此妙制善

---

① 心之官则思：意为心的功能是用来思考的。

② 伏生藏书于壁：伏生，即伏胜，字子贱，秦朝博士，秦始皇焚书，他将《尚书》藏在墙壁中。

算，居家必不可无者。

予又有壁内藏灯之法，可以养目，可以省膏，可以一物而备两室之用，取以公世，亦贫士利人之一端也。我辈长夜读书，灯光射目，最耗元神。有用瓦灯贮火，留一隙之光，仅照书本，余皆闭藏于内而不用者。予怪以有用之光置无用之地，犹之暴殄天物，因效匡衡凿壁[①]之义，于墙上穴一小孔，置灯彼屋而光射此房，彼行彼事，我读我书，是一灯也，而备全家之用，又使目力不竭于焚膏，较之瓦灯，其利奚止十倍？以赠贫士，可当分财。使予得拥厚资，其不吝亦如是也。

联匾第四

堂联斋匾，非有成规。不过前人赠人以言，多则书于卷轴，少则挥诸扇头；若止一二字、三四字，以及偶语一联，因其太少也，便面难书，方策不满，不得已而大书于木。彼受之者，因其坚巨难藏，不便纳之笥[②]中，欲举以示人，又不便出诸怀袖，亦不得已而悬之中堂，使人共见。此当日作始者偶然为之，非有成格定制，画一而不可移也。

---

① 匡衡凿壁：据刘歆《西京杂记》："匡衡，字稚圭，勤学而无烛。邻舍有烛而不逮，衡乃穿壁引其光，以书映光而读之。"

② 笥（sì）：盛饭或衣物的方形竹器。

讵料一人为之，千人万人效之，自昔徂今，莫知稍变。

夫礼乐制自圣人，后世莫敢窜易，而殷因夏礼，周因殷礼，尚有损益于其间，矧器玩竹木之微乎？予亦不必大肆更张，但效前人之损益可耳。锢习[①]繁多，不能尽革，姑取斋头已设者，略陈数则，以例其余。非欲举世则而效之，但望同调者各出新裁，其聪明什佰于我。投砖引玉，正不知导出几许神奇耳。

有诘予者曰：观子联匾之制，佳则佳矣，其如挂一漏万何？由子所为者而类推之，则《博古图》[②]中，如樽罍[③]、琴瑟、几杖、盘盂之属，无一不可肖像而为之，胡仅以寥寥数则为也？予曰：不然。凡予所为者，不徒取异标新，要皆有所取义。凡人操觚[④]握管，必先择地而后书之，如古人种蕉代纸[⑤]，刻竹留题，册上挥毫，卷头染翰，剪桐作诏[⑥]，选石题诗，是之数者，皆书家固有之物，不过取而予之，非有蛇足于其间也。若不计可否而混用之，则将来牛鬼蛇神无一不备，予其作俑之人乎！图中所载诸名笔，

---

① 锢（gù）习：长期养成、不易改掉的陋习。

②《博古图》：全称《宣和博古图》，宋代金石学著作。著录当时皇室在宣和殿所藏的自商至唐的铜器 839 件，集中了宋代所藏青铜器的精华。

③ 罍（léi）：古代一种盛酒的容器。小口，广肩，深腹，圈足，有盖，多用青铜或陶制成。

④ 觚（gū）：古代用来书写的木简。

⑤ 种蕉代纸：唐代和尚怀素善书法，尤长草书。他家境贫寒，买纸困难，因而在房子前面种了很多芭蕉，取叶代替纸张，用来练习书法。

⑥ 剪桐作诏：据《史记·晋世家》，周成王以桐叶为圭，封其弟叔虞于唐，成为晋的始祖。

系绘图者勉强肖之，非出其人之手。缩巨为细，自失原神，观者但会其意可也。

蕉叶联

蕉叶题诗，韵事也；状蕉叶为联，其事更韵。但可置于平坦贴服之处，壁间门上皆可用之，以之悬柱则不宜，阔大难掩故也。其法，先画蕉叶一张于纸上，授木工以板为之，一样二扇，一正一反，即不雷同。后付漆工，令其满灰密布，以防碎裂。漆成后，始书联句，并画筋纹。蕉色宜绿，筋色宜黑，字则宜填石黄，始觉陆离可爱，他色

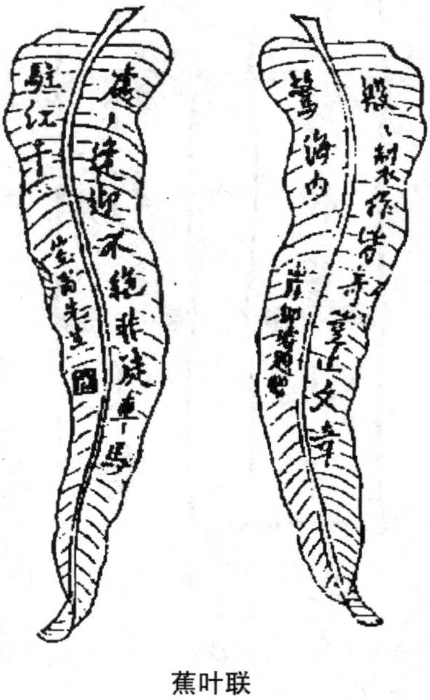

蕉叶联

皆不称也。用石黄乳金更妙，全用金字则太俗矣。此匾悬之粉壁，其色更显，可称“雪里芭蕉”。

此君①联

“宁可食无肉，不可居无竹。”竹可须臾离乎？竹之可为器也，自楼阁几榻之大，以至笥奁杯箸之微，无一不经采取，独至为联为匾诸韵事弃而弗录，岂此君之幸乎？用

此君联

① 此君：据《世说新语·任诞》，王子猷曾指着竹子说：“何可一日无此君邪!”后世遂以“此君”指代竹子。

之请自予始。截竹一筒，剖而为二，外去其青，内铲其节，磨之极光，务使如镜，然后书以联句，令名手镌之，掺以石青或石绿，即墨字亦可。以云乎雅，则未有雅于此者；以云乎俭，亦未有俭于此者。不宁惟是，从来柱上加联，非板不可，柱圆板方，柱窄板阔，彼此抵牾，势难贴服，何如以圆合圆，纤毫不谬，有天机凑泊之妙乎？此联不用铜钩挂柱，用则多此一物，是为赘瘤。止用铜钉上下二枚，穿眼实钉，勿使动移。其穿眼处，反择有字处穿之，钉钉后，仍用掺字之色补于钉上，混然一色，不见钉形尤妙。钉蕉叶联亦然。

碑文额

三字额，平书者多，间有直书者，匀作两行。匾用方式，亦偶见之。然皆白地黑字，或青绿字。兹效石刻为之，

碑文额

嵌于粉壁之上，谓之匾额可，谓之碑文亦可。名虽石，不果用石，用石费多而色不显，不若以木为之。其色亦不仿墨刻之色，墨刻色暗，而远视不甚分明。地用黑漆，字填白粉，若是则值既廉，又使观者耀目。此额惟墙上开门者宜用之，又须风雨不到之处。客之至者，未启双扉，先立漆书壁经[①]之下，不待搴帷入室，已知为文士之庐矣。

手卷额

额身用板，地用白粉，字用石青石绿，或用炭灰代墨，无一不可。与寻常匾式无异，止增圆木二条，缀于额之两旁，若轴心然。左画锦纹，以像装潢之色；右则不宜太工，但像托画之纸色而已。天然图卷，绝无穿凿之痕，制度之善，庸有过于此者乎？眼前景，手头物，千古无人计及，殊可怪也。

手卷额

① 壁经：指汉代发现于孔子宅壁中的藏书，后借指刻在墙上的字。

册页匾

用方板四块，尺寸相同，其后以木绾之。断而使续，势取乎曲，然勿太曲。边画锦纹，亦像装潢之色。止用笔画，勿用刀镌，镌者粗略，反不似笔墨精工；且和油入漆，着色为难，不若画色之可深可浅，随取随得也。字则必用剞劂[①]。各有所宜，混施不可。

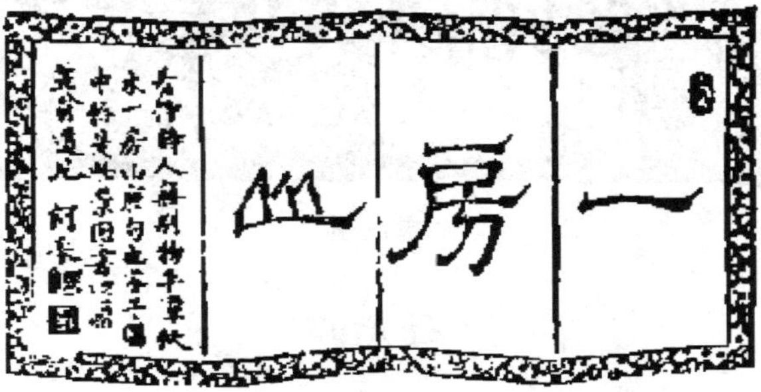

册页匾

虚白匾

“虚室生白”，古语也。且无事不妙于虚，实则板矣。用薄板之坚者，贴字于上，镂而空之，若制糖食果馅之木印。务使二面相通，纤毫无障。其无字处，坚以灰布，漆以退光。俟既成后，贴洁白绵纸一层于字后。木则黑而无泽，字则白而有光，既取玲珑，又类墨刻，有匾之名，去

① 剞劂（jī jué）：本指雕刻用的曲刀。此指雕琢刻镂。

其迹矣。但此匾不宜混用，择房舍之内暗外明者置之。若屋后有光，则先穴通其屋，以之向外，不则置于入门之处，使正面向内。从来屋高门矮，必增横板一块于门之上。以此代板，谁曰不佳？

虚白匾

石光匾

即“虚白”一种，同实而异名。用于磊石成山之地，择山石偶断处，以此续之。亦用薄板一块，镂字既成，用漆涂染，与山同色，勿使稍异。其字旁凡有隙地，即以小石补之，粘以生漆，勿使见板。至板之四围，亦用石补，与山石合成一片，无使有襞襀[1]之痕，竟似石上留题，为后人凿穿以存其迹者。字后若无障碍，则使通天，不则亦贴绵纸，取光明而塞障碍。

---

① 襞襀（bì jì）：衣服上的褶子。

石光匾

秋叶匾

御沟题红[①]，千古佳事；取以制匾，亦觉有情。但制红叶与制绿蕉有异：蕉叶可大，红叶宜小；匾取其横，联妙在直。是亦不可不知也。

---

① 御沟题红：又称“红叶题诗”。据唐范摅《云溪友议》：“卢渥，舍人，应举之岁，偶临御沟，见一红叶，命仆搴来。叶上乃有一绝句，置于巾箱，或呈于同志。及宣宗既省宫人，初下诏，许从百官司吏，独不许贡举人。后亦一任范阳，获其退宫。睹红叶而吁怨久之，曰：‘当时偶题随流水，不谓郎君收藏巾箧。’验其书迹，无不讶焉。诗曰：‘流水何太急，深宫尽日闲，殷勤谢红叶，好去到人间。’”

秋叶匾

山石第五

幽斋磊石，原非得已。不能致身岩下与木石居，故以一卷代山，一勺代水，所谓无聊之极思也。然能变城市为山林，招飞来峰①使居平地，自是神仙妙术，假手于人以示奇者也，不得以小技目之。且磊石成山，另是一种学问，别是一番智巧。尽有丘壑填胸、烟云绕笔之韵士，命之画水题山，顷刻千岩万壑，及倩磊斋头片石，其技立穷，似向盲人问道者。故从来叠山名手，俱非能诗善绘之人。见其随举一石，颠倒置之，无不苍古成文，纡回入画，此正造物之巧于示奇也。

譬之扶乩②召仙，所题之诗与所判之字，随手便成法

① 飞来峰：又名灵鹫峰，在今浙江杭州灵隐寺前。

② 扶乩（jī）：一种民间请示神明的方法。“扶”即“扶架子”，“乩”指“占卜”。扶乩之时，将木制丁字架置于沙盘之上，依法请神，木架的下垂部即在沙上画出文字，作为神的指示。

帖，落笔尽是佳词，询之召仙术士，尚有不明其义者。若出自工书善咏之手，焉知不自人心捏造？妙在不善咏者使咏，不工书者命书，然后知运动机关，全由神力。其叠山磊石，不用文人韵士，而偏令此辈擅长者，其理亦若是也。然造物鬼神之技，亦有工拙雅俗之分，以主人之去取为去取。主人雅而取工，则工且雅者至矣；主人俗而容拙，则拙而俗者来矣。有费累万金钱，而使山不成山、石不成石者，亦是造物鬼神作祟，为之摹神写像，以肖其为人也。一花一石，位置得宜，主人神情已见乎此矣，奚俟察言观貌，而后识别其人哉？

大　山

山之小者易工，大者难好。予遨游一生，遍览名园，从未见有盈亩累丈之山，能无补缀穿凿之痕，遥望与真山无异者。犹之文章一道，结构全体难，敷陈零段易。唐宋八大家[①]之文，全以气魄胜人，不必句栉字篦，一望而知为名作。以其先有成局，而后修饰词华，故粗览细观同一致也。若夫间架未立，才自笔生，由前幅而生中幅，由中幅而生后幅，是谓以文作文，亦是水到渠成之妙境；然但可近视，不耐远观，远观则襞襀缝纫之痕出矣。

书画之理亦然。名流墨迹，悬在中堂，隔寻丈而观之，

① 唐宋八大家：唐代韩愈、柳宗元和宋代苏轼、苏洵、苏辙、王安石、曾巩、欧阳修八位散文家的合称。

不知何者为山，何者为水，何处是亭台树木，即字之笔画杳不能辨，而只览全幅规模，便足令人称许。何也？气魄胜人，而全体章法之不谬也。至于累石成山之法，大半皆无成局，犹之以文作文，逐段滋生者耳。名手亦然，矧庸匠乎？然则欲累巨石者，将如何而可？必俟唐宋诸大家复出，以八斗才人，变为五丁力士，而后可使运斤乎？抑分一座大山为数十座小山，穷年俯视，以藏其拙乎？曰：不难。用以土代石之法，既减人工，又省物力，且有天然委曲之妙。混假山于真山之中，使人不能辨者，其法莫妙于此。

累高广之山，全用碎石，则如百衲僧衣，求一无缝处而不得，此其所以不耐观也。以土间之，则可泯然无迹，且便于种树。树根盘固，与石比坚，且树大叶繁，混然一色，不辨其为谁石谁土。立于真山左右，有能辨为积累而成者乎？此法不论石多石少，亦不必定求土石相半，土多则是土山带石，石多则是石山带土。土石二物原不相离，石山离土，则草木不生，是童山[①]矣。

小 山

小山亦不可无土，但以石作主，而土附之。土之不可胜石者，以石可壁立，而土则易崩，必仗石为藩篱故也。

① 童山：不生草木的山。

外石内土，此从来不易之法。

言山石之美者，俱在透、漏、瘦三字。此通于彼，彼通于此，若有道路可行，所谓透也；石上有眼，四面玲珑，所谓漏也；壁立当空，孤峙无倚，所谓瘦也。然透、瘦二字在在宜然，漏则不应太甚。若处处有眼，则似窑内烧成之瓦器，有尺寸限在其中，一隙不容偶闭者矣。塞极而通，偶然一见，始与石性相符。

瘦小之山，全要顶宽麓窄，根脚一大，虽有美状，不足观矣。

石眼忌圆，即有生成之圆者，亦粘碎石于旁，使有棱角，以避混全之体。

石纹石色取其相同，如粗纹与粗纹当并一处，细纹与细纹宜在一方，紫、碧、青、红，各以类聚是也。然分别太甚，至其相悬接壤处，反觉异同，不若随取随得，变化从心之为便。至于石性，则不可不依；拂其性而用之，非止不耐观，且难持久。石性维何？斜正纵横之理路是也。

石　壁

假山之好，人有同心；独不知为峭壁，是可谓叶公之好龙[1]矣。山之为地，非宽不可；壁则挺然直上，有如劲竹孤桐，斋头但有隙地，皆可为之。且山形曲折，取势为难，

① 叶公之好龙：比喻自称爱好某种事物，实际上并不是真正爱好，甚至是害怕。

手笔稍庸，便贻大方之诮[①]。壁则无他奇巧，其势有若累墙，但稍稍纡回出入之，其体嶙峋，仰观如削，便与穷崖绝壑无异。且山之与壁，其势相因，又可并行而不悖者。

凡累石之家，正面为山，背面皆可作壁。匪特前斜后直，物理皆然，如椅、榻、舟车之类；即山之本性亦复如是，逶迤其前者，未有不崭绝其后，故峭壁之设，诚不可已。但壁后忌作平原，令人一览而尽。须有一物焉蔽之，使座客仰观不能穷其颠末，斯有万丈悬岩之势，而绝壁之名为不虚矣。蔽之者维何？曰：非亭即屋。或面壁而居，或负墙而立，但使目与檐齐，不见石丈人[②]之脱巾露顶，则尽致矣。

石壁不定在山后，或左或右，无一不可，但取其地势相宜。或原有亭屋，而以此壁代照墙，亦甚便也。

石 洞

假山无论大小，其中皆可作洞。洞亦不必求宽，宽则借以坐人。如其太小，不能容膝，则以他屋联之，屋中亦置小石数块，与此洞若断若连，是使屋与洞混而为一，虽居屋中，与坐洞中无异矣。洞中宜空少许，贮水其中而故作漏隙，使涓滴之声从上而下，旦夕皆然。置身其中者，

---

① 贻大方之诮（qiào）：被识见广博或精通此道的内行人所讥笑。

② 石丈人：宋米芾好石，知无为军，入州廨，见立石甚奇，即取袍笏拜之，呼为石丈。后代指园林中的峭壁。

有不六月寒生，而谓真居幽谷者，吾不信也。

零星小石

贫士之家，有好石之心而无其力者，不必定作假山。一卷特立，安置有情，时时坐卧其旁，即可慰泉石膏肓之癖①。若谓如拳之石亦须钱买，则此物亦能效用于人，岂徒为观瞻而设？使其平而可坐，则与椅榻同功；使其斜而可倚，则与栏杆并力；使其肩背稍平，可置香炉茗具，则又可代几案。花前月下，有此待人，又不妨于露处，则省他物运动之劳，使得久而不坏，名虽石也，而实则器矣。且捣衣之砧，同一石也，需之不惜其费；石虽无用，独不可捣衣之砧乎？王子猷劝人种竹，予复劝人立石；有此君②不可无此丈。同一不急之务，而好为是谆谆者，以人之一生，他病可有，俗不可有；得此二物，便可当医，与施药饵济人，同一婆心之自发也。

---

① 泉石膏肓之癖：比喻嗜好山水成癖。《旧唐书 · 田游岩传》记田游岩回答唐高宗的话："臣泉石膏肓，烟霞痼疾。"

② 此君：对竹的昵称。东晋大书法家王羲之的儿子王徽之，字子猷，性爱竹。《晋书 · 王徽之传》记载，王徽之在宅内种竹，人问其故，他说："何可一日无此君耶？"

器玩部

制度第一

人无贵贱，家无贫富，饮食器皿，皆所必需。“一人之身，百工之所为备。”子舆氏尝言之矣。至于玩好之物，惟富贵者需之，贫贱之家，其制可以不问。然而粗用之物，制度果精，入于王侯之家，亦可同乎玩好；宝玉之器，磨砻[①]不善，传于子孙之手，货之不值一钱。知精粗一理，即知富贵贫贱，同一致也。

予生也贱，又罹[②]奇穷，珍物宝玩虽云未尝入手，然经寓目者颇多。每登荣膴[③]之堂，见其辉煌错落者星布棋列，此心未尝不动，亦未尝随见随动，因其材美，而取材以制用者未尽善也。至入寒俭之家，睹彼以柴为扉，以瓮作牖，

① 砻（lóng）：磨。
② 罹（lí）：遭受苦难或不幸。
③ 膴（wǔ）：美，厚。

大有黄虞三代[①]之风，而又怪其纯用自然，不加区画。如瓮可为牖也，取瓮之碎裂者联之，使大小相错，则同一瓮也，而有哥窑冰裂之纹矣。柴可为扉也，取柴之入画者为之，使疏密中窾[②]，则同一扉也，而有农户儒门之别矣。人谓变俗为雅，犹之点铁成金，惟具山林经济[③]者能此，乌可责之一切？予曰：垒雪成狮，伐竹为马，三尺童子皆优为之，岂童子亦抱经济乎？有耳目即有聪明，有心思即有智巧，但苦自画为愚，未尝竭思穷虑以试之耳。

几　案

予初观《燕几图》[④]，服其人之聪明什佰于我，因自置无力，遍求置此者，讯其果能适用与否，卒之未得其人。夫我竭此大段心思，不可不谓经营惨淡，而人莫之则效者，其故何居？以其太涉繁琐，而且无此极大之屋，尽列其间，以观全势故也。凡人制物，务使人人可备，家家可用，始为布帛菽粟之才，否则售冕旒[⑤]而沽玉食，难乎其为购者矣。故予所言，务舍高远而求卑近。

---

① 黄虞三代：指远古时代。黄，黄帝。虞，有虞氏部落，其首领为舜。

② 窾（kuǎn）：物体中空。

③ 经济：指经世济时，谋划合理。

④《燕几图》：宋黄长睿撰。燕几是一种可以分合的案几，可排列组合出不同的几何形状。

⑤ 冕旒（miǎn liú）：冕，礼帽。旒，礼帽前后端垂下的玉串。冕旒是古代最尊贵的一种礼帽，平顶。天子的礼帽有十二旒，诸侯以下递减。

几案之设，予以庀[①]材无资，尚未经营及此。但思欲置几案，其中有三小物必不可少。一曰抽替[②]。此世所原有者也，然多忽略其事，而有设有不设。不知此一物也，有之斯逸，无此则劳，且可借为容懒藏拙之地。文人所需，如简牍、刀锥、丹铅、胶糊之属，无一可少，虽曰司之有人，藏之别有其处，究竟不能随取随得，役之如左右手也。予性下急[③]，往往呼童不至，即自任其劳。书室之地，无论远近迂捷，总以举足为烦，若抽替一设，则凡卒急所需之物尽内其中，非特取之如寄，且若有神物俟乎其中，以听主人之命者。至于废稿残牍，有如落叶飞尘，随扫随有，除之不尽，颇为明窗净几之累，亦可暂时藏纳，以俟祝融，所谓容懒藏拙之地是也。知此则不独书案为然，即抚琴观画、供佛延宾之座，俱应有此。

一事有一事之需，一物备一物之用。《诗》云“童子佩觿[④]”，《鲁论》云“去丧无所不佩[⑤]”。人身且然，况为器乎？一曰隔板，此予所独置也。冬月围炉，不能不设几席。火气上炎，每致桌面台心为之碎裂，不可不预为计也。当于未寒之先，另设活板一块，可用可去，衬于桌面之下，

---

① 庀（pǐ）：具备，筹集。

② 抽替：即抽屉。

③ 下急：急躁。

④ 童子佩觿（xī）：觿，古代一种解结的锥子，用骨、玉等制成，也用作佩饰。

⑤ 去丧无所不佩：语出《论语·乡党》，除丧后，没有什么不能佩戴的。

或以绳悬，或以钩挂，或于造桌之时，先作机彀[①]以待之，使之待受火气，焦则另换，为费不多。此珍惜器具之婆心，虑其暴殄天物[②]，以惜福也。

一曰桌撒。此物不用钱买，但于匠作挥斤之际，主人费启口之劳，僮仆用举手之力，即可取之无穷，用之不竭。从来几案与地不能两平，挪移之时必相高低长短，而为桌撒，非特寻砖觅瓦，时费辛勤，而且相称为难，非损高以就低，即截长而补短。此虽极微极琐之事，然亦同于临渴凿井，天下古今之通病也，请为世人药之。

凡人兴造之际，竹头木屑，何地无之？但取其长不逾寸，宽不过指，而一头极薄，一头稍厚者，拾而存之，多多益善，以备挪台撒脚之用。如台脚所虚者少，则止入薄者，而留其有余者于脚外，不则尽数入之。是止一寸之木，而备高低长短数则之用，又未尝费我一钱，岂非极便于人之事乎？但须加以油漆，勿露竹头木屑之本形。何也？一则使之与桌同色，虽有若无；一则恐童子扫地之时，不能记忆，仍谬认为竹头木屑而去之，势必朝朝更换，将亦不胜其烦；加以油漆，则知为有用之器而存之矣。只此极细一着，而有两意存焉，况大者乎？劳一人以逸天下，予非无功于世者也。

---

① 机彀（gòu）：机关。

② 暴殄（tiǎn）天物：残害灭绝天生之物，后亦指任意糟蹋东西。

椅 杌[1]

器之坐者有三：曰椅、曰杌、曰凳。三者之制，以时论之，今胜于古，以地论之，北不如南。维扬之木器，姑苏之竹器，可谓甲于古今，冠乎天下矣，予何能赘一词哉！但有二法未备，予特创而补之，一曰暖椅，一曰凉杌。予冬月著书，身则畏寒，砚则苦冻，欲多设盆炭，使满室俱温，非止所费不赀[2]，且几案易于生尘，不终日而成灰烬世界。若止设大小二炉以温手足，则厚于四肢而薄于诸体，是一身而自分冬夏，并耳目心思，亦可自号孤臣孽子[3]矣。计万全而筹尽适，此暖椅之制所由来也。制法列图于后。一物而充数物之用，所利于人者，不止御寒而已也。

盛暑之月，流胶铄[4]金，以手按之，无物不同汤火，况木能生此者乎？凉杌亦同他杌，但杌面必空其中，有如方匣，四围及底，俱以油灰嵌之，上覆方瓦一片。此瓦须向窑内定烧，江西福建为最，宜兴次之，各就地之远近，约同志数人，敛出其资，倩人携带，为费亦无多也。先汲凉水贮杌内，以瓦盖之，务使下面着水，其冷如冰，热复换水，水止数瓢，为力亦无多也。其不为椅而为杌者，夏月

---

① 杌（wù）：小凳。
② 赀（zī）：计量。
③ 孤臣孽子：原指失势的臣子和微贱的庶子，后泛指不受重用但仍怀忠心的人。
④ 铄（shuò）：熔化金属。

少近一物，少受一物之暑气，四面无障，取其透风；为椅则上段之料势必用木，两胁及背又有物以障之，是止顾一臀而周身皆不问矣。此制易晓，图说皆可不备。

暖椅式

如太师椅而稍宽，彼止取容臀，而此则周身全纳故也。如睡翁椅而稍直，彼止利于睡，而此则坐卧咸宜，坐多而卧少也。前后置门，两旁实镶以板，臀下足下俱用栅。用栅者，透火气也；用板者，使暖气纤毫不泄也；前后置门者，前进人而后进火也。然欲省事，则后门可以不设，进人之处亦可以进火。

此椅之妙，全在安抽替于脚栅之下。只此一物，御尽奇寒，使五官四肢均受其利而弗觉。另置扶手匣一具，其前后尺寸，倍于轿内所用者。入门坐定，置此匣于前，以代几案。倍于轿内所用者，欲置笔砚及书本故也。抽替以板为之，底嵌薄砖，四围镶铜。所贮之灰，务求极细，如炉内烧香所用者。置炭其中，上以灰覆，则火气不烈而满座皆温，是隆冬时别一世界。况又为费极廉，自朝抵暮，止用小炭四块，晓用二块至午，午换二块至晚。此四炭者，秤之不满四两，而一日之内，可享室暖无冬之福，此其利于身者也。若至利于身而无益于事，仍是宴安之具，此则不然。

扶手用板，镂去掌大一片，以极薄端砚补之，胶以生漆，不问而知火气上蒸，砚石常暖，永无呵冻之劳，此又利于事者也。不宁惟是，炭上加灰，灰上置香，坐斯椅也，扑鼻而来者，只觉芬芳竟日，是椅也，而又可以代炉。炉之为香也散，此之为香也聚，由是观之，不止代炉，而且差胜于炉矣。有人斯有体，有体斯有衣，焚此香也，自下而升者，能使氤氲[1]透骨，是椅也，而又可代薰笼。薰笼之受衣也，止能数件；此物之受衣也，遂及通身。迹是论之，非止代一薰笼，且代数薰笼矣。

倦而思眠，倚枕可以暂息，是一有座之床。饥而就食，凭几可以加餐，是一无足之案。游山访友，何烦另觅肩舆[2]，只须加以柱杠，覆以衣顶，则冲寒冒雪，体有余温，子猷之舟[3]可弃也，浩然之驴[4]可废也，又是一可坐可眠之轿。

日将暮矣，尽纳枕簟[5]于其中，不须臾而被窝尽热；晓欲起也，先置衣履于其内，未转睫而襦[6]裤皆温。是身也，事也，床也，案也，轿也，炉也，薰笼也，定省晨昏之孝

---

① 氤氲（yīn yūn）：形容香气不绝。

② 肩舆：轿子。

③ 子猷之舟：王徽之，字子猷，王羲之子。《世说新语 · 任诞》："王子猷居山阴，夜大雪，眠觉，开室，命酌酒，四望皎然。因起彷徨，咏左思《招隐》诗。忽忆戴安道。时戴在剡，即便夜乘小船就之。经宿方至，造门不前而返。人问其故，王曰：'吾本乘兴而行，兴尽而返，何必见戴？'"

④ 浩然之驴：孟浩然，唐代诗人，相传曾骑驴云游四方。

⑤ 簟（diàn）：竹席。

⑥ 襦（rú）：短衣，短袄。

子也，送暖偎寒之贤妇也，总以一物焉代之。苍颉造字而天雨粟，鬼夜哭，以造化灵秘之气泄尽而无遗也。此制一出，得无重犯斯忌，而重杞人之忧[①]乎？

暖椅式

床帐

人生百年，所历之时，日居其半，夜居其半。日间所处之地，或堂或庑[②]，或舟或车，总无一定之在，而夜间所处，则只有一床。是床也者，乃我半生相共之物，较之结

---

① 杞人之忧：古时杞国有个人，担心天会塌下来，因而寝食难安。

② 庑（wǔ）：堂下周围的走廊、廊屋。

发糟糠[①]，犹分先后者也。人之待物，其最厚者，当莫过此。然怪当世之人，其于求田问舍[②]，则性命以之，而寝处晏息之地，莫不务从苟简，以其只有己见，而无人见故也。若是，则妻妾婢媵[③]是人中之榻也，亦因己见而人不见，悉听其为无盐、嫫姆[④]，蓬头垢面而莫之讯乎？

予则不然。每迁一地，必先营卧榻而后及其他，以妻妾为人中之榻，而床笫乃榻中之人也。欲新其制，苦乏匠资；但于修饰床帐之具，经营寝处之方，则未尝不竭尽绵力，犹之贫士得妻，不能变村妆为国色，但令勤加盥栉，多施膏沐而已。其法维何？一曰床令生花，二曰帐使有骨，三曰帐宜加锁，四曰床要着裙。

曷云"床令生花"？夫瓶花盆卉，文人案头所时有也，日则相亲，夜则相背，虽有天香扑鼻，国色昵人，一至昏黄就寝之时，即欲不为纨扇之捐，不可得矣。殊不知白昼闻香，不若黄昏嗅味。白昼闻香，其香仅在口鼻；黄昏嗅味，其味直入梦魂。法于床帐之内，先设托板，以为坐花之具；而托板又勿露板形，妙在鼻受花香，俨若身眠树下，不知其为妆造也者。先为小柱二根，暗钉床后，而以帐悬

① 结发：古人成婚，洞房之夜，新人各剪下一绺头发，绾在一起，当作永结同心的信物，称为"结发"。后比喻元配夫妻。糟糠：比喻贫贱时共患难的妻子。

② 求田问舍：只知道购置田宅家产而没有远大的志向。

③ 媵（yìng）：古代指随嫁的人。

④ 无盐：战国时齐宣王后，容貌丑陋，家住无盐邑。嫫姆：传说中黄帝之妻，貌极丑。后为丑女代称。

其外。托板不可太大，长止尺许，宽可数寸，其下又用小木数段，制为三角架子，用极细之钉，隔帐钉于柱上，而后以板架之，务使极固。架定之后，用彩色纱罗，制成一物，或像怪石一卷，或作彩云数朵，护于板外，以掩其形。中间高出数寸，三面使与帐平，而以线缝其上，竟似帐上绣出之物，似吴门堆花之式是也。若欲全体相称，则或画或绣，满帐俱作梅花，而以托板为虬枝老干，或作悬崖突出之石，无一不可。

帐中有此，凡得名花异卉可作清供者，日则与之同堂，夜则携之共寝。即使群芳偶缺，万卉将穷，又有炉内龙涎、盘中佛手，与木瓜、香楠等物可以相继。若是，则身非身也，蝶也，飞眠宿食尽在花间；人非人也，仙也，行起坐卧无非乐境。予尝于梦酣睡足、将觉未觉之时，忽嗅蜡梅之香，咽喉齿颊尽带幽芬，似从脏腑中出，不觉身轻欲举，谓此身必不复在人间世矣。既醒，语妻孥曰："我辈何人，遽有此乐，得无折尽平生之福乎？"妻孥曰："久贱常贫，未必不由于此。"此实事，非欺人语也。

曷云"帐使有骨"？床居外，帐居内，常也。亦有反此旧制，而使帐出床外者，善则善矣，其如夏月驱蚊，匿于床栏曲折之处，有若负嵎[①]，欲求美观，而以膏血殉之，非长策也，不若仍从旧制。其不从旧制，而使帐出床外者，

---

① 负嵎：又作"负隅"，指依恃险要的地势，做顽强的抵抗。

以床有端正之体，帐无方直之形，百计撑持，终难服贴。总以四角之近柱者软而无骨，不能肖柱以为形，有犄角抵牾之势也，故须别为赋形，而使之有骨。用不粗不细之竹，制为一顶及四柱，俟帐已挂定而后撑之，是床内有床，旧制之便与新制之精，二者兼而有之矣。床顶及柱，令置轿者为之，其价颇廉，仅费中人一饭之资耳。

曷云"帐宜加锁"？设帐之故有二：蔽风、隔蚊是也。蔽风之利十之三，隔蚊之功十之七，然隔蚊以此，闭蚊于中而使之不得出者亦以此。蚊之为物也，体极柔而性极勇，形极微而机极诈。薄暮而驱，彼宁受奔驰之苦，挞伐之危，守死而弗去者十之八九。及其去也，又必择地而攻，乘虚以入。昆虫庶类之善用兵法者，莫过于蚊。其择地也，每弃后而攻前；其乘虚也，必舍垣而窥户。帐前两幅之交接处，皆其据险扼要、伏兵伺我之区也。或于风动帐开之际，或于取器入溺之时，一隙可乘，遂鼓噪而入。法于门户交关之地，上、中、下共设三纽，若妇人之衣扣然。至取溺器时，先以一手绾帐，勿使大开，以一手提之使入，其出亦然。若是，则坚壁固垒，彼虽有奇勇异诈，亦无所施其能矣。至于驱除之法，当使人在帐中，空洞其外，始能出而无阻。世人逐蚊，皆立帐檐之下，使所开之处蔽其大半，是欲其出而闭之门也。犯此弊者十人而九，何其习而不察，亦至此乎？

曷云"床要着裙"？爱精美者，一物不使稍污。常有绮罗作帐，精其始而不能善其终，美其上而不得不污其下者，以贴枕着头之处，在妇人则有膏沐之痕，在男子亦多脑汗之迹，日积月累，无瑕者玷，而可爱者憎矣，故着裙之法不可少。此法与增添顶柱之法相为表里。欲令着裙，先必使之生骨，无力不能胜衣也。即于四竹柱之下，各穴一孔，以三横竹内之，去簟尺许，与枕相平，而后以布作裙，穿于其上，则裙污而帐不污，裙可勤涤，而帐难频洗故也。至于枕、簟、被褥之设，不过取其夏凉冬暖。请以二语概之，曰：求凉之法，浇水不如透风；致暖之方，增绸不如加布。是予贫士所知者。至于羊羔美酒亦足御寒，广厦重冰尽堪避暑，理则固然，未尝亲试。“知之为知之，不知为不知”，此圣贤无欺之学，不敢以细事而忽之也。

橱 柜

造橱立柜，无他智巧，总以多容善纳为贵。尝有制体极大而所容甚少，反不若渺小其形而宽大其腹，有事半功倍之势者。制有善不善也，善制无他，止在多设搁板。橱之大者，不过两层、三层，至四层而止矣。若一层止备一层之用，则物之高者大者容此数件，而低者小者亦止容此数件矣。实其下而虚其上，岂非以上段有用之隙，置之无用之地哉？当于每层之两旁，别钉细木二条，以备架板之用。板勿太宽，或及进身之半，或三分之一，用则活置其上，不则撤而去之。如此层所贮之物，其形低小，则上半截皆为余地，即以此板架之，是一层变为二层。总而计之，则一橱变为两橱，两柜合成一柜矣，所裨不亦多乎？或所贮之物，其形高大，则去而容之，未尝为板所困也。此是一法。

至于抽替之设，非但必不可少，且自多多益善。而一替之内，又必分为大小数格，以便分门别类，随所有而藏之，譬如生药铺中，有所谓“百眼橱”者。此非取法于物，乃朝廷设官之遗制，所谓五府六部群僚百执事，各有所居之地与所掌之簿书钱谷是也。医者若无此橱，药石之名盈千累百，用一物寻一物，则卢医扁鹊[①]无暇疗病，止能为刻舟求剑[②]之人矣。此橱不但宜于医者，凡大家富室，皆当则而效之，至学士文人，更宜取法。能以一层分作数层，一格画为数格，是省取物之劳，以备作文著书之用。则思之思之，鬼神通之；心无他役，而鬼神得效其灵矣。

箱笼箧笥

随身贮物之器，大者名曰箱笼，小者称为箧笥。制之之料，不出革、木、竹三种；为之关键者，又不出铜、铁二项，前人所制亦云备矣。后之作者，未尝不竭尽心思，务为奇巧，总不出前人之范围；稍出范围即不适用，仅供

---

① 卢医扁鹊：因扁鹊家于卢国，故称卢医。后以卢医作扁鹊之代称，亦有将卢医扁鹊并列，代指古代名医。

② 刻舟求剑：比喻看问题做事情死板不灵活，不知情随势变。

把玩而已。予于诸物之体，未尝稍更，独怪其枢钮太庸，物而不化，尝为小变其制，亦足改观。法无他长，惟使有之若无，不见枢钮之迹而已。止备二式者，腹稿虽多，未经尝试，不敢以待验之方误人也。

予游东粤，见市廛所列之器，半属花梨、紫檀，制法之佳，可谓穷工极巧，止怪其镶铜裹锡，清浊不伦。无论四面包镶，锋棱埋没，即于加锁置键之地，务设铜枢，虽云制法不同，究竟多此一物。譬如一箱也，磨砻极光，照之如镜，镜中可使着屑乎？一笥也，攻治极精，抚之如玉，玉上可使生瑕乎？有人赠我一器，名"七星箱"，以中分七格，每格一屉，有如星列故也。外系插盖，从上而下者。喜其不钉铜枢，尚未生瑕着屑，因筹所以关闭之。遂付工人，命于中心置一暗闩，以铜为之，藏于骨中而不觉，自后而前，抵于箱盖。盖上凿一小孔，勿透于外，止受暗闩少许，使抽之不动而已。乃以寸金小锁，锁于箱后。置之案上，有如浑金粹玉，全体昭然，不为一物所掩。觅关键而不得，似于无锁；窥中藏而不能，始求用钥。此其一也。

后游三山，见所制器皿无非雕漆，工则细巧绝伦，色则陆离可爱，亦病其设关置键之地难免赘瘤，以语工师，令其稍加变易。工师曰："吾地般、倕颇多[①]，如其可变，

① 般：即鲁班。倕：相传为尧时巧匠。

不自今日始矣。欲泯其迹，必使无关键而后可。”予曰：“其然，岂其然乎？”因置暖椅告成，欲增一匣置于其上，以代几案，遂使为之。上下四旁，皆听工人自为雕漆，俟其成后，就所雕景物而区画之。前面有替可抽者，所雕系“博古图”，樽罍钟磬之属是也；后面无替而平者，系折枝花卉，兰菊竹石是也。皆备五彩，视之光怪陆离。但抽替太阔，开闭时多不合缝，非左进右出，即右进左出。

予顾而筹之，谓必一法可当二用，既泯关键之迹，又免出入之疵，使适用美观均收其利而后可。乃命工人亦制铜闩一条，贯于抽替之正中，而以薄板掩之，此板即作分中之界限。夫一替分为二格，乃物理之常，乌知有一物焉贯于其中，为前后通身之把握哉？得此一物贯于其中，则抽替之出入皆直如矢，永无左出右入、右出左入之患矣。前面所雕“博古图”，中系三足之鼎，列于两旁者一瓶一炉。予鼓掌大笑曰：“‘执柯伐柯，其则不远。’[①] 即以其人之道，反治其身足矣！”遂付铜工，令依三物之成式，各制其一，钉于本等物色之上。鼎与炉、瓶皆铜器也，尚欲肖其形与色而为之，况真者哉？不问而知其酷似矣。

鼎之中心穴一小孔，置二小钮于旁，使抽替闭足之时，铜闩自内而出，与钮相平。闩与钮上俱有眼，加以寸金小锁，似鼎上原有之物，虽增而实未尝增也。锁则锁矣，抽

① 执柯伐柯，其则不远：语见《诗经·豳风·伐柯》，意思是拿着斧头的柄去砍树做另一个斧头的柄，只要照着手里拿的那个柄砍就可以了。

开之时，手执何物？不几便于入而穷于出乎？曰：不然。瓶炉之上原当有耳，加以铜圈二枚，执此为柄，抽之不烦余力矣。此区画正面之法也。

铜闩既从内出，必在后面生根，未有不透出本匣之背者，是铜皮一块与联络补缀之痕，俱不能泯矣。乌知又有一法，为天授而非人力者哉！所雕诸卉，菊在其中，菊色多黄，与铜相若，即以铜皮数层，剪千叶菊花一朵，以暗闩之透出者穿入其中，胶之甚固，若是则根深蒂固，谁得而动摇之？予于此一物也，纯用天工，未施人巧，若有鬼物伺乎其中，乞灵于我，为开生面者。

制之既成，工师告予曰：“八闽之为雕漆，数百年于兹矣，四方之来购此者，亦百千万亿其人矣，从未见创法立规有如今日之奇巧者，请行此法，以广其传。”予曰：“姑迟之，俟新书告成，流布未晚。”窃恐世人先睹其物而后见其书，不知创自何人，反谓剿袭成功以为己有，讵非不白之冤哉？工师为谁？魏姓，字兰如；王姓，字孟明。闽省雕漆之佳，当推二人第一。自不操斤，但善于指使，轻财尚友，雅人也。

骨　董[①]

是编于骨董一项，缺而不备，盖有说焉。崇高古器之

---

① 骨董：即古董。

风，自汉魏晋唐以来，至今日而极矣。百金贸一卮，数百金购一鼎，犹有病其价廉工俭而不足用者。常有为一渺小之物，而费盈千累万之金钱，或弃整陌连阡之美产，皆不惜也。夫今人之重古物，非重其物，重其年久不坏；见古人所制与古人所用者，如对古人之足乐也。若是，则人与物之相去，又有间矣。设使制、用此物之古人至今犹在，肯以盈千累万之金钱与整陌连阡之美产，易之而归，与之坐谈往事乎？吾知其必不为也。

予尝谓人曰：物之最古者莫过于《书》，以其合古人之心思面貌而传者也。其书出自三代，读之如见三代之人；其书本乎黄虞，对之如生黄虞之世；舍此则皆物矣。物不能代古人言，况能揭出心思而现其面貌乎？古物原有可嗜，但宜崇尚于富贵之家，以其金银太多，藏之无具，不得不为长房缩地之法，敛丈为尺，敛尺为寸，如“藏银不如藏金，藏金不如藏珠”之说，愈轻愈小，而愈便收藏故也。矧金银太多，则慢藏诲盗[1]，贸为骨董，非特穿窬[2]不取，即误攫入手，犹将掷而去之。迹是而观，则古董、金银为价之低昂，宜其倍蓰[3]而无算也。

乃近世贫贱之家，往往效颦于富贵，见富贵者偶尚绮罗，则耻布帛为贱，必觅绮罗以肖之；见富贵者单崇珠翠，

① 慢藏诲盗：收藏财物不谨慎，无异于引导盗贼偷窃。

② 穿窬（yú）：凿穿或翻越墙壁进行盗窃。

③ 倍蓰（xǐ）：五倍。此指数倍。

则鄙金玉为常，而假珠翠以代之。事事皆然，习以成性，故因其崇旧而黜新，亦不觉生今而反古。有八口晨炊不继，犹舍旦夕而问商周；一身活计茫然，宁遣妻孥而不卖古董者。人心矫异，讵非世道之忧乎？予辑是编，事事皆崇俭朴，不敢侈谈珍玩，以为末俗扬波。且予窭人[①]也，所置物价，自百文以及千文而止，购新犹患无力，况买旧乎？《诗》云："惟其有之，是以似之。"[②]生平不识骨董，亦借口维风，以藏其拙。

炉瓶

炉、瓶之制，其法备于古人，后世无容蛇足。但护持衬贴之具，不妨意为增减。如香炉既设，则锹、箸随之，锹以拨灰，箸以举火，二物均不可少。箸之长短，视炉之高卑，欲其相称，此理易明，人尽知之；若锹之方圆，须视炉之曲直，使勿相左，此理亦易明，而为世人所忽。入炭之后，炉灰高下不齐，故用锹作准以平之，锹方则灰方，锹圆则灰圆，若使近边之地炉直而锹曲，或炉曲而锹直，则两不相能，止平其中而不能平其外矣，须用相体裁衣之法，配而用之。然以铜锹压灰，究难齐截，且非一锹二锹可了。此非僮仆之事，皆必主人自为之者。

---

① 窭（jù）人：贫寒之人。

② 惟其有之，是以似之：语出《诗经·小雅·裳裳者华》，意思是因为他有能力，所以后人向他学习。

予性最懒，故每事必筹躲懒之法，尝制一木印印灰，一印可代数十锹之用。初不过为省繁惜劳计耳，讵料制成之后，非止省力，且极美观，同志相传，遂以为一定不移之法。譬如炉体属圆，则仿其尺寸，镟一圆板为印，与炉相若，不爽纤毫，上置一柄，以便手持。但宜稍虚其中，以作内昂外低之势，若食物之馒首然。方者亦如是法。加炭之后，先以箸平其灰，后用此板一压，则居中与四面皆平，非止同于刀削，且能与镜比光，共油争滑，是自有香灰以来未尝现此娇面者也。既光且滑，可谓极精，予顾而思之，犹曰尽美矣，未尽善也，乃命梓人[①]镂之。凡于着灰一面，或作老梅数茎，或为菊花一朵，或刻五言一绝，或雕八卦全形，只须举手一按，现出无数离奇，使人巧天工，两擅其绝，是自有香炉以来，未尝开此生面者也。

湖上笠翁实有裨于风雅，非僭词也。请名此物为“笠翁香印”。方之眉公[②]诸制，物以人名者，孰高孰下，谁实谁虚，海内自有定评，非予所敢饶舌。用此物者，最宜神速，随按随起，勿迟瞬息，稍一逗留，则气闭火息矣。雕成之后，必加油漆，始不沾灰。

焚香必需之物，香锹、香箸之外，复有贮香之盒，与插锹、箸之瓶之数物者，皆香与炉之股肱手足，不可或无

---

① 梓人：木工。

② 眉公：即陈继儒，字仲醇，号眉公、麋公。明代文学家、书画家。

者也。然此外更有一物，势在必需，人或知之而多不设，当为补入清供。夫以箸拨灰，不能免于狼藉，炉肩鼎耳之上，往往蒙尘，必得一物扫除之。此物不须特制，竟用蓬头小笔一枝，但精其管，使与濡墨者有别，与锹、箸二物同插一瓶，以便次第取用，名曰“香帚”。

至于炉有底盖，旧制皆然，其所以用此者，亦非无故。盖以覆灰，使风起不致飞扬；底即座也，用以隔手，使移动之时，执此为柄，以防手汗沾炉，使之有迹，皆有为而设者也。然用底时多，用盖时少。何也？香炉闭之一室，刻刻焚香，无时可闭；无风则灰不自扬，即使有风，亦有窗帘所隔，未有闭熄有用之火，而防未必果至之风者也。是炉盖实为赘瘤，尽可不设。而予则又有说焉：炉盖有时而需，但前人制法未善，遂觉有用为无用耳。盖以御风，固也。独不思炉不贮火，则非特盖可不用，并炉亦可不设；如其必欲置火，则盖之火熄，用盖何为？

予尝于花晨月夕及暑夜纳凉，或登最高之台，或居极敞之地，往往携炉自随，风起灰飏，御之无策，始觉前人呆笨，制物而不善区画之，遂使贻患及今也。同是一盖，何不于顶上穴一大孔，使之通气，无风置之高阁，一见风起，则取而覆之，风不得入，灰不致飏，而香气自下而升，未尝少阻，其制不亦善乎？止将原有之物，加以举手之劳，即可变无益为有裨。昔人点铁成金，所点者不必是铁，所成者亦未必皆金，但能使不值钱者变而值钱，即是神仙妙术矣。此炉制也。

瓶以磁者为佳，养花之水清而难浊，且无铜腥气也。然铜者有时而贵，以冬月生冰，磁者易裂，偶尔失防，遂成弃物，故当以铜者代之。然磁瓶置胆，即可保无是患。胆用锡，切忌用铜，铜一沾水即发铜青，有铜青而再贮以水，较之未有铜青时，其腥十倍，故宜用锡。且锡柔易制，铜劲难为，价亦稍有低昂，其便不一而足也。磁瓶用胆，人皆知之，胆中着撒，人则未之行也。插花于瓶，必令中窾，其枝梗之有画意者随手插入，自然合宜，不则挪移布置之力不可少矣。

有一种倔强花枝，不肯听人指使，我欲置左，彼偏向右，我欲使仰，彼偏好垂，须用一物制之。所谓撒也，以坚木为之，大小其形，勿拘一格，其中则或扁或方，或为三角，但须圆形其外，以便合瓶。此物多备数十，以俟相机取用。总之不费一钱，与桌撒一同拾取，弃于彼者，复收于此。斯编一出，世间宁复有弃物乎？

屏　轴

十年之前，凡作围屏及书画卷轴者，止有巾条、斗方及横批三式[①]。近年幻为合锦，使大小长短以至零星小幅，皆可配合用之，亦可谓善变者矣。然此制一出，天下争趋，

① 巾条、斗方、横批：书画装裱的三种式样。

所见皆然，转盼又觉陈腐，反不若巾条、斗方诸式，以多时不见为新矣，故体制更宜稍变。变用何法？曰：莫妙于冰裂碎纹，如前云所载糊房之式，最与屏轴相宜，施之墙壁，犹觉精材粗用，未免亵视牛刀耳。

法于未书未画之先，画冰裂碎纹于全幅纸上，照纹裂开，各自成幅，征诗索画既毕，然后合而成之。须于画成未裂之先，暗书小号于纸背，使知某属第一，某居第二，某横某直，某角与某角相连，其后照号配成，始无攒凑不来之患。其相间之零星细块必不可少，若憎其琐屑而不画，则有宽无窄，不成其为冰裂纹矣。但最小者，勿用书画，止以素描间之，若尽有书画，则纹理模糊不清，反为全幅之累。此为先画纸绢，后征诗画者而言，盖立法之初，不得不为其简且易者。迨裱之既熟，随取现成书画，皆可裂作冰纹，亦犹裱合锦之法，不过变四方平正之角为曲直纵横之角耳。此裱匠之事，我授意而使彼为之者耳。

更有书画合一之法，则其权在我，授意于作书作画之人，裱匠则行其无事者也。“诗中有画，画中有诗”，此古来成语；作画者取诗意命题，题诗者就画意作诗，此亦从来成格。然究意诗自诗而画自画，未见有混而一之者也。混而一之，请自今始。法于画大幅山水时，每于笔墨可停之际，即留余地以待诗，如峭壁悬崖之下，长松古木之旁，亭阁之中，墙垣之隙，皆可留题作字者也。

凡遇名流，即索新句，视其地之宽窄，以为字之大小，或为鹅帖[①]行书，或作蝇头小楷。即以题画之诗饰其所题之画，谓当日之原迹可，谓后来之题咏亦可，是“诗中有画，画中有诗”二语，昔作虚文，今成实事，亦游戏笔墨之小神通也。请质高明，定其可否。

茶具

茗注[②]莫妙于砂壶，砂壶之精者，又莫过于阳羡[③]，是人而知之矣。然宝之过情，使与金银比值，无乃“仲尼不为之已甚”[④]乎？置物但取其适用，何必幽渺其说，必至理穷义尽而后止哉！凡制茗壶，其嘴务直，购者亦然，一曲便可忧，再曲则称弃物矣。盖贮茶之物与贮酒不同，酒无渣滓，一斟即出，其嘴之曲直可以不论；茶则有体之物也，星星之叶，入水即成大片，斟泻之时，纤毫入嘴，则塞而不流。啜茗快事，斟之不出，大觉闷人。直则保无是患矣，即有时闭塞，亦可疏通，不似武夷九曲[⑤]之难力导也。

贮茗之瓶，止宜用锡。无论磁铜等器，性不相能，即

---

① 鹅帖：即《鹅群帖》，相传为东晋王献之所作，实为南朝宋以后人根据王羲之换鹅一事伪造。

② 茗注：茶具。

③ 阳羡：秦置古县名，治所在今江苏宜兴，以出产紫砂壶著称。

④ 仲尼不为之已甚：语出《孟子·离娄下》原意指不做太过分的事。后泛指对人的责难批评要适可而止。

⑤ 武夷九曲：武夷，即武夷山，在福建崇安西南，是著名风景区。九曲，即九曲溪，是武夷山主峰黄岗山西南麓的溪流，以多曲著称。

以金银作供，宝之适以祟之耳。但以锡作瓶者，取其气味不泄；而制之不善，其无用更甚于磁瓶。询其所以然之故，则有二焉。一则以制成未试，漏孔繁多。凡锡工制酒壶、茶注等物，于其既成，必以水试，稍有渗漏，即加补苴[①]，以其为贮茶贮酒而设，漏即无所用之矣；一到收藏干物之器，即忽视之，犹木工造盆造桶则防漏，置斗置斛[②]则不防漏，其情一也。

乌知锡瓶有眼，其发潮泄气反倍于磁瓶，故制成之后，必加亲试，大者贮之以水，小者吹之以气，有纤毫漏隙，立督补成。试之又必须二次，一在将成未镟[③]之时，一则已成既镟之后。何也？常有初时不漏，迨镟去锡时，打磨光滑之后，忽然露出细孔，此非屡验谛视者不知。此为浅人道也。一则以封盖不固，气味难藏。凡收藏香美之物，其加严处全在封口，封口不密，与露处同。

吾笑世上茶瓶之盖必用双层，此制始于何人？可谓七窍俱蒙者矣。单层之盖，可于盖内塞纸，使刚柔互效其力，一用夹层，则止靠刚者为力，无所用其柔矣。塞满细缝，使之一线无遗，岂刚而不善屈曲者所能为乎？即靠外面糊纸，而受纸之处又在崎岖凹凸之场，势必剪碎纸条，作蓑衣样式，始能贴服。试问以蓑衣覆物，能使内外不通风乎？

---

① 补苴（jū）：弥补缺陷。

② 斛（hú）：旧量器名，亦是容量单位，一斛本为十斗，后来改为五斗。

③ 镟（xuàn）：刀削。

故锡瓶之盖，止宜厚不宜双。

藏茗之家，凡收藏不即开者，于瓶口向上处，先用绵纸二三层，实褙[①]封固，俟其既干，然后覆之以盖，则刚柔并用，永无泄气之时矣。其时开时闭者，则于盖内塞纸一二层，使香气闭而不泄。此贮茗之善策也。若盖用夹层，则向外者宜作两截，用纸束腰，其法稍便。然封外不如封内，究竟以前说为长。

酒　具

酒具用金银，犹妆奁之用珠翠，皆不得已而为之，非宴集时所应有也。富贵之家，犀则不妨常设，以其在珍宝之列，而无炫耀之形，犹仕宦之不饰观瞻者。象与犀同类，则有光芒太露之嫌矣。且美酒入犀杯，另是一种香气。唐句云："玉碗盛来琥珀光。"玉能显色，犀能助香，二物之于酒，皆功臣也。至尚雅素之风，则磁杯当首重已。

旧磁可爱，人尽知之，无如价值之昂，日甚一日，尽为大力者所有，吾侪贫士，欲见为难。然即有此物，但可作骨董收藏，难充饮器。何也？酒后擎杯，不能保无坠落，十损其一，则如雁行中断，不复成群。备而不用，与不备同。贫家得以自慰者，幸有此耳。然近日冶人，工巧百出，所制新磁，不出成、宣二窑[②]下，至于体式之精异，又复过

---

① 褙（bèi）：袼褙，把布或纸一层一层地粘在一起。

② 成、宣二窑：明朝成化和宣德年间烧制瓷器的官窑，位于江西景德镇。

之。其不得与旧窑争值者，多寡之分耳。吾怪近时陶冶，何不自爱其力，使日作一杯，月制一盏，世人需之不得，必待善价而沽[①]，其利与多制滥售等也，何计不出此？曰：不然。我高其技，人贱其能，徒让垄断于捷足之人耳。

碗　碟

碗莫精于建窑[②]，而苦于太厚。江右所制者，虽窃建窑之名，而美观实出其上，可谓青出于蓝者矣。其次则论花纹，然花纹太繁，亦近鄙俗，取其笔法生动，颜色鲜艳而已。碗碟中最忌用者，是有字一种，如写《前赤壁赋》《后赤壁赋》之类。此陶人造孽之事，购而用之者，获罪于天地神明不浅。请述其故。

“惜字一千，延寿一纪。”此文昌[③]垂训之词。虽云未必果验，然字画出于圣贤，苍颉造字而鬼夜哭，其关乎气数，为天地神明所宝惜可知也。用有字之器，不为损福，但用之不久而损坏，势必倾委作践，有不与造孽陶人中分其咎者乎？陶人但司其成，未见其败，似彼罪犹可原耳。字纸委地，遇惜福之人，则收付祝融，因其可焚而焚之也。至于有字之废碗，坚不可焚，一似入火不烬、入水不濡之

---

① 待善价而沽（gū）：等待高价出售。

② 建窑：宋代名窑之一，位于福建建阳。

③ 文昌：即文昌帝君，又称“梓潼帝君”，是道教尊奉的掌管士人功名禄位之神。相传梓潼帝君姓张名亚子，居于四川七曲山，起义抗击前秦战死，后人立庙纪念。

神物。因其坏而不坏，遂至倾而又倾，道旁见者，虽有惜福之念，亦无所施。有时抛入街衢，遭千万人之践踏，有时倾入溷厕，受千百载之欺凌，文字之罹祸，未有甚于此者。

吾愿天下之人，尽以惜福为念，凡见有字之碗，即生造孽之虑。买者相戒不取，则卖者计穷；卖者计穷，则陶人视为畏途而弗造矣。文字之祸，其日消乎？此犹救弊之末着。倘有惜福缙绅，当路于江右者，出严檄一纸，遍谕陶人，使不得于碗上作字，无论赤壁等赋不许书磁，即“成化、宣德年造”，及“某斋某居”等字，尽皆削去。试问有此数字，果得与成窑、宣窑比值乎？无此数字，较之常值增减半文乎？有此无此，其利相同，多此数笔，徒造千百年无穷之孽耳。制、抚、藩、臬[①]，以及守令[②]诸公，尽是斯文宗主，宦豫章[③]者，急行是令，此千百年未造之福，留之以待一人。时哉时哉，乘之勿失！

灯 烛

灯烛辉煌，宾筵之首事也。然每见衣冠盛集，列山珍海错，倾玉醴琼浆，几部鼓吹，频歌叠奏，事事皆称绝畅，

① 制：制台，总督。抚：巡抚。藩：藩台。臬（niè）：臬司。均为明清时期的官职名。

② 守令：知府、县令。

③ 豫章：江西的别称。

而独于歌台色相，稍近模糊。令人快耳快心，而不能大快其目者，非主人吝惜兰膏，不肯多设，只以灯煤作祟，非剔之不得其法，即司之不得其人耳。吾为六字诀以授人，曰："多点不如勤剪。"勤剪之五，明于不剪之十。原其不剪之故，或以观场念切，主仆相同，均注目于梨园，置晦明于不问；或以奔走太劳，职无专委，因顾彼以失此，致有炬而无光，所谓司之不得其人也。

欲正其弊，不过专责一人，择其谨朴老成、不耽游戏者，则二患庶几可免。然司之得人，剔之不得其法，终为难事。大约场上之灯，高悬者多，卑立者少。剔卑灯易，剔高灯难。非以人就灯而升之使高，即以灯就人而降之使卑，剔一次必须升降一次，是人与灯皆不胜其劳，而座客观之亦觉代为烦苦，常有畏难不剪而听其昏黑者。

予创二法以节其劳，一则已试而可自信者，一则未敢遽信而待试于人者。已试维何？长三四尺之烛剪是已。以铁为之，务为极细，粗则重而难举；然举之有法，说在后幅。有此长剪，则人不必升，灯亦不必降，举手即是，与剔卑灯无异矣。未试维何？暗提线索，用傀儡登场之法是已。法于梁上暗作长缝一条，通于屋后，纳挂灯之绳索于中，而以小小轮盘仰承其下，然后悬灯。灯之内柱外幕，分而为二，外幕系定于梁间，不使上下，内柱之索上跨轮盘。欲剪灯煤，则放内柱之索，使之卑以就人，剪毕复上，自投外幕之中，是外幕高悬不移，俨然以静待动。

同一灯也，而有劳逸之分，劳所当劳，逸所当逸，较之内外俱下而且有碍手碍脚之繁者，先踞一筹之胜矣。其不明抽以索，而必暗投梁缝之中，且贯通于屋后者，其故何居？欲埋伏抽索之人于屋后，使不露形，但见轮盘一转，其灯自下，剪毕复上，总无抽拽之形，若有神物厕于梁间者。予创为是法，非有心炫巧，不过善藏其拙。盖场上多立一人，多生一人之障蔽。使以一人剪灯，一人抽索，了此及彼，数数往来，则座客止见人行，无复洗耳听歌之暇矣。故藏人屋后，撤去一半藩篱，耳目之前，何等清静。

藏人屋后者，亦不必定在墙垣之外，厅堂必有退步，屏障以后，即其处也。或隔绛纱，或悬翠箔，但使内见外，而外不见内，则人工不露而天巧可施矣。每灯一盏，用索一条，以蜡磨光，欲其不涩。梁间一缝，可容数索，但须预编字号，系以小牌，使抽者便于识认。剪灯者将及某号，即预放某索以待之，此号方升，彼号即降，观其术者，如入山阴道中，明知是人非鬼，亦须诧异惊神，鼓掌而观，又是一番乐事。惜予囊悭无力，未及指使匠工，悬美法以待人，即谓自留余地亦可。

梁上凿缝，势有不能，为悬灯细事而损伤巨料，无此理也。如置此法于造屋之先，则于梁成之后，另镶薄板二条，空洞其中而蒙蔽其下，然后升梁于柱，以俟灯索，此一法也。已成之屋，亦如此法，但先置绳索于中，而后周遭以板。此法之设，不止定为观场，即于元夕张灯，寻常宴客，皆可用之，但比长剪之法为稍费耳。

制长剪之法，视屋之高卑以为长短，短者三尺，长者四五尺，直其身而曲其上，如鸟喙然，总以细巧坚劲为主。然用之有法，得其法则可行，不得其法则虽设而不适于用，犹弃物也。盖以铁为剪，又长数尺，是其体不能不重，只手高擎，势必摇动于上，剪动则灯亦动；灯剪俱动，则它东我西，虽欲剪之，不可得矣。法以右手持剪，左手托之，所托之处，高右手尺许。剪体虽重，不过一二斤，只手孤擎则不足，双手效力则有余；擎而剪之者一手，按之使不动摇者又有一手，其势虽高，何足虑乎？“孤掌难鸣，众擎易举。”天下事，类如是也。

长剪虽佳，予终恶其体重，倘能以坚木为身，止于近灯煤处用铁，则尽美而又尽善矣。思而未制，存其说以俟解人。

长剪难于概用，惟有烛无衣，与四围有衣而空洞其下者可以用之。若明角灯、珠灯，皆无隙可入，虽有长剪，何所用之？至于梁间放索，则是灯皆可。二事亦可并行，行之之法，又与前说相反：灯柱居中不动，而提起外幕以俟剪，剪毕复下。又合居重驭轻之法，听人所好而为之。

笺简

笺简之制，由古及今，不知几千万变。自人物器玩，以迨花鸟昆虫，无一不肖其形，无日不新其式；人心之巧，技艺之工，至此极矣。予谓巧则诚巧，工则至工，但其构思落笔之初，未免驰高骛远，舍最近者不思，而遍索于九天之上、八极之内，遂使光灿陆离者总成赘物，与书牍之本事无干。予所谓至近者非他，即其手中所制之笺简是也。

既名笺简，则笺简二字中便有无穷本义。鱼书雁帛[①]而外，不有竹刺之式可为乎？书本之形可肖乎？卷册便面，锦屏绣轴之上，非染翰挥毫之地乎？石壁可以留题，蕉叶曾经代纸，岂竟未之前闻，而为予之臆说乎？至于苏蕙娘所织之锦[②]，又后人思之慕之，欲书一字于其上而不可复得者也。我能肖诸物之形似为笺，则笺上所列，皆题诗作字之料也。还其固有，绝其本无，悉是眼前韵事，何用他求？

已命奚奴[③]逐款制就，售之坊间，得钱付梓人，仍备剞劂[④]之用，是此后生生不已，其新人见闻，快人挥洒之事，正未有艾。即呼予为薛涛[⑤]幻身，予亦未尝不受，盖须眉男子之不传，有愧于知名女子者正不少也。已经制就者，有韵事笺八种，织锦笺十种。韵事者何？题石、题轴、便面、

---

① 鱼书雁帛：代指书信。

② 苏蕙娘所织之锦：苏蕙娘，前秦秦州刺史窦滔之妻。窦滔获罪被发配至沙州（今敦煌），苏蕙娘思念丈夫，于是织锦为《回文璇玑图诗》以寄。

③ 奚奴：奴仆。

④ 剞劂（jī jué）：雕刻，镂刻。此处指刊印。

⑤ 薛涛：字洪度，京兆长安（今陕西西安）人。唐代女诗人，创制深红小笺写诗，人称“薛涛笺”。

书卷、剖竹、雪蕉、卷子、册子是也。锦纹十种，则尽仿回文织锦之义，满幅皆锦，止留縠纹缺处代人作书，书成之后，与织就之回文无异。十种锦纹各别，作书之地亦不雷同。惨淡经营，事难缕述，海内名贤欲得者，倩人向金陵购之。

是集内种种新式，未能悉走寰中，借此一端，以陈大概。售笺之地即售书之地，凡予生平著作，皆萃于此。有嗜痂之癖者，贸此以去，如偕笠翁而归。千里神交，全赖乎此。只今知己遍天下，岂尽谋面之人哉？（金陵承恩寺中书铺坊间有“芥子园名笺”五字者，即其处也。）

是集中所载诸新式，听人效而行之；惟笺帖之体裁，则令奚奴自制自售，以代笔耕，不许他人翻梓。已经传札布告，诫之于初矣。倘仍有垄断之豪，或照式刊行，或增减一二，或稍变其形，即以他人之功冒为己有，食其利而抹煞其名者，此即中山狼[①]之流亚也。当随所在之官司而控告焉，伏望主持公道。至于倚富恃强，翻刻湖上笠翁之书者，六合以内，不知凡几。我耕彼食，情何以堪？誓当决一死战，布告当事，即以是集为先声。总之天地生人，各赋以心，即宜各生其智，我未尝塞彼心胸，使之勿生智巧，彼焉能夺吾生计，使不得自食其力哉！

---

① 中山狼：明代马中锡创作的寓言《中山狼传》中的形象，比喻忘恩负义、恩将仇报的人。

位置第二

器玩未得，则讲购求；及其既得，则讲位置。位置器玩与位置人才同一理也。设官授职者，期于人地相宜；安器置物者，务在纵横得当。设以刻刻需用者，而置之高阁，时时防坏者，而列于案头，是犹理繁治剧之材，处清静无为之地，黼黻皇猷之品[①]，作驱驰孔道之官[②]。有才不善用，与空国无人等也。他如方圆曲直，齐整参差，皆有就地立局之方，因时制宜之法。能于此等处展其才略，使人入其户、登其堂，见物物皆非苟设，事事具有深情，非特泉石勋猷，于此足征全豹，即论庙堂经济[③]，亦可微见一斑。未闻有颠倒其家，而能整齐其国者也。

忌排偶

"胪列古玩，切忌排偶。"此陈说也。予生平耻拾唾余，何必更蹈其辙。但排偶之中，亦有分别。有似排非排，非偶是偶；又有排偶其名，而不排偶其实者。皆当疏明其

---

① 黼黻（fǔ fú）皇猷（yóu）之品：指能够辅佐朝堂，为帝王运筹帷幄的人才。黼，古代礼服上半白半黑的花纹；黻，半青半黑的花纹。皇，大。猷，谋划。

② 驱驰孔道之官：指能够纵横疆场的将帅之才。孔，大。

③ 庙堂经济：国家大事。庙堂，指朝廷，国家。经济，经世济民。

说，以备讲求。如天生一日，复生一月，似乎排矣，然二曜[①]出不同时，且有极明微明之别，是同中有异，不得竟以排比目之矣。所忌乎排偶者，谓其有意使然，如左置一物，右无一物以配之，必求一色相俱同者与之相并，是则非偶而是偶，所当急忌者矣。

若夫天生一对，地生一双，如雌雄二剑，鸳鸯二壶，本来原在一处者，而我必欲分之，以避排偶之迹，则亦矫揉执滞，大失物理人情之正矣。即避排偶之迹，亦不必强使分开，或比肩其形，或连环其势，使二物合成一物，即排偶其名，而不排偶其实矣。

大约摆列之法，忌作八字形，二物并列，不分前后、不爽分寸者是也；忌作四方形，每角一物，势如小菜碟者是也；忌作梅花体，中置一大物，周遭以小物是也；余可类推。当行之法，则与时变化，就地权宜，视形体为纵横曲直，非可预设规模者也。

如必欲强拈一二，若三物相俱，宜作品字格，或一前二后，或一后二前，或左一右二，或右一左二，皆谓错综；若以三者并列，则犯排矣。四物相共，宜作心字及火字格，择一或高或长者为主，余前后左右列之，但宜疏密断连，不得均匀配合，是谓参差；若左右各二，不使单行，则犯偶矣。此其大略也，若夫润泽之，则在雅人君子。

---

① 曜（yào）：日、月、星均称“曜”。

贵活变

幽斋陈设，妙在日异月新。若使骨董生根，终年匏系[①]一处，则因物多腐象，遂使人少生机，非善用古玩者也。居家所需之物，惟房舍不可动移，此外皆当活变。何也？眼界关乎心境，人欲活泼其心，先宜活泼其眼。即房舍不可动移，亦有起死回生之法。譬如造屋数进，取其高卑广隘之尺寸不甚相悬者，授意匠工，凡作窗棂门扇，皆同其宽窄而异其体裁，以便交相更替。

同一房也，以彼处门窗挪入此处，便觉耳目一新，有如房舍皆迁者；再入彼屋，又换一番境界，是不特迁其一，且迁其二矣。房舍犹然，况器物乎？或卑者使高，或远者使近，或二物别之既久，而使一旦相亲，或数物混处多时，而使忽然隔绝，是无情之物变为有情，若有悲观离合于其间者。但须左之右之，无不宜之，则造物在手，而臻化境矣。

人谓朝东夕西，往来仆仆，“何许子[②]之不惮烦乎”？予曰：陶士行之运甓[③]，视此犹烦，未有笑其多事者；况古

---

① 匏系：比喻得不到重用。语本《论语·阳货》：“吾岂匏瓜也哉！焉能系而不食？”

② 许子：即许行，战国时期农家的代表人物，主张“贤者与民并耕而食，饔飧（yōng sūn）而治”。

③ 陶士行之运甓（pì）：陶侃，字士行（一作士衡），东晋名将。相传他在担任广州刺史时，每天早晨把一百块砖搬到屋外，晚上再搬到屋内，以此来锻炼身体和意志。

玩之可亲，犹胜于甓，乐此者不觉其疲，但不可为饱食终日、无所用心者道。

古玩中香炉一物，其体极静，其用又妙在极动，是当一日数迁其位，片刻不容胶柱者也。人问其故，予以风帆喻之。舟行所挂之帆，视风之斜正为斜正，风从左而帆向右，则舟不进而且退矣。位置香炉之法亦然。当由风力起见，如一室之中有南北二牖，风从南来，则宜位置于正南，风从北入，则宜位置于正北；若风从东南或从西北，则又当位置稍偏，总以不离乎风者近是。若反风所向，则风去香随，而我不沾其味矣。

又须启风来路，塞风去路，如风从南来而洞开北牖，风从北至而大辟南轩，皆以风为过客，而香亦传舍[1]视我矣。须知器玩之中，物物皆可使静，独香炉一物，势有不能。“爱之能勿劳乎？”待人之法也，吾于香炉亦云。

---

① 传舍：古时供行人休息住宿的处所。

卷五 饮馔部

蔬食第一

吾观人之一身，眼、耳、鼻、舌、手、足、躯骸，件件都不可少。其尽可不设而必欲赋之，遂为万古生人之累者，独是口腹二物。口腹具而生计繁矣，生计繁而诈伪奸险之事出矣；诈伪奸险之事出，而五刑[①]不得不设。君不能施其爱育，亲不能遂其恩私，造物好生，而亦不能不逆行其志者，皆当日赋形不善，多此二物之累也。草木无口腹，未尝不生；山石土壤无饮食，未闻不长养。何事独异其形而赋以口腹？即生口腹，亦当使如鱼虾之饮水，蜩螗[②]之吸露，尽可滋生气力，而为潜、跃、飞、鸣。若是，则可与世无求，而生人之患熄矣。乃既生以口腹，又复多其嗜欲，使如溪壑之不可厌；多其嗜欲，又复洞其底里，使如江海

① 五刑：五等刑罚，历代各不相同。这里代指刑罚。

② 蜩螗（tiáo táng）：蝉的别名。

之不可填。以致人之一生，竭五官百骸之力，供一物之所耗而不足哉！吾反复推详，不能不于造物是咎。亦知造物于此，未尝不自悔其非，但以制定难移，只得终遂其过。甚矣！作法慎初，不可草草定制。

吾辑是编而谬及饮馔，亦是可已不已之事。其止崇俭啬，不导奢靡者，因不得已而为造物饰非，亦当虑始计终，而为庶物弭患。如逞一己之聪明，导千万人之嗜欲，则匪特禽兽昆虫无噍类[1]，吾虑风气所开，日甚一日，焉知不有易牙复出，烹子求荣[2]，杀婴儿以媚权奸[3]，如亡隋故事者哉！一误岂堪再误，吾不敢不以赋形造物，视作覆车。

声音之道，丝不如竹，竹不如肉，为其渐近自然。吾谓饮食之道，脍[4]不如肉，肉不如蔬，亦以其渐近自然也。草衣木食，上古之风，人能疏远肥腻，食蔬蕨而甘之，腹中菜园，不使羊来踏破[5]，是犹作羲皇[6]之民，鼓唐虞[7]之腹，与崇尚古玩同一致也。所怪于世者，弃美名不居，而故异端其说，谓佛法如是，是则谬矣。吾辑《饮馔》一

---

① 噍（jiào）类：活人，这里指禽兽昆虫等生物。

② 易牙复出，烹子求荣：相传春秋时，易牙将其子做成羹给齐桓公吃。

③ 杀婴儿以媚权奸：据说隋炀帝时，陶郎儿兄弟将别家孩子杀死蒸熟，献给权贵麻叔谋。

④ 脍（kuài）：细切的鱼肉，这里泛指经过加工制作的肉。

⑤ 腹中菜园，不使羊来踏破：据《笑株》载："有人常食蔬茹，忽食羊肉，梦五藏神曰：'羊踏破菜园。'"后以此比喻因贪吃而导致腹中患病。

⑥ 羲皇：即伏羲氏。

⑦ 唐虞：上古时的两个部落，领袖分别为尧和舜。

卷，后肉食而首蔬菜，一以崇俭，一以复古；至重宰割而惜生命，又其念兹在兹，而不忍或忘者矣。

笋

论蔬食之美者，曰清，曰洁，曰芳馥，曰松脆而已矣。不知其至美所在，能居肉食之上者，只在一字之“鲜”。《记》曰：“甘受和，白受采。”[①]“鲜”即“甘”之所从出也。此种供奉，惟山僧野老躬治园圃者得以有之，城市之人向卖菜佣求活者，不得与焉。然他种蔬食，不论城市山林，凡宅旁有圃者，旋摘旋烹，亦能时有其乐。至于笋之一物，则断断宜在山林，城市所产者，任尔芳鲜，终是笋之剩义。此蔬食中第一品也，肥羊嫩豕，何足比肩？但将笋、肉齐烹，合盛一簋，人止食笋而遗肉，则肉为鱼而笋为熊掌[②]可知矣。购于市者且然，况山中之旋掘者乎？

食笋之法多端，不能悉纪，请以两言概之，曰：“素宜白水，荤用肥猪。”茹斋者[③]食笋，若以他物伴之，香油和之，则陈味夺鲜，而笋之真趣没矣。白煮俟熟，略加酱油，从来至美之物，皆利于孤行，此类是也。以之伴荤，则牛

---

① 甘受和，白受采：语见《礼记・礼器》。意思是甜的东西可以被五味调和，白的东西可以被五色调和。

② 肉为鱼而笋为熊掌：化用《孟子・告子上》：“鱼我所欲也，熊掌亦我所欲也。二者不可得兼，舍鱼而取熊掌者也。”因熊掌珍贵而舍弃鱼。这里指笋比肉好吃。

③ 茹斋者：素食者。

羊鸡鸭等物皆非所宜，独宜于豕，又独宜于肥。肥非欲其腻也，肉之肥者能甘，甘味入笋，则不见其甘，但觉其鲜之至也。烹之既熟，肥肉尽当去之，即汁亦不宜多存，存其半而益以清汤。调和之物，惟醋与酒。此制荤笋之大凡也。

笋之为物，不止孤行并用各见其美，凡食物中无论荤素，皆当用作调和。菜中之笋与药中之甘草，同是必需之物，有此则诸味皆鲜，但不当用其渣滓，而用其精液。庖人之善治具者，凡有焯笋之汤，悉留不去，每作一馔，必以和之，食者但知他物之鲜，而不知有所以鲜之者在也。《本草》[1] 中所载诸食物，益人者不尽可口，可口者未必益人，求能两擅其长者，莫过于此。东坡云："宁可食无肉，不可居无竹。无肉令人瘦，无竹令人俗。"不知能医俗者，亦能医瘦，但有已成竹、未成竹之分耳。

蕈[2]

求至鲜至美之物于笋之外，其惟蕈乎？蕈之为物也，无根无蒂，忽然而生，盖山川草木之气结而成形者也，然有形而无体。凡物有体者必有渣滓，既无渣滓，是无体也。无体之物，犹未离乎气也。食此物者，犹吸山川草木之气，

---

① 《本草》：即《本草纲目》，明李时珍在《神农本草经》的基础上增订整理而成。

② 蕈（xùn）：蘑菇。

未有无益于人者也。其有毒而能杀人者，《本草》云以蛇虫行之故。予曰：不然。蕈大几何，蛇虫能行其上？况又极弱极脆而不能载乎？盖地之下有蛇虫，蕈生其上，适为毒气所钟，故能害人。毒气所钟者能害人，则为清虚之气所钟者，其能益人可知矣。世人辨之原有法，苟非有毒，食之最宜。此物素食固佳，伴以少许荤食尤佳，盖蕈之清香有限，而汁之鲜味无穷。

莼[1]

陆之蕈，水之莼，皆清虚妙物也。予尝以二物作羹，和以蟹之黄，鱼之肋，名曰“四美羹”。座客食而甘之，曰：“今而后，无下箸处矣！”

菜

世人制菜之法，可称百怪千奇，自新鲜以至于腌糟酱腊，无一不曲尽奇能，务求至美，独于起根发轫之事缺焉不讲，予甚惑之。其事维何？有八字诀云：“摘之务鲜，洗之务净。”务鲜之论，已悉前篇。蔬食之最净者，曰笋，曰蕈，曰豆芽；其最秽者，则莫如家种之菜。灌肥之际，必连根带叶而浇之；随浇随摘，随摘随食，其间清浊，多有

① 莼（chún）：莼菜，多年生水草，浮在水面，叶子椭圆形。茎和叶背面都有黏液，可食用。

不可问者。

洗菜之人，不过浸入水中，左右数漉[①]，其事毕矣。孰知污秽之湿者可去，干者难去，日积月累之粪，岂顷刻数漉之所能尽哉？故洗菜务得其法，并须务得其人。以懒人、性急之人洗菜，犹之乎弗洗也。洗菜之法，入水宜久，久则干者浸透而易去；洗叶用刷，刷则高低曲折处皆可到，始能涤尽无遗。若是，则菜之本质净矣。本质净而后可加作料，可尽人工，不然，是先以污秽作调和，虽有百和之香，能敌一星之臭乎？噫！富室大家食指繁盛者，欲保其不食污秽，难矣哉！

菜类甚多，其杰出者则数黄芽。此菜萃于京师，而产于安肃[②]，谓之“安肃菜”，此第一品也。每株大者可数斤，食之可忘肉味。不得已而思其次，其惟白下[③]之水芹乎！予自移居白门，每食菜、食葡萄，辄思都门；食笋、食鸡豆，辄思武陵[④]。物之美者，犹令人每食不忘，况为适馆授餐之人乎？

菜有色相最奇，而为《本草》《食物志》诸书之所不载者，则西秦[⑤]所产之头发菜是也。予为秦客，传食于塞上

① 漉（lù）：液体慢慢渗下，滤过。

② 安肃：今河北徐水。

③ 白下：与下句的“白门”都是南京的别称。

④ 武陵：今湖南常德。

⑤ 西秦：今陕西省。

诸侯。一日脂车[①]将发，见炕上有物，俨然乱发一卷，谬谓婢子栉发所遗，将欲委之而去。婢子曰："不然，群公所饷之物也。"询之土人，知为头发菜。浸以滚水，拌以姜醋，其可口倍于藕丝、鹿角等菜。携归饷[②]客，无不奇之，谓珍错中所未见。此物产于河西，为值甚贱，凡适秦者皆争购异物，因其贱也而忽之，故此物不至通都，见者绝少。由是观之，四方贱物之中，其可贵者不知凡几，焉得人人物色之？发菜之得至江南，亦千载一时之至幸也。

瓜 茄 瓠[③] 芋 山药

瓜、茄、瓠、芋诸物，菜之结而为实者也。实则不止当菜，兼作饭矣。增一簋菜，可省数合[④]粮者，诸物是也。一事两用，何俭如之？贫家购此，同于籴[⑤]粟。但食之各有其法：煮冬瓜、丝瓜忌太生，煮王瓜、甜瓜忌太熟；煮茄、瓠利用酱醋，而不宜于盐；煮芋不可无物伴之，盖芋之本身无味，借他物以成其味者也；山药则孤行并用，无所不宜，并油盐酱醋不设，亦能自呈其美，乃蔬食中之通材也。

---

① 脂车将发：准备驾车出行。脂车，用油脂涂抹车轴以利于转动。

② 饷：用酒食招待客人。

③ 瓠（hù）：瓠瓜，也叫瓠子。一年生攀缘草本植物。茎蔓生，果实长圆形，绿白色，嫩时可食。

④ 合（gě）：量粮食的器具。10 勺等于 1 合，10 合等于 1 升。

⑤ 籴（dí）：买进粮食。

葱蒜韭

葱、蒜、韭三物，菜味之至重者也。菜能芬人齿颊者，香椿头是也；菜能秽人齿颊及肠胃者，葱、蒜、韭是也。椿头明知其香，而食者颇少，葱、蒜、韭尽识其臭，而嗜之者众，其故何欤？以椿头之味虽香而淡，不若葱、蒜、韭之气甚而浓。浓则为时所争尚，甘受其秽而不辞；淡则为世所共遗，自荐其香而弗受。吾于饮食一道，悟善身处世之难。一生绝三物不食，亦未尝多食香椿，殆所谓“夷、惠之间”[①] 者乎？

予待三物有差。蒜则永禁弗食；葱虽弗食，然亦听作调和；韭则禁其终而不禁其始，芽之初发，非特不臭，且具清香，是其孩提之心之未变也。

萝卜

生萝卜切丝作小菜，伴以醋及他物，用之下粥最宜。但恨其食后打嗳[②]，嗳必秽气。予尝受此厄于人，知人之厌我，亦若是也，故亦欲绝而弗食。然见此物大异葱、蒜，生则臭，熟则不臭，是与初见似小人，而卒为君子者等也。

---

① 夷、惠之间：汉扬雄《法言·渊骞》：“‘其为人也奈何？’曰：‘不屈其意，不累其身。’曰：‘是夷、惠之徒欤？’曰：‘不夷不惠，可否之间也。’”夷，伯夷，殷亡不食周粟，饿死于首阳山。惠，柳下惠，美女坐怀而不乱。

② 打嗳（ǎi）：打嗝。

虽有微过，亦当恕之，仍食勿禁。

芥辣汁

菜有具姜、桂之性者乎？曰：有，辣芥是也。制辣汁之芥子，陈者绝佳，所谓愈老愈辣是也。以此拌物，无物不佳。食之者如遇正人，如闻谠论[①]，困者为之起倦，闷者以之豁襟，食中之爽味也。予每食必备，窃比于夫子之不撤姜[②]也。

谷食第二

食之养人，全赖五谷。使天止生五谷而不产他物，则人身之肥而寿也，较此必有过焉，保无疾病相煎、寿夭不齐之患矣。试观鸟之啄粟，鱼之饮水，皆止靠一物为生，未闻于一物之外，又有为之肴馔酒浆、诸饮杂食者也。乃禽鱼之死，皆死于人，未闻有疾病而死，及天年自尽而死者。是止食一物，乃长生久视之道也。人则不幸而为精腆[③]所误，多食一物，多受一物之损伤，少静一时，少安一时之淡泊。其疾病之生，死亡之速，皆饮食太繁，嗜欲过度之所致也。此非人之自误，天误之耳。天地生物之初，亦

① 谠（dǎng）论：正直的言论。

② 夫子之不撤姜：语本《论语·乡党》："不撤姜食，不多食。"

③ 精腆（tiǎn）：精美丰盛的食品。

不料其如是，原欲利人口腹，孰意利之反以害之哉！然则人欲自爱其生者，即不能止食一物，亦当稍存其意，而以一物为君。使酒肉虽多，不胜食气，[1] 即使为害，当亦不甚烈耳。

饭粥

粥、饭二物，为家常日用之需，其中机彀[2]，无人不晓，焉用越俎[3]者强为致词？然有吃紧二语，巧妇知之而不能言者，不妨代为喝破，使姑[4]传之媳，母传之女，以两言代千百言，亦简便利人之事也。

先就粗者言之。饭之大病，在内生外熟，非烂即焦；粥之大病，在上清下淀，如糊如膏。此火候不均之故，惟最拙最笨者有之，稍能炊爨[5]者，必无是事。然亦有刚柔合道，燥湿得宜，而令人咀之嚼之，有粥饭之美形，无饮食之至味者。其病何在？曰：挹[6]水无度，增减不常之为害也。其吃紧二语，则曰："粥水忌增，饭水忌减。"米用几何，则水用几何，宜有一定之度数。如医人用药，水一钟

① 使酒肉虽多，不胜食气：语本《论语·乡党》："肉虽多，不使胜食气。"朱熹集注："食以谷为主，故不使肉胜食气。"食气，主食。

② 机彀（gòu）：奥秘，道理。

③ 越俎：越俎代庖的省略语。

④ 姑：婆婆。

⑤ 爨（cuàn）：烧火做饭。

⑥ 挹（yì）：舀，把液体盛出来。

或钟半，煎至七分或八分，皆有定数。若以意为增减，则非药味不出，即药性不存，而服之无效矣。

不善执爨者，用水不均，煮粥常患其少，煮饭常苦其多。多则逼而去之，少则增而入之，不知米之精液全在于水，逼去饭汤者，非去饭汤，去饭之精液也。精液去则饭为渣滓，食之尚有味乎？粥之既熟，水米成交，犹米之酿而为酒矣。虑其太厚而入之以水，非入水于粥，犹入水于酒也。水入而酒成糟粕，其味尚可咀乎？故善主中馈[①]者，挹水时必限以数，使其勺不能增、滴无可减，再加以火候调匀，则其为粥为饭，不求异而异乎人矣。

宴客者有时用饭，必较家常所食者稍精。精用何法？曰：使之有香而已矣。予尝授意小妇，预设花露一盏，俟饭之初熟而浇之，浇过稍闭，拌匀而后入碗。食者归功于谷米，诧为异种而讯之，不知其为寻常五谷也。此法秘之已久，今始告人。行此法者，不必满釜[②]浇遍，遍则费露甚多，而此法不行于世矣。止以一盏浇一隅，足供佳客所需而止。露以蔷薇、香橼[③]、桂花三种为上，勿用玫瑰，以玫瑰之香，食者易辨，知非谷性所有。蔷薇、香橼、桂花三种，与谷性之香者相若，使人难辨，故用之。

---

① 中馈：酒食。

② 釜（fǔ）：古代的一种锅。

③ 香橼（yuán）：芸香科柑橘属植物，可食用，亦可入药。

汤

汤即羹之别名也。羹之为名，雅而近古；不曰羹而曰汤者，虑人古雅其名，而即郑重其实，似专为宴客而设者。然不知羹之为物，与饭相俱者也。有饭即应有羹，无羹则饭不能下，设羹以下饭，乃图省俭之法，非尚奢靡之法也。古人饮酒，即有下酒之物；食饭，即有下饭之物。世俗改下饭为“厦饭”，谬矣。

前人以读史为下酒物，岂下酒之“下”，亦从“厦”乎？“下饭”二字，人谓指肴馔而言，予曰：不然。肴馔乃滞饭之具，非下饭之具也。食饭之人见美馔在前，匕箸迟疑而不下，非滞饭之具而何？饭犹舟也，羹犹水也；舟之在滩，非水不下，与饭之在喉，非汤不下，其势一也。且养生之法，食贵能消；饭得羹而即消，其理易见。故善养生者，吃饭不可无羹；善作家者，吃饭亦不可无羹。宴客而为省馔计者，不可无羹；即宴客而欲其果腹始去，一馔不留者，亦不可无羹。何也？羹能下饭，亦能下馔故也。

近来吴越张筵，每馔必注以汤，大得此法。吾谓家常自膳，亦莫妙于此。宁可食无馔，不可饭无汤。有汤下饭，即小菜不设，亦可使哺啜如流；无汤下饭，即美味盈前，亦有时食不下咽。予以一赤贫之士，而养半百口之家，有饥时而无馑日者，遵是道也。

糕饼

谷食之有糕饼，犹肉食之有脯脍。《鲁论》云："食不厌精，脍不厌细。"制糕饼者于此二句，当兼而有之。食之精者，米麦是也；脍之细者，粉面是也。精细兼长，始可论及工拙。求工之法，坊刻所载甚详，予使拾而言之，以作制饼制糕之印板，则观者必大笑曰：笠翁不拾唾余，今于饮食之中，现增一副依样葫芦矣！冯妇下车[1]，请戒其始。只用二语括之，曰："糕贵乎松，饼利于薄。"

面

南人饭米，北人饭面，常也。《本草》云："米能养脾，麦能补心。"各有所裨于人者也。然使竟日穷年止食一物，亦何其胶柱口腹，而不肯兼爱心脾乎？予南人而北相，性之刚直似之，食之强横亦似之。一日三餐，二米一面，是酌南北之中，而善处心脾之道也。但其食面之法，小异于北，而且大异于南。北人食面多作饼，予喜条分而缕晰之，南人之所谓"切面"是也。南人食切面，其油盐酱醋等作料，皆下于面汤之中，汤有味而面无味，是人之所重者不在面而在汤，与未尝食面等也。予则不然，以调和诸物，尽归于面，面具五味而汤独清，如此方是食面，非饮汤也。

---

① 冯妇下车：比喻重操旧业。

所制面有二种，一曰“五香面”，一曰“八珍面”。五香膳己，八珍饷客，略分丰俭于其间。五香者何？酱也，醋也，椒末也，芝麻屑也，焯笋或煮蕈煮虾之鲜汁也。先以椒末、芝麻屑二物拌入面中，后以酱醋及鲜汁三物和为一处，即充拌面之水，勿再用水。拌宜极匀，擀宜极薄，切宜极细，然后以滚水下之，则精粹之物尽在面中，尽勾咀嚼，不似寻常吃面者，面则直吞下肚，而止咀咂其汤也。八珍者何？鸡、鱼、虾三物之肉，晒使极干，与鲜笋、香蕈、芝麻、花椒四物，共成极细之末，和入面中，与鲜汁共为八种。酱醋亦用，而不列数内者，以家常日用之物，不得名之以“珍”也。

鸡鱼之肉，务取极精，稍带肥腻者弗用，以面性见油即散，擀不成片，切不成丝故也。但观制饼饵者，欲其松而不实，即拌以油，则面之为性可知已。鲜汁不用煮肉之汤，而用笋、蕈、虾汁者，亦以忌油故耳。所用之肉，鸡、鱼、虾三者之中，惟虾最便，屑米为面，势如反掌，多存其末，以备不时之需；即膳己之五香，亦未尝不可六也。拌面之汁，加鸡蛋青一二盏更宜，此物不列于前而附于后者，以世人知用者多，列之又同剿袭耳。

粉

粉之名目甚多，其常有而适于用者，则惟藕、葛、蕨、绿豆四种。藕、葛二物，不用下锅，调以滚水，即能变生成熟。昔人云："有仓卒客，无仓卒主人。"欲为无仓卒主人，则请多储二物。且卒急救饥，亦莫善于此。驾舟车行远路者，此是糇粮[①]中首善之物。粉食之耐咀嚼者，蕨为上，绿豆次之。欲绿豆粉之耐嚼，当稍以蕨粉和之。凡物入口而不能即下，不即下而又使人咀之有味，嚼之无声者，斯为妙品。吾遍索饮食中，惟得此二物。绿豆粉为汤，蕨粉为下汤之饭，可称"二耐"，齿牙遇此，殆亦所谓劳而不怨者哉！

肉食第三

"肉食者鄙"，非鄙其食肉，鄙其不善谋也。食肉之人不善谋者，以肥腻之精液，结而为脂，蔽障胸臆，犹之茅塞其心，使之不复有窍也。此非予之臆说，夫有所验之矣。诸兽食草木杂物，皆狡獝[②]而有智。虎独食人，不得人则食诸兽之肉，是匪肉不食者，虎也；虎者，兽之至愚者也。何以知之？考诸群书则信矣。

"虎不食小儿"，非不食也，以其痴不惧虎，谬谓勇士而避之也。"虎不食醉人"，非不食也，因其醉势猖獗，目为劲敌而防之也。"虎不行曲路，人遇之者，引至曲路即得

① 糇（hóu）粮：干粮。

② 狡獝（xù）：狡猾多诈。

脱。”其不行曲路者，非若澹台灭明之行不由径[①]，以颈直不能回顾也。使知曲路必脱，先于周行食之矣。

《虎苑》[②] 云：“虎之能搏狗者，牙爪也。使失其牙爪，则反伏于狗矣。”迹是观之，其能降人降物而藉之为粮者，则专恃威猛，威猛之外，一无他能，世所谓“有勇无谋”者，虎是也。予究其所以然之故，则以舍肉之外，不食他物，脂腻填胸，不能生智故也。然则“肉食者鄙，未能远谋”，其说不既有征乎？吾今虽为肉食作俑，然望天下之人，多食不如少食。无虎之威猛而益其愚，与有虎之威猛而自昏其智，均非养生善后之道也。

猪

食以人传者，“东坡肉”是也。卒急听之，似非豕之肉，而为东坡之肉矣。东坡何罪，而割其肉，以实千古馋人之腹哉？甚矣，名士不可为，而名士游戏之小术，尤不可不慎也。至数百载而下，糕、布等物，又以眉公得名。取“眉公糕”“眉公布”之名，以较“东坡肉”三字，似觉彼善于此矣。而其最不幸者，则有溷厕中之一物，俗人呼为“眉公马桶”。噫！马桶何物，而可冠以雅人高士之名乎？予非不知肉味，而于豕之一物，不敢浪措一词者，虑为东坡之续也。即溷厕中之一物，予未尝不新其制，但

---

① 行不由径：走路不抄小道，喻为人正直，正大光明。

②《虎苑》：明王穉（zhì）登撰，叙述历代与虎有关的故事。

蓄之家，而不敢取以示人，尤不敢笔之于书者，亦虑为眉公之续也。

羊

物之折耗最重者，羊肉是也。谚有之曰：“羊几贯，帐难算，生折对半熟对半，百斤止剩念[1]余斤，缩到后来只一段。”大率羊肉百斤，宰而割之，止得五十斤，迨烹而熟之，又止得二十五斤，此一定不易之数也。但生羊易消，人则知之；熟羊易长，人则未之知也。羊肉之为物，最能饱人，初食不饱，食后渐觉其饱，此易长之验也。凡行远路及出门作事，卒急不能得食者，啖此最宜。秦之西鄙，产羊极繁，土人日食止一餐，其能不枵[2]腹者，羊之力也。《本草》载，羊肉比人参、黄芪[3]。参芪补气，羊肉补形。予谓补人者羊，害人者亦羊。凡食羊肉者，当留腹中余地，以俟其长。倘初食不节而果其腹，饭后必有胀而欲裂之形，伤脾坏腹，皆由于此，葆生者不可不知。

牛 犬

猪、羊之后，当及牛、犬。以二物有功于世，方劝人戒之之不暇，尚忍为制酷刑乎？略此二物，遂及家禽，是

---

① 念：即“廿”，二十。

② 枵（xiāo）：空虚，空肚子。

③ 黄芪（qí）：中药名。

亦以羊易牛[1]之遗意也。

鸡

鸡亦有功之物，而不讳其死者，以功较牛、犬为稍杀。天之晓也，报亦明，不报亦明，不似畎亩、盗贼，非牛不耕，非犬之吠则不觉也。然较鹅、鸭二物，则淮阴羞伍绛、灌[2]矣。烹饪之刑，似宜稍宽于鹅、鸭。卵之有雄者弗食，重不至斤外者弗食，即不能寿之，亦不当过夭之耳。

鹅

鶃鶃之肉[3]无他长，取其肥且甘而已矣。肥始能甘，不肥则同于嚼蜡。鹅以固始为最，讯其土人，则曰："豢之之物，亦同于人。食人之食，斯其肉之肥腻亦同于人也。"犹之豕肉以金华为最，婺人豢豕，非饭即粥，故其为肉也甜而腻。然则固始之鹅、金华之豕，均非鹅、豕之美，食美之也。食能美物，奚俟人言？归而求之，有余师矣。但授家人以法，彼虽饲以美食，终觉饥饱不时，不似固始、金华之有节，故其为肉也，犹有一间之殊。盖终以禽兽畜

① 以羊易牛：据《孟子·梁惠王上》，齐宣王见有人牵牛去宰杀，心中不忍，命以羊代替，以示仁义。

② 淮阴羞伍绛、灌：淮阴，指韩信，封淮阴侯。绛，指周勃，汉初封绛侯。灌，指灌婴，汉初封颍阴侯。周勃、灌婴能武不能文，故韩信羞与之为伍。

③ 鶃鶃（yì）之肉：鹅肉。鶃鶃，鹅叫声，这里指鹅。

之，未尝稍同于人耳。“继子得食，肥而不泽。[①]”其斯之谓欤？

有告予食鹅之法者，曰：昔有一人，善制鹅掌。每豢肥鹅将杀，先熬沸油一盂，投以鹅足，鹅痛欲绝，则纵之池中，人则任其跳跃。已而复擒复纵，炮瀹[②]如初。若是者数四，则其为掌也，丰美甘甜，厚可径寸，是食中异品也。予曰：惨哉斯言！予不愿听之矣。物不幸而为人所畜，食人之食，死人之事。偿之以死亦足矣，奈何未死之先，又加若是之惨刑乎？二掌虽美，入口即消，其受痛楚之时，则有百倍于此者。以生物多时之痛楚，易我片刻之甘甜，忍人不为，况稍具婆心者乎？地狱之设，正为此人，其死后炮烙之刑，必有过于此者。

鸭

禽属之善养生者，雄鸭是也。何以知之？知之于人之好尚。诸禽尚雌，而鸭独尚雄；诸禽贵幼，而鸭独贵长。故养生家有言：“烂蒸老雄鸭，功效比参芪。”使物不善养生，则精气必为雌者所夺，诸禽尚雌者，以为精气之所聚也。使物不善养生，则情窍一开，日长而日瘠矣。诸禽贵幼者，以其泄少而存多也。雄鸭能愈长愈肥，皮肉至老不变，且食之与参芪比功，则雄鸭之善于养生，不待考核而

---

① 继子得食，肥而不泽：继母养的孩子，看上去吃得肥胖，实际上没有光泽。
② 瀹（yuè）：煮。

知之矣。然必俟考核，则前此未之闻也。

野禽 野兽

野味之逊于家味者，以其不能尽肥；家味之逊于野味者，以其不能有香也。家味之肥，肥于不自觅食而安享其成；野味之香，香于草木为家而行止自若。是知丰衣美食，逸处安居，肥人之事也；流水高山，奇花异木，香人之物也。肥则必供刀俎，靡有孑遗；香亦为人朵颐[①]，然或有时而免。二者不欲其兼，舍肥从香而已矣。

野禽可以时食，野兽则偶一尝之。野禽如雉、雁、鸠、鸽、黄雀、鹌鹑之属，虽生于野，若畜于家，为可取之如寄也。野兽之可得者惟兔、獐、鹿、熊、虎诸兽，岁不数得，是野味之中又分难易。难得者何？以其久住深山，不入人境。槛阱之入，是人往觅兽，非兽来挑人也。禽则不然，知人欲弋而往投之，以觅食也，食得而祸随之矣。是兽之死也，死于人；禽之毙也，毙于己。食野味者，当作如是观。惜禽而更当惜兽，以其取死之道为可原也。

鱼

鱼藏水底，各自为天，自谓与世无求，可保戈矛之不

---

① 朵颐：指鼓动着腮颊，嚼食的样子。

及矣。乌知网罟[①]之奏功，较弓矢罝罘[②]为更捷。无事竭泽而渔，自有吞舟不漏之法。然鱼与禽兽之生死，同是一命，觉鱼之供人刀俎，似较他物为稍宜。何也？水族难竭而易繁。胎生卵生之物，少则一母数子，多亦数十子而止矣。鱼之为种也似粟，千斯仓而万斯箱[③]，皆于一腹焉寄之。苟无沙汰之人，则此千斯仓而万斯箱者生生不已，又变而为恒河沙数[④]。至恒河沙数之一变再变，以至千百变，竟无一物可以喻之，不几充塞江河而为陆地，舟楫之往来能无恙乎？故渔人之取鱼虾，与樵人之伐草木，皆取所当取、伐所不得不伐者也。我辈食鱼虾之罪，较食他物为稍轻。兹为约法数章，虽难比乎祥刑[⑤]，亦稍差于酷吏。

食鱼者首重在鲜，次则及肥，肥而且鲜，鱼之能事毕矣。然二美虽兼，又有所重在一者。如鲟、如鯚、如鲫、如鲤，皆以鲜胜者也，鲜宜清煮作汤；如鳊、如白，如鲥、如鲢，皆以肥胜者也，肥宜厚烹作脍。烹煮之法，全在火候得宜。先期而食者肉生，生则不松；过期而食者肉死，死则无味。迟客之家，他馔或可先设以待，鱼则必须活养，候客至旋烹。鱼之至味在鲜，而鲜之至味又只在初熟离釜之片刻，若先烹以待，是使鱼之至美，发泄于空虚无人之

---

① 罟（gǔ）：鱼网。

② 罝罘（jū fú）：捕捉鸟兽的网。

③ 千斯仓而万斯箱：形容数量很多。

④ 恒河沙数：形容数量极多，难以计数。

⑤ 祥刑：用刑谨慎，善用刑罚。

境；待客至而再经火气，犹冷饭之复炊，残酒之再热，有其形而无其质矣。

煮鱼之水忌多，仅足伴鱼而止，水多一口，则鱼淡一分。司厨婢子，所利在汤，常有增而复增，以致鲜味减而又减者，志在厚客，不能不薄待庖人[①]耳。更有制鱼良法，能使鲜肥迸出，不失天真，迟速咸宜，不虞火候者，则莫妙于蒸。置之镟内，入陈酒、酱油各数盏，覆以瓜、姜及蕈、笋诸鲜物，紧火蒸之极熟。此则随时早暮，供客咸宜，以鲜味尽在鱼中，并无一物能侵，亦无一气可泄，真上着也。

虾

笋为蔬食之必需，虾为荤食之必需，皆犹甘草之于药也。善治荤食者，以焯虾之汤，和入诸品，则物物皆鲜，亦犹笋汤之利于群蔬。笋可孤行，亦可并用；虾则不能自主，必借他物为君。若以煮熟之虾单盛一簋，非特华筵必无是事，亦且令食者索然。惟醉者、糟者，可供匕箸。是虾也者，因人成事之物，然又必不可无之物也。“治国若烹小鲜”[②]，此小鲜之有裨于国者。

鳖

“新粟米炊鱼子饭，嫩芦笋煮鳖裙羹。”林居之人述此

---

① 庖人：厨师。

② 治国若烹小鲜：指治理国家要像煮小鱼一样，不能多搅动，应当无为而治。

以鸣得意，其味之鲜美可知矣。予性于水族无一不嗜，独与鳖不相能，食多则觉口燥，殊不可解。一日，邻人网得巨鳖，召众食之，死者接踵，染指其汁者，亦病数月始痊。予以不喜食此，得免于召，遂得免于死。岂性之所在，即命之所在耶？

予一生侥幸之事难更仆数。乙未[1]居武林，邻家失火，三面皆焚，而予居无恙。己卯[2]之夏，遇大盗于虎爪山，贿以重资者得免，不则立毙。予囊无一钱，自分必死，延颈受诛，而盗不杀。至于甲申、乙酉之变[3]，予虽避兵山中，然亦有时入郭，其至幸者，才徙家而家焚，甫出城而城陷，其出生于死，皆在斯须倏忽之间。噫，予何修而得此于天哉！报施无地，有强为善而已矣。

蟹

予于饮食之美，无一物不能言之，且无一物不穷其想象，竭其幽渺而言之；独于蟹螯一物，心能嗜之，口能甘之，无论终身一日皆不能忘之。至其可嗜可甘与不可忘之故，则绝口不能形容之。此一事一物也者，在我则为饮食中之痴情，在彼则为天地间之怪物矣。予嗜此一生，每岁

---

① 乙未：清顺治十二年（1655）。

② 己卯：明崇祯十二年（1639）。

③ 甲申、乙酉之变：明崇祯十七年（1644）清军入关。清顺治二年（1645）清军攻入南京。

于蟹之未出时，即储钱以待。因家人笑予以蟹为命，即自呼其钱为“买命钱”。

自初出之日始，至告竣之日止，未尝虚负一夕，缺陷一时。同人知予癖蟹，招者饷者，皆于此日，予因呼九月、十月为“蟹秋”。虑其易尽而难继，又命家人涤瓮酿酒，以备糟之醉之之用。糟名“蟹糟”，酒名“蟹酿”，瓮名“蟹瓮”。向有一婢，勤于事蟹，即易其名为“蟹奴”，今亡之矣。蟹乎！蟹乎！汝于吾之一生，殆相终始者乎！所不能为汝生色者，未尝于有螃蟹无监州处作郡，出俸钱以供大嚼，仅以悭囊[①]易汝。即使日购百筐，除供客外，与五十口家人分食，然则入予腹者有几何哉？蟹乎！蟹乎！吾终有愧于汝矣。

蟹之为物至美，而其味坏于食之之人。以之为羹者，鲜则鲜矣，而蟹之美质何在？以之为脍者，腻则腻矣，而蟹之真味不存。更可厌者，断为两截，和以油、盐、豆粉而煎之，使蟹之色、蟹之香与蟹之真味全失。此皆似嫉蟹之多味，忌蟹之美观，而多方蹂躏，使之泄气而变形者也。世间好物，利在孤行。蟹之鲜而肥，甘而腻，白似玉而黄似金，已造色香味三者之至极，更无一物可以上之。和以他味者，犹之以爝[②]火助日，掬水益河，冀其有裨也，不亦难乎？

---

① 悭（qiān）囊：口袋里的钱少得可怜。悭，吝啬，小气。
② 爝（jué）：火把。

凡食蟹者，只合全其故体，蒸而熟之，贮以冰盘，列之几上，听客自取自食。剖一筐，食一筐，断一螯，食一螯，则气与味纤毫不漏。出于蟹之躯壳者，即入于人之口腹，饮食之三昧，再有深入于此者哉？凡治他具，皆可人任其劳，我享其逸，独蟹与瓜子、菱角三种，必须自任其劳。旋剥旋食则有味，人剥而我食之，不特味同嚼蜡，且似不成其为蟹与瓜子、菱角，而别是一物者。此与好香必须自焚，好茶必须自斟，僮仆虽多，不能任其力者，同出一理。讲饮食清供之道者，皆不可不知也。宴上客者，势难全体，不得已而羹之，亦不当和以他物，惟以煮鸡、鹅之汁为汤，去其油腻可也。

瓮中取醉蟹，最忌用灯，灯光一照，则满瓮俱沙，此人人知忌者也。有法处之，则可任照不忌。初醉之时，不论昼夜，俱点油灯一盏，照之入瓮，则与灯光相习，不相忌而相能，任凭照取，永无变成沙之患矣。（此法都门有用之者。）

零星水族

予担簦[1]二十年，履迹几遍天下。四海历其三，三江五湖则俱未尝遗一，惟九河未能环绕，以其迂僻者多，不尽在舟车可抵之境也。历水既多，则水族之经食者，自必不少，因知天下万物之繁，未有繁于水族者，载籍所列诸鱼

① 担簦（dēng）：背着伞跋涉，引申为奔走游历。

名，不过十之六七耳。常有奇形异状，味亦不群，渔人竟日取之，土人终年食之，咨询其名，皆不知为何物者。无论其他，即吴门、京口诸地所产水族之中，有一种似鱼非鱼，状类河豚而极小者，俗名“斑子鱼”，味之甘美，几同乳酪，又柔滑无骨，真至味也，而《本草》《食物》诸书，皆所不载。近地且然，况寥廓而迂僻者乎？

海错之至美，人所艳羡而不得食者，为闽之“西施舌”“江瑶柱[1]”二种。“西施舌”予既食之，独“江瑶柱”未获一尝，为入闽恨事。所谓“西施舌”者，状其形也。白而洁，光而滑，入口咂之，俨然美妇之舌，但少朱唇皓齿牵制其根，使之不留而即下耳。此所谓状其形也。若论鲜味，则海错中尽有过之者，未甚奇特，朵颐此味之人，但索美舌而咂之，即当屠门大嚼[2]矣。其不甚著名而有异味者，则北海之鲜鳓，味并鲥鱼，其腹中有肋，甘美绝伦。世人以在鲟鳇腹中者为“西施乳”，若与此肋较短长，恐又有东家、西家之别耳。

河豚为江南最尚之物，予亦食而甘之。但询其烹饪之法，则所需之作料甚繁，合而计之，不下十余种，且又不可缺一，缺一则腥而寡味。然则河豚无奇，乃假众美成奇者也。有如许调和之料施之他物，何一不可擅长，奚必假杀人之物以示异乎？食之可，不食亦可。若江南之鲚，则

① 江瑶柱：亦称“江珧柱”，俗称鲜贝。

② 屠门大嚼：比喻内心喜欢而不能得到，于是只好做出已得之状聊以自慰。

为春馔中妙物。食鲥鱼及鲟鳇有厌时，鲚则愈嚼愈甘，至果腹而犹不能释手者也。

不载果食茶酒说

果者酒之仇，茶者酒之敌，嗜酒之人必不嗜茶与果，此定数也。凡有新客入座，平时未经共饮，不知其酒量浅深者，但以果饼及糖食验之。取到即食，食而似有踊跃之情者，此即茗客，非酒客也；取而不食，及食不数四而即有倦色者，此必巨量之客，以酒为生者也。以此法验嘉宾，百不失一。予系茗客而非酒人，性似猿猴，以果代食，天下皆知之矣。

讯以酒味则茫然，与谈食果饮茶之事，则觉井井有条，滋滋多味。兹既备述饮馔之事，则当于二者加详，胡以缺而不备？曰：惧其略也。性既嗜此，则必大书特书，而且为罄竹之书，若以寥寥数纸终其崖略，则恐笔欲停而心未许，不觉其言之汗漫而难收也。且果可略而茶不可略，茗战之兵法，富于《三略》《六韬》[①]，岂《孙子》[②] 十三篇所能尽其灵秘者哉？是用专辑一编，名为《茶果志》，孤行

①《三略》：又名《黄石公三略》，中国古代兵书，相传源出于姜太公，黄石公曾加以推演，并传给张良。《六韬》，中国古代兵书，旧题姜太公撰。又称《太公六韬》或《太公兵法》。

②《孙子》：即《孙子兵法》，春秋孙武撰，现存十三篇。

可，尾于是集之后亦可。至于曲蘖[①]一事，予既自谓茫然，如复强为置吻，则假口他人乎？抑强不知为知，以欺天下乎？假口则仍犯剿袭之戒；将欲欺人，则茗客可欺，酒人不可欺也。倘执其所短而兴问罪之师，吾能以茗战战之乎？不若绝口不谈之为愈耳。

① 曲蘖（niè）：又作“麴蘖”“麴糱”，酒曲。这里泛指酒。

种植部

已载群书者片言不赘，非补未逮之论，即传自验之方。欲睹陈言，请翻诸集。

木本第一

草木之种类极杂，而别其大较有三，木本、藤本、草本是也。木本坚而难痿，其岁较长者，根深故也。藤本之为根略浅，故弱而待扶，其岁犹以年纪。草本之根愈浅，故经霜辄坏，为寿止能及岁。是根也者，万物短长之数也，欲丰其得，先固其根，吾于老农老圃之事，而得养生处世之方焉。人能虑后计长，事事求为木本，则见雨露不喜，而睹霜雪不惊，其为身也，挺然独立。至于斧斤之来，则天数也，岂灵椿古柏之所能避哉？如其植德[1]不力，而务为苟且，则是藤本其身，止可因人成事，人立而我立，人仆而我亦仆矣。至于木槿其生，不为明日计者，彼且不知根

① 植德：培养德行。

为何物，遑计入土之浅深，藏荄[①]之厚薄哉？是即草木之流亚也。噫，世岂乏草木之行，而反木其天年、藤其后裔者哉？此造物偶然之失，非天地处人待物之常也。

牡　丹

牡丹得王于群花，予初不服是论，谓其色其香，去芍药有几？择其绝胜者与角雌雄，正未知鹿死谁手。及睹《事物纪原》[②]，谓武后冬月游后苑，花俱开而牡丹独迟，遂贬洛阳，因大悟曰："强项[③]若此，得贬固宜，然不加九五之尊[④]，奚洗八千之辱乎？"（韩诗"夕贬潮阳路八千"）物生有候，葭[⑤]动以时，苟非其时，虽十尧不能冬生一穗；后系人主，可强鸡人[⑥]使昼鸣乎？如其有识，当尽贬诸卉而独崇牡丹。花王之封，允宜肇于此日，惜其所见不逮，而且倒行逆施。诚哉！其为武后也。予自秦之巩昌，载牡丹十数本而归，同人嘲予以诗，有"群芳应怪人情热，千里趋迎富贵花"之句。予曰："彼以守拙得贬，予载之归，是趋冷非趋热也。"兹得此论，更发明矣。

---

① 荄（gāi）：草根。

②《事物纪原》：宋高承撰，共十卷，分五十五部，专记事物原始之属。于每事每物，皆考索古书，推其原起。虽不能尽确，亦可以资博识。

③ 强项：不肯低头。形容刚直不屈。项，脖子。

④ 九五之尊：比喻君位。

⑤ 葭（jiā）：初生的芦苇。

⑥ 鸡人：职官名。于天将亮时，发出呼声以警醒百官。

艺植之法，载于名人谱帙者，纤发无遗，予倘及之，又是拾人牙后[①]矣。但有吃紧一着，《花谱》偶载而未之悉者，请畅言之。是花皆有正面，有反面，有侧面。正面宜向阳，此种花通义也。然他种或能委曲，独牡丹不肯通融，处以南面既生，俾之他向则死，此其肮脏不回之本性，人主不能屈之，谁能屈之？予尝执此语同人，有迂其说者。予曰："匪特士民之家，即以帝王之尊，欲植此花，亦不能不循此例。"同人诘予曰："有所本乎？"予曰："有本。吾家太白诗云：'名花倾国两相欢，常得君王带笑看。解释春风无限恨，沉香亭北倚栏杆。'倚栏杆者向北，则花非南面而何？"同人笑而是之。斯言得无定论？

梅

花之最先者梅，果之最先者樱桃。若以次序定尊卑，则梅当王于花，樱桃王于果，犹瓜之最先者曰王瓜，于义理未尝不合，奈何别置品题，使后来居上。首出者不得为圣人，则辟草昧致文明者，谁之力欤？虽然，以梅冠群芳，料舆情[②]必协；但以樱桃冠群果，吾恐主持公道者，又不免为荔枝号屈矣。姑仍旧贯，以免抵牾。

种梅之法，亦备群书，无庸置吻，但言领略之法而已。

① 拾人牙后：即拾人牙慧。

② 舆情：群众的意见和态度。

花时苦寒，即有妻梅[1]之心，当筹寝处之法。否则衾枕不备，露宿为难，乘兴而来者，无不尽兴而返，即求为驴背浩然，不数得也。观梅之具有二：山游者必带帐房，实三面而虚其前，制同汤网[2]，其中多设炉炭，既可致温，复备暖酒之用。此一法也。

园居者设纸屏数扇，覆以平顶，四面设窗，尽可开闭，随花所在，撑而就之。此屏不止观梅，是花皆然，可备终岁之用。立一小匾，名曰"就花居"。花间竖一旗帜，不论何花，概以总名曰"缩地花"。此一法也。若家居所植者，近在身畔，远亦不出眼前，是花能就人，无俟人为蜂蝶矣。然而爱梅之人，缺陷有二：凡到梅开之时，人之好恶不齐，天之功过亦不等，风送香来，香来而寒亦至，令人开户不得，闭户不得，是可爱者风，而可憎者亦风也。

雪助花妍，雪冻而花亦冻，令人去之不可，留之不可，是有功者雪，有过者亦雪也。其有功无过，可爱而不可憎者惟日，既可养花，又堪曝背，是诚天之循吏[3]也。使止有日而无风雪，则无时无日不在花间，布帐纸屏皆可不设，岂非梅花之至幸，而生人之极乐也哉！然而为之天者，则甚难矣。

---

① 妻梅：相传宋代林逋隐居西湖，终身不娶，以种梅养鹤为乐，人称"梅妻鹤子"。

② 汤网：据《史记·殷本纪》，商汤施行仁政，让捕鸟人将四面网放开三面，只留一面。此处指捕鸟用的网。

③ 循吏：遵理守法的官吏。

蜡梅者，梅之别种，殆亦共姓而通谱者欤？然而有此令德，亦乐与联宗。吾又谓别有一花，当为蜡梅之异姓兄弟，玫瑰是也。气味相孚，皆造浓艳之极致，殆不留余地待人者矣。人谓过犹不及，当务适中，然资性所在，一往而深，求为适中，不可得也。

桃

凡言草木之花，矢口即称桃李，是桃李二物，领袖群芳者也。其所以领袖群芳者，以色之大都不出红白二种，桃色为红之极纯，李色为白之至洁，“桃花能红李能白”一语，足尽二物之能事。然今人所重之桃，非古人所爱之桃；今人所重者为口腹计，未尝究及观览。大率桃之为物，可目者未尝可口，不能执两端事人。

凡欲桃实之佳者，必以他树接之，不知桃实之佳，佳于接，桃色之坏，亦坏于接。桃之未经接者，其色极娇，酷似美人之面，所谓“桃腮”“桃靥”者，皆指天然未接之桃，非今时所谓碧桃、绛桃、金桃、银桃之类也。即今诗人所咏，画图所绘者，亦是此种。此种不得于名园，不得于胜地，惟乡村篱落之间，牧童樵叟所居之地，能富有之。

欲看桃花者，必策蹇①郊行，听其所至，如武陵人之偶

① 策蹇（jiǎn）：骑驴。

人桃源[①]，始能复有其乐。如仅载酒园亭，携姬院落，为当春行乐计者，谓赏他卉则可，谓看桃花而能得其真趣，吾不信也。噫，色之极媚者莫过于桃，而寿之极短者亦莫过于桃，“红颜薄命”之说，单为此种。凡见妇人面与相似而色泽不分者，即当以花魂视之，谓别形体不久也。然勿明言，至生涕泣。

李

李是吾家果，花亦吾家花，当以私爱嬖之，然不敢也。唐有天下，此树未闻得封。天子未尝私庇，况庶人乎？以公道论之可已。与桃齐名，同作花中领袖，然而桃色可变，李色不可变也。“邦有道，不变塞焉，强哉矫！邦无道，至死不变，强哉矫！”[②] 自有此花以来，未闻稍易其色，始终一操，涅而不淄[③]，是诚吾家物也。至有稍变其色，冒为一宗，而此类不收，仍加一字以示别者，则郁李是也。李树较桃为耐久，逾三十年始老，枝虽枯而子仍不细，以得于天者独厚，又能甘淡守素，未尝以色媚人也。若仙李之盘

---

① 武陵人之偶入桃源：晋陶渊明撰《桃花源记》，描写晋太元中武陵人误入桃花源事。

② “邦有道”六句：意谓国家清明时，不改变未实现的志向，此乃真正的强大；国家黑暗时，至死不动摇志向，此乃真正强大。塞，阻塞，此指尚未实。矫，强壮，勇武。

③ 涅（niè）而不淄（zī）：用黑色染料也染不黑，比喻本质甚好，不受恶劣环境影响。涅，黑色染料。淄，黑色。语出《论语·阳货》。

根，则又与灵椿比寿。我欲绳武[1]而不能，以著述永年而已矣。

杏

种杏不实者，以处子常系之裙系树上，便结累累。予初不信，而试之果然。是树性喜淫者，莫过于杏，予尝名为“风流树”。噫，树木何取于人，人何亲于树木，而契爱若此，动乎情也？情能动物，况于人乎！其必宜于处子之裙者，以情贵乎专；已字人者，情有所分而不聚也。予谓此法既验于杏，亦可推而广之。凡树木之不实者，皆当系以美女之裳；即男子之不能诞育者，亦当衣以佳人之裤。盖世间慕女色而爱处子，可以情感而使之动者，岂止一杏而已哉！

梨

予播迁四方，所止之地，惟荔枝、龙眼、佛手诸卉，为吴越诸邦不产者，未经种植，其余一切花果竹木，无一不经葺理；独梨花一本，为眼前易得之物，独不能身有其树为楂梨主人，可与少陵不咏海棠，同作一等欠事。然性爱此花，甚于爱食其果。果之种类不一，中食者少，而花之耐看，则无一不然。雪为天上之雪，此是人间之雪；雪

---

① 绳武：继承祖先业绩。

之所少者香，此能兼擅其美。唐人诗云：“梅虽逊雪三分白，雪却输梅一段香。”[①] 此言天上之雪。料其输赢不决，请以人间之雪，为天上解围。

海 棠

“海棠有色而无香”，此《春秋》责备贤者之法[②]。否则无香者众，胡尽恕之，而独于海棠是咎？然吾又谓海棠不尽无香，香在隐跃之间，又不幸而为色掩。如人生有二技，一技稍粗，则为精者所隐；一术太长，则六艺皆通，悉为人所不道。王羲之善书，吴道子善画，此二人者，岂仅工书善画者哉？苏长公[③]不善棋酒，岂遂一子不拈，一卮不设者哉？诗文过高，棋酒不足称耳。

吾欲证前人有色无香之说，执海棠之初放者嗅之，另有一种清芬，利于缓咀，而不宜于猛嗅。使尽无香，则蜂蝶过门不入矣，何以郑谷[④]《咏海棠》诗云：“朝醉暮吟看不足，羡他蝴蝶宿深枝”？有香无香，当以蝶之去留为证。且香之与臭，敌国也。《花谱》云：“海棠无香而畏臭，不宜灌粪。”去此者必即彼，若是，则海棠无香之说，亦可备

---

① 梅虽逊雪三分白，雪却输梅一段香：实出自宋人卢梅坡《雪梅》诗：“梅雪争春未肯降，骚人阁笔费评章。梅虽逊雪三分白，雪却输梅一段香。”

②《春秋》责备贤者之法：即“春秋笔法”，指秉笔直书而蕴含褒贬。

③ 苏长公：即苏轼。

④ 郑谷：唐末诗人，字守愚，僖宗时进士，官都官郎中，人称郑都官。

证于前，而稍白于后矣。噫，“大音希声”[①]，“大羹不和”[②]，奚必如兰如麝，扑鼻薰人，而后谓之有香气乎？

王禹偁[③]《诗话》云：“杜子美避地蜀中，未尝有一诗及海棠，以其生母名海棠也。”生母名海棠，予空疏未得其考，然恐子美即善吟，亦不能物物咏到。一诗偶遗，即使后人议及父母。甚矣，才子之难为也。鼎革以前，吾乡杜姓者，其家海棠绝胜，予岁岁纵览，未尝或遗。尝赠以诗云：“此花不比别花来，题破东君着意培。不怪少陵无赠句，多情偏向杜家开。”似可为少陵解嘲。

秋海棠一种，较春花更媚。春花肖美人，秋花更肖美人；春花肖美人之已嫁者，秋花肖美人之待年者；春花肖美人之绰约可爱者，秋花肖美人之纤弱可怜者。处子之可怜，少妇之可爱，二者不可得兼，必将娶怜而割爱矣。相传秋海棠初无是花，因女子怀人不至，涕泣洒地，遂生此花，名为“断肠花”。噫，同一泪也，洒之林中，即成斑竹，洒之地上，即生海棠，泪之为物神矣哉！春海棠颜色极佳，凡有园亭者不可不备，然贫士之家不能必有，当以秋海棠补之。此花便于贫士者有二：移根即是，不须钱买，一也；为地不多，墙间壁上，皆可植之。性复喜阴，秋海

---

① 大音希声：道家认为最大最美的声音乃无声之音。

② 大羹不和：语出《礼记·礼器》：“大圭不琢，大羹不和。”不和，不调以杂味。

③ 王禹偁：字元之，北宋诗人、散文家。

棠所取之地，皆群花所弃之地也。

玉　兰

世无玉树，请以此花当之。花之白者尽多，皆有叶色相乱，此则不叶而花，与梅同致。千干万蕊，尽放一时，殊盛事也。但绝盛之事，有时变为恨事。众花之开，无不忌雨，而此花尤甚。一树好花，止须一宿微雨，尽皆变色，又觉腐烂可憎，较之无花更为乏趣。群花开谢以时，谢者既谢，开者犹开，此则一败俱败，半瓣不留。语云："弄花一年，看花十日。"为玉兰主人者，常有延伫经年，不得一朝盼望者，讵非香国中绝大恨事？故值此花一开，便宜急急玩赏，玩得一日是一日，赏得一时是一时。若初开不玩而俟全开，全开不玩而俟盛开，则恐好事未行，而杀风景者至矣。噫，天何仇于玉兰，而往往三岁之中，定有一二岁与之为难哉！

辛　夷

辛夷、木笔、望春花，一卉而数异其名，又无甚新奇可取，"名有余而实不足"者，此类是也。园亭极广，无一不备者方可植之，不则当为此花藏拙。

山　茶

花之最不耐开，一开辄尽者，桂与玉兰是也；花之最能持久，愈开愈盛者，山茶、石榴是也。然石榴之久，犹不及山茶；榴叶经霜即脱，山茶戴雪而荣。则是此花也者，具松柏之骨，挟桃李之姿，历春夏秋冬如一日，殆草木而神仙者乎？又况种类极多，由浅红以至深红，无一不备。其浅也，如粉如脂，如美人之腮，如酒客之面；其深也，如朱如火，如猩猩之血，如鹤顶之珠。可谓极浅、深、浓、淡之致，而无一毫遗憾者矣。得此花一二本，可抵群花数十本。惜乎予园仅同芥子，诸卉种就，不能再纳须弥，仅取盆中小树，植于怪石之旁。噫，善善而不能用，恶恶而不能去，予其郭公[①]也夫！

紫　薇

人谓禽兽有知，草木无知。予曰：不然。禽兽草木尽是有知之物，但禽兽之知，稍异于人，草木之知，又稍异于禽兽，渐蠢则渐愚耳。何以知之？知之于紫薇树之怕痒。知痒则知痛，知痛痒则知荣辱利害，是去禽兽不远，犹禽兽之去人不远也。人谓树之怕痒者，只有紫薇一种，余则不然。予曰：草木同性，但观此树怕痒，即知无草无木不知痛痒，但紫薇能动，他树不能动耳。人又问：既然不动，何以知其识痛痒？予曰：就人喻之，怕痒之人，搔之即动，亦有不怕痒之人，听人搔扒而不动者，岂人亦不知痛痒乎？

① 郭公：指傀儡。北齐后主高纬喜好傀儡，因“高”“郭”音近，故人谓之“郭公”。

由是观之，草木之受诛锄，犹禽兽之被宰杀，其苦其痛，俱有不忍言者。人能以待紫薇者待一切草木，待一切草木者待禽兽与人，则斩伐不敢妄施，而有疾痛相关之义矣。

绣　球

天工之巧，至开绣球一花而止矣。他种之巧，纯用天工，此则诈施人力，似肖尘世所为而为者。剪春罗、剪秋罗诸花亦然。天工于此，似非无意，盖曰："汝所能者，我亦能之；我所能者，汝实不能为也。"若是，则当再生一二蹴球之人，立于树上，则天工之斗巧者全矣。其不屑为此者，岂以物可肖，而人不足肖乎？

紫　荆

紫荆一种，花之可已者也。但春季所开，多红少紫，欲备其色，故间植之。然少枝无叶，贴树生花，虽若紫衣少年，亭亭独立，但觉窄袍紧袂，衣瘦身肥，立于翩翩舞袖之中，不免代为踧踖[①]。

栀　子

栀子花无甚奇特，予取其仿佛玉兰。玉兰忌雨，而此不忌；玉兰齐放齐凋，而此则开以次第。惜其树小而不能

① 踧踖（cù jí）：恭敬而不安的样子。

出檐，如能出檐，即以之权当玉兰，以弥补三春恨事，谁曰不可？

杜鹃　樱桃

杜鹃、樱桃二种，花之可有可无者也。所重于樱桃者，在实不在花；所重于杜鹃者，在西蜀之异种，不在四方之恒种。如名花俱备，则二种开时，尽有快心而夺目者，欲览余芳，亦愁少暇。

石　榴

芥子园之地不及三亩，而屋居其一，石居其一，乃榴之大者，复有四五株。是点缀吾居，使不落寞者，榴也；盘踞吾地，使不得尽栽他卉者，亦榴也。榴之功罪，不几半乎？然赖主人善用，榴虽多，不为赘也。榴性喜压，就其根之宜石者，从而山之，是榴之根即山之麓也；榴性喜日，就其阴之可庇者，从而屋之，是榴之地即屋之天也；榴之性又复喜高而直上，就其枝柯之可傍，而又借为天际真人[①]者，从而楼之，是榴之花即吾倚栏守户之人也。此芥子园主人区处石榴之法，请以公之树木者。

---

① 天际真人：晋人的理想人格。语出《世说新语·容止》："诸君莫轻道仁祖（谢尚），企脚北窗下弹琵琶，故自有天际真人想。"

木　槿

木槿朝开而暮落，其为生也良苦。与其易落，何如弗开？造物生此，亦可谓不惮烦矣。有人曰：不然。木槿者，花之现身说法以儆愚蒙者也。花之一日，犹人之百年。人视人之百年，则自觉其久，视花之一日，则谓极少而极暂矣。不知人之视人，犹花之视花，人以百年为久，花岂不以一日为久乎？无一日不落之花，则无百年不死之人可知矣。此人之似花者也。乃花开花落之期虽少而暂，犹有一定不移之数，朝开暮落者，必不幻而为朝开午落，午开暮落；乃人之生死，则无一定不移之数，有不及百年而死者，有不及百年之半与百年之二三而死者；则是花之落也必焉，人之死也忽焉。使人亦如木槿之为生，至暮必落，则生前死后之事，皆可自为政矣，无如其不能也。此人之不能似花者也。人能作如是观，则木槿一花，当与萱草并树。睹萱草则能忘忧，睹木槿则能知戒。

桂

秋花之香者，莫能如桂。树乃月中之树，香亦天上之香也。但其缺陷处，则在满树齐开，不留余地。予有《惜桂》诗云："万斛黄金碾作灰，西风一阵总吹来。早知三日都狼藉，何不留将次第开？"盛极必衰，乃盈虚一定之理，凡有富贵荣华一蹴而至者，皆玉兰之为春光，丹桂之为秋色。

合欢

"合欢蠲忿，萱草忘忧"[①]，皆益人情性之物，无地不宜种之。然睹萱草而忘忧，吾闻其语矣，未见其人也。对合欢而蠲忿，则不必讯之他人，凡见此花者，无不解愠成欢，破涕为笑。是萱草可以不树，而合欢则不可不栽。栽之之法，《花谱》不详，非不详也，以作谱之人，非真能合欢之人也。渔人谈稼事，农父著樵经，有约略其词而已。凡植此树，不宜出之庭外，深闺曲房是其所也。

此树朝开暮合，每至昏黄，枝叶互相交结，是名"合欢"。植之闺房者，合欢之花宜置合欢之地，如椿、萱宜在承欢之所[②]，荆、棣宜在友于之场[③]，欲其称也。此树栽于内室，则人开而树亦开，树合而人亦合。人既为之增愉，树亦因而加茂，所谓人地相宜者也。使居寂寞之境，不亦虚负此花哉？灌勿太肥，常以男女同浴之水，隔一宿而浇其根，则花之芳妍，较常加倍。此予既验之法，以无心偶试而得之。如其不信，请同觅二本，一植庭外，一植闺中，

---

① 合欢蠲（juān）忿，萱草忘忧：语出嵇康《养生论》。蠲：除去，免除。

② 椿：椿树，古人认为椿树长寿，故以之比喻父亲。萱，萱草，《诗经·卫风·伯兮》："焉得谖草？言树之背。"意思是在北堂种萱草，古代北堂为母亲的住处，故以萱草指代母亲或母亲的住处。

③ 荆：紫荆，又称"兄弟树""同本树"。在古代象征兄弟和睦。棣：棠棣，《诗经·小雅·常棣》是宴请兄弟的诗，故以棠棣象征兄弟情谊。

一浇肥水，一浇浴汤，验其孰盛孰衰，即知予言谬不谬矣。

木芙蓉

水芙蓉之于夏，木芙蓉之于秋，可谓二季功臣矣。然水芙蓉必须池沼，“所谓伊人，在水一方”者，不可数得。茂叔[①]之好，徒有其心而已。木则随地可植。况二花之艳，相距不远。虽居岸上，如在水中，谓之秋莲可，谓之夏莲亦可，即自认为三春之花，东皇[②]未去也亦可。凡有篱落之家，此种必不可少。如或傍水而居，隔岸不见此花者，非至俗之人，即薄福不能消受之人也。

夹竹桃

夹竹桃一种，花则可取，而命名不善。以竹乃有道之士，桃则佳丽之人，道不同不相为谋，合而一之，殊觉矛盾。请易其名为“生花竹”，去一桃字，便觉相安。且松、竹、梅素称三友，松有花，梅有花，惟竹无花，可称缺典。得此补之，岂不天然凑合？亦女娲氏之五色石也。

瑞　香

茂叔以莲为花之君子，予为增一敌国，曰：瑞香乃花

---

① 茂叔：周敦颐，字茂叔，世称濂溪先生，北宋理学家。酷爱莲花，著有《爱莲说》。

② 东皇：司春之神。

之小人。何也？《谱》载此花“一名麝囊，能损花，宜另植”。予初不信，取而嗅之，果带麝味，麝则未有不损群花者也。同列众芳之中，即有朋侪之义，不能相资相益，而反祟之，非小人而何？幸造物处之得宜，予以不能为患之势。其开也，必于冬春之交，是时群花摇落，诸卉未荣，及见此花者，仅有梅花、水仙二种，又在成功将退之候，当其锋也未久，故罹其毒也亦不深，此造物之善用小人也。使易冬春之交而为春夏之交，则花王亦几被篡，矧下此者乎？唐宋诸名流，无不怜香嗜色，赞以诗词者，皆以蚤春无花，得此可搔目痒，又但见其佳，而未逢其虐耳。予僭为香国平章[①]，焉得不秉公持正？宁使一小人怒而欲杀，不敢不为众君子密堤防也。

茉 莉

茉莉一花，单为助妆而设，其天生以媚妇人者乎？是花皆晓开，此独暮开。暮开者，使人不得把玩，秘之以待晓妆也。是花蒂上皆无孔，此独有孔。有孔者，非此不能受簪，天生以为立脚之地也。若是，则妇人之妆，乃天造地设之事耳。植他树皆为男子，种此花独为妇人。既为妇人，则当眷属视之矣。妻梅者，止一林逋，妻茉莉者当遍天下而是也。

---

① 平章：职官名，唐、宋、金、元均设。品位各有不同，但均为位高权重之职，此处比喻花卉最有权威的品评者。

欲艺此花，必求木本。藤本一样着花，但苦经年即死，视其死而莫之救，亦仁人君子所不乐为也。木本最难过冬，予尝历验收藏之法。此花痿于寒者什一，毙于干者什九，人皆畏冻而滴水不浇，是以枯死。此见噎废食[①]之法，有避呕逆而经时绝粒，其人尚存者乎？稍暖微浇，大寒即止，此不易之法。但收藏必于暖处，篾罩必不可无，浇不用水而用冷茶，如斯而已。予艺此花三十年，皆为燥误，如今识此，以告世人，亦其否极泰来[②]之会也。

藤本第二

藤本之花，必须扶植。扶植之具，莫妙于从前成法之用竹屏。或方其眼，或斜其槅，因作葳蕤柱石，遂成锦绣墙垣，使内外之人，隔花阻叶，碍紫间红，可望而不可亲，此善制也。无奈近日茶坊酒肆，无一不然，有花即以植花，无花则以代壁。此习始于维扬，今日渐近他处矣。市井若此，高人韵士之居，断断不应若此。避市井者，非避市井，避其劳劳攘攘之情，锱铢必较之陋习也。见市井所有之物，如在市井之中，居处习见，能移性情，此其所以当避也。

---

① 见噎废食：今作“因噎废食”，比喻为了某种小问题怕再出错，而把要紧的事搁下不做。

② 否（pǐ）极泰来：坏的事情到了极点，就会转而变好。

即如前人之取别号，每用川、泉、湖、宇等字，其初未尝不新，未尝不雅，迨后商贾者流，家效而户则之，以致市肆标榜之上，所书姓名非川即泉，非湖即宇，是以避俗之人，不得不去之若浼[①]。迩来缙绅先生悉用斋、庵二字，极宜；但恐用者过多，则而效之者，又入从前标榜，是今日之斋、庵，未必不是前日之川、泉、湖、宇。虽曰名以人重，人不以名重，然亦实之宾也。已噪寰中者仍之继起，诸公似应稍变。

人问植花既不用屏，岂遂听其滋蔓于地乎？曰：不然。屏仍其故，制略新之。虽不能保后日之市廛，不又变为今日之园圃，然新得一日是一日，异得一时是一时，但愿贸易之人，并性情风俗而变之。变亦不求尽变，市井之念不可无，垄断之心不可有。觅应得之利，谋有道之生，即是人间大隐。若是，则高人韵士，皆乐得与之游矣，复何劳扰锱铢之足避哉？花屏之制有三[②]，列于《藤本》之末。

蔷薇

结屏之花，蔷薇居首。其可爱者，则在富于种而不一其色。大约屏间之花，贵在五彩缤纷，若上下四旁皆一其色，则是佳人忌作之绣，庸工不绘之图，列于亭斋，有何意致？他种屏花，若木香、酴醾、月月红诸本，族类有限，

① 浼（měi）：污染。

② 花屏之制有三：按，今传《闲情偶寄》诸本均未见花屏之制。

为色不多，欲其相间，势必旁求他种。蔷薇之苗裔极繁，其色有赤，有红，有黄，有紫，甚至有黑；即红之一色，又判数等，有大红、深红、浅红、肉红、粉红之异。屏之宽者，尽其种类所有而植之，使条梗蔓延相错，花时斗丽，可傲步障于石崇。然征名考实，则皆蔷薇也。是屏花之富者，莫过于蔷薇。他种衣色虽妍，终不免于捉襟露肘。

木　香

木香花密而香浓，此其稍胜蔷薇者也。然结屏单靠此种，未免冷落，势必依傍蔷薇。蔷薇宜架，木香宜棚者，以蔷薇条干之所及，不及木香之远也。木香作屋，蔷薇作垣，二者各尽其长，主人亦均收其利矣。

酴　醿

酴醿[①]之品，亚于蔷薇、木香，然亦屏间必须之物，以其花候稍迟，可续二种之不继也。"开到酴醿花事了"，每忆此句，情兴为之索然。

月月红

俗云："人无千日好，花难四季红。"四季能红者，现

① 酴醿（tú mí）：又作"荼蘼"，一名木香，为蔓生小灌木，花白色或黄色，有芳香，果实深红色。

有此花，是欲矫俗言之失也。花能矫俗言之失，何人情反听其验乎？缀屏之花，此为第一。所苦者树不能高，故此花一名“瘦客”。然予复有用短之法，乃为市井之人强迫而成者也。法在屏制之第三幅。此花有红、白及淡红三本，结屏必须同植。此花又名“长春”，又名“斗雪”，又名“胜春”，又名“月季”。予于种种之外，复增一名，曰“断续花”。花之断而能续，续而复能断者，只有此种。因其所开不繁，留为可继，故能绵邈若此；其余一切之不能续者，非不能续，正以其不能断耳。

姊妹花

花之命名，莫善于此。一蓓七花者曰“七姊妹”，一蓓十花者曰“十姊妹”。观其浅深红白，确有兄长娣幼之分，殆杨家姊妹现身乎？余极喜此花，二种并植，汇其名为“十七姊妹”。但怪其蔓延太甚，溢出屏外，虽日刈月除，其势犹不可遏。岂党与过多，酿成不戢[1]之势欤？此无他，皆同心不妒之过也，妒则必无是患矣。故善御女戎[2]者，妙在使之能妒。

玫瑰

花之有利于人，而无一不为我用者，芰荷是也；花之

① 戢（jí）：停止，收敛。
② 女戎：由女人引起的兵祸。

有利于人，而我无一不为所奉者，玫瑰是也。芰荷利人之说，见于本传。玫瑰之利，同于芰荷，而令人可亲可溺，不忍暂离，则又过之。群花止能娱目，此则口、眼、鼻、舌以至肌体毛发，无一不在所奉之中。可囊可食，可嗅可观，可插可戴，是能忠臣其身，而又能媚子其术者也。花之能事，毕于此矣。

素　馨

素馨一种，花之最弱者也，无一枝一茎不需扶植，予尝谓之“可怜花”。

凌　霄

藤花之可敬者，莫若凌霄。然望之如天际真人，卒急不能招致，是可敬亦可恨也。欲得此花，必先蓄奇石古木以待，不则无所依附而不生，生亦不大。予年有几，能为奇石古木之先辈而蓄之乎？欲有此花，非入深山不可。行当即之，以舒此恨。

真珠兰

此花与叶，并不似兰，而以兰名者，肖其香也。即香味亦稍别，独有一节似之：兰花之香，与之习处者不觉，骤遇始闻之，疏而复亲始闻之，是花亦然。此其所以名兰也。闽、粤有木兰，树大如桂，花亦似之，名不附桂而附兰者，亦以其香隐而不露，耐久闻而不耐急嗅故耳。凡人骤见而即觉其可亲者，乃人中之玫瑰，非友中之芝兰也。

草本第三

草本之花，经霜必死；其能死而不死，交春复发者，根在故也。常闻有花不待时，先期使开之法，或用沸水浇根，或以硫磺代土，开则开矣，花一败而树随之，根亡故也。然则人之荣枯显晦，成败利钝，皆不足据，但询其根之无恙否耳。根在，则虽处厄运，犹如霜后之花，其复发也，可坐而待也；如其根之或亡，则虽处荣朊显耀之境，犹之奇葩烂目，总非自开之花，其复发也，恐不能坐而待矣。予谈草木，辄以人喻。岂好为是哓哓[1]者哉？世间万物，皆为人设。观感一理，备人观者，即备人感。天之生此，岂仅供耳目之玩、情性之适而已哉？

芍　药

芍药与牡丹媲美，前人署牡丹以“花王”，署芍药以“花相”，冤哉！予以公道论之。天无二日，民无二王，牡丹正位于香国，芍药自难并驱。虽别尊卑，亦当在五等诸

---

① 哓哓（xiāo）：喋喋不休地争论。

侯之列，岂王之下，相之上，遂无一位一座，可备酬功之用者哉？历翻种植之书，非云“花似牡丹而狭”，则曰“子似牡丹而小”。由是观之，前人评品之法，或由皮相而得之。噫，人之贵贱美恶，可以长短肥瘦论乎？每于花时奠酒，必作温言慰之曰：“汝非相材也，前人无识，谬署此名，花神有灵，付之勿较，呼牛呼马，听之而已。”予于秦之巩昌，携牡丹、芍药各数十本而归，牡丹活者颇少，幸此花无恙，不虚负戴之劳。岂人为知己死者，花反为知己生乎？

兰

“兰生幽谷，无人自芳”，是已。然使幽谷无人，兰之芳也，谁得而知之？谁得而传之？其为兰也，亦与萧艾同腐而已矣。“如入芝兰之室，久而不闻其香”，是已。然既不闻其香，与无兰之室何异？虽有若无，非兰之所以自处，亦非人之所以处兰也。

吾谓芝兰之性，毕竟喜人相俱，毕竟以人闻香气为乐。文人之言，只顾赞扬其美，而不顾其性之所安，强半皆若是也。然相俱贵乎有情，有情务在得法；有情而得法，则坐芝兰之室，久而愈闻其香。兰生幽谷与处曲房[1]，其幸不幸相去远矣。兰之初着花时，自应易其座位，外者内之，

① 曲房：内室，隐秘的房间。

远者近之，卑者尊之；非前倨而后恭[1]，人之重兰非重兰也，重其花也，叶则花之舆从而已矣。

居处一定，则当美其供设，书画炉瓶，种种器玩，皆宜森列其旁。但勿焚香，香薰即谢，匪妒也，此花性类神仙，怕亲烟火，非忌香也，忌烟火耳。若是，则位置堤防之道得矣。然皆情也，非法也，法则专为闻香。“如入芝兰之室，久而不闻其香”者，以其知入而不知出也，出而再入，则后来之香，倍乎前矣。故有兰之室不应久坐，另设无兰者一间，以作退步，时退时进，进多退少，则刻刻有香，虽坐无兰之室，若依倩女之魂[2]。是法也，而情在其中矣。如止有此室，则以门外作退步，或往行他事，事毕而入，以无意得之者，其香更甚。此予消受兰香之诀，秘之终身，而泄于一旦，殊可惜也。

此法不止消受兰香，凡属有花房舍，皆应若是。即焚香之室亦然，久坐其间，与未尝焚香者等也。门上布帘，必不可少，护持香气，全赖乎此。若止靠门扇开闭，则门开尽泄，无复一线之留矣。

蕙

蕙之与兰，犹芍药之与牡丹，相去皆止一间耳。而世

---

① 前倨而后恭：先前傲慢无礼，后又谦卑恭敬。比喻待人势利，态度转变迅速。

② 倩女之魂：典出唐陈玄祐《离魂记》，张镒之女倩娘因父悔婚，抑郁成疾，其灵魂追随爱人而去，五年后复归，与肉身合为一体。

之贵兰者必贱蕙，皆执成见，泥成心也。人谓蕙之花不如兰，其香亦逊。吾谓蕙诚逊兰，但其所以逊兰者，不在花与香而在叶，犹芍药之逊牡丹者，亦不在花与香而在梗。牡丹系木本之花，其开也，高悬枝梗之上，得其势则能壮其威仪，是花王之尊，尊于势也。芍药出于草本，仅有叶而无枝，不得一物相扶，则委而仆于地矣，官无舆从，能自壮其威乎？

蕙兰之不相敌也反是。芍药之叶苦其短，蕙之叶偏苦其长；芍药之叶病其太瘦，蕙之叶翻病其太肥。当强者弱，而当弱者强，此其所以不相称，而大逊于兰也。兰蕙之开，时分先后。兰终蕙继，犹芍药之嗣牡丹，皆所谓兄终弟及，欲废不能者也。善用蕙者，全在留花去叶，痛加剪除，择其稍狭而近弱者，十存二三；又皆截之使短，去两角而尖之，使与兰叶相若，则是变蕙成兰，而与“强干弱枝”①之道合矣。

水　仙

水仙一花，予之命也。予有四命，各司一时：春以水仙、兰花为命，夏以莲为命，秋以秋海棠为命，冬以蜡梅为命。无此四花，是无命也；一季缺予一花，是夺予一季之命也。水仙以秣陵②为最，予之家于秣陵，非家秣陵，家

---

① 强干弱枝：原指削弱地方势力，加强中央集权。这里指去叶留花。

② 秣（mò）陵：今南京。

于水仙之乡也。

记丙午[1]之春，先以度岁无资，衣囊质[2]尽，迨水仙开时，则为强弩之末，索一钱不得矣。欲购无资，家人曰："请已之。一年不看此花，亦非怪事。"予曰："汝欲夺吾命乎？宁短一岁之寿，勿减一岁之花。且予自他乡冒雪而归，就水仙也，不看水仙，是何异于不返金陵，仍在他乡卒岁乎？"家人不能止，听予质簪珥购之。予之钟爱此花，非痂癖也。其色其香，其茎其叶，无一不异群葩，而予更取其善媚。妇人中之面似桃，腰似柳，丰如牡丹、芍药，而瘦比秋菊、海棠者，在在有之；若如水仙之淡而多姿，不动不摇，而能作态者，吾实未之见也。以"水仙"二字呼之，可谓摹写殆尽。使吾得见命名者，必颓然下拜。

不特金陵水仙为天下第一，其植此花而售于人者，亦能司造物之权，欲其早则早，命之迟则迟，购者欲于某日开，则某日必开，未尝先后一日。及此花将谢，又以迟者继之，盖以下种之先后为先后也。至买就之时，给盆与石而使之种，又能随手布置，即成画图，皆风雅文人所不及也。岂此等末技，亦由天授，非人力邪？

芙蕖[3]

芙蕖与草本诸花，似觉稍异；然有根无树，一岁一生，

① 丙午：康熙五年，公元1666年。

② 质：抵押。

③ 芙蕖：荷花的别称。

其性同也。《谱》[1] 云："产于水者曰草芙蓉，产于陆者曰旱莲。"则谓非草本不得矣。予夏季倚此为命者，非故效颦于茂叔，而袭成说于前人也。以芙蕖之可人，其事不一而足，请备述之。

群葩当令时，只在花开之数日，前此后此，皆属过而不问之秋矣，芙蕖则不然。自荷钱[2]出水之日，便为点缀绿波，及其劲叶既生，则又日高一日，日上日妍，有风既作飘飖之态，无风亦呈袅娜之姿，是我于花之未开，先享无穷逸致矣。迨至菡萏[3]成花，娇姿欲滴，后先相继，自夏徂秋，此时在花为分内之事，在人为应得之资者也。及花之既谢，亦可告无罪于主人矣，乃复蒂下生蓬，蓬中结实，亭亭独立，犹似未开之花，与翠叶并擎，不至白露为霜，而能事不已。此皆言其可目者也。

可鼻则有荷叶之清香，荷花之异馥，避暑而暑为之退，纳凉而凉逐之生。至其可人之口者，则莲实与藕，皆并列盘餐，而互芬齿颊者也。只有霜中败叶，零落难堪，似成弃物矣，乃摘而藏之，又备经年裹物之用。是芙蕖也者，无一时一刻，不适耳目之观；无一物一丝，不备家常之用者也。有五谷之实，而不有其名；兼百花之长，而各去其短。种植之利，有大于此者乎？予四命之中，此命为最。

---

①《谱》：疑为明人王象晋所编的《群芳谱》。但查无所引之文，待考。

② 荷钱：初生的荷叶。

③ 菡萏（hàn dàn）：未开的荷花。

无如酷好一生，竟不得半亩方塘，为安身立命之地；仅凿斗大一池，植数茎以塞责，又时病其漏，望天乞水以救之。殆所谓不善养生，而草菅其命者哉。

罂粟

花之善变者，莫如罂粟，次则数葵，余皆守故不迁者矣。艺此花如蓄豹，观其变也。牡丹谢而芍药继之，芍药谢而罂粟继之，皆繁之极、盛之至者也。欲续三葩，难乎其为继矣。

葵

花之易栽易盛，而又能变化不穷者，止有一葵。是事半于罂粟，而数倍其功者也。但叶之肥大可憎，更甚于蕙。俗云："牡丹虽好，绿叶扶持。"人谓树之难好者在花，而不知难者反易。古今来不乏明君，所不可必得者，忠良之佐耳。

萱

萱花一无可取，植此同于种菜，为口腹计则可耳。至云对此可以忘忧，佩此可以宜男，则千万人试之，无一验者。书之不可尽信，类如此矣。

鸡冠

予有《收鸡冠花子》一绝云："指甲搔花碎紫雯，虽非异卉也芳芬。时防撒却还珍惜，一粒明年一朵云。”此非溢美之词，道其实也。花之肖形者尽多，如绣球、玉簪、金钱、蝴蝶、剪春罗之属，皆能酷似，然皆尘世中物也；能肖天上之形者，独有鸡冠花一种。氤氲其象而叆叇[①]其文，就上观之，俨然庆云一朵。乃当日命名者，舍天上极美之物，而搜索人间。鸡冠虽肖，然而贱视花容矣，请易其字，曰“一朵云”。此花有红、紫、黄、白四色，红者为红云，紫者为紫云，黄者为黄云，白者为白云。又有一种五色者，即名为“五色云”。以上数者，较之“鸡冠”，谁荣谁辱？花如有知，必将德我。

玉　簪

花之极贱而可贵者，玉簪是也。插入妇人髻中，孰真孰假，几不能辨，乃闺阁中必需之物。然留之弗摘，点缀篱间，亦似美人之遗。呼作“江皋玉佩”，谁曰不可？

凤　仙

凤仙，极贱之花，此宜点缀篱落，若云备染指甲之用，则大谬矣。纤纤玉指，妙在无瑕，一染猩红，便称俗物。况所染之红，又不能尽在指甲，势必连肌带肉而丹之。迨肌肉褪清之后，指甲又不能全红，渐长渐退，而成欲谢之

① 叆叇（ài dài）：形容云浓厚稠密的样子。

花矣。始用俑者，其俗物乎？

金 钱

金钱、金盏、剪春罗、剪秋罗诸种，皆化工所作之小巧文字。因牡丹、芍药一开，造物之精华已竭，欲续不能，欲断不可，故作轻描淡写之文，以延其脉。吾观于此，而识造物纵横之才力亦有穷时，不能似源泉混混[1]，愈涌而愈出也。合一岁所开之花，可作天工一部全稿。

梅花、水仙，试笔之文也，其气虽雄，其机尚涩，故花不甚大，而色亦不甚浓。开至桃、李、棠、杏等花，则文心怒发，兴致淋漓，似有不可阻遏之势矣；然其花之大犹未甚，浓犹未至者，以其思路纷驰而不聚，笔机过纵而难收，其势之不可阻遏者，横肆也，非纯熟也。迨牡丹、芍药一开，则文心笔致俱臻化境，收横肆而归纯熟，舒蓄积而罄光华，造物于此，可谓使才务尽，不留丝发之余矣。然自识者观之，不待终篇而知其难继。

何也？世岂有开至树不能载、叶不能覆之花，而尚有一物焉高出其上、大出其外者乎？有开至众彩俱齐、一色不漏之花，而尚有一物焉红过于朱、白过于雪者乎？斯时也，使我为造物，则必善刀而藏矣。乃天则未肯告乏也，夏欲试其技，则从而荷之；秋欲试其技，则从而菊之；冬

① 源泉混混：语出《孟子·离娄下》："原原混混，不舍昼夜。"

则计穷其竭，尽可不花，而犹作蜡梅一种以塞责之。数卉者，可不谓之芳妍尽致，足殿群芳者乎？然较之春末夏初，则皆强弩之末矣。至于金钱、金盏、剪春罗、剪秋罗、滴滴金、石竹诸花，则明知精力不继，篇帙寥寥，作此以塞纸尾，犹人诗文既尽，附以零星杂著者是也。

由是观之，造物者极欲骋才，不肯自惜其力之人也；造物之才，不可竭而可竭，可竭而终不可竟竭者也。究竟一部全文，终病其后来稍弱。其不能弱始劲终者，气使之然，作者欲留余地而不得也。吾谓才人著书，不应取法于造物，当秋冬其始，而春夏其终，则是能以蔗境[1]行文，而免于江郎才尽[2]之诮矣。

蝴蝶花

此花巧甚。蝴蝶，花间物也，此即以蝴蝶为花。是一是二，不知周之梦为蝴蝶欤？蝴蝶之梦为周欤？非蝶非花，恰合庄周梦境。

菊

菊花者，秋季之牡丹、芍药也。种类之繁衍同，花色

---

① 蔗境：据《晋书》载：“恺之每食甘蔗，恒自尾至本。人或怪之，云：渐入佳境。”后因以“蔗境”喻先苦后乐，有后福。常用来比喻人晚年生活逐渐转好。

② 江郎才尽：江郎，南朝梁文人江淹。江淹少时以诗文著称，晚年时，偶憩于一亭中，梦见郭璞索还五色笔，自此江淹作诗绝无佳句。后以比喻文思枯竭或衰退。

之全备同，而性能持久复过之。从来种植之花，是花皆略，而叙牡丹、芍药与菊者独详。人皆谓三种奇葩，可以齐观等视，而予独判为两截，谓有天工、人力之分。何也？牡丹、芍药之美，全仗天工，非由人力。植此二花者，不过冬溉以肥，夏浇以湿，如是焉止矣。其开也，烂漫芬芳，未尝以人力不勤，略减其姿而稍俭其色。菊花之美，则全仗人力，微假天工。

艺菊之家，当其未入土也，则有治地酿土之劳，既入土也，则有插标记种之事。是萌芽未发之先，已费人力几许矣。迨分秧植定之后，劳瘁万端，复从此始。防燥也，虑湿也，摘头也，掐叶也，芟蕊也，接枝也，捕虫掘蚓以防害也，此皆花事未成之日，竭尽人力以俟天工者也。即花之既开，亦有防雨避霜之患，缚枝系蕊之勤，置盏引水之烦，染色变容之苦，又皆以人力之有余，补天工之不足者也。为此一花，自春徂秋，自朝迄暮，总无一刻之暇。必如是，其为花也，始能丰丽而美观，否则同于婆娑野菊，仅堪点缀疏篱而已。若是，则菊花之美，非天美之，人美之也。人美之而归功于天，使与不费辛勤之牡丹、芍药齐观等视，不几恩怨不分，而公私少辨乎？吾知敛翠凝红而为沙中偶语[①]者，必花神也。

① 沙中偶语：此借指花神暗中评论花卉的好坏。典出《史记·留侯世家》："上已封大功臣二十余人，其余日夜争功不决，未得行封。上在洛阳南宫，从复道望见诸将往往相与坐沙中语，上曰：'此何语？'留侯曰：'陛下不知乎？此谋反耳。'"

自有菊以来，高人逸士无不尽吻揄扬[①]，而予独反其说者，非与渊明作敌国。艺菊之人终岁勤动，而不以胜天之力予之，是但知花好，而昧所从来。饮水忘源，并置汲者于不问，其心安乎？从前题咏诸公，皆若是也。予创是说，为秋花报本，乃深于爱菊，非薄之也。予尝观老圃之种菊，而慨然于修士之立身[②]与儒者之治业。使能以种菊之无逸者砺其身心，则焉往而不为圣贤？使能以种菊之有恒者攻吾举业，则何虑其不掇青紫[③]？乃士人爱身爱名之心，终不能如老圃之爱菊，奈何！

菜

菜为至贱之物，又非众花之等伦，乃《草本》《藤本》中反有缺遗，而独取此花殿后，无乃贱群芳而轻花事乎？曰：不然。菜果至贱之物，花亦卑卑不数之花，无如积至贱至卑者而至盈千累万，则贱者贵而卑者尊矣。“民为贵，社稷次之，君为轻”者，非民之果贵，民之至多至盛为可贵也。园圃种植之花，自数朵以至数十百朵而止矣，有至盈阡溢亩，令人一望无际者哉？曰：无之。无则当推菜花为盛矣。一气初盈，万花齐发，青畴白壤，悉变黄金，不

① 尽吻揄扬：满口称赞。

② 修士之立身：修士，品行高尚的人。立身，修养身心以提高品德。

③ 青紫：指高官显爵。

诚洋洋乎大观也哉！当是时也，呼朋拉友，散步芳塍[①]，香风导酒客寻帘，锦蝶与游人争路，郊畦之乐，什佰园亭，惟菜花之开，是其候也。

众卉第四

草木之类，各有所长，有以花胜者，有以叶胜者。花胜则叶无足取，且若赘疣，如葵花、蕙草之属是也。叶胜则可以无花，非无花也，叶即花也，天以花之丰神色泽归并于叶而生之者也。不然，绿者叶之本色，如其叶之，则亦绿之而已矣，胡以为红，为紫，为黄，为碧，如老少年、美人蕉、天竹、翠云草诸种，备五色之陆离，以娱观者之目乎？即其青之绿之，亦不同于有花之叶，另具一种芳姿。是知树木之美，不定在花，犹之丈夫之美者，不专主于有才，而妇人之丑者，亦不尽在无色也。观群花令人修容，观诸卉则所饰者不仅在貌。

芭　蕉

幽斋但有隙地，即宜种蕉。蕉能韵人而免于俗，与竹同功，王子猷偏厚此君，未免挂一漏一。蕉之易栽，十倍

① 塍（chéng）：田埂。

于竹，一二月即可成荫。坐其下者，男女皆入画图，且能使台榭轩窗尽染碧色，绿天之号[①]，洵不诬也。竹可镌诗，蕉可作字，皆文士近身之简牍。乃竹上止可一书，不能削去再刻；蕉叶则随书随换，可以日变数题，尚有时不烦自洗，雨师代拭者，此天授名笺，不当供怀素一人之用。予有题蕉绝句云："万花题遍示无私，费尽春来笔墨资。独喜芭蕉容我俭，自舒晴叶待题诗。"此芭蕉实录也。

翠　云

草色之最蒨[②]者，至翠云而止。非特草木为然，尽世间苍翠之色，总无一物可以喻之，惟天上彩云，偶一幻此。是知善着色者惟有化工[③]，即与倾国佳人眉上之色并较浅深，觉彼犹是画工之笔，非化工之笔也。

虞美人

虞美人花叶并娇，且动而善舞，故又名"舞草"。《谱》云："人或抵掌歌《虞美人》曲，即叶动如舞。"予曰：舞则有之，必歌《虞美人》曲，恐未必尽然。盖歌舞并行之事，一姬试舞，众姬必歌以助之，闻歌即舞，势使

---

① 绿天之号：唐代僧人怀素种芭蕉万余株，以芭蕉叶代纸写字，为其居所取名"绿天庵"。

② 蒨（qiàn）：鲜明，茂盛的样子。

③ 化工：天工，大自然创造万物的能力。

然也。若曰必歌《虞美人》曲，则此曲能歌者几？歌稀则和寡，此草亦得借口藏其拙矣。

书带草

书带草其名极佳，苦不得见。《谱》载出淄川城北郑康成读书处[①]，名“康成书带草”[②]。噫，康成雅人，岂作王戎钻核[③]故事，不使种传别地耶？康成婢子知书[④]，使天下婢子皆不知书，则此草不可移，否则处处堪栽也。

老少年

此草一名“雁来红”，一名“秋色”，一名“老少年”，皆欠妥切。“雁来红”者，尚有蓼花一种，经秋弄色者又不一而足，皆属泛称；惟“老少年”三字相宜，而又病其俗。予尝易其名曰“还童草”，似觉差胜。此草中仙品也，秋阶得此，群花可废。此草植之者繁，观之者众，然但知

---

① 淄川：今山东淄博。郑康成：郑玄，北海高密人，东汉经学家，遍注群经。

② 康成书带草：《历代诗话》引《三齐记略》云：“不夜城东有文登山，郑玄删注《诗》《书》，栖于北山。上有古井，石碣旁生细草。叶如薤之叶，其长尺余，坚韧异常。士人谓之‘康成书带草’。”

③ 王戎钻核：事见《晋书·王戎传》：“（王戎）家有好李，常出货之，恐人得种，恒钻其核。”

④ 康成婢子知书：刘义庆《世说新语·文学》：“郑玄家奴婢皆读书。尝使一婢，不称旨，将挞之。方自陈说，玄怒，使人曳着泥中。须臾，复有一婢来，问曰：‘胡为乎泥中？（语出《诗经·邶风·式微》）’答曰：‘薄言往诉，逢彼之怒。（语出《诗经·邶风·柏舟》）’”

其一，未知其二，予尝细玩而得之。盖此草不特于一岁之中，经秋更媚，即一日之中，亦到晚更媚，总之后胜于前，是其性也。此意向矜独得，及阅徐竹隐[①]诗，有“叶从秋后变，色向晚来红”一联，不知确有所见如予，知其晚来更媚乎？抑下句仍同上句，其晚亦指秋乎？难起九原而问之，即谓先予一着可也。

天　竹

竹无花而以夹竹桃代之，竹不实而以天竹补之，皆是可以不必然而强为蛇足之事。然蛇足之形自天生之，人亦不尽任咎也。

虎　刺

“长盆栽虎刺，宣石作峰峦。”布置得宜，便是一幅案头山水。此虎丘卖花人长技也，不可谓非化工手笔。然购者于此，必熟视其为原盆与否。是卉皆可新移，独虎刺必须久植，新移旋踵者百无一活，这一点不可不知。

苔

苔者，至贱易生之物，然亦有时作难：遇阶砌新筑，冀其速生者，彼必故意迟之，以示难得。予有《养苔》

① 徐竹隐：徐似道，字渊子，号竹隐，宋代文学家，工诗词。

诗云："汲水培苔浅却池，邻翁尽日笑人痴。未成斑藓浑难待，绕砌频呼绿拗儿。"然一生之后，又令人无可奈何矣。

萍

杨入水为萍，是花中第一怪事。花已谢而辞树，其命绝矣，乃又变为一物，其生方始，殆一物而两现其身者乎？人以杨花喻命薄之人，不知其命之厚也，较天下万物为独甚。吾安能身作杨花，而居水陆二地之胜乎？水上生萍，极多雅趣；但怪其弥漫太甚，充塞池沼，使水居有如陆地，亦恨事也。有功者不能无过，天下事其尽然哉？

竹木第五

（未经种植者不载）

竹木者何？树之不花者也。非尽不花，其见用于世者，在此不在彼，虽花而犹之弗花也。花者，媚人之物，媚人者损己，故善花之树多不永年，不若椅[①]、桐、梓、漆之朴而能久。然则树即树耳，焉如花为？善花者曰："彼能无求于世则可耳，我则不然。雨露所同也，灌溉所独也；土壤

① 椅：即山桐子。

所同也，肥泽所独也。子不见尧之水[①]、汤之旱[②]乎？如其雨露或竭，而土不能滋，则奈何？盍舍汝所行而就我？”不花者曰：“是则不能，甘为竹木而已矣。”

竹

俗云：“早间种树，晚上乘凉。”喻词也。予于树木中求一物以实之，其惟竹乎！种树欲其成荫，非十年不可，最易活者莫如杨柳，求其荫可蔽日，亦须数年。惟竹不然，移入庭中，即成高树，能令俗人之舍，不转盼而成高士之庐。神哉此君，真医国手也！

种竹之方，旧传有诀云：“种竹无时，雨过便移，多留宿土，记取南枝。”予悉试之，乃不可尽信之书也。三者之内，惟一可遵，“多留宿土”是也。移树最忌伤根，土多则根之盘曲如故，是移地而未尝移土，犹迁人者并其卧榻而迁之，其人醒后尚不自知其迁也。若俟雨过方移，则沾泥带水，有几许未便。泥湿则松，水沾则濡，我欲留土，其如土湿而苏，随锄随散之，不可留何？且雨过必晴，新移之竹，晒则叶卷，一卷即非活兆矣。予易其词曰：“未雨先移。”天甫阴而雨犹未下，乘此急移，则宿土未湿，又复带

① 尧之水：唐尧时期的洪水。《孟子·滕文公上》：“当尧之时，天下犹未平，洪水横流，泛滥于天下。”

② 汤之旱：商汤时期的大旱。皇甫谧《帝王世纪》：“汤自伐桀后，大旱七年，洛川竭。”

潮，有如胶似漆之势，我欲多留，而土能随我，先据一筹之胜矣。且栽移甫定而雨至，是雨为我下，坐而受之，枝叶根本，无一不沾滋润之利。最忌者日，而日不至；最喜者雨，而雨即来；去所忌而投以喜，未有不欣欣向荣者。此法不止种竹，是花是木皆然。

至于“记取南枝”一语，尤难遵奉。移竹移花，不易其向，向南者仍使向南，自是草木之幸。然移草木就人，当随人便，不能尽随草木之便。无论是花是竹，皆有正面，有反面，正面向人，反面向空隙，理也。使记南枝而与人相左，犹娶新妇进门，而听其终年背立，有是理乎？故此语只当不说，切勿泥之。总之，移花种竹只有四字当记：“宜阴忌日”是也。琐琐繁言，徒滋疑扰。

松 柏

“苍松古柏”，美其老也。一切花竹，皆贵少年，独松、柏与梅三物，则贵老而贱幼。欲受三老之益者，必买旧宅而居。若俟手栽，为儿孙计则可，身则不能观其成也。求其可移而能就我者，纵使极大，亦是五更，非三老矣[①]。予尝戏谓诸后生曰：“欲作画图中人，非老不可。三五少年，皆贱物也。”后生询其故。予曰：“不见画山水者，每及人物，必作扶筇[②]曳杖之形，即坐而观山临水，亦是老人

① 五更、三老：古代设三老、五更，以尊养年老致仕者。
② 筇（qióng）：古书上记载的一种竹子，可以做手杖。

矍铄[1]之状。从来未有俊美少年厕于其间者。少年亦有，非携琴捧画之流，即挈盒持樽之辈，皆奴隶于画中者也。”后生辈欲反证予言，卒无其据。引此以喻松柏，可谓合伦。如一座园亭，所有者皆时花弱卉，无十数本老成树木主宰其间，是终日与儿女子习处，无从师会友时矣。名流作画，肯若是乎？噫，予持此说一生，终不得与老成为伍，乃今年已入画，犹日坐儿女丛中。殆以花木为我，而我为松柏者乎？

梧桐

梧桐一树，是草木中一部编年史也，举世习焉不察，予特表而出之。花木种自何年？为寿几何岁？询之主人，主人不知，询之花木，花木不答。谓之“忘年交”[2] 则可，予以“知时达务”，则不可也。梧桐不然，有节可纪，生一年，纪一年。树有树之年，人即纪人之年，树小而人与之小，树大而人随之大，观树即所以观身。《易》曰：“观我生进退。”欲观我生，此其资也。予垂髫[3]种此，即于树上刻诗以纪年，每岁一节，即刻一诗，惜为兵燹[4]所坏，不克有终。犹记十五岁刻桐诗云：“小时种梧桐，桐叶小于

① 矍铄（jué shuò）：形容老人目光炯炯，精神健旺。

② 忘年交：年龄差别大、辈分不同而交情深厚的朋友。

③ 垂髫（tiáo）：古时儿童不束发，头发下垂，因以“垂髫”指儿童。

④ 兵燹（xiǎn）：战乱所造成的焚烧、破坏。

艾。簪头刻小诗，字瘦皮不坏。刹那三五年，桐大字亦大。桐字已如许，人大复何怪。还将感叹词，刻向前诗外。新字日相催，旧字不相待。顾此新旧痕，而为悠忽戒。”此予婴年著作，因说梧桐，偶尔记及，不则竟忘之矣。即此一事，便受梧桐之益。然则编年之说，岂欺人语乎？

槐 榆

树之能为荫者，非槐即榆。《诗》云：“於我乎，夏屋渠渠”。此二树者，可以呼为“夏屋”，植于宅旁，与肯堂肯构[①]无别。人谓夏者，大也，非时之所谓夏也。予曰：古人以厦为大者，非无取义。夏日之至，非大不凉，与三时有别，故名厦为屋。训夏以大，予特未之详耳。

柳

柳贵于垂，不垂则可无柳。柳条贵长，不长则无袅娜之致，徒垂无益也。此树为纳蝉之所，诸鸟亦集。长夏不寂寞，得时闻鼓吹者，是树皆有功，而高柳为最。总之，种树非止娱目，兼为悦耳。目有时而不娱，以在卧榻之上也，耳则无时不悦。鸟声之最可爱者，不在人之坐时，而偏在睡时。鸟音宜晓听，人皆知之；而其独宜于晓之故，

① 肯堂肯构：原意是儿子连房屋的地基都不肯打，哪里还肯盖房子。后反其意而用之，比喻儿子能继承父亲的事业。

人则未之察也。鸟之防弋[①]，无时不然。卯辰[②]以后，是人皆起，人起而鸟不自安矣。

虑患之念一生，虽欲鸣而不得，鸣亦必无好音，此其不宜于昼也。晓则是人未起，即有起者，数亦寥寥，鸟无防患之心，自能毕其能事，且扪舌一夜，技痒于心，至此皆思调弄，所谓“不鸣则已，一鸣惊人”者是已，此其独宜于晓也。庄子非鱼，能知鱼之乐[③]；笠翁非鸟，能识鸟之情。凡属鸣禽，皆当呼予为知己。种树之乐多端，而其不便于雅人者亦有一节；枝叶繁冗，不漏月光。隔婵娟[④]而不使见者，此其无心之过，不足责也。然匪树木无心，人无心耳。使于种植之初，预防及此，留一线之余天，以待月轮出没，则昼夜均受其利矣。

黄 杨

黄杨每岁长一寸，不溢分毫，至闰年反缩一寸，是天限之木也。植此宜生怜悯之心。予新授一名曰“知命树”。天不使高，强争无益，故守困厄为当然。冬不改柯，夏不易叶，其素行原如是也。使以他木处此，即不能高，亦将

---

① 弋：用带绳子的箭射鸟。

② 卯辰：早晨五点至九点。

③ 庄子非鱼，能知鱼之乐：语本《庄子·秋水》：“庄子与惠子游于濠梁之上。庄子曰：‘鲦鱼出游从容，是鱼之乐也。’惠子曰：‘子非鱼，安知鱼之乐？’庄子曰：‘子非我，安知我不知鱼之乐？’”

④ 婵娟：月亮。苏轼《水调歌头》：“但愿人长久，千里共婵娟。”

横生而至大矣；再不然，则以才不得展而至瘁，弗复自永其年矣。困于天而能自全其天，非知命君子能若是哉？最可悯者，岁长一寸是已；至闰年反缩一寸，其义何居？岁闰而我不闰，人闰而己不闰，已见天地之私；乃非止不闰，又复从而刻之，是天地之待黄杨，可谓不仁之至、不义之甚者矣。乃黄杨不憾天地，枝叶较他木加荣，反似德之者，是知命之中又知命焉。莲为花之君子，此树当为木之君子。莲为花之君子，茂叔知之；黄杨为木之君子，非稍能格物之笠翁，孰知之哉？

棕　榈

树直上而无枝者，棕榈是也。予不奇其无枝，奇其无枝而能有叶。植于众芳之中，而下不侵其地、上不蔽其天者，此木是也。较之芭蕉，大有克己妨人之别。

枫　柏

草之以叶为花者，翠云、老少年是也；木之以叶为花者，枫与柏是也。枫之丹，柏之赤，皆为秋色之最浓。而其所以得此者，则非雨露之功，霜之力也。霜于草木，亦有有功之时，其不肯数数见者，虑人之狎之也。枯众木而独荣二木，欲示德威之一斑耳。

冬　青

冬青一树，有松柏之实而不居其名，有梅竹之风而不矜其节，殆“身隐焉文[①]”之流亚欤？然谈傲霜砺雪之姿者，从未闻一人齿及。是之推不言禄，而禄亦不及。予窃忿之，当易其名为“不求人知树”。

① 身隐焉文：语出《左传·僖公二十四年》：“言，身之文也，身将隐，焉用文之？”大意是：言语是自身的文饰，我要隐居，哪用得着文饰呢？

卷六 颐养部

行乐第一

伤哉！造物生人一场，为时不满百岁。彼夭折之辈无论矣，姑就永年者道之，即使三万六千日尽是追欢取乐时，亦非无限光阴，终有报罢之日。况此百年以内，有无数忧愁困苦、疾病颠连、名缰利锁、惊风骇浪，阻人燕游，使徒有百岁之虚名，并无一岁二岁享生人应有之福之实际乎！又况此百年以内，日日死亡相告，谓先我而生者死矣，后我而生者亦死矣，与我同庚比算、互称弟兄者又死矣。噫，死是何物，而可知凶不讳，日令不能无死者惊见于目，而怛闻于耳乎！是千古不仁，未有甚于造物者矣。

虽然，殆有说焉。不仁者，仁之至也。知我不能无死，而日以死亡相告，是恐我也。恐我者，欲使及时为乐，当视此辈为前车也。康对山[①]构一园亭，其地在北邙

① 康对山：即康海，字德涵，号对山，明代文学家，前七子之一。有诗文集《对山集》、杂剧《中山狼》等。

山[①]麓，所见无非丘陇。客讯之曰："日对此景，令人何以为乐？"对山曰："日对此景，乃令人不敢不乐。"达哉斯言！予尝以铭座右。兹论养生之法，而以行乐先之；劝人行乐，而以死亡怵之，即祖是意。欲体天地至仁之心，不能不蹈造物不仁之迹。

养生家授受之方，外藉药石，内凭导引[②]，其借口颐生而流为放辟邪侈者则曰"比家"。三者无论邪正，皆术士之言也。予系儒生，并非术士。术士所言者术，儒家所凭者理。《鲁论·乡党》一篇，半属养生之法。予虽不敏，窃附于圣人之徒，不敢为诞妄不经之言以误世。有怪此卷以《颐养》命名，而觅一丹方不得者，予以空疏谢之。又有怪予著《饮馔》一篇，而未及烹饪之法，不知酱用几何，醋用几何，醝[③]椒香辣用几何者。予曰：果若是，是一庖[④]人而已矣，乌足重哉！人曰：若是，则《食物志》《尊生笺》《卫生录》等书，何以备列此等？予曰：是诚庖人之书也。士各明志，人有弗为。

---

① 北邙（máng）山：位于河南省洛阳市北，黄河南岸，是秦岭山脉的余脉，崤山支脉。

② 导引：中国古代将呼吸运动与肢体运动相结合的一种养生术，是气功中的动功之一，与现代的保健体操类似。

③ 醝（cuō）：古同"鹾"，盐。也指白酒。

④ 庖（páo）：厨房，厨师。

贵人行乐之法

人间至乐之境，惟帝王得以有之；下此则公卿将相，以及群辅百僚，皆可以行乐之人也。然有万几在念，百务萦心，一日之内，除视朝听政、放衙理事、治人事神、反躬修己之外，其为行乐之时有几？曰：不然。乐不在外而在心。心以为乐，则是境皆乐，心以为苦，则无境不苦。

身为帝王，则当以帝王之境为乐境；身为公卿，则当以公卿之境为乐境。凡我分所当行，推诿不去者，即当摈弃一切悉视为苦，而专以此事为乐。谓我为帝王，日有万几之冗，其心则诚劳矣，然世之艳慕帝王者，求为片刻而不能，我之至劳，人之所谓至逸也。为公卿将相、群辅百僚者，居心亦复如是，则不必于视朝听政、放衙理事、治人事神、反躬修己之外，别寻乐境，即此得为之地，便是行乐之场。一举笔而安天下，一矢口而遂群生，以天下群生之乐为乐，何快如之？若于此外稍得清闲，再享一切应有之福，则人皇可比玉皇，俗吏竟成仙吏，何蓬莱三岛之足羡哉！此术非他，盖用吾家老子“退一步”法。以不如己者视己，则日见可乐；以胜于己者视己，则时觉可忧。

从来人君之善行乐者，莫过于汉之文、景[1]；其不善

① 汉之文、景：指西汉文帝刘恒、景帝刘启。他们在位期间推崇黄老治术，采取“轻徭薄赋”“与民休息”的政策，社会财富有所增加，人民安居乐业，史称“文景之治”。

行乐者，莫过于武帝[①]。以文、景于帝王应行之外，不多一事，故觉其逸；武帝则好大喜功，且薄帝王而慕神仙，是以徒见其劳。人臣之善行乐者，莫过于唐之郭子仪[②]；而不善行乐者，则莫如李广[③]。子仪既拜汾阳王，志愿已足，不复他求，故能极欲穷奢，备享人臣之福；李广则耻不如人，必欲封侯而后已，是以独当单于，卒致失道后期而自刭。故善行乐者，必先知足。二疏[④]云："知足不辱，知止不殆。"不辱不殆，至乐在其中矣。

富人行乐之法

劝贵人行乐易，劝富人行乐难。何也？财为行乐之资，然势不宜多，多则反为累人之具。华封人祝帝尧富、寿、多男，尧曰："富则多事。"华封人曰："富而使人分之，

---

① 武帝：指汉武帝刘彻。他在位期间巩固皇权，加强对诸侯王和地方高官的监察。颁行推恩令，解决王国势力，并将盐铁经营权和铸币权收归中央。开创察举制选拔人才。采用董仲舒的建议，"罢黜百家，独尊儒术"，奠定了儒家思想在中国古代官方意识形态中的统治地位。对外攘夷拓土，东并朝鲜，南吞百越，西征大宛，北破匈奴，奠定了汉帝国疆域的基本范围。另有开辟丝绸之路，在轮台、渠犁屯田等创举，并置使者校尉，建立年号、颁布《太初历》、兴太学，影响极为深远。西汉国力在此期间空前强盛。但汉武帝后期好大喜功，穷兵黩武，且仰慕神仙方术，劳民伤财。

② 郭子仪：唐代名将，在安史之乱中屡建奇功，平乱后任中书令，封汾阳郡王。史载他八十五而乡贤，八子七婿，皆显贵于当时。

③ 李广：西汉名将。多次征战匈奴，人称"飞将军"，然而终身未得封侯。前119年随卫青出征，失道被责，因不愿受辱于刀笔吏而自杀。

④ 二疏：指西汉疏广、疏受叔侄。疏广官至太子太傅，疏受官至太子少傅。二人年老辞官后散尽家财，皆以寿终。

何事之有？”由是观之，财多不分，即以唐尧之圣、帝王之尊，犹不能免多事之累，况德非圣人而位非帝王者乎？

陶朱公屡致千金，屡散千金，其致而必散，散而复致者，亦学帝尧之防多事也。兹欲劝富人行乐，必先劝之分财；劝富人分财，其势同于拔山超海，此必不得之数也。财多则思运，不运则生息不繁。然不运则已，一运则经营惨淡，坐起不宁，其累有不可胜言者。

财多必善防，不防则为盗贼所有，而且以身殉之。然不防则已，一防则惊魂四绕，风鹤皆兵[①]，其恐惧觳觫[②]之状，有不堪目睹者。且财多必招忌。语云：“温饱之家，众怨所归。”以一身而为众射之的，方且忧伤虑死之不暇，尚可与言行乐乎哉？甚矣，财不可多，多之为累，亦至此也。

然则富人行乐，其终不可冀乎？曰：不然。多分则难，少敛则易。处比户可封之世，难于售恩；当民穷财尽之秋，易于见德。少课锱铢之利，穷民即起颂扬；略蠲[③]升斗之租，贫佃即生歌舞。本偿而子息未偿，因其贫也而贳[④]之，一券才焚，即噪冯驩[⑤]之令誉；赋足而国用不足，因其匮也而助之，急公偶试，即来卜式[⑥]之美名。果如是，则大异于

---

① 风鹤皆兵：即“风声鹤唳”和“草木皆兵”两个成语的并称。

② 觳觫（hú sù）：恐惧得发抖。

③ 蠲（juān）：除去，免除。

④ 贳（shì）：宽纵，赦免。

⑤ 冯驩（huān）：一作“冯谖”，战国时期齐国公子孟尝君的门客，他在薛地为孟尝君收债时将债券焚毁，帮助孟尝君树立威信。

⑥ 卜式：西汉时人，以耕种畜牧为业，汉武帝时因出资赞助朝廷而封官。

今日之富民，而又无损于本来之故我。觊觎者息而仇怨者稀，是则可言行乐矣。

其为乐也，亦同贵人，可不必于持筹握算之外，别寻乐境，即此宽租减息、仗义急公之日，听贫民之欢欣赞颂，即当两部鼓吹[①]；受官司之奖励称扬，便是百年华衮。荣莫荣于此，乐亦莫乐于此矣。至于悦色娱声、眠花藉柳、构堂建厦、啸月嘲风诸乐事，他人欲得，所患无资，业有其资，何求弗遂？是同一富也，昔为最难行乐之人，今为最易行乐之人。即使帝尧不死，陶朱现在，彼丈夫也，我丈夫也，吾何畏彼哉？去其一念之刻而已矣。

贫贱行乐之法

穷人行乐之方，无他秘巧，亦止有退一步法。我以为贫，更有贫于我者；我以为贱，更有贱于我者；我以妻子为累，尚有鳏寡孤独之民，求为妻子之累而不能者；我以胼胝[②]为劳，尚有身系狱廷，荒芜田地，求安耕凿之生而不可得者。以此居心，则苦海尽成乐地。如或向前一算，以胜己者相衡，则片刻难安，种种桎梏幽囚之境出矣。一显者旅宿邮亭，时方溽暑，帐内多蚊，驱之不出，因忆家居时堂宽似宇，簟冷如冰，又有群姬握扇而挥，不复知其为夏，何遽困厄至此！因怀至乐，愈觉心烦，遂致终夕不寐。

---

① 两部鼓吹：两部器乐合奏。

② 胼胝（pián zhī）：手脚因长期劳动摩擦而生的厚茧。

一亭长[①]露宿阶下，为众蚊所啮，几至露筋，不得已而奔走庭中，俾四体动而弗停，则啮人者无由厕足；乃形则往来仆仆，口则赞叹嚣嚣，一似苦中有乐者。

显者不解，呼而讯之，谓："汝之受困，什佰于我，我以为苦，而汝以为乐，其故维何？"亭长曰："偶忆某年，为仇家所陷，身系狱中。维时亦当暑月，狱卒防予私逸，每夜拘挛[②]手足，使不得动摇，时蚊蚋[③]之繁，倍于今夕，听其自啮，欲稍稍规避而不能，以视今夕之奔走不息，四体得以自如者，奚啻[④]仙凡人鬼之别乎！以昔较今，是以但见其乐，不知其苦。"显者听之，不觉爽然自失。此即穷人行乐之秘诀也。

不独居心为然，即铸体炼形，亦当如是。譬如夏月苦炎，明知为室庐卑小所致，偏向骄阳之下来往片时，然后步入室中，则觉暑气渐消，不似从前酷烈；若畏其湫隘[⑤]而投宽处纳凉，及至归来，炎蒸又加十倍矣。冬月苦冷，明知为墙垣单薄所致，故向风雪之中行走一次，然后归庐返舍，则觉寒威顿减，不复凛冽如初；若避此荒凉而向深居

① 亭长：秦汉时在乡村每十里设一亭，置亭长，掌治安警卫，兼管停留旅客，治理民事。

② 挛：手脚蜷曲不能伸开。

③ 蚊蚋（ruì）：泛指如蚊蚋之类会吸人畜血液的昆虫。蚋，昆虫，体长二、三毫米，头小，色黑，胸背隆起，吸人畜的血液，幼虫栖于水中。

④ 奚啻（chì）：何止。

⑤ 湫（jiǎo）隘：低洼狭小。

就燠[①]，及其再入，战栗又作何状矣。由此类推，则所谓退步者，无地不有，无人不有，想至退步，乐境自生。予为两间第一困人，其能免死于忧，不枯槁于迍邅蹭蹬[②]者，皆用此法。又得管城[③]一物，相伴终身，以扫千军则不足，以除万虑则有余。然非善作退步，即楮墨[④]亦能困人。想虞卿[⑤]著书，亦用此法，我能公世，彼特秘而未传耳。

由亭长之说推之，则凡行乐者，不必远引他人为退步，即此一身，谁无过来之逆境？大则灾凶祸患，小则疾病忧伤。“执柯伐柯，其则不远。”取而较之，更为亲切。凡人一生，奇祸大难非特不可遗忘，还宜大书特书，高悬座右。其裨益于身者有三：孽由己作，则可知非痛改，视作前车；祸自天来，则可止怨释尤，以弭后患；至于忆苦追烦，引出无穷乐境，则又警心惕目之余事矣。

如曰省躬罪己，原属隐情，难使他人共睹，若是则有包含韫藉之法；或止书罹患之年月，而不及其事；或别书隐射之数语，而不露其详；或撰作一联一诗，悬挂起居亲密之处，微寓己意，不使人知，亦淑慎其身[⑥]之妙法也。此皆湖上笠翁瞒人独做之事，笔机所到，欲讳不能，俗语所

---

① 燠（yù）：暖，热。

② 迍邅蹭蹬（zhūn zhān cèng dèng）：路途险阻难行。

③ 管城：即管城子，指毛笔。

④ 楮（chǔ）墨：纸与墨。后借指诗文或书画。楮，纸的代称。

⑤ 虞卿：战国时期名士，赵国人。主张以赵国为主联合齐魏抵抗秦国。

⑥ 淑慎其身：语出《诗经·邶风·燕燕》：“终温且惠，淑慎其身。”淑慎，婉善恭慎。

谓“不打自招”者，非乎？

家庭行乐之法

世间第一乐地，无过家庭。“父母俱存，兄弟无故，一乐也。”是圣贤行乐之方，不过如此。而后世人情之好向，往往与圣贤相左。圣贤所乐者，彼则苦之；圣贤所苦者，彼反视为至乐而沉溺其中。如弃现在之天亲而拜他人为父，撇同胞之手足而与陌路结盟，避女色而就娈童，舍家鸡而寻野鹜，是皆情理之至悖，而举世习而安之。其故无他，总由一念之恶旧喜新，厌常趋异所致。

若是，则生而所有之形骸，亦觉陈腐可厌，胡不并易而新之，使今日魂附一体，明日又附一体，觉愈变愈新之可爱乎？其不能变而新之者，以生定故也。然欲变而新之，亦自有法。时易冠裳，迭更帏[①]座，而照之以镜，则似换一规模矣。即以此法而施之父母兄弟、骨肉妻孥，以结交滥费之资，而鲜其衣饰，美其供奉，则“居移气，养移体”[②]，一岁而数变其形，岂不犹之谓他人父，谓他人母，而与同学少年互称兄弟，各家美丽共缔姻盟者哉？

有好游狭斜者，荡尽家资而不顾，其妻迫于饥寒而求去。临去之日，别换新衣而佐以美饰，居然绝世佳人。其

① 帏（wéi）：帐子，幔幕。

② 居移气，养移体：居移气，居住条件的改变使人的气质随之改变。养移体，供养条件的改变会使人的体质随之改变。

夫抱而泣曰："吾走尽章台[①]，未尝遇此娇丽。由是观之，匪人之美，衣饰美之也。倘能复留，当为勤俭克家，而置汝金屋。"妻善其言而止。后改荡从善，卒如所云。又有人子不孝而为亲所逐者，鞠[②]于他人，越数年而复返，定省[③]承欢，大异畴昔。其父讯之，则曰："非予不爱其亲，习久而生厌也。兹复厌所习见，而以久不睹者为可亲矣。"众人笑之，而有识者怜之。何也？习久而厌其亲者，天下皆然，而不能自明其故。此人知之，又能直言无讳，盖可以为善之人也。此等罕譬曲喻，皆为劝导愚蒙。谁无至性，谁乏良知，而俟予为木铎[④]？但观孺子离家，即生哭泣，岂无至乐之境十倍其家者哉？性在此而不在彼也。人能以孩提之乐境为乐境，则去圣人不远矣。

道途行乐之法

"逆旅"二字，足概远行，旅境皆逆境也。然不受行路之苦，不知居家之乐，此等况味，正须一一尝之。予游绝塞而归，乡人讯曰："边陲之游乐乎？"予曰："乐。"有经其地而惮焉者曰："地则不毛，人皆异类，睹沙场而气

---

① 章台：汉代长安街名，多妓馆。故后世代指妓院。

② 鞠（jū）：养育，抚养。

③ 定省（xǐng）：子女早晚向父母请安问好的礼节。

④ 木铎（duó）：以木为舌的大铃，古代施政教召集群众时振鸣。比喻宣扬教化的人。

索，闻钲鼓[①]而魂摇，何乐之有？”予曰：“向未离家，谬谓四方一致，其饮馔服饰皆同于我，及历四方，知有大谬不然者。然止游通邑大都，未至穷边极塞，又谓远近一理，不过稍变其制而已矣。及抵边陲，始知地狱即在人间，罗刹[②]原非异物，而今而后，方知人之异于禽兽者几希，而近地之民，其去绝塞之民者，反有霄壤幽明之大异也。不入其地，不睹其情，乌知生于东南，游于都会，衣轻席暖，饭稻羹鱼之足乐哉！”此言出路之人，视居家之乐为乐也；然未至还家，则终觉其苦。

又有视家为苦，借道途行乐之法，可以暂娱目前，不为风霜车马所困者，又一方便法门也。向平欲俟婚嫁既毕，遨游五岳；李固[③]与弟书，谓周观天下，独未见益州，似有遗憾；太史公[④]因游名山大川，得以史笔妙千古。是游也者，男子生而欲得，不得即以为恨者也。有道之士，尚欲挟资裹粮，专行其志，而我以糊口资生之便，为益闻广见之资，过一地，即览一地之人情，经一方，则睹一方之胜概，而且食所未食，尝所欲尝，蓄所余者而归遗细君[⑤]，似

---

① 钲（zhēng）鼓：古代行军时，击鼓表示前进，敲钲表示停止。故用钲鼓比喻军事行动。

② 罗刹：佛教中指恶鬼。

③ 李固：字子坚，东汉中期名臣，后遭梁冀诬告，死于狱中。

④ 太史公：司马迁，字子长，西汉史学家。早年游历各地，考察风俗，采集传说，撰写了中国历史上第一部纪传体通史《史记》。

⑤ 细君：妻子。

得五侯之鲭[①]，以果一家之腹，是人生最乐之事也，奚事哭泣阮途[②]，而为乘槎驭骏者所窃笑哉？

春季行乐之法

人有喜怒哀乐，天有春夏秋冬。春之为令，即天地交欢之候，阴阳肆乐之时也。人心至此，不求畅而自畅，犹父母相亲相爱，则儿女嬉笑自如，睹满堂之欢欣，即欲向隅而泣，泣不出也。然当春行乐，每易过情，必留一线之余春，以度将来之酷夏。盖一岁难过之关，惟有三伏，精神之耗，疾病之生，死亡之至，皆由于此。故俗话云“过得七月半，便是铁罗汉”，非虚语也。

思患预防，当在三春行乐之时，不得纵欲过度，而先埋伏病根。花可熟观，鸟可倾听，山川云物之胜可以纵游，而独于房欲之事略存余地。盖人当此际，满体皆春。春者，泄尽无遗之谓也。草木之春，泄尽无遗而不坏者，以三时皆蓄，而止候泄于一春，过此一春，又皆蓄精养神之候矣。人之一身，能保一时尽泄而三时皆不泄乎？尽泄于春，而又不能不泄于夏，虽草木不能不枯，况人身之浮脆者乎？欲留枕席之余欢，当使游观之尽致。何也？分心花鸟，便

---

① 五侯之鲭（qíng）：五侯，指汉成帝母舅王谭、王根、王立、王商、王逢时，因同日封侯故号为五侯。鲭，为肉和鱼的杂烩。

② 阮途：阮籍，字嗣宗，三国时期魏国诗人，竹林七贤之一。曾任步兵校尉，世称阮步兵。性格任诞不羁，生活上放浪形骸，政治上采取谨慎避祸的态度，“时率意独驾，不由径路，车迹所穷，辄恸哭而返”。

觉体有余闲；并力闺帏，易致身无宁刻。然予所言，皆防已甚之词也。若使杜情而绝欲，是天地皆春而我独秋，焉用此不情之物，而作人中灾异乎？

夏季行乐之法

酷夏之可畏，前幅虽露其端，然未尽暑毒之什一也。使天只有三时而无夏，则人之死也必稀，巫医僧道之流皆苦饥寒而莫救矣。止因多此一时，遂觉人身叵测，常有朝人而夕鬼者。《戴记》云："是月也，阴阳争，死生分。"危哉斯言！令人不寒而栗矣。凡人身处此候，皆当时时防病，日日忧死。防病忧死，则当刻刻偷闲以行乐。从来行乐之事，人皆选暇于三春，予独息机于九夏[①]。以三春神旺，即使不乐，无损于身；九夏则神耗气索，力难支体，如其不乐，则劳神役形，如火益热，是与性命为仇矣。

《月令》以仲冬为闭藏；予谓天地之气闭藏于冬，人身之气当令闭藏于夏。试观隆冬之月，人之精神愈寒愈健，较之暑气铄人，有不可同年而语者。凡人苟非民社系身，饥寒迫体，稍堪自逸者，则当以三时行事，一夏养生。过此危关，然后出而应酬世故，未为晚也。追忆明朝失政以后，大清革命之先，予绝意浮名，不干寸禄，山居避乱，反以无事为荣。夏不谒[②]客，亦无客至，匪止头巾不设，并

---

① 九夏：指夏季的九十天。

② 谒（yè）：拜见。

衫履而废之。或裸处乱荷之中，妻孥觅之不得；或偃卧[①]长松之下，猿鹤过而不知。洗砚石于飞泉，试茗奴以积雪；欲食瓜而瓜生户外，思啖果而果落树头，可谓极人世之奇闻，擅有生之至乐者矣。后此则徙居城市，酬应日纷，虽无利欲熏人，亦觉浮名致累。计我一生，得享列仙之福者，仅有三年。今欲续之，求为闰余而不可得矣。伤哉！人非铁石，奚堪磨杵作针[②]；寿岂泥沙，不禁委尘入土。予以劝人行乐，而深悔自役其形。噫，天何惜于一闲，以补富贵荣膴[③]之不足哉！

秋季行乐之法

过夏徂[④]秋，此身无恙，是当与妻孥庆贺重生，交相为寿者矣。又值炎蒸初退，秋爽媚人，四体得以自如，衣衫不为桎梏，此时不乐，将待何时？况有阻人行乐之二物，非久即至。二物维何？霜也，雪也。霜雪一至，则诸物变形，非特无花，亦且少叶；亦时有月，难保无风。

若谓“春宵一刻值千金”，则秋价之昂，宜增十倍。有山水之胜者，乘此时蜡屐[⑤]而游，不则当面错过。何也？前此欲登而不可，后此欲眺而不能，则是又有一年之别矣。

---

① 偃（yǎn）卧：仰卧。

② 磨杵作针：形容只要肯下功夫，再难的事也能成。

③ 荣膴（wǔ）：指荣华富贵。

④ 徂（cú）：往。

⑤ 蜡屐：涂蜡的木屐。

有金石之交[①]者，及此时朝夕过从，不则交臂而失。何也？褦襶[②]阻人于前，咫尺有同千里；风雪欺人于后，访戴[③]何异登天？则是又负一年之约矣。至于姬妾之在家，一到此时，有如久别乍逢，为欢特异。何也？暑月汗流，求为盛妆而不得，十分娇艳，惟四五之仅存；此则全副精神，皆可用于青鬟翠黛之上。久不睹而今忽睹，有不与远归新娶同其燕好者哉？为欢即欲，视其精力短长，总留一线之余地。能行百里者，至九十而思休；善登浮屠[④]者，至六级而即下。此房中秘术，请为少年场授之。

冬季行乐之法

冬天行乐，必须设身处地，幻为路上行人，备受风雪之苦，然后回想在家，则无论寒燠晦明，皆有胜人百倍之乐矣。尝有画雪景山水，人持破伞，或策蹇驴，独行古道之中，经过悬崖之下，石作狰狞之状，人有颠蹶[⑤]之形者。此等险画，隆冬之月，正宜悬挂中堂。主人对之，即是御风障雪之屏，暖胃和衷之药。若杨国忠之肉阵[⑥]，党太尉之

---

① 金石之交：如同金石般坚不可摧的交谊。

② 褦襶（nài dài）：夏日所戴的斗笠，用以遮日。比喻夏日身体为衣冠所束缚，多有不便。

③ 访戴：即访友。

④ 浮屠：佛塔。

⑤ 颠蹶（jué）：步态不稳，颠簸摇晃。

⑥ 杨国忠之肉阵：杨国忠是唐玄宗时期的权臣，杨玉环族兄。据五代王仁裕《开元天宝遗事》，杨国忠曾在冬日将婢女列于身前，当作屏风取暖。

羊羔美酒，初试或温，稍停则奇寒至矣。

善行乐者，必先作如是观，而后继之以乐，则一分乐境，可抵二三分，五七分乐境，便可抵十分十二分矣。然一到乐极忘忧之际，其乐自能渐减，十分乐境，只作得五七分，二三分乐境，又只作得一分矣。须将一切苦境，又复从头想起，其乐之渐增不减，又复如初。此善讨便宜之第一法也。

譬之行路之人，计程共有百里，行过七八十里，所剩无多，然无奈望到心坚，急切难待，种种畏难怨苦之心出矣。但一回头，计其行过之路数，则七八十里之远者可到，况其少而近者乎？譬如此际止行二三十里，尚余七八十里，则苦多乐少，其境又当何如？此种想念，非但可为行乐之方，凡居官者之理繁治剧，学道者之读书穷理，农工商贾之任劳即勤，无一不可倚之为法。噫，人之行乐，何与于我，而我为之嗓嗽舌焦，手腕几脱。是殆有媚人之癖，而以楮墨代脂韦[①]者乎？

随时即景就事行乐之法

行乐之事多端，未可执一而论。如睡有睡之乐，坐有坐之乐，行有行之乐，立有立之乐，饮食有饮食之乐，盥栉有盥栉之乐，即袒裼裸裎[②]、如厕便溺，种种秽亵之事，

① 脂韦：脂油及软皮。后比喻为人圆滑，善于阿谀奉承。

② 袒裼（tǎn xī）裸裎（chéng）：赤身露体。袒裼，脱去外衣。裎，脱衣露体。

处之得宜，亦各有其乐。苟能见景生情，逢场作戏，即可悲可涕之事，亦变欢娱。如其应事寡才，养生无术，即征歌选舞之场，亦生悲戚。兹以家常受用，起居安乐之事，因便制宜，各存其说于左。

睡

有专言法术之人，遍授养生之诀，欲予北面事之。予讯益寿之功，何物称最？颐生[①]之地，谁处居多？如其不谋而合，则奉为师，不则友之可耳。其人曰："益寿之方，全凭导引；安生之计，惟赖坐功。"予曰："若是，则汝法最苦，惟修苦行者能之。予懒而好动，且事事求乐，未可以语此也。"其人曰："然则汝意云何？试言之，不妨互为印政[②]。"

予曰："天地生人以时，动之者半，息之者半。动则旦，而息则暮也。苟劳之以日，而不息之以夜，则旦旦而伐之，其死也可立而待矣。吾人养生亦以时，扰之以半，静之以半，扰则行起坐立，而静则睡也。如其劳我以经营，而不逸我以寝处，则岌岌乎殆哉！其年也，不堪指屈矣。若是，则养生之诀，当以善睡居先。睡能还精，睡能养气，睡能健脾益胃，睡能坚骨壮筋。如其不信，试以无疾之人与有疾之人合而验之。人本无疾，而劳之以夜，使累夕不

① 颐生：颐养生命。
② 印政：即印证。

得安眠，则眼眶渐落而精气日颓，虽未即病，而病之情形出矣。患疾之人，久而不寐，则病势日增；偶一沉酣，则其醒也，必有油然勃然之势。是睡，非睡也，药也；非疗一疾之药，乃治百病，救万民，无试不验之神药也。兹欲从事导引，并力坐功，势必先遣睡魔，使无倦态而后可。予忍弃生平最效之药，而试未必果验之方哉？”其人艴然[①]而去，以予不足教也。

予诚不足教哉！但自陈所得，实为有而然，与强辩饰非者稍别。前人睡诗道：“花竹幽窗午梦长，此中与世暂相忘。华山处士如容见，不觅仙方觅睡方。”近人睡诀云：“先睡心，后睡眼。”此皆书本唾余，请置弗道，道其未经发明者而已。

睡有睡之时，睡有睡之地，睡又有可睡可不睡之人，请条晰言之。由戌至卯[②]，睡之时也。未戌而睡，谓之先时，先时者不详，谓与疾作思卧者无异也；过卯而睡，谓之后时，后时者犯忌，谓与长夜不醒者无异也。且人生百年，夜居其半，穷日行乐，犹苦不多，况以睡梦之有余，而损宴游之不足乎？有一名士善睡，起必过午，先时而访，未有能晤之者。予每过其居，必俟良久而后见。一日闷坐无聊，笔墨具在，乃取旧诗一首，更易数字而嘲之曰：“吾

---

① 艴（fú）然：恼怒的样子。

② 由戌至卯：大约指晚上 9 点至早上 5 点。戌，晚上 7 点—9 点。卯，早上 5 点—7 点。

在此静睡，起来常过午；便活七十年，止当三十五。”同人见之，无不绝倒。此虽谑浪，颇关至理。是当睡之时，止有黑夜，舍此皆非其候矣。

然而午睡之乐，倍于黄昏，三时皆所不宜，而独宜于长夏。非私之也，长夏之一日，可抵残冬之二日；长夏之一夜，不敌残冬之半夜，使止息于夜，而不息于昼，是以一分之逸，敌四分之劳，精力几何，其能堪此？况暑气铄金，当之未有不倦者。倦极而眠，犹饥之得食、渴之得饮，养生之计，未有善于此者。午餐之后，略逾寸晷[①]，俟所食既消，而后徘徊近榻。又勿有心觅睡，觅睡得睡，其为睡也不甜。必先处于有事，事未毕而忽倦，睡乡之民自来招我。桃源、天台诸妙境[②]，原非有意造之，皆莫知其然而然者。予最爱旧诗中有“手倦抛书午梦长”一句。手书而眠，意不在睡；抛书而寝，则又意不在书，所谓莫知其然而然也。睡中三昧，惟此得之。此论睡之时也。

睡又必先择地。地之善者有二：曰静，曰凉。不静之地，止能睡目，不能睡耳，耳目两岐，岂安身之善策乎？不凉之地，止能睡魂，不能睡身，身魂不附，乃养生之至忌也。至于可睡可不睡之人，则分别于忙、闲二字。就常

---

① 寸晷（guǐ）：日影移动一寸的时间。形容短暂的时光。

② 桃源：陶渊明《桃花源记》中所描写的境界。天台：据南朝宋刘义庆《幽明录》，东汉永平年间，刘晨、阮肇共赴天台山采药，路遇仙女邀二人同宿桃源，半年后二人方离去。

理而论之，则忙人宜睡，闲人可以不必睡。然使忙人假寐，止能睡眼，不能睡心，心不睡而眼睡，犹之未尝睡也。其最不受用者，在将觉未觉之一时，忽然想起某事未行，某人未见，皆万万不可已者，睡此一觉，未免失事妨时，想到此处，便觉魂趋梦绕，胆怯心惊，较之未睡之前，更加烦躁，此忙人之不宜睡也。闲则眼未阖而心先阖，心已开而眼未开；已睡较未睡为乐，已醒较未醒更乐，此闲人之宜睡也。然天地之间，能有几个闲人？必欲闲而始睡，是无可睡之时矣。

有暂逸其心以妥梦魂之法：凡一日之中，急切当行之事，俱当于上半日告竣，有未竣者，则分遣家人代之，使事事皆有着落，然后寻床觅枕以赴黑甜①，则与闲人无别矣。此言可睡之人也。而尤有吃紧一关未经道破者，则在莫行歹事。“半夜敲门不吃惊”，始可于日间睡觉，不则一闻剥啄，即是逻倅②到门矣。

坐

从来善养生者，莫过于孔子。何以知之？知之于“寝不尸，居不容”二语。使其好饰观瞻，务修边幅，时时求肖君子，处处欲为圣人，则其寝也，居也，不求尸而自尸，不求容而自容；则五官四体，不复有舒展之刻。岂有泥塑

① 黑甜：酣睡。
② 逻倅：巡逻兵。

木雕其形，而能久长于世者哉？“不尸不容”四字，绘出一幅时哉圣人，宜乎崇祀千秋，而为风雅斯文之鼻祖也。吾人燕居坐法，当以孔子为师，勿务端庄而必正襟危坐，勿同束缚而为胶柱难移。抱膝长吟，虽坐也，而不妨同于箕踞[①]；支颐丧我[②]，行乐也，而何必名为坐忘？但见面与身齐，久而不动者，其人必死。此图画真容之先兆也。

行

贵人之出，必乘车马。逸则逸矣，然于造物赋形之义，略欠周全。有足而不用，与无足等耳，反不若安步当车[③]之人，五官四体皆能适用。此贫士骄人语。乘车策马，曳履搴裳[④]，一般同是行人，止有动静之别。使乘车策马之人，能以步趋为乐，或经山水之胜，或逢花柳之妍，或遇戴笠之贫交，或见负薪之高士，欣然止驭，徒步为欢，有时安车而待步，有时安步以当车，其能用足也，又胜贫士一筹矣。至于贫士骄人，不在有足能行，而在缓急出门之可恃。事属可缓，则以安步当车；如其急也，则以疾行当马。有人亦出，无人亦出；结伴可行，无伴亦可行。不似富贵者假足于人，人或不来，则我不能即出，此则有足若无，大

---

① 箕踞：两脚张开，两膝微曲地坐着，形状像箕。

② 支颐丧我：指双手托着下巴的忘我状态。

③ 安步当车：慢慢地走，就当是坐车。

④ 曳（yè）履搴（qiān）裳：拖着鞋，牵着衣裳。

悖谬于造物赋形之义耳。兴言及此，行殊可乐！

立

立分久暂，暂可无依，久当思傍。亭亭独立之事，但可偶一为之，旦旦如是，则筋骨皆悬，而脚跟如砥[①]，有血脉胶凝之患矣。或倚长松，或凭怪石，或靠危栏作轼[②]，或扶瘦竹为筇[③]；既作羲皇上人[④]，又作画图中物，何乐如之！但不可以美人作柱，虑其础石太纤，而致栋梁皆仆也。

饮

宴集之事，其可贵者有五：饮量无论宽窄，贵在能好；饮伴无论多寡，贵在善谈；饮具无论丰啬，贵在可继；饮政[⑤]无论宽猛，贵在可行；饮候无论短长，贵在能止。备此五贵，始可与言饮酒之乐；不则曲糵[⑥]宾朋，皆凿性斧身[⑦]之具也。予生平有五好，又有五不好，事则相反，乃其势又可并行而不悖。五好、五不好维何？不好酒而好客；不好食而好谈；不好长夜之欢，而好与明月相随而不忍别；

---

① 砥（dǐ）：质地细腻的磨刀石。

② 轼：古代车厢前面用作扶手的横木。

③ 筇（qióng）：古书上说的一种竹子，可以做手杖。

④ 羲皇上人：据说伏羲氏之前太古时代的人，恬淡无欲，心无俗念，生活悠闲，故隐士常用以自喻。

⑤ 饮政：行酒令。

⑥ 曲糵（qū niè）：酒曲，代指酒。

⑦ 凿性斧身：指不良嗜好危害身心。

不好为苛刻之令，而好受罚者欲辩无辞；不好使酒骂坐之人，而好其于酒后尽露肝膈[1]。坐此五好、五不好，是以饮量不胜蕉叶，而日与酒人为徒。

近日又增一种癖好、癖恶：癖好音乐，每听必至忘归；而又癖恶座客多言，与竹肉之音相乱。饮酒之乐，备于五贵、五好之中，此皆为宴集宾朋而设。若夫家庭小饮与燕闲独酌，其为乐也，全在天机逗露之中，形迹消忘之内。有饮宴之实事，无酬酢[2]之虚文。睹儿女笑啼，认作斑斓之舞；听妻孥劝诫，若闻《金缕》之歌。苟能作如是观，则虽谓朝朝岁旦，夜夜元宵可也。又何必座客常满，樽酒不空，日藉豪举以为乐哉？

谈

读书，最乐之事，而懒人常以为苦；清闲，最乐之事，而有人病其寂寞。就乐去苦，避寂寞而享安闲，莫若与高士盘桓，文人讲论。何也？“与君一夕话，胜读十年书。”既受一夕之乐，又省十年之苦，便宜不亦多乎？“因过竹院逢僧话，又得浮生半日闲。”既得半日之闲，又免多时之寂，快乐可胜道乎？善养生者，不可不交有道之士；而有

---

① 肝膈（gé）：这里指内心世界。

② 酬酢（chóu zuò）：筵席中主客互相敬酒。后泛指交际应酬。酬，向客人敬酒。酢，客人用酒回敬主人。

道之士，多有不善谈者。有道而善谈者，人生希觏[①]，是当时就日招，以备开聋启聩之用者也。即云我能挥麈[②]，无假于人，亦须借朋侪起发，岂能若西域之钟簴，不叩自鸣[③]者哉？

沐 浴

盛暑之月，求乐事于黑甜之外，其惟沐浴乎？潮垢非此不除，浊污非此不净，炎蒸暑毒之气亦非此不解。此事非独宜于盛夏，自严冬避冷，不宜频浴外，凡遇春温秋爽，皆可借此为乐。而养生之家则往往忌之，谓其损耗元神也。吾谓沐浴既能损身，则雨露亦当损物，岂人与草木有二性乎？然沐浴损身之说，亦非无据而云然。

予尝试之。试于初下浴盆时，以未经浇灌之身，忽遇澎湃奔腾之势，以热投冷，以湿犯燥，几类水攻。此一激也，实足以冲散元神，耗除精气。而我有法以处之：虑其太激，则势在尚缓；避其太热，则利于用温。解衣磅礴[④]之秋，先调水性，使之略带温和，由腹及胸，由胸及背，惟其温而缓也，则有水似乎无水，已浴同于未浴。

---

① 觏（gòu）：遇见。

② 挥麈（zhǔ）：晋人清谈时，常挥麈以为谈助，后称谈论为“挥麈”。麈，古书上指鹿一类的动物，其尾可做拂尘。

③ 西域之钟簴（jù），不叩自鸣：据《隋唐嘉话》记载，洛阳有僧，房中悬磬夜辄自鸣。簴，古代挂钟磬的架子上的立柱。

④ 解衣磅礴：指神闲意定，不拘形迹。后亦指行为随便，不受拘束。

俟与水性相习之后，始以热者投之，频浴频投，频投频搅，使水乳交融而不觉，渐入佳境而莫知，然后纵横其势，反侧其身，逆灌顺浇，必至痛快其身而后已。此盆中取乐之法也。至于富室大家，扩盆为屋，注水于池者，冷则加薪，热则去火，自有以逸待劳之法，想无俟贫人置喙也。

听琴观棋

弈棋尽可消闲，似难借以行乐；弹琴实堪养性，未易执此求欢。以琴必正襟危坐而弹，棋必整槊[1]横戈以待。百骸尽放之时，何必再期整肃？万念俱忘之际，岂宜复较输赢？常有贵禄荣名付之一掷，而与人围棋赌胜，不肯以一着相饶者，是与让千乘之国[2]，而争箪食豆羹[3]者何异哉？故喜弹不若喜听，善弈不如善观。人胜而我为之喜，人败而我不必为之忧，则是常居胜地也；人弹和缓之音而我为之吉，人弹噍杀[4]之音而我不必为之凶，则是长为吉人也。或观听之余，不无技痒，何妨偶一为之，但不寝食其中而莫之或出，则为善弹善弈者耳。

---

① 槊（shuò）：古代一种类似长矛的兵器。

② 千乘之国，而争箪食豆羹：千乘之国，拥有一千辆兵车的国家。春秋时指中等诸侯国。

③ 箪食豆羹：形容食物很少。

④ 噍（jiào）杀：声音急促，不舒缓。

看花听鸟

花、鸟二物，造物生之以媚人者也。既产娇花嫩蕊以代美人，又病其不能解语，复生群鸟以佐之。此段心机，竟与购觅红妆、习成歌舞、饮之食之、教之诲之以媚人者，同一周旋之至也。而世人不知，目为蠢然一物，常有奇花过目而莫之睹，鸣禽悦耳而莫之闻者。至其捐资所购之姬妾，色不及花之万一，声仅窃鸟之绪余，然而睹貌即惊，闻歌辄喜，为其貌似花而声似鸟也。噫，贵似贱真，与叶公之好龙何异？予则不然。每值花柳争妍之日，飞鸣斗巧之时，必致谢洪钧[①]，归功造物，无饮不奠，有食必陈，若善士信妪之佞佛者。夜则后花而眠，朝则先鸟而起，惟恐一声一色之偶遗也。及至莺老花残，辄怏怏[②]如有所失。是我之一生，可谓不负花、鸟；而花、鸟得予，亦所称“一人知己，死可无恨”者乎！

蓄养禽鱼

鸟之悦人以声者，画眉、鹦鹉二种。而鹦鹉之声价，高出画眉上，人多癖之，以其能作人言耳。予则大违是论，谓鹦鹉所长止在羽毛，其声则一无可取。鸟声之可听者，

---

① 洪钧：上天。

② 怏（yàng）怏：不高兴，不满意。

以其异于人声也。鸟声异于人声之可听者，以出于人者为人籁，出于鸟者为天籁也。使我欲听人言，则盈耳皆是，何必假口笼中？况最善说话之鹦鹉，其舌本之强，犹甚于不善说话之人，而所言者，又不过口头数语。是鹦鹉之见重于人，与人之所以重鹦鹉者，皆不可诠解之事。至于画眉之巧，以一口而代众舌，每效一种，无不酷似，而复纤婉过之，诚鸟中慧物也。予好与此物作缘，而独怪其易死。既善病而复招尤，非殁于已，即伤于物，总无三年不坏者。殆亦多技多能所致欤？

鹤、鹿二种之当蓄，以其有仙风道骨也。然所耗不赀，而所居必广，无其资与地者，皆不能蓄。且种鱼养鹤，二事不可兼行，利此则害彼也。然鹤之善唳善舞，与鹿之难扰易驯，皆品之极高贵者，麟凤龟龙而外，不得不推二物居先矣。乃世人好此二物，又以分轻重于其间，二者不可得兼，必将舍鹿而求鹤矣。显贵之家，匪特深藏苑囿，近置衙斋，即倩人写真绘像，必以此物相随。予尝推原其故，皆自一人始之，赵清献公①是也。琴之与鹤，声价倍增，讵非贤相提携之力欤？

家常所蓄之物，鸡犬而外，又复有猫。鸡司晨，犬守夜，猫捕鼠，皆有功于人而自食其力者也。乃猫为主人所

① 赵清献公：赵抃（biàn），字阅道，号知非子，谥号清献，北宋名臣。时称“铁面御史”。平时以一琴一鹤自随，为政简易，长厚清修，日所为事，夜必衣冠焚香以告于天。

亲昵，每食与俱，尚有听其搴帷入室，伴寝随眠者。鸡栖于埘[①]，犬宿于外，居处饮食皆不及焉。而从来叙禽兽之功，谈治平之象者，则止言鸡、犬而并不及猫。亲之者是，则略之者非；亲之者非，则略之者是；不能不惑于二者之间矣。

曰：有说焉。昵猫而贱鸡犬者，犹癖谐臣[②]媚子，以其不呼能来，闻叱不去；因其亲而亲之，非有可亲之道也。鸡、犬二物，则以职业为心，一到司晨守夜之时，则各司其事，虽豢以美食，处以曲房，使不即彼而就此，二物亦守死弗至；人之处此，亦因其远而远之，非有可远之道也。即其司晨守夜之功，与捕鼠之功亦有间焉。鸡之司晨，犬之守夜，忍饥寒而尽瘁[③]，无所利而为之，纯公无私者也；猫之捕鼠，因去害而得食，有所利而为之，公私相半者也。清勤自处，不屑媚人者，远身之道；假公自为，密迩其君者，固宠之方。是三物之亲疏，皆自取之也。然以我司职业于人间，亦必效鸡犬之行，而以猫之举动为戒。噫，亲疏可言也，祸福不可言也。猫得自终其天年，而鸡犬之死，皆不免于刀锯鼎镬[④]之罚。观于三者之得失，而悟居官守职之难。其不冠进贤[⑤]，而脱然于宦海浮沉之累者，幸也。

---

① 鸡栖于埘（shí）：鸡在窝里栖息。埘，在墙壁上挖洞做成的鸡窝。

② 谐臣：俳优，古代以乐舞谐戏为业的艺人。

③ 瘁：疾病，劳累。

④ 镬（huò）：古代的一种大锅。

⑤ 进贤：即进贤冠，古时臣子朝见皇帝时戴的一种礼帽。

浇灌竹木

“筑成小圃近方塘，果易生成菜易长。抱瓮太痴机太巧，从中酌取灌园方。”此予山居行乐之诗也。能以草木之生死为生死，始可与言灌园之乐，不则一灌再灌之后，无不畏途视之矣。殊不知草木欣欣向荣，非止耳目堪娱，亦可为艺草植木之家，助祥光而生瑞气。不见生财之地万物皆荣，退运之家群生不遂？气之旺与不旺，皆于动、植验之。若是，则汲水浇花，与听信堪舆[①]、修门改向者无异也。不视为苦，则乐在其中。督率家人灌溉，而以身任微勤，节其劳逸，亦颐养性情之一助也。

止忧第二

忧可忘乎？不可忘乎？曰：可忘者非忧，忧实不可忘也。然则忧之未忘，其何能乐？曰：忧不可忘而可止，止即所以忘之也。如人忧贫而劝之使忘，彼非不欲忘也，啼饥号寒者迫于内，课赋索逋[②]者攻于外，忧能忘乎？欲使贫者忘忧，必先使饥者忘啼，寒者忘号，征且索者忘其逋赋而后可，此必不得之数也。

---

① 堪舆：相地，看风水。

② 课赋索逋（bū）：征收赋税，追讨欠税。

若是，则“忘忧”二字徒虚语耳。犹慰下第者以来科必发，慰老而无嗣者以日后必生，迨其不发不生，亦止听之而已，能归咎慰我者而责之使偿乎？语云：“临渊羡鱼，不如退而结网。[①]”慰人忧贫者，必当授以生财之法；慰人下第者，必先予以必售之方；慰人老而无嗣者，当令蓄姬买妾，止妒息争，以为多男从出之地。若是，则为有裨之言，不负一番劝谕。止忧之法，亦若是也。忧之途径虽繁，总不出可备、难防之二种，姑为汗竹[②]，以代树萱[③]。

止眼前可备之忧

拂意[④]之境，无人不有，但问其易处不易处，可防不可防。如易处而可防，则于未至之先，筹一计以待之。此计一得，即委其事于度外，不必再筹，再筹则惑我者至矣。贼攻于外而民扰于中，其可防乎？俟其既至，则以前画之策，取而予之，切勿自动声色。声色动于外，则气馁于中。此以静待动之法，易知亦易行也。

止身外不测之忧

不测之忧，其未发也，必先有兆。现乎蓍龟[⑤]，动乎四

---

① 临渊羡鱼，不如退而结网：比喻与其空怀壮志，不如实实在在地付诸行动。

② 汗竹：也叫汗青、汗简。古代在竹简上书写，先以火烤竹去湿，再刮去竹青部分，以便于书写和防蛀。后为书籍、史册代称。

③ 树萱（xuān）：种植萱草。萱草，俗名忘忧草。后以“树萱”表示消解忧愁。

④ 拂意：不如意。

⑤ 蓍（shī）龟：蓍草、龟甲，古人用于占卜。

体者，犹未必果验。其必验之兆，不在凶信之频来，而反在吉祥之事之太过。乐极悲生，否伏于泰[①]，此一定不移之数也。命薄之人，有奇福，便有奇祸；即厚德载福之人，极祥之内，亦必酿出小灾。盖天道好还[②]，不敢尽私其人，微示公道于一线耳。达者如此，无不思患预防，谓此非善境，乃造化必忌之数，而鬼神必瞯[③]之秋也。萧墙之变[④]，其在是乎？止忧之法有五：一曰谦以省过，二曰勤以砺身，三曰俭以储费，四曰恕以息争，五曰宽以弥谤[⑤]。率此而行，则忧之大者可小，小者可无；非循环之数，可以窃逃而幸免也。只因造物予夺之权，不肯为人所测识，料其如此，彼反未必如此，亦造物者颠倒英雄之惯技耳。

调饮啜第三

《食物本草》[⑥] 一书，养生家必需之物。然翻阅一过，

---

① 否（pǐ）伏于泰：逆境隐伏于顺境中。

② 天道好还：因果循环的天理。后多指善恶有报。还，报应。

③ 瞯（jiàn）：窥视，偷看。

④ 萧墙之变：产生于家中的祸乱，比喻由内部原因所致的灾祸、变乱。萧墙，古代宫室内作为屏障的矮墙。

⑤ 弥（mǐ）谤：止息诽谤。

⑥《食物本草》：明刘文泰主持编纂，共分四卷，收录食物 386 种，每种下分列性味、功效、主治及用法，对研究中国传统食物疗法具有较高的学术价值和实用价值。

即当置之。若留匕箸之旁，日备考核，宜食之物则食之，否则相戒勿用，吾恐所好非所食，所食非所好，曾晳睹羊枣而不得咽，曹刿鄙肉食而偏与谋，则饮食之事亦太苦矣。尝有性不宜食而口偏嗜之，因惑《本草》之言，遂以疑虑致疾者。弓蛇之为祟，岂仅在形似之间哉！食色，性也，欲藉饮食养生，则以不离乎性者近是。

爱食者多食

生平爱食之物，即可养身，不必再查《本草》。春秋之时，并无《本草》，孔子性嗜姜，即不撤姜食，性嗜酱，即不得其酱不食，皆随性之所好，非有考据而然。孔子于姜、酱二物，每食不离，未闻以多致疾。可见性好之物，多食不为祟也。但亦有调剂君臣之法，不可不知。“肉虽多，不使胜食气。”此即调剂君臣之法。肉与食较，则食为君而肉为臣；姜、酱与肉较，则又肉为君而姜、酱为臣矣。虽有好不好之分，然君臣之位不可乱也。他物类是。

怕食者少食

凡食一物而凝滞胸膛不能克化者，即是病根，急宜消导。世间只有瞑眩之药[①]，岂有瞑眩之食乎？喜食之物，必

---

① 瞑眩之药：语本《孟子·滕文公上》：“《书》曰：‘若药弗瞑眩，厥疾弗瘳。’”意思是药物服用后要先使人感到眩晕，然后才能将病治好。瘳（chōu），病愈。

无是患，强半皆所恶也。故性恶之物即当少食，不食更宜。

太饥勿饱

欲调饮食，先匀饥饱。大约饥至七分而得食，斯为酌中之度，先时则早，过时则迟。然七分之饥，亦当予以七分之饱，如田畴之水，务与禾苗相称，所需几何，则灌注几何，太多反能伤稼，此平时养生之火候也。有时迫于繁冗，饥过七分而不得食，遂至九分十分者，是谓太饥。其为食也，宁失之少，勿犯于多。多则饥饱相搏而脾气受伤，数月之调和，不敌一朝之紊乱矣。

太饱勿饥

饥饱之度，不得过于七分是已。然又岂无饕餮[①]太甚，其腹果然之时？是则失之太饱。其调饥之法，亦复如前，宁丰勿啬。若谓逾时不久，积食难消，以养鹰之法处之，故使饥肠欲绝，则似大熟之后，忽遇奇荒。贫民之饥可耐也，富民之饥不可耐也，疾病之生多由于此。从来善养生者，必不以身为戏。

怒时哀时勿食

喜怒哀乐之始发，均非进食之时。然在喜乐犹可，在

---

① 饕餮（tāo tiè）：传说中的一种凶恶贪食的怪兽，古代鼎彝等铜器上面常用它的头部形状做装饰，叫作饕餮纹。后用以比喻贪吃的人。

哀怒则必不可。怒时食物易下而难消，哀时食物难消亦难下，俱宜暂过一时，候其势之稍杀。饮食无论迟早，总以入肠消化之时为度。早食而不消，不若迟食而即消。不消即为患，消则可免一餐之忧矣。

倦时闷时勿食

倦时勿食，防瞌睡也。瞌睡则食停于中，而不得下。烦闷时勿食，避恶心也。恶心则非特不下，而呕逆随之。食一物，务得一物之用。得其用则受益，不得其用，岂止不受益而已哉！

节色欲第四

行乐之地，首数房中。而世人不善处之，往往启妒酿争，翻为祸人之具。即有善御者，又未免溺之过度，因以伤身，精耗血枯，命随之绝。是善处不善处，其为无益于人者一也。至于养生之家，又有近姹[1]、远色之二种，各持一见，水火其词。噫，天既生男，何复生女，使人远之不得，近之不得，功罪难予，竟作千古不决之疑案哉！

予请为息争止谤，立一公评，则谓阴阳之不可相无，

---

① 姹（chà）：美丽。此指美色、美女。

犹天地之不可使半也。天苟去地，非止无地，亦并无天。江河湖海之不存，则日月奚自而藏？雨露凭何而泄？人但知藏日月者地也，不知生日月者亦地也；人但知泄雨露者地也，不知生雨露者亦地也。地能藏天之精，泄天之液，而不为天之害，反为天之助者，其故何居？则以天能用地，而不为地所用耳。天使地晦，则地不敢不晦；迨欲其明，则又不敢不明。水藏于地，而不假天之风，则波涛无据而起；土附于地，而不逢天之候，则草木何自而生？是天也者，用地之物也；犹男为一家之主，司出纳吐茹[①]之权者也。地也者，听天之物也；犹女备一人之用，执饮食寝处之劳者也。果若是，则房中之乐，何可一日无之？但顾其人之能用与否，我能用彼，则利莫大焉。

参、苓、芪、术皆死药也，以死药疗生人，犹以枯木接活树，求其气脉之贯，未易得也。黄婆、姹女皆活药也，以活药治活人，犹以雌鸡抱雄卵，冀其血脉之通，不更易乎？凡借女色养身而反受其害者，皆是男为女用，反地为天者耳。倒持干戈，授人以柄，是被戮之人之过，与杀人者何尤？

人问：执子之见，则老氏“不见可欲，使心不乱”之说，不几谬乎？予曰：正从此说参来，但为下一转语：不见可欲，使心不乱，常见可欲，亦能使心不乱。何也？人

① 司出纳吐茹之权：管理收入支出、吃喝拉撒等事务的大权。

能摒绝嗜欲，使声、色、货、利不至于前，则诱我者不至，我自不为人诱，苟非入山逃俗，能若是乎？使终日不见可欲而遇之一旦，其心之乱也，十倍于常见可欲之人。不如日在可欲之中，与若辈习处，则是“司空见惯浑闲事”矣，心之不乱，不大异于不见可欲而忽见可欲之人哉？老子之学，避世无为之学也；笠翁之学，家居有事之学也。二说并存，则游于方之内外，无适不可。

节快乐过情之欲

乐中行乐，乐莫大焉。使男子至乐，而为妇人者尚有他事萦心，则其为乐也，可无过情之虑。使男妇并处极乐之境，其为地也，又无一人一物搅挫其欢，此危道也。决尽堤防之患，当刻刻虑之。然而但能行乐之人，即非能虑患之人；但能虑患之人，即是可以不必行乐之人。此论徒虚设耳。必须此等忧虑历过一遭，亲尝其苦，然后能行此乐。噫，求为三折肱之良医[①]，则囊中妙药存者鲜矣，不若早留余地之为善。

节忧患伤情之欲

忧愁困苦之际，无事娱情，即念房中之乐。此非自好，

① 三折肱之良医：犹久病成良医，谓实践出真知。肱，由肘至肩的臂骨，若折断三次，自己就会有医治的经验了。

时势迫之使然也。然忧中行乐，较之平时，其耗精损神也加倍。何也？体虽交而心不交，精未泄而气已泄。试强愁人以欢笑，其欢笑之苦更甚于愁，则知忧中行乐之可已。虽然，我能言之，不能行之，但较平时稍节则可耳。

节饥饱方股之欲

饥、寒、醉、饱四时，皆非取乐之候。然使情不能禁，必欲遂之，则寒可为也，饥不可为也；醉可为也，饱不可为也。以寒之为苦在外，饥之为苦在中，醉有酒力之可凭，饱无轻身之足据。总之，交媾[①]者，战也，枵[②]腹者不可使战；并处者，眠也，果腹者不可与眠。饥不在肠而饱不在腹，是为行乐之时矣。

节劳苦初停之欲

劳极思逸，人之情也，而非所论于耽酒嗜色之人。世有喘息未定，即赴温柔乡者，是欲使五官百骸、精神气血，以及骨中之髓、肾内之精，无一不劳而后已。此杀身之道也。疾发之迟缓虽不可知，总无不胎病于内者。节之之法有缓急二种：能缓者，必过一夕二夕；不能缓者，则酣眠一觉以代一夕，酣眠二觉以代二夕。惟睡可以息劳，饮食

---

① 交媾（gòu）：本指阴阳二气交合。后泛指性交、交配。
② 枵（xiāo）：空虚。

居处皆不若也。

节新婚乍御之欲

新婚燕尔[①]，不必定在初娶，凡妇人未经御而乍御者，即是新婚。无论是妻是妾，是婢是妓，其为燕尔之情则一也。乐莫乐于新相知，但观此一夕之为欢，可抵寻常之数夕，即知此一夕之所耗，亦可抵寻常之数夕。能保此夕不受燕尔之伤，始可以道新婚之乐。不则开荒辟昧，既以身任奇劳，献媚要功，又复躬承异瘁。终身不二色者，何难作背城一战；后宫多嬖[②]侍者，岂能为不败孤军？危哉！危哉！当筹所以善此矣。善此当用何法？曰：静之以心。虽曰燕尔新婚，只当行其故事。“说大人，则藐之”[③]，御新人，则旧之。仍以寻常女子相视，而不致大动其心。过此一夕二夕之后，反以新人视之，则可谓驾驭有方，而张弛合道者矣。

节隆冬盛暑之欲

最宜节欲者隆冬，而最难节欲者亦是隆冬；最忌行乐者盛暑，而最便行乐者又是盛暑。何也？冬夜非人不暖，贴身惟恐不密，倚翠偎红之际，欲念所由生也。三时苦于

① 新婚燕尔：形容甜蜜的新婚生活。
② 嬖（bì）：宠幸。
③ 说大人，则藐之：向位高显贵的人进言，要藐视他。

褦襶，九夏独喜轻便，袒裼裸裎之时，春心所由荡也。当此二时，劝人节欲，似乎不情，然反此即非保身之道。节之为言，明有度也；有度则寒暑不为灾，无度则温和亦致戾。节之为言，示能守也；能守则日与周旋而神旺，无守则略经点缀而魂摇。由有度而驯至能守，由能守而驯至自然，则无时不堪昵玉，有暇即可怜香。将鄙是集为可焚，而怪湖上笠翁之多事矣。

却病第五

病之起也有因，病之伏也有在，绝其因而破其在，只在一字之和。俗云："家不和，被邻欺。"病有病魔，魔非善物，犹之穿窬之盗，起讼构难之人也。我之家室有备，怨谤不生，则彼无所施其狡猾，一有可乘之隙，则环肆奸欺而祟我矣。然物必先朽而后虫生之，苟能固其根本，荣其枝叶，虫虽多，其奈树何？人身所当和者，有气血、脏腑、脾胃、筋骨之种种，使必逐节调和，则头绪纷然，顾此失彼，穷终日之力，不能防一隙之疏。防病而病生，反为病魔窃笑耳。有务本之法，止在善和其心。心和则百体皆和。即有不和，心能居重驭轻，运筹帷幄，而治之以法矣。否则，内之不宁，外将奚视？然而和心之法，则难言之。哀不至伤，乐不至淫，怒不至于欲触，忧不至于欲绝。"略带三分拙，兼存一线痴；微聋与暂哑，均是寿身资。"

此和心诀也。三复斯言，病其可却。

病未至而防之

病未至而防之者，病虽未作，而有可病之机与必病之势，先以药物投之，使其欲发不得，犹敌欲攻我，而我兵先之，预发制人者也。如偶以衣薄而致寒，略为食多而伤饱，寒起畏风之渐，饱生悔食之心，此即病之机与势也。急饮散风之物而使之汗，随投化积之剂而速之消。在病之自视如人事，机才动而势未成，原在可行可止之界，人或止之，则竟止矣。较之戈矛已发，而兵行在途者，其势不大相径庭哉？

病将至而止之

病将至而止之者，病形将见而未见，病态欲支而难支，与久疾乍愈之人同一意况。此时所患者切忌猜疑。猜疑者，问其是病与否也。一作两歧之念，则治之不力，转盼而疾成矣。即使非疾，我以是疾处之，寝食戒严，务作深沟高垒之计；刀圭[1]毕备，时为出奇制胜之谋。以全副精神，料理奸谋未遂之贼，使不得揭竿而起者，岂难行不得之数哉？

病已至而退之

病已至而退之，其法维何？曰：止在一字之静。敌已

① 刀圭（guī）：量药的器具。代指药物。

至矣，恐怖何益？“剪灭此而后朝食”，谁不欲为？无如不可猝得。宽则或可渐除，急则疾上又生疾矣。此际主持之力，不在卢医扁鹊，而全在病人。何也？召疾使来者，我也，非医也。我由寒得，则当使之并力去寒；我自欲来，则当使之一心治欲。最不解者，病人延医，不肯自述病源，而只使医人按脉。药性易识，脉理难精，善用药者时有，能悉脉理而所言必中者，今世能有几人哉？徒使按脉定方，是以性命试医，而观其中用否也。所谓主持之力不在卢医扁鹊，而全在病人者，病人之心专一，则医人之心亦专一，病者二三其词，则医人什佰其径。径愈宽则药愈杂，药愈杂则病愈繁矣。

昔许胤宗[①]谓人曰：“古之上医，病与脉值，惟用一物攻之。今人不谙脉理，以情度病，多其药物以幸有功，譬之猎人，不知兔之所在，广络原野以冀其获，术亦昧矣。”此言多药无功，而未及其害。以予论之，药味多者不能愈疾，而反能害之。如一方十药，治风者有之，治食者有之，治痨伤虚损者亦有之。此合则彼离，彼顺则此逆，合者顺者即使相投，而离者逆者又复于中为祟矣。利害相攻，利卒不能胜害，况其多离少合，有逆无顺者哉？故延医服药，危道也。不自为政，而听命于人，又危道中之危道也。慎而又慎，其庶几乎！

---

① 许胤（yìn）宗：一作许引宗，隋唐间医学家，精通脉理，用药灵活变通。

疗病第六

“病不服药，如得中医。”此八字金丹，救出世间几许危命！进此说于初得病时，未有不怪其迂者，必俟刀圭药石无所不投，人力既穷，而沉疴如故，不得已而从事斯语，是可谓天人交迫，而使就“中医”者也。乃不攻不疗，反致霍然，始信八字金丹，信乎非谬。以予论之，天地之间只有贪生怕死之人，并无起死回生之药。“药医不死病，佛度有缘人。”旨哉斯言！不得以谚语目之矣。然病之不能废医，犹旱之不能废祷。明知雨泽在天，匪求能致，然岂有晏然坐视，听禾苗稼穑之焦枯者乎？自尽其心而已矣。予善病一生，老而勿药。百草尽经尝试，几作神农[①]后身，然于大黄[②]解结之外，未见有呼应极灵，若此物之随试随验者也。

生平著书立言，无一不由杜撰，其于疗病之法亦然。每患一症，辄自考其致此之由，得其所由，然后治之以方，疗之以药。所谓方者，非方书[③]所载之方，乃触景生情，就事论事之方也；所谓药者，非《本草》必载之药，乃随心

---

① 神农：即神农氏，传说中农业和医药的发明者，曾亲尝百草。我国古代第一部药学著作《神农本草经》就托名为神农所作。

② 大黄：一种中药，具有泻热毒、破积滞，行瘀血的功效。

③ 方书：专门记述方剂的著作。

所喜，信手拈来之药也。明知无本之言不可训世，然不妨姑妄言之，以备世人之妄听。凡阅是编者，理有可信则存之，事有可疑则阙之，不以文害辞，不以辞害志，是所望于读笠翁之书者。

药笼应有之物，备载方书；凡天地间一切所有，如草木、金石、昆虫、鱼鸟，以及人身之便溺，牛马之溲渤，无一或遗，是可谓两者至备之书，百代不刊之典。今试以《本草》一书高悬国门，谓有能增一疗病之物，及正一药性之讹者，予以千金。吾知轩、岐[①]复出，卢扁再生，亦惟有屏息而退，莫能觊觎者矣。然使不幸而遇笠翁，则千金必为所攫。何也？药不执方，医无定格。同一病也，同一药也，尽有治彼不效，治此忽效者；彼是则此非，彼非则此是，必居一于此矣。又有病是此病，药非此药，万无可用之理，或被庸医误投，或为臧获[②]谬取，食之不死，反以回生者。迹是而观，则《本草》所载诸药性，不几大谬不然乎？

更有奇于此者，常见有人病入膏肓，危在旦夕，药饵攻之不效，刀圭试之不灵，忽于无心中瞥遇一事，猛见一物，其物并非药饵，其事绝异刀圭，或为喜乐而病消，或为惊慌而疾退。“救得命活，即是良医；医得病痊，便称良

---

① 轩：轩辕氏，即黄帝。岐：岐伯，黄帝的大臣。相传二人曾一起讨论医术，今传《黄帝内经》即托二人讨论医术之语。

② 臧获：泛指奴婢。

药。”由是观之，则此一物与此一事者，即为《本草》所遗，岂得谓之全备乎？虽然，彼所载者，物性之常；我所言者，事理之变。彼之所师者人，人言如是，彼言亦如是，求其不谬则幸矣；我之所师者心，心觉其然，口亦信其然，依傍于世何为乎？究竟予言似创，实非创也，原本于方书之一言：“医者，意也。”以意为医，十验八九，但非其人不行。吾愿以拆字射覆[1]者改卜为医，庶几此法可行，而不为一定不移之方书所误耳。

本性酷好之药

一曰本性酷好之物，可以当药。凡人一生，必有偏嗜偏好之一物，如文王之嗜菖蒲菹，曾皙之嗜羊枣，刘伶之嗜酒，卢仝之嗜茶，权长孺之嗜瓜，皆癖嗜也。癖之所在，性命与通，剧病得此，皆称良药。医士不明此理，必按《本草》而稽查药性，稍与症左，即鸩毒[2]视之。此异疾之不能遽瘳也。

予尝以身试之。庚午[3]之岁，疫疠盛行，一门之内，无

---

① 拆字射覆：拆字，或称测字、破字、相字，古代推测吉凶的一种方式，主要将汉字打断字体结构进行推断。射覆，覆盖某一物件于瓯、盂等器具下，让人猜测里面为何物。

② 鸩（zhèn）毒：用鸩的羽毛泡成的毒酒。鸩，传说中的一种毒鸟。把它的羽毛放在酒里，可以毒杀人。

③ 庚午：明崇祯三年，公元1630年。

不呻吟，而惟予独甚。时当夏五[①]，应荐杨梅，而予之嗜此，较前人之癖菖蒲、羊枣诸物，殆有甚焉，每食必过一斗。因讯妻孥曰："此果曾入市否？"妻孥知其既有而未敢遽进，使人密讯于医。医者曰："其性极热，适与症反。无论多食，即一二枚亦可丧命。"家人识其不可，而恐予固索，遂诡词以应，谓此时未得，越数日或可致之。讵料予宅邻街，卖花售果之声时时达于户内，忽有大声疾呼而过予门者，知其为杨家果[②]也。予始穷诘家人，彼以医士之言对。予曰："碌碌巫咸[③]，彼乌知此？急为购之！"及其既得，才一沁齿而满胸之郁结俱开，咽入腹中，则五脏皆和，四体尽适，不知前病为何物矣。家人睹此，知医言不验，亦听其食而不禁，病遂以此得痊。

由是观之，无病不可自医，无物不可当药。但须以渐尝试，由少而多，视其可进而进之，始不以身为孤注。又有因嗜此物，食之过多因而成疾者，又当别论。不得尽执以酒解酲[④]之说，遂其势而益之。然食之既厌而成疾者，一见此物，即避之如仇。不相忌而相能，即为对症之药可知已。

---

① 夏五：夏季五月。

② 杨家果：即杨梅。《世说新语·言语》载，孔君平拜访杨修之父，其父不在，杨修设果款待孔君平，果中有杨梅，孔君平对杨修说："此实君家果"。

③ 巫咸：唐尧时的神巫。这里指医生。

④ 酲（chéng）：喝醉酒神志不清。

其人急需之药

二曰其人急需之物，可以当药。人无贵贱穷通，皆有激切所需之物。如穷人所需者财，富人所需者官，贵人所需者升擢[①]，老人所需者寿，皆卒急欲致之物也。惟其需之甚急，故一投辄喜，喜即病痊。如人病入膏肓，匪医可救，则当疗之以此。力能致者致之，力不能致，不妨绐[②]之以术。

家贫不能致财者，或向富人称贷，伪称亲友馈遗，安置床头，予以可喜，此救贫病之第一着也。未得官者，或急为纳粟，或谬称荐举；已得官者，或真谋铨补，或假报量移。至于老人欲得之遐年，则出在星相巫医之口，予千予百，何足吝哉！是皆“即以其人之道，反治其人之身”者也。虽然，疗诸病易，疗贫病难。世人忧贫而致疾，疾而不可救药者，几与恒河沙比数。焉能假太仓[③]之粟，贷郭况[④]之金，是人皆予以可喜，而使之霍然尽愈哉？

一心钟爱之药

三曰一心钟爱之人，可以当药。人心私爱，必有所钟。

---

① 擢（zhuó）：提拔，提升。

② 绐（dài）：欺骗，哄骗。

③ 太仓：古代政府积藏粮食的地方。

④ 郭况：汉光武帝刘秀郭皇后之弟。家中积蓄有几亿钱，有仆人数百人，冶炼铸制金器的声音响彻京城。

常有君不得之于臣，父不得之于子，而极疏极远极不足爱之人，反为精神所注，性命以之者，即是钟情之物也。或是娇妻美妾，或为狎客娈童，或系至亲密友，思之弗得与得而弗亲，皆可以致疾。即使致疾之由，非关于此，一到疾痛无聊之际，势必念及私爱之人。忽使相亲，如鱼得水，未有不耳清目明，精神陡健，若病魔之辞去者。

此数类之中，惟色为甚，少年之疾，强半犯此。父母不知，谬听医士之言，以色为戒，不知色能害人，言其常也，情堪愈疾，处其变也。人为情死，而不以情药之，岂人为饥死，而仍戒令勿食，以成首阳之志[1]乎？凡有少年子女，情窦已开，未经婚嫁而至疾，疾而不能遽瘳者，惟此一物可以药之。即使病躯羸弱，难使相亲，但令往来其前，使知业为我有，亦可慰情思之大半。犹之得药弗食，但嗅其味，亦可内通腠理[2]，外壮筋骨，同一例也。至若闺门以外之人，致之不难，处之更易。使近卧榻，相昵相亲，非招人与共，乃赎药使尝也。仁人孝子之养亲，严父慈母之爱子，俱不可不预蓄是方，以防其疾。

一生未见之药

四曰一生未见之物，可以当药。欲得未得之物，是人

---

① 首阳之志：首阳，即首阳山。殷商灭亡后，孤竹君的儿子伯夷、叔齐逃至首阳山，不食周粟而死。

② 腠（còu）理：中医指皮肤的纹理和皮下肌肉之间的空隙。

皆有，如文士之于异书，武人之于宝剑，醉翁之于名酒，佳人之于美饰，是皆一往情深，不辞困顿，而欲与相俱者也。多方觅得而使之一见，又复艰难其势而后出之，此驾驭病人之术也。然必既得而后留难之，许而不能卒与，是益其疾矣。

所谓异书者，不必微言秘籍，搜藏破壁而后得之。凡属新编，未经目睹者，即是异书，如陈琳之檄、枚乘之文，皆前人已试之药也。须知奇文通神，鬼魅遇之，无有不辟[①]者。而予所谓文人，亦不必定指才士，凡系识字之人，即可以书当药。传奇野史，最祛病魔，倩人读之，与诵咒辟邪无异也。他可类推，勿拘一辙。富人以珍宝为异物，贫家以罗绮为异物，猎山之民见海错而称奇，穴处之家入巢居而赞异。物无美恶，希觏[②]为珍；妇少妍媸，乍亲必美。昔未睹而今始睹，一钱所购，足抵千金。如必俟希世之珍，是索此辈于枯鱼之肆[③]矣。

平时契慕之药

五曰平时契慕之人，可以当药。凡人有生平向往，未经谋面者，如其惠然肯来，以此当药，其为效也更捷。昔人传韩非书至秦，秦王见之曰："寡人得见此人与之游，死

① 辟：辟除，摒除。
② 希觏（gòu）：罕见。觏，遇见。
③ 枯鱼之肆：卖干鱼的店铺。

不恨矣！”汉武帝读相如《子虚赋》而善之，曰：“朕独不得与此人同时哉！”晋时宋纤有远操，沉静不与世交，隐居酒泉，不应辟命。太守杨宣慕之，画其像于阁上，出入视之。是秦王之于韩非，武帝之于相如，杨宣之于宋纤，可谓心神毕射，寤寐相求者矣。使当秦王、汉帝、杨宣卧疾之日，忽致三人于榻前，则其霍然起舞，执手为欢，不知疾之所从去者，有不待事毕而知之矣。凡此皆言秉彝[①]至好出自中心，故能愉快若此。其因人赞美而随声附和者不与焉。

素常乐为之药

六曰素常乐为之事，可以当药。病人忌劳，理之常也。然有“乐此不疲”一说作转语，则劳之适以逸之，亦非拘士[②]所能知耳。予一生疗病，全用是方，无疾不试，无试不验，徙痈浣肠[③]之奇，不是过也。

予生无他癖，惟好著书，忧藉以消，怒藉以释，牢骚不平之气藉以铲除。因思诸疾之萌蘖[④]，无不始于七情，我有治情理性之药，彼乌能祟我哉！故于伏枕呻吟之初，即作开卷第一义；能起能坐，则落毫端，不则但存腹稿。迨

① 秉彝：持执常道。
② 拘士：墨守成规、拘谨古板的人。
③ 徙痈浣肠：移去痈疽，清洗肠胃。
④ 蘖（niè）：树木砍去后从残存茎根上长出的新芽，泛指植物近根处长出的分枝。这里指疾病的开始。

沉疴将起之日，即新编告竣之时。一生剞劂，孰使为之？强半出造化小儿之手。此我辈文人之药，“止堪自怡悦，不堪持赠君”者。而天下之人，莫不有乐为之一事，或耽诗癖酒，或慕乐嗜棋，听其欲为，莫加禁止，亦是调理病人之一法。总之，御疾之道，贵在能忘；切切在心，则我为疾用，而死生听之矣。知其力乏，而故授以事，非扰之使困，乃迫之使忘也。

生平痛恶之药

七曰生平痛恶之物与切齿之人，忽而去之，亦可当药。人有偏好，即有偏恶。偏好者致之，既可已疾，岂偏恶者辟之使去，逐之使远，独不可当沉疴之《七发》乎？无病之人，目中不能容屑，去一可憎之物，如拔眼内之钉。病中睹此，其为累也更甚。故凡遇病人在床，必先计其所仇者何人，憎而欲去者何物，人之来也屏之，物之存也去之。或诈言所仇之人灾伤病故，暂快一时之心，以缓须臾之死，须臾不死，或竟不死也，亦未可知。刲股[1]救亲，未必能活；割仇家之肉以食亲，痼疾未有不起者。仇家之肉，岂有异味可尝，而怪色奇形之可辨乎？暂欺以方，亦未尝不可。此则充类至义之尽[2]也。愈疾之法，岂必尽然，得其意而已矣。

---

① 刲（kuī）股：割取大腿上的肉。刲，割取。股，大腿。

② 充类至义之尽：就同类事理作充分周密的推论。

以上诸药，创自笠翁，当呼为《笠翁本草》。其余疗病之药及攻疾之方，效而可用者尽多。但医士能言，方书可考，载之将不胜载。悉留本等之事，以归分内之人，俎不越庖，非言其可废也。总之，此一书者，事所应有，不得不有；言所当无，不敢不无。“绝无仅有”之号，则不敢居；“虽有若无”之名，亦不任受。殆亦可存而不必尽废者也。

图书在版编目(CIP)数据

闲情偶寄/(清)李渔著;古亮注译. —长沙:岳麓书社,2021.8

(小品雅集)

ISBN 978-7-5538-1232-8

Ⅰ.①闲… Ⅱ.①李…②古… Ⅲ.①散文集—中国—清代

Ⅳ.①I264.9

中国版本图书馆 CIP 数据核字(2019)第 290549 号

XIANQING OUJI

闲情偶寄

作　　者:〔清〕李　渔

注　　译:古　亮

责任编辑:李郑龙

责任校对:舒　舍

封面设计:贺红梅

岳麓书社出版发行

地址:湖南省长沙市爱民路 47 号

直销电话:0731-88804152　0731-88885616

版次:2021 年 8 月第 1 版

印次:2021 年 8 月第 1 次印刷

开本:889mm×1194mm　1/32

印张:23.375

字数:480 千字

书号:ISBN 978-7-5538-1232-8

定价:85.00 元

承印:湖南省众鑫印务有限公司

如有印装质量问题,请与本社印务部联系

电话:0731-88884129